COLLECTION SÉRIE NOIRE
Créée par Marcel Duhamel

JO NESBØ

Le bonhomme
de neige

TRADUIT DU NORVÉGIEN
PAR ALEX FOUILLET

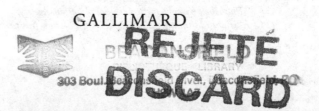

GALLIMARD

Titre original :
SNØMANNEN

Pour Kirsten Hammervoll Nesbø

PREMIÈRE PARTIE

CHAPITRE 1

Mercredi 5 novembre 1980.
Le bonhomme de neige

C'était le jour où la neige arriva. Il était onze heures du matin lorsque d'énormes flocons jaillirent sans prévenir d'un ciel incolore et s'abattirent sur les champs, les jardins et les pelouses du Romerike, à la manière d'une armada du lointain espace. À deux heures, les chasse-neige étaient à pied d'œuvre à Lillestrøm, et à deux heures et demie, tandis que Sara Kvinesland roulait lentement, précautionneusement, au volant de sa Toyota Corolla SR5, entre les villas de Kollovcien, la neige de novembre s'étendait tel un édredon sur le paysage ondoyant.

Elle trouvait un autre aspect aux maisons dans la lumière diurne. Un aspect si différent qu'elle manqua de passer devant l'allée menant à son garage. Le véhicule dérapa lorsqu'elle freina, et elle entendit un gémissement sur la banquette arrière. Dans le rétroviseur, elle vit l'expression mécontente de son fils.

« Ça ne prendra pas longtemps, mon chéri », murmura-t-elle.

Un gros carré sombre d'asphalte se détachait dans tout ce blanc, et elle comprit que c'était à cet endroit que le camion de déménagement avait stationné. Elle sentit sa gorge se nouer. Pourvu qu'elle n'arrive pas trop tard.

« Qui habite ici ? fit-on depuis le siège arrière.

— Quelqu'un que je connais, rien de plus, répondit Sara en

vérifiant machinalement sa coiffure dans le rétroviseur. Dix minutes, mon chéri. Je laisse la clé de contact sur le démarreur, comme ça, tu pourras écouter la radio. »

Elle sortit sans attendre de réponse, gagna à petits pas la porte qu'elle avait franchie tant de fois, mais jamais de la sorte, pas en plein jour, bien visible pour tous les regards curieux de ce quartier de villas. Non que de tardives visites vespérales auraient paru plus innocentes, mais d'une certaine façon, il lui semblait plus approprié que de tels forfaits s'accomplissent après la tombée de la nuit.

Elle entendit la sonnerie grésiller à l'intérieur, comme un bourdon dans un pot à confiture. Tandis qu'elle attendait, ressentant un désespoir croissant, elle jeta des coups d'œil vers les fenêtres des maisons alentour. Celles-ci ne lui renvoyaient que le reflet de pommiers noirs et nus, d'un ciel gris et d'un paysage blanc laiteux. Puis elle entendit enfin des pas derrière l'huis, et poussa un soupir de soulagement. Un instant après, elle était à l'intérieur, dans ses bras.

« Ne t'en va pas, mon amour, implora-t-elle en sentant déjà les larmes lui venir.

— Il le faut », répondit-il sur un ton de rengaine fatigué. Ses mains cherchaient les chemins bien connus, les chemins dont elles ne se lassaient jamais.

« Non, il ne le faut pas, murmura-t-elle contre son oreille. Mais tu le veux. Tu n'oses plus.

— Ça, ça n'a rien à voir avec toi ou moi. »

Elle sentit l'agacement poindre dans sa voix en même temps que sa main, cette main forte, mais douce, descendait le long de sa colonne vertébrale pour se glisser dans l'ourlet de sa jupe et de son collant. Ils formaient comme un couple de danseurs bien entraînés percevant les moindres mouvements de l'autre, ses pas, son souffle, son rythme. D'abord l'amour blanc. Le bon. Puis le noir. La douleur.

La main de l'homme caressa le manteau, chercha le mamelon sous l'épais tissu. Il était toujours fasciné par ses mamelons, retournait toujours à eux. C'était peut-être parce qu'il n'en avait pas lui-même.

« Tu as laissé la voiture devant le garage ? » voulut-il savoir en serrant durement.

Elle hocha la tête, et sentit la douleur la traverser comme une flèche de désir. Son giron s'était déjà ouvert aux doigts de son partenaire qui ne tarderaient pas à y être. « Le gosse attend dans la voiture. »

La main s'arrêta tout à coup.

« Il ne sait rien, gémit-elle alors que la main hésitait.

— Et ton mari ? Où est-il, en ce moment ?

— À ton avis ? Au boulot. Évidemment. »

C'était à elle de manifester de l'irritation, à présent. À la fois parce qu'il avait amené la conversation sur son mari et que cela lui déplaisait. Et parce que son corps exigeait de l'avoir, lui, maintenant, et vite. Sara Kvinesland déboutonna sa braguette.

« Ne... », commença-t-il en lui saisissant le poignet. Elle lui flanqua une solide gifle, de l'autre main. Il baissa sur elle un regard ébahi, tandis qu'une tache rouge s'étalait sur sa pommette. Elle sourit, saisit son épaisse chevelure brune et attira son visage vers elle.

« Tu vas pouvoir t'en aller, feula-t-elle. Mais d'abord, tu vas me sauter. C'est compris ? »

Elle sentit son souffle sur son visage. Il arrivait par à-coups brutaux. Elle frappa de nouveau de sa main libre, et la bite gonfla entre ses doigts.

Il cognait, plus fort à chaque fois, mais c'était terminé. Elle était engourdie, la magie avait disparu, le suspense s'était envolé et tout ce qui restait, c'était le trouble. Elle le perdait. Étendue là, elle le perdait. Lui et toutes les années pendant lesquelles elle avait attendu, toutes les larmes qu'elle avait pleurées, les choses folles qu'il lui avait fait faire. Sans rien donner en retour. Rien.

Il se plaça à l'extrémité du lit et la prit, les yeux fermés. Sara regardait fixement sa poitrine. Pour commencer, elle avait trouvé cela curieux, mais elle avait progressivement fini par apprécier la vue de cette peau blanche et lisse tendue sur les pectoraux. Qui lui rappelait les anciennes statues, dont les mamelons avaient été omis par pudeur.

Ses gémissements enflèrent. Elle savait qu'il ne tarderait pas à venir en poussant un rugissement furieux. Elle adorait ce rugissement. L'expression éternellement surprise, extatique, presque douloureuse, comme si l'orgasme dépassait à chaque fois, sans exception, ses attentes les plus débridées. À présent, elle ne faisait qu'attendre le dernier rugissement, un adieu beuglé dans une boîte froide, une chambre vide, dépourvue de photos, de rideaux et de tapis. Puis il s'habillerait et partirait pour une autre région du pays, où il disait avoir trouvé un poste qu'il ne pouvait pas refuser. Mais cela, il le pouvait. Cela. Et malgré tout, il rugirait de plaisir.

Elle ferma les yeux. Mais il ne vint aucun rugissement. Il avait cessé.

« Qu'y a-t-il ? » s'enquit-elle en rouvrant les yeux. Bien sûr, son visage était passablement torturé. Mais pas de plaisir.

« Une tronche », souffla-t-il.

Elle se recroquevilla. « Où ?

— De l'autre côté de la fenêtre. »

Celle-ci était à l'autre bout du lit, pile au-dessus de la tête de Sara. Elle se retourna, le sentit glisser hors d'elle, déjà flasque. La fenêtre au-dessus de sa tête était trop haute pour qu'elle puisse voir à l'extérieur depuis sa position. Et trop haute pour que quelqu'un puisse regarder à l'intérieur en se tenant debout de l'autre côté. À cause de la lumière déjà déclinante, ce qu'elle voyait se résumait au reflet surexposé du plafonnier.

« C'est toi que tu as vu, suggéra-t-elle, presque implorante.

— C'est ce que j'ai d'abord cru », répondit-il sans quitter la fenêtre des yeux.

Sara se redressa sur les genoux. Se leva et regarda dans le jardin. Et là, là, il y avait le visage.

Le soulagement la fit éclater de rire. Le visage était blanc, percé d'yeux et d'une bouche de graviers, vraisemblablement ramassés dans l'allée. Ses bras étaient en branches de pommier.

« Mais doux Jésus, haleta-t-elle. Ce n'est qu'un bonhomme de neige. »

Son rire se changea alors en pleurs. Elle sanglota sans rien y pouvoir jusqu'à ce qu'elle sente les bras de l'homme autour d'elle.

« Il faut que j'y aille, fit-elle.

— Reste encore un peu. »

Elle resta encore un peu.

Lorsque Sara redescendit vers le garage, elle se rendit compte qu'il s'était écoulé presque quarante minutes.

Il avait promis de téléphoner de temps en temps. Il avait toujours été doué pour mentir, et pour une fois, elle en éprouvait de la satisfaction. Avant même d'arriver à son véhicule, elle vit le visage blafard du môme qui la regardait sans ciller depuis le siège arrière. Elle tira sur la portière et sentit avec surprise que celle-ci était verrouillée. Elle le regarda à travers les vitres embuées. Il n'ouvrit que lorsqu'elle tapa au carreau.

Elle s'installa sur le siège conducteur. La radio était muette, et il faisait un froid polaire dans l'habitacle. La clé de contact gisait sur le siège passager. Elle se retourna vers son gamin. Il était pâle, et sa lèvre inférieure tremblait.

« Quelque chose ne va pas ? voulut-elle savoir.

— Oui. Je l'ai vu. »

Il y avait dans sa voix une légère nuance de peur qu'elle ne se rappelait pas d'avoir entendue depuis qu'il était petit et regardait la télé, serré entre eux sur le canapé, les mains devant les yeux. À présent, il muait, il avait cessé de lui faire la bise pour lui souhaiter bonne nuit et montrait un intérêt croissant pour les moteurs d'automobiles et les filles. Et un jour, il grimperait dans une voiture avec l'une d'entre elles et la quitterait, lui aussi.

« Qu'est-ce que tu veux dire ? demanda-t-elle en introduisant la clé de contact dans le démarreur, avant de donner un tour.

— Le bonhomme de neige… »

Le moteur ne réagit pas, et la panique s'empara d'elle sans crier gare. Elle n'avait pas la moindre idée de ce qu'elle craignait précisément. Elle lança un regard fixe à travers le pare-brise et donna un nouveau tour de clé. La batterie avait-elle eu le temps de se décharger ?

« Et à quoi ressemblait ce bonhomme de neige ? » Elle écrasa la pédale d'accélérateur et tourna désespérément la clé de contact, avec une telle force qu'elle eut l'impression d'être sur le point de la briser. Il répondit, mais les mots furent assourdis par le rugissement du moteur qui démarra.

Sara passa la première et lâcha la pédale d'embrayage comme s'il devenait soudain urgent d'être ailleurs. Les roues patinèrent dans la neige fraîche, tendre et mouillée. Elle appuya un peu plus sur l'accélérateur, mais ils n'avançaient pas, tandis que l'arrière du véhicule partait en crabe. Les pneus grignotèrent alors l'asphalte, et ils partirent d'un coup pour arriver en glissant sur la route.

« Papa nous attend, expliqua-t-elle. Il va falloir nous dépêcher. »

Elle alluma la radio, monta le volume pour emplir le froid habitacle avec d'autres sons que sa propre voix. Un présentateur annonça pour la centième fois ce jour-là que, dans la nuit, Ronald Reagan avait battu Jimmy Carter aux élections présidentielles américaines.

Le gamin prononça de nouveau quelques mots, et elle jeta un coup d'œil dans son rétroviseur.

« Qu'as-tu dit ? » demanda-t-elle tout haut.

Il répéta, mais elle n'entendait toujours pas. Elle baissa le son de la radio en mettant le cap vers la nationale et le fleuve dont les lignes donnaient au paysage des allures de faire-part de décès. Elle sursauta quand elle vit qu'il s'était penché entre les sièges. Sa voix résonna comme un murmure sec, juste à côté de son oreille. Comme s'il importait que personne d'autre ne les entende :

« Nous allons mourir. »

2 novembre 2004.
Jour 1. Les yeux de gravier

Harry Hole sursauta et ouvrit tout grands les yeux. Il faisait un froid glacial, et la voix qui l'avait réveillé résonnait dans l'obscurité. Elle expliquait qu'aujourd'hui, le peuple américain allait décider si leur président s'appellerait George Walker Bush pour les quatre années à venir. Novembre. Harry se dit qu'ils étaient sans l'ombre d'un doute en route vers l'ère des ténèbres. Il rejeta l'édredon et posa les pieds sur le sol. Le lino était si froid qu'il en brûlait. Harry laissa le radio-réveil en marche et se rendit à la salle de bains. Se regarda dans le miroir. Novembre, là aussi : un visage aux traits tirés, au teint gris. Ses yeux étaient injectés de sang, comme à l'accoutumée, et les pores sur la peau de son nez évoquaient de grands cratères sombres. Les poches sous ses yeux aux iris bleu délavé par l'alcool disparaîtraient une fois que le visage aurait reçu de l'eau chaude, une serviette et un petit déjeuner. Supposa-t-il alors. Harry ne savait pas avec certitude comment son visage se comporterait tout au long de la journée, maintenant qu'il avait atteint les quarante ans. Si les rides seraient aplanies et si la paix tomberait sur l'expression traquée qui était la sienne au réveil de nuits peuplées de cauchemars. Soit la plupart. Il éviterait le miroir au moment de quitter enfin son petit appartement de Sofies gate, meublé du strict nécessaire, pour devenir l'inspecteur principal Hole, à la Brigade criminelle de l'hôtel de police d'Oslo. Alors il sonderait le visage d'autres personnes pour y trouver leur douleur et leur talon d'Achille, leurs cauchemars, mobiles et raisons de leurs auto-trahisons tout en écoutant leurs usants mensonges et en essayant de découvrir une signification à ce qu'il faisait : enfermer des gens depuis longtemps enfermés en eux-mêmes. Dans des prisons de haine et d'un mépris qu'il ne reconnaissait que trop bien. Il passa une main sur la brosse courte et raide de cheveux blonds qui poussait à exactement 193 centimètres au-dessus des plantes de pied frigorifiées. Les clavicules saillaient comme des cintres sous la peau. Il s'était beaucoup entraîné depuis la dernière affaire. Frénétiquement, prétendaient certains. En plus du vélo, il avait commencé à soulever des poids dans la salle d'exercices au sous-sol de l'hôtel de police. Il appréciait la douleur, la façon dont elle brûlait et refoulait la pensée. Malgré tout, il ne faisait que maigrir. La graisse disparaissait et les muscles se déposaient comme des couches d'étoffe entre le squelette et la peau. Et alors que par le passé il avait eu une belle carrure, ce que Rakel qualifiait naturellement d'athlétique, il commençait à ressembler à une photo qu'il avait vue montrant un ours blanc dépecé ; une bête de proie musclée mais d'une maigreur choquante. Il était en train de disparaître, en toute simplicité. Sans que ça fasse grand-chose. Harry poussa un soupir. Novembre. Il allait faire encore plus sombre.

Il alla dans la cuisine, but un verre d'eau contre le mal de crâne et plissa des yeux surpris en direction de la fenêtre. Le toit de l'immeuble de l'autre côté de Sofies gate était blanc et la vive lumière qu'il reflétait ne ménageait pas les yeux. La première neige était tombée dans la nuit. Il pensa à la lettre. Il lui arrivait d'en recevoir de ce genre, mais celle-là était particulière. Elle évoquait Toowoomba.

À la radio, une émission sur la nature avait pris la relève, et une voix enthousiaste parlait des phoques. « Chaque été, des phoques de Berhaus se rassemblent dans le détroit de Béring pour s'accoupler. Comme les mâles sont plus nombreux que les femelles, la compétition pour ces dernières est si acharnée que les mâles qui ont réussi à s'approprier une femelle lui resteront fidèles durant toute la période d'accouplement. Le mâle prendra soin de sa partenaire jusqu'à ce que le petit soit venu au monde et soit en mesure de se débrouiller seul. Pas par amour pour la femelle, mais par amour pour ses propres gènes et son propre patrimoine héréditaire. Dans la perspective darwinienne, cela veut dire que c'est la sélection naturelle dans la lutte pour la survie qui a rendu le phoque de Berhaus monogame, pas la morale. »

Va savoir, songea Harry.

Il s'en fallait de peu que l'enthousiasme fasse sauter la voix radiodiffusée de plusieurs octaves : « Mais avant que les phoques ne quittent le détroit de Béring à la recherche de nourriture, au large, la mâle va tenter de tuer la femelle. Pourquoi ? Parce qu'un phoque de Berhaus femelle ne veut jamais s'accoupler deux fois avec le même mâle ! Il s'agit pour elle de diversification du matériel génétique, exactement comme sur le marché des titres. Pour elle, il est biologiquement plus rationnel d'être de mœurs faciles, et le mâle en est conscient. En la supprimant, il veut empêcher que d'autres petits entrent en concurrence avec sa propre descendance pour la même nourriture.

— Nous nous inscrivons nous aussi dans une perspective darwinienne, alors pourquoi l'homme ne pense-t-il pas comme le phoque ? demanda une autre voix.

— Mais c'est bien ce que nous faisons ! Notre société est loin d'être aussi monogame qu'elle en a l'air, et elle ne l'a jamais été. Une étude suédoise a récemment montré qu'entre quinze et vingt pour cent de tous les enfants ont un autre père que celui qu'ils croient être le leur – et à plus forte raison leur père supposé. Vingt pour cent ! Ça fait un enfant sur cinq, ça ! Qui vit dans le mensonge. Et veille à la diversité biologique. »

Harry tourna le sélecteur de fréquence à la recherche d'une

musique supportable. Il s'arrêta sur la version troisième âge de *Desperado* signée Johnny Cash.

On frappa de nouveau énergiquement à la porte.

Harry alla dans la chambre, passa son jean et revint dans le couloir pour ouvrir.

« Harry Hole ? »

L'homme au-dehors portait un bleu de travail, et regardait Harry à travers d'épaisses lunettes. Ses yeux étaient clairs comme ceux d'un enfant.

Harry hocha la tête.

« Vous avez des champignons ? »

Le bonhomme posait la question sans rien exprimer de particulier. Une longue mèche de cheveux pendait de travers, se collant à son front. Sous le bras, il tenait un porte-bloc en plastique sur lequel était pincée une feuille couverte de notes.

Harry attendit une suite, mais aucune ne vint. Il n'y avait que ce regard clair, ouvert.

« Ça, répondit Harry, c'est pour le moins une question personnelle. »

Le type esquissa l'ombre d'un sourire, comme s'il avait entendu une blague dont il aurait eu vraiment marre.

« Des champignons dans l'appartement. Des moisissures.

— Je n'ai aucune raison de le penser, répondit Harry.

— C'est ça, le problème avec les moisissures. Elles offrent rarement des raisons de penser qu'elles sont présentes. » Le bonhomme aspira de l'air entre ses dents et se bascula d'avant en arrière sur les talons.

« Mais ? finit par relancer Harry.

— Mais elles sont là.

— Qu'est-ce qui vous fait croire ça ?

— Votre voisin en a.

— Sans blague ? Et vous pensez qu'elles ont pu se propager ?

— Les moisissures ne se propagent pas. La mérule, si.

— Alors… ?

— Il y a un défaut de construction dans la ventilation le long des murs de l'immeuble. Qui favorise la prolifération des moisissures. Je peux jeter un coup d'œil dans la cuisine ? »

Harry fit un pas de côté. Le type fonça dans la cuisine et appuya contre le mur un instrument orange aux allures de séchoir à cheveux. Deux signaux sonores se firent entendre.

« Hygromètre, expliqua l'homme en regardant ce qui était apparemment un cadran. Exactement ce que je pensais. Sûr de ne jamais avoir rien vu ou senti de suspect ? »

Harry n'avait aucune représentation claire de ce que cela aurait dû être.

« Une couche comme celle qu'on voit sur un vieux pain, l'aida le type. Une odeur de pourri. »

Harry secoua la tête.

« Est-ce que vos yeux vous ont fait mal ? Vous avez été fatigué ? Eu des migraines ? »

Harry haussa les épaules.

« Évidemment. Aussi loin que je me souvienne.

— Depuis que vous vivez ici, vous voulez dire ?

— Sans doute. Écoutez… »

Mais le type n'écoutait pas, il avait tiré un couteau de sa ceinture. Harry s'immobilisa, les yeux rivés à cette main armée qui s'éleva avant de s'abattre avec force. Il y eut comme un gémissement lorsqu'elle traversa la plaque de plâtre derrière le papier peint. Le gars retira son couteau, l'enfonça de nouveau et en ressortit un fragment de plâtre à moitié pulvérisé, qui laissa un trou noir dans le mur. Une ride profonde apparut entre les deux verres surdimensionnés de ses lunettes. Il planta alors son nez dans le trou et renifla.

« Gagné. Salut, tout le monde.

— Salut qui ? voulut savoir Harry en s'approchant.

— Aspergillus. Une famille de moisissures. On doit choisir entre trois cents ou quatre cents sortes, et il n'est pas évident de dire avec

22

certitude desquelles il s'agit ici, car elles se développent en couches si fines sur ces surfaces dures qu'elles en deviennent invisibles. Mais l'odeur, elle, ne permet pas le doute.

— Et c'est synonyme d'ennuis ? » s'enquit Harry en essayant de se rappeler ce qu'il lui restait sur son compte en banque après que lui et son père avaient sponsorisé une excursion en Espagne pour la Frangine, la petite sœur qui avait ce qu'elle appelait elle-même « un chouia du syndrome de Down ».

« Ce n'est pas comme la véritable mérule, l'immeuble ne va pas s'effondrer, répondit le type. Mais vous, peut-être.

— Moi ?

— Si vous y êtes prédisposé. Certaines personnes tombent malades en respirant de l'air qui contient des moisissures. Elles se traînent pendant des années, en se voyant bien sûr coller une étiquette d'hypocondriaque, puisqu'on ne trouve rien et que les autres qui habitent là vont bien. Mais cette saloperie bouffe les papiers peints et le plâtre.

— Mmm. Que suggérez-vous ?

— De régler son compte à cette pourriture, naturellement.

— Et à mes finances, par la même occasion ?

— Pris en charge par l'assurance de l'immeuble, ça ne vous coûtera pas une couronne. Tout ce dont j'ai besoin, c'est d'avoir accès à la cuisine dans les prochains jours. »

Harry sortit d'un tiroir le jeu de clés en double et lui tendit l'autre.

« Il n'y aura que moi, précisa le bonhomme. Soit dit en passant. Il se passe bien des choses étranges, ici et là.

— Ah oui ? » Harry fit un sourire triste en regardant par la fenêtre.

« Hein ?

— Rien. De toute façon, il n'y a rien à voler, ici. Il faut que je me sauve. »

Le soleil bas du matin scintillait dans la façade vitrée de l'hôtel de police, le quartier général de la police d'Oslo ; le bâtiment se trouvait là où il s'était trouvé pendant près de trente ans, au sommet des collines de Grønlandsleiret. De là, et sans que cela ait été expressément recherché, la police était à proximité des zones les plus durement touchées par la criminalité dans l'est de la capitale, tout en ayant « Bayern », la prison d'Oslo, comme plus proche voisine. L'hôtel de police était entouré de pelouses fanées, d'érables et de tilleuls qui s'étaient couverts dans le courant de la nuit d'une fine couche de neige blanc grisâtre, donnant au parc des allures de succession sous des draps.

Harry remonta la bande noire d'asphalte en direction de l'entrée principale et pénétra dans le hall central où l'œuvre en porcelaine de Kari Christensen et son eau ruisselante murmuraient contre le mur leurs éternels secrets. Il fit un signe de tête au vigile Securitas de la réception avant de prendre l'ascenseur jusqu'à la Brigade criminelle, au cinquième. Bien qu'il eût obtenu presque six mois plus tôt un nouveau bureau dans la zone rouge, il continuait à occuper l'ancien, exigu et privé de fenêtre, qu'il avait partagé avec l'inspecteur Jack Halvorsen. À présent, on y trouvait l'inspecteur Magnus Skarre. Et Jack Halvorsen gisait au cimetière de Vestre Aker. Ses parents avaient tout d'abord désiré que leur fils soit enterré chez lui à Steinkjer, puisque Jack et Beate Lønn, la directrice de la Brigade technique, n'étaient pas mariés après tout ; même pas concubins. Mais en apprenant que Beate était enceinte et mettrait au monde l'enfant de Jack l'été suivant, ils avaient accepté que la tombe de Jack soit à Oslo.

Harry entra dans son nouveau bureau. Qui le serait toujours, il le savait, tout comme le terrain vieux de cinquante ans du club de football de Barcelone était toujours appelé en catalan Camp Nou, le Nouveau Stade. Il se laissa tomber sur son fauteuil et alluma la radio en adressant un signe de tête aux photos posées sur la bibliothèque, appuyées au mur, et qui un jour, dans un avenir plus ou moins lointain quand il penserait à acheter des punaises, se retrouveraient au mur. Ellen Gjelten et Bjarne Møller. Comme cela, dans l'ordre chronologique. Dead Policemen's Society[1].

À la radio, des politiciens norvégiens et des sociologues s'exprimaient sur les élections présidentielles aux États-Unis. Harry reconnut la voix d'Arve Støp, le patron du magazine à succès *Liberal* connu comme l'un des chroniqueurs les plus cultivés et les plus arrogants. Harry poussa le volume jusqu'à ce que la voix résonne entre les murs, et attrapa ses menottes Peerless posées sur la nouvelle table de travail. Travailla son *speedcuffing* sur le pied déjà écaillé par cette sale manie prise pendant un séminaire du FBI à Chicago, et perfectionnée au cours de ses soirées solitaires dans un meublé pourri de Cabrini Green, avec pour seule compagnie les hurlements des querelles des voisins et Jim Beam. Le but, c'était d'abattre les menottes ouvertes sur le poignet de la personne à arrêter, pour que le bras à ressort pivote autour du poignet et s'enclenche dans la serrure de l'autre côté. Avec de la précision et ce qu'il fallait de puissance, on pouvait se menotter d'un simple geste à la personne en question avant que celle-ci ait eu le temps de réagir. Harry n'en avait jamais eu l'usage dans le cadre professionnel, et il ne s'était servi qu'une fois de l'autre chose apprise là-bas : comment piéger un tueur en série. Les menottes emprisonnèrent le pied de table, tandis que les voix radiodiffusées bourdonnaient :

« À votre avis, Arve Støp, sur quoi repose le scepticisme norvégien concernant George Bush ?

— Sur le fait que nous sommes un pays surprotégé qui n'a jamais réellement participé à aucune guerre, mais qui a été trop heureux de laisser les autres la faire à notre place. L'Angleterre, l'Union soviétique et les États-Unis, oui, depuis les guerres napoléoniennes, nous nous sommes réfugiés derrière le dos des grands frères. La

1. Le « Cercle des policiers disparus », en anglais dans le texte. *(Toutes les notes sont du traducteur.)*

Norvège a fondé sa sécurité sur la prise de responsabilité par d'autres au moment critique. Cela dure depuis si longtemps que nous avons perdu notre sens des réalités et que nous croyons que la terre est fondamentalement peuplée de gens qui nous veulent du bien – à nous, le pays le plus riche du monde. La Norvège, une blonde idiote et bredouillante perdue dans une ruelle du Bronx, qui s'indigne à présent que son garde du corps soit si brutal envers ses agresseurs. »

Harry composa le numéro de Rakel. Avec celui de la Frangine, le numéro de Rakel était le seul que Harry connaissait par cœur. Quand il était jeune et inexpérimenté, il pensait qu'une mauvaise mémoire était un handicap pour un enquêteur. À présent, il était plus au fait des choses.

« Et le garde du corps, ce sont donc Bush et les États-Unis ? s'enquit le présentateur.

— Oui. Un jour, Lyndon B. Johnson a dit que les États-Unis n'avaient pas le choix, mais a reconnu qu'il n'y en avait pas d'autre, et il avait raison. Notre garde du corps est un néo-chrétien qui n'a pas tué le père, est alcoolique, limité intellectuellement et sans la carrure nécessaire ne serait-ce que pour faire son service militaire. En quelques mots, un type dont nous devrions nous estimer heureux qu'il soit réélu aujourd'hui au poste de président des États-Unis.

— Je présume que c'est ironique ?

— Absolument pas. Un président si faible écoute ses conseillers, et la Maison-Blanche a les meilleurs, croyez-moi. Même si on peut avoir l'impression à travers cette ridicule série télévisée sur le Bureau Ovale que les démocrates ont le monopole de l'intelligence, étonnamment, c'est chez les républicains les plus à droite que vous trouvez les cerveaux les plus brillants. La sécurité de la Norvège est entre les meilleures mains. »

« Une amie d'une amie a couché avec toi.

— Vraiment ?

« — Pas toi, rectifia Rakel. Je parle à l'autre. Støp.

— *Sorry.* » Harry baissa le son de la radio.

« Après une conférence à Trondheim. Il l'a invitée dans sa chambre. Elle était intéressée, mais elle lui a fait comprendre qu'on lui avait enlevé un sein. Il a répondu qu'il voulait réfléchir et est parti au bar. Avant de revenir et de l'emmener.

— Mmm. J'espère que ça a répondu aux attentes.

— Rien ne répond aux attentes.

— Non, approuva Harry en se demandant de quoi ils parlaient.

— Alors, pour ce soir ?

— Huit heures ce soir au Palace Grill, c'est parfait. Mais qu'est-ce que c'est que ces âneries sur le fait que l'on ne peut pas réserver ?

— Ça donne un côté plus chic, j'imagine. »

Ils convinrent de se retrouver au bar voisin. Après avoir raccroché, Harry resta un moment à réfléchir. Elle avait eu l'air heureuse. Ou guillerette. Il essaya de sentir s'il était heureux pour elle, heureux parce que la femme qu'il avait aimée si fort était heureuse avec un autre homme. Rakel et lui avaient eu leur période, et il avait eu ses chances. Il les avait toutes utilisées. Alors pourquoi ne pas se réjouir qu'elle aille bien, pourquoi ne pas cesser de penser que les choses auraient pu être différentes, et aller de l'avant avec sa vie à lui ? Il se promit d'essayer de plus belle.

La réunion matinale fut rapidement expédiée. Gunnar Hagen – ASP et commandant de la Brigade criminelle – passa en revue les affaires sur lesquelles ils travaillaient. Pas grand-chose : pour le moment, on n'enquêtait pas sur des meurtres récents, et le meurtre était la seule chose qui maintenait de la vie dans le service. Thomas Helle, un inspecteur du groupe des disparitions de police secours, était là pour parler d'une femme disparue de chez elle depuis un an. Aucune trace de violence, aucune trace de suspect, aucune trace d'elle. Elle était femme au foyer, et avait été vue pour la dernière fois au jardin d'enfants où elle avait déposé son fils et sa fille, le matin même. Son mari comme tous ses proches avaient un alibi et avaient été rayés de l'affaire. On se mit d'accord pour que la Criminelle se penche sur la question.

Magnus Skarre transmit le bonjour de Ståle Aune – le psychologue attitré de la Brigade – qu'il avait vu à l'hôpital d'Ullevål. Harry sentit l'aiguillon de la mauvaise conscience. Ståle Aune était non seulement son conseiller dans des affaires criminelles, mais aussi son pilier personnel dans sa lutte contre l'alcool, en quelque sorte un confident. Il y avait une semaine qu'Aune avait été hospitalisé avec un diagnostic peu clair, mais Harry n'avait pas encore réussi à surmonter sa répugnance des hôpitaux. Mercredi, se dit-il. Ou jeudi.

« Nous avons une nouvelle inspectrice, annonça Gunnar Hagen. Katrine Bratt. »

Une jeune femme se leva au premier rang sans qu'on l'y ait invitée, mais sans le moindre sourire. Elle était très belle. Belle sans faire d'efforts, songea Harry. Des cheveux fins, presque clairsemés, pendaient de part et d'autre d'un visage régulier, pâle, empreint de l'expression grave, presque fatiguée, que Harry avait vue chez d'autres femmes d'une grande beauté ayant tellement l'habitude d'être observées qu'elles avaient cessé de l'apprécier ou de s'en agacer. Katrine Bratt portait une tenue bleue soulignant sa féminité, mais ses épais collants noirs sous le bord de sa jupe et ses bottines fonctionnelles démentaient qu'elle pût en jouer. Elle prit un moment pour balayer l'assemblée du regard, comme si elle s'était levée pour les regarder, et non l'inverse. Harry paria qu'elle avait étudié aussi bien sa tenue que sa petite prestation pour son premier jour à l'hôtel de police.

« Katrine a passé quatre ans au commissariat de police de Bergen, où elle travaillait principalement sur des affaires de mœurs, mais également pendant un temps à la Brigade criminelle et au groupe des disparitions, poursuivit Hagen en jetant un coup d'œil à une feuille dont Harry supposa qu'il s'agissait de son CV.

Diplôme de droit de l'université de Bergen en 1999, École supérieure de police, et à présent inspectrice ici. Pour l'instant, elle n'a pas d'enfant, mais elle est mariée. »

L'un des fins sourcils de Katrine Bratt s'éleva quasi imperceptiblement, et que Hagen l'ait vu ou qu'il ait lui-même trouvé que le dernier élément d'information était superflu, il ajouta :

« Pour ceux que cela intéresserait... »

Au cours de la pause aussi éloquente que pesante qui s'ensuivit, Hagen comprit à l'évidence qu'il avait aggravé les choses. Il toussa durement par deux fois et informa ceux qui ne s'étaient pas encore inscrits à la fête de Noël qu'ils devaient le faire avant mercredi.

Des pieds de chaise raclèrent le sol, et Harry était déjà dans le couloir quand il entendit une voix derrière lui :

« Je suis certainement à toi. »

Harry se retourna sur le visage de Katrine Bratt. Et se demanda à quel point elle aurait été belle si elle avait pris la chose au sérieux.

« Ou toi à moi », rectifia-t-elle en exhibant une rangée de dents régulières, sans que ce sourire atteigne les yeux. « Tout est question de point de vue. » Elle parlait un riksmål[1] de Bergen avec un grasseyement modéré, et Harry paria intérieurement qu'elle était originaire de Fana, Kalfaret ou de quelque autre quartier suffisamment bourgeois.

Il ne s'arrêta pas, et elle se hâta de le rattraper :

« On dirait que le capitaine de police a oublié de t'en informer. »

Elle fit la remarque en insistant légèrement sur toutes les syllabes du grade de Gunnar Hagen.

« Mais tu es censé me faire faire le tour du propriétaire et t'occuper de moi au cours des jours à venir. Jusqu'à ce que je sois en mesure de me débrouiller seule. Tu y arriveras, tu crois ? »

---

1. Le riksmål est une forme de bokmål, en français dano-norvégien (la langue officielle la plus courante en Norvège, devant l'autre langue officielle, le nynorsk, en fr. néo-norvégien), relativement conservatrice.

Harry sourit. Il l'appréciait, jusqu'à présent, mais était bien sûr susceptible de changer d'avis. Harry était toujours pleinement disposé à donner aux gens une nouvelle chance d'atterrir sur sa liste noire.

« Je ne sais pas, répondit-il en s'arrêtant près de la machine à café. Commençons par ceci.

— Je ne bois pas de café.

— Peu importe. Cela se passe d'explications. Comme pas mal de choses ici. Que penses-tu de cette disparition ? »

Harry pressa le bouton « Americano », qui en l'occurrence était aussi américain qu'un café de ferry norvégien.

« Oui ? répondit Bratt.

— Tu crois qu'elle est vivante ? »

Harry essaya de poser la question sur un ton sérieux, pour qu'elle ne comprenne pas que c'était un test.

« Tu me prends pour une idiote ? » Elle regarda avec un dégoût non dissimulé la machine qui crachait en toussant un liquide noir dans un gobelet en plastique blanc. « Tu n'as pas entendu le capitaine dire que j'avais travaillé aux mœurs pendant quatre ans ?

— Mmm. Morte ?

— Autant que faire se peut », répondit Katrine Bratt.

Harry leva le gobelet blanc. Il apercevait peut-être la possibilité d'avoir récupéré une collègue qu'il apprécierait.

Quand Harry prit le chemin du retour cet après-midi-là, la neige avait disparu des trottoirs et des rues, et les fins flocons de neige légère virevoltant en l'air étaient avalés par l'asphalte mouillé dès qu'ils avaient touché le sol. Il entra dans son magasin de disques habituel d'Akersgata, et acheta le dernier album de Neil Young, bien qu'il eût le soupçon qu'il s'agissait d'un mauvais achat.

En pénétrant dans son appartement, il remarqua que quelque chose était différent. Le bruit. Ou bien était-ce l'odeur ? Il s'arrêta net sur le seuil de la cuisine. Un mur entier avait disparu. Plus exactement, là où jusqu'au matin même il y avait du papier peint clair à fleurs et des panneaux de plâtre, il voyait à présent un mur de brique rouille, du ciment gris et une charpente gris-jaune semée de trous de clous. Par terre, il y avait la boîte à outils du type aux champignons, et sur la table, un message informant qu'il reviendrait le lendemain.

Il alla au salon, plaça le disque de Neil Young dans le lecteur, l'en retira, déprimé, au bout d'un quart d'heure, pour le remplacer par Ryan Adams. L'idée d'un verre vint de nulle part. Harry ferma les yeux et fixa la danse de motifs dans la cécité noire. Il repensa à la lettre. La première neige. Toowoomba.

La sonnerie téléphonique déchira en deux *Shakedown on 9th Street*, de Ryan Adams.

Une voix de femme se présenta comme Oda, et dit appeler de la rédaction de *Bosse*. Harry ne se souvenait pas d'elle, mais se rappelait l'émission. C'était au printemps dernier. Ils voulaient l'avoir pour parler des tueurs en série. Puisqu'il était le seul policier norvégien à être allé étudier cela en détail au FBI, et avait en outre pourchassé un authentique tueur en série. Harry avait été assez bête pour accepter. Il s'était dit qu'il le faisait pour transmettre quelque chose d'important et de passablement documenté sur les gens qui tuent, pas pour qu'on le voie, lui, au talk-show le plus populaire du pays. Avec le recul, il n'en était plus aussi certain. Mais ce n'était pas le pire. Le pire, c'était qu'il avait bu un verre avant l'émission. Harry soutenait contre vents et marées qu'il n'y en avait eu qu'un. Mais pendant l'émission, on aurait pu croire qu'il y en avait eu cinq. Sa diction avait été claire, comme toujours. Mais il avait eu un regard voilé, l'analyse avait été vaseuse et il n'était pas parvenu à ses conclusions avant que le présentateur doive faire entrer un invité qui était le tout nouveau maître européen de la décoration florale. Harry n'avait rien dit, mais son langage corporel avait clairement montré son point de vue quant au débat floral. Quand le présentateur lui avait demandé avec un demi-sourire quels liens un enquêteur criminel entretenait avec la décoration florale, Harry avait répondu que les couronnes que l'on voyait lors des enterrements norvégiens soutenaient la comparaison avec le standard mondial. C'était peut-être le style nonchalant et quelque peu embrumé de Harry qui avait suscité les rires du public dans le studio, ainsi que les tapes satisfaites sur les épaules de la part des techniciens de tout poil après l'émission. Il avait « livré les marchandises », comme ils disaient. Et il avait accompagné un petit groupe d'entre eux à la Kunstnernes Hus, s'était fait offrir à boire, et s'était réveillé le lendemain avec un corps dont chaque fibre réclamait à cor et à cri, exigeait, voulait davantage. On était samedi et il avait continué à boire jusqu'au dimanche soir. Il était alors au restaurant Schrøder et demandait bruyamment de la bière tandis qu'ils allumaient et éteignaient les lumières, et Rita, la serveuse, était venue le voir pour lui dire qu'il ne serait plus admis s'il ne partait pas, de préférence pour aller se coucher. Le lendemain matin, Harry s'était présenté au boulot à huit heures tapantes. Il avait été un enquêteur criminel inutilisable qui avait vomi dans le lavabo après la réunion du matin, s'était cramponné à son fauteuil de bureau, avait bu du café, fumé et vomi derechef, mais cette fois dans des toilettes. C'était la dernière faille, et il n'avait pas touché à une seule goutte d'alcool depuis avril.

Et à présent, donc, ils le voulaient de nouveau.

La femme expliqua que le thème était le terrorisme dans les pays arabes, et ce qu'il fallait pour transformer des gens d'un bon niveau scolaire issus de la classe moyenne en machines à tuer. Harry l'interrompit avant qu'elle ait terminé :

« Non.

— Mais nous avons très envie de vous avoir, vous êtes tellement… tellement… rock'n'roll ! »

Elle partit d'un rire empreint d'un enthousiasme dont il ne parvint pas à déterminer s'il était authentique ou non, mais il reconnaissait sa voix. Elle était à la Kunstnernes Hus, ce soir-là. Elle avait été belle d'une façon jeune, ennuyeuse, avait parlé d'une façon jeune, ennuyeuse, et avait regardé Harry avec un appétit glouton comme elle l'aurait fait avec un plat exotique dont elle ne pouvait savoir exactement s'il n'était pas *trop* exotique.

« Appelez quelqu'un d'autre », conseilla Harry avant de raccrocher. Puis il ferma les yeux et entendit Ryan Adams demander « *Oh, baby, why do I miss you like I do ?* ».

Le gamin leva les yeux sur l'homme debout à côté de lui près du plan de travail de la cuisine. La lumière provenant du jardin couvert de neige brillait sur la peau glabre du crâne massif du père. Maman avait dit que papa avait une aussi grosse tête parce qu'il était très très cerveau. Il avait demandé pourquoi elle disait *était* très cerveau, et pas *avait* beaucoup de cerveau, et elle avait ri, lui avait passé une main sur le front en lui disant que c'était souvent le cas avec les professeurs de physique. Pour l'instant, le cerveau lavait les pommes de terre sous le robinet avant de les déposer dans une casserole.

« Tu n'épluches pas les pommes de terre, papa ? Maman…

— Ta mère n'est pas là, Jonas. Alors on va le faire à ma façon. »

Il n'avait pas élevé la voix, mais elle exprimait malgré tout une irritation qui fit que Jonas se recroquevilla. Il ne comprenait jamais très bien ce qui mettait son père en colère. Ni, parfois, s'il était véritablement irrité. Pas avant de voir que le visage de maman avait pris cette expression anxieuse aux commissures des lèvres, qui semblait accroître l'agacement du père. Il espérait qu'elle rentrerait bientôt.

« Ce n'est pas les assiettes que nous utilisons, papa ! »

Le père claqua durement la porte du placard, et Jonas se mordit la lèvre inférieure. Le visage de son père descendit jusqu'au sien. Les très fins verres carrés de ses lunettes scintillèrent.

« On ne dit pas *c'est* les assiettes, mais *ce sont* les assiettes, corrigea le père. Combien de fois faudra-t-il que je te le répète, Jonas ?

— Mais maman dit…

— Maman ne dit pas comme il faut. Tu comprends ? Maman vient d'un endroit où l'on ne se préoccupe pas de la langue norvégienne. » L'haleine du père sentait le sel, les algues pourries.

La porte s'ouvrit, puis se referma.

« Salut ! » fit-on dans l'entrée. Jonas faillit courir la rejoindre, mais son père le retint par l'épaule en tendant un index vers la table sur laquelle le couvert n'avait pas encore été mis.

« Ce que vous êtes efficaces ! »

Jonas entendit le sourire dans sa voix essoufflée ; elle était sur le seuil derrière lui pendant qu'il disposait couverts et verres aussi vite qu'il le pouvait.

« Et quel grand et beau bonhomme de neige vous avez fait ! »

Jonas tourna une mine interrogatrice vers sa mère, qui avait déboutonné son manteau. Elle était si belle… De peau et de cheveux sombres, tout comme lui, mais avec cette grande douceur dans les yeux qui y était presque toujours. Presque. Elle n'était plus aussi mince que sur les photos datant de son mariage avec papa, mais il avait remarqué que les hommes la regardaient lorsqu'ils se promenaient en ville.

« Nous n'avons pas fait de bonhomme de neige, répondit Jonas.

— Ah non ? »

Sa mère plissa le front tandis qu'elle se défaisait de la grande écharpe rose qu'il lui avait offerte à Noël.

Le père alla à la fenêtre de la cuisine.

« Ce doit être les petits voisins. »

Jonas grimpa sur l'une des chaises de cuisine et regarda dehors. Et là, sur la pelouse juste devant leur maison, il y avait un bonhomme de neige, effectivement. Grand, comme sa mère avait dit. Ses yeux et sa bouche étaient en morceaux de charbon, une carotte lui tenait lieu de nez. Le bonhomme de neige ne portait pas de chapeau, de bonnet ni d'écharpe, il n'avait qu'un bras, une fine branche dont Jonas paria qu'elle avait été prise dans la haie. Mais

34

il y avait quelque chose de singulier chez ce bonhomme de neige. Il était tourné dans la mauvaise direction. Il ne savait pas pourquoi, mais il aurait dû regarder vers la route, vers l'extérieur.

« Pourquoi… », commença Jonas, avant d'être interrompu par son père :

« Je vais aller leur parler.

— Pourquoi ça ? » s'enquit maman depuis l'entrée, où Jonas put l'entendre descendre la fermeture Éclair de ses hautes bottes de cuir noir. « Ça ne fait rien, enfin !

— Je ne veux pas voir ce genre de choses traîner chez nous. Je m'occuperai de ça en rentrant.

— Pourquoi il ne regarde pas vers l'extérieur ? » voulut savoir Jonas.

Sa mère soupira dans l'entrée. « Et quand reviens-tu, chéri ?

— Demain, je ne sais pas quand.

— À quelle heure ?

— Comment ça ? Tu as un rendez-vous ? »

Une certaine légèreté dans la voix du père fit frissonner Jonas.

« Je me disais que je pouvais préparer le dîner[1] », répondit maman en entrant dans la cuisine ; elle alla à la cuisinière, jeta un coup d'œil aux casseroles et monta le thermostat des plaques de deux.

« Prépare juste, va, conseilla le père avant de se tourner vers la pile de journaux sur le plan de travail. Et je rentrerai bien.

— Bon, bon. » La mère alla vers le dos du père et se colla tout contre. « Mais faut-il vraiment que tu partes pour Bergen dès ce soir ?

— Mon intervention en tant qu'invité a lieu demain matin à huit heures. Il faut une heure entre l'atterrissage et le moment où je peux être à l'université, alors je n'aurais pas eu le temps, même en prenant le premier avion demain matin. »

1. Principal repas de la journée, ce « dîner » (*middag*) se prend en rentrant du travail, généralement entre 16 et 18 heures, rarement plus tard.

Jonas vit aux muscles de la nuque de son père qu'il se détendait davantage, que maman était de nouveau parvenue à trouver les bons mots.

« Pourquoi le bonhomme de neige regarde notre maison ? demanda Jonas.

— Va te laver les mains », répondit sa mère.

Ils mangèrent en silence, seulement interrompus par les petites questions de maman sur ce qu'avait été la journée à l'école et les réponses brèves, vagues, de Jonas. Jonas savait que des réponses trop détaillées pouvaient susciter des questions désagréables de la part de son père sur ce qu'ils apprenaient – ou n'apprenaient pas – dans cette « école lamentable ». De rapides interrogatoires concernant des gens que Jonas mentionnait ou avec qui il avait joué, ce que leurs parents faisaient et d'où ils venaient. Interrogatoires auxquels Jonas ne pouvait jamais répondre de façon satisfaisante, au grand agacement du père.

Une fois couché, Jonas entendit son père prendre congé de sa mère, à l'étage inférieur, la porte claquer et la voiture démarrer au-dehors, avant de disparaître. Ils étaient de nouveau seuls. La mère alluma la télévision. Il songea à quelque chose que maman lui avait demandé. Pourquoi Jonas n'amenait plus de camarade à la maison. Il n'avait pas su quoi répondre, il ne voulait pas l'attrister. Mais à présent, c'était à lui d'être triste. Il se mordit l'intérieur des joues, sentit la bonne douleur irradier dans les oreilles, et planta son regard sur les tubes métalliques du mobile qui flottait au plafond. Il se leva et gagna la fenêtre à pas traînants.

La neige du jardin renvoyait assez de lumière pour qu'il puisse distinguer le bonhomme de neige en contrebas. Il avait l'air seul. On aurait dû lui donner un bonnet et une écharpe. Et peut-être un manche à balai à tenir. Au même instant, la lune surgit derrière un nuage. Les dents noires apparurent. Ainsi que les yeux. Jonas inspira machinalement et fit deux pas en arrière. Les yeux de gravier scintillaient faiblement. Et ne se contentaient pas de regarder le mur de la maison. Ils regardaient en l'air. Vers Jonas. Qui tira les rideaux et retourna se blottir dans son lit.

CHAPITRE 3

Jour 1. Cochenille

Assis sur un tabouret de bar du Palace Grill, Harry lisait les affichettes invitant en termes bon enfant les clients du bar à ne pas demander crédit, à ne pas tirer sur le pianiste et à « *Be Good or Be Gone* ». Il était encore tôt dans la soirée, et les seuls autres clients du bar étaient deux filles assises à une table, jacassant chacune dans leur mobile, et deux garçons qui jouaient aux fléchettes avec un raffinement emprunté dans la posture et la façon de viser, mais donnant de piètres résultats. Dolly Parton, dont Harry comprenait qu'elle avait retrouvé les faveurs des arbitres du bon goût en matière de country, grinçait d'une voix nasale son accent des États du Sud depuis les haut-parleurs. Harry regarda de nouveau l'heure et fit le pari que Rakel Fauke serait à la porte à huit heures sept. Il ressentait cette tension crépitante, comme toujours avant de la revoir. Il se dit que c'était un réflexe conditionné, comme les chiens de Pavlov qui se mettaient à saliver en entendant le signal annonçant la nourriture même quand ils n'en recevaient pas. Et ils ne devaient pas dîner ce soir. Enfin, ils devaient *seulement* dîner. Et avoir une discussion agréable sur leurs vies actuelles. Ou plus exactement : sur sa vie actuelle à elle. Et sur Oleg, le fils qu'elle avait eu de son ex-mari à l'époque où elle travaillait à l'ambassade de Norvège à Moscou. Ce gamin au tempérament attentif et renfermé avec lequel

Harry était parvenu progressivement à tisser des liens par bien des aspects beaucoup plus solides que ceux qu'il avait lui-même avec son propre père. Quand Rakel avait fini par n'en plus pouvoir et s'en était allée, il n'avait pas su quelle perte avait été la plus grande. Mais maintenant, il le savait. Il était huit heures sept, et elle était à la porte, se tenant bien droite, avec cette cambrure dans le dos qu'il sentait encore dans ses mains, et les pommettes hautes sous la peau incandescente qu'il sentait contre la sienne. Il avait espéré qu'elle n'aurait pas l'air de si bien aller. Qu'elle n'aurait pas l'air si *heureuse*.

Elle vint jusqu'à lui et leurs joues se frôlèrent. Il veilla à la lâcher le premier.

« Que regardes-tu ? demanda-t-elle en déboutonnant son manteau.

— Tu le sais », répondit Harry, et il comprit qu'il aurait dû s'éclaircir la voix avant.

Elle partit d'un rire sourd, qui eut le même impact que la première gorgée de Jim Beam : il se sentit chaud et détendu.

« Non. »

Il ne sut pas exactement ce que son « non » signifiait. Ne commence pas, ne rends pas les choses pénibles. Elle l'avait dit à voix basse, presque inaudible ; cela retentit pourtant comme une gifle.

« Tu es bien mince…, constata-t-elle.

— On le dit.

— La table… ?

— Le serveur va venir nous chercher. »

Elle s'assit sur le tabouret en face de lui et commanda un apéritif. Campari, évidemment. Harry avait l'habitude de la surnommer « Cochenille », d'après le pigment naturel qui donnait au vin doux épicé sa couleur caractéristique. Parce qu'elle aimait s'habiller en rouge vermillon. Pour sa part, Rakel prétendait qu'elle s'en servait comme d'une couleur de prévention, de la façon dont les animaux utilisent des couleurs vives pour informer qu'il faut garder une certaine distance.

Harry commanda un Coca supplémentaire.

« Pourquoi as-tu maigri ? voulut-elle savoir.

— Champignons.

— Quoi ?

— Ils me bouffent certainement. Le cerveau, les yeux, les poumons, la concentration. Ils aspirent les couleurs et la mémoire. Les moisissures croissent, je disparais. Ils deviennent moi, je deviens eux.

— Qu'est-ce que tu racontes ? » s'exclama-t-elle avec une grimace censée exprimer le dégoût, mais Harry vit le sourire dans les yeux. Elle aimait l'entendre parler, même quand il ne racontait que des salades. Il lui fit part de l'attaque des moisissures dans son appartement.

« Et vous, comment ça va ? s'enquit Harry.

— Bien. Je vais bien. Oleg va bien. Mais tu lui manques.

— Il l'a dit ?

— Tu sais que c'est le cas. Tu devrais le suivre un peu mieux…

— Moi ? » Harry la dévisagea, éberlué. « Ce n'est pas moi qui ai choisi.

— Et alors ? répliqua-t-elle en prenant le verre que le barman lui présentait. Que toi et moi ne soyons pas ensemble ne signifie pas qu'Oleg et toi n'entreteniez pas une relation importante. Pour vous deux. Ni l'un ni l'autre ne vous liez facilement aux gens, alors vous devriez prendre soin de ceux que vous avez. »

Harry but une petite gorgée de Coca.

« Comment ça va, entre Oleg et ton médecin ?

— Il s'appelle Mathias, soupira Rakel. Ils sont… différents. Mathias fait de son mieux, mais Oleg ne lui facilite pas vraiment les choses. »

Harry ressentit une douce piqûre de satisfaction.

« Mathias bosse pas mal, par ailleurs.

— Je croyais que tu n'aimais pas que tes hommes travaillent »,
répondit Harry, qui regretta aussitôt. Mais au lieu de se mettre en
colère, Rakel poussa un soupir triste.

« Ce n'était pas le fait que tu travaillais, Harry : tu étais possédé.
Tu *es* ton boulot, et ce qui t'anime, ce n'est ni l'amour, ni le sens des
responsabilités. Ou la solidarité. Ce ne sont même pas des ambi-
tions personnelles. C'est la colère. Et le besoin de vengeance. Et ça,
ce n'est pas juste, Harry, il ne faut pas que ce soit comme cela. Tu
sais ce qui s'est passé. »

Oui, songea Harry. J'ai laissé la maladie venir dans ta maison
aussi.

Il toussota :

« Mais ton médecin est animé par… les choses justes, alors ?

— Mathias fait toujours des gardes. Volontaires. En plus de ses
cours à plein temps à l'institut d'anatomie.

— Et il est donneur de sang et membre d'Amnesty International ?

— B–, ce n'est pas un groupe sanguin qui court les rues, Harry,
soupira-t-elle. Et toi aussi, tu soutiens Amnesty International, je le
sais bien. »

Elle touilla dans son verre avec un agitateur en plastique orange,
dont l'extrémité avait la forme d'un cheval. Le rouge se mit à tourner autour des glaçons. Cochenille.

« Harry ? »

Une nuance dans son intonation le fit se contracter.

« Mathias et moi allons emménager ensemble. Après Noël.

— Aussi rapidement ? » Harry se passa la langue le long du
palais. « Cela fait à peine plus d'un an que vous vous connaissez.

— Un an et demi. Nous envisageons de nous marier l'été prochain. »

Magnus Skarre observait l'eau chaude qui débordait de ses
mains avant de poursuivre sa course dans le lavabo. Où elle disparaissait. Non. Rien ne disparaissait, ça allait seulement à un autre

endroit. Comme les gens sur lesquels il avait passé les dernières semaines à rassembler des informations. Parce que Harry le lui avait demandé. Parce que Harry avait dit qu'il pouvait y avoir quelque chose. Et qu'il voulait le rapport de Magnus avant le week-end. Ce qui signifiait que Magnus devrait faire des heures supplémentaires. Bien qu'il sût que Harry les affectait à ce genre de chose uniquement pour les maintenir en activité pendant ces périodes « pieds sur le bureau ». Le petit groupe des disparitions lié à Police Secours, comptant trois personnes, refusait d'aller déterrer de vieilles affaires, ils avaient bien assez à faire avec les nouvelles.

En revenant vers son bureau, dans ce couloir désert, Magnus découvrit que la porte était entrebâillée. Il était sûr de l'avoir fermée ; et il était plus de neuf heures, le personnel d'entretien avait donc terminé depuis longtemps. Deux ans plus tôt, ils avaient eu des problèmes de vols dans les bureaux. Magnus Skarre ouvrit brutalement la porte.

Au milieu de la pièce, Katrine Bratt se tourna vers lui, les sourcils haussés, comme si c'était dans son bureau à elle qu'il avait fait irruption. Elle lui présenta de nouveau son dos.

« Je voulais juste voir, expliqua-t-elle en laissant son regard parcourir les murs.

— Voir quoi ? » Skarre regarda autour de lui. Son bureau était semblable à tous les autres, à la différence qu'il était dépourvu de fenêtre.

« C'était son bureau. N'est-ce pas ? »

Skarre plissa le front.

« Qu'est-ce que tu veux dire ?

— Hole. Ç'a été son bureau pendant des années. Pendant qu'il enquêtait sur les meurtres en série en Australie aussi ?

— Je crois, répondit Skarre en haussant les épaules. Mais encore ? »

Katrine Bratt passa une main sur la table. « Pourquoi en a-t-il changé ? »

Magnus la contourna et se laissa tomber dans le fauteuil.

« Celui-ci n'a pas de fenêtre. Et puis, il est passé inspecteur principal.

— Et il a partagé celui-là d'abord avec Ellen Gjelten, puis avec Jack Halvorsen, poursuivit Katrine Bratt. L'un comme l'autre ont été tués. »

Magnus Skarre posa les mains derrière sa tête. La nouvelle inspectrice avait de la classe. Il paria que son mari était directeur de quelque chose et avait de l'argent. Sa tenue avait l'air de coûter cher. Mais en la regardant plus attentivement, il semblait y avoir un petit défaut quelque part. Sur lequel il n'arrivait pas à mettre le doigt.

« Tu crois qu'il a entendu leurs voix, que c'est pour cela qu'il a déménagé ? » voulut savoir Bratt en étudiant une carte murale de Norvège sur laquelle Skarre avait encerclé les lieux de résidence de toutes les personnes portées disparues dans l'Østland depuis 1980.

Skarre rit, mais ne répondit pas. Elle avait la taille fine et le dos cambré. Il savait qu'elle savait qu'il la regardait.

« Comment est-il, en réalité ?

— Pourquoi te poses-tu la question ?

— Ce doit être ce que font tous ceux qui viennent de récupérer un nouveau chef ? »

Elle avait raison. Simplement, il n'avait jamais considéré Harry Hole comme un chef, pas de cette manière. OK, il leur donnait quelques missions et dirigeait l'enquête, mais hormis cela, la seule chose qu'il exigeait, c'était de ne pas les avoir dans les pattes.

« Comme tu le sais, il traîne une sacrée réputation, commença Skarre.

— J'ai entendu dire qu'il avait des problèmes d'alcoolisme, répondit-elle avec un haussement d'épaules. Et qu'il a dénoncé des collègues. Que tous les supérieurs voulaient qu'il soit lourdé, mais que l'ancien capitaine de police gardait sur lui une main protectrice.

— Il s'appelait Bjarne Møller », précisa Skarre en regardant la carte, le cercle autour de Bergen. C'était là que Møller avait été vu avant sa disparition.

« Et que les gens de la maison n'apprécient pas que les médias en aient fait une espèce de star. »

Skarre aspira sa lèvre inférieure. « C'est un sacrément bon enquêteur. C'est suffisant pour moi.

— Tu l'apprécies ? » voulut savoir Bratt.

Skarre émit un petit rire niais. Elle fit volte-face et le regarda droit dans les yeux.

« Oh, l'apprécier... Je ne me prononcerai pas là-dessus. »

Il repoussa sa chaise, posa les pieds sur la table, s'étira et feignit un bâillement.

« Et sur quoi travailles-tu à une heure aussi tardive ? »

C'était une tentative pour reprendre la main. En fin de compte, elle n'était qu'inspectrice. Et nouvelle.

Mais Katrine Bratt se contenta de sourire, comme s'il avait dit quelque chose de drôle, passa la porte et disparut.

Disparue. À propos. Skarre jura, se redressa sur son siège et alluma son PC.

Harry se réveilla et se mit à observer le plafond. Combien de temps avait-il dormi ? Il se retourna et regarda le réveil sur la table de nuit. Quatre heures moins le quart. Le dîner avait été une souffrance. Il avait regardé la bouche de Rakel qui parlait, buvait du vin, mâchait de la viande et l'engloutissait tout en racontant qu'elle et Mathias avaient parlé de passer quelques années au Botswana, où le gouvernement avait une bonne politique de lutte contre le HIV et manquait de médecins. Elle avait demandé s'il voyait des gens. Et il avait répondu qu'il voyait ses copains d'enfance, Øystein et Tresko[1]. Le premier était un monstre de l'informatique alcoolisé,

1. « Sabot ».

chauffeur de taxi, l'autre un joueur alcoolisé qui aurait été champion du monde de poker si seulement il avait été aussi doué pour masquer ses expressions de joueur que pour lire celles des autres. Il avait même commencé à lui parler de l'échec fatal de Tresko au championnat du monde de Las Vegas avant de se rappeler qu'il l'avait déjà fait. Et ce n'était pas vrai qu'il les voyait. Il ne voyait personne.

Il avait regardé le serveur verser de l'alcool dans les verres sur la table voisine, et pendant un instant de folie, il avait failli lui arracher la bouteille pour la porter à ses lèvres. Au lieu de cela, il s'était dit d'accord pour emmener Oleg à un concert auquel le gosse avait supplié Rakel de pouvoir assister. Slipknot. Harry avait évité de lui expliquer quel genre de groupe elle était sur le point d'autoriser son fils à voir puisque lui-même envisageait de voir Slipknot. Même si les groupes comptant obligatoirement râles d'agonisant, symboles sataniques et double grosse caisse endiablée le mettaient généralement de bonne humeur, les Slipknot présentaient un intérêt certain.

Harry rejeta la couette et alla dans la cuisine, laissa l'eau couler du robinet jusqu'à ce qu'elle soit bien froide, mit ses mains en conque et but. Il avait toujours trouvé que l'eau avait meilleur goût ainsi, bue dans ses propres mains, à même sa peau. Il laissa alors brusquement l'eau retomber dans l'évier et observa le mur noir. Avait-il vu quelque chose ? Qui bougeait ? Non, pas quelque chose, rien que le mouvement en lui-même, comme la vague invisible sous l'eau qui passe sur les algues. Sur des fils morts, des doigts si fins qu'on ne les voit pas, des spores qui s'envolent au moindre déplacement d'air pour aller se poser ailleurs et commencer à manger et aspirer. Harry alluma la radio dans le salon. C'était décidé. George W. Bush s'était vu attribuer un nouveau mandat à la Maison-Blanche.

Harry retourna au lit et tira l'édredon sur sa tête.

Un bruit réveilla Jonas, qui souleva la couette de son visage. Il crut en tout cas que ç'avait été un bruit. Un crissement, comme de la neige très humide sous des bottes dans le calme entre les villas, un dimanche matin. Il avait dû rêver. Mais le sommeil ne voulait pas revenir, même s'il fermait les yeux. À la place, des bribes de rêves lui revinrent. Son père s'était tenu immobile et silencieux devant lui, avec un reflet dans le verre de ses lunettes qui leur donnait une surface gelée, impénétrable.

Ç'avait dû être un cauchemar, car Jonas avait peur. Il rouvrit les yeux et vit les tubes métalliques bouger au plafond. Il bondit de son lit, ouvrit la porte et partit en courant dans le couloir. Il réussit à éviter de regarder dans les ténèbres au pied de l'escalier descendant au rez-de-chaussée, et ne s'arrêta pas avant d'arriver à la porte de la chambre de ses parents et d'appuyer avec d'infinies précautions sur la poignée. Il se rappela soudain que son père était parti, et maman se réveillerait de toute façon. Il se glissa à l'intérieur. Un carré blanc de clair de lune s'étirait sur le sol jusqu'au lit double bien fait. Les chiffres du réveil luisaient vers Jonas. 01:11. Il demeura un instant immobile, troublé.

Il ressortit alors dans le couloir. Alla vers l'escalier. Les ténèbres dans l'escalier qui l'attendaient simplement, comme une grande gueule ouverte. On n'entendait pas un bruit en bas.

« Maman ! »

Il regretta aussitôt qu'il entendit sa propre peur dans le court et dur écho. Car à présent, *elle* le savait aussi. L'obscurité.

Il ne vint aucune réponse.

Jonas déglutit. Et commença à descendre.

À la troisième marche, il sentit quelque chose de mouillé sous son pied. Ainsi qu'à la sixième. Et la huitième. Comme si on était passé avec des chaussures mouillées. Ou des pieds mouillés.

Au salon, il trouva la lumière allumée, mais pas de maman. Il alla à la fenêtre pour voir jusque chez les Bendiksen, il arrivait que maman fasse le saut pour aller voir Ebba. Mais là-bas, toutes les fenêtres étaient éteintes.

Il se rendit dans la cuisine, au téléphone, sans parvenir à ne pas penser, à ne pas laisser entrer les ténèbres. Il composa le numéro du téléphone mobile de maman. Et se sentit plein de joie en entendant sa douce voix. Mais c'était un message priant de laisser ses coordonnées, et souhaitant une bonne journée.

Et ce n'était pas la journée, c'était la nuit.

Arrivé dans le tambour, il glissa les pieds dans une paire de chaussures de papa, enfila une doudoune par-dessus son pyjama et sortit. Maman avait dit que la neige disparaîtrait demain, mais il faisait encore froid, et un vent léger chuchotait et murmurait dans le chêne près du portail. Il n'y avait guère que cent mètres pour arriver chez les Bendiksen et heureusement, deux réverbères jalonnaient le trajet. Elle devait être là-bas. Il jeta un coup d'œil à droite et à gauche pour s'assurer qu'il n'y avait personne pour l'intercepter. C'est alors qu'il aperçut le bonhomme de neige. Il était toujours immobile, tourné vers la maison, baignant dans la froide clarté lunaire. Pourtant, il y avait quelque chose de différent chez lui, de presque humain, de familier. Jonas regarda la maison des Bendiksen. Il prit la décision de courir. Mais ne le fit pas. Il resta sur place, en sentant le vent prudent et glacial le transpercer. Il se tourna de nouveau lentement vers le bonhomme de neige. Car il venait de comprendre ce que c'était, ce qui avait rendu le bonhomme de neige si familier. On lui avait mis une écharpe. Une écharpe rose. Celle que Jonas avait offerte à maman pour Noël.

CHAPITRE 4

Jour 2. La disparition

À la mi-journée, la neige avait fondu dans le centre d'Oslo. Mais à Hoff, elle demeurait en taches dans les jardins de part et d'autre de la rue que remontaient en voiture Harry Hole et Katrine Bratt. À la radio, Michael Stipe chantait son pressentiment de ce qui allait arriver, sa certitude que quelque chose allait de travers, et à propos du garçon dans le puits. Au beau milieu d'un quartier paisible de villas, dans une rue encore plus paisible, Harry montra du doigt une Toyota Corolla argentée garée tout contre une clôture.

« La voiture de Skarre. Range-toi derrière. »

La villa était grande, jaune. Trop grande pour une famille de trois personnes, songea Harry tandis qu'ils remontaient l'allée de graviers. Autour d'eux, ils entendaient des gouttes qui tombaient et des soupirs. Un bonhomme de neige occupait le jardin, avec une légère gîte et des perspectives d'avenir incertaines.

Skarre ouvrit. Harry se pencha et jeta un coup d'œil à la serrure.

« Il n'y a nulle part de signe d'effraction », l'informa Skarre.

Il le conduisit dans le salon, où un gamin était assis à même le sol, dos à eux, et regardait une chaîne de dessins animés à la télévision. Une femme se leva du canapé, tendit la main à Harry et se présenta comme Ebba Bendiksen, voisine.

« Birte n'a jamais rien fait de tel par le passé, déclara-t-elle. Pas depuis que je la connais, en tout cas.

— Et ça fait combien de temps ? » voulut savoir Harry en regardant autour de lui. Devant la télé, il vit de gros et lourds sièges en cuir, et une table basse octogonale à plateau de verre fumé. Les chaises à montants d'acier entourant la table de la salle à manger étaient légères et élégantes, du type de celles que n'aimait pas Rakel, il le savait. Deux tableaux ornaient les murs, représentant l'un comme l'autre des hommes aux allures de directeurs de banque qui le dévisageaient avec une autorité lourde de gravité. Encore à côté, de l'art moderne et abstrait du genre qui avait eu le temps de ne plus être moderne, et de nouveau très moderne.

« Dix ans, répondit Ebba Bendiksen. Nous avons emménagé dans la maison de l'autre côté de la rue juste à la naissance de Jonas. »

Elle fit un mouvement de tête en direction du gosse, toujours immobile et absorbé par des faucheux qui galopaient et des loups qui explosaient.

« Et c'est donc vous qui avez téléphoné à la police, cette nuit ?

— Oui.

— Le môme a sonné à environ une heure et quart du matin, intervint Skarre en regardant ses notes. Police Secours a reçu l'appel à une heure trente.

— Mon mari, moi et Jonas sommes retournés chercher dans la maison, d'abord, expliqua Ebba Bendiksen.

— Où avez-vous cherché ? demanda Harry.

— À la cave. Dans les salles de bains. Au garage. Partout. C'est très étonnant que quelqu'un se taille comme ça.

— Se taille ?

— Disparaisse. Qu'il ne soit plus là. Le policier avec qui j'ai discuté au téléphone m'a demandé si nous pouvions nous occuper de Jonas, et il a dit que nous devions appeler tous ceux que Birte connaissait, et chez qui elle pouvait être. Et en dehors de ça, attendre jusqu'à demain pour savoir si Birte était allée travailler. Il m'a expliqué que

49

dans huit cas sur dix, la personne réapparaît en l'espace de quelques heures. On a essayé de trouver Filip...

— Le mari, intervint Skarre. Il était à Bergen pour des cours. Il est prof de je ne sais trop quoi.

— Physique, précisa Ebba Bendiksen avec un sourire. Quoi qu'il en soit, son téléphone mobile était éteint. Et nous ne savions pas dans quel hôtel il était descendu.

— On a pu le joindre à Bergen ce matin, reprit Skarre. Il ne devrait pas tarder.

— Oui, Dieu merci ! s'exclama Ebba. Alors après avoir appelé au boulot de Birte, ce matin, et appris qu'elle ne s'était pas présentée à l'heure habituelle, on vous a appelés vous. »

Skarre confirma d'un signe de tête. Harry lui fit comprendre qu'il pouvait poursuivre l'entretien avec Ebba Bendiksen, alla à la télévision et s'assit par terre à côté du petit garçon. Sur l'écran, le loup allumait la mèche d'un bâton de dynamite.

« Salut, Jonas. Je m'appelle Harry. Est-ce que l'autre policier t'a dit que les affaires de ce genre se terminent presque toujours bien ? Que ceux qui disparaissent reviennent tout seuls ? »

Le gamin secoua la tête.

« Eh bien c'est ce qu'ils font, poursuivit Harry. Si tu devais le deviner, où crois-tu que ta mère est, en ce moment ? »

Le gosse haussa les épaules. « Je ne sais pas où elle est.

— Je sais que tu ne le sais pas, Jonas, personne de nous ne le sait, à l'heure actuelle. Mais quel est le premier endroit qui te vient à l'esprit si elle n'est pas ici ou au boulot ? N'essaie pas de savoir si c'est vraisemblable ou non. »

Le gamin ne répondit pas, il regardait toujours fixement le loup qui tentait en vain de se débarrasser du bâton de dynamite collé à sa main.

« Est-ce qu'il y a un chalet, ou quelque chose comme ça, où vous avez l'habitude de vous rendre ? »

Jonas secoua la tête.

« Un endroit particulier où elle irait si elle voulait être seule ?

— Elle ne voudrait pas être seule. Elle voudrait être avec moi.

— Rien qu'avec toi ? »

Le petit garçon se tourna et regarda Harry. Jonas avait les yeux marron, exactement comme Oleg. Et dans ce marron, Harry voyait à la fois de la peur, à laquelle il s'était attendu, et de la colère, à laquelle il ne s'était pas attendu.

« Pourquoi est-ce qu'ils disparaissent ? demanda-t-il. Ceux qui reviennent ? »

Les mêmes yeux, songea Harry. Les mêmes questions. Les questions importantes.

« Toutes les raisons possibles et imaginables. Certains se sont perdus. Parce qu'il y a différentes façons de se perdre. Et certains ont juste eu besoin d'une pause, et se sont cachés pour être un peu au calme. »

La porte d'entrée s'ouvrit et se referma, et Harry vit le gamin se faire tout petit.

Au même instant, la dynamite explosa dans la main du loup, et la porte du salon s'ouvrit derrière eux.

« Bonjour », fit une voix. Tranchante et maîtrisée en même temps. « Quelle est la situation ? »

Harry se retourna juste à temps pour voir un homme d'environ cinquante ans, vêtu d'un veston, filer vers la table basse, attraper la télécommande et éteindre la télévision en un point blanc, au sifflement de protestation de l'appareil.

« Tu sais ce que j'ai dit concernant la télévision dans la journée, Jonas », soupira-t-il d'une voix résignée, comme pour expliquer en même temps aux autres occupants de la pièce quel travail c'était d'éduquer, de nos jours.

Harry se leva et se présenta, avant de faire de même pour Magnus Skarre et Katrine Bratt, qui jusqu'à présent s'était contentée d'observer depuis la porte.

« Filip Becker », se présenta l'homme en repoussant ses lunettes bien que celles-ci soient déjà tout en haut de son nez. Harry essaya de capter son regard, de se constituer la première impression importante d'un suspect potentiel si on devait en arriver là. Mais ses yeux étaient dissimulés par le reflet dans ses verres.

« J'ai passé du temps à appeler tous ceux qu'elle aurait pu contacter, mais personne ne sait rien, expliqua Filip Becker. Et vous, que savez-vous ?

— Rien, répondit Harry. Mais la première chose que vous pouvez faire pour nous aider, c'est de chercher si des valises, des sacs à dos ou des vêtements ont disparu, pour que nous puissions en savoir plus. » Harry étudia Becker avant de poursuivre : « Si la disparition est spontanée, ou si elle a été planifiée. »

Becker renvoya à Harry son regard scrutateur avant de hocher la tête et de grimper au premier.

Harry s'accroupit à côté de Jonas, qui n'avait pas quitté des yeux l'écran noir du téléviseur.

« Tu aimes bien les faucheux, alors ? »

Le gamin secoua la tête, sans rien dire.

« Pourquoi ? »

Le murmure de Jonas était à peine perceptible : « Je plains Pierre le loup. »

Cinq minutes plus tard, Becker redescendit : rien n'avait disparu, ni sacs de voyage, ni vêtements, hormis ce qu'elle avait porté quand il était parti, plus son manteau, ses bottes et son écharpe.

« Mmm. » Harry gratta son menton pas rasé et regarda en direction d'Ebba Bendiksen. « Vous pouvez m'accompagner dans la cuisine, Becker ? »

Becker montra le chemin, et Harry fit signe à Katrine qu'elle pouvait venir. Dans la cuisine, le professeur s'employa immédiatement à verser du café dans un filtre en papier et de l'eau dans la cafetière. Katrine se posta à la porte tandis que Harry allait regarder à la fenêtre. La tête du bonhomme de neige s'était effondrée entre ses épaules.

« Quand êtes-vous parti d'ici hier au soir, et quel avion avez-vous pris pour Bergen ? voulut savoir Harry.

— Je suis parti d'ici vers neuf heures et demie, répondit Becker sans hésiter. L'avion a décollé à onze heures cinq.

— Vous avez eu Birte après votre départ ?

— Non.

— À votre avis, qu'est-ce qui a pu se passer ?

— Je n'en ai aucune idée, inspecteur principal. Je n'en ai vraiment aucune idée.

— Mmm. »

Harry regarda dans la rue. Depuis leur arrivée, il n'avait pas entendu passer la moindre voiture. Un voisinage des plus calmes. Le calme coûtait vraisemblablement quelques millions de couronnes dans cette partie de la ville.

« Quel genre de relation entretenez-vous avec votre femme ? »

Harry entendit Filip Becker suspendre ses activités, et ajouta :

« Je dois vous le demander parce qu'il arrive que des conjoints s'enfuient, tout simplement. »

Filip Becker s'éclaircit la voix. « Je peux vous assurer que ma femme et moi entretenons une relation tout à fait satisfaisante.

— Avez-vous malgré tout pensé qu'elle ait pu avoir une liaison dont vous n'aviez pas connaissance ?

— C'est exclu.

— Exclu, le terme est fort, Becker. Et les liaisons extraconjugales sont assez courantes.

— Je ne suis pas naïf, inspecteur principal, répondit Filip Becker avec un léger sourire. Birte est une femme attirante, et plus jeune que moi de pas mal d'années. Elle vient d'une famille aux mœurs relativement légères, soit dit en passant. Mais en ce qui la concerne, elle n'est pas comme ça. Et j'ai un assez bon aperçu de ses faits et gestes, si on peut dire. »

53

La cafetière glouglouta un avertissement au moment où Harry ouvrait la bouche pour rebondir. Il se ravisa.

« Avez-vous constaté des changements d'humeur chez votre épouse ?

— Birte n'est pas dépressive, inspecteur principal. Elle n'est pas allée se pendre dans les bois ou se jeter dans la mer. Elle est dehors, quelque part, et elle est vivante. J'ai lu que des gens disparaissent sans arrêt, et ils réapparaissent, ça a une explication naturelle et relativement banale. Ce n'est pas vrai ? »

Harry hocha lentement la tête. « Vous voyez un inconvénient à ce que je fasse un tour dans la maison ?

— Pourquoi ça ? »

En entendant la question de Filip Becker et ce qu'elle avait de tranchant, Harry songea que celui-ci était un homme habitué à avoir le contrôle. À être tenu informé. Et que cela allait à l'encontre du fait que sa femme soit partie sans crier gare. Ce que Harry avait déjà exclu en son for intérieur, dans une certaine mesure. Des mères bien insérées, en bonne santé, n'abandonnent pas un fils de dix ans en pleine nuit. Et il y avait le reste. D'habitude, ils mettaient le minimum de moyens à un stade aussi peu avancé d'une affaire de disparition, à moins qu'il n'y ait des éléments tendant vers quelque chose de criminel ou de particulièrement dramatique. C'était cette autre chose qui l'avait fait venir à Hoff, en fin de compte.

« Parfois, on ne sait pas ce que l'on cherche avant de l'avoir trouvé, répondit Harry. C'est une méthode de travail. »

Il percevait les yeux de Becker derrière les verres de ses lunettes, à présent. Au contraire de ceux de son fils, les siens étaient bleu clair et empreints d'un éclat intense, bien net.

« Pas de problème, accorda Becker. Je vous en prie. »

La chambre à coucher était fraîche, sans odeur et bien rangée. Un plaid au crochet recouvrait le lit double. La photo d'une femme d'un certain âge était posée sur l'une des tables de chevet. La ressemblance poussa Harry à supposer qu'il s'agissait du côté du lit de Filip Becker. Sur l'autre table de nuit, il y avait un portrait de Jonas. L'armoire à vêtements féminins sentait faiblement le parfum. Harry vérifia que les crochets des cintres étaient répartis régulièrement, tels qu'ils l'auraient été après avoir été laissés au repos un certain temps. Des robes noires fendues, des pulls courts ornés de motifs roses et de paillettes. Dans le bas de l'armoire, il vit quelques tiroirs. Il ouvrit celui du dessus. Des sous-vêtements. Noirs et rouges. Tiroir suivant : gaines et bas. Troisième tiroir : bijoux disposés dans des cavités de feutre rouge sang. Il remarqua un gros anneau tapageur dont les pierres scintillaient avec exubérance. Tout avait un petit côté Vegas, ici. Aucune cavité n'était vide.

La chambre à coucher avait un accès direct sur une salle de bains récemment refaite, disposant d'une douche à jets et de deux lavabos en inox.

Dans la chambre de Jonas, Harry s'assit sur une petite chaise à côté d'un petit pupitre. Sur ce dernier, il vit une calculatrice présentant toute une série de fonctions mathématiques avancées. Elle avait l'air neuve et semblait n'avoir jamais servi. Une affiche représentant sept dauphins à l'intérieur d'une vague était accrochée au-dessus du pupitre, à côté d'un calendrier. Une partie des dates avaient été entourées et annotées de mots clés. Harry lut que c'était l'anniversaire de maman et de papy, les vacances au Danemark, le dentiste à dix heures et deux dates en juillet avec « docteur » au-dessus. Mais Harry ne vit aucun match de football, ni cinéma ou fête d'anniversaire. Il vit une écharpe rose sur le lit. Une couleur dans laquelle aucun gamin de l'âge de Jonas n'aurait voulu être vu. Harry la ramassa. Elle était humide, mais il put néanmoins sentir l'odeur distincte de peau, de cheveux et de parfum féminin. Le même parfum que dans l'armoire.

Il redescendit. S'arrêta devant la cuisine et écouta Skarre faire son exposé sur la façon dont on avançait habituellement dans les affaires de disparition. Des tasses de café tintèrent à l'intérieur. Le canapé du salon paraissait énorme, sans doute à cause de la silhouette frêle assise dedans et qui lisait un livre. Harry s'approcha et vit une photo de Charlie Chaplin en grande tenue. Il s'assit à côté de l'enfant.

« Tu savais que Chaplin était un lord anglais ? demanda-t-il. Sir Charles. »

Jonas hocha la tête. « Mais aux États-Unis, ils l'ont jeté dehors. »
Il tourna quelques pages.

« Tu as été malade, cet été, Jonas ?

— Non.

— Mais tu es allé chez le docteur. Deux fois.

— Maman voulait juste me faire examiner. Maman... » Sa voix le trahit soudain.

« Tu vas voir, elle va bientôt revenir, le rassura Harry en posant une main sur son épaule fluette. Elle n'a pas emporté son écharpe. La rose qui est dans ta chambre.

— Quelqu'un l'avait accrochée autour du cou du bonhomme de neige, expliqua Jonas. C'est moi qui l'ai rentrée.

— Ta mère devait vouloir que le bonhomme de neige n'ait pas froid, alors.

— Elle n'aurait jamais laissé son écharpe préférée au bonhomme de neige.

— Ç'a dû être papa, alors.

— Non, c'est quelqu'un qui l'a fait après le départ de papa. Cette nuit. Celui qui a pris maman. »

Harry hocha lentement la tête. « Qui a fait ce bonhomme de neige, Jonas ?

— Je ne sais pas. »

Harry regarda vers la fenêtre donnant sur le jardin. C'était cela, la raison de sa venue. Un courant d'air glacial sembla soudain traverser le mur et la pièce.

Harry et Katrine descendaient à toute vitesse Sørkedalsveien en direction de Majorstua.

« Quelle a été la première chose à t'avoir frappée quand nous sommes entrés ? voulut savoir Harry.

— Que ceux qui habitent ensemble là-bas ne sont pas exactement des âmes sœurs, répondit Katrine en traversant la barrière de péage sans freiner. Qu'il s'agit peut-être d'un ménage malheureux. Et que, dans ce cas, c'est elle qui souffre le plus.

— Mmm. Qu'est-ce qui te fait croire ça ?

— C'est évident, non ? sourit Katrine en jetant un œil dans son rétroviseur. Le choc des goûts.

— Explique.

— Tu n'as pas vu cet infâme canapé dans le salon ? Le style typique des années quatre-vingt acheté par les hommes dans les années quatre-vingt-dix. Alors que c'est elle qui a choisi la table de salle à manger en chêne huilé à châssis d'aluminium. Et du Vitra.

— Vitra ?

— Les chaises autour. Suisse. Cher. Tellement qu'en achetant seulement des répliques un peu moins coûteuses, elle aurait fait assez d'économies pour pouvoir renouveler tout ce salon dégueulasse. »

Harry remarqua que « dégueulasse » dans la bouche de Katrine Bratt ne sonnait pas comme un terme familier vulgaire, mais qu'il soulignait simplement à quelle classe elle appartenait.

« Si bien que ?

— Avec cette énorme maison à cette adresse d'Oslo, ce n'est pas l'argent, le problème. Elle n'a pas eu *le droit* de troquer son canapé et sa table. Et quand un homme sans goût et sans intérêt flagrant fait ce genre de chose, ça me renseigne sur qui domine qui. »

Harry hocha la tête, essentiellement pour lui-même. Sa première impression n'avait pas été fausse. Katrine Bratt était bonne.

« Raconte-moi plutôt ce que *toi*, tu crois, poursuivit-elle. C'est moi qui dois apprendre des choses de toi, ici. »

Harry regarda par la fenêtre le vieux débit de boissons Lepsvik, avec toutes ses traditions pas particulièrement honorables.

« Je ne crois pas que Birte Becker ait quitté la maison délibérément.

— Pourquoi ? Il n'y avait aucune trace de violence.

— Parce que c'était bien planifié.

— Et qui est le coupable ? Le mari ? C'est toujours le mari, n'est-ce pas ?

— Oui, répondit Harry en sentant ses idées dériver. C'est toujours le mari.

— À cela près que celui-là était parti à Bergen.

— C'est l'impression que cela donne, oui.

— Avec le dernier avion, alors il n'a pas pu revenir et arriver quand même à temps pour le premier cours. » Katrine accéléra et passa le carrefour de Majorstua en trombe, à l'orange. « Par ailleurs, si Filip Becker avait été coupable, il aurait mordu à l'hameçon que tu lui tendais.

— Quel hameçon ?

— Concernant ses changements d'humeur. Tu as laissé entendre à Becker que tu soupçonnais un suicide.

— Et donc ? »

Elle éclata de rire.

« Allez, Harry. Tout le monde, Becker compris, sait que la police utilise des moyens limités sur une affaire qui ressemble à un suicide. En trois mots, tu lui as donné la possibilité d'étayer une théorie qui, dans le cas où il aurait été le coupable, aurait résolu la plupart de ses problèmes. Mais au contraire, il a répondu que sa femme était heureuse comme un poisson dans l'eau.

— Mmm. Alors tu veux dire que la question était un test ?

— Tu passes ton temps à tester les gens, Harry. Moi, entre autres. »

Harry ne répondit pas avant qu'ils aient parcouru un bon morceau de Bogstadveien.

« Les gens sont souvent plus futés que tu le penses », lâcha-t-il alors, et il ne dit plus rien avant d'être dans le parking de l'hôtel de police.

« Je dois travailler seul le restant de la journée. »

Il dit cela parce qu'il avait pensé à l'écharpe rose, et pris une décision. Il était urgent de revoir ce dont disposait Skarre sur les personnes portées disparues, urgent d'avoir la confirmation de ce soupçon qui le taraudait. Et si c'était comme il le redoutait, il devrait aller voir l'agent supérieur de police Gunnar Hagen avec la lettre. Cette satanée lettre.

CHAPITRE 5

4 novembre 1992. Le totem

Lorsque William Jefferson Blythe III vint au monde le 19 août 1946 dans la petite ville de Hope, dans l'Arkansas, il s'était écoulé exactement trois mois depuis la mort de son père dans un accident de voiture. Quatre ans plus tard, la mère de William se remaria, et William prit le nom de famille de son nouveau père. Et en cette nuit de novembre, quarante-six ans plus tard, en 1992, des confettis blancs tombaient comme de la neige depuis le ciel et dans les rues de Hope pour célébrer l'élection de l'enfant du pays, William – ou plus simplement Bill – Clinton, au poste de quarante-deuxième président des États-Unis d'Amérique. La neige qui tombait vers Bergen cette nuit-là n'atteignait comme d'habitude jamais les rues avant d'être changée en pluie qui douchait la ville, telle qu'elle avait été douchée depuis la mi-septembre. Mais quand le matin arriva, du sucre glace recouvrait joliment les sommets des sept montagnes veillant la belle ville. Et sur la plus haute d'entre elles, Ulriken, l'officier de police Gert Rafto, venait d'arriver. Il soufflait en grelottant dans l'air de la montagne et remonta les épaules de part et d'autre de sa large tête, ornée d'un visage à la peau si plissée qu'il paraissait complètement dégonflé.

Les télécabines jaunes qui l'avaient monté jusque-là sur les 642 mètres au-dessus de la ville avec trois collègues des TIC[1] de Bergen attendaient en oscillant légèrement au bout de leurs solides câbles d'acier. Elles avaient été bouclées aussitôt que la police avait reçu le message des premiers touristes arrivés sur ce sommet réputé, ce matin-là.

« Cramponne-toi ! » s'écria l'un des TIC.

L'expression était devenue une parodie berguénoise des gens de l'extérieur dans la mesure où les Berguénois eux-mêmes avaient pratiquement cessé de l'utiliser. Mais dans des situations où la peur et l'horreur prennent le dessus, c'est le vocabulaire véritable, intime, qui refait surface.

« Oui, cramponne-toi », répéta un Rafto sarcastique dont les yeux scintillaient entre des plis de peau pareils à des piles de crêpes.

Le cadavre de femme étendu dans la neige devant eux était découpé à ce point en morceaux que seul un sein nu permettait de déterminer le sexe. Le reste rappelait davantage à Rafto l'accident de circulation d'Eidsvågneset, l'année précédente, quand un camion avait pris un virage serré et perdu son chargement de profilés d'aluminium qui avaient littéralement découpé une voiture arrivant en sens inverse.

« Le meurtrier l'a non seulement tuée, mais aussi dépecée ici, sur place », précisa un technicien.

La précision parut à Rafto relativement superflue puisque la neige autour du cadavre était tachetée de sang, et que les bandes de peau sur les côtés indiquaient qu'au moins une carotide avait été sectionnée pendant que le cœur battait encore. Il nota qu'il devait trouver à quelle heure de la nuit passée la neige avait cessé de tomber. Les dernières télécabines étaient parties à cinq heures de l'après-midi. Évidemment, la victime et son meurtrier pouvaient être montés par le chemin serpentant sous les télécabines. Ou bien ils pouvaient avoir pris la Fløybane jusqu'au sommet de la montagne

1. Techniciens d'identification criminelle.

voisine, pour terminer à pied. Mais cela faisait un bout de chemin, et son petit doigt lui disait plutôt : télécabines.

Dans la neige, il y avait les traces de pas de deux personnes. Les petites étaient indubitablement celles de la femme, même si on ne voyait nulle part ce qu'elle avait eu aux pieds. Les autres ne pouvaient être que celles du meurtrier. Elles conduisaient vers le sentier.

« Grandes bottes, informa le jeune TIC, un péquenot émacié de Sotra. Au moins du 48. Sûrement un gars de belle taille.

— Pas nécessairement, objecta Rafto en reniflant l'air. Les empreintes sont irrégulières, même ici en terrain plat. Ce qui indique que la personne a de plus petits pieds que ses chaussures. Il voulait sans doute nous rouler dans la farine. »

Rafto sentit le regard des autres sur lui. Il savait ce qu'ils pensaient. Qu'il se retrouvait là à essayer de briller de nouveau un peu, cette étoile de jadis, celui que les journaux avaient adoré ; grande gueule, beau parleur et d'une poigne à l'avenant. En deux mots, un homme fait pour les manchettes. Mais à un moment donné, il était devenu trop grand pour eux, pour eux tous, la presse comme les collègues. Gert Rafto avait commencé à recevoir des messages indirects disant qu'il ne pensait qu'à lui et à jouer les vedettes ; que dans son égoïsme, il piétinait trop de collègues et de cadavres. Mais il n'en avait eu cure. Ils n'avaient rien sur lui. Pas grand-chose, en tout cas. Deux ou trois objets de valeur avaient disparu de lieux de crime. Un bijou ou une montre ayant appartenu au défunt, des choses dont on pouvait penser que personne ne les réclamerait. Mais un jour, un collègue de Rafto avait cherché un stylo et ouvert un de ses tiroirs. C'était en tout état de cause ce qu'il avait dit. Et il avait trouvé trois anneaux. Rafto avait été convoqué chez le capitaine de police pour donner des explications, et s'était vu prier de la boucler et de surveiller ses petites mains fiévreuses. Point. Mais les rumeurs avaient commencé à circuler. Certaines personnes dans la presse avaient même eu connaissance de cela. Il n'était donc peut-être pas si surprenant que, quand les accusations de violences policières avaient touché le commissariat quelques années plus tôt, on avait trouvé immédiatement des preuves concrètes contre une personne bien précise. L'homme fait pour les manchettes.

Gert Rafto était coupable de ces faits, personne n'en doutait. Mais tout le monde savait aussi que l'inspecteur principal servait de bouc émissaire pour des pratiques qui sévissaient depuis bien des années. Rien que pour avoir signé pas mal de rapports sur les personnes arrêtées – dont la plupart avaient agressé des enfants ou revendaient de la drogue – qui étaient tombées dans le vieil escalier descendant aux cellules de détention préventive, en se faisant tout seuls quelques bleus çà et là.

Les journaux avaient été impitoyables. Le surnom dont ils l'avaient affublé, le Rafto de fer, n'était pas spécialement original, mais néanmoins, il faisait mouche. Et à présent, il prenait une autre signification. Les journalistes avaient interviewé plusieurs de ses anciens ennemis de part et d'autre de la loi, qui avaient bien évidemment sauté sur l'occasion pour se venger. Alors, quand la fille de Rafto était rentrée en larmes de l'école en disant qu'ils l'avaient appelée « l'escalier de fer », sa femme avait décrété que c'en était assez, qu'il ne pouvait pas s'attendre à ce qu'elle reste assise là à regarder toute la famille se voir traîner dans la boue. Comme tant de fois auparavant, il avait perdu le contrôle. Par la suite, elle avait emmené sa fille, et cette fois, elle n'était pas revenue.

C'étaient des temps difficiles, mais il n'oublia jamais qui il était. Il était le Rafto de fer. Et à la fin de sa quarantaine, il avait tout misé, travaillé jour et nuit pour reconquérir les galons perdus. Mais personne n'avait oublié, les blessures étaient trop profondes. Ils ne voulaient pas qu'il resplendisse de nouveau et leur rappelle, à eux ainsi qu'aux médias, ce qu'ils essayaient si désespérément de laisser derrière. Les images de corps menottés, cruellement meurtris. Mais il allait leur montrer. Leur montrer que Gert Rafto n'était pas homme à se laisser enterrer avant l'heure. Que la ville, là, en bas, lui appartenait à lui et non aux sociologues, aux bonnes femmes et aux gants de soie assis derrière leurs bureaux, la langue si longue qu'elle atteignait aussi bien les politiciens locaux que le trou de balle des journalistes de centre-gauche.

« Prenez quelques photos et transmettez-moi une identification, demanda Rafto au technicien à l'appareil photo.

— Et qui va identifier ça ? »

Le jeune homme tendit un index. Rafto n'appréciait pas le ton employé.

« Quelqu'un ne va pas tarder à déclarer la disparition de cette nana, si ce n'est déjà fait. Au boulot, junior. »

Rafto grimpa au sommet et regarda derrière ce qui s'appelait simplement « Vidden », dans le dialecte de Bergen. Son regard balaya le paysage et s'arrêta sur une colline, et ce qui ressemblait à une personne, exactement à son sommet. Mais dans ce cas, elle était parfaitement immobile. C'était peut-être un cairn ? Rafto ferma très fort les yeux. Il avait dû venir ici des centaines de fois se promener avec sa femme et sa fille, mais il n'arrivait pas à se rappeler ce cairn. Il descendit aux télécabines, discuta avec le responsable et lui emprunta ses jumelles. Quinze secondes plus tard, il put affirmer que ce n'était pas un cairn, seulement trois gros agrégats de neige que quelqu'un avait dû empiler.

Rafto n'aimait pas Fjellsiden, avec ses maisons prétendument pittoresques de guingois sans isolation thermique, ses escaliers et ses caves dans des ruelles étroites où le soleil ne parvenait jamais, mais où des gosses de riches étaient disposés à payer des millions pour acquérir du berguénois authentique et le retaper jusqu'à ce qu'il ne reste pas même une tommette de l'original. Ici, on n'entendait plus le son de pieds d'enfants courant sur le pavé, les prix avaient depuis longtemps chassé le gamin de Bergen et les familles d'enfants en bas âge vers des banlieues de l'autre côté des montagnes. Au contraire, c'était calme et vide comme dans un quartier d'affaires stérile.

Pourtant, quand il grimpa les marches de pierre et sonna, il eut la sensation d'être observé.

Au bout d'un moment, la porte s'ouvrit et un visage pâle et angoissé de femme le regarda avec une expression interrogatrice.

« Onny Hetland ? s'enquit Rafto en brandissant sa carte nominative. C'est au sujet de votre amie, Laila Aasen. »

L'appartement était minuscule et son agencement incompréhensible ; il fallait passer par la cuisine pour accéder à la salle de bains, laquelle était entre la chambre et le salon. Dans le salon, entre les tapisseries bordeaux à motifs, Onny Hetland avait à peine réussi à insérer un canapé et un fauteuil dans les tons de vert et d'orange, et des piles de magazines, de livres et de CD occupaient le peu d'espace au sol qui restait. Rafto enjamba une gamelle d'eau renversée et un chat pour pouvoir accéder au canapé. Onny Hetland s'assit dans le fauteuil et se mit à tripoter la chaîne qu'elle portait autour du cou. La pierre verte en pendentif était nettement fendue. Peut-être un défaut. Ou peut-être était-ce normal.

Onny Hetland avait appris la mort de son amie tôt dans la matinée par le concubin de Laila, Bastian. Mais son visage refléta pourtant des variations dramatiques tandis que Rafto lui décrivait sans complaisance les détails.

« Épouvantable, murmura Onny Hetland. Bastian ne m'en a rien dit.

— C'est parce que nous ne voulons pas le faire savoir. Bastian m'a dit que vous étiez la meilleure amie de Laila ? »

Onny hocha la tête.

« Savez-vous ce que Laila faisait sur Ulriken ? Son concubin n'en avait aucune idée, lui et les enfants étaient chez sa mère à Florø, hier. »

Onny secoua la tête. C'était un mouvement plein de conviction. Qui ne devait laisser aucun doute. Ce ne fut pas le mouvement en lui-même le problème. Ce fut le centième de seconde qui avait précédé ledit mouvement. Et ce centième était tout ce dont Gert Rafto avait besoin.

« Ceci est une affaire de meurtre, mademoiselle Hetland. J'espère que vous en comprenez la gravité, ainsi que les risques que vous courez en ne me racontant pas tout ce que vous savez. »

Elle regarda ce policier au visage de bouledogue, manifestement troublée. Il flaira la proie :

« Si vous croyez prendre en considération sa famille, vous vous méprenez. Ces choses-là ressortiront de toute façon. »

Elle déglutit. Elle avait l'air effrayée. Elle avait eu cette expression dès qu'elle avait ouvert la porte. Il lui assena alors le coup de grâce, cette menace en réalité anodine qui semblait malgré tout si étonnamment efficace sur les innocents comme sur les coupables :

« Vous pouvez me le dire maintenant, ou me suivre pour une audition au poste. »

Les larmes lui vinrent aux yeux, et la voix à peine audible parvint de quelque part derrière sa gorge :

« Elle devait rencontrer quelqu'un, là-bas.

— Qui ? »

Onny Hetland prit une inspiration frémissante.

« Laila ne m'a dit que son prénom et sa profession. Et que c'était secret, que personne ne devait le savoir. Surtout pas Bastian. »

Rafto baissa les yeux sur son bloc-notes pour dissimuler son enthousiasme.

« Et ce nom et cette profession, c'étaient ? »

Il nota ce que lui dit Onny Hetland. Regarda son bloc. C'était un nom assez courant. Et une profession assez courante. Mais puisque Bergen est une ville assez petite, il songea que cela suffisait. Il savait de tout son être qu'il était sur la bonne piste. Et par tout son être, Gert Rafto entendait trente années d'expérience dans la police et une connaissance de l'individu basée sur une misanthropie généralisée.

« Vous devez me promettre une chose, reprit Rafto. C'est que vous ne direz à absolument personne ce que vous venez de me confier. Même pas à la famille. Pas à la presse. Même pas à d'autres policiers à qui vous seriez amenée à parler. C'est compris ?

— Pas… à des policiers ?

— Sous aucun prétexte. C'est moi qui dirige cette enquête, et je dois avoir le contrôle entier de qui a ces informations. Jusqu'à ce que je vous donne une autre consigne, vous ne savez rien. »

Enfin, songea Rafto en se retrouvant de nouveau sur les marches. Du verre scintilla lorsqu'une fenêtre s'ouvrit plus bas dans la ruelle, et il eut de nouveau la sensation d'être observé. Et alors ? La revanche était à lui. À lui seul. Gert Rafto boutonna son manteau, remarquant à peine cette pisse berguénoise qui tombait du ciel tandis qu'il descendait dans un triomphe silencieux les rues glissantes vers le centre-ville.

Il était cinq heures de l'après-midi, et la pluie coulait lentement sur Bergen depuis un ciel à l'emballage fichu. Sur la table devant lui, Gert Rafto avait une liste de noms que lui avait envoyée le syndicat. Il avait commencé à y chercher des candidats portant le nom idoine. Uniquement trois jusque-là. Deux heures seulement le séparaient de sa visite chez Onny Herland, et Rafto pensait qu'il ne tarderait pas à savoir qui avait tué Laila Aasen. Une affaire résolue en moins de douze heures. Et personne ne pourrait la lui prendre, s'en attribuer le mérite, personne d'autre que lui. Parce qu'il allait en informer personnellement la presse. La presse de la capitale avait franchi les montagnes en avion et faisait déjà le siège du commissariat. Le directeur des services de police avait fait savoir que les détails concernant la découverte du cadavre ne devaient pas être rendus publics, mais les vautours avaient quand même flairé le bain de sang.

« Il a dû y avoir une fuite », avait constaté le directeur de la police en regardant Rafto, qui n'avait ni répondu ni souri de ce large sourire qui voulait percer. Car à présent, ils étaient là, au-dehors ; prêts à faire leurs rapports. Et bientôt, Gert Rafto rede-viendrait le roi du commissariat de Bergen.

Il baissa le volume de la radio, où Whitney Houston avait insisté tout l'automne sur le fait qu'elle l'aimerait toujours, mais avant qu'il ait eu le temps de saisir le combiné du téléphone, l'appareil sonna.

« Rafto, annonça-t-il avec agacement, impatient d'en découdre.

— C'est moi que tu cherches. »

Si le policier dégradé comprit sur-le-champ qu'il ne s'agissait pas d'une blague ou d'un désaxé, ce fut à cause de la voix. Elle était froidement maîtrisée, avec la diction claire et objective qui excluait les déments et les alcooliques habituels. Mais il y avait autre chose, qu'il ne saisissait pas complètement.

Rafto toussa bruyamment, deux fois. Prit son temps. Comme pour bien montrer qu'il n'était pas désarçonné :

« Qui est au bout du fil ?

— Tu le sais. »

Rafto ferma les yeux et poussa un juron muet, sincère. Bon sang, bon sang, le coupable était en train de se dénoncer. Et ce serait loin d'avoir le même effet que son arrestation par lui, Rafto.

« Qu'est-ce qui te fait croire que je suis sur ta piste ? demanda le policier entre des dents serrées.

— Je le sais, c'est tout. Et si on peut faire les choses à ma façon, ça se fera comme tu le veux.

— Et qu'est-ce que je veux ?

— Tu veux m'arrêter. Et tu vas pouvoir le faire. Seul. Tu m'écou-tes bien, à présent, Rafto ? »

Le policier hocha la tête avant d'avoir pu se ressaisir suffisam-ment pour articuler un « oui ».

« Retrouve-moi au totem du parc Nordnes, fit la voix. Dans exactement dix minutes. »

Rafto essaya de réfléchir. Le parc Nordnes se trouvait près de l'aquarium, il y serait en moins de dix minutes. Mais pourquoi se retrouver là-bas, dans un parc tout au bout d'un cap, et pas ailleurs ?

« Pour que je puisse voir que tu viens seul, poursuivit la voix comme en réponse à ses pensées. Si je vois d'autres policiers ou si tu arrives en retard, je disparais. Pour toujours. »

Le cerveau de Rafto traita, calcula et conclut. Il n'aurait pas le temps de mettre une équipe sur pied avant l'arrestation. Il devrait l'écrire dans son rapport pour expliquer pourquoi il s'était trouvé dans l'obligation de procéder à l'arrestation en solo. C'était parfait.

« Très bien, répondit Rafto. Qu'est-ce qui se passera, à ce moment-là ?

— Je te raconte tout et je te donne les conditions pour ma capitulation.

— Quel genre de conditions ?

— Que je ne porte pas de menottes pendant le procès. Que la presse n'ait pas accès. Que je puisse purger ma peine à un endroit où je n'aurai pas besoin de côtoyer d'autres prisonniers. »

Rafto faillit se mettre à tousser. « Bon, acquiesça-t-il en regardant l'heure.

— Attends, il y a d'autres conditions. Télé dans la chambre, tous les livres que je puisse souhaiter.

— On devrait pouvoir y arriver.

— Quand tu auras signé l'accord avec mes conditions, je t'accompagnerai.

— Et si… », commença Rafto, mais l'autre avait déjà raccroché.

Rafto se gara à Verftet. Ce n'était pas le chemin le plus court, mais cela signifiait qu'il aurait un meilleur point de vue sur le parc au moment d'y entrer. Le grand parc couvrait un terrain accidenté sillonné de sentiers battus et de buttes d'herbe jaune. Les arbres pointaient leurs doigts noirs et noueux vers des nuages lourds dérivant de la mer derrière Askøy. Un homme partit en hâte derrière un rottweiler tenu court en laisse. Rafto tâta son revolver Smith & Wesson dans la poche de son manteau au moment où il passait au niveau de la plage de Nordnes et le bassin vide peint en blanc ressemblant à une baignoire surdimensionnée au bord de la mer.

Après le virage, il distingua les dix mètres du totem, un cadeau de deux tonnes offert par Seattle à l'occasion du neuf centième anniversaire de Bergen. Il entendait sa propre respiration et le léger claquement des feuilles mouillées contre les semelles de ses chaussures. Il se mit à pleuvoir. De petites gouttes acérées lui cinglaient le visage.

Une personne seule attendait près du totem, tournée vers Rafto, comme si elle avait su qu'il arriverait par là et pas par l'autre côté.

Rafto étreignit son revolver en parcourant les derniers mètres. Arrivé à deux mètres de l'individu, il s'arrêta. Ferma très fort les yeux pour se protéger de la pluie. Ça ne pouvait pas être vrai.

« Surpris ? » demanda la voix qu'il parvenait seulement maintenant à situer.

Rafto ne répondit pas. Son cerveau avait recommencé à traiter.

« Tu pensais me connaître, reprit la voix. Mais il se trouve que c'est juste moi qui te connaissais. Voilà pourquoi je savais que tu essaierais de faire ça seul. »

Rafto écarquilla les yeux.

« C'est un jeu », lâcha la voix.

Rafto toussota : « Un jeu ?

— Oui. Tu aimes jouer, non ? »

Rafto referma la main autour de la crosse de son revolver, la tint de telle sorte qu'il soit sûr que l'arme ne se prendrait pas dans la poche du manteau s'il devait l'en sortir en hâte.

« Pourquoi moi en particulier ? s'enquit-il.

— Parce que tu étais le meilleur. Je ne joue que contre les meilleurs.

— Tu es fou, murmura Rafto, qui le regretta à l'instant même.

— Sur ce point précis, répondit l'autre avec un petit sourire, il y a peu de doute. Mais toi aussi tu es fou, mon cher. Nous sommes tous fous. Nous sommes des fantômes qui ne trouvons pas le chemin pour rentrer chez eux. Il en a toujours été ainsi. Tu sais pourquoi les Indiens faisaient ces choses-là ? »

La personne devant Rafto pointa un doigt ganté sur le tronc orné de personnages sculptés accroupis les uns sur les autres, qui regardaient le fjord de leurs grands yeux noirs et aveugles.

« Pour garder les âmes, poursuivit l'individu. Pour qu'elles ne se perdent pas. Mais un totem, ça pourrit. Et il est censé pourrir, ça fait partie des choses importantes. Et quand il a disparu, l'âme doit trouver de nouveaux refuges. Peut-être dans un masque. Peut-être dans un miroir. Ou peut-être dans un nouveau-né. »

Les cris rauques de l'aire des pingouins résonnaient depuis l'aquarium.

« Tu veux me dire pourquoi tu l'as tuée ? demanda Rafto, en notant que sa voix à lui aussi était devenue rauque.

— Dommage que le jeu soit terminé, Rafto. Ç'a été amusant.

— Et comment as-tu découvert que j'étais sur ta piste ? »

L'autre leva la main, et Rafto fit automatiquement un pas en arrière. Quelque chose pendait de la main. Un tour de cou. Une pierre verte en forme de larme marquée d'une fente noire se balançait au bout. Rafto sentit les coups sourds de son propre cœur.

« Au début, Onny Hetland n'a rien voulu dire. Mais elle s'est laissé… comment allons-nous dire… convaincre ?

— Tu mens. » Rafto prononça les mots sans souffle ni conviction.

« Elle m'a raconté que tu l'avais obligée à ne rien dire à tes collègues. C'est à ce moment-là que j'ai compris que tu accepterais ma proposition de venir ici seul. Parce que tu penserais que ce serait la nouvelle demeure de ton âme, ta résurrection. Pas vrai ? »

La pluie fine et froide se déposait comme de la sueur sur le visage de Rafto. Il avait posé le doigt sur la détente de son revolver, et se concentra pour parler lentement, avec maîtrise :

« Tu as choisi le mauvais endroit. Tu tournes le dos à la mer, et il y a des voitures de police dans toutes les rues qui partent d'ici. Personne ne peut s'échapper. »

La personne devant lui huma l'air. « Tu la sens, Gert ?

— Quoi ?

— La peur. L'adrénaline a une odeur assez caractéristique. Mais tu sais déjà tout ça. Je suis sûr que tu le percevais chez ceux que tu passais à tabac quand tu les arrêtais. Laila aussi sentait ça. Surtout quand elle a vu les instruments que j'allais utiliser. Et Onny encore plus puissamment. Sans doute parce que tu lui avais parlé de Laila, et elle a compris ce qui allait arriver dès qu'elle m'a vu. C'est une odeur relativement excitante, tu ne trouves pas ? J'ai lu que c'est de cette odeur que les prédateurs se servent pour trouver leurs proies. Imagine la proie tremblante qui essaie de se cacher, mais qui sait déjà que c'est l'odeur de sa propre peur qui va la tuer. »

Rafto regarda les mains gantées de son interlocuteur, pendantes, vides. Il faisait plein jour près du centre de la seconde plus grande ville de Norvège. Abstraction faite de son âge, il était en bonne condition physique, après ces dernières années sans alcool. Ses réflexes étaient rapides, et sa technique de combat plus ou moins intacte. Tirer son revolver lui prendrait quelques fractions de seconde. Alors pourquoi avait-il si peur que ses dents claquaient dans sa bouche ?

CHAPITRE 6

Jour 2. Téléphone cellulaire

L'inspecteur Magnus Skarre se renversa dans son fauteuil de bureau et ferma les yeux. L'image qui apparut alors sur-le-champ était en costume et lui tournait le dos. Il rouvrit rapidement les paupières et regarda sa montre. Six heures. Il décréta qu'il avait besoin d'une pause, étant donné qu'il en était aux routines incontournables en cas de recherches de disparu. Il avait appelé tous les hôpitaux pour savoir s'ils avaient fait entrer une certaine Birte Becker. Puis les Norgestaxi et les Oslotaxi pour reprendre avec eux les courses effectuées à proximité de l'adresse de Hoff, la nuit précédente. Discuté avec le personnel de sa banque, et eu la confirmation qu'elle n'avait pas retiré de gros montant de son compte avant sa disparition, et qu'aucun retrait n'avait été enregistré depuis la nuit précédente. Les policiers de garde à l'aéroport d'Oslo avaient pu consulter les listes de passagers de la veille au soir, mais le seul Becker était le mari, Filip, voyageant sur le vol à destination de Bergen. En outre, Skarre avait eu les compagnies de ferries en partance pour le Danemark et l'Angleterre, même si les chances qu'elle soit partie à l'étranger étaient minces étant donné que son passeport était conservé par son mari, ce qu'il le leur avait bien montré. L'ambitieux inspecteur avait envoyé l'habituel fax de sécurité à tous les hôtels d'Oslo et de l'Akershus, et fini par diffuser un avis de recherche à toutes les unités opérationnelles, y compris les voitures en patrouille à Oslo.

La seule chose qui restait, c'était la question du téléphone mobile.

Magnus appela Harry et lui fit un compte rendu de la situation. L'inspecteur principal avait la respiration lourde, sur fond de pépiements furieux d'oiseaux. Harry posa quelques questions concernant le téléphone mobile avant de raccrocher. Skarre se leva et sortit dans le couloir. La porte du bureau de Katrine Bratt était ouverte, la lumière allumée, mais la pièce était vide. Il prit l'escalier jusqu'à la cantine, à l'étage au-dessus.

Le service était terminé, mais il y avait du café tiède à disposition, ainsi que du craque-pain et de la confiture sur une table roulante tout de suite en entrant. Seules quatre personnes se trouvaient dans la pièce, et Katrine Bratt en faisait partie, à une table près du mur. Elle lisait des documents reliés dans un classeur. Un verre d'eau et un casse-croûte en deux parties lui faisaient face sur la table. Elle portait des lunettes. Monture fine, verres fins, elles étaient presque invisibles sur son visage.

Skarre se servit un café et alla la rejoindre à sa table.

« Heures supplémentaires prévues ? » demanda-t-il en s'asseyant.

Magnus Skarre crut entendre un soupir avant de la voir lever les yeux de la page qu'elle lisait.

« Comment je le savais ? sourit-il. Casse-croûte maison. Tu savais avant de partir de chez toi que la cantine ferme à cinq heures, et que tu resterais plus longtemps. Désolé, on devient comme ça à force d'être enquêteur.

— C'est vrai ? répondit-elle sans que son visage exprime quoi que ce fût, tandis que ses yeux cherchaient de nouveau sur la feuille dans le classeur.

— Yep. » Skarre avala un peu de café et profita de l'occasion pour la regarder. Elle était penchée en avant, et il pouvait donc voir dans le décolleté de son chemisier, ainsi que les dentelles en haut d'un soutien-gorge blanc. « Prends cette disparition, aujourd'hui. Je ne dispose d'aucune information de plus que les autres. Et pourtant, je me dis qu'elle est peut-être toujours à Hoff. Qu'elle est peut-être quelque part sous la neige ou les feuilles mortes. Ou dans l'un des nombreux petits lacs ou ruisseaux qui s'y trouvent. »

Katrine Bratt ne répondit pas.

« Et tu sais pourquoi je le pense ?

— Non », réagit-elle d'une voix de robot sans cesser sa lecture.

Skarre s'étira par-dessus la table et posa un téléphone mobile juste en face d'elle. Katrine Bratt leva les yeux, une expression résignée sur le visage.

« C'est un téléphone mobile, expliqua-t-il. Tu penses sans doute que c'est une découverte assez récente. Mais en 1973 déjà, le père du téléphone mobile, Martin Cooper, appelait sa femme à la maison lors de ce qui était la première conversation téléphonique avec un mobile. Et naturellement, à ce moment-là, il ne se doutait pas que cette découverte allait devenir l'un des moyens les plus importants que nous utilisons dans la police pour retrouver des disparus. Si tu veux devenir une enquêtrice valable, Bratt, tu devrais écouter et apprendre ce genre de choses. »

Katrine ôta ses lunettes et regarda Skarre avec un petit sourire qu'il apprécia, sans toutefois parvenir à l'interpréter. « Je suis tout ouïe, inspecteur.

— Bien. Parce que Birte Becker possède un téléphone mobile. Et un téléphone mobile envoie des signaux perçus par les stations de base du secteur dans lequel il se trouve. Pas uniquement quand on appelle, mais quand l'appareil est allumé, en fait. Voilà pourquoi les Américains lui ont tout de suite donné le nom de *cellular phone*. Parce qu'il est couvert par des stations de base dans de petites zones, des cellules, donc. J'ai vérifié avec Telenor, et la base qui couvre Hoff reçoit toujours des signaux provenant du téléphone de Birte. Mais on a fouillé toute la maison, et il n'y a pas de téléphone. Il y a peu de chances qu'elle l'ait perdu juste à côté de chez elle, la coïncidence serait trop frappante. Ergo... » Skarre leva les mains tel un prestidigitateur au terme d'un tour. « Après ce café, j'appelle le centre d'opérations, et j'envoie une équipe de recherches.

— Bon courage, souhaita Katrine en lui tendant le téléphone mobile, avant de recommencer à tourner les pages.

— Ça, c'est une des vieilles affaires de Hole, non ? voulut savoir Skarre.

— Oui, c'est ça.

— Il croyait qu'il y avait un tueur en série dans la nature.

— Je sais.

— Ah oui ? Alors tu sais sans doute qu'il se trompait ? Et que ce n'était pas non plus la première fois. Il est littéralement obsédé par les tueurs en série, Hole. Il se croit aux États-Unis. Mais il n'a pas encore trouvé le sien dans ce pays.

— Il y a davantage de tueurs en série en Suède. Thomas Quick, John Asonius. Tore Hedin…

— Tu as bien appris tes leçons, rit Magnus Skarre. Mais si tu as envie d'apprendre deux ou trois trucs sur la façon d'enquêter en bonne et due forme, je propose que toi et moi nous nous barrions d'ici pour aller boire une bière.

— Merci, je n'ai…

— Et peut-être manger un morceau. Ton casse-dalle n'était pas gros. »

Skarre capta enfin son regard et le soutint. Il avait un éclat singulier, comme si un feu y couvait au loin. Il n'avait encore jamais rien vu de tel. Et il songea qu'il y était parvenu, qu'il avait allumé cet incendie, qu'au cours de cette conversation, il avait grimpé dans la division de son interlocutrice.

« Tu peux voir ça comme… », commença-t-il en faisant mine de chercher le mot : « un cours ».

Elle sourit. Largement.

Skarre sentit son pouls s'accélérer ; il s'échauffait et il lui semblait déjà sentir son corps et son genou se coller contre ses doigts, entendre leur crissement quand sa main remonterait.

« Qu'est-ce que tu veux, Skarre ? Draguer la petite nouvelle de la section ? » Elle sourit encore plus largement, l'éclat se fit encore plus net. « Te grouiller de la sauter, comme les mioches crachent sur les plus grosses parts de gâteau, pendant les fêtes d'anniversaire, pour pouvoir les avoir tranquillement avant les autres ? »

Magnus Skarre devina que sa mâchoire inférieure avait dévissé.

« Laisse-moi te donner un ou deux tuyaux, sans aucune arrière-pensée. Garde tes distances vis-à-vis des nanas au boulot. Ne prends pas le temps d'aller boire un café à la cantine si tu penses avoir fait une touche. Et n'essaie pas de me faire croire que c'est toi qui as appelé le centre d'opérations. Tu as appelé l'inspecteur principal Hole, et c'est lui qui décidera s'il faut lancer des recherches ou non. À ce moment-là, il appellera le centre de secours qui a des gens prêts, pas une équipe de secours d'ici. »

Katrine fit une boule de l'emballage de son casse-croûte, qu'elle lança vers la poubelle derrière Skarre. Il n'eut pas besoin de se retourner pour savoir qu'elle avait fait mouche. Elle referma sèchement le classeur et se leva, mais Skarre avait réussi à se reprendre quelque peu.

« Je ne sais pas ce que tu te figures, Bratt. Tu es une rombière mariée qui ne reçoit peut-être pas assez à la maison, et qui espère donc qu'un mec comme moi pourra... pourra... » Il ne trouvait pas les mots. Bordel, il ne trouvait pas les mots. « Je propose seulement de t'apprendre quelques trucs, pauvre conne. »

Il se passa quelque chose sur le visage de la jeune femme, comme si un rideau était tiré sur le côté, de sorte qu'il puisse voir directement dans les flammes. Pendant un instant, il fut convaincu qu'elle allait frapper. Mais rien n'arriva. Et lorsqu'elle reprit la parole, il se rendit compte que tout ne s'était passé que sur le visage de Katrine Bratt ; elle n'avait pas bougé un doigt, sa voix était pleinement maîtrisée :

« Je te demande pardon si je t'ai mal compris, commença-t-elle sans que son expression indique qu'elle y accordait beaucoup de vraisemblance. D'ailleurs, Martin Cooper n'a pas passé le premier coup de téléphone avec un mobile à sa femme, mais à son concurrent Joel Engel, des Bell Laboratories. Tu crois que c'était pour lui apprendre deux ou trois trucs, Skarre ? Ou pour crâner ? »

Skarre la regarda s'éloigner, vit la jupe frotter contre le postérieur tandis qu'elle se trémoussait vers la sortie. Merde, cette nénette était siphonnée ! Il eut envie de se lever et de lui balancer quelque chose. Mais il savait qu'il louperait sa cible. En outre, c'était aussi bien de rester assis, il craignait que son érection fût toujours visible.

Harry sentait ses poumons appuyer contre l'intérieur de ses côtes. Sa respiration avait commencé à se calmer. Mais pas son cœur, qui cavalait comme un lièvre dans sa poitrine. Le survêtement lourd de sueur, il s'était arrêté à l'orée du bois près de l'Ekebergrestaurant. Le restaurant de style fonctionnaliste datant de l'entre-deux-guerres avait naguère été la fierté d'Oslo, trônant au-dessus de la ville sur le flanc escarpé de la colline, vers l'est. Puis les clients avaient cessé de parcourir le long trajet entre le centre-ville et la forêt. L'établissement était devenu déficitaire, s'était détérioré pour devenir une bicoque pelée pour vieux danseurs sur le retour, buveurs entre deux âges et âmes esseulées en quête d'âmes esseulées. Pour finir, on avait fermé le restaurant. Harry avait aimé venir ici en voiture, au-dessus du couvercle jaune des gaz d'échappement de la ville, pour courir sur la multitude de sentiers, sur ce terrain accidenté qui résistait et provoquait des brûlures d'acide lactique dans les muscles. Il avait aimé s'arrêter près de ce restaurant, s'asseoir à cette terrasse trempée, envahie par la végétation, pour regarder la ville qui avait jadis été sienne.

En contrebas, la ville gisait dans une cuvette entourée de collines de tous les côtés, avec le fjord comme seule possibilité de retraite. Les géologues prétendaient qu'Oslo était un cratère de volcan éteint. Par des soirs comme celui-là, il arrivait à Harry de se figurer les lumières de la ville comme des perforations dans la croûte terrestre, par où luisait la lave en fusion qui se trouvait en dessous. En se basant sur le tremplin de Holmenkollbakken, ressemblant à une virgule blanche illuminée sur la colline à l'autre bout de la ville, il tenta de déterminer où pouvait bien se trouver la maison de Rakel.

Il pensa à la lettre. Et au coup de téléphone qu'il venait de recevoir de Skarre concernant les signaux émis par le téléphone disparu de Birte. Son cœur battait plus lentement, à présent, pompait du sang et envoyait à son cerveau des signaux calmes, réguliers, disant qu'il y avait toujours de la vie. Comme un téléphone mobile à une station de base. Cœur, songea Harry. Signal. La lettre. C'était une pensée aberrante. Alors pourquoi ne l'avait-il pas rejetée ? Pourquoi calculait-il déjà le temps qu'il faudrait pour courir à la voiture, faire le trajet jusqu'à Hoff et voir qui d'entre eux était le plus insensé ?

Depuis la fenêtre, Rakel regardait la propriété vers les sapins barrant la vue chez les voisins. Lors d'une réunion du groupement d'intérêts locaux du secteur, elle avait suggéré que l'on abatte quelques arbres pour laisser pénétrer davantage de lumière ; elle avait rencontré une réticence muette, malgré tout assez claire pour la dissuader de demander un vote. Les sapins empêchaient de voir chez les gens, et c'était exactement ce que l'on voulait sur Holmenkollåsen. La neige n'avait pas disparu de ce quartier au-dessus de la ville, où les BMW et les Volvo se glissaient prudemment sur les buttes sinueuses quand elles s'en retournaient aux portes de garage automatisées, aux dîners tout prêts cuisinés par des épouses affinées en club de gym, en congé sabbatique et ne recevant qu'un petit peu d'aide des stagiaires.

Même à travers l'importante couche de matériaux séparant les étages de la villa de rondins héritée de son père, Rakel entendait la musique depuis la chambre d'Oleg, au premier. Led Zeppelin et The Who. Quand elle-même avait douze ans, il aurait été inconcevable d'écouter la même musique que celle de ses parents au même âge. Mais c'était Harry qui avait offert ces disques à Oleg, et ce dernier les passait avec un dévouement non feint.

Elle pensa que Harry avait terriblement maigri, qu'il était rentré en lui-même. Tout comme le souvenir qu'elle avait de lui. C'était presque effrayant de voir la vitesse à laquelle une personne avec qui on avait été particulièrement intime pouvait pâlir et disparaître. Ou c'était peut-être justement pour ça : on avait été si proches que par la suite, quand cela n'était plus, les choses semblaient irréelles, comme un rêve rapidement oublié parce que de toute façon, il n'a eu lieu que dans le crâne d'une personne. C'était peut-être pour cette raison que cela avait été un choc de le revoir. Le prendre dans ses bras, le sentir, entendre sa voix autrement qu'au téléphone, sortant d'une bouche aux lèvres étrangement douces au milieu de ce visage dur et plus ridé que jamais. Regarder dans ces yeux bleus, à l'éclat qui croissait et décroissait en intensité au fil de son récit. Tout comme avant.

Malgré tout, elle était heureuse que ce soit terminé, quelque chose qu'elle avait laissé derrière elle. Que cet homme soit devenu une personne avec qui elle ne partagerait pas son avenir, une personne qui n'entrerait pas dans sa vie à elle et à Oleg en traînant sa réalité salingue avec lui.

Elle allait mieux, à présent. Bien mieux. Elle regarda l'heure. Il ne tarderait pas. Car au contraire de Harry, lui était ponctuel.

Mathias s'était tout à coup retrouvé là, un jour de l'été de l'an passé. Au cours d'une garden-party organisée par le groupement d'intérêts locaux de Holmenkollen. Il ne résidait même pas dans le coin, il avait été invité par des amis ; Rakel et lui avaient passé la soirée entière à discuter ensemble. Surtout d'elle, en réalité. Il avait écouté avec attention et un intérêt quelque peu médical, avait-elle trouvé. Mais il l'avait rappelée deux jours plus tard pour lui demander si elle voulait l'accompagner à une exposition au centre Henie-Onstad de Høvikodden. En ajoutant qu'Oleg pouvait parfaitement venir, car il y avait également une exposition pour les enfants. Le temps avait été exécrable, l'art médiocre et Oleg grognon. Mais Mathias était parvenu à alléger un peu l'atmosphère avec sa bonne humeur et des remarques cinglantes à l'adresse du talent de l'artiste. Ensuite, il les avait reconduits, s'était excusé pour l'idée et avait promis avec un sourire de ne jamais plus les réinviter à quoi que ce soit. À moins qu'ils ne le demandent, bien entendu. Après cela, Mathias était parti une semaine au Botswana. Et il l'avait appelée le soir même de son retour, pour lui demander s'il pouvait la revoir.

Elle entendit une voiture qui rétrogradait pour amorcer l'ascension de l'allée escarpée. Il conduisait une Honda Accord d'un modèle assez ancien. Sans savoir pourquoi, elle aimait bien. Il se garait devant le garage, jamais à l'intérieur. Et ça aussi, elle aimait bien. Elle appréciait qu'il apporte du linge de rechange et une trousse de toilette dans un sac qu'il remportait le lendemain matin, qu'il lui demande quand elle voulait le revoir, qu'il ne considère rien comme acquis. Bien sûr, les choses pouvaient changer, maintenant, mais elle y était préparée.

Il descendit de voiture. Il était grand, presque autant que Harry, et sourit en tournant vers la fenêtre de la cuisine son visage ouvert de gamin, même s'il devait être exténué après sa longue garde. Oh oui, elle y était préparée. À un homme présent, qui l'aimait et donnait, sur tout le reste, la priorité à leur petit trio. Elle entendit une clé tourner dans la serrure. La clé qu'elle lui avait remise une semaine plus tôt. Mathias avait eu l'air d'un point d'interrogation, comme un enfant qui vient de décrocher son billet d'entrée pour la fabrique de chocolat.

La porte s'ouvrit, il fut à l'intérieur et elle dans ses bras. Elle trouvait même que son manteau de laine sentait bon. Elle le sentait, délicieux et d'un froid automnal contre sa joue, mais la chaleur sûre du dedans irradiait déjà vers son corps.

« Qu'y a-t-il ? demanda-t-il en riant dans ses cheveux.

— Ce que je t'ai attendu… », murmura-t-elle.

Elle ferma les yeux, et ils s'immobilisèrent un moment ainsi.

Elle le lâcha et regarda son visage souriant. C'était un bel homme. Plus beau que Harry.

Il se libéra, déboutonna son manteau, le suspendit et la précéda jusqu'au vidoir à eaux sales, où il se lava les mains. C'était toujours ce qu'il faisait en rentrant du département d'anatomie, où ils manipulaient de véritables cadavres pendant leurs cours. Comme Harry s'était lavé les mains en rentrant d'une enquête sur un meurtre. Mathias ouvrit le placard sous le vidoir, versa des pommes de terre d'un sac dans l'évier et ouvrit le robinet :

« Comment s'est passée ta journée, chérie ? »

Elle pensa que bien des autres hommes auraient plutôt posé des questions sur la soirée précédente. Il savait qu'elle avait rencontré Harry. Et elle l'appréciait pour cela aussi. Elle répondit en regardant par la fenêtre. Son regard parcourait les sapins, vers la ville en contrebas, sous eux, où les lumières apparaissaient déjà. Il était quelque part là-bas, à présent. Dans une chasse désespérée après quelque chose qu'il n'avait jamais trouvé, et qu'il ne trouverait jamais. Elle le plaignait. La compassion, c'était tout ce qui restait. D'accord, il y avait eu un instant, la veille au soir, où tous deux s'étaient tus, et où leurs regards s'étaient accrochés pour quelques secondes. Ç'avait fait l'effet d'une décharge électrique, mais ça s'était terminé en un instant. Complètement terminé. Pas de magie persistante. Elle en avait décidé ainsi. Elle vint se placer derrière Mathias, passa les bras autour de lui et appuya la tête sur son dos large.

Elle sentait les muscles et les tendons travailler sous la chemise tandis qu'il épluchait les pommes de terre avant de les déposer dans la casserole.

« On en aura sans doute besoin de quelques autres », fit-il remarquer.

Elle prit conscience d'un mouvement à la porte de la cuisine, et se retourna.

Oleg les regardait.

« Tu ne pourrais pas aller chercher d'autres pommes de terre à la cave ? » demanda-t-elle, et elle vit les yeux sombres d'Oleg s'assombrir encore un peu plus.

Mathias se retourna. Oleg n'avait toujours pas bougé.

« Je vais y aller, proposa Mathias en sortant le seau vide de l'évier.

« — Non, rétorqua Oleg en avançant de deux pas. J'y vais. »

Il prit le seau des mains de Mathias, fit volte-face et passa la porte.

« Qu'y a-t-il ? voulut savoir Mathias.

— Il a un peu peur du noir, rien de plus, soupira Rakel.

— Ça, j'ai bien compris, mais pourquoi y est-il allé quand même ?

— Parce que Harry a dit qu'il devait le faire.

— Faire quoi ? »

Rakel secoua la tête. « Les choses dont il a peur. Et dont il n'a pas envie d'avoir peur. Quand Harry était là, il envoyait Oleg à la cave à tout bout de champ. »

Mathias fronça les sourcils.

« Harry n'a pas une vocation de pédopsychiatre. Et Oleg ne m'écoutait plus à partir du moment où Harry avait parlé. D'un autre côté, il n'y a évidemment pas de monstre, en bas. »

Mathias mit la cuisinière en marche.

« Comment pouvez-vous en être aussi certains ?

— Quoi ? rit Rakel. Toi, tu avais peur du noir ?

— Qui a dit *avais* ? » répondit Mathias avec un sourire en coin.

Oh oui, elle l'aimait. L'aimait, l'aimait.

Harry arrêta la voiture dans la rue devant chez les Becker. Il resta dans son véhicule et se mit à regarder fixement vers la lumière jaune qui tombait dans le jardin depuis les fenêtres. Le bonhomme de neige s'était recroquevillé pour atteindre la taille d'un nain. Mais son ombre s'étirait pourtant entre les arbres, jusqu'à la clôture à claire-voie.

La sous-couche mouillée était légèrement élastique. Il s'accroupit. La lumière se reflétait dans le bonhomme de neige comme si celui-ci était en verre mat. La fonte depuis le matin avait rassemblé les petits cristaux de neige en cristaux de plus grande taille, mais à présent que la température avait de nouveau chuté, la vapeur avait condensé et figé par le gel d'autres cristaux. Au final, la neige qui avait été si fine, blanche et légère le matin même était maintenant grisâtre, en paquets et granuleuse.

Harry leva la main droite. Ferma le poing. Et frappa.

La tête brisée du bonhomme de neige roula de ses épaules jusque sur l'herbe jaune.

Harry frappa de nouveau, cette fois par au-dessus, en descendant par le col. Ses doigts en forme de griffe s'enfoncèrent dans la neige pour trouver ce qu'ils cherchaient.

Il ramena sa main et la leva devant le bonhomme de neige en un geste de triomphe, du geste dont Bruce Lee brandissait le cœur qu'il venait d'arracher de la poitrine de son adversaire.

C'était un téléphone mobile Nokia rouge et argent. Il clignotait toujours.

Mais la sensation de triomphe s'était évanouie. Car il savait déjà que cela ne représentait aucune percée dans l'enquête, simplement un entracte dans un spectacle de marionnettes animées par des fils invisibles. Ç'avait été trop simple. Le but était justement qu'ils puissent le trouver.

Harry alla jusqu'à la porte d'entrée et sonna. Filip Becker ouvrit. Ses cheveux étaient en bataille et sa cravate de travers. Il cligna durement des yeux à plusieurs reprises, comme s'il se réveillait.

« Oui, répondit-il à la question de Harry. Elle a un téléphone comme celui-là.

— Je peux vous demander de composer son numéro ? »

Filip Becker disparut à l'intérieur, et Harry attendit. Le visage de Jonas apparut soudain dans l'ouverture. Harry voulut saluer, mais à cet instant précis, le mobile rouge commença à jouer une mélodie. « *Blåmann, blåmann, bukken min*[1]. » Et Harry se remémora la fin du vers appris dans son livre de chants scolaire : « *Tenk på vesle gutten din*[2]. »

Et il vit le visage de Jonas s'illuminer. Vit le cerveau du gamin

1. « Blåmann, blåmann, mon bouc. »
2. « Pense à ton petit garçon. »

raisonner, la joie immédiate, désorientée, ressentie en reconnaissant la sonnerie choisie par sa mère, disparaître pour céder la place à une peur blanche, nue. Harry déglutit. C'était une peur qu'il ne connaissait que trop bien.

Quand Harry pénétra dans son appartement, il sentit l'odeur de poussière de plâtre et de sciure. Les panneaux muraux de l'entrée avaient été déposés, et étaient empilés sur le sol. Le mur en dessous présentait quelques taches claires. Harry passa un doigt sur la couche blanche qui se désagrégeait sur le parquet et se fourra le bout du doigt dans la bouche. Ç'avait le goût du sel. Est-ce que les champignons avaient ce goût-là ? Ou n'était-ce que le sel des fondations qui transpirait ? Harry alluma un briquet et se pencha contre le mur. Aucune odeur, rien à voir.

Une fois couché, les yeux grands ouverts dans l'obscurité totale de sa chambre, il se mit à penser à Jonas. Et à sa propre mère. À l'odeur de la maladie et à son visage, qui avait lentement disparu dans la blancheur de son oreiller. Aux jours et aux semaines où il avait joué avec la Frangine, quand son père avait sombré dans le silence et que tout le monde avait tenté de faire comme si de rien n'était. Et il lui sembla entendre un léger crissement dans le couloir. Comme celui produit par des fils invisibles de marionnettes qui grandissaient, s'étiraient, se glissaient alentour en dévorant les ténèbres pour constituer une lumière faible, vacillante.

CHAPITRE 7

Jour 3. Chiffres conjecturaux

La lumière sans force du matin filtrait à travers les stores vénitiens du bureau de l'agent supérieur de police, et formait comme une couche grise sur le visage des deux hommes. L'agent supérieur de police Hagen écoutait Harry, une ride pensive au-dessus de ses sourcils noirs et broussailleux qui s'étaient rejoints pour n'en former qu'un seul, long. Sur un petit socle posé sur son énorme bureau, on voyait un petit os blanc d'auriculaire, qui d'après l'inscription avait été celui du chef de bataillon japonais Yoshito Yasuda. Durant ses années passées à l'École militaire, Hagen avait enseigné que Yasuda, dans un instant de désespoir, avait tranché ce petit doigt devant ses hommes, au cours de leur retraite de Myanmar en 1944. Un an seulement s'était écoulé depuis que Hagen avait réintégré son ancien corps, la police, pour diriger la Brigade criminelle, et puisque beaucoup d'eau avait coulé sous les ponts depuis lors, il écoutait avec une relative patience l'inspecteur principal lui faire un laïus sur le thème des « Personnes disparues ».

« Rien qu'à Oslo, six cents personnes sont portées disparues chaque année. Après quelques heures, seule une poignée d'entre elles n'a pas été retrouvée. Autant dire que personne ne reste disparu plus de deux ou trois jours. »

Hagen passa un doigt sur les poils à la naissance du nez, qui reliaient ses deux sourcils. Il devait préparer la réunion de budget dans le bureau du directeur de la police. Le sujet en serait les réductions obligatoires de coûts.

« La plupart des disparus viennent d'établissements psychiatriques ou sont séniles, poursuivit Harry. Mais on retrouve même les gens relativement sains d'esprit qui se sont taillés à Copenhague ou se sont donné la mort. Ils réapparaissent sur une liste de passagers, retirent du liquide à un distributeur automatique ou sont rejetés par la mer sur une plage.

— Où veux-tu en venir ? demanda Gunnar Hagen en regardant rapidement l'heure.

— À ceci », répondit Harry en jetant un dossier jaune qui atterrit en claquant sur le bureau de l'ASP.

Hagen se pencha en avant et feuilleta les documents agrafés ensemble.

« Eh bien, Harry... D'habitude, tu n'es pas du genre à écrire des rapports.

— C'est le travail de Skarre, expliqua brièvement Harry. Mais la conclusion est la mienne, et la voici.

— En version courte, s'il te plaît. »

Harry contempla ses mains, posées sur ses genoux. Ses longues jambes étaient étendues devant la chaise. Il prit une inspiration. Il savait que quand il l'aurait dit à voix haute, il n'y aurait plus moyen de faire machine arrière.

« Il en est disparu trop. »

La moitié droite du sourcil de Hagen bondit dans les airs.

« Explique.

— Tu trouveras ça en page 6. Un aperçu des femmes d'entre vingt-cinq et cinquante ans disparues depuis 1995. Des femmes que l'on n'a pas retrouvées, sur ces dix dernières années. J'ai discuté avec le groupe des disparitions et police secours, et ils sont d'accord. Ça fait trop, tout bonnement.

— Trop par rapport à quoi ?

— Par rapport à avant. Par rapport au Danemark et à la Suède. Et par rapport aux autres groupes démographiques. Les femmes mariées et vivant en union libre sont fortement surreprésentées.

— Les femmes sont plus autonomes qu'avant, objecta Hagen. Certaines s'en vont, rompent avec la famille, partent avec un homme à l'étranger, peut-être. Ça n'aide guère les statistiques. Et alors ?

— Elles se sont émancipées au Danemark et en Suède aussi. Là-bas, on les retrouve.

— Si les chiffres doivent être aussi éloignés de la normale que tu le prétends, soupira Hagen, pourquoi est-ce que personne ne l'a noté avant ?

— Parce que les chiffres de Skarre concernent tout le pays, et que d'habitude, la police ne prend en compte que les disparus de son district. D'accord, au KRIPOS[1], tu as un registre national des personnes disparues, avec mille huit cents noms, mais il court sur les cinquante dernières années, en incluant aussi les disparus de naufrages et de grands accidents comme celui de l'*Alexander Kielland*. Ce que je veux dire, c'est que personne n'a vu de trame pour le pays entier. Pas jusqu'à aujourd'hui.

— D'accord, mais notre responsabilité, ce n'est pas l'ensemble du pays, Harry : c'est le district d'Oslo. » Hagen abattit les deux paumes sur le plateau de son bureau, pour faire comprendre que l'audience était levée.

« Le problème, reprit Harry en se frottant le menton, c'est que ça, c'est arrivé à Oslo.

— Quoi, "ça" ?

— Hier au soir, j'ai retrouvé le mobile de Birte Becker dans un bonhomme de neige. Je ne sais pas ce que *ça* veut dire, chef. Mais je crois qu'il est important de le découvrir. Et vite.

— Les statistiques, c'est intéressant, déclara Hagen en saisissant d'un air absent l'os du chef de bataillon Yasuda et en appuyant l'ongle de

1. KRIminalPOlitiSentralen, organe central de police criminelle.

son pouce contre. Et je comprends aussi que cette dernière disparition justifie que l'on s'inquiète. Mais cela ne suffit pas. Alors dis-moi : en réalité, qu'est-ce qui t'a fait mettre Skarre sur ce rapport ? »

Harry regarda Hagen. Avant de tirer de sa poche intérieure une enveloppe froissée, qu'il tendit à Hagen.

« C'était dans ma boîte aux lettres juste après mon passage à ce show télévisé, début septembre. Jusqu'à présent, je me disais que c'était seulement un cinglé. »

Hagen sortit la feuille de l'enveloppe, et après avoir lu les six phrases, il leva les yeux sur Harry en secouant la tête : « Bonhomme de neige ? Et qu'est-ce que c'est que The Murri ?

— C'est justement pour ça. Que je crains que ce ne soit *ça*. »

L'ASP le regarda sans comprendre.

« J'espère que je me trompe, expliqua Harry. Mais je crois que nous sommes face à une putain de nuit polaire.

— Qu'est-ce que tu veux, Harry ? soupira Hagen.

— Je veux un groupe d'investigation. »

Hagen regarda Harry. Comme la plupart des gens à l'hôtel de police, il considérait ce dernier comme une personne entêtée, arrogante, querelleuse, instable et alcoolique. Malgré tout, il était heureux de le compter dans son équipe, et de ne pas avoir, lui, ce type enragé sur les talons.

« Combien ? finit-il par demander. Et combien de temps ?

— Dix personnes. Deux mois. »

« Deux semaines ? s'étonna Magnus Skarre. Et quatre personnes ? Et *ça*, ce serait une enquête criminelle ? »

Il jeta un regard sceptique à la ronde, aux trois autres personnes entrées à grand-peine dans le bureau de Harry : Katrine Bratt, Harry Hole et Bjørn Holm, de la Brigade technique.

« C'est ce que Hagen m'a donné, répondit Harry en se balançant en arrière dans son fauteuil de bureau. Et il ne s'agit pas d'une enquête criminelle. Pour le moment.

« — Et qu'est-ce que c'est, exactement ? voulut savoir Katrine Bratt. Pour le moment ?

— Une disparition. Mais qui présente donc une certaine ressemblance avec d'autres disparitions de ces dernières années.

— Ce sont des mères de famille qui disparaissent sans crier gare par un jour de fin d'automne, c'est ça ? » demanda Bjørn Holm dans un reste de dialecte de Toten apporté dans un déménagement de Skreia en même temps qu'une collection de vinyles d'Elvis, de musique hillbilly hardcore, des Sex Pistols, Jason & The Scorchers, trois costumes cousus main à Nashville, une bible américaine, un convertible un poil trop court et un ensemble de meubles de salon qui avaient survécu à trois générations de Holm. Tout cela entassé dans une remorque amenée dans la capitale par le dernier modèle Amazon sorti des usines Volvo en 1970. Bjørn Holm l'avait acquis pour douze mille, mais même à l'époque, personne ne savait quel en était le kilométrage, puisque le compteur ne montait que jusqu'à cent mille. Le véhicule exprimait cependant tout ce qu'était et ce en quoi croyait Bjørn Holm, et sentait en outre meilleur que tout ce qu'il connaissait : un mélange de skaï, de fer-blanc, d'huile pour moteur, d'étagère à chapeaux baignée de soleil, d'usine Volvo et de dossier de banquette imprégné de sueur dont Bjørn Holm expliquait que ce n'était pas de la transpiration banale, mais un vernis noble déposé par les âmes de tous les anciens propriétaires, leurs karmas, habitudes alimentaires et styles de vie. Les dés qui pendaient du rétroviseur étaient des Fuzzy Dice originaux en peluche, qui traduisaient exactement le juste mélange d'authentique affection et de distance ironique vis-à-vis d'une culture américaine révolue et d'une esthétique qui allait comme un gant à un fils de paysan norvégien qui avait eu Jim Reeves dans une oreille, les Ramones dans l'autre, et qui avait aimé les deux. Il se trouvait pour l'heure dans le bureau de Harry, sous un bonnet rasta qui lui donnait davantage l'allure d'un dealer que celle d'un membre de la Brigade technique. Deux énormes favoris d'un roux flamboyant pointaient

90

de sous ledit bonnet, encadrant le sympathique visage tout rond de Bjørn Holm et deux yeux globuleux qui lui conféraient une expression de poisson allant de surprise en surprise. Il était la seule personne que Harry avait voulu avoir à tout prix dans son petit groupe d'enquête.

« Encore une chose », reprit Harry en tendant le bras pour allumer le projecteur posé entre les piles de papiers sur son bureau. Magnus Skarre jura et mit une main en écran devant ses yeux quand des caractères flous apparurent tout à coup sur sa figure. Il se déplaça, et la voix de Harry se fit entendre de derrière le projecteur :

« C'est la lettre qui était dans ma boîte il y a exactement deux mois. Pas de nom d'expéditeur, tamponnée à Oslo. Éditée sur une imprimante jet d'encre standard. »

Avant que Harry ait eu le temps de le demander, Katrine Bratt avait actionné l'interrupteur près de la porte, de sorte que la pièce se trouva plongée dans le noir, et que le rectangle de lumière apparut distinctement sur le mur blanc.

Ils lurent en silence.

La première neige ne tardera pas. Et il resurgira alors. Le bonhomme de neige. Et quand la neige aura disparu, il aura de nouveau pris quelqu'un. Ce que tu devrais te demander, c'est ceci : « Qui a fait le bonhomme de neige ? Qui fait les bonshommes de neige ? Qui a enfanté The Murri ? » Car le bonhomme de neige lui-même ne le sait pas.

« Poétique, murmura Bjørn Holm.

— Qu'est-ce que c'est, The Murri ? » s'enquit Skarre.

Le bourdonnement monotone du ventilateur du projecteur tint lieu de réponse.

« Le plus intéressant, c'est qui est le Bonhomme de neige, intervint Katrine Bratt.

« — À l'évidence quelqu'un qui a besoin de se faire remettre en place des cases », suggéra Bjørn Holm.

Le rire isolé de Skarre fut coupé net.

« The Murri était le surnom d'une personne à présent décédée, expliqua Harry dans l'obscurité. Un *murri* est un aborigène du Queensland, en Australie. Pendant que ce *murri* était vivant, il a zigouillé des femmes à droite à gauche en Australie. Personne ne sait avec certitude combien. Son véritable nom était Robin Toowoomba. »

Le ventilateur chuchotait et murmurait sans relâche.

« Le tueur en série, reconnut Bjørn Holm. Celui que tu as tué. »

Harry hocha la tête.

« Est-ce que cela signifie que nous nous trouvons face à un autre, aujourd'hui ?

— Avec cette lettre, on ne peut pas l'exclure.

— Hé, hé, doucement, les basses ! s'écria Skarre en levant les mains. Combien de fois as-tu crié au loup depuis que tu es devenu célèbre sur cette affaire australienne, Harry ?

— Trois. Au moins.

— Et on n'a pas encore vu un seul tueur en série en Norvège, poursuivit Skarre en jetant un rapide coup d'œil à Bratt, comme pour s'assurer qu'elle suivait. Est-ce que c'est à cause de ce cours "serial killers" au FBI ? C'est ça qui te fait en voir partout ?

— Peut-être.

— Alors laisse-moi te rappeler que mis à part cet infirmier qui a fait des piqûres à quelques vieux à moitié morts, de toute façon, nous n'avons pas eu un seul tueur en série en Norvège. Jamais. Ces mecs-là existent aux États-Unis, et même là-bas, c'est essentiellement au cinéma.

— Faux », objecta Katrine Bratt.

Les autres se tournèrent vers elle. Elle étouffa un bâillement.

« La Suède, la France, la Belgique, l'Allemagne, l'Angleterre, l'Italie, les Pays-Bas, le Danemark, la Russie et la Finlande en ont.

Et on ne parle que des affaires élucidées. Personne ne parle des chiffres conjecturaux. »

Dans le noir, Harry ne put pas voir le rouge sur le visage de Skarre, seulement le profil de son menton rejeté avec agressivité en avant, vers Katrine Bratt.

« On n'a pas le moindre cadavre, et je peux te montrer un tiroir plein de lettres comme celle-là. De gens bien plus barges que celui-là… ce… ce bonhomme de neige.

— La différence, reprit Harry en se levant et en allant à la fenêtre, c'est que ce dément a fait un travail de fond. Le nom de The Murri n'a été mentionné dans aucun journal, à l'époque. Mais c'était le surnom que Robin Toowoomba employait quand il boxait dans une fête foraine ambulante. »

Les derniers rayons de soleil filtraient par une fente dans la couche nuageuse. Il regarda l'heure. Oleg avait insisté : ils devaient partir assez tôt pour pouvoir voir Slayer aussi.

« Par où commence-t-on ? demanda Bjørn Holm dans son dialecte.

— Hein ? réagit Skarre.

— Par où commence-t-on ? » répéta Holm en dano-norvégien standard, en articulant exagérément.

Harry retourna à sa table de travail.

« Holm, passe en revue le domicile et le jardin de Becker comme s'il s'agissait du lieu d'un crime. Attache une importance toute particulière au téléphone mobile et à l'écharpe. Skarre, tu dresses une liste des anciennes condamnations pour meurtre, viol, suspects de…

— … affaires similaires et autres salauds en liberté, compléta Skarre.

— Bratt, tu te penches sur les rapports concernant les femmes disparues, et tu commences à chercher une trame de fond. »

Harry attendit l'incontournable question : quel genre de trame ? Mais celle-ci ne vint pas, Katrine Bratt se contentant d'un bref hochement de tête.

« OK, conclut Harry. Au boulot.

— Et toi ? voulut savoir Bratt.

— Je vais au concert. »

Quand les autres eurent quitté le bureau, il baissa les yeux sur son bloc. Sur la seule chose qu'il y avait notée. *Chiffres conjecturaux.*

Sylvia courait le plus vite qu'elle pouvait. Elle courait vers les arbres, dans le crépuscule naissant. Elle courait pour sauver sa peau.

Elle n'avait pas lacé ses bottes, à présent pleines de neige. Elle garda la main tenant la petite hache devant elle au moment où elle creva la couche de branches basses et nues. Le fer de la hache était rouge et glissant de sang.

Elle savait que la neige arrivée la veille avait déjà fondu en ville, mais bien que Sollihøgda ne se trouve qu'à une petite demi-heure de voiture de là, la neige pouvait y demeurer jusqu'au printemps. Et à cet instant précis, elle regrettait qu'ils aient déménagé pour cet endroit abandonné de tous et de tout, pour ce minuscule morceau de désert tout près de la ville. De ne pas courir sur de l'asphalte noir, sur lequel elle n'aurait laissé aucune trace, dans une ville où le boucan aurait couvert le bruit de sa fuite et où elle aurait pu se cacher dans la foule énorme, sûre. Mais ici, elle était toute seule.

Non.

Pas complètement.

CHAPITRE 8

Jour 3. Col de cygne

Sylvia courait vers le cœur de la forêt. L'obscurité gagnait. D'ordinaire, elle détestait l'obscurité précoce de novembre, mais aujourd'hui, elle trouvait qu'elle n'arrivait pas assez vite. Et c'étaient les ténèbres qu'elle cherchait, là où la forêt était le plus dense, l'obscurité qui pourrait effacer les traces dans la neige et la dissimuler. Elle connaissait le secteur comme sa poche, elle pouvait s'orienter de façon à ne pas repartir tout droit sur la ferme, droit dans les bras de... de *ça*. Le problème, c'était qu'au cours de la nuit, la neige avait modifié le paysage, recouvert les sentiers, les pierres familières, et estompé tous les contours. Et le crépuscule... tout était tordu et dénaturé par la pénombre. Et par sa propre panique.

Elle s'arrêta et tendit l'oreille. Sa respiration haletante et rauque égratignait le calme, produisait le même son que lorsqu'elle déchirait le papier destiné à emballer les casse-croûte que les filles emporteraient à l'école. Elle parvint à modérer sa respiration. Tout ce qu'elle entendait, c'était le sang qui battait dans ses oreilles, et le clapotis bas d'un ruisseau. Le ruisseau ! Ils avaient l'habitude de suivre le ruisseau quand ils partaient ramasser des baies, poser des pièges ou chercher des poules dont ils savaient qu'en réalité, elles s'étaient fait prendre par le renard. Le ruisseau descendait jusqu'au chemin de terre, et sur cette route, il passerait une voiture, tôt ou tard.

Elle n'entendait plus d'autres pas. Aucune branche qui se brisait, pas de crissement dans la neige. Elle s'était peut-être échappée ? Pliée en deux, elle partit rapidement vers le bruit de clapotis.

Le ruisseau paraissait couler sur un drap blanc, à travers une dépression dans le sol de la forêt.

Sylvia mit le pied dedans. L'eau qui lui arriva jusqu'à mi-cheville traversa immédiatement les bottines. Elle était si froide qu'elle lui paralysa les muscles de la jambe. Puis Sylvia se remit à courir. En suivant la direction dans laquelle l'eau coulait. Les longues enjambées qu'elle effectuait en levant haut les genoux, pour gagner le maximum de terrain, claquaient bruyamment dans l'eau. Aucune trace, songea-t-elle avec un sentiment de triomphe. Et son pouls se calma, bien qu'elle courût.

Ça devait tenir aux heures passées sur le tapis de course du club de gym pendant ces douze derniers mois. Elle avait perdu six kilos, et osait prétendre que son corps était en meilleur état que celui de la plupart des gens de trente-cinq ans. C'est en tout cas ce que disait Yngve, rencontré pour la première fois l'an passé au cours de l'un de ces prétendus séminaires d'inspiration. Où elle avait trouvé une bien trop grande inspiration. Seigneur, si seulement elle avait pu remonter le temps. Huit ans en arrière. Tout ce qu'elle aurait fait différemment ! Elle ne se serait pas mariée avec Rolf. Et elle aurait avorté. Mais oui, c'était une idée inconcevable maintenant que les jumelles étaient venues au monde. Mais avant leur naissance, avant qu'elle ait vu les petites Emma et Olga, ça aurait été possible, et elle n'aurait pas été dans cette prison qu'elle s'était si méticuleusement construite.

Elle balaya des branches qui pendaient au-dessus du ruisseau, et du coin de l'œil, elle vit quelque chose, un animal, sursauter et disparaître dans les ténèbres grises de la forêt.

Elle songea qu'elle devait faire attention en agitant les bras, pour ne pas se flanquer un coup de hache dans les pieds. Quelques minutes s'étaient écoulées, mais une éternité semblait la séparer du moment où elle s'était employée à l'abattage de la volaille, dans l'étable. Elle avait décapité deux poules et allait s'occuper de la troisième quand elle avait entendu grincer la porte de l'étable derrière elle. Naturellement, elle avait sursauté, elle était seule à la maison et n'avait entendu ni pas, ni véhicule dans la cour. La première chose qu'elle avait remarquée, c'était cet étrange outil, un fin nœud coulant attaché à une poignée. Ça ressemblait plutôt à ce qu'on utilisait pour capturer les renards. Et quand celui qui tenait cet outil commença à parler, elle comprit lentement que c'était elle, la proie ; elle, qui allait mourir.

Elle avait eu une explication concernant la raison.

Et avait écouté la logique démente, mais claire, tandis que le sang progressait par à-coups dans ses artères, comme s'il coagulait déjà. Puis était venue l'explication concernant la manière. En détail. Le nœud coulant s'était mis à luire, d'abord en rouge, puis en blanc. C'était à ce moment-là qu'elle avait lancé le bras, de panique, senti le fer de la hache saisir le tissu juste sous le bras levé de l'autre, vu la veste et le pull s'ouvrir comme si elle tirait une fermeture Éclair, et l'acier tracer un trait rouge dans la peau nue. Et alors que l'autre était parti en titubant à reculons avant de basculer sur le plancher glissant de sang de volaille, elle avait filé par la porte arrière de l'étable. Celle qui donnait sur la forêt. Sur les ténèbres.

La paralysie avait grimpé jusqu'au-dessus du genou, ses vêtements étaient trempés jusqu'au nombril. Mais elle savait qu'elle serait bientôt au chemin de terre. Et de là, guère plus d'un quart d'heure de course la séparait de la ferme la plus proche. Le ruisseau fit un coude. Le pied gauche de Sylvia heurta quelque chose qui affleurait. Il y eut un claquement, elle eut l'impression qu'on lui attrapait le pied, et la seconde suivante, Sylvia Ottersen partait en avant. Elle atterrit sur le ventre, avala de l'eau au goût de terre et de feuilles pourries, se rétablit avec les bras et se remit à genoux. En comprenant qu'elle était toujours seule et passé le premier moment de panique, elle découvrit que son pied gauche était toujours prisonnier.

Elle plongea une main dans l'eau pour tâter, s'attendant à sentir des racines emmêlées autour de sa jambe ; mais au lieu de cela, ses doigts trouvèrent quelque chose de dur et lisse. Du métal. Un cintre en métal. Les yeux de Sylvia cherchèrent ce que son pied avait heurté. Et là, dans la neige, sur le bord devant elle, elle le vit. Ça avait des yeux, des plumes et une crête rouge pâle. Elle sentit la panique revenir. C'était la tête décapitée d'une poule. Pas l'une des têtes qu'elle venait de trancher, mais l'une de celles que Rolf utilisait. Comme appât. Après qu'ils avaient prouvé que le renard avait pris seize poules l'an passé, la commune les avait autorisés à poser un nombre bien défini de pièges à renard – ce que l'on appelait les cols de cygne – dans une zone précise autour de la ferme et loin des sentiers où les gens étaient susceptibles de passer. Le meilleur endroit où cacher ces pièges était sous l'eau, en faisant dépasser l'appât. Quand le renard éloignait l'appât, le piège se refermait et brisait la nuque de l'animal qui mourait instantanément. Dans la théorie, en tout cas. Elle tâta de la main. Quand ils avaient acheté les pièges au magasin de chasse de Drammen, on leur avait dit que les ressorts étaient suffisamment tendus pour que les cintres puissent briser la jambe d'un adulte, mais elle ne ressentait pas de douleur particulière dans son pied refroidi. Ses doigts trouvèrent le fin fil d'acier fixé au col de cygne. Elle ne parviendrait pas à redresser le piège sans la clé qui était dans la remise à outils de la ferme, et de plus, ils attachaient le col de cygne à un arbre avec un câble d'acier, de sorte qu'un renard à demi mort ou quelqu'un d'autre ne se débine pas avec ce coûteux équipement. Sa main suivit le câble dans l'eau, puis sur la rive. Où se trouvait le panonceau métallique portant leur nom, comme le stipulait la législation sur le marquage.

Elle se figea. Était-ce une brindille qu'elle avait entendue craquer dans le lointain ? Elle sentit son cœur se remettre à battre, tandis qu'elle écarquillait les yeux dans le crépuscule laineux.

Ses doigts gourds suivirent le câble à travers la neige tandis qu'elle remontait à quatre pattes sur la berge du ruisseau. Le câble entourait le tronc d'un bouleau jeune mais solide. Elle chercha, et trouva le nœud dans la neige. Le métal avait gelé en une masse dure, inflexible. Elle devait défaire le nœud, s'en aller.

Une autre branche craqua. Plus près, cette fois.

Elle était assise dos au tronc, sur l'autre rive par rapport à l'endroit d'où venaient les bruits. Elle essaya de se convaincre qu'elle ne devait pas paniquer, que le nœud se déferait de lui-même quand elle aurait tiré dessus un certain temps, que les os de sa jambe étaient intacts, que les sons qu'elle entendait se rapprocher provenaient d'un chevreuil. Elle essaya de sortir une extrémité du nœud, et ne ressentit aucune douleur au moment où un ongle se brisa par le milieu. Mais en pure perte. Elle se pencha en avant, et ses dents grincèrent lorsqu'elle mordit dans le métal. Bon Dieu ! Elle entendit des pas légers, calmes, dans la neige, et retint son souffle. Les pas s'arrêtèrent quelque part de l'autre côté de l'arbre. C'était sans doute une illusion, mais il lui sembla pouvoir l'entendre flairer, inspirer l'odeur. Elle était parfaitement immobile. Les pas reprirent alors. Les sons s'assourdirent. Il s'éloignait.

Elle prit une inspiration tremblante. Il fallait qu'elle se libère. Ses vêtements étaient trempés et elle était certaine de mourir de froid dans la nuit si personne ne la retrouvait. À cet instant précis, elle y pensa : la hache ! Elle avait oublié la hache. Le câble était fin. Le coucher sur une pierre, quelques coups bien ajustés, et elle serait libre. La hache avait dû atterrir dans le ruisseau. Elle s'y glissa, plongea les mains dans l'eau froide et fouilla le fond pierreux.

Rien.

Désorientée, elle tomba à genoux pendant que son regard sondait la neige de part et d'autre. C'est alors qu'elle aperçut le fer de hache, qui émergeait de l'eau noire, deux mètres devant elle. Et elle le sut avant même de sentir la secousse dans le câble, avant de s'aplatir de tout son long dans le ruisseau ; l'eau de fonte la submergea en glougloutant, si froide qu'elle crut que son cœur allait s'arrêter, et elle s'étira telle une mendiante éperdue en direction de la hache : celle-ci était cinquante centimètres trop loin. Ses doigts se refermèrent sur rien à un demi-mètre du manche. Les larmes vinrent, mais elle les refoula ; elle pourrait bien pleurer après.

« C'est cela que tu veux ? »

Elle n'avait rien vu, rien entendu. Mais devant elle, une silhouette était accroupie dans le ruisseau. *Ça.* Sylvia partit à reculons sur les mains et les pieds, mais la silhouette la suivit, la hache tendue vers elle :

« Tiens, prends-la. »

Sylvia s'agenouilla et attrapa l'instrument.

« Que veux-tu en faire ? » s'enquit la voix.

Sylvia sentit la fureur arriver, celle qui suit toujours la peur, et l'attaque était violente. Elle se jeta en avant, la hache levée, et donna un coup bas, bras tendu. Mais le câble la tira à lui, la hache ne trancha que les ténèbres, et la seconde suivante, Sylvia était de nouveau étendue dans l'eau.

La voix émit un rire grave.

Sylvia se retourna sur le côté. « Va-t'en, gémit-elle en crachant des gravillons.

— Je veux que tu manges de la neige », l'informa la voix avant de se lever et de tenir pendant un instant une main à son flanc, à l'endroit où la veste était incisée.

« Quoi ? ne put s'empêcher de s'exclamer Sylvia.

— Je veux que tu manges de la neige jusqu'à ce que tu te pisses dessus. » La silhouette s'était placée légèrement hors du champ d'action que le câble d'acier accordait à Sylvia. Elle pencha la tête sur le côté et l'observa. « Jusqu'à ce que ton ventre soit si refroidi et plein qu'il ne parvienne plus à faire fondre la neige. Jusqu'à ce qu'il n'y ait plus que de la glace en toi. Que tu sois devenue ce que tu es réellement. Quelque chose qui ne ressent rien. »

Le cerveau de Sylvia percevait les mots, mais ne réussissait pas à en assimiler la signification. « Jamais ! » cria-t-elle.

Un son lui parvint de la silhouette, un son qui se fondit dans le clapotis du ruisseau.

« Vas-y, crie, ma chère Sylvia. Parce que plus personne ne t'entendra. Jamais. »

Sylvia vit que ça tenait quelque chose. Qui s'alluma. Le nœud coulant dessinait les contours d'une goutte rougeoyante sur le fond obscur. L'objet cracha et fuma lorsqu'il entra en contact avec la surface.

« Tu vas choisir de manger de la neige. Fais-moi confiance. »

Sylvia comprit avec une certitude paralysante que sa dernière heure était venue. Il ne restait qu'une possibilité. Les ténèbres étaient arrivées vite, mais elle tenta de faire la mise au point sur la silhouette entre les arbres tout en soupesant la hache dans sa main. Le sang lui picotait les doigts tandis qu'il refluait, comme s'il sentait lui aussi que c'était là son ultime chance. Elles s'y étaient entraînées, les jumelles et elle. Sur le mur de la grange. Et chaque fois qu'elle avait lancé et que l'une d'entre elles avait retiré la hache de la cible représentant un renard peint, elles avaient poussé un cri de triomphe : « Tu as tué la bête, maman ! Tu as tué la bête ! » Sylvia posa un pied légèrement devant l'autre. Un pas d'élan, pour atteindre le maximum de force et de précision.

« Tu es fou, murmura-t-elle.

— Sur ce point précis… », répondit l'autre, et Sylvia crut voir un petit sourire, « … il y a peu de doutes. »

La hache tournoya dans les ténèbres épaisses, presque cotonneuses, avec un son sourd, chantant. Sylvia se tenait en équilibre parfait, le bras droit pointé droit devant, les yeux braqués sur l'arme mortifère. La regardant filer entre les arbres. Elle l'entendit trancher une branche fine. La vit disparaître dans le noir, et perçut le choc étouffé lorsque l'instrument s'enfonça sous la neige quelque part au loin.

Elle appuya son dos tout contre le tronc au moment de s'affaisser sur le sol. Sentit les larmes monter, et n'essaya pas de les contenir, cette fois. Car à présent, elle le savait. Qu'il n'y aurait pas d'après.

« On commence ? » demanda doucement la voix.

CHAPITRE 9

Jour 3. Le trou

« C'était *géant*, hein ? »

La voix enthousiaste d'Oleg couvrait le bruit de la graisse en ébullition du kebab bondé de gens arrivés directement du concert à l'Oslo Spektrum. Harry hocha la tête à l'attention d'un Oleg en sweat à capuche, toujours en nage et bondissant tandis qu'il donnait moult détails sur des membres de Slipknot dont l'identité était connue, des noms que Harry ne connaissait pas étant donné que les CD de Slipknot étaient plutôt laconiques quant aux données personnelles, et que les magazines musicaux propres sur eux, tels *MOJO* ou *Uncut*, ne parlaient pas de groupes comme ceux-là. Harry commanda des hamburgers et regarda l'heure. Rakel avait précisé qu'elle serait devant l'endroit où ils se trouvaient à dix heures. Harry regarda de nouveau Oleg. Il parlait sans discontinuer. Quand était-ce arrivé ? Quand le gamin avait-il eu douze ans et décidé d'apprécier une musique où il était question de mort, d'étrangeté, de froid et de perdition ? Cela aurait peut-être dû inquiéter Harry, mais ce n'était pas le cas. Il fallait commencer quelque part, il y avait une curiosité à satisfaire, le môme devait revêtir une tenue pour voir si celle-ci convenait. D'autres choses viendraient. Des meilleures. Et des pires.

« Tu as aimé, toi aussi, hein, Harry ? »

Harry acquiesça. Il n'avait pas le cœur d'expliquer que ce concert avait été une petite déception pour lui. Il ne pouvait pas préciser en quoi, il n'était peut-être tout simplement pas dans son assiette ce soir-là. Aussitôt qu'ils s'étaient retrouvés au milieu de la foule du Spektrum, il avait senti la paranoïa qui suivait régulièrement les cuites, mais qui, sur les douze derniers mois également, était aussi survenue quand il était à jeun. Et au lieu d'entrer dans l'ambiance, il avait eu la sensation d'être observé ; il s'était figé pour jeter des regards à la ronde, scruter le mur de visages autour de lui.

« Slipknot *rules*, déclara Oleg. Et ces masques étaient hyper-cool. Surtout celui avec le long nez fin. Il ressemblait à un… »

Harry n'écoutait que d'une oreille, en espérant que Rakel ne tarderait pas trop. L'air dans ce kebab lui parut soudain lourd et étouffant, comme un mince film de graisse qui se déposait sur sa peau et sa bouche. Il essaya de ne pas passer à l'idée suivante. Mais elle était en route, avait déjà contourné le coin. L'idée d'un verre.

« C'est un masque funéraire indien, les informa une voix de femme derrière eux. Et Slayer a été meilleur que Slipknot. »

Harry se retourna, étonné.

« Slipknot donne de plus en plus dans le genre poseur, non ? poursuivit-elle. Des idées recyclées et à côté de ça, du vent. »

Elle portait un manteau noir brillant, moulant et boutonné jusqu'au col qui lui arrivait à la cheville. Tout ce que l'on distinguait en dessous, c'était une paire de boots noires. Son visage était pâle, ses yeux maquillés.

« Je n'aurais pas cru ça, reconnut Harry. Que tu aimais ce style de musique. »

Katrine Bratt esquissa un rapide sourire. « En fait, je dirais plutôt le contraire. »

Elle ne lui donna aucune explication supplémentaire, et fit comprendre par gestes à l'homme en poste derrière le comptoir qu'elle désirait une Farris.

« Slayer, c'est naze », murmura Oleg d'une voix à peine audible.

Katrine se tourna vers lui : « Tu dois être Oleg.

— Oui », répondit Oleg sur un ton buté en tirant sur son pantalon de treillis ; il paraissait apprécier à des degrés divers l'attention dont il faisait l'objet de la part de cette adulte. « Comment le sais-tu ? » demanda-t-il dans le parler de l'est de la capitale.

Katrine sourit. « *Veit*[1] ? Toi qui habites sur Holmenkollåsen, j'imagine que tu dis *vet*[2] ? C'est Harry qui t'a appris à parler le dialecte de l'Østkant ? » Le sang monta d'un coup aux joues d'Oleg.

Katrine partit d'un rire sourd et passa une main légère sur l'épaule d'Oleg. « Excuse-moi, je suis juste curieuse. »

Le teint du gamin vira à un rouge si intense que le blanc de ses yeux se mit à luire.

« Moi aussi, je suis curieux, intervint Harry en tendant un kebab à Oleg. J'imagine que tu as trouvé la trame que je t'avais demandée, Bratt. Puisque tu as le temps d'aller au concert. »

Harry constata qu'elle avait compris l'avertissement : ne déconne pas avec le gosse.

« J'ai découvert quelque chose, répondit Katrine en dévissant le bouchon de sa bouteille de Farris. Mais tu es occupé, alors on pourra voir ça demain.

— Je ne suis pas si occupé que ça, objecta Harry, qui avait oublié le film de graisse, sa sensation d'étouffement.

— C'est confidentiel, et il y a beaucoup de monde, ici. Mais je peux te chuchoter quelques mots clés. »

Elle se pencha un peu plus près, et par-dessus l'odeur de graisse, il sentit un parfum presque masculin et un souffle chaud contre son oreille :

« Une Volkswagen Passat gris métallisé vient de se ranger le long du trottoir juste devant. Au volant, il y a une femme qui essaie d'attirer ton attention. Je parie que c'est la mère d'Oleg... »

1. *Savoir*, conjugué au présent de l'indicatif, dialecte de l'est d'Oslo.
2. Même chose, en dano-norvégien.

Harry se redressa brusquement et regarda par la grande fenêtre, vers la voiture. Rakel avait baissé sa vitre, et les regardait.

« N'en renverse pas », recommanda Rakel au moment où Oleg sauta sur la banquette arrière, le kebab à la main.

Harry s'était arrêté près de la fenêtre ouverte. Elle était vêtue d'un pull bleu ciel tout simple. Il connaissait bien ce pull. Son odeur, son contact contre la joue et la paume de la main.

« Chouette concert ? voulut-elle savoir.

— Demande à Oleg.

— Quel genre de groupe était-ce, exactement ? » Elle regarda Oleg dans le rétroviseur. « Je trouve que les gens sur les trottoirs sont un peu bizarrement habillés.

— Des chansons toutes douces d'amour et des choses comme ça, répondit Oleg avec un rapide coup d'œil à l'attention de Harry, au moment où le regard de sa mère lâcha le rétroviseur.

— Merci, Harry.

— De rien. Conduis prudemment.

— Qui était cette femme, là-dedans ?

— Une collègue. Nouvelle au boulot.

— Ah ? On aurait dit que vous vous connaissiez déjà bien.

— Comment ça ?

— Vous… » Elle se tut brusquement. Puis secoua lentement la tête, et rit. Un rire profond, mais clair, venant du fond de sa gorge. Sûr et débridé en même temps. Le rire qui l'avait jadis rendu amoureux.

« Désolée, Harry. Bonne nuit. »

La vitre remonta, et le véhicule gris métallisé quitta le trottoir.

Harry remonta Brugata, où s'affrontaient les débits de boissons par les portes desquels déferlait la musique. Il envisagea un café au Teddy's Softbar, mais sut que ce serait une mauvaise idée. Il décida donc de continuer.

« Café ? » répéta le type derrière son comptoir, incrédule.

Le juke-box du Teddy's jouait du Johnny Cash, et Harry se passa un doigt sur la lèvre supérieure.

« Tu as mieux à proposer ? » Harry entendit une voix dans sa propre voix, connue et inconnue en même temps.

« Mouais, répondit le gars en rabattant en arrière ses cheveux luisants de graisse. Il y a un moment que le café est passé, alors que dirais-tu d'une bière fraîchement tirée ? »

Johnny Cash chantait sur Dieu, le baptême et de nouvelles promesses.

« Bon », acquiesça Harry.

L'homme derrière le comptoir fit un large sourire.

Au même moment, Harry sentit son mobile vibrer dans sa poche. Il le saisit, vite et avidement, comme si c'était un coup de fil qu'il attendait.

C'était Skarre.

« Nous venons de recevoir un avis de recherche qui correspond. Femme mariée avec enfants. Elle avait disparu quand son mari et les enfants sont rentrés, il y a quelques heures. Ils habitent loin dans les bois de Sollihøgda, aucun des voisins ne l'a vue, et elle ne peut pas être partie en voiture, parce que c'était le mari qui l'avait. Et aucune trace de pas sur la route.

— Des traces de pas ?

— Il y a toujours de la neige, là-haut. »

La pinte atterrit avec un choc sourd devant Harry.

« Harry ? Tu es là ?

— Oui, oui. Je réfléchis.

— À quoi ?

— Est-ce qu'il y a un bonhomme de neige, sur place ?

— Hein ?

— Un bonhomme de neige.

— Comment je le saurais ?

107

— Alors allons vérifier sur place. Saute dans la bagnole et passe me chercher devant Gunerius, dans Storgata.

— On ne peut pas voir ça demain, Harry ? J'ai prévu une partie de baise, ce soir, et cette bonne femme a simplement disparu, alors pour l'instant, ça ne presse pas. »

Harry regarda la bande de mousse qui s'enroulait comme un serpent à l'extérieur de son verre.

« En fait…, répondit Harry, ça presse comme pas permis. »

Abasourdi, le barman regarda la pinte intacte, le billet de cinquante couronnes sur le comptoir et le dos large qui disparaissait par la porte tandis que Johnny Cash expirait.

« Sylvia ne serait jamais partie comme ça », déclara Rolf Ottersen.

Rolf Ottersen était mince. Ou plus précisément : il était squelettique. Sa chemise de flanelle était boutonnée jusqu'en haut, et il en pointait un cou maigre soutenant une tête qui évoqua à Harry un échassier. Des manches de sa chemise sortaient deux mains étroites terminées par des doigts fins qui ne cessaient de s'enrouler, de se nouer et de s'emmêler. Les ongles de sa main droite étaient longs, limés, acérés comme des griffes. Ses yeux paraissaient gros derrière d'épaisses lunettes à monture ronde en acier, du genre de celles qu'affectionnaient les gauchistes des années 1970. Sur le mur jaune moutarde, une affiche représentait des Indiens portant un anaconda. Harry reconnut l'illustration de couverture d'un album de Joni Mitchell, datant de l'époque hippie. Une reproduction d'un des célèbres autoportraits de Frida Kalho était suspendue à côté. Femme en souffrance, songea Harry. Un tableau choisi par une femme. Le sol était en pin non traité, la pièce éclairée par un mixte de lampes à paraffine démodées et de lampes de camping qui paraissaient faites maison. Appuyée au mur, dans le coin, Harry vit une guitare à cordes de nylon, et il supposa que là était la raison des ongles limés de Rolf Ottersen.

« Pourquoi dites-vous qu'elle ne serait jamais partie ? » demanda Harry.

Sur la table devant lui, Rolf Ottersen avait posé une photo de sa femme en compagnie de leurs jumelles, Olga et Emma, dix ans. Sylvia Ottersen avait de grands yeux ensommeillés, comme quelqu'un qui a porté des lunettes toute sa vie avant de passer aux lentilles de contact ou de subir une opération au laser en vue de faire corriger un défaut d'acuité visuelle. Les jumelles avaient les yeux de leur mère.

« Elle aurait prévenu, répondit Rolf Ottersen. Laissé un message. Il a dû se passer quelque chose. »

Malgré son trouble, la voix était maîtrisée et douce. Rolf Ottersen tira un mouchoir de sa poche et le leva à son visage. Son nez paraissait anormal dans ce visage allongé et pâle. Il se moucha en un unique coup de trompette.

Skarre passa la tête par la porte. « La brigade cynophile est là. Ils ont un chien détecteur de cadavres.

— Au travail, décréta Harry. Vous avez parlé avec tous les voisins ?

— Ouaip. Toujours rien. »

Skarre ferma la porte, et Harry se rendit compte que les yeux d'Ottersen s'étaient encore agrandis derrière les verres de ses lunettes.

« Un chien détecteur de cadavres, murmura Ottersen.

— C'est juste une expression, le rassura Harry en notant dans un coin de son crâne qu'il devait donner à Skarre quelques tuyaux sur l'art de s'exprimer.

— Alors vous vous en servez aussi pour rechercher des personnes vivantes ? »

La voix du mari était suppliante.

« Bien sûr », mentit Harry pour éviter d'expliquer que les chiens détecteurs de cadavres marquent les endroits où se sont trouvés des morts. Qu'ils ne peuvent servir ni pour les stupéfiants, ni pour les objets perdus, ni pour les vivants. On s'en sert pour les morts. Point barre.

« Donc, vous l'avez vue pour la dernière fois à quatre heures, reprit Harry en baissant les yeux sur ses notes. Avant que vous et vos filles partiez en ville. Qu'y avez-vous fait ?

— Je me suis occupé du magasin, pendant que les filles avaient leur cours de violon.

— Le magasin ?

— On a une petite boutique à Majorstua qui vend des produits africains faits main issus du commerce équitable. Artisanat, meubles, toiles, vêtements, plein de choses. C'est surtout Sylvia qui y est, mais le jeudi, c'est ouvert plus longtemps, et elle rentre à la maison en voiture, alors j'y vais avec les filles. Je tiens la boutique pendant qu'elles jouent du violon à Baratt Due, entre cinq et sept. Ensuite, je vais les chercher, et on rentre. On était là un peu après sept heures et demie.

— Mmm. Qui d'autre travaille au magasin ?

— Personne.

— Ce qui doit vouloir dire que vous restez fermés un moment pendant les heures d'ouverture, le jeudi. Environ une heure ? »

Rolf Ottersen fit un sourire en coin.

« C'est un très petit magasin. Nous n'avons pas beaucoup de clients. Avant les soldes de Noël, presque personne, pour être honnête.

— Comment...

— NORAD. Ils soutiennent le magasin et nos fournisseurs, comme partenaire du programme commercial gouvernemental pour les pays du tiers monde. » Il toussota faiblement. « L'affichage l'emporte sur les profits mesquins, vous ne trouvez pas ? »

Harry acquiesça, même s'il ne pensait pas au commerce équitable en Afrique, mais aux heures et temps de trajet en voiture à Oslo et dans les environs. Le son d'une radio parvenait depuis la cuisine, où les jumelles profitaient d'un dîner tardif. Il n'avait pas vu de télé dans la maison.

« Ce sera tout pour le moment, merci. » Harry se leva et sortit.

Trois véhicules étaient garés dans la cour. L'un était le Volvo Amazon de Bjørn Holm, repeint en noir et orné d'une bande « rallye » à carreaux sur le toit et le hayon. Harry regarda le ciel clair étoilé, qui formait comme un dôme au-dessus de la petite ferme dans la clairière. Il inspira. L'air sentait la forêt de sapins et le feu de bois. Le halètement d'un chien et les encouragements du policier étaient audibles depuis l'orée de la forêt.

Pour accéder à l'étable, Harry décrivit un arc de cercle, comme convenu, pour ne pas détruire de traces éventuelles. Des voix s'échappaient par la porte ouverte. Il s'accroupit et examina les empreintes de pas dans la neige, à la lumière de la lampe suspendue au-dessus de la porte. Avant de se relever, de s'appuyer au chambranle et de sortir son paquet de cigarettes.

« On dirait un lieu de crime, constata-t-il. Du sang, des cadavres et des meubles renversés. »

Bjørn Holm et Magnus Skarre se turent, se retournèrent et suivirent le regard de Harry. La grande pièce ouverte était éclairée par une simple ampoule nue au bout d'un fil pendant de l'une des poutres. À une extrémité de la pièce, il vit un tour d'usinage devant un panneau couvert d'outils : marteaux, scies, pinces, chignoles. Aucun engin électrique. À l'autre extrémité, un grillage isolait des poules empilées sur des étagères au mur ou déambulant à un rythme saccadé sur la paille. Trois corps sans tête gisaient au beau milieu de la pièce, sur le parquet gris non traité et barbouillé de sang. Près du billot renversé : trois têtes. Harry se ficha une cigarette entre les lèvres, sans l'allumer. Il entra en veillant à ne pas marcher dans le sang et s'accroupit près du billot pour observer les trois têtes de poules. La lumière de sa lampe-stylo jetait un éclat mat dans les yeux noirs. Il leva d'abord une plume blanche sectionnée, qui paraissait calcinée sur un bord, avant d'étudier les surfaces

111

de coupe bien plates sur les cous des poules. Le sang avait caillé et était noir. Il savait que c'était un processus rapide, guère plus d'une demi-heure.

« Tu vois des choses intéressantes ? voulut savoir Bjørn Holm.

— J'ai un cerveau qui souffre de déformation professionnelle, Holm. En ce moment même, il analyse un cadavre de poule. »

Skarre éclata d'un rire retentissant, et dessina les manchettes en l'air devant lui : « *Vilain triple meurtre volailler. Vaudou dans le village. Harry Hole est sur l'affaire.*

— Plus intéressant est ce que je ne vois pas », répliqua Harry.

Bjørn Holm haussa un sourcil, regarda autour de lui et commença à hocher lentement la tête.

Skarre leur jeta un coup d'œil suspicieux.

« Et c'est ?

— L'arme du crime.

— La hache, précisa Holm. Le seul moyen digne d'abattre des poules. »

Skarre pouffa de rire, méprisant.

« Si c'est la bonne femme qui abattait, elle a dû remettre la hache à sa place, où que ce soit. Des gens ordonnés, ces paysans.

— Bien d'accord sur ce dernier point, approuva Harry en écoutant le caquètement qui semblait venir de tous les côtés à la fois. Voilà pourquoi il est intéressant que le billot soit renversé et les cadavres de poules dispersés à droite à gauche. Et que la hache ne soit pas à sa place.

— Sa place ? » Skarre leva les yeux au ciel, à l'attention de Holm.

« Si tu te donnes la peine de jeter un petit coup d'œil autour de toi, Skarre… », reprit Harry sans lever les yeux.

Skarre regardait toujours Holm, qui fit un léger signe de tête vers le panneau derrière le tour.

« Et merde », lâcha Skarre.

Dans l'espace vide entre un marteau et une scie rouillée, on avait dessiné les contours d'une petite hache.

Des aboiements, des gémissements, puis les cris du policier qui ne paraissaient plus très encourageants leur parvinrent de l'extérieur.

Harry se frotta le menton.

« Nous avons cherché dans toute l'étable, et il semble donc provisoirement que Sylvia Ottersen ait quitté les lieux en pleine séance d'abattage, en emportant son instrument. Holm, peux-tu prendre la température du corps de ces poules, et définir approximativement une heure de décès ?

— Yep.

— Hein ? s'exclama Skarre.

— Je veux savoir quand elle s'est barrée d'ici, expliqua Harry. Tu as pu tirer quelque chose des empreintes de pas, dehors, Holm ? »

Le TIC secoua la tête.

« La zone a été trop piétinée, et j'aurais besoin de plus de lumière. J'ai trouvé plusieurs empreintes des bottes de Rolf Ottersen. Plus quelques autres conduisant à l'étable, mais aucune en repartait. On l'a peut-être portée hors de l'étable ?

— Mmm. Il y aurait des traces plus profondes, laissées par celui qui portait. Dommage que personne n'ait marché dans le sang. » Harry plissa les yeux en direction des murs que l'ampoule n'arrivait pas à éclairer. Un couinement pitoyable de chien résonna dans la cour, suivi d'un juron furieux du policier.

« Sors voir ce que c'est, Skarre », demanda Harry.

Skarre disparut, et Harry ralluma sa lampe avant d'aller jusqu'au mur. Il passa une main sur les planches brutes.

« Qu'est-ce que c'est... », commença Holm, mais il s'interrompit quand la botte de Harry atteignit le mur avec un bruit sec.

Le ciel étoilé apparut.

« Une porte arrière », répondit Harry en ne quittant plus des yeux les bois noirs et la silhouette de sapins se découpant sur la coupole lumineuse jaune sale de la ville au loin. Il dirigea ensuite le faisceau de sa lampe vers la neige. Et trouva immédiatement les traces.

« Deux personnes, annonça Harry.

— C'est le clebs, s'écria Skarre, de retour. Il ne veut pas.

— Il ne veut pas ? » Harry laissa le faisceau suivre la piste. La neige renvoyait la lumière, mais les traces disparaissaient là où les arbres gardaient les ténèbres nocturnes.

« Le maître-chien ne comprend rien. Il dit que c'est comme si le chien était mort de trouille. En tout cas, il refuse d'entrer dans les bois.

— Il flaire sans doute le renard, expliqua Holm. Pas mal de renards dans ces bois.

— Un renard ? pouffa Skarre. Ce gros clébard n'a quand même pas peur d'un renard.

— Il n'en a peut-être jamais vu, intervint Harry. Mais il comprend que c'est un animal sauvage qu'il sent. C'est rationnel d'avoir peur de ce qu'on ne connaît pas. Celui qui ne suit pas ce principe ne vit pas longtemps. »

Harry se rendit compte que son cœur s'était mis à battre plus vite. Et il savait pourquoi. Les bois. L'obscurité. Le genre de peur qui n'était pas rationnel. Le genre qui devait être surmonté.

« Jusqu'à nouvel ordre, cet endroit est considéré comme un lieu de meurtre, décida Harry. Au boulot. Je jette un coup d'œil pour voir où mènent ces traces.

— OK. »

Harry déglutit avant de passer la porte arrière. Cela faisait vingt-cinq ans. Et malgré tout, son corps était réticent.

C'était chez le grand-père à Åndalsnes, pendant les vacances de la Toussaint. La ferme était à flanc de montagne, dominée par l'imposant massif du Romsdal. Harry avait dix ans, et s'était un peu enfoncé dans les bois pour ramener une vache que cherchait son grand-père. Il voulait la retrouver avant le grand-père, avant tout le monde. Alors il se dépêchait. Il courait comme un dératé sur les collines couvertes de douces touffes de myrtilles et de drôles de bouleaux nains tordus. Les sentiers apparaissaient et s'évanouissaient tandis qu'il courait en ligne droite vers la cloche qu'il croyait avoir entendue entre les arbres. Et elle était de nouveau là, un peu plus haut sur la droite, à présent. Il sauta par-dessus un ruisseau, plongea sous un arbre, et ses bottes gargouillèrent lorsqu'il passa un marécage au moment où une averse arrivait sur lui ; il vit le voile d'eau sous le nuage qui douchait le flanc abrupt de la montagne.

Et c'était si beau qu'il n'avait pas vu l'obscurité arriver, émerger en rampant de l'eau des marécages, sortir à pas feutrés d'entre les arbres, couler telle de la peinture noire des ombres sur le coteau et s'amasser dans le fond de la vallée. Au lieu de cela, il leva les yeux, vit un gros oiseau faire de grands cercles tout là-haut, et il eut le tournis en voyant la paroi rocheuse derrière. Une de ses bottes se coinça alors, et il tomba. À plat ventre, sans avoir le temps de tendre les mains en avant. Tout devint noir, son nez et son palais s'emplirent du goût de marais, de mort, de pourriture et de ténèbres. Il put *goûter* l'obscurité durant le peu de secondes qu'il passa dessous. Et lorsqu'il refit surface, il découvrit que la lumière avait disparu. Disparu par-dessus la montagne qui le surplombait à présent de sa majesté silencieuse et pesante, lui murmurant qu'il ne savait pas où il était, qu'il ne le savait pas depuis longtemps. Sans se soucier de la botte qu'il avait perdue, il se leva et partit en courant. Il fallait qu'il voie rapidement quelque chose de connu. Mais le paysage était ensorcelé, les pierres avaient été changées en têtes de créatures sortant de terre, la bruyère en doigts qui cherchaient à attraper ses jambes, et les bouleaux nains en sorcières pliées en deux de rire pendant qu'elles indiquaient le chemin ; par ici ou par là, vers la maison ou vers la perdition, vers chez la grand-mère ou vers le Trou. Car les adultes lui avaient parlé du Trou. L'endroit où le marécage n'avait pas de fond, où les troupeaux, les gens et des charrettes entières disparaissaient pour ne plus jamais réapparaître.

Il faisait presque nuit quand Harry entra en chancelant dans la cuisine et grand-mère le prit dans ses bras, en lui disant que papa, grand-père et les adultes de la ferme voisine étaient déjà sortis le chercher. Où était-il passé ?

Dans les bois.

Mais n'avait-il pas entendu leurs cris ? Ils avaient crié « Harry, Harry », elle l'avait entendu tout le temps.

Lui ne s'en souvenait pas, mais par la suite, on lui avait raconté à de nombreuses reprises qu'il était resté là, tremblant de froid sur la caisse de bois devant le poêle, le regard fixe dans le vague, répondant : « Je ne pensais pas que c'étaient eux qui criaient.

— Qui croyais-tu que c'était, alors ?

— Les autres. Tu savais que l'obscurité *a un goût*, grand-mère ? »

Harry n'eut besoin de parcourir que quelques mètres dans la forêt avant qu'un calme intense, presque surnaturel, ne survienne. Il gardait le faisceau de sa lampe sur le sol juste devant lui, car chaque fois que la lumière balayait le bois, elle faisait courir les ombres telles des créatures peureuses, entre les arbres, dans le noir d'encre. Être isolé du noir dans une bulle de lumière ne procurait aucun sentiment de sécurité. Bien au contraire. La certitude d'être la chose la plus visible qui bouge dans la forêt le mettait à nu, le privait de protection. Des branches lui griffaient le visage, comme les doigts d'un aveugle voulant identifier un inconnu.

Les traces menaient à un ruisseau glouglouttant, qui assourdit son souffle un peu trop rapide. L'un des jeux d'empreintes y disparaissait, tandis que l'autre longeait le ruisseau vers le bas.

Il continua. Le cours d'eau décrivait des courbes, mais il ne s'inquiéta pas de perdre le cap, il n'y aurait qu'à suivre la piste en sens inverse.

Un hibou, qui devait être tout près, émit un *hou-hou* d'avertissement. Le cadran de sa montre scintillait en vert, montrant qu'il avait marché un quart d'heure. Temps de faire demi-tour et d'envoyer des hommes correctement chaussés et habillés, accompagnés d'un chien qui n'aurait pas peur des renards.

Le cœur de Harry s'arrêta.

C'était passé juste devant son visage. Sans le moindre bruit, et si vite qu'il n'avait rien vu. Mais le souffle l'avait trahi. Harry entendit des plumes se débattre dans la neige, et le couinement lamentable d'un petit rongeur qui était devenu proie.

Il souffla lentement. Laissa sa lampe balayer une dernière fois la forêt devant lui, et se retourna pour repartir. Il fit un pas, mais s'arrêta. Voulut faire un pas de plus, deux, revenir. Mais il fit ce qu'il devait faire. Il pointa de nouveau le faisceau de sa lampe dans l'autre sens. Et ça revint. Un éclat, un reflet qui n'avait rien à faire au beau milieu de ces bois obscurs. Il approcha. Regarda derrière lui, en essayant de repérer les lieux. Il était à environ quinze mètres du ruisseau. Il s'accroupit. Seul l'acier émergeait, mais il n'eut pas besoin de chasser la neige pour voir ce que c'était. Une hache. Une petite hache. S'il y avait eu du sang sur la lame à la suite de l'abattage des poules, il avait disparu. Il n'y avait pas d'empreintes de pas autour de la hache. Harry éclaira, et vit une brindille sectionnée à quelques mètres de là, dans la neige. Quelqu'un avait dû lancer la hache jusqu'ici, avec une belle force.

Au même instant, Harry la perçut de nouveau. La sensation ressentie au Spektrum, plus tôt dans la soirée. D'être observé. D'instinct, il éteignit, et les ténèbres lui tombèrent dessus à la manière d'une couverture. Il retint son souffle et tendit l'oreille. Non, songea-t-il. Ne sois pas comme ça. Le mal n'est pas une chose, il ne prend pas demeure. Au contraire, c'est une absence de chose, l'absence de bien. Tout ce dont tu dois avoir peur, ici, c'est de toi-même.

Mais la sensation ne voulait pas s'en aller. On l'observait. Quelque chose. Les autres. Dans une clairière près du ruisseau, le clair de lune se leva, et il vit ce qui pouvait être les contours d'une personne.

Harry ralluma sa lampe de poche et la braqua vers la clairière.

C'était elle. Elle se tenait bien droite, immobile, entre les arbres, le regardant sans ciller de ces mêmes grands yeux ensommeillés que sur la photo. La première chose à laquelle songea Harry, ce fut qu'elle était habillée comme une mariée, en blanc, qu'elle était près de la Sainte Table, ici, en pleine forêt. La lumière la fit scintiller. Harry prit une inspiration tremblante et tira son mobile de sa poche de blouson. Bjørn Holm répondit à la seconde sonnerie.

« Bouclez tout », ordonna Harry. Sa gorge lui donnait l'impression d'être sèche, craquelée. « J'appelle les troupes.

— Qu'est-ce qui s'est passé ?

— Il y a un bonhomme de neige, ici.

— Et alors ? »

Harry expliqua.

« Je n'ai pas pigé la fin, cria Holm. La couverture est mauvaise, ici…

— La tête, répéta Harry. C'est celle de Sylvia Ottersen. »

Le silence se fit à l'autre bout du fil.

Harry pria Holm de suivre les traces et raccrocha.

Il s'accroupit alors tout contre un arbre, boutonna complètement son manteau et éteignit sa lampe pour économiser les piles pendant qu'il attendait. En songeant qu'il avait presque oublié le goût que cela avait, les ténèbres.

DEUXIÈME PARTIE

CHAPITRE 10

Jour 4. Craie

Il était trois heures et demie du matin et Harry était exténué lorsqu'il entra enfin dans son appartement. Il se déshabilla et fila directement à la douche. Essaya de ne pas penser tandis qu'il laissait les jets d'eau bouillante lui paralyser la peau, lui masser les muscles raidis, réchauffer son corps gelé. Ils avaient discuté avec Rolf Ottersen, mais les entretiens attendraient le lendemain. À Solli-høgda, la tournée des voisins était terminée depuis longtemps, il n'y en avait pas tant que ça à interroger. Mais les TIC et les chiens étaient toujours au travail, et le resteraient toute la nuit. Ils disposaient d'un créneau horaire avant que les traces ne soient polluées, recouvertes de neige ou tout bonnement disparues. Il ferma les robinets. L'air se chargea de vapeur grise, et quand il essuya le miroir, une nouvelle couche de buée s'y déposa instantanément, déformant le visage et donnant au corps des contours flous.

Harry se brossait les dents quand son mobile sonna.

« Harry.

— Stormann. Le type des champignons.

— Vous appelez tard, s'étonna Harry.

— J'imaginais que vous étiez au boulot.

— Ah ?

— C'était aux infos du soir. La bonne femme de Sollihøgda. Je vous ai vu en arrière-plan. J'ai eu les résultats du test.

— Et ?

— Vous avez des moisissures. Et des bougrement voraces. Versicolor.

— Ce qui veut dire ?

— Qu'elles peuvent avoir toutes les couleurs possibles et imaginables. À part ça, ça veut dire que je dois abattre davantage vos murs.

— Mmm. » Harry eut la vague impression qu'il devait s'intéresser un peu plus, s'inquiéter un peu plus, ou en tout cas poser plus de questions. Mais il n'en avait pas le courage. Pas cette nuit.

« Quand vous voulez. »

Harry raccrocha et ferma les yeux. Attendit les fantômes, l'inévitable tant qu'il ne prenait pas le seul médicament qu'il connaissait contre les revenants. Ce serait peut-être une nouvelle connaissance, ce soir. Il attendit qu'elle sorte du bois, à pas chancelants dans un gros corps blanc et lourd sans jambes, une quille poussée trop vite coiffée d'une tête, avec des orbites noires dans lesquelles les corneilles picoraient les derniers restes d'yeux, et des dents bien en vue après que les renards s'étaient servis en lèvres. Pas bon à savoir, le subconscient est imprévisible. Si imprévisible que quand Harry s'endormit, il rêva qu'il était dans une baignoire, la tête sous l'eau, où il entendait le grondement sourd des bulles et de rires de femme. Des algues poussaient sur l'émail, s'étirant vers lui, tels des doigts verts à une main blanche qui cherchait la sienne.

La lumière matinale dessinait des rectangles lumineux sur les journaux posés sur le bureau de l'agent supérieur de police Gunnar Hagen. Le sourire de Sylvia Ottersen brillait sur la première page, sous les manchettes : *Assassinée et décapitée*, *Décapitée dans les bois*, et – la plus courte et vraisemblablement la meilleure : *Décapitée*.

La tête de Harry l'avait fait souffrir depuis son réveil. Il la tenait à présent précautionneusement entre ses mains, songeant qu'il aurait tout aussi bien pu boire la veille, cela n'aurait pas rendu les choses pires. Il avait envie de fermer les yeux, mais Hagen le gardait dans sa ligne de mire. Harry remarqua que la bouche de Hagen continuait de s'ouvrir, se tordre et se fermer, en clair qu'il formait des mots que Harry ne recevait qu'à une fréquence aléatoire.

« La conclusion, poursuivit Hagen, et Harry comprit qu'il était temps de tendre l'oreille, c'est qu'à partir de maintenant, cette affaire a la priorité absolue. Et cela veut dire que nous augmentons évidemment sans plus tarder l'effectif de ton groupe d'investigation, et...

— Pas d'accord, le coupa Harry, le simple fait de prononcer ces deux mots tout bêtes lui donnant l'impression que son crâne allait exploser. Nous pourrons réquisitionner ce dont nous aurons besoin en termes d'effectifs au fur et à mesure et selon la situation, mais pour le moment, je ne veux personne d'autre aux réunions. Que nous quatre. »

Gunnar Hagen le regarda avec des yeux comme deux ronds de flan. Sur les affaires de meurtre, même les plus simples, les groupes d'enquête ne comptaient jamais moins d'une douzaine de personnes.

« La libre pensée fonctionne mieux dans des groupes de taille assez petite, ajouta Harry.

— Pensée ? s'exclama Hagen. Et le travail de policier classique ? La poursuite de pistes techniques, les auditions, la vérification de tuyaux ? Et la coordination d'éléments ? Un groupe rassemblé... »

Harry leva une main pour contenir le flot de paroles.

« C'est justement ça. Je ne veux pas me noyer là-dedans.

— Te noyer ? répéta Hagen en fixant deux yeux incrédules sur Harry. Alors il vaudrait mieux que je confie l'affaire à quelqu'un qui sache nager. »

Harry se massa légèrement les tempes. Il savait que Hagen savait qu'à cet instant précis, il n'y avait personne d'autre à la Brigade criminelle pour diriger cette enquête de meurtre que l'inspecteur principal Hole. Harry savait aussi que confier cette affaire au KRIPOS représenterait une si grosse défaite sur le plan du prestige pour le nouvel ASP qu'il préférerait sacrifier son bras droit densément velu.

Harry poussa un soupir :

« Les groupes d'enquête luttent pour ne pas se noyer sous le flot de données. Et ça, c'est quand il s'agit d'une affaire *classique*. Avec une décollation en première page... » Harry secoua la tête. « Les gens deviennent fous. On a reçu plus de cent tuyaux téléphoniques rien qu'après le passage aux infos d'hier au soir. Tu sais : des pochards qui bafouillent, les tarés habituels, plus quelques nouveaux. Des gens qui peuvent te raconter que le meurtre est décrit dans l'Apocalypse, des choses comme ça. Jusqu'à présent, aujourd'hui, on a reçu deux cents coups de téléphone. Et attends que les gens sachent qu'il peut y avoir d'autres macchabées. Disons qu'il faudra mettre vingt bonshommes rien que pour s'occuper des tuyaux téléphoniques. Ils contrôleront et écriront des rapports. Disons que la direction de l'investigation devra passer deux heures par jour à lire, concrètement, les données reçues, deux à les coordonner et deux à rassembler tous ceux du groupe, les informer, répondre aux questions de tout le monde ; plus une demi-heure à filtrer les éléments avec lesquels on va pouvoir continuer pour la conférence de presse. Qui dure trois quarts d'heure. Le pire, c'est... (Harry appuya ses index sur les jointures douloureuses de ses mâchoires, et fit la grimace)... que dans une affaire de meurtre banale, ce sont probablement des ressources bien employées. Parce qu'il y a toujours des gens, quelque part, qui savent quelque chose, qui ont vu ou entendu quelque chose. Des fragments que nous pouvons assembler minutieusement, ou qui peuvent résoudre toute l'histoire, comme par magie.

— Justement. Par conséquent...

— Le problème, poursuivit Harry, c'est qu'il ne s'agit pas d'une affaire de ce tonneau. Ni d'un meurtrier de ce genre. Cette personne ne s'est pas confiée à un ami, ni montrée à proximité du lieu du crime. Personne ne sait rien, alors les renseignements qui arrivent ne nous aideront pas, ils ne feront que nous retarder. Et d'éventuelles pistes techniques qui apparaîtraient au grand jour auront été placées là pour nous égarer. En bref, c'est un autre type de jeu. »

Hagen s'était renversé dans son fauteuil, avait joint les mains, et observait à présent Harry, pensif. Il cligna des yeux, comme un saurien engourdi par le soleil, avant de demander :

« Alors tu vois cela comme un jeu ? »

Harry se demanda où Hagen voulait en venir tout en hochant lentement la tête.

« Quel genre de jeu ? Les échecs ?

— Eh bien... les échecs à l'aveugle, peut-être. »

Hagen acquiesça.

« Alors tu imagines un tueur en série classique, un assassin froid, d'une intelligence supérieure et ayant le goût du jeu et du défi ? »

Harry voyait où Hagen voulait en venir, à présent.

« Un homme tiré tout droit des tueurs en série sur lesquels vous profiliez pendant ce cours du FBI ? Le genre que tu avais trouvé en Australie, à l'époque ? Un qui est tout bonnement... (L'ASP émit un claquement de langue, comme s'il goûtait le mot)... un adversaire de taille pour quelqu'un ayant ton CV.

— Je ne vois pas les choses comme ça, chef, soupira Harry.

— Ah non ? N'oublie pas que j'ai enseigné à l'École militaire, Harry. À quoi crois-tu que les généraux en herbe qui y sont rêvent quand je leur parle des chefs d'armée qui ont personnellement changé le cours de l'histoire mondiale ? Rester bien sagement assis là en espérant la paix, raconter à leurs petits-enfants qu'ils *étaient* là, rien de plus, que personne ne saura jamais ce dont ils auraient été capables en temps de guerre ? C'est peut-être ce qu'ils disent, mais au fond d'eux, ils rêvent, Harry. D'une seule chose. Il est question du fort besoin social chez l'homme d'être *indispensable*,

Harry. C'est pour cela que les généraux du Pentagone crient au loup aussitôt qu'un pétard claque quelque part dans le monde. Je crois que tu *veux* que cette affaire soit spéciale, Harry. Tu le veux suffisamment fort pour voir le loup.

— Le bonhomme de neige, chef. Tu te rappelles la lettre que je t'ai montrée ?

— Je me rappelle un dément, Harry », soupira Hagen.

Harry sut qu'il devait déposer les armes. Exposer la proposition de compromis à laquelle il avait déjà pensé. Accorder à Hagen cette petite victoire. Au lieu de cela, il haussa les épaules :

« Je veux mon groupe tel qu'il est, chef. »

Le visage de Hagen se ferma, se durcit.

« Je ne peux pas te laisser faire ça, Harry.

— *Peux* pas ? »

Hagen soutint le regard de Harry, mais trop tard : il tomba, se détourna. Quelques fractions de seconde seulement, mais ce fut suffisant.

« Il y a des égards à avoir », répondit Hagen.

Harry essaya de conserver une expression innocente au moment d'enfoncer le clou : « Quel genre d'égards, chef ? »

Hagen baissa les yeux sur ses mains.

« Qu'est-ce que tu crois ? Les supérieurs. La presse. Les politiques. Quand trois mois se seront écoulés et que nous ne tiendrons toujours pas l'assassin, qui devra répondre à la question des priorités de la Brigade, à ton avis ? Qui devra expliquer que nous avons mis quatre personnes sur le coup parce que de petits groupes sont plus propices à… (Hagen cracha les mots comme des crevettes gâtées)… la libre pensée et au jeu d'échecs ? Tu y as songé, Harry ?

— Non, répondit l'intéressé en croisant les bras. J'ai pensé à la façon dont nous allions mettre la main sur ce gusse, pas à celle dont j'allais expliquer que nous ne l'avions pas chopé. »

126

Harry savait que c'était un argument faiblard, mais les mots firent mouche. Hagen cligna deux fois des yeux. Ouvrit la bouche et la referma, et Harry se sentit immédiatement honteux. Pourquoi devait-il toujours provoquer ces concours puérils où c'était à celui qui pisserait le plus loin, rien que pour la satisfaction de pouvoir battre quelqu'un ? Rakel avait un jour prétendu qu'il aurait voulu être né avec un majeur exceptionnellement long, dressé en permanence.

« Il y a un type, au KRIPOS, qui s'appelle Espen Lepsvik, reprit Harry. Il est doué pour diriger les grosses enquêtes. Je peux lui parler, lui demander de mettre sur pied un groupe qui en référera à moi. Les groupes bosseront en parallèle, de façon autonome. Toi et le chef de la Crim, vous vous chargerez des conférences de presse. Qu'est-ce que tu en penses, chef ? »

Harry n'eut pas besoin d'attendre la réponse. Il lut la reconnaissance dans les yeux de Hagen. Et sut qu'il avait remporté le concours de celui qui pissait le plus loin.

La première chose qu'il fit en revenant dans son bureau fut d'appeler Bjørn Holm :

« Hagen a dit oui, on fait comme j'ai dit. Réunion dans mon bureau dans une demi-heure. Tu appelles Skarre et Bratt ? »

Il raccrocha. Pensa à ce que Hagen avait dit à propos des éperviers qui voulaient leur guerre. Et ouvrit le tiroir, dans une vaine chasse au Dispril.

« Hormis les empreintes de pas, nous n'avons pas trouvé de traces du coupable sur ce que nous considérons comme le lieu du crime, conclut Magnus Skarre. Ce qui est plus dur à comprendre, c'est que nous n'avons pas trouvé de trace du cadavre non plus. Il a quand même décapité cette femme, ça aurait dû laisser tout un tas d'indices. Mais il n'y avait rien là-bas. Les clébards ne réagissent même pas ! C'est un mystère.

— Il l'a tuée et décapitée dans le ruisseau, expliqua Katrine. Sa piste à elle disparaît dans le ruisseau plus en amont, n'est-ce pas ? Elle a couru dans l'eau pour ne pas laisser de traces, mais il l'a rattrapée.

— De quoi s'est-il servi ? voulut savoir Harry.

— D'une hache ou d'une scie, quoi d'autre ?

— Et les brûlures autour de la zone de coupure ? »

Katrine regarda Skarre, et tous deux haussèrent les épaules.

« OK. Holm, vérifie, décida Harry. Et ensuite ?

— Ensuite, il l'a sans doute portée dans le ruisseau pour redescendre jusqu'à la route », suggéra Skarre. Il avait dormi deux heures, et mis son pull à l'envers mais personne n'avait eu le cœur de le lui faire remarquer. « Je dis sans doute ça parce que nous n'avons strictement rien trouvé là-bas non plus. Et nous aurions dû trouver quelque chose. Un peu de sang sur un tronc d'arbre, un lambeau de chair sur une branche ou un bout de tissu. Mais nous avons trouvé les empreintes de pas du type là où le ruisseau passe sous la route. Et à côté de la route, il y avait des marques dans la neige, laissées par ce qui pouvait avoir été un corps. Mais Dieu seul sait, parce que les clebs n'ont rien flairé là-bas non plus. Même pas cette saloperie de chien détecteur de cadavres ! C'est un…

— Mystère, répéta Harry en se frottant le menton. N'est-ce pas hautement incommode de lui trancher la tête debout dans le ruisseau ? Ce n'est qu'un ravin étroit, on n'a pas le recul nécessaire. Pourquoi ?

— Évident, répondit Skarre. Les traces s'en vont avec l'eau.

— Pas évident, rétorqua Harry. Il a laissé sa tête, ce n'est pas pour s'inquiéter de laisser des traces derrière elle. Pourquoi il n'y a pas de traces d'elle en descendant vers la route…

— *Bodybag* ! s'écria Katrine. Je me demandais comment il avait réussi à la porter sur une aussi longue distance. En Irak, ils se servaient de ce genre de *bodybags* à bretelles, que l'on peut porter comme un sac à dos.

« — Mmm. En tout cas, ça expliquerait que le chien détecteur de cadavres n'ait pas permis de découvrir des traces sur la route.

— Et qu'il ait pu prendre le risque de la laisser là, ajouta Katrine.

— La laisser là ? demanda Skarre.

— Il y a l'empreinte d'un corps dans la neige. Il l'a étendue là pendant qu'il allait chercher sa voiture. Probablement garée quelque part à proximité de la ferme des Ottersen. Ça devait prendre une demi-heure, d'accord ? »

De mauvaise grâce, Skarre grommela un « quelque chose comme ça ».

« Ces sacs sont noirs, quelqu'un qui serait passé en voiture en aurait pris un pour un sac-poubelle ordinaire.

— Personne n'est passé en voiture, répliqua Skarre sèchement avant d'étouffer un bâillement. On a parlé à tout le monde dans cette fichue forêt. »

Harry hocha la tête.

« Que faut-il croire de l'histoire de Rolf Ottersen, selon laquelle il était à la boutique entre cinq et sept ?

— Cet alibi ne vaut pas un clou tant qu'aucun client n'est passé, répondit Skarre.

— Il a eu le temps de faire l'aller et retour pendant que les jumelles avaient leur cours de violon, fit observer Katrine.

— Mais ce n'est pas le genre », nota Skarre en se renversant dans son fauteuil ; puis il hocha la tête, comme en confirmation de sa propre conclusion.

Harry eut envie d'ajouter quelque chose sur la conception qu'ont les policiers de leur capacité à désigner les meurtriers, mais on était dans la phase où chacun pouvait dire ce qu'il pensait sans trop d'objections. Il savait d'expérience que les meilleures idées jaillissaient de chimères, de suppositions peu réfléchies et de conclusions clairement fausses.

La porte s'ouvrit.

« *Howdy*[1]! » clama Bjørn Holm. « Sincèrement désolé, mais j'ai flairé l'arme du crime. »

Il se débarrassa de son *wetskin*[2], et le suspendit au perroquet de Harry, qui poussa un vilain grincement. Dessous, il portait une chemise mauve à broderies or, ornée d'un texte dans le dos proclamant qu'en dépit de l'arrêt de mort datant de l'hiver 1953, Hank Williams était vivant. Il se laissa alors tomber sur le dernier siège libre et regarda les visages des autres, tous tournés vers lui.

« Qu'y a-t-il ? » sourit-il, et Harry attendit la plaisanterie préférée de Holm. Qui vint. « Quelqu'un est mort ?

— L'arme du crime, répondit Harry. Accouche. »

Holm exhiba un large sourire et se frotta les mains.

« Je me posais évidemment des questions sur la provenance des brûlures que Sylvia Ottersen avait au cou. La légiste n'en avait aucune idée. Elle a simplement dit que les petits vaisseaux étaient cautérisés, comme on le fait pendant les amputations pour arrêter les hémorragies. Avant que l'os soit sectionné. Et quand elle a fait allusion au fait de scier l'os, ça m'a fait penser à quelque chose. J'ai grandi dans une ferme, vous savez… »

Bjørn Holm se pencha en avant, les yeux brillants, et Harry ne put s'empêcher de penser à un père qui est sur le point d'ouvrir le cadeau de Noël contenant l'énorme train électrique acheté pour son fils qui vient de naître.

« Quand une vache devait vêler, et que le veau était mort, il arrivait que le cadavre soit trop gros pour que la bête arrive à l'expulser sans assistance. Et si en plus il se présentait mal, on ne pouvait pas l'extraire sans risquer de la blesser. À ce moment-là, le vétérinaire devait venir avec la scie. »

Skarre fit la grimace.

« C'est un truc avec une lame de scie flexible, superfine, que tu

1. De l'anglais « how do you do ? », comment allez-vous ?
2. Imperméable.

130

introduis dans la vache et autour du veau, en quelque sorte, comme un nœud coulant. Et puis tu pousses et tu tires la lame, dans un sens, dans l'autre, pour la faire passer au travers du cadavre... (Holm décrivait avec force gestes)... jusqu'à ce qu'il soit en deux morceaux, et que tu puisses retirer la moitié de la carcasse. Et là, en général, le problème est réglé. En général. Car il arrive que la scie découpe aussi la mère en allant et venant à l'intérieur, et la mère se vide de son sang. Alors il y a quelques années, des paysans, en France, ont eu l'idée d'un truc pratique qui a réglé ce problème. Un fer à filament incandescent à boucle. Fait d'une simple poignée en plastique avec un fil métallique très fin et super-solide fixé à chaque bout à la poignée, qui fait un nœud coulant que tu peux refermer sur ce que tu veux couper. Tu allumes, et en quinze secondes, le fil est chauffé à blanc, et tu appuies sur un bouton sur la poignée, et la boucle commence à se resserrer pour tailler à travers le cadavre. Il n'y a aucun mouvement transversal, et donc moins de chances de couper la mère. Et si elle doit l'être malgré tout, il y a deux avantages...

— Tu essaies de nous vendre cet instrument, ou quoi ? demanda Skarre avec un sourire niais, tandis que son regard cherchait celui de Harry pour y trouver une réaction.

— À cause de la température, le fil métallique est tout à fait stérile, poursuivit Holm. Il ne transmet pas de bactéries ni de sang contaminé en provenance du cadavre. Et la chaleur fait que des petits vaisseaux sanguins sont cautérisés, ce qui limite les saignements.

— OK, répondit Harry. Es-tu certain que c'est le genre d'outil qu'il a utilisé ?

— Non. J'aurais pu faire l'essai si j'avais pu en obtenir un, mais le vétérinaire avec qui j'ai parlé a dit que le fer à boucle n'est pas agréé par le ministère norvégien de l'Agriculture. » Il regarda Harry avec une expression aussi sincèrement que profondément désolée.

« Bon. Si ce n'est pas l'arme du crime, ça expliquera en tout cas comment il a pu la décapiter en étant debout dans le ruisseau. Qu'en dites-vous, les autres ?

— La France, répondit Katrine Bratt. La guillotine d'abord, puis ça. »

Skarre pinça les lèvres et secoua la tête.

« Ça a l'air trop bizarre. Où a-t-il pu se procurer ce bidule à boucle, par exemple ? S'il n'est pas agréé, je veux dire.

— On peut commencer par là, proposa Harry. Tu vérifies, Skarre ?

— Je ne crois pas à ce truc, j'ai dit.

— Excuse ma formulation. Je voulais dire : tu vérifies, Skarre ! Autre chose, Holm ?

— Non. Il aurait dû y avoir tout plein de sang sur les lieux, mais le seul qu'on a trouvé, c'était celui des poules abattues, dans l'étable. À propos des poules, la température corporelle et la température de la pièce montraient qu'elles ont été abattues à environ six heures et demie. Pas très sûr, parce que l'une d'elles était plus chaude que les deux autres.

— Elle avait sûrement de la fièvre, rit Skarre.

— Et le bonhomme de neige ? demanda Harry.

— Sur un tas de cristaux de neige qui change de forme d'une heure sur l'autre, tu ne trouves pas d'empreintes digitales, mais des restes de peau de mains, puisque les cristaux sont pointus. Éventuellement des fibres de gants ou de moufles, s'il en portait. Mais on n'a trouvé ni l'un ni l'autre.

— Gants en caoutchouc, intervint Katrine.

— En dehors de ça, peanuts, termina Holm.

— Bon. En tout cas, on a une tête. Vous avez examiné les dents… »

Harry fut interrompu par Holm, dont l'expression s'était faite réprobatrice : « À la recherche de choses qu'elle aurait pu mordre et qui se seraient fixées ? Ses cheveux ? Traces de doigts dans son cou ? D'autres choses auxquelles les TIC ne pensent pas ? »

Harry émit un « Désolé » et regarda l'heure. « Skarre, même si tu estimes que Rolf Ottersen ne peut pas être le coupable, tu trouves où il était et ce qu'il faisait au moment où Birte Becker a disparu. Je vais discuter un peu avec Filip Becker. Katrine, tu examines toutes les affaires de disparition, y compris ces deux-là, et tu y cherches des ressemblances.

— OK.

— Tu vérifies tout. Les heures des meurtres, les phases de la lune, ce qui passait à la télé, la couleur de cheveux des victimes, si certaines avaient emprunté le même livre à la bibliothèque, parti-cipé au même séminaire, la somme des chiffres des numéros de téléphone. Il faut qu'on sache comment il les choisit.

— Attends un peu, intervint Skarre. On a conclu qu'il y avait un lien, maintenant ? On ne devrait pas être ouverts à toutes les possibilités ?

— Tu peux être aussi ouvert que tu veux, répliqua Harry en se levant et en vérifiant qu'il avait bien ses clés de voiture dans sa poche. Tant que tu fais ce que ton chef te demande. Le dernier éteint la lumière. »

Harry attendait l'ascenseur quand il entendit quelqu'un arriver. Les pas s'arrêtèrent juste derrière lui.

« J'ai discuté avec l'une des jumelles pendant la récréation, à l'école, ce matin.

— Oui ? » Harry se retourna et regarda Katrine Bratt.

« Je lui ai demandé ce qu'elles avaient fait avant-hier.

— Avant-hier ?

— Le jour où Birte Becker a disparu.

— C'est ça.

— Elle, sa sœur et sa mère ont passé la journée en ville. Elle s'en souvenait parce qu'elles sont allées au musée du Kon-Tiki après une visite chez le médecin. Et qu'elles ont dormi chez une tante pendant que leur mère allait rendre visite à une amie. Le père gardait la maison. Seul. »

Elle était si près que Harry pouvait sentir son parfum. Il ne ressemblait à aucun autre. Fort, épicé, et sans aucune suavité.

« Mmm. Avec laquelle des jumelles as-tu discuté ? »

Katrine Bratt soutint son regard.

« Aucune idée. C'est important ? »

Un *pling* informa Harry que l'ascenseur était arrivé.

Jonas dessinait un bonhomme de neige. L'idée était qu'il sourie et chante, que ce soit un bonhomme de neige heureux. Mais il n'y arrivait pas, son dessin le regardait simplement sans rien exprimer depuis la grande page blanche. Le silence était presque complet autour de lui, dans le grand amphithéâtre. On n'entendait que le son de la craie de son père qui grattait, et, de temps en temps, tapait contre le tableau devant, ainsi que les stylos des étudiants qui murmuraient sur les copies. Il n'aimait pas les stylos. Quand on en utilisait un, on ne pouvait plus effacer, modifier, ce qui était dessiné restait tel quel, pour toujours. Il s'était réveillé aujourd'hui en pensant que maman était revenue, que tout allait bien, et il avait déboulé dans sa chambre en courant. Mais il n'y avait trouvé que son père, en train de s'habiller, qui avait dit que Jonas aussi devait se vêtir, qu'il allait l'accompagner à l'université. Stylo.

La pièce descendait vers l'endroit où était son père, et ressemblait à une salle de théâtre. Filip Becker n'avait pas prononcé un seul mot à l'adresse des étudiants, pas même quand lui et Jonas étaient entrés. Seulement un signe de tête, un geste vers l'endroit où Jonas devait s'asseoir, avant d'aller droit au tableau et de commencer à écrire. Les étudiants devaient avoir l'habitude, car ils étaient prêts et s'étaient mis à noter sur-le-champ. Les tableaux se couvraient de chiffres et de petites lettres, et de quelques drôles de fioritures dont Jonas ignorait la signification. Un jour, son père lui avait expliqué que c'était un langage à part entière qui s'appelait physique, qu'il l'utilisait pour écrire des histoires. Quand Jonas lui avait demandé si c'étaient des contes de fées, son père avait ri et répondu que la physique ne pouvait servir qu'à raconter des choses vraies, que c'était un langage incapable de plaisanter, même si on essayait.

Certaines fioritures étaient amusantes. Et assez jolies.

De la craie atterrissait sur les épaules de son père. Une jolie couche blanche qui se déposait comme de la neige sur le tissu de sa veste. Jonas regarda son dos et essaya de le dessiner. Mais là non plus, cela ne fit pas un bonhomme de neige heureux. Et tout à coup, un silence total s'abattit sur la pièce. Tous les stylos avaient cessé de murmurer. Parce que le morceau de craie s'était arrêté. Il était immobile tout en haut du tableau, si haut que le professeur devait tendre le bras au-dessus de la tête pour y arriver. Et on avait maintenant l'impression que le morceau de craie s'était coincé, et que le père était suspendu au tableau, comme Pierre le Loup quand il était suspendu à une petite branche à la montagne et que le sol en dessous est très, très loin. Les épaules du père se mirent alors à trembler, et Jonas pensa qu'il tentait de débloquer la craie, de la faire redémarrer, mais que celle-ci ne voulait pas. Un murmure parcourut la pièce, comme si tout le monde ouvrait la bouche en même temps pour prendre sa respiration. Le père parvint enfin à décoincer la craie, gagna la porte sans se retourner et disparut. Il va chercher une autre craie, songea Jonas. Un bourdonnement sans cesse croissant de voix s'éleva parmi les étudiants autour de lui. Il distingua deux mots. « Femme » et « disparue ». Il regarda le tableau presque entièrement couvert de caractères. Papa avait essayé d'écrire qu'elle était morte, mais la craie ne pouvait écrire que des choses vraies, alors elle s'était coincée. Jonas se servit de sa gomme sur le bonhomme de neige. Autour de lui, on rangeait ses affaires, et des assises de strapontins claquèrent lorsque les étudiants se levèrent pour s'en aller.

Une ombre recouvrit le bonhomme de neige raté sur la page, et Jonas leva les yeux.

C'était le policier, le grand avec le visage laid et les gentils yeux. « Tu veux venir avec moi, pour voir si on trouve ton père ? » demanda-t-il.

Harry frappa doucement à la porte du bureau portant le panonceau qui indiquait *Pr Filip Becker*.

N'obtenant pas de réponse, il ouvrit.

L'homme assis derrière le bureau leva la tête de ses mains.

« Ai-je dit d'entrer… »

Il se tut en voyant Harry. Et en baissant les yeux sur le garçonnet à côté de lui.

« Jonas ! » s'exclama Filip Becker, mi-désorienté, mi-réprobateur. Ses yeux étaient cernés de rouge. « Je ne t'avais pas dit de rester assis bien sagement ?

— C'est moi qui lui ai demandé de m'accompagner, intervint Harry.

— Ah ? » Becker regarda l'heure et se leva.

« Vos étudiants sont partis.

— Ah bon ? » Becker retomba dans son fauteuil. « Je… je voulais simplement leur accorder une pause.

— J'y étais, l'informa Harry.

— Ah oui ? Pourquoi…

— On a tous besoin d'une pause, de temps en temps. On peut discuter un moment ? »

« Je ne veux pas qu'il aille à l'école, expliqua Becker après avoir envoyé Jonas à la cafétéria, avec pour consigne d'attendre là-bas. Toutes les questions, spéculations, je ne veux tout simplement pas. Oui, vous comprenez certainement.

— Eh bien… » Harry sortit un paquet de cigarettes de sa poche, leva un regard interrogateur sur Becker et rangea son paquet quand

136

le professeur secoua la tête avec détermination. « En tout cas, c'est plus facile à comprendre que ce qui était écrit sur le tableau.

— C'est de la physique quantique.

— Ça a l'air sordide.

— Le monde des atomes est sordide.

— De quelle manière ?

— Ils violent nos lois les plus élémentaires. Comme celle qui stipule qu'une chose ne peut pas se trouver à deux endroits en même temps. Niels Bohr a dit un jour que si la physique quantique ne vous fait pas peur, c'est que vous n'y avez rien compris.

— Mais vous y comprenez quelque chose ?

— Non, vous êtes fou, ce n'est que le chaos. Mais je préfère ce chaos-là à ce chaos-ci.

— Lequel ? »

Becker poussa un soupir.

« Notre génération d'adultes s'est rabaissée au rang de serviteurs et de secrétaires de leurs enfants. Birte compris, malheureusement. Il y a tellement de rendez-vous et d'anniversaires, de garnitures préférées et d'entraînements de football que je deviens fou. Aujourd'hui, je ne sais quel cabinet de médecin de Bygdøy a appelé parce que Jonas n'était pas allé à son rendez-vous. Et cet après-midi, il va à un entraînement de foot quelque part, et sa génération n'a jamais entendu dire qu'il est possible de prendre le bus.

— Quel est le problème de Jonas ? » Harry sortit un bloc-notes sur lequel il n'écrivait jamais, mais il avait remarqué que ça avait le pouvoir d'aider les gens à se souvenir.

« Aucun. Contrôle de routine, je présume. » Becker chassa l'idée d'un geste plein d'agacement. « Et je suppose que votre visite concerne autre chose ?

— Oui. Je veux savoir où vous étiez hier après-midi et hier au soir.

— Quoi ?

— Rien que des choses très banales, Becker.

« — Est-ce que ça a un lien avec… avec… » Becker fit un signe de tête en direction de l'exemplaire de *Dagbladet*, posé au sommet d'une pile de papiers.

« On ne sait pas. Contentez-vous de répondre, s'il vous plaît.

— Dites-moi, vous êtes cinglé ? »

Harry regarda l'heure, sans répondre.

Becker poussa un gémissement sonore.

« C'est bon, je veux vous aider, moi. Hier au soir, je travaillais ici à un article sur les longueurs d'ondes dans l'hydrogène, que j'espère voir publier.

— Des collègues qui peuvent confirmer que vous étiez ici ?

— La raison pour laquelle la contribution de la recherche norvégienne à la communauté internationale est si marginale, c'est que la suffisance des universitaires norvégiens n'a d'égal que leur paresse. Comme d'habitude, j'étais on ne peut plus seul.

— Et Jonas ?

— Il s'est fait à manger, et il est resté devant la télé jusqu'à mon retour.

— À savoir ?

— Juste après neuf heures.

— Mmm. » Harry fit mine de noter. « Vous avez fait l'inventaire des affaires de Birte ?

— Oui.

— Trouvé quelque chose ? »

Filip Becker se passa un doigt au coin de la bouche et secoua la tête. Harry ne le quitta pas des yeux. Se servit du silence comme d'un levier. Mais Becker s'était refermé.

« Merci de votre aide. » Harry fourra son bloc dans la poche de son blouson et se leva. « Je vais dire à Jonas qu'il peut venir.

— Attendez, s'il vous plaît. »

Harry trouva la cafétéria où Jonas dessinait, le bout de la langue pointant un coin de la bouche. Il se posta à côté du gosse et regarda la feuille, qui ne représentait toujours que deux cercles irréguliers.

« Un bonhomme de neige.

— Oui, répondit Jonas en levant les yeux. Comment tu l'as vu ?

— Pourquoi maman devait-elle t'emmener chez le médecin, Jonas ?

— Sais pas. » Jonas dessina une tête au bonhomme de neige.

« Comment s'appelait ce médecin ?

— Sais pas.

— Où était-ce ?

— Je n'ai pas eu le droit de le dire. À personne, même pas à papa. » Jonas se pencha par-dessus la feuille et dessina des cheveux sur la tête du bonhomme de neige. Des cheveux longs.

« Je suis policier, Jonas. J'essaie de retrouver ta mère. »

Le crayon grattait de plus en plus fort, les cheveux étaient de plus en plus noirs.

« Je ne sais pas comment ça s'appelle, là-bas.

— Tu te rappelles quelque chose qui était dans le coin ?

— Les vaches du roi.

— Les vaches du roi ? »

Jonas fit oui de la tête. « Celle qui est assise derrière la fenêtre s'appelle Borghild. J'ai reçu l'amour parce qu'elle a pu aspirer du sang dans des seringues.

— C'est quelque chose de particulier que tu dessines ? voulut savoir Harry.

— Non », répondit Jonas en se concentrant sur les cils.

Depuis sa fenêtre, Filip Becker regardait Harry traverser le parking. Il tapotait pensivement son petit bloc-notes dans une paume. Il se demanda si l'inspecteur principal l'avait cru quand il avait donné l'impression d'ignorer la présence du policier pendant le cours. Où quand il avait dit avoir travaillé sur un article la veille au soir. Ou qu'il n'avait rien trouvé dans les affaires de Birte. Le petit calepin noir était rangé dans le tiroir du bureau de Birte, elle n'avait même pas fait l'effort de le dissimuler. Et ce qui y était...

Il avait du mal à ne pas rire. Cette naïve bonne femme avait pensé pouvoir le rouler dans la farine.

CHAPITRE 11

Jour 4. Masque mortuaire

Katrine Bratt était penchée sur le PC quand Harry passa la tête à l'intérieur.

« Tu trouves des points communs ?

— Pas particulièrement. Toutes les femmes avaient les yeux bleus. À part ça, elles sont tout à fait dissemblables de par leur aspect. Toutes étaient mariées et avaient des enfants.

— Je sais peut-être par où commencer. Birte Becker a emmené Jonas chez un médecin quelque part à proximité des vaches du roi. Ce doit être Kongsgården, à Bygdøy. Et tu as dit que les jumelles étaient allées au musée du Kon-Tiki après une visite chez le médecin. Bygdøy aussi. Filip Becker n'était pas au courant pour le médecin, mais Rolf Ottersen l'est peut-être.

— J'appelle.

— Et tu me tiens au courant. »

Dans son bureau, Harry attrapa ses menottes, boucla l'une autour de son propre poignet et tapa l'autre contre le pied de table pendant qu'il écoutait son répondeur. Rakel expliquait qu'Oleg viendrait avec un copain à leur rendez-vous de patinage à Valle Hovin. C'était un message superflu : Harry savait que c'était un rappel déguisé au cas où il aurait oublié. À ce jour, il n'avait jamais oublié un rendez-vous avec Oleg, mais il acceptait ces petits messages que d'autres auraient sans doute perçus comme des déclarations de confiance toute relative. Oui, qui plus est, il les *appréciait*. Parce que ça donnait des informations sur le genre de mère qu'elle était. Et parce qu'elle camouflait le rappel pour ne pas l'insulter.

Katrine entra sans frapper.

« Bizarre, déclara-t-elle avec un mouvement de tête vers le pied de table auquel était menotté Harry. Mais j'aime bien.

— *Speedcuffing* à une main, sourit Harry. Une bêtise que j'ai ramassée aux États-Unis.

— Tu devrais essayer les nouvelles menottes *speedcuff* de Hiatts. Tu n'as pas besoin de te demander si tu frappes de la main droite ou de la gauche, le bras de la menotte se refermera de toute façon si tu vises juste. Et puis, tu devrais t'entraîner avec deux jeux de menottes, un de chaque côté, pour doubler tes chances.

— Mmm. » Harry ouvrit les menottes. « C'était à quel sujet ?

— Rolf Ottersen n'a entendu parler d'aucune visite chez le médecin, ni d'aucun médecin à Bygdøy. Au contraire, ils ont un médecin attitré à Bærum. Je peux discuter avec les jumelles pour savoir si l'une ou l'autre se souvient du médecin, ou on peut appeler les cabinets médicaux à Bygdøy pour faire les vérifications nous-mêmes. Il n'y en a que quatre. Tiens. »

Elle posa un bout de papier jaune sur son bureau.

« Ils n'ont pas le droit de donner le nom de leurs patients, fit-il remarquer.

— Je parlerai aux jumelles après l'école.

— Attends », l'arrêta Harry en décrochant pour composer le premier numéro.

Une voix nasale répondit en annonçant le nom du cabinet médical.

« Est-ce que Borghild est là ? » demanda Harry.

Pas de Borghild.

Au second numéro, un répondeur tout aussi nasal l'informa que le cabinet médical ne prenait les messages que dans un créneau horaire large de deux heures, et passé depuis longtemps.

Au quatrième, une voix gazouillante, presque hilare, répondit enfin ce qu'il espérait :

« Oui, c'est moi.

— Bonjour, Borghild, ici l'inspecteur principal Harry Hole, district de police d'Oslo.

— Date de naissance ?

— Un jour de printemps, mais il est question d'une affaire de meurtre. Je suppose que vous avez lu les journaux, aujourd'hui. Je veux savoir si vous avez vu Sylvia Ottersen la semaine dernière ? »

Le silence se fit à l'autre bout du fil.

« Un instant », pria-t-elle.

Harry l'entendit se lever, et attendit. Puis elle revint :

« Désolée, monsieur Hole. Les informations sur les patients font l'objet du secret médical. Et je pense que la police le sait.

— Nous le savons. Mais si je ne me trompe pas, ce sont ses filles qui sont patientes, pas Sylvia.

— Tout comme. Vous demandez des informations qui peuvent révéler indirectement qui est patient ici.

— Je vous rappelle qu'il s'agit d'une affaire de meurtre.

— Je vous rappelle que vous pouvez revenir avec une décision de justice. Nous sommes peut-être plus que moyennement regardants en ce qui concerne les renseignements sur les patients, mais c'est dans la nature de l'affaire.

— Sa nature ?

— Nos spécialités.

— Qui sont ?

— Chirurgie plastique et opérations spéciales. Consultez notre site internet. Kilklinikk point n-o.

— Merci, mais je crois que j'en ai suffisamment appris pour l'instant.

— Si c'est votre impression... »

Elle raccrocha.

« Alors ? s'enquit Katrine.

143

— Jonas et les jumelles sont allés chez le même médecin, répondit Harry en se renversant dans son fauteuil. Ce qui veut dire que nous sommes sur la voie. »

Harry sentit le rush, ce frémissement qui venait toujours quand il flairait pour la première fois la bête. Et après le rush venait la Grande Obsession. Tout en même temps : amourette et dope, aveuglement et clairvoyance, intelligence et folie. Ses collègues parlaient parfois de tension, mais ça, c'était autre chose. Davantage. Il n'avait jamais parlé à personne de l'Obsession, ni fait aucune tentative pour l'analyser. Il n'avait pas osé. Tout ce qu'il savait, c'était qu'elle l'aidait, l'animait, était son carburant pour le boulot qu'on lui avait attribué. Il n'avait pas envie d'en savoir plus. Vraiment pas.

« Et maintenant ? » voulut savoir Katrine.

Harry ouvrit les yeux et bondit de sa chaise.

« Maintenant, on va faire du shopping. »

Le magasin Taste of Africa se trouvait juste à côté de la rue commerçante la plus fréquentée de Majorstua, Bogstadveien. Mais c'était sans compter les quatorze mètres dans la rue secondaire, qui rendaient malgré tout l'endroit excentré.

Une sonnerie retentit au moment où Harry et Katrine entrèrent. Dans la lumière tamisée – ou plus précisément : dans le peu de lumière – il vit des tapis grossièrement noués, dans des couleurs vives, des étoffes ressemblant à des sarongs, de gros coussins à motifs ouest-africains, des petites tables basses et de grandes et fines statues en bois représentant des Massaïs et un assortiment des animaux les plus connus de la savane. Tout paraissait savamment étudié et réalisé ; pas d'étiquetage visible, les couleurs étaient assorties les unes aux autres, et les produits disposés en paires, comme dans l'arche de Noé. En bref, cela ressemblait davantage à une exposition qu'à un magasin. Une exposition un peu poussiéreuse. L'impression fut renforcée par le silence quasi surnaturel quand la porte se referma et la sonnerie cessa de retentir.

« Bonjour ! » cria une voix quelque part dans la boutique.

Harry suivit le son. Dans l'obscurité, tout au fond du local, derrière une énorme girafe en bois et seulement éclairé par un simple spot, il vit le dos d'une femme debout sur une chaise. Elle était sur le point d'accrocher au mur un masque grimaçant, en bois noir.

« C'est à quel sujet ? » demanda-t-elle sans se retourner.

Elle semblait supposer que ce puisse être n'importe quoi, mais pas des clients.

« Nous sommes de la police.

— Ah oui. » La femme se retourna, la lumière du spot tomba sur son visage, et Harry sentit son cœur s'arrêter ; il fit inconsciemment un pas en arrière. C'était Sylvia Ottersen.

« Un problème ? demanda-t-elle tandis qu'une ride apparaissait entre les verres de ses lunettes.

— Qui... êtes-vous ?

— Ane Pedersen », répondit-elle, et au même instant, elle comprit manifestement la raison de la perplexité qu'exprimait Harry : « Je suis la sœur de Sylvia ; nous sommes jumelles. »

Harry se mit à tousser.

« Voici l'inspecteur principal Harry Hole, entendit-il Katrine Bratt dire derrière lui. Et je suis Katrine Bratt. Nous espérions trouver Rolf ici.

— Il est à l'entreprise de pompes funèbres. » Ane Pedersen se tut, et à cet instant précis, tous trois surent ce que les autres pensaient : comment enterre-t-on une tête, en fait ?

« Et vous avez pris le relais », l'aida Katrine.

Ane Pedersen fit un sourire rapide. « Oui. » Elle descendit prudemment de sa chaise, sans s'être débarrassée du masque.

« Masque de cérémonie ou masque d'un esprit ? s'enquit Katrine.

— Masque de cérémonie, répondit-elle. Hutu. Est du Congo. »

Harry regarda sa montre. « Quand revient-il ?

145

— Je ne sais pas.

— Aucune idée ?

— Je vous dis, je ne…

— C'est vraiment un joli masque, l'interrompit Katrine. Vous êtes allée l'acheter vous-même au Congo, n'est-ce pas ? »

Ane la regarda, sidérée. « Comment le savez-vous ?

— Je vois que vous le tenez de manière à ne couvrir ni les yeux ni la bouche. Vous respectez les esprits.

— Vous vous intéressez aux masques ?

— Un peu », répondit Katrine avant de tendre un doigt vers un masque noir muni de petits bras sur les côtés, et de jambes qui pendaient sur le dessous. Le visage était moitié humain, moitié animal.

« Ce doit être un masque kpelie ?

— Oui. De Côte d'Ivoire. Sénoufo.

— Un masque de juge ? » Katrine passa une main sur les poils graisseux, rêches qui pendaient de la noix de coco, au sommet du masque.

« Eh bien, vous êtes calée, sourit Ane.

— Qu'est-ce qu'un masque de juge ? voulut savoir Harry.

— Exactement ce que ça évoque, répondit Ane. En Afrique, les masques de ce genre ne sont pas des symboles vides. Une personne qui porte un masque comme ça dans la culture Lo reçoit automatiquement tout pouvoir exécutif et législatif. Personne ne met en doute l'autorité de celui qui le porte, c'est le masque en lui-même qui confère le pouvoir.

— Près de la porte, j'ai vu deux masques mortuaires, reprit Katrine. Très chouettes. »

Ane sourit en réponse. « J'en ai d'autres. Ils viennent du Lesotho.

— Je peux les voir ?

— Bien sûr. Attendez un instant. »

Elle disparut, et Harry regarda Katrine.

« Je crois simplement que ça peut valoir le coup de discuter un peu avec elle, répondit-elle à la question qu'il n'avait pas posée. Voir s'il n'y a pas de secret de famille, tu comprends ?

— Pigé. Et tu y arriveras mieux seule.

— Tu as quelque chose à faire...

— Je suis au bureau. Si Rolf Ottersen se pointe, n'oublie pas d'obtenir cette déclaration pour pouvoir contourner le secret médical. »

Avant de sortir, Harry jeta un coup d'œil aux visages humains pareils à du cuir, rétrécis, hurlants, près de la porte. Il supposa que c'étaient des copies.

Eli Kvale poussait son caddy entre les rayonnages du magasin ICA près du stade d'Ullevaal. C'était un magasin de belle taille. Un peu plus cher que d'autres, mais le choix y était bien meilleur. Elle ne venait pas tous les jours, seulement quand elle avait prévu de préparer quelque chose de bon. Et ce soir-là, l'aîné, Trygve, rentrait des États-Unis. Il était en troisième année d'économie dans le Montana, mais n'avait aucun examen cet automne et étudierait à la maison jusqu'en janvier. Andreas partirait directement de la permanence des prêtres et passerait le chercher à Gardermoen[1]. Et elle savait qu'en arrivant à la maison, ils seraient déjà en pleine discussion sur la pêche à la mouche et les promenades en canoë.

Elle se pencha sur le présentoir frigorifique et sentit le froid monter tandis qu'une ombre passait à son niveau. Et sans la voir, elle sut que c'était la même. L'ombre qui était passée à son niveau quand elle était au rayon frais, et au parking quand elle verrouillait la voiture. Ça ne voulait rien dire. C'était juste le passé qui remontait à la surface. Elle s'était résignée à ce que la peur ne doive jamais lâcher prise, même si cela faisait une demi-génération. Arri-

1. L'aéroport d'Oslo (qui a remplacé Fornebu en octobre 1998), à une quarantaine de kilomètres au nord-nord-est de la capitale.

vée aux caisses, elle choisit la plus longue file, son expérience lui ayant appris que c'était généralement celle qui avançait le plus vite. En tout cas, c'était son expérience. Andreas disait qu'elle se trompait. Quelqu'un vint se placer derrière elle. Alors elle n'était pas la seule à se tromper, songea-t-elle. Elle ne se retourna pas, pensa seulement que la personne derrière elle devait avoir tout un tas de produits surgelés, elle sentait le froid dans son dos.

Mais lorsqu'elle finit par se retourner malgré tout, il n'y avait plus personne. Son regard voulut parcourir les autres files d'attente. Ne commence pas, songea-t-elle. Ne recommence pas.

En sortant, elle s'obligea à marcher lentement pour rejoindre sa voiture, à ne pas regarder autour d'elle ; seulement ouvrir, déposer les achats, s'asseoir et démarrer. Et quand la Toyota remonta à grand-peine les longues côtes vers la maison de Nordberg, elle pensait uniquement à Trygve et au dîner qui devrait être prêt quand ils passeraient la porte.

Harry écoutait Espen Lepsvik au téléphone tout en observant les photos de collègues morts. Lepsvik avait déjà monté son groupe, et demandait à Harry l'autorisation d'accès à toutes les données dignes d'intérêt.

« Tu vas obtenir un mot de passe de notre responsable informatique, répondit Harry. Avec ça, tu entres dans le dossier commun "Bonhomme de neige" de l'intranet de la Brigade criminelle.

— Bonhomme de neige ?

— Il fallait bien lui donner un nom.

— OK. Merci, Hole. À quelle fréquence veux-tu que je te tienne au courant ?

— Seulement quand tu as quelque chose. Et, Lepsvik ?

— Oui ?

— Piétine partout, mais loin des plates-bandes.

— Et les plates-bandes, qu'est-ce que c'est, exactement ?

— Tu te concentres sur les tuyaux, les témoins et les gens dont le casier en fait des tueurs en série potentiels. C'est là qu'il y a le plus gros boulot. »

Harry savait ce que pensait l'enquêteur chevronné du KRIPOS : le boulot de merde.

Lepsvik toussota : « Alors on est d'accord : il y a un lien entre les disparitions ?

— On n'a pas besoin d'être d'accord. Fais comme tu le sens.

— Super. »

Harry raccrocha et regarda l'écran de PC devant lui. Il était entré sur la page web que Borghild lui avait conseillée, et avait vu des photos de beautés et d'hommes aux allures de mannequins dont le visage et le corps étaient semés de pointillés évoquant les endroits où leur apparence parfaite pourrait quand même – si on le souhaitait – être rectifiée. Idar Vetlesen en personne lui souriait depuis une photo, ressemblant à s'y méprendre à ses modèles.

Sous la photo d'Idar Vetlesen, il y avait eu la liste des diplômes et cours à longs noms en français et en anglais qui, à ce qu'en savait Harry, avaient été expédiés en deux mois, mais donnaient le droit d'ajouter de nouvelles abréviations latines à votre titre de docteur. Il avait cherché le nom d'Idar Vetlesen sur Google, et était tombé sur des listes de résultats de ce qu'il pensa être des compétitions de curling ainsi qu'une vieille page web de son ancien lieu de travail, la clinique de Marienlyst. C'est quand il vit le nom à côté de celui d'Idar Vetlesen qu'il pensa que c'est probablement vrai : la Norvège est un si petit pays qu'il suffit de deux relations communes pour que tout le monde se connaisse.

Katrine Bratt entra et se laissa tomber avec un gros soupir dans le fauteuil en face de Harry. Elle croisa les jambes.

« Tu crois que c'est vrai, que les gens beaux sont plus attachés à la beauté que les laids ? demanda Harry. Est-ce pour cette raison que les beaux s'arrangent physiquement ?

— Je ne sais pas. Mais il doit y avoir une espèce de logique là-dedans. Les gens qui ont un QI élevé y attachent tellement d'importance qu'ils ont créé leur propre club, n'est-ce pas ? On se focalise sur ce que l'on a. Je parie que tu es assez fier de tes talents d'enquêteur.

— Tu veux dire ma capacité à piéger les rats ? Ce don inné pour coffrer des gens souffrant de maladies mentales, de toxicomanies diverses, d'un intellect bien en dessous de la moyenne et ayant eu une enfance bien plus merdique que la moyenne ?

— Alors on n'est que des dératiseurs ?

— Ouaip. Et voilà pourquoi on est si contents les rares fois où une affaire comme celle-là arrive sur le tapis. La possibilité de prendre du gros gibier, d'abattre un lion, un éléphant, un putain de dinosaure. »

Katrine ne rit pas ; au contraire, elle hocha gravement la tête.

« Qu'avait la jumelle de Sylvia à raconter ?

— J'ai failli devenir une amie, soupira Katrine en joignant les mains autour d'un genou en collant.

— Dis voir.

— Eh bien… », commença-t-elle, et Harry nota son propre « Eh bien » dans la bouche de la jeune femme. « Ane m'a raconté que Sylvia, comme Rolf, trouvaient que Rolf avait été le plus chanceux quand ils s'étaient rencontrés. Alors que tout leur entourage pensait que c'était le contraire. Rolf venait de terminer ses études d'ingénieur à l'École supérieure technique de Bergen. Il avait rejoint Oslo et trouvé un boulot chez Kværner. Sylvia était certainement le genre à se réveiller tous les matins avec une nouvelle idée sur ce qu'elle allait être. Elle avait une demi-douzaine de débuts de DEUG dans des domaines totalement différents, et n'était jamais restée au même poste plus d'un an. Elle était insupportable, colérique et gâtée, une socialiste radicale attirée par des courants de pensée qui prêchaient l'extermination du moi. Ses rares amies la manipulaient, et les hommes à qui elle se liait s'en allaient au bout de peu de temps parce qu'ils n'en pouvaient plus. Sa sœur pense que Rolf est tombé amoureux parce que Sylvia représentait le contraire absolu. Lui avait suivi les traces de son père, était devenu ingénieur et venait d'une famille qui croyait à la main invisible et bénéfique du capitalisme, et au bonheur bourgeois. Sylvia pensait que la civilisation occidentale était matérialiste, que nous étions corrompus en tant qu'êtres humains, que nous avions oublié notre véritable identité et notre source de bonheur. Et que je ne sais quel roi d'Éthiopie était la réincarnation du Messie.

— Hailé Sélassié, répondit Harry. La foi rastafari.

— Tu en sais, des choses…

— Les disques de Bob Marley. Bon, ça explique peut-être le lien avec l'Afrique.

— Peut-être. » Katrine changea de position dans son fauteuil, la jambe gauche sur la droite, à présent, et Harry dirigea son regard ailleurs. « En tout cas, Rolf et Sylvia ont pris une année sabbatique et ont fait le tour de l'Afrique de l'Ouest. Ç'a été un voyage initiatique pour l'un comme pour l'autre. Rolf a découvert que sa vocation était d'aider l'Afrique à se remettre sur pied. Sylvia, qui avait un énorme drapeau éthiopien tatoué dans le dos, a découvert que la personne la plus proche de soi, c'est soi-même, en Afrique aussi. Alors ils ont monté Taste of Africa. Rolf pour aider un continent pauvre, Sylvia parce que la combinaison d'import à bon marché et d'aide de l'État ressemblait à de l'argent facile. Exactement comme quand elle a été prise avec un sac à dos plein de marijuana à la douane de Fornebu, en revenant de Lagos.

— Tiens donc.

— Sylvia a écopé d'une courte peine avec sursis parce qu'elle a réussi à faire croire qu'elle ne savait pas ce que contenait ledit sac, qu'elle l'avait accepté d'une famille comme un service rendu d'ami à ami pour le compte d'un Nigérian vivant en Norvège.

— Mmm. Quoi d'autre ?

— Ane aime bien Rolf. Il est gentil, attentionné et il adore les enfants. Mais à coup sûr complètement aveugle en ce qui concernait Sylvia. À deux reprises, elle s'est amourachée d'autres hommes et a quitté Rolf et les enfants. Mais ces hommes l'ont quittée, et chaque fois, Rolf l'a accueillie de nouveau les bras ouverts.

— Comment le retenait-elle, à ton avis ? »

Katrine Bratt fit un sourire presque triste et son regard se perdit dans le vide pendant que sa main passait sur le bord de sa jupe : « Comme toujours, je parie. Personne n'arrive à quitter quelqu'un avec qui il s'éclate au plumard. On a beau essayer, on revient toujours. On est simple, de ce point de vue-là, non ? »

Harry hocha lentement la tête. « Et les hommes qui l'ont quittée pour ne pas revenir ?

— Les hommes, c'est différent. Petit à petit, certains sont pris de la crainte de la prestation. »

Harry la regarda. Et décida de ne pas poursuivre sur ce thème.

« Tu as rencontré Rolf Ottersen ?

— Oui, il est arrivé dix minutes après ton départ. Et il avait meilleure mine que la dernière fois. Il n'avait jamais entendu parler de la clinique chirurgicale de Bygdøy, mais il a signé la déclaration demandant au médecin de lever le secret médical. » Elle déposa une feuille pliée en quatre sur la table.

Un vent glacial soufflait sur les tribunes basses de Valle Hovin, d'où Harry regardait les patineurs qui tournaient sur la piste. Depuis un an, la technique d'Oleg s'était adoucie et avait gagné en efficacité. Chaque fois que son copain augmentait la cadence et menaçait de passer devant, Oleg approfondissait le mouvement, donnait un peu plus de puissance dans le coup de pied arrière et reprenait tranquillement de l'avance.

Harry appela Espen Lepsvik et ils se mirent au courant. Harry apprit qu'une berline sombre avait été observée entrant dans Hoffsveien tard le soir où Birte avait disparu. Et qu'elle était revenue par le même chemin peu de temps après.

« Berline sombre, frissonna Harry avec mauvaise humeur. Tard le soir.

— Oui, je sais que ça ne fait pas lourd », soupira Lepsvik.

Harry fourra le téléphone dans sa poche de blouson, et remarqua que quelque chose lui masquait un projecteur.

« Désolé d'être en retard. »

Il leva les yeux sur le visage souriant, jovial, de Mathias Lund-Helgesen. L'envoyé de Rakel s'assit : « Tu es un sportif d'hiver, Harry ? »

Harry songea que Mathias avait ce regard direct qui vous voyait, et une expression si fervente qu'il donnait l'impression d'écouter même quand il parlait.

« Pas particulièrement. Un peu de patinage. Et toi ? »

Mathias secoua la tête. « Mais j'ai décidé que le jour où l'œuvre de ma vie serait achevée et que je serais si malade que je ne voudrais plus vivre, je prendrais l'ascenseur jusqu'au sommet de cette tour de saut, sur cette butte, là. »

Il pointa un pouce par-dessus son épaule, et Harry n'eut pas besoin de se retourner. Le tremplin de Holmenkollen. Le monument le plus aimé d'Oslo, et le plus mauvais tremplin de saut à ski, était visible de n'importe où en ville.

« Alors je sauterai. Pas en ski, mais de la tour.

— Théâtral.

— Quarante mètres de chute libre, sourit Mathias. Terminé en quelques secondes.

— Pas quelque chose qui soit dans un avenir proche, j'espère.

— Avec le niveau d'anti-SCL-70 que j'ai dans le sang, on ne sait jamais, rit âprement Mathias.

— Anti-SCL-70 ?

— Bon, les anticorps, c'est bien, mais on devrait toujours se méfier quand ils apparaissent. Ils ne sont pas là pour rien.

— Mmm. Mais je croyais que le suicide était une pensée hérétique pour un médecin.

— Personne ne sait mieux que les médecins ce que la maladie a à proposer. Je m'appuie sur le stoïcien Zénon, qui disait que le suicide est une action respectable quand la maladie rend la mort plus attirante que la vie. À quatre-vingt-dix-huit ans, il s'est démis le gros orteil. Ça l'a tellement déstabilisé qu'il est rentré chez lui et s'est pendu.

— Alors pourquoi ne pas se pendre au lieu de se donner le mal de grimper tout en haut du tremplin de Holmenkollen ?

— Mouais, c'est comme si la mort devait être un hommage à la vie. En plus, je dois avouer que j'aime bien l'idée de la publicité que ça ferait. Mes recherches n'attirent guère l'attention, je le crains. » Le rire jovial de Mathias fut couvert par le son de rapides coups de patins. « D'ailleurs, désolé d'avoir acheté de nouveaux patins de course à Oleg. Rakel ne m'a dit qu'après que tu avais prévu de lui acheter des patins pour son anniversaire.

— Pas de problème.

— Il aurait préféré que ce soit toi qui les lui offres, tu sais. »

Harry ne répondit pas.

« Je t'envie, Harry. Tu peux être là et lire ton journal, passer des coups de fil sur ton mobile, parler à d'autres personnes, pour lui, il suffit que tu *sois* là. Quand je crie, j'encourage, je donne des conseils et quand je fais tout ce que doit faire un bon père, tel que c'est écrit dans les livres, ça ne fait que le mettre en rogne. Tu savais qu'il affûte ses patins tous les jours, parce que c'est ce que tu faisais ? Et jusqu'à ce que Rakel exige que les patins soient entreposés à l'intérieur, il insistait pour qu'ils soient dehors, sur l'escalier, parce que tu avais dit un jour que l'acier des patins doit être maintenu au froid. Tu es son modèle, Harry. »

Harry frissonna à cette idée. Mais quelque part loin en lui — non, pas si loin — cela le réjouissait d'entendre ça. Parce qu'il était un minable jaloux qui avait lancé une sorte de malédiction sur les tentatives de Mathias pour gagner Oleg.

Mathias tripota un bouton de son manteau.

« Ce qui est curieux avec les enfants, en ces temps de divorce, c'est leur attachement à leurs origines. De voir à quel point un nouveau père ne peut pas remplacer le père véritable.

— Le véritable père d'Oleg vit en Russie.

— Sur le papier, oui, répondit Mathias avec un sourire en coin. Mais il n'en est sûrement pas ainsi dans la réalité, Harry. »

Oleg passa et leur fit un signe à tous les deux. Mathias lui rendit son salut.

« Tu as travaillé avec un médecin qui s'appelle Idar Vetlesen », commença Harry.

Mathias le regarda, étonné. « Idar, oui. À la clinique de Marienlyst. Fichtre, tu connais Idar ?

— Non, j'ai cherché son nom sur Google, et j'ai trouvé une vieille page avec les médecins employés à la clinique. Et là, il y avait ton nom.

— Ça fait plusieurs années, maintenant, mais on s'est bien amusés à la clinique de Marienlyst. Elle a été créée à un moment où tout le monde pensait que tout établissement de santé privé était voué à gagner beaucoup d'argent. Et elle a fermé quand on s'est rendu compte que ce n'était pas le cas, tiens.

— Vous avez fait faillite ?

— "Liquidé", je crois que c'est le mot qui a été employé. Tu es un patient d'Idar ?

— Non. Son nom est apparu en liaison avec une affaire. Tu peux me dire quel genre de mec c'est ?

— Idar Vetlesen ? » Mathias rit. « Oui, là-dessus, je peux dire pas mal de choses. On a étudié ensemble, et on a fait partie du même groupe pendant des années.

— Ça veut dire que vous ne vous voyez plus ? »

Mathias haussa les épaules. « On devait être assez différents, Idar et moi. La plupart des gars de notre groupe d'étudiants en médecine devaient voir la profession de docteur comme... mouais, comme une vocation. Mais pas Idar. Il avait vraiment l'air de faire médecine parce que c'était un métier très respecté. En tout cas, j'admire son honnêteté.

— C'est important d'obtenir le respect pour Idar Vetlesen ?

— L'argent aussi, évidemment. Personne n'a été étonné quand Idar s'est mis à la chirurgie plastique. Ou quand il s'est retrouvé dans une clinique pour une clientèle de gens riches et célèbres. Il a toujours été attiré par ces gens-là. Il veut être comme eux, se mouvoir dans leur sphère. Le problème, c'est qu'Idar en fait toujours un peu trop. J'imagine ces célébrités qui lui sourient en face, mais qui le qualifient dans son dos de merde collante et prétentieuse.

— Tu veux dire que c'est une personne prête à aller loin pour atteindre ses objectifs ? »

Mathias réfléchit. « Idar a toujours été à la recherche de ce qui pouvait lui apporter la renommée. Le problème, ce n'est pas qu'Idar ne soit pas doué de ses mains, c'est qu'il n'a jamais trouvé son grand projet. La dernière fois que je lui ai parlé, il avait l'air frustré... oui, presque déprimé.

— Serait-ce imaginable qu'il ait pu trouver un projet susceptible de lui apporter la renommée ? Quelque chose en dehors de la médecine, par exemple ?

— Je n'y avais pas pensé, mais peut-être. Ce n'est pas précisément un médecin-né.

— Comment ça ?

— De la même façon qu'Idar admire les gagnants, il méprise les faibles et les malades. Il n'est pas le seul médecin à être dans ce cas, mais le seul à le dire ouvertement. » Matthias rit. « Les autres du groupe, nous avons commencé en idéalistes bruyants, et à un moment donné, ce sont les postes de médecin-chef qui ont pris le dessus en matière de préoccupations, avec le remboursement du nouveau garage et les heures supplémentaires. Au moins, Idar n'a trahi aucun idéal : il était comme ça dès le début. »

Idar Vetlesen éclata de rire. « Mathias a réellement dit ça ? Que je n'avais trahi aucun idéal ? »

Il avait un beau visage, presque féminin, avec des sourcils si fins qu'on les aurait crus épilés, et des dents si blanches et régulières qu'on pouvait les soupçonner de ne pas être d'origine. Sa peau semblait douce et retouchée, ses cheveux étaient épais, leur pli plein de vigueur. En clair, il faisait nettement moins que ses trente-sept ans.

« Je ne sais pas ce qu'il entendait par là », mentit Harry.

Ils occupaient chacun un fauteuil dans la bibliothèque d'une grande villa blanche du vieux modèle vénérable de Bygdøy. Sa maison d'enfance, lui avait expliqué Idar Vetlesen en guidant Harry à travers deux grands salons et dans une pièce aux murs couverts de livres. Mikkjel Fønhus. Kjell Aukrust. *Le délégué*, d'Einar Gerhardsen. Une littérature large, populaire, et des bibliographies politiques. Une étagère entière d'éditions jaunies de *Det Beste*. Harry n'avait pas vu un seul titre postérieur à 1970.

« Oh, je vois ce qu'il entendait par là », gloussa Idar.

Harry se doutait de ce que Mathias voulait dire en déclarant qu'eux deux s'étaient bien amusés à la clinique de Marienlyst : ils rivalisaient sans doute pour savoir qui rirait le plus.

« Mathias, cet heureux démon. Un saint, je veux dire. Non, bordel, je veux dire les deux. » Le rire d'Idar Vetlesen coassa. « Ils disent ne pas croire en Dieu, mais certains de mes collègues sont des arrivistes moraux terrorisés qui accumulent les bonnes actions parce qu'au fond d'eux-mêmes, ils ont une pétoche bleue d'aller brûler en enfer.

— Et vous, non ? » demanda Harry.

Idar haussa l'un de ses sourcils joliment dessinés, et posa un regard intéressé sur Harry. Il portait une paire de chaussons bleu clair à lacets lâches, un jean et un polo blanc orné d'un joueur de polo sur le sein gauche. Harry ne parvenait pas à se rappeler le nom de la marque, si ce n'est que pour une raison ou pour une autre, il la reliait à des types ennuyeux.

« Je viens d'une famille où les choses étaient concrètes, inspecteur. Mon père était chauffeur de taxi. Nous croyons ce que nous voyons.

— Mmm. Belle maison pour un chauffeur de taxi.

— Il était propriétaire de taxi, il avait trois licences. Mais ici, à Bygdøy, quelqu'un qui conduit un taxi est et reste un subalterne, un plébéien. »

Harry regarda le médecin et essaya de déterminer s'il marchait au speed ou à d'autres cachets. Vetlesen était renversé dans son fauteuil, d'une façon presque exagérément détendue, comme pour dissimuler de l'agitation ou de l'excitation. Harry avait pensé la même chose en appelant pour expliquer que la police désirait la réponse à quelques questions, et quand Idar Vetlesen l'avait invité chez lui avec ce qui ressemblait presque à de l'exubérance.

« Mais vous ne vouliez pas conduire un taxi, reprit Harry. Vous vouliez… embellir les gens ? »

Vetlesen sourit.

« Vous pouvez dire que je mets en vente mes services sur le marché de la coquetterie. Ou que je répare l'aspect extérieur des gens pour soulager la souffrance à l'intérieur. Choisissez. Je m'en fous. » Vetlesen rit comme s'il avait escompté une réaction choquée de la part de Harry. Voyant que celle-ci ne venait pas, il donna à son visage une expression plus grave. « Je me vois comme un sculpteur. Je n'ai aucune vocation. J'aime changer l'apparence, former les visages. J'ai toujours aimé ça. Je suis bon pour ça, et les gens me paient pour. C'est tout.

— Mmm.

— Mais ça ne veut pas dire que je n'ai aucun principe. Et le devoir de réserve en est un. »

Harry ne répondit pas.

« J'ai discuté avec Borghild, reprit-il. Je sais ce que vous voulez, inspecteur. Et je comprends qu'il s'agit d'une affaire importante. Mais je ne peux pas vous aider. Je suis lié par le secret médical.

— Plus maintenant. » Harry tira une feuille pliée en quatre de sa poche intérieure et la posa sur la table entre eux. « Voici une déclaration signée par le père des jumelles, qui vous en dispense. »

Idar secoua la tête. « Ça ne change rien. »

Harry fronça les sourcils, surpris. « Ah ?

— Je ne peux pas dire qui est venu chez moi pour y dire quoi, mais de façon générale, je peux dire que ceux qui viennent chez le médecin avec leurs enfants sont protégés par le secret médical vis-à-vis de leur époux aussi, s'ils le désirent.

— Pourquoi Sylvia Ottersen aurait-elle dissimulé à son mari qu'elle était venue avec les jumelles ?

— Notre pratique peut sembler rigide. Mais n'oubliez pas que beaucoup de nos clients sont des gens connus, exposés à la rumeur et à une publicité non désirée. Allez à la Kunstnernes Hus un vendredi soir, et regardez autour de vous. Vous n'avez pas idée du nombre de ceux qui se sont fait rectifier un petit peu par-ci, par-là, dans ma clinique. Et qui s'évanouiraient rien qu'à l'idée que l'on sache qu'ils sont venus. Notre renommée est bâtie sur la discrétion. S'il apparaissait que nous sommes désinvoltes avec les données personnelles des clients, les conséquences seraient catastrophiques pour la clinique. Je suis sûr que vous comprenez.

— Nous avons deux victimes de meurtre, et un seul dénominateur commun : elles sont toutes les deux venues dans votre établissement.

— Je ne veux ni ne peux le confirmer. Mais admettons que ce soit le cas, à titre d'hypothèse. » Vetlesen agita une main en l'air devant lui. « Et alors ? La Norvège est un pays comptant peu d'habitants, et encore moins de médecins. Vous savez de combien de poignées de main il s'en faut que nous nous soyons tous salués ?

La coïncidence qu'elles soient allées voir le même médecin n'est pas plus extraordinaire que la probabilité de s'être retrouvées dans le même tram à un moment donné. Jamais rencontré des amis dans le tram ? »

Harry ne put pas se remémorer une seule fois où cela s'était produit. Mais il ne prenait pas souvent le tram.

« Ça fait un bien long trajet en voiture pour s'entendre dire que vous ne voulez rien me raconter, déplora Harry.

— Désolé. Je vous ai invité parce que je supposais que c'était ça ou une convocation à l'hôtel de police. Où en ce moment même, la presse est de garde vingt-quatre heures sur vingt-quatre pour contrôler les entrées et les sorties. Merci, je les connais, ceux-là…

— Vous savez que je peux obtenir une décision de justice qui lèvera le secret médical ?

— Pas de souci. La clinique travaille en terrain sûr. Mais en attendant… »

Il se dessina une fermeture Éclair imaginaire sur la bouche.

Harry remua dans son fauteuil. Il savait qu'Idar savait qu'il savait. Que pour obtenir des juges la levée du secret médical, même dans une affaire de meurtre, il fallait des indices prouvant que les informations du médecin étaient importantes. Et qu'avaient-ils ? Comme le disait Vetlesen lui-même : une rencontre dans le tram. Harry ressentit le besoin de faire quelque chose. Boire un verre. Ou soulever de la fonte. Lourde, et longtemps. Il inspira :

« Quoi qu'il en soit, je suis contraint de vous demander où vous étiez les 3 et 5 novembre au soir.

— Je m'en doutais, sourit Vetlesen. Alors j'ai réfléchi. J'étais ici, avec… oui, d'ailleurs, la voici. »

Une femme d'un certain âge, aux cheveux gris pendant comme un rideau autour de sa tête, entra dans la pièce à petits pas feutrés en tenant un plateau d'argent sur lequel deux tasses de café tintaient de façon menaçante. Son visage exprimait la même chose que si elle avait été chargée d'une croix et d'une couronne d'épines.

Elle jeta un coup d'œil à son fils, qui bondit instantanément pour lui prendre le plateau des mains.

« Merci, maman.

— Attache tes lacets. » Elle se tourna légèrement vers Harry. « Quelqu'un va-t-il m'informer de qui va et vient dans ma maison ?

— C'est l'inspecteur principal Hole, maman. Il se demande où j'étais hier soir et il y a trois jours, le soir aussi. »

Harry se leva et tendit la main.

« Bien sûr que je me souviens, répondit-elle en gratifiant Harry d'une mine résignée et d'une main osseuse constellée de taches de vieillesse. Hier, nous avons regardé ce débat auquel participait ton ami de curling. Et je n'ai pas apprécié ce qu'il a dit sur la famille royale. Comment s'appelle-t-il, déjà ?

— Arve Støp », soupira Idar.

La vieille dame se pencha vers Harry. « Il a dit que nous devrions laisser tomber toute la dynastie. Vous imagineriez pouvoir dire quelque chose d'aussi affreux ? Où en serions-nous, s'il n'y avait pas eu la famille royale pendant la guerre ?

— Exactement où nous en sommes, répondit Idar. Un chef d'État a rarement fait aussi peu durant une guerre. Et il a aussi dit que le large soutien à la monarchie est la preuve définitive que la plupart des gens croient aux trolls et aux elfes.

— N'est-ce pas effrayant ?

— Absolument, maman », sourit Idar en posant une main sur son épaule. Au même instant, il fit mine de voir l'heure sur une Breitling qui paraissait grosse et massive sur son fin poignet. « Holà ! Il faut que j'y aille, Hole. Ne tardons pas avec ce café. »

Harry secoua la tête et fit un sourire à Mme Vetlesen.

« Il est certainement très bon, mais j'aimerais le savourer. »

Elle poussa un gros soupir, bougonna quelques mots inaudibles et repartit à pas traînants.

Quand Idar et Harry furent dans l'entrée, Harry se retourna.

« Qu'entendiez-vous par "heureux" ?

— Excusez-moi ?

— Vous avez dit que Mathias Lund-Helgesen était non seulement un saint, mais un heureux démon ?

— Ah, ça ! Juste la bonne femme qu'il s'est trouvée. Sinon, Mathias est un type assez modeste dans le domaine, mais elle a sans doute eu quelques mecs déplorables dans son existence. Elle devait avoir besoin d'une poire comme lui. Mais ne dites pas à Mathias que j'ai dit ça. Ou plutôt, vous pouvez le dire.

— Et savez-vous ce que sont les anti-SCL-70 ?

— Ce sont des anticorps dans le sang. Qui peuvent indiquer une sclérodermie. Vous connaissez quelqu'un qui en a ?

— Je ne sais même pas ce que c'est qu'une sclérodermie. » Harry sut qu'il devait laisser filer. Il *voulait* laisser filer. Mais il n'y parvint pas : « Alors Mathias a dit qu'elle avait eu des mecs déplorables ?

— Mon interprétation. Saint Mathias n'utilise pas des mots comme "déplorable" à propos des gens : à ses yeux, les gens ont tous un potentiel à améliorer. » Le rire d'Idar Vetlesen se répercuta vers l'intérieur des salons obscurs.

Après avoir remercié, remis ses boots et être ressorti, Harry se retourna et vit — au moment où la porte se refermait — qu'Idar s'était penché pour rattacher ses lacets.

Sur le chemin du retour, Harry appela Skarre, lui demanda d'imprimer la photo de Vetlesen trouvée sur la page web de la clinique et de passer à la section des Stups pour essayer de savoir si certaines des taupes l'avaient vu acheter du speed.

« Dans la rue ? demanda Skarre. Les médecins n'ont pas tous ça dans leur armoire à pharmacie ?

— Si, mais les procédures sur la détention de toxiques sont si strictes qu'un médecin préfère acheter ses amphétamines à un dealer de Skippergata. »

Ils raccrochèrent, et Harry appela Katrine au bureau.

« Rien pour l'instant, l'informa-t-elle. Je m'en vais. Tu rentres ?

162

— Oui. » Harry hésita. « Que penses-tu de la possibilité d'obtenir une décision de justice qui libérerait Vetlesen du secret médical ?

— Avec ce que l'on a ? Je peux évidemment mettre une jupe super-courte, passer au palais de justice et trouver un juge dans la bonne tranche d'âge. Mais honnêtement, je crois qu'il vaut mieux oublier.

— D'accord. »

Harry mit le cap sur Bislett. Et pensa à son appartement vide démonté. Il regarda l'heure. Se ravisa et vira pour descendre Pile-stredet, vers l'hôtel de police.

Il était deux heures du matin quand Harry eut de nouveau une Katrine tout ensommeillée au bout du fil.

« Qu'est-ce qu'il y a, à présent ? voulut-elle savoir.

— Je suis au bureau, j'ai regardé ce que tu as. Tu as dit que toutes les disparues avaient mari et enfant. Je crois qu'il peut y avoir quelque chose, là.

— Quoi donc ?

— Aucune idée, je devais simplement me l'entendre dire à voix haute, à quelqu'un. Pour pouvoir déterminer si ça sonne bête.

— Et ça sonne comment ?

— Bête. Bonne nuit. »

Eli Kvale était étendue les yeux grands ouverts. À côté d'elle, Andreas respirait lourdement, en toute quiétude. Un rayon de lune tombait entre les rideaux, sur le mur et le crucifix acheté pendant leur voyage de noces à Rome. Par quoi avait-elle été réveillée ? Était-ce Trygve, était-il debout ? Le dîner et la soirée s'étaient déroulés tels qu'elle l'avait espéré. Elle avait regardé ces visages heureux, brillants dans la lumière des bougies, et tout le monde avait parlé en même temps, tant on avait à raconter ! Surtout Trygve. Et quand il avait parlé du Montana, de ses études et de ses amis là-bas, elle s'était tue et avait juste regardé ce garçon, ce jeune homme, sur le point de devenir adulte, de devenir ce qu'il voulait être, de se choisir une vie. C'était ce qui la rendait la plus heureuse : qu'il puisse choisir. Ouvertement, librement. Pas comme elle. Pas dans le secret, à couvert.

Elle entendait la maison grincer, les murs murmurer.

Mais il y avait eu un autre bruit, un bruit étranger. Un bruit du dehors.

Elle se leva de son lit, alla à la fenêtre et jeta un coup d'œil entre les rideaux. Il avait neigé. Les pommiers avaient maintenant des branches poilues, et le clair de lune se reflétait dans la fine couche blanche sur le sol, faisant ressortir tous les détails du jardin. Son regard glissa du portail jusqu'au garage, ne sachant pas trop ce qu'il cherchait. Avant de s'arrêter. Surprise, effrayée, elle inspira. Ne recommence pas, se dit-elle. Ce doit être Trygve. Il souffre du décalage horaire, il n'arrive pas à dormir et il est sorti. Les empreintes allaient du portail jusque sous la fenêtre à laquelle elle se trouvait. Telle une ligne de points noirs dans la mince couche de neige. Un silence étudié, avant les mots.

Aucune trace ne repartait.

CHAPITRE 12

Jour 7. La conversation

« L'un des gars des Stups l'a reconnu, annonça Skarre. Quand je lui ai montré la photo de Vetlesen, la taupe m'a dit qu'il l'avait vu plusieurs fois à l'angle de Skippergata-Tollbugata.

— Qu'est-ce qu'il y a, à cet endroit ? » s'enquit Gunnar Hagen, qui avait insisté pour pouvoir assister à la réunion matinale de ce lundi, dans le bureau de Harry.

Skarre regarda Hagen d'un air incertain, comme pour vérifier si l'ASP plaisantait.

« Des dealers, des putes, des clients, répondit-il. C'est leur nouveau coin après que nous les avons chassés de Plata.

— Uniquement là ? s'étonna Hagen en pointant le menton. On m'a dit qu'ils étaient plus disséminés, maintenant.

— C'est le centre, en quelque sorte. Mais c'est clair, on les trouve aussi en descendant vers la Bourse, et en remontant vers la Banque de Norvège. Autour du musée Astrup Fearnley, de la Gamle Loge et du café Bymisjon... » Il s'arrêta quand Harry bâilla bruyamment.

« Sorry, s'excusa innocemment Harry. Ç'a été un week-end fatigant. Continue.

— La taupe ne se rappelait pas de l'avoir vu acheter de la came. Il disait que Vetlesen traînait au Leon. »

Au même instant, Katrine Bratt passa la porte. Ses cheveux étaient en bataille, elle était pâle et avait de petits yeux, mais elle claironna un « bonjour » satisfait et berguénois en regardant autour d'elle à la recherche d'un siège. Bjørn Holm bondit du sien, fit un large geste de la main et alla en chercher un autre.

« Leon, dans Skippergata ? demanda Hagen. C'est un endroit où ils vendent des stupéfiants ?

— C'est bien possible, répondit Skarre. Mais j'ai vu plusieurs putes noires y entrer, alors ce doit être ce qu'on appelle un institut de massage.

— Peu de chances, objecta Katrine Bratt, qui leur tournait le dos tandis qu'elle suspendait son manteau au perroquet. Les instituts de massage font partie intégrante du marché intérieur, et ce sont les Vietnamiens qui le contrôlent, maintenant. Ils restent en périphérie, dans des zones résidentielles qui ne paient pas de mine, emploient des nanas asiatiques discrètes et se tiennent à l'écart du territoire du marché extérieur africain.

— Il me semble avoir vu une affiche pour des chambres pas chères à l'extérieur de cet endroit, intervint Harry. Quatre cents couronnes la nuit.

— Justement, répondit Katrine. Ils ont de petites chambres qui, sur le papier, se louent pour vingt-quatre heures mais en pratique, à l'heure. Argent noir : les clients n'exigent pas vraiment de reçu. Et filles noires. Et maquereau noir. Mais le proprio de l'hôtel, qui gagne le plus, est blanc.

— Elle est drôlement au courant, ricana Skarre à l'attention de Hagen. Curieux que les Mœurs, à Bergen, en sachent autant sur les maisons closes d'Oslo.

— C'est sûrement partout pareil, répondit Katrine. Tu veux parier contre quelque chose que j'ai raison ?

— Le proprio est paki. Deux cents.

— Tope là.

166

— Eh bien, s'exclama Harry en tapant dans ses main. Pourquoi sommes-nous ici ? »

Le propriétaire de l'hôtel Leon s'appelait Børre Hansen, venait de Solør et avait une peau aussi grisâtre que la neige fondante que ses soi-disant clients traînaient sous leurs pieds et qu'ils abandonnaient devant le comptoir orné du panneau marqué RESPETION en lettres noires. Puisque ni la clientèle ni Børre ne se souciaient particulièrement de l'orthographe, l'écriteau trônait là sans avoir été contesté depuis que Børre était là : quatre ans. Auparavant, il avait parcouru la Suède en long, en large et en travers en vendant des photos, s'était arrêté à Svinesund et essayé au commerce frontalier de films X mis au rebut, et avait attrapé un accent moitié musicien de dancing, moitié prédicateur. C'est à Svinesund qu'il avait rencontré Natacha, une danseuse nue russe, et c'est à grand-peine qu'ils avaient échappé à son manager russe. Natacha avait pris un nouveau nom et vivait à présent chez Børre, à Oslo. Il avait repris le Leon à trois Serbes qui, pour des raisons diverses, ne pouvaient plus rester sur le territoire, et continué là où ils en étaient restés dans la mesure où il n'y avait eu aucune raison de changer le concept : location de chambres pour de courtes – souvent très courtes – durées. Les revenus étaient en grande partie sous forme de liquide, et les clients n'étaient pas exigeants en matière de standard et d'entretien. C'était une exploitation valable. Une exploitation qu'il n'avait aucun intérêt à perdre. En conséquence de quoi il vouait déjà une certaine antipathie aux deux personnes devant lui, et surtout à leurs cartes nominatives.

Le grand type à la courte brosse posa une photo sur le comptoir. « Vu ce mec ? »

Børre Hansen secoua la tête, soulagé que ce ne soit pas après lui qu'ils en aient, finalement.

« Sûr ? » insista l'homme en posant les coudes sur le comptoir et en se penchant.

Børre regarda une fois de plus la photo et se dit qu'il aurait dû jeter un coup d'œil plus attentif à la carte nominative : ce gars-là ressemblait davantage aux junkies qui traînaient dans les rues qu'à un policier. Et la fille derrière lui n'avait pas non plus la dégaine d'une femme policier. Certes, elle avait ce regard dur, ce regard de pute, mais tout le reste en elle faisait dame, cent pour cent dame. Si elle avait trouvé un mac qui ne la rackette pas, elle aurait pu quintupler ses revenus, au bas mot.

« Nous savons que tu gères un bordel, ici, assena le policier.

— Je gère un hôtel tout ce qu'il y a de légal. J'ai une licence et tous les papiers en ordre. Vous voulez voir ? » Børre pointa un index vers le petit bureau, juste derrière la réception.

Le policier secoua la tête.

« Tu loues des chambres à des putes et à leurs clients. C'est interdit par la loi.

— Écoutez », répondit Børre, avant de déglutir. La conversation avait pris le tour qu'il redoutait. « Je ne me mêle pas de ce que mes clients font, tant qu'ils me règlent ce qu'ils me doivent.

— Mais moi, si, répliqua le policier à voix basse. Regarde un peu mieux la photo. »

Børre regarda. Le cliché avait dû être pris quelques années auparavant, car il avait l'air très jeune. Jeune et insouciant, sans trace de désespoir, d'égarement.

« La dernière fois que j'ai vérifié, la prostitution n'était pas illégale en Norvège, objecta Børre Hansen.

— Non, approuva la femme policier. Mais gérer un bordel, si. »

Børre Hansen fit de son mieux pour afficher une expression indignée.

« Comme tu le sais, à intervalles réguliers, la police est obligée de contrôler que la législation sur les hôtels est bien respectée, reprit le policier. Comme par exemple qu'il y a des issues de secours dans toutes les chambres, en cas d'incendie.

— Conservation autorisée des formulaires d'enregistrement pour les clients étrangers, enchaîna la femme policier.

— Fax pour les demandes entrantes de la police.

— Comptabilité de la TVA. »

Ils brûlaient. Ce fut le policier qui porta le coup de grâce.

« Nous envisageons d'envoyer l'Økokrim[1] pour qu'ils contrôlent les comptes arrêtés vis-à-vis des personnes que nos taupes ont vues aller et venir ces dernières semaines. »

Børre Hansen sentit la nausée arriver. Natacha. L'emprunt immobilier. Et une panique grandissante à l'idée de soirées hivernales glaciales sur des marches étrangères, des bibles sous le bras.

« Ou alors on peut laisser filer, poursuivit le policier. Après tout, c'est une question de priorités. Une question d'utilisation des ressources limitées de la police. Pas vrai, Bratt ? »

La femme policier hocha la tête.

« Il loue une chambre ici deux fois par semaine, reconnut Børre Hansen. Toujours la même. Il y passe toute la soirée.

— Toute la soirée ?

— Il reçoit plusieurs visites.

— Blanches ou Noires ? voulut savoir la femme.

— Noires. Seulement des Noires.

— Combien ?

— Je ne sais pas. Ça varie. Huit. Douze.

— En même temps ? laissa échapper la femme.

— Non, elles se succèdent. Certaines viennent deux par deux. Elles vont souvent par paires dans la rue aussi.

— Fichtre », souffla le policier.

Børre Hansen acquiesça.

« Sous quel nom s'enregistre-t-il ?

---

1. Den sentrale enhet for etterforskning og påtale av ØKOnomisk KRIMinalitet og miljøkriminalitet (Unité centrale d'investigation et d'action publique en matière de criminalité financière et écologique) : organe de la police nationale, créé en 1989, qui s'occupe également de criminalité informatique.

— Me souviens pas.

— Mais on va trouver ça dans ton registre ? Et dans la comptabilité ? »

Le dos de la chemise de Børre Hansen était maintenant trempé de sueur sous sa veste luisante.

« Elles l'appellent Doctor White. Les nanas qui le demandent, quoi.

— Docteur ?

— Je n'en sais rien. Il… »

Børre Hansen hésita. Il ne voulait pas en dire plus que nécessaire. D'un autre côté, il voulait se montrer coopératif. Et ça, c'était déjà un client perdu.

« Il a une espèce de trousse de docteur. Et demande toujours… des serviettes supplémentaires.

— Ouille, s'exclama la femme. Ça commence mal. Tu as vu du sang, quand tu nettoies la chambre ? »

Børre ne répondit pas.

« *Si* tu nettoies la chambre, rectifia le policier. Alors ?

— Pas beaucoup, soupira Børre. Pas plus que… » Il s'arrêta.

« Que d'habitude ? l'aida la femme, sarcastique.

— Je ne crois pas qu'il les blesse, se hâta de préciser Børre Hansen, en le regrettant sur-le-champ.

— Pourquoi ça ? » demanda sèchement le policier.

Børre haussa les épaules.

« Elles ne seraient pas revenues.

— Et il n'y a que des femmes ? »

Børre fit oui de la tête. Mais le policier avait dû remarquer quelque chose. Un resserrement nerveux des muscles de la gorge, un petit tressautement de la membrane visqueuse et injectée de sang de l'œil.

« Des hommes ? » s'enquit-il.

Børre secoua la tête.

170

« Des jeunes garçons ? » voulut savoir la femme, qui flairait à l'évidence la même chose que son collègue.

Børre Hansen secoua derechef la tête, mais avec ce petit retard presque imperceptible qui survient lorsque le cerveau doit choisir entre deux possibilités.

« Des enfants, émit le policier en baissant le front comme s'il prévoyait de donner un coup de cornes. Il a reçu des enfants ?

— Non ! s'écria Børre, en sentant la sueur jaillir de tous ses pores. Jamais ! J'ai posé la limite. Il y a eu juste deux fois... Et ils ne sont pas entrés, je les ai jetés dehors tout de suite après !

— Africains ? demanda l'homme.

— Oui.

— Garçons ou filles ?

— Les deux.

— Ils venaient seuls ? s'enquit Katrine.

— Non, avec des femmes. Les mères, je crois. Mais encore une fois, je ne les ai pas laissés entrer dans sa chambre.

— Tu as dit qu'il venait deux fois par semaine. À horaires fixes ?

— Lundi et jeudi. Entre huit et onze. Et il est toujours précis.

— Ce soir, donc ? conclut l'homme en regardant sa collègue. Bien, merci de ton aide. »

Børre laissa échapper l'air de ses poumons et découvrit que ses jambes lui faisaient mal, qu'il était resté sur la pointe des pieds depuis le début. « De rien », sourit-il.

Les policiers allèrent vers la porte. Børre savait qu'il devait la fermer, mais également qu'il ne parviendrait pas à dormir s'il n'en avait pas l'assurance.

« Mais..., commença-t-il derrière eux. Mais alors... on a un accord, n'est-ce pas ? »

Le policier se retourna, un sourcil levé en signe d'étonnement.

« À quel sujet ? »

Børre déglutit. « De ces... inspections ? »

Le policier se frotta le menton. « Tu suggères que tu as quelque chose à cacher ? »

Børre cligna deux fois des yeux. Avant d'entendre son propre rire puissant, nerveux, monter tandis qu'il s'exclamait : « Non, non, bien évidemment que non ! Ha… ha ! Tout est impeccable.

— Bien, alors tu n'auras rien à craindre quand ils viendront. Les inspections, ce n'est pas de mon ressort. »

Ils s'en allèrent, et Børre ouvrit la bouche, voulut protester, dire quelque chose, mais il ne savait tout bonnement pas quoi.

Le téléphone souhaita la bienvenue à Harry en sonnant lorsque celui-ci revint à son bureau.

C'était Rakel, qui voulait lui rendre un DVD qu'elle lui avait emprunté.

« *Rules of Attraction* ? répéta Harry, surpris. Tu l'as ?

— Tu as dit qu'il était sur ta liste des films les plus sous-estimés de tous les temps.

— Oui, mais tu n'aimes jamais ces films-là.

— Ce n'est pas vrai.

— Tu n'as pas aimé *Starship Troopers*.

— C'est parce que c'était un film macho de merde.

— C'est une satire, rectifia Harry.

— Et de quoi ?

— Du fascisme inhérent à la société américaine. Les frères Hardy rencontrent les Hitlerjugend.

— Arrête, Harry. Une guerre contre des insectes géants sur une planète lointaine ?

— Peur de l'étranger.

— En tout cas, j'ai aimé ton film des années 1970, là, celui avec les écoutes…

— *The Conversation*. Le meilleur de Coppola.

— C'est ça. Celui-là, je suis d'accord, il est sous-estimé.

172

— Il n'est pas sous-estimé, soupira Harry. Seulement oublié. Il a remporté l'oscar du meilleur film.

— Je dîne avec quelques amies, ce soir. Je peux faire un crochet avec le film, en rentrant. Tu seras debout, vers minuit ?

— Peut-être. Pourquoi ne pas faire un crochet en partant dîner plutôt ?

— Un peu plus de stress, mais je peux le faire, bien entendu. »

Sa réponse était venue vite. Mais pas assez pour que Harry ne l'ait pas entendue.

« Mmm. De toute façon, je n'arriverai pas à dormir. Je respire des moisissures qui me volent mon souffle.

— Tu sais quoi ? Je le glisserai dans ta boîte à lettres, comme ça, ça t'évitera de te lever. OK ?

— OK. »

Ils raccrochèrent. Harry vit que sa main tremblait légèrement. Mit cela sur le compte du manque de nicotine, et se dirigea vers l'ascenseur.

Katrine sortit de son bureau, comme si elle avait entendu que c'était lui qui arrivait au pas de charge.

« J'ai parlé à Espen Lepsvik. On va pouvoir lui emprunter un gars pour le boulot de ce soir.

— Super.

— Bonnes nouvelles ?

— Quoi ?

— Tu as un bon sourire.

— Ah oui ? Je me réjouis, c'est ça.

— En vue de quoi ? »

Il tapota sa poche.

« La cigarette. »

Depuis le plan de travail de la cuisine, une tasse de thé à la main, Eli Kvale regardait dans le jardin en écoutant le gargouillement apaisant du lave-vaisselle. Le téléphone noir était sur le plan de travail. Le combiné avait chauffé dans sa main, tant elle l'avait serré, mais ça n'avait été qu'un faux numéro. Trygve avait apprécié le gratin de poisson, c'était ce qu'il préférait, disait-il. Mais il disait cela de beaucoup de choses. C'était un bon garçon. Au-dehors, l'herbe était jaune, il ne restait aucune trace de la neige tombée dans la nuit. Et qui sait, elle n'avait sans doute fait que rêver tout ça ?

Elle feuilleta sans intérêt un magazine. Elle avait pris des congés les premiers jours que Trygve était à la maison, afin qu'ils aient un peu de temps pour eux deux. Qu'ils puissent parler sérieusement, rien qu'eux deux. Mais pour l'heure, il était dans le salon avec Andreas, et ils faisaient ce pour quoi elle avait pris des jours de congé. Pas de problème, ils avaient davantage de sujets de conversation. Ils étaient si semblables. Et en réalité, elle avait toujours préféré l'*idée* de vider son sac au *fait* de vider son sac. Parce que cette discussion devait fatalement se clore quelque part. Près du grand mur infranchissable.

Elle avait évidemment accepté d'appeler le gamin en mémoire du père d'Andreas. Laisser le môme avoir un nom venant du côté d'Andreas, en tout cas. Elle avait été sur le point de tout raconter juste avant l'accouchement. Le parking désert, les ténèbres, les traces noires dans la neige. Le couteau contre sa gorge, la respiration sans visage contre sa joue. Sur le chemin du retour, le sperme coulant dans sa culotte, elle avait prié Dieu pour que la substance continue à couler jusqu'à ce que tout soit sorti. Mais ses prières n'avaient pas été entendues.

Par la suite, elle s'était souvent demandé comment auraient été les choses si Andreas n'avait pas été prêtre et son opinion sur l'avortement si intransigeante, et si elle n'avait pas été si poltronne. Si Trygve n'était pas né. Mais à ce moment-là, le mur était déjà construit, un mur inébranlable d'omission.

Que Trygve et Andreas soient si semblables était comme une bénédiction dans la malédiction. Cela avait même allumé un petit espoir, et elle était allée consulter dans un cabinet médical où personne ne la connaissait, avait donné deux mèches de cheveux ramassées sur les oreillers, car elle avait lu que ce devait être suffisant pour trouver le code de ce qui s'appelait l'ADN, une sorte d'empreinte digitale génétique. Le cabinet médical avait transmis les cheveux à l'institut médico-légal de l'Hôpital civil, qui utilisait cette méthode dans les affaires de paternité. Et au bout de deux mois, elle avait eu la certitude. Que ça n'avait été qu'un rêve ; le parking, les traces noires, la respiration excitée, la douleur.

Elle regarda de nouveau le téléphone. Bien sûr, ç'avait été un faux numéro. La respiration entendue à l'autre bout du fil était celle de quelqu'un qui est déstabilisé quand il perçoit une voix inconnue, ne sachant pas s'il doit raccrocher ou parler. C'était comme ça.

Harry alla dans l'entrée et décrocha l'interphone.

« Allô ? » cria-t-il par-dessus Franz Ferdinand, sur la chaîne hi-fi du salon.

Pas de réponse, seulement le souffle d'une voiture dans Sofies gate.

« Allô ?

— Salut ! C'est Rakel. Tu étais couché ? »

Il entendit à sa voix qu'elle avait bu. Pas beaucoup, mais juste assez pour que sa tessiture ait grimpé d'un demi-ton et que son rire, ce délicieux rire grave, grignote les mots.

« Non, répondit-il. Bonne soirée ?

— Pas mal.

— Il n'est que onze heures.

— Les filles voulaient rentrer tôt. Boulot, trucs comme ça.

— Mmm. »

Harry l'imagina. Le regard taquin, le reflet d'alcool dans les yeux.

« J'ai le film, reprit-elle. S'il faut que je le glisse dans ta boîte aux lettres, tu vas devoir ouvrir.

— Bien sûr. »

Il leva le doigt pour appuyer sur l'interphone. Attendit. Sut que c'était la fenêtre temporelle. Les deux secondes dont ils disposaient. Ils avaient encore toutes les possibilités de repli. Il aimait les possibilités de repli. Et il savait bien qu'il ne voulait pas que cela arrive, que la visibilité était par trop mauvaise, que cela ferait trop mal de tout reprendre encore une fois. Alors pourquoi avait-il l'impression que deux cœurs battaient dans sa poitrine, pourquoi son doigt n'avait-il pas appuyé depuis longtemps sur la touche qui pouvait l'envoyer hors de l'immeuble et de sa tête. Maintenant, songea-t-il en posant le bout de son doigt sur le plastique dur du bouton.

« Ou alors, continua-t-elle, je peux monter avec. »

Harry sut avant même de parler que sa voix aurait une sonorité bizarre.

« Pas besoin. Ma boîte aux lettres, c'est celle qui n'a pas de nom. Bonne nuit.

— Bonne nuit. »

Il pressa le bouton. Alla dans le salon, monta Franz Ferdinand, fort, tenta d'évacuer les idées, d'oublier cette surexcitation idiote, de ne faire qu'emmagasiner le son, les guitares qui déchiraient et lacéraient. Colériques, frêles, modérément bien jouées. Anglais. Mais dans la succession fébrile d'accords vint se mêler un autre son.

Harry baissa complètement le volume. Écouta. Il était sur le point de remonter lorsqu'il entendit un bruit. Comme du papier de verre contre du bois. Ou des chaussures traînant sur le sol. Il alla dans l'entrée et vit une silhouette derrière le verre dépoli de la porte.

Il ouvrit.

« J'ai sonné, expliqua Rakel en levant vers lui un regard d'excuse.

— Ah ? »

Elle agita un boîtier de DVD.

« Ça ne passait pas par l'ouverture de la boîte. »

Il faillit dire quelque chose, voulut dire quelque chose. Mais il avait déjà tendu les bras, l'avait capturée, attirée à lui, entendu son hoquet au moment où il la serrait fort contre lui, vu sa bouche s'ouvrir et sa langue qu'elle tendait déjà vers lui, rouge et moqueuse. Et dans le fond, il n'y avait rien à dire.

Elle était étendue contre lui, douce, chaude.

« Seigneur », chuchota-t-elle.

Il lui baisa le front.

La sueur faisait une couche fine qui les séparait et les collait en même temps.

Ç'avait été exactement comme il avait su que cela serait. Ç'avait été comme la première fois, hormis l'absence de nervosité, de tâtonnements et de questions non posées. Ç'avait été comme la dernière fois, sans chagrin, sans ses pleurs spasmodiques, ensuite. On peut quitter quelqu'un avec qui on s'éclate au plumard. Mais Katrine avait raison ; on revient toujours. Cependant, Harry comprenait que cela, c'était aussi autre chose. Que pour Rakel, c'était une dernière visite nécessaire sur d'anciennes terres, un adieu à ce qu'ils avaient naguère tous deux appelé le grand amour de leur vie. Avant qu'elle franchisse le pas vers une nouvelle époque. Vers un amour moins grand ? Peut-être, mais un amour supportable.

Elle lui caressait le ventre en émettant des espèces de ronronnements. Il remarqua pourtant la petite tension dans son corps. Il pouvait lui faciliter ou lui compliquer les choses. Il opta pour la seconde technique.

« Mauvaise conscience ? s'enquit-il avant de sentir qu'elle se raidissait.

— Je ne veux pas en parler. »

Lui non plus ne voulait pas en parler. Il voulait rester complètement immobile, écouter la respiration de Rakel et sentir sa main sur son ventre. Mais il savait ce qu'elle devait faire, et il ne voulait pas en remettre une couche.

« Il t'attend, Rakel.

— Non. Lui et le taxidermiste préparent un cadavre en vue d'un cours à l'institut d'anatomie, demain matin. Et je lui ai clairement dit qu'il n'était pas question qu'il vienne me retrouver après avoir touché un cadavre. Il dormira chez lui.

— Et moi ? sourit Harry dans le noir en songeant qu'elle avait prévu cela, qu'elle savait que ça arriverait. Comment sais-tu que je n'ai pas touché de cadavre ?

— C'est le cas ?

— Non, répondit-il en pensant à son paquet de cigarettes dans la table de nuit. Nous n'avons pas de cadavre. »

Ils se turent. La main de Rakel décrivit des cercles plus grands sur le ventre de Harry.

« J'ai l'impression que quelqu'un s'est glissé à l'intérieur, déclara-t-il tout à trac.

— Qu'est-ce que tu veux dire ?

— Je ne sais pas trop. Simplement, j'ai la sensation que quelqu'un me voit tout le temps, y compris là. Qu'on a ourdi un plan me concernant. Tu comprends ?

— Non. » Elle se blottit un peu plus contre lui.

« C'est l'affaire sur laquelle je travaille. C'est comme si ma personne était impliquée dans…

— Chut. » Elle lui mordit l'oreille. « Tu t'impliques toujours, Harry, c'est ça, ton problème. Relax, maintenant. »

Elle referma la main autour de son doux membre et il ferma les yeux, écouta ses murmures en sentant venir l'érection.

À trois heures du matin, elle se leva. Il regarda son dos dans la lumière qui filtrait des réverbères, à travers la fenêtre. Son dos cambré et l'ombre de sa colonne vertébrale. Et il se mit à penser à ce que Katrine avait dit, que Sylvia Ottersen avait le drapeau éthiopien tatoué dans le dos, qu'il ne devait pas oublier d'inclure cela dans les éléments de l'enquête. Et que Rakel avait raison : il ne cessait jamais de réfléchir aux affaires, il s'impliquait toujours.

Il la raccompagna à la porte. Elle l'embrassa rapidement sur la bouche et disparut au bas des marches. Il n'y avait rien à dire. Il allait fermer lorsqu'il découvrit des traces humides de bottes juste devant sa porte. Il les suivit jusqu'à l'endroit où elles disparaissaient, dans les ténèbres de la cage d'escalier. Ce devait être Rakel qui les avait laissées en montant, plus tôt dans la soirée. Et il songea au phoque de Berhaus, à la femelle qui s'accouplait tout son soûl à la période des amours, et ne revenait jamais vers le même mâle à la période des amours suivante. Parce que ce n'était pas biologiquement rationnel. Et que les phoques de Berhaus étaient sûrement des animaux avisés.

CHAPITRE 13

Jour 8. Papier

Il était neuf heures et demie et le soleil luisait sur une voiture isolée sur le rond-point de l'échangeur situé au-dessus de l'autoroute, au niveau de Sjølyst. Elle sortit et s'engagea dans Bygdøyveien, vers la péninsule idyllique et champêtre sise à seulement cinq minutes en voiture de Rådhusplassen. C'était calme, presque pas de circulation, ni vaches ni chevaux dans les champs de Kongsgården, et les trottoirs étroits où les gens se pressaient lors de leur pèlerinage estival vers les plages étaient déserts.

Harry conduisait la voiture le long des virages du terrain accidenté, tout en écoutant Katrine.

« De la neige, lâcha Katrine.

— De la neige ?

— J'ai fait ce que tu m'as dit. Je n'ai pris que les disparitions de femmes qui étaient mariées et mères de famille. Et je me suis intéressée aux dates. La plupart avaient eu lieu en novembre et en décembre. Je les ai isolées, et j'ai regardé la répartition géographique. La plupart à Oslo, certaines dans d'autres parties du pays. Et ce qui m'a frappée, c'est la lettre que tu avais reçue. L'histoire disant que le Bonhomme de neige réapparaîtrait avec la première neige. Or, le jour où nous étions dans Hoffsveien était le premier jour de neige à Oslo.

— Oui ?

— J'ai demandé à l'Institut de météorologie de vérifier les dates et les lieux qui nous intéressent. Et tu sais quoi ? »

Harry savait quoi. Et il aurait dû le savoir depuis longtemps.

« La première neige, répondit-il. Il les chope le jour où tombe la première neige.

— Exactement. »

Harry cogna sur le volant.

« Et merde, on l'avait écrit noir sur blanc. De combien de disparitions est-il question ?

— Onze. Une chaque année.

— Et deux cette année. Il a rompu sa trame.

— Il y a eu un double meurtre le premier jour où la neige est tombée sur Bergen en 1992. Je crois que c'est par là que nous devons commencer.

— Pourquoi ça ?

— Parce que l'une des victimes était mariée et mère de famille. L'autre était son amie. Par ailleurs, on a deux cadavres, un lieu de crime et des rapports d'enquête. Sans compter un suspect qui a disparu et qui n'a plus jamais été revu depuis.

— Qui donc ?

— Un policier. Gert Rafto. »

Harry lui lança un rapide coup d'œil.

« Ah, cette affaire-là, oui. Ce n'était pas lui qui volait sur les lieux de crime ?

— Il y a eu des rumeurs à ce sujet, en tout cas. Des témoins avaient vu Rafto entrer dans l'appartement de l'une des femmes, Onny Hetland, quelques heures avant qu'on ne la retrouve morte là-bas. En plus, il avait complètement disparu quand on l'a recherché. »

Harry ne quittait pas la route des yeux, les arbres déplumés bordant Huk Aveny. Elle descendait vers la mer et les musées dédiés à ce que les Norvégiens considéraient comme les plus grands exploits de la nation : une excursion sur un bateau de roseaux à travers le Pacifique, et une tentative ratée pour atteindre le pôle Nord.

« Et maintenant, tu penses qu'il n'a peut-être pas tant disparu que ça, en fin de compte ? voulut-il savoir. Qu'il réapparaît chaque année au moment où tombe la première neige ? »

Katrine haussa les épaules.

« Je trouve que ça vaut la peine de se donner les moyens de découvrir ce qui s'est passé là-bas.

— Mmm. On va commencer par demander leur contribution à Bergen.

— Je ne ferais pas ça, répondit-elle laconiquement.

— Ah ?

— L'affaire Rafto est toujours on ne peut plus sensible pour le commissariat de Bergen. Les ressources utilisées dans cette affaire ont servi en grande partie à l'enterrer, pas à enquêter. Ce qu'ils risquaient de trouver les terrorisait. Et puisque le bonhomme avait disparu de lui-même... »

Elle dessina un grand X en l'air.

« Pigé. Que suggères-tu ?

— Que toi et moi allions faire un tour à Bergen, pour enquêter un peu de notre côté. Quoi qu'il en soit, c'est un élément d'enquête pour meurtre ayant eu lieu à Oslo, maintenant. »

Harry se gara devant l'adresse concernée, un bâtiment de pierre haut de quatre étages, tout au bord de l'eau, ceint d'un quai. Il coupa le contact, mais resta au volant pour regarder vers Filipstadkaia, de l'autre côté de Frognerkilen.

« Comment l'affaire Rafto s'est-elle retrouvée sur ta liste ? voulut-il savoir. D'abord, ça remonte à plus loin que ce que je t'ai demandé de vérifier. En second lieu, il ne s'agit pas de disparitions, mais de meurtres. »

Il se tourna vers Katrine. Elle soutint son regard sans ciller.

« L'affaire Rafto a fait du bruit à Bergen, répondit-elle. Et il y a eu une photo.

— Une photo ?

— Oui. On la montrait à toutes les jeunes recrues du commissariat de Bergen. Elle représentait le lieu du crime au sommet d'Ulriken, c'était une sorte de baptême du feu. Je crois que la plupart étaient tellement terrifiés par les détails au premier plan qu'ils n'ont jamais vu l'arrière-plan. Ou alors ils n'étaient jamais montés en haut d'Ulriken. En tout cas, il y avait quelque chose qui ne collait pas, un peu plus en arrière. En l'agrandissant, on voit assez précisément ce que c'est.

— Ah ?

— Un bonhomme de neige. »

Harry hocha lentement la tête.

« À propos de photos », poursuivit Katrine en tirant une enveloppe A4 de son sac avant de la lancer sur les genoux de Harry.

La clinique se trouvait au second étage. La salle d'attente était organisée avec soin — et à grands frais — autour d'un ensemble de sièges italiens, une table basse ayant la même garde au sol qu'une Ferrari, des sculptures de verre de Nico Widerberg et un original de Roy Lichtenstein représentant un pistolet fumant.

Au lieu de l'inévitable réception vitrée des cabinets de médecins, une femme occupait un beau bureau ancien, en plein milieu de la pièce. Elle portait une blouse blanche ouverte par-dessus sa tenue de travail bleue, et leur souhaita la bienvenue par un sourire. Un sourire qui ne se figea pas significativement lorsque Harry se présenta, exposa les motifs de leur visite ; il présuma qu'elle était Borghild.

« Si vous pouvez vous permettre d'attendre un peu ? » s'enquit-elle en indiquant les fauteuils avec l'élégance étudiée dont les hôtesses de l'air font preuve pour montrer du doigt les issues de secours. Harry déclina poliment les offres de café, de thé et d'eau, et ils s'assirent.

Harry remarqua que les magazines exposés étaient récents. Il ouvrit un *Liberal* et eut le temps de voir l'éditorial dans lequel Arve

Støp affirmait que la volonté des politiques de se montrer dans des émissions de divertissement pour « s'offrir en spectacle » et jouer le rôle du clown constituait la victoire ultime de la démocratie – avec le peuple sur le trône et le politique comme bouffon de cour.

La porte marquée *Dr Idar Vetlesen* s'ouvrit alors et une femme traversa rapidement la pièce, saluant Borghild d'un bref « Au revoir » avant de disparaître sans regarder ni à droite ni à gauche.

Katrine la regardait fixement. « Ce n'était pas la nana des infos de TV2 ? »

Au même moment, Borghild annonça que Vetlesen était prêt à les recevoir ; elle alla à la porte et la leur tint ouverte.

Le bureau d'Idar Vetlesen était de taille directoriale, et donnait sur le fjord d'Oslo. Des diplômes encadrés étaient suspendus au mur latéral derrière la table de travail.

« Un instant », demanda Vetlesen en pianotant sur un PC sans lever les yeux de son écran. Il tapa sur quelques dernières touches, comme triomphalement, avant de faire pivoter son fauteuil en même temps qu'il arrachait ses lunettes :

« Lifting, Hole ? Allongement du pénis ? Liposuccion ?

— Merci de votre offre. Voici l'inspectrice Bratt. Nous venons vous prier une fois de plus de nous aider en nous donnant des informations concernant les familles Ottersen et Becker. »

Idar Vetlesen poussa un soupir et se mit à essuyer ses lunettes avec un mouchoir.

« Comment dois-je vous l'expliquer pour que vous compreniez, Hole ? Même pour quelqu'un comme moi, qui brûle du désir sincère d'aider la police et qui se fout par bien des aspects des principes, il y a quelques petites choses qui sont sacrées. » Il brandit un index. « Pendant toutes mes années d'exercice de la médecine, je n'ai jamais, jamais… (son index commença à battre le rythme avec les mots)… trahi le secret médical auquel je suis soumis en tant que médecin. Et je n'ai pas l'intention de commencer maintenant. »

Un long silence suivit, Vetlesen ne faisant que les regarder, manifestement satisfait de l'effet obtenu.

Harry se racla la gorge :

« Peut-être pouvons-nous quand même satisfaire le désir sincère d'aider dont vous brûlez, Vetlesen. Nous enquêtons sur une possible prostitution d'enfants dans un prétendu hôtel d'Oslo, le Leon. Hier soir, deux de nos hommes étaient devant, dans une voiture, chargés de photographier les gens qui y entraient et qui en sortaient. »

Harry ouvrit l'enveloppe A4 marron que Katrine lui avait donnée, se pencha en avant et étala les clichés devant le docteur.

« Ça, là, c'est vous, n'est-ce pas ? »

Vetlesen eut l'air de s'être coincé quelque chose dans l'œsophage. Ses yeux sortirent de leurs orbites, et les vaisseaux de son cou saillirent.

« Je…, bégaya-t-il. Je… n'ai rien fait de mal ou d'illégal.

— Non, certainement pas. Nous envisageons simplement de vous convoquer en tant que témoin. Un témoin qui puisse nous raconter ce qui se passe là-dedans. Ce n'est un secret pour personne que le Leon est un repaire de prostituées ; la nouveauté, c'est qu'on y a vu des enfants. Et au contraire des autres prostitutions, celle des enfants est illégale, comme vous le savez. Je me disais juste qu'on devait vous mettre au courant avant d'aller trouver la presse avec toute l'affaire. »

Vetlesen ne quittait pas la photo des yeux. Il se frotta durement le visage.

« En tout cas, on a vu la nana des infos de TV2 sortir, reprit Harry. Comment s'appelle-t-elle, déjà ? »

Vetlesen ne répondit pas. C'était à croire que toute cette jeunesse lisse lui avait été comme aspirée sous leurs yeux, comme si son visage vieillissait de seconde en seconde.

« Appelez-nous au cas où vous repenseriez à quelque brèche dans le secret médical », conseilla Harry.

Harry et Katrine n'étaient pas à mi-chemin de la porte que Vetlesen les arrêta.

« Ils sont venus pour se faire examiner. C'est tout.

— Se faire examiner pour quoi ? demanda Harry.

— Une maladie.

— La même maladie ? Laquelle ?

— Ça n'a pas d'importance.

— Bon. » Harry poursuivit vers la porte. « Considérez que quand vous serez convoqué en tant que témoin, ça n'aura pas d'importance non plus. On n'a rien trouvé d'illégal, de toute façon.

— Attendez ! »

Harry se retourna. Vetlesen était appuyé sur les coudes et avait caché son visage dans ses mains.

« Le syndrome de Fahr.

— Le syndrome de... ?

— Fahr. Avec un h. Une maladie rare, héréditaire, qui ressemble un peu à l'Alzheimer. On perd ses capacités, en particulier sur le plan cognitif, et les mouvements se raidissent. La plupart des cas présentent ces symptômes après trente ans, mais on peut les avoir dès l'enfance.

— Mmm. Et donc, Birte et Sylvia savaient que leurs enfants étaient atteints de cette maladie ?

— Elles n'en avaient que le soupçon quand elles sont venues ici. C'est difficile à diagnostiquer, et Birte Becker et Sylvia Ottersen étaient allées chez plusieurs médecins sans qu'aucun ait trouvé quoi que ce soit chez leurs enfants. Je crois me souvenir qu'elles avaient toutes les deux cherché sur internet, en entrant les symptômes, et qu'elles en étaient arrivées au syndrome de Fahr, qui concordait avec une exactitude terrifiante.

— Et c'est avec vous qu'elles prennent contact ? Un chirurgien plasticien ?

— Il se trouve que je suis aussi spécialisé dans le syndrome de Fahr.

— C'est-à-dire ?

« — Il n'y a que dix-huit mille médecins environ en Norvège. Vous savez combien de maladies connues sont recensées dans le monde ? » Vetlesen fit un signe de tête vers le mur et les diplômes encadrés. « Le syndrome de Fahr s'est trouvé par hasard évoqué lors d'un cours en Suède, sur les voies nerveuses. Le peu que j'ai appris à cette occasion a suffi à faire de moi un spécialiste en Norvège.

— Que pouvez-vous nous dire à propos de Birte Becker et Sylvia Ottersen ? »

Vetlesen haussa les épaules.

« Elles sont venues avec leurs enfants, une fois par an. Je les ai examinés, sans remarquer d'aggravation des symptômes, et en dehors de cela, je ne sais rien de leurs vies. Ou à plus forte raison... (il rejeta sa frange en arrière)... de leur mort. »

« Tu le crois ? demanda Harry tandis qu'ils passaient en trombe devant les champs déserts.

— Pas complètement, répondit Katrine.

— Moi non plus. Je crois que nous devrions nous concentrer là-dessus, et laisser Bergen de côté, provisoirement.

— Non.

— Non ?

— Il y a un lien, quelque part.

— Dis voir.

— Je ne sais pas. Ça a l'air dingue, mais il y a peut-être un lien entre Rafto et Vetlesen. C'est peut-être comme cela que Rafto a réussi à se cacher pendant toutes ces années.

— Qu'est-ce que tu veux dire ?

— Qu'il s'est trouvé un masque, tout simplement. Un véritable masque. Une opération du visage.

— Chez Vetlesen ?

— Ça pourrait expliquer la coïncidence qui veut que deux des victimes aient emmené leurs enfants chez le même médecin. Ça a pu être là, à la clinique, que Rafto a vu Birte et Sylvia, et a décidé qu'elles allaient être ses victimes.

— Tu es en avance, observa Harry.

— En avance ?

— Ce type d'enquête criminelle ressemble à un puzzle. Au cours de la phase préliminaire, nous rassemblons les pièces, on les tourne et on les retourne, patiemment. Ce que tu fais en ce moment, c'est essayer d'assembler de force certaines pièces, prématurément.

— J'essaie simplement de le dire tout haut à quelqu'un. Pour voir si ça a l'air idiot.

— Et ça a l'air idiot.

— Ce n'est pas le chemin de l'hôtel de police. »

Harry entendit un curieux frémissement dans sa voix et lui lança un coup d'œil en biais, mais son visage ne trahissait rien.

« J'ai envie de contrôler certaines des choses que Vetlesen a dites avec quelqu'un que je connais, répondit-il. Et qui connaît Vetlesen. »

Mathias portait une blouse blanche et de classiques gants à vaisselle jaunes lorsqu'il accueillit Harry et Katrine au garage sous la Préclinique, le nom que donnait le groupe au bâtiment marron de cette partie de l'hôpital de Gaustad tournée vers l'autoroute Ring 3.

Il guida leur voiture vers ce qui apparut être sa propre place de stationnement.

« J'essaie de faire autant de vélo que je le peux, expliqua Mathias en se servant de sa carte magnétique pour ouvrir la porte qui menait directement du garage dans un couloir souterrain de l'Institut d'anatomie. C'est pratique, un accès comme celui-là, quand il faut faire entrer et sortir des cadavres. Je vous aurais volontiers offert un café, mais je viens d'en finir avec un groupe d'étudiants, et le suivant ne va pas tarder.

— Désolé de t'ennuyer, tu dois être fatigué, aujourd'hui. »

Mathias le regarda sans comprendre.

« J'ai eu Rakel au téléphone, elle m'a dit que tu devais travailler tard hier soir, ajouta Harry en jurant intérieurement et en espérant que son visage ne révélerait rien.

— Rakel, oui. » Mathias secoua la tête. « Elle ne s'est pas couchée tôt, elle non plus. Elle est sortie avec les filles, et elle a dû prendre une journée de congé aujourd'hui. Mais quand je l'ai appelée, tout à l'heure, elle était en plein nettoyage. Les nanas. C'est quand même trop fort ! »

Harry afficha un sourire crispé, et se demanda s'il existait une réplique standard à cette réflexion.

Un homme en tenue verte d'infirmier arriva en poussant un lit métallique à roulettes vers la porte du garage.

« Nouvel envoi pour l'université de Tromsø ? s'enquit Mathias.

— Dites au revoir à Kjeldsen », sourit le type en vert. Il portait une rangée serrée d'anneaux à une oreille, à peu près comme les femmes masaïs portent des anneaux au cou, à la seule exception que ceux-là conféraient à son visage une agaçante asymétrie.

« Kjeldsen ? s'exclama Mathias en s'arrêtant. C'est vrai ?

— Treize ans de service. Maintenant, c'est au tour de Tromsø de lui filer des coups de scalpel. »

Mathias souleva la toile. Harry aperçut le visage du cadavre. Le crâne était plaqué contre la peau, aplanissant les rides du vieux en un visage asexué, blanc comme un masque de plâtre. Harry savait d'où cela venait : le cadavre avait été fixé, c'est-à-dire que les vaisseaux avaient été remplis d'un mélange de formol, de glycérol et d'alcool visant à ce que le cadavre ne se décompose pas de l'intérieur. À l'oreille, on lui avait agrafé une petite plaque ronde frappée d'un nombre à trois chiffres. Mathias regarda le taxidermiste pousser Kjeldsen vers la porte du garage. Puis il parut se réveiller.

« Désolé. Kjeldsen était avec nous depuis très longtemps. Il était professeur à l'Institut d'anatomie quand le service se trouvait encore en ville. Un anatomiste époustouflant. Aux muscles très bien définis. Il va nous manquer.

« — Nous n'allons pas te retenir longtemps, le rassura Harry. Nous nous demandions si tu pouvais nous renseigner sur les relations qu'entretient Idar avec ses patientes. Et leurs enfants. »

Mathias leva la tête et regarda alternativement Harry et Katrine, l'air surpris.

« Me demandes-tu ce que je crois que tu me demandes ? »

Harry acquiesça.

Mathias déverrouilla une autre porte. Ils entrèrent dans une pièce équipée de huit paillasses métalliques, et d'un tableau à une extrémité. Les paillasses étaient pourvues de lampes et d'éviers. Sur chacune, on avait disposé quelque chose d'oblong empaqueté dans des serviettes blanches. D'après la forme et les dimensions, Harry supposa que le sujet du jour se trouvait quelque part entre la hanche et la plante de pied. Il flottait une légère odeur de chlorure de chaux, mais pas aussi prononcée que celle qui régnait habituellement dans ce genre d'endroit. Mathias se laissa tomber dans l'un des fauteuils, et Harry s'assit sur le bord de l'estrade. Katrine alla à l'une des tables regarder trois cerveaux, dont il était impossible de dire s'ils étaient authentiques ou si c'étaient des moulages.

Mathias réfléchit longuement avant de répondre.

« Personnellement, je n'ai jamais rien remarqué, ni entendu personne insinuer qu'il puisse y avoir ce genre de choses entre Idar et certaines de ses patientes. »

Quelque chose dans la manière d'insister sur le mot « patientes » fit tiquer Harry.

« Et les non-patientes ?

— Je ne connais pas assez bien Idar pour pouvoir vous répondre. Mais assez pour vouloir m'en abstenir, de toute façon. » Il fit un sourire peu convaincu. « Si ça ne pose pas de problème ?

— Bien sûr que non. Je me posais une autre question. Le syndrome de Fahr, ça te dit quelque chose ?

— De façon superficielle seulement. Une maladie épouvantable. Et malheureusement fortement héréditaire.

— Tu connais des spécialistes norvégiens de cette maladie ? »

Mathias réfléchit. « Personne dont le nom me vienne à l'esprit sur l'instant. »

Harry se gratta la nuque. « Bon, merci pour ton aide, Mathias.

— Oh, ce n'était pas grand-chose. Si tu veux en savoir davantage sur le syndrome de Fahr, appelle-moi ce soir, j'aurai quelques livres à portée de main. »

Harry se leva. Rejoignit Katrine, qui avait soulevé le couvercle de l'une des quatre grandes caisses métalliques près du mur, et regarda par-dessus son épaule. Il sentit sa langue le picoter, et tout le système réagit. Pas aux morceaux de corps immergés dans l'alcool limpide, semblables à des pièces de viande chez un équarrisseur. Mais à l'odeur de l'alcool. Quarante pour cent.

« Ils commencent à peu près entiers, précisa Matthias. Et puis on les découpe au fur et à mesure de nos besoins. »

Harry regarda le visage de Katrine. Qui paraissait tout à fait imperturbable. La porte derrière eux s'ouvrit et se referma. Les premiers étudiants entrèrent et commencèrent à revêtir blouses bleues et gants de latex.

Mathias les raccompagna au garage. Près de la porte, il attrapa délicatement Harry par le bras et le retint.

« Juste une petite chose que je devais te signaler, Harry. Ou ne pas mentionner. Je ne sais pas trop.

— Vas-y, l'incita Harry en se disant que ça y était, il avait compris cette histoire de Rakel.

— Je suis face à un petit dilemme moral, ici. À propos d'Idar.

— Oui ? » Harry constata avec surprise qu'il était plus déçu que soulagé.

« Cela ne veut sans doute rien dire, mais j'ai fini par penser que ce n'est sans doute pas à moi d'en décider. Et qu'on ne peut pas laisser la loyauté primer sur une affaire aussi horrible. Quoi qu'il en soit... L'année dernière, pendant que je faisais une de mes gardes, un collègue qui connaît aussi Idar et moi sommes passés au Post-

191

kafeen pour y prendre le petit déjeuner. C'est un endroit qui ouvre tôt et où l'on sert de la bière. Beaucoup de lève-tôt assoiffés s'y retrouvent. Avec d'autres pauvres diables.

— Je connais l'endroit.

— À notre grande surprise, Idar était là. Il était attablé avec un gamin sale, qui mangeait de la soupe. Quand Idar nous a remarqués, il a fait un bond de sa table et a trouvé je ne sais plus quelle excuse pour justifier sa présence. Je n'y ai plus pensé. C'est-à-dire, je ne croyais pas y avoir pensé depuis. Jusqu'à tout à l'heure. Et je me suis rappelé ce que je m'étais dit à l'époque. Que peut-être... oui, tu comprends.

— Je comprends », acquiesça Harry. Avant d'ajouter, en voyant l'expression tourmentée de son interlocuteur : « Tu as fait ce qu'il fallait.

— Merci, répondit Mathias avec un sourire. Mais je me fais l'effet d'un Judas. »

Harry essaya de trouver une réplique intelligente, mais tout ce qu'il parvint à faire fut de tendre la main et bougonner un « merci pour ton aide ». Il frissonna en serrant la main froide de Mathias dans son gant en plastique.

Judas. Le baiser de Judas. Ils descendaient Slemdalsveien, et Harry pensait à la langue affamée de Rakel dans sa bouche, à ses soupirs doux et à ses gémissements sonores, à la douleur dans son propre bassin qui cognait et cognait contre celui de Rakel, aux cris de frustration de la femme lorsqu'il s'était brusquement arrêté parce qu'il voulait que cela dure plus longtemps. Car elle n'était pas là pour que cela dure longtemps. Elle était venue exorciser des démons, se laver le corps de telle sorte qu'elle puisse rentrer chez elle se nettoyer l'âme. Et la maison. Le plus tôt serait le mieux.

« Compose le numéro de la clinique », demanda Harry.

Il entendit les doigts rapides de Katrine, et de petits bips. Puis elle lui tendit le téléphone mobile.

192

Borghild répondit avec un mélange savamment étudié de suavité et d'efficacité.

« Ici Harry Hole. Dites-moi, qui devrais-je consulter si j'avais le syndrome de Fahr ? »

Pause.

« Ça dépend, répondit une Borghild hésitante.

— De quoi ?

— Du syndrome qu'a votre père, sûrement.

— D'accord. Est-ce qu'Idar Vetlesen est là ?

— Il a terminé pour aujourd'hui.

— Déjà ?

— Ils jouent au curling. Réessayez un autre jour. »

Elle semblait impatiente, Harry supposa qu'elle se préparait à partir à son tour pour le week-end.

« Le club de curling de Bygdøy ?

— Non, le privé. Celui qui est en dessous de Gimle.

— Merci. Bon week-end. »

Harry rendit le téléphone à Katrine.

« On le coffre, décida-t-il.

— Qui ?

— Le spécialiste dont l'assistante n'a jamais entendu parler de la maladie dont il est spécialiste. »

À force de questions, ils trouvèrent la Villa Grande, une propriété somptueuse qui avait appartenu pendant la Seconde Guerre mondiale à un Norvégien dont le nom, contrairement à celui du navigateur sur un bateau de roseaux et à celui de l'explorateur polaire, était bien connu hors des frontières norvégiennes également : Quisling, le traître à la patrie.

Au pied du talus, du côté sud de la propriété, on trouvait une maison de bois allongée aux allures de baraquement militaire. Sitôt que vous aviez passé la porte dans l'entrée à l'extrémité du bâtiment, vous sentiez le froid vous assaillir. Et après la porte suivante, la température chutait encore un peu.

À l'intérieur, quatre hommes occupaient la piste de glace. Leurs cris résonnaient entre les parois de bois, et aucun ne remarqua que Harry et Katrine entraient. Ils criaient à l'attention d'une pierre bien polie qui glissait sur la piste. Les vingt kilos de granit, du type *ailsite*, de l'île écossaise d'Aisle Craig, s'arrêtèrent contre une garde de trois autres pierres en bordure de deux cercles dessinés au bout de la piste. Les hommes parcoururent celle-ci en glissant, en équilibre sur un pied, se propulsant de l'autre, tout en discutant, en s'appuyant sur leurs balais et en préparant la place pour une nouvelle pierre.

« Sport de snobs, chuchota Katrine. Regarde ces gars-là. »

Harry ne répondit pas. Il aimait bien le curling. L'aspect méditatif que procure la vision de la course lente de la pierre qui se meut dans un univers en apparence privé de frictions, comme l'un des vaisseaux spatiaux de l'*Odyssée* de Kubrick, accompagnée non pas de Johann Strauss, mais du grondement doux de la pierre et du grincement frénétique des balais.

Les hommes les avaient vus. Et Harry repéra deux visages connus à travers différents médias. L'un d'eux était Arve Støp.

Idar Vetlesen vint vers eux en glissant.

« Venu jouer, Hole ? »

Il le cria de loin, comme si c'était destiné aux autres hommes, pas à Harry. Et la question fut suivie de rires en apparence joviaux. Mais les muscles qui se dessinaient sous la peau de sa mâchoire trahirent le médecin. Il s'arrêta devant eux, sous un nuage de vapeur qui s'échappait de sa bouche.

« Le jeu est terminé, répondit Harry.

— Je ne crois pas », répliqua Idar avec un sourire.

Harry sentait déjà le froid de la glace grimper à travers la semelle de ses bottillons et se propager dans ses jambes.

« Nous aimerions que vous nous accompagniez à l'hôtel de police, expliqua Harry. Maintenant. »

Le sourire d'Idar Vetlesen s'évapora. « Pourquoi ?

— Parce que vous nous mentez. Entre autres, vous n'êtes pas spécialiste du syndrome de Fahr.

— Qui a dit ça ? » voulut savoir Idar en jetant un coup d'œil aux autres joueurs, pour s'assurer qu'ils étaient trop loin pour les entendre.

« Votre assistante : elle n'a même pas entendu parler de la maladie.

— Écoutez », commença Idar, en laissant percer dans sa voix l'accent du désespoir. « Vous ne pouvez pas venir me chercher comme ça. Pas ici, pas devant…

— Vos clients ? » s'enquit Harry en regardant par-dessus l'épaule d'Idar, les yeux plissés. Il voyait Arve Støp chasser la glace du dessous d'une pierre, tout en examinant Katrine.

« Je ne sais pas ce que vous voulez, fit Idar dans le lointain. Je suis disposé à coopérer, mais pas si vous avez décidé de m'humilier et me détruire. Ce sont mes meilleurs amis.

— On continue, Vetlesen… », lança une voix profonde de baryton. C'était Arve Støp.

Harry regarda le chirurgien. Se demanda ce qu'il entendait par « meilleurs amis ». Et se dit que s'il y avait ne serait-ce qu'une infime chance d'obtenir une contrepartie en répondant à la promesse de Vetlesen, cela valait le coup.

« OK, trancha Harry. On s'en va. Mais vous serez à l'hôtel de police de Grønland dans exactement une heure. Sinon, nous venons vous chercher avec les sirènes et toute la fanfare. Et elle s'entend de loin à Bygdøy, non ? »

Vetlesen hocha la tête et, pendant un instant, parut vouloir rire, comme par une vieille habitude.

Oleg referma la porte avec fracas, envoya promener ses bottes et monta en courant l'escalier du premier. Un parfum frais de citron et de savon flottait dans toute la maison. Il entra en trombe dans sa chambre, et les tubes métalliques suspendus au plafond jouèrent une puissante mélodie terrorisée tandis qu'il retirait son jean pour le troquer contre un pantalon de survêtement. Il ressortit au pas de course, mais au moment où il posait la main sur la rampe pour dévaler l'escalier en deux grands bonds, il entendit son nom par la porte ouverte de la chambre de sa mère.

Il entra et trouva Rakel à genoux devant le lit, maniant un balai-brosse dessous.

« Je croyais que tu faisais le ménage le week-end ?

— Oui, mais pas assez à fond, répondit sa mère avant de se passer une main sur le front. Où vas-tu ?

— Au terrain de sport, faire du patin. Karsten attend sur la route. Je rentre pour le dîner. »

Il prit appui sur la barre de seuil et s'élança vers l'escalier en glissant sur le parquet, jambes fléchies, comme le lui avait appris Erik V., l'un des patineurs vétérans de Valle Hovin.

« Attends un peu, jeune homme. À propos de patins... »

Oleg s'arrêta. Oh non, songea-t-il. Elle a trouvé les patins.

Elle se planta dans l'encadrement de la porte, pencha la tête de côté et le regarda. « Et les devoirs ?

— Pas beaucoup, répondit-il avec un sourire, soulagé. Je m'en occuperai après le dîner. »

Il la vit hésiter et ajouta : « Ce que tu es jolie dans cette robe, maman... »

Elle se regarda, dans la vieille robe bleu ciel à fleurs blanches. Et malgré le regard d'avertissement qu'elle lui lança, un sourire jouait aux commissures de ses lèvres.

« Gaffe, Oleg ; j'ai cru entendre ton père.

— Ah ? Je croyais qu'il ne parlait que russe. »

Il n'avait pas voulu faire de commentaire particulier, mais il se produisit quelque chose chez sa mère, comme si une onde de choc la traversait.

« Je peux y aller ? » demanda-t-il en piétinant nerveusement.

« "Oui, tu peux y aller" ? » La voix de Katrine Bratt claquait entre les murs de brique de la salle de musculation, au sous-sol de l'hôtel de police. « Tu as vraiment dit ça ? Qu'Idar Vetlesen pouvait y aller ? »

Harry leva les yeux sur le visage de Katrine, penché sur le banc de musculation sur lequel il était étendu. Le plafonnier lui faisait une auréole jaune autour de la tête. Il soufflait lourdement, à cause de la barre d'acier posée en travers de sa poitrine. Il s'apprêtait à s'attaquer à quatre-vingt-quinze kilos en développé-couché et venait de soulever la barre de son support quand Katrine était entrée au pas de charge et avait envoyé sa tentative par le fond.

« Pas le choix », répondit Harry en parvenant à repousser la barre un peu plus haut, pour la faire reposer sur le sternum. « Il était avec son avocat. Johan Krohn.

— Et alors ?

— Bon. Krohn a commencé par me demander quel genre de méthodes nous utilisions pour faire pression sur son client, par dire que la prostitution est légale en Norvège, et que nos méthodes pour pousser un médecin respecté à rompre le secret médical feraient les gros titres des journaux.

— Mais bon sang de bonsoir ! cria Katrine d'une voix tremblante de fureur. Il s'agit d'une enquête criminelle ! »

Harry ne l'avait encore jamais vue perdre ainsi son self-control, et il répondit de sa voix la plus douce :

« Écoute, nous ne pouvons pas relier le meurtre à la maladie des enfants des victimes, ni même rendre vraisemblable quelque lien que ce soit. Ça, Krohn le sait. À partir de ce moment-là, je ne peux pas les retenir.

— Non, tout ce que tu peux faire, c'est... t'allonger là et... ne rien faire ! »

Harry sentit la douleur dans son sternum et pensa que sur ce point précis, elle avait raison.

197

Elle se plaqua les deux mains sur le visage.

« Je... je... suis désolée. Je croyais juste que... Ç'a été une drôle de journée.

— Bon, gémit Harry. Tu peux m'aider avec cette barre, je ne vais pas tarder à...

— Un autre bout ! s'exclama-t-elle en ôtant les mains de son visage. On doit commencer par un autre bout. Par Bergen !

— Non, murmura Harry avec le peu d'air qui lui restait dans les poumons. Bergen ne doit pas être considéré comme un bout. Tu peux... »

Il la regarda. Vit ses yeux sombres s'emplir de larmes.

« Les règles », murmura-t-elle. Avant de sourire. Avec une soudaineté telle que ce fut comme si une autre personne se trouvait tout à coup à côté de lui, avec un éclat particulier dans le regard et une voix sous totale maîtrise : « Et tu peux crever. »

Stupéfait, il entendit ses pas s'éloigner, son propre squelette craquer, et des points rouges se mirent à danser devant ses yeux. Il jura, serra les mains autour de la barre d'acier et poussa dans un rugissement. La barre ne bougea pas d'un pouce.

Elle avait raison, il pouvait effectivement crever de la sorte. Il pouvait choisir. Comique, mais vrai.

Il se tortilla, fit basculer la barre sur le côté jusqu'à ce qu'il entende les poids glisser et atteindre le sol dans un bruit assourdissant. La barre dégringola de l'autre côté. Il s'assit et regarda les poids rouler à travers la pièce, sans rime ni raison.

Harry se doucha, se changea et prit les escaliers jusqu'au cinquième. Se laissa tomber dans son fauteuil de bureau, sentant toute la douleur douce dans ses muscles lui faire savoir qu'il aurait des courbatures le lendemain.

Il consulta son répondeur, où Bjørn Holm avait laissé un message demandant de rappeler « asap[1] ».

1. Du sigle anglais ASAP : *as soon as possible*, dès que possible.

Quand Holm décrocha son combiné, des sanglots déchirants accompagnés des notes soyeuses d'une *pedal steel* se firent entendre.

« Qu'est-ce que c'est ? voulut savoir Harry.

— Dwight Yoakam, répondit Holm en baissant la musique. Sacrément sexy, hein ?

— Non, je veux dire : c'est à quel sujet ?

— On a reçu les résultats concernant la lettre du Bonhomme de neige.

— Et ?

— Rien de particulier en ce qui concerne l'impression. Imprimante laser standard. »

Harry attendit. Il savait que Holm avait quelque chose.

« Ce qu'il y a de spécial, c'est le papier utilisé. Personne du labo n'avait jamais vu ça, c'est pour cela que ça a pris du temps. Il est fait de mitsumata, une variété japonaise de fibre végétale qui ressemble au papyrus. Tu peux certainement reconnaître le mitsumata à son odeur. On utilise son écorce pour fabriquer du papier, et ce type de papier est on ne peut plus élégant. On appelle ça du Kono.

— Kono ?

— Il faut aller dans des magasins spéciaux pour en acheter, le genre d'endroit qui vend des stylos plume à dix mille couronnes, de l'encre spéciale et des blocs-notes à reliure de cuir. Tu sais...

— En fait, non.

— Moi non plus, reconnut Holm. Mais en tout cas, il n'y a qu'une seule boutique à Oslo qui vende du papier à lettres Kono. Worse, dans Gamle Drammensveien. Je les ai eus, et ils m'ont dit que ça devenait rare qu'ils vendent ce genre de choses, alors peu de chances qu'ils repassent commande. Les gens n'ont plus le même sens de la qualité que par le passé, prétendaient-ils.

— Est-ce que ça veut dire... ?

— Ça veut malheureusement dire qu'ils ne se souvenaient pas de la dernière personne à qui ils avaient vendu des feuilles de Kono.

— Mmm. Et c'est donc l'unique détaillant ?

— Oui. Il y en avait un, un seul, à Bergen, mais ils ont cessé d'en vendre il y a plusieurs années. »

Holm attendit une réponse – ou, plus exactement, une question – tandis que Dwight Yoakam yodlait à volume modéré sur l'élu de son cœur qui était dans la tombe. Mais aucune ne vint.

« Harry ?

— Oui. Je réfléchis.

— Super ! » s'exclama Holm.

C'était cet humour lent de l'intérieur des terres qui pouvait faire pouffer Harry longtemps après, et même à ce moment-là, sans qu'il sache pourquoi. Mais pas maintenant. Harry s'éclaircit la voix :

« Je me dis que c'est foutrement bizarre de remettre une feuille de papier à lettres comme celle-là à un enquêteur si la dernière chose que tu veux, c'est qu'elle permette de remonter jusqu'à toi. Il ne faut pas avoir vu beaucoup de séries policières à la télé pour savoir qu'on va faire des recherches.

— Il ne savait peut-être pas que c'était rare ? suggéra Holm. Ce n'est peut-être pas lui qui l'a acheté ?

— C'est une possibilité, évidemment, mais quelque chose me dit que le Bonhomme de neige ne ferait pas une bévue comme ça.

— Mais c'est ce qu'il a fait.

— Je veux dire que je ne crois pas que ce soit une boulette.

— Tu veux dire…

— Oui, je veux dire qu'il voulait que nous le découvrions.

— Et pourquoi ?

— Comme d'habitude. Le meurtrier en série est un narcissique qui met en scène une pièce dans laquelle il tient le rôle principal : l'invincible, le plus puissant, celui qui triomphe à la fin.

— Triomphe de qui ?

— Eh bien, commença Harry pour la première fois à voix haute, au risque de paraître à mon tour narcissique : moi.

— Toi ? Pourquoi ça ?

— Je n'en ai aucune idée. Peut-être parce qu'il sait que je suis le seul policier de Norvège à avoir chopé un meurtrier en série, qu'il me considère comme un défi. La lettre va dans ce sens, il fait référence à Toowoomba. Je ne sais pas, Holm. Au fait, tu as le nom de ce magasin à Bergen ? »

« Flæsk ! »

Le mot fut prononcé avec l'intonation et la dignité berguénoises. C'est-à-dire avec un *l* classique, un *æ* long brisé en son milieu et un *s* discret. L'homme qui prononçait volontairement son nom comme la partie la plus infâme de la physionomie humaine – Peter Flesch – avait le souffle court, une voix de stentor et un abord facile. Il ne se fit pas prier pour raconter qu'il vendait toutes sortes d'antiquités du moment que c'étaient de petites choses, mais qu'il s'était spécialisé dans les pipes, briquets, pochettes en cuir et accessoires d'écriture. Du neuf comme de l'occasion. La plupart de ses clients étaient réguliers, et leur âge moyen frisait le sien.

Aux questions de Harry concernant le papier à lettres Kono, il répondit sur un ton d'excuse qu'il n'en vendait plus. Oui, cela faisait plusieurs années qu'il n'en avait pas eu en stock.

« C'est sans doute beaucoup demander, mais puisque vous avez surtout des clients réguliers : avez-vous gardé le souvenir de quelques-uns de ces clients qui vous achetaient ce papier à lettres ?

— De certains, oui. Møller. Et Kikkus, à Mølláren. On n'a pas de liste exhaustive, mais ma femme a une bonne mémoire.

— Vous pourriez peut-être noter les nom, âge approximatif et adresse de ceux dont vous vous souvenez, et m'envoyer un mail... »

Un claquement de langue interrompit Harry.

« On n'a pas de mail. Donnez-moi plutôt un numéro de fax. »

Harry récita celui de l'hôtel de police. Il hésita. C'était une simple intuition. Mais il y avait toujours une raison à ça.

« Vous n'auriez pas eu, par hasard, un client, il y a quelques années ? reprit Harry. Un certain Rafto ?

— Le Rafto de fer ? demanda Peter Flesch en riant.

— Vous avez entendu parler de lui ?

— Toute la ville savait qui était Rafto. Non, il n'était pas client chez nous. »

Le capitaine de police Bjarne Møller disait souvent que pour isoler la seule possibilité, il faut éliminer toutes les impossibilités. Et par conséquent, un enquêteur ne doit pas se désespérer, mais s'estimer heureux chaque fois qu'il peut biffer une piste qui ne mène pas à la solution. De plus, cela n'avait été qu'une intuition.

« Bien, merci, en tout cas, conclut Harry. Bonne journée.

— Il n'était pas client, répondit Flesch. C'est moi, qui l'étais.

— Ah ?

— Oui. Il venait avec des babioles. Des briquets en argent usagés, des stylos en or. Des choses comme ça. Il m'arrivait de lui en acheter. Oh, c'était avant que je sache d'où elles venaient...

— Et d'où venaient-elles ?

— Vous n'êtes pas au courant ? Il volait sur les lieux de crime.

— Mais il n'a jamais rien acheté ?

— Rafto n'avait pas l'utilité de ce que nous vendions.

— Mais du papier ? Tout le monde se sert de papier ?

— Mouais... Un instant, je vais demander à la patronne. »

Une main atterrit sur le combiné, mais Harry put entendre des cris suivis d'une conversation sur un ton un peu plus modéré. La main disparut, et Flesch proclama à son de trompe, dans un berguénois triomphant :

« Elle dit que Rafto a acheté ce qui restait de papier quand on a cessé d'en vendre. En échange d'un porte-stylo hollandais en argent hors d'usage, à ce qu'elle dit. Satanée mémoire, ces bonnes femmes. »

Harry raccrocha et comprit qu'il allait à Bergen. Qu'il retournait à Bergen.

À neuf heures du soir, il y avait toujours de la lumière au premier étage du numéro 6 dans Brynsalléen, à Oslo. De l'extérieur, le bâtiment de six étages ressemblait à n'importe quel complexe commercial, avec sa façade moderne en brique rouge et acier gris. Et à l'intérieur aussi, pour ainsi dire, puisque la plupart des employés, plus de quatre cents, avaient travaillé comme ingénieurs, spécialistes en technologies de l'information et de la communication, sociologues, assistants de laboratoire, photographes, etc. Mais ce n'en était pas moins l'« unité centrale de lutte contre la criminalité organisée et la grande criminalité », communément appelée par son ancien nom Centrale de police criminelle, ou encore le KRIPOS.

Il était neuf heures du soir, et Espen Lepsvik venait de congédier ses hommes après un briefing sur l'enquête criminelle. Il ne restait qu'une personne dans la salle de réunion.

« Ça ne fait pas lourd, constata Harry Hole.

— Jolie périphrase pour "rien", commenta Espen Lepsvik en se massant les paupières avec le pouce et l'index. On va se boire une bière pendant que tu me racontes ce que vous avez déniché ? »

Harry raconta tandis qu'Espen Lepsvik les ramenait en centre-ville et au Justisen, qui se trouvait sur le chemin du retour de l'un comme de l'autre. Quand Harry eut fini, ils occupaient la table la plus reculée de ce débit de boissons décati où traînait un peu de tout, depuis des étudiants assoiffés de bière jusqu'à des avocats et des politiques encore plus assoiffés.

« J'envisage d'emmener Katrine Bratt à Bergen, plutôt que Skarre, déclara Harry en buvant une gorgée de sa bouteille d'eau gazeuse. J'ai jeté un œil à ses papiers d'embauche juste avant de monter vous voir. Elle est assez nouvelle, mais j'ai pu lire qu'elle avait bossé sur deux enquêtes de meurtres à Bergen dont il me semble que tu les as dirigées.

— Bratt, oui, je me souviens d'elle, répondit Espen Lepsvik avec un grand sourire, en levant un index en direction du bar pour obtenir une autre bière.

— Content d'elle ?

— Sacrément content. Sacrément… douée. » Lepsvik fit un clin d'œil à Harry, qui vit que l'autre avait déjà le regard voilé d'un homme fatigué ayant éclusé trois bières. « Si nous n'avions pas été mariés chacun de notre côté, j'ai bien l'impression que j'aurais tenté ma chance, tiens. »

Il vida le reste de sa bière.

« Je me demandais plutôt si elle te paraissait stable, reprit Harry.

— Stable ?

— Oui. Elle a quelque chose… je ne sais pas trop comment l'expliquer. Quelque chose d'extrême.

— Je vois ce que tu veux dire, répondit Espen Lepsvik en hochant lentement la tête, tandis que son regard cherchait une prise sur le visage de Harry. Son casier judiciaire est impeccable. Mais entre nous, j'ai entendu un des gars, là-bas, dire des choses sur elle et son mari. »

Lepsvik chercha un encouragement sur le visage de Harry, n'en trouva pas, mais poursuivit néanmoins :

« Du… tu sais… de la cire et du cuir. Sado-maso. Ils fréquentaient sans doute des clubs comme ça. Un peu pervers sur les bords.

— Ça ne me regarde pas.

— Non, non, moi non plus ! s'écria Lepsvik avec un large geste défensif des deux bras. Ce n'est qu'une rumeur. Et tu sais quoi ? » Lepsvik gloussa, se pencha par-dessus la table, de telle sorte que Harry sentit son haleine chargée de bière. « Elle aurait pu me passer un collier sans problème. »

Harry comprit que son regard avait dû exprimer quelque chose, car Lepsvik sembla soudain regretter sa franchise, et effectua une retraite rapide vers sa moitié de table. Avant de continuer dans un registre plus sérieux :

« Une nana pro. Intelligente. Intense, qui s'implique. Elle a peut-être un peu insisté pour que je l'aide sur quelques affaires classées, je me souviens. Mais loin d'être instable, bien au contraire. Plutôt un peu fermée et bizarre. Mais elle n'est pas la seule. Oui, en réalité, je crois que vous pouvez former une équipe parfaite. »

Harry sourit du sarcasme et se leva.

« Merci du tuyau, Lepsvik.

— Et si tu m'en filais un en échange ? Est-ce que toi et elle avez... quelque chose sur le feu ?

— Mon tuyau, répondit Harry en flanquant un billet de cent sur la table, c'est de laisser ta voiture là où elle est. »

CHAPITRE 14

Jour 9. Bergen

À huit heures vingt-six précises, les roues du vol DY604 en provenance d'Oslo touchèrent l'asphalte mouillé de l'aéroport de Flesland. Et le touchèrent avec suffisamment de force pour que Harry soit tout à coup parfaitement réveillé.

« Bien dormi ? » voulut savoir Katrine.

Harry hocha la tête, se frotta les yeux et regarda l'aube lourde de pluie au-dehors.

« Tu as parlé dans ton sommeil, sourit-elle.

— Mmm. »

Harry ne voulut pas demander de quoi. Au lieu de cela, il fit un rapide récapitulatif de ce dont il avait rêvé. Pas de Rakel. Il n'avait pas rêvé d'elle la nuit précédente non plus. Il l'avait chassée. Ils l'avaient chassée, ensemble. Mais il avait rêvé de Bjarne Møller, son supérieur et mentor, qui s'était enfoncé dans les hauts plateaux berguénois, et avait été retrouvé deux semaines plus tard à Revutjernet. C'était une décision que Møller avait prise parce qu'à l'instar de Zénon et son gros orteil souffrant, il estimait que la vie n'était plus vivable. Gert Rafto en était-il arrivé à la même conclusion ? Ou bien était-il vraiment dans le coin, quelque part ?

« J'ai appelé l'ex-femme de Rafto, expliqua Katrine en traversant le hall des arrivées. Ni elle ni sa fille ne veulent plus parler à la police, elles ne veulent plus remuer ce qui fait mal. Et c'est tout aussi bien, les rapports de l'époque sont plus que satisfaisants. »

Ils prirent place à bord d'un taxi devant le terminal.

« Agréable d'être à la maison ? » s'enquit Harry à voix haute pour couvrir le tambourinement de la pluie et le clapotis rythmique des essuie-glaces.

Katrine haussa les épaules en un geste d'indifférence.

« J'ai toujours détesté la pluie. Et je détestais les Berguénois qui prétendaient qu'il ne pleut pas autant ici que les Norvégiens de l'Est le voudraient. »

Ils franchirent Danmarksplass, et Harry leva les yeux vers le sommet d'Ulriken. Il était couvert de neige, et il vit que les télécabines étaient en service. Ils traversèrent ensuite le nœud d'accès et de sorties au niveau du Store Lungegårdsvann, avant d'arriver dans le centre, une éternelle surprise positive pour les visiteurs après un parcours d'arrivée sinistre.

Ils s'enregistrèrent à l'hôtel SAS de Bryggen. Harry s'était demandé si elle dormirait chez ses parents, mais Katrine avait répondu qu'une seule nuit sur place ne mènerait qu'à un maximum de stress, qu'ils se donneraient bien trop de mal et qu'en fait, elle n'avait même pas prévenu de sa présence.

Ils obtinrent les cartes de leurs chambres, et dans l'ascenseur, ils se turent. Katrine regarda Harry en souriant, comme si le silence dans les ascenseurs était une blague cachée. Harry baissa les yeux, espérant que son corps n'enverrait pas de faux signaux. Ni de vrais.

Les portes s'ouvrirent enfin, et les hanches de la jeune femme le précédèrent dans le couloir.

« Dans cinq minutes à l'accueil », lâcha Harry.

« Quel est l'emploi du temps ? » demanda-t-il lorsqu'ils se retrouvèrent dans le hall, six minutes plus tard.

Katrine se pencha en avant dans son fauteuil profond et tourna quelques pages de son agenda relié cuir. Elle s'était changée et avait revêtu un élégant costume gris, qui la faisait se fondre dans cette clientèle d'hommes d'affaires.

« Tu rencontres Knut Müller-Nilsen, le directeur de la Brigade criminelle et des disparitions, au commissariat.

— Tu ne m'accompagnes pas ?

— Il faudrait que je passe faire la bise et discuter avec tout le monde, et toute la journée y passerait. Au fond, ce serait aussi bien que tu ne parles pas du tout de moi, ça les contrarierait beaucoup de ne pas m'avoir vue. Je vais à Øyjordsveien pour m'entretenir avec le dernier témoin qui ait vu Rafto.

— Mmm. Et où était-ce ?

— À Verftet. Le témoin l'a vu garer sa voiture et entrer dans le parc Nordnes. Personne n'est jamais venu récupérer la voiture, et on a dragué dans le coin, sans résultat.

— Après cela, que fait-on ? »

Harry passa un pouce et un index le long de ses mâchoires, et songea qu'il aurait dû se raser avant cette visite extra-muros.

« Tu passes en revue les vieux rapports en compagnie des enquêteurs qui à l'époque travaillaient dessus et qui sont encore au commissariat. Tu rafraîchis les choses, tu essaies de les voir sous un autre angle.

— Non. »

Katrine leva les yeux de ses papiers.

« Les enquêteurs de l'époque ont conclu, et ne feront que défendre leurs conclusions, expliqua Harry. Je préfère lire les rapports à tête reposée, à Oslo. Et mettre à profit le temps que j'ai ici pour faire un peu plus ample connaissance avec Gert Rafto. Est-ce que ses affaires personnelles sont quelque part ? »

Katrine secoua la tête.

« Sa famille a légué tout ce qu'il possédait à l'Armée du Salut. Ce qui ne représentait certainement pas grand-chose. Quelques meubles et quelques vêtements.

— Un endroit où il aurait habité ou résidé ?

208

— Il habitait seul dans un appartement de Sandviken après son divorce, mais l'appartement a été vendu il y a longtemps.

— Mmm. Et pas de maison d'enfance, de maison de campagne ni de chalet qui soit toujours dans la famille ? »

Katrine hésita.

« Les rapports faisaient mention d'un petit chalet sur les terrains que la police possède sur Finnøy, à Fedje. Ces chalets se transmettent par héritage, dans ce genre de cas, alors il est bien possible qu'on puisse trouver quelque chose de ce côté-là. J'ai le numéro de la femme de Rafto, je vais l'appeler.

— Je croyais qu'elle ne parlait pas à la police. »

Katrine lui fit un clin d'œil rusé.

À la réception, Harry put emprunter un parapluie qui se retourna dans les bourrasques avant d'être arrivé à Fisketorget, et qui ressemblait à une chauve-souris massacrée au moment où il passa l'entrée du commissariat de police de Bergen, plié en deux, au pas de gymnastique.

Pendant que Harry attendait à l'accueil l'agent supérieur de police Knut Müller-Nilsen, Katrine l'appela et l'informa que la famille de Rafto disposait toujours de son chalet sur Finnøy :

« Mais sa femme n'y a pas mis les pieds depuis cette histoire. Sa fille non plus, d'après elle.

— On y va, décida Harry. Je m'arrange pour avoir terminé ici à une heure.

— OK, je trouverai un bateau. Retrouve-moi sur Zachariasbryggen. »

Knut Müller-Nilsen était un nounours débonnaire avec du sourire plein les yeux et des pattes larges comme des raquettes de tennis. Les piles de papiers étaient si hautes qu'il semblait enfoui derrière son bureau, les raquettes jointes derrière la tête.

« Rafto, oui », acquiesça Müller-Nilsen après avoir expliqué qu'il ne pleuvait pas autant à Bergen que les Norvégiens de l'Est le voudraient.

« On dirait que les policiers ont tendance à disparaître sous vos yeux, constata Harry en manipulant la photo de Gert Rafto qui allait avec les rapports posés sur ses genoux.

— Ah oui ? » Müller-Nilsen posa un regard interrogateur sur Harry, qui avait dégoté une chaise en bois rustique dans un coin de la pièce où il n'y avait pas de papiers.

« Bjarne Møller, répondit Harry.

— C'est ça, approuva Müller-Nilsen, mais l'incertitude de son ton le trahit.

— Celui qui a disparu sur Fløyen.

— Bien sûr ! » Müller-Nilsen se frappa le front. « Une histoire dramatique. Il a passé si peu de temps ici que j'ai à peine eu le temps de… Mais je suppose qu'il s'est perdu, n'est-ce pas ?

— C'est ce qu'il a fait », répondit Harry en regardant par la fenêtre et en pensant au chemin de Bjarne Møller, de l'idéalisme jusqu'à la corruption. Aux bonnes intentions. Aux faux pas tragiques. Dont d'autres n'entendraient jamais parler. « Qu'avez-vous à me dire sur Gert Rafto ? »

Mon sosie mental à Bergen, songea Harry après avoir obtenu la description de Müller-Nilsen : rapport malsain à l'alcool, tempérament difficile, loup solitaire, peu fiable, d'une morale douteuse et au comportement loin d'être impeccable.

« Mais il avait des facultés d'intuition et d'analyse remarquables, précisa Müller-Nilsen. Et une volonté de fer. Il était comme animé par… quelque chose, je ne sais pas comment l'exprimer exactement. Rafto était un extrémiste. Oui, cela va sans dire, quand on sait ce qui est arrivé.

— Et qu'est-ce qui est arrivé ? s'enquit Harry en apercevant un cendrier au milieu des piles de documents.

— Rafto était violent. Et nous savons qu'il était dans l'appartement d'Onny Hetland juste avant la mort de cette dernière, et qu'elle avait sans doute des informations pouvant révéler qui avait assassiné Laila Aasen. En outre, il a disparu juste après. Il n'est pas tout à fait improbable qu'il se soit noyé. En tout cas, nous n'avons vu aucune raison de lancer une enquête à grande échelle.

— Il aurait pu s'enfuir à l'étranger ? »

Müller-Nilsen secoua la tête avec un sourire.

« Pourquoi pas ?

— Disons que, dans le cas présent, nous avions l'avantage de connaître particulièrement bien le suspect. Même si, en théorie, il lui aurait été possible de se tirer de Bergen, ce n'était pas le genre. Aussi simple que ça.

— Et aucun parent ou ami n'a donné signe de vie ? »

Müller-Nilsen secoua la tête.

« Ses parents ne sont plus vivants, et il n'avait pas beaucoup d'amis, Rafto. Il entretenait une relation suffisamment tendue avec son ex-femme pour savoir qu'il ne l'aurait certainement pas contactée de toute façon.

— Et sa fille ?

— Ils s'entendaient bien. Une chic fille, intelligente. Elle ne s'en est pas mal tirée, quand on pense au genre d'éducation qu'elle a eue. »

Harry nota ce « pas mal tirée » entendu, une tournure typique des petits commissariats où l'on s'attendrait à savoir presque tout de presque tout le monde.

« Rafto avait un chalet sur Finnøy ? relança Harry.

— Oui, et ça pourrait évidemment constituer un endroit naturel où s'enfuir. » Müller-Nilsen se passa l'une de ses énormes pattes sur la pomme d'Adam. « Nous avons soigneusement inspecté le chalet, fouillé l'île avec des chiens, et dragué. Rien.

— Je me disais que j'irais bien y jeter un coup d'œil.

— Pas grand-chose à y voir. Nous possédons le chalet pile en face de celui du Rafto de fer, et malheureusement, il est en complet délabrement. C'est une honte que sa femme ne s'en défasse pas, elle n'y va jamais. » Müller-Nilsen regarda rapidement sa montre.

« J'ai une réunion, mais l'un des inspecteurs principaux qui travaillaient à l'époque va parcourir les rapports avec vous.

— Pas besoin », déclina Harry en regardant la photo qu'il avait sur les genoux. Le visage lui paraissait soudain étrangement familier, comme s'il l'avait vu récemment. Chez une personne déguisée ? Quelqu'un qu'il n'avait fait qu'entrevoir ? Une personne tenant un rôle trivial, faisant qu'on ne la remarquait pas, l'un des préposés à la surveillance des parcmètres qui rôdaient dans Sofies gate, ou un vendeur du Vinmonopol ? Harry renonça.

« Pas Gert, alors ?

— Plaît-il ? réagit Müller-Nilsen.

— Vous dites "le Rafto de fer". Vous ne l'appeliez pas simplement Gert ? »

Mi-figue, mi-raisin, Müller-Nilsen regarda Harry, tenta un début de rire, mais se contenta d'un sourire en coin.

« Non, je ne crois pas que cela nous serait venu à l'idée.

— Bien. Merci de votre aide. »

En ressortant, Harry entendit Müller-Nilsen crier et se retourna. Le chef de service était à la porte de son bureau, au bout du couloir, et les mots vibrèrent en un écho bref entre les murs :

« Je ne crois pas que Rafto aurait apprécié. »

Harry s'arrêta devant le commissariat pour regarder les gens avancer à grand-peine à travers la pluie et le vent, le long des trottoirs, pliés en deux. La sensation ne passait pas. La sensation que quelque chose ou quelqu'un était là, à proximité, à l'intérieur, visible à condition qu'il regarde de la bonne façon, sous le bon éclairage.

Katrine ramassa Harry sur le quai, comme convenu.

« J'ai pu l'emprunter à un copain », expliqua-t-elle tandis qu'ils sortaient la vedette de vingt et un mètres de l'étroit chenal. Quand ils contournèrent Nordneset, un son fit se retourner Harry, et il aperçut un totem. Les visages de bois hurlaient de leurs bouches grandes ouvertes un cri rauque dans sa direction. Une bourrasque froide balaya le bateau.

« Ce sont les lions de mer, à l'aquarium », l'informa Katrine.

Harry serra davantage son manteau autour de lui.

Finnøy était une petite île. Hormis de la bruyère, ce petit morceau de terre fouetté par la pluie ne comptait aucune végétation, mais un quai où Katrine amarra habilement le bateau. Le lotissement se composait en tout de soixante unités de la taille de maisons de poupées, qui rappelèrent surtout à Harry les logements de mineurs qu'il avait vus à Soweto.

Katrine guida Harry sur le chemin de graviers entre les chalets avant de tourner devant l'un d'eux. Il se distinguait par sa peinture qui s'écaillait. L'une des vitres était fêlée. Katrine s'étira sur la pointe des pieds, saisit l'applique lumineuse au-dessus de la porte et la dévissa. Un raclement se fit entendre à l'intérieur lorsqu'elle retourna le globe, en faisant tomber un certain nombre d'insectes morts. Plus une clé, qu'elle attrapa au vol.

« Son ex-femme m'aimait bien », expliqua Katrine en introduisant la clé dans la serrure.

Les lieux sentaient la moisissure et le bois humide. Harry écarquilla les yeux dans la pénombre, entendit le déclic d'un interrupteur, et la lumière apparut.

« Alors comme ça, elle a toujours l'électricité, même si elle ne vient pas, constata-t-il.

— Électricité commune, répondit Katrine en jetant un lent coup d'œil circulaire. C'est la maison qui paie. »

Le chalet faisait environ vingt-cinq mètres carrés et se composait d'un salon-cuisine et d'une chambre à coucher. Des canettes de bière vides recouvraient le plan de travail de la cuisine et la table du salon. On n'avait rien suspendu aux murs, rien mis pour décorer les appuis de fenêtre, et il n'y avait pas de livres sur les étagères.

« Il y a une cave, aussi, l'informa Katrine en désignant une trappe au sol. Ça, c'est ton rayon. Que fait-on, maintenant ?

— On cherche.

— Quoi ?

— Pensons-y le moins possible.

— Pourquoi ça ?

— Parce qu'il est facile de négliger quelque chose d'important si tu cherches autre chose. Vide-toi le cerveau. Tu comprendras ce que tu cherches quand tu le verras.

— OK, répondit lentement Katrine.

— Tu cherches en haut », décida Harry avant de se rendre à la trappe et de tirer sur l'anneau de fer qui y était incrusté. Un étroit escalier de bois descendait dans l'obscurité. Il espéra qu'elle ne le voyait pas hésiter.

Des toiles d'araignées sèches et mortes se collèrent à son visage au moment où il pénétra dans les ténèbres humides qui sentaient la terre et les planches pourries. La cave entière était en sous-sol. Il trouva un interrupteur au pied des marches et l'actionna, mais sans résultat. La seule lumière, en bas, c'était l'œil rouge au sommet d'un congélateur contre le mur latéral. Il alluma sa lampe de poche, et le faisceau tomba sur une porte donnant sur un cagibi.

Les gonds hurlèrent quand il entra. C'était un atelier de menuisier, plein d'outils. Pour un homme ayant l'ambition de faire quelque chose d'utile, songea Harry. Pas seulement d'attraper des meurtriers.

Mais l'outillage ne paraissait pas avoir beaucoup servi, Rafto s'était peut-être senti plus apte à autre chose, moins fait pour être un bâtisseur qu'un nettoyeur. Un bruit subit fit faire à Harry une volte-face instantanée. Et il souffla en se rendant compte que c'était seulement le thermostat du congélateur qui venait de mettre le moteur en route. Harry alla vers le second réduit. Un tapis recouvrait ce qui s'y trouvait. Il le retira, et l'odeur d'humidité et de terre l'assaillit. Le faisceau de sa lampe éclaira un parasol pourri, une table en plastique, une pile de tiroirs en plastique, des sièges en plastique décolorés et un jeu de croquet. Il n'y avait rien d'autre dans la cave. Il entendait Katrine fourrager au-dessus, et il voulut fermer la porte. Mais l'un des tiroirs en plastique avait glissé dans l'entrebâillement de la porte au moment où il avait tiré sur le tapis. Il allait le ramener avec le pied lorsqu'il s'immobilisa pour le regarder. À la lueur de sa lampe, il vit les caractères en relief, sur le côté. Electrolux. Il alla au mur latéral où le moteur du congélateur ronronnait toujours. C'était un Electrolux. Il saisit la poignée et tira, mais la porte était bloquée. Il découvrit la serrure juste sous la poignée et comprit que l'armoire était purement et simplement verrouillée. Il alla chercher un pied-de-biche dans l'atelier de menuisier. Lorsqu'il revint, Katrine descendait.

« Rien là-haut, déclara-t-elle. Je crois qu'on n'a plus qu'à repartir. Que fais-tu ?

— Je viole la législation sur les perquisitions », répondit Harry, qui avait inséré le tranchant de son pied-de-biche dans la porte du congélateur, juste au-dessus de la serrure. Il pesa sur l'autre extrémité. Rien ne se produisit. Il modifia légèrement sa prise, posa un pied contre l'escalier et s'arc-bouta.

« Nom de... »

Avec un craquement sec, la porte s'ouvrit à la volée, et Harry partit à la renverse. Il entendit la lampe atteindre le sol de pierre et sentit le froid l'assaillir, comme le souffle d'un glacier. En entendant Katrine, il chercha sa lampe à tâtons derrière lui. C'était un son déchirant, un cri profond et rauque qui se transforma en sanglots aux allures de rire. Il y eut un silence de quelques secondes pendant qu'elle reprenait son souffle, et ce fut de nouveau là : le même cri, prolongé, comme la plainte rituelle et méthodique des femmes en couches. Mais à ce moment-là, Harry l'avait déjà vu, et compris pourquoi. Elle hurlait parce que, après douze années, le congélateur fonctionnait encore parfaitement, si bien que la lumière à l'intérieur s'était allumée et laissait voir quelque chose pressé à l'intérieur, les bras devant soi, les genoux pliés et la tête appuyée vers le haut contre l'intérieur du congélateur. Le corps

215

était couvert de cristaux de glace, comme une couche de moisissures blanches qui s'en serait repue, et la position torturée du corps était à l'unisson du cri de Katrine. Mais ce ne fut pas cela qui fit se retourner l'estomac de Harry. Tandis que la porte du congélateur cédait, le corps, qui avait vraisemblablement reposé contre celle-ci, était tombé en avant. Son front avait heurté le rebord et les cristaux avaient quitté le visage pour saupoudrer le sol. Voilà pourquoi Harry pouvait affirmer que c'était Gert Rafto qui leur souriait. La bouche avec laquelle il souriait n'était pas celle recousue avec un fil de chanvre grossier entrant et sortant en zigzag de ses lèvres. Ce sourire partait du menton et remontait sur les joues, dessiné avec une série de pointes noires que l'on avait dû enfoncer. Malgré tout, le plus évident, c'était le nez. Harry déglutit la bile qu'il avait dans la bouche, par pur défi. L'os nasal et le cartilage avaient dû être retirés en premier. Le froid avait ôté toute couleur à la carotte. Le bonhomme de neige était complet.

TROISIÈME PARTIE

CHAPITRE 15

Jour 9. Chiffre huit

Il était huit heures du soir, les gens qui descendaient Grønlands-leiret pouvaient pourtant voir que tout le cinquième étage de l'hôtel de police était allumé.

En K1, devant Harry, il y avait Holm et Skarre, Espen Lepsvik, le directeur de la Criminelle et Gunnar Hagen. Six heures et demie s'étaient écoulées depuis qu'ils avaient trouvé Gert Rafto à Finnøy, quatre depuis que Harry avait appelé de Bergen pour appeler à une réunion avant de partir pour l'aéroport.

Harry avait fait un compte rendu de la découverte du cadavre, et même le chef de la Crim avait eu un mouvement de recul sur son siège quand Harry lui avait montré les photos des lieux mailées par le commissariat de Bergen.

« Le rapport d'autopsie n'est pas encore terminé, déclara Harry. Mais la cause du décès est assez évidente. Une arme à feu dans la bouche et une balle à travers le palais et l'arrière de la tête. Ça s'est passé sur place, les mecs de Bergen ont trouvé la balle dans le mur de la cave.

— Du sang et de la matière cérébrale ? voulut savoir Skarre.

— Non, répondit Harry.

— Pas après autant d'années, détailla Lepsvik. Les rats, les insectes...

— Il aurait bien pu y avoir des restes de traces, objecta Harry. Mais j'ai discuté avec le légiste, et nous sommes d'accord. Rafto y a vraisemblablement mis du sien pour que ça ne soit pas trop malpropre.

— Hein ? réagit Skarre.

— Ouille », articula lentement Lepsvik.

La vérité sembla apparaître à Skarre, et son visage se chiffonna de répugnance :

« Oh, bordel…

— Excusez-moi, intervint Hagen. Quelqu'un pourrait-il m'expliquer de quoi vous parlez ?

— C'est quelque chose que nous rencontrons de temps en temps dans des cas de suicide, commença Harry. Le malheureux aspire l'air du canon avant de tirer. Le vide fait qu'il y a moins de… (il chercha le mot)… saletés. Ce qui s'est passé ici, c'est probablement qu'on a ordonné à Rafto d'aspirer l'air. »

Lepsvik secoua la tête :

« Et un policier comme Rafto devait savoir exactement pourquoi. »

Hagen pâlit.

« Mais comment… Au nom du ciel, comment peut-on obliger quelqu'un à aspirer…

— Il a peut-être pu choisir, répondit Harry. Il y a pire façon de mourir qu'une balle dans la gueule. » Un silence pesant s'installa. Et Harry le laissa planer quelques secondes avant de poursuivre :

« Jusqu'à présent, nous n'avons pas retrouvé les corps des victimes. Rafto aussi a été caché, mais il aurait été découvert assez rapidement si les proches n'avaient pas fui le chalet. Ce qui m'incite à croire que Rafto n'était pas inclus dans le projet du tueur.

— Tueur qui, à ton avis, est un tueur en série ? » Il n'y avait aucun défi dans la voix du chef de la Crim, rien que le désir d'obtenir une confirmation.

Harry acquiesça.

« Si ce n'est pas un élément de ce que tu appelles ce projet, quel a pu être le mobile, alors ?

— On n'en sait rien, mais quand un enquêteur se fait descendre, on peut légitimement penser qu'il constituait un danger pour l'assassin. »

Espen Lepsvik toussota.

« Il arrive que la façon dont les corps sont traités puisse nous renseigner sur le mobile. Dans le cas présent, par exemple, le nez a été troqué contre une carotte. Un long nez, donc.

— Est-ce qu'il se moque de nous ? voulut savoir Hagen.

— C'est peut-être un long nez pour représenter les fouineurs, suggéra prudemment Holm dans son dialecte typique.

— C'est ça ! s'exclama Hagen. Un avertissement pour dire aux autres de garder leurs distances. »

Le chef de la Crim baissa la tête et regarda Harry de biais.

« Et la bouche recousue ?

— La consigne de la fermer, répliqua Skarre avec assurance.

— Exactement ! réagit Hagen. Si Rafto était une pomme pourrie, lui et le meurtrier étaient sans doute de connivence d'une façon ou d'une autre, et Rafto a menacé de le dénoncer. »

Et tous de regarder Harry, qui n'avait fait aucun commentaire.

« Alors ? gronda le chef de la Crim.

— Vous pouvez avoir raison, évidemment, répondit Harry. Mais je crois que le seul message qu'il veut transmettre, c'est que le Bonhomme de neige est passé par là. Et qu'il aime bien faire des bonshommes de neige. Point barre. »

Les autres s'entre-regardèrent rapidement, mais personne ne protesta.

« On a un autre problème, poursuivit Harry. Le commissariat de Bergen a diffusé un communiqué de presse disant qu'une personne avait été retrouvée morte à Finnøy, c'est tout. Et j'ai demandé au commissariat d'être pour le moins discret sur d'autres détails, provisoirement, de sorte qu'on ait quelques jours à consacrer à la

221

recherche de pistes sans que le Bonhomme de neige sache que le cadavre a été retrouvé. Malheureusement, on doit se faire à l'idée que nous n'avons pas plus de deux jours devant nous. Aucun commissariat n'est hermétique *à ce point.*

— La presse aura le nom de Rafto demain matin, intervint Espen Lepsvik. Je connais les gens des Bergens Tidende et de BA.

— Faux, répondit-on derrière eux. Ils l'auront pour le dernier journal du soir sur TV2. Et non seulement le nom, mais aussi les détails concernant le lieu du crime et le lien avec le Bonhomme de neige. »

Ils se retournèrent. Katrine Bratt se tenait à la porte. Elle était encore pâle, mais malgré tout pas autant que quand Harry l'avait vue repartir en bateau de Finnøy tandis que lui restait sur place pour attendre la police.

« Alors, tu connais les gens de TV2 ? demanda Espen Lepsvik avec un sourire en coin.

— Non, répondit Katrine en s'asseyant. Je connais le commissariat de Bergen.

— Où étais-tu, Bratt ? » C'était Hagen qui posait la question. « Cela fait plusieurs heures qu'on te cherche. »

Katrine lança un coup d'œil à Harry, qui lui adressa un imperceptible hochement de tête avant de s'éclaircir la voix :

« Katrine a effectué deux ou trois petites tâches que je lui ai confiées.

— Il a fallu que ce soit important. Nous t'écoutons, Bratt.

— On n'a pas besoin d'entrer dans le détail là-dessus, répliqua Harry.

— Je suis juste curieux », insista Hagen.

« Foutu homme de guerre, songea Harry. Homme d'horaires, de rapports, tu ne peux pas lui ficher la paix ? Tu ne comprends pas que cette fille est encore sous le choc ? Même toi, tu as blêmi en voyant les photos. Elle a regagné ses pénates à toute vitesse, en plaquant tout. Et alors ? Elle est revenue, maintenant. Il vaudrait

222

mieux lui filer une tape sur l'épaule plutôt que de l'humilier devant ses collègues. »

Harry le dit à haute et intelligible voix en son for intérieur, en tentant de capturer le regard de Hagen et de le lui faire comprendre.

« Alors, Bratt ? insista Hagen.

— J'ai contrôlé quelques trucs, répondit Katrine en levant le menton.

— Bon. Comme quoi ?

— Comme le fait qu'Idar Vetlesen étudiait la médecine quand Laila Aasen et Onny Hetland ont été tuées, et quand Rafto a disparu.

— C'est important ? voulut savoir le chef de la Crim.

— Ça l'est. Parce que les études ont eu lieu à l'université de Bergen. »

Le silence s'abattit sur K1.

« Un étudiant en médecine ? » Le directeur de la Brigade criminelle regarda Harry.

« Pourquoi pas ? répondit ce dernier. Quelqu'un qui s'est ensuite lancé dans des opérations de chirurgie esthétique, qui dit aimer modeler les gens.

— J'ai vérifié les endroits où il a effectué des rotations et où il a bossé, continua Katrine. Ils ne correspondent pas aux endroits où ont disparu les femmes qui ont, d'après nous, été victimes du Bonhomme de neige. Mais en tant que jeune médecin, ça inspire toujours la confiance quand on voyage. Des conférences, des remplacements de courte durée.

— C'est vraiment dégueulasse que Krohn, l'avocat, ne nous laisse pas parler à ce type, observa Skarre.

— Oublie, répondit Harry. On va arrêter Vetlesen.

— Pour quelle raison ? voulut savoir Hagen. Pour avoir étudié à Bergen ?

— Pour avoir tenté d'obtenir des relations sexuelles avec des enfants, contre rémunération.

223

— Sur quelles bases ? s'enquit le chef de la Crim.

— Un témoin. Le propriétaire du Leon. Et nous avons des photos qui lient Vetlesen à cet endroit.

— Désolé de devoir le dire, intervint Espen Lepsvik, mais je connais vaguement ce gars du Leon, et il ne témoignera jamais. L'affaire ne tient pas, vous allez devoir relâcher Vetlesen dans les vingt-quatre heures, vous pouvez me croire.

— Ça, je sais. »

Harry regarda l'heure. Il calcula combien de temps il lui faudrait pour se rendre à Bygdøy.

« Et c'est incroyable tout ce que les gens peuvent trouver à raconter dans ce laps de temps. »

Harry pressa de nouveau la sonnette, et songea que c'était comme durant son enfance, pendant les grandes vacances, quand tout le monde était parti et qu'il était le seul gamin resté à Oppsal. Quand il allait sonner chez Øystein ou l'un des autres, en espérant que l'un d'entre eux serait chez lui malgré tout, comme par miracle, et non chez la grand-mère de Halden, au chalet de Son ou sur un terrain de camping danois. Il avait sonné et sonné chez les uns et les autres jusqu'à ce qu'il sache qu'il ne restait plus qu'une possibilité. Tresko. Tresko avec qui ni lui ni Øystein n'avaient jamais envie de jouer, mais qui était pourtant toujours à proximité, comme une ombre attendant qu'ils changent d'avis, qu'ils l'accueillent quand même dans la chaleur. Il avait peut-être choisi Harry et Øystein parce qu'ils n'étaient pas les plus appréciés eux non plus, et il considérait donc que c'était dans ce club que ses chances d'entrer étaient les meilleures. Cette chance se présentait, parce qu'il ne restait plus que lui, et que Harry le savait toujours chez lui : sa famille n'avait pas les moyens de partir où que ce soit, et il n'avait aucun autre ami avec qui jouer.

Harry entendit des pantoufles glisser sur le sol à l'intérieur, et la porte s'entrouvrit. Le visage de la femme s'éclaira. Exactement comme celui de la mère de Tresko en voyant Harry. Elle ne l'avait jamais fait entrer, mais appelait Tresko à grands cris, allait le chercher, l'engueulait, l'affublait de cette vilaine parka et le flanquait dehors sur les marches, où il se plantait pour regarder Harry d'un air grognon. Et Harry savait que Tresko savait. Il percevait la haine muette tandis qu'ils descendaient vers le kiosque. Mais ça allait. Ça tuait le temps.

« Malheureusement, Idar est sorti, l'informa Mme Vetlesen. Mais vous ne voulez pas l'attendre à l'intérieur ? Il est juste sorti faire un petit tour, m'a-t-il dit. »

Harry secoua la tête et se demanda si elle voyait les gyrophares qui balayaient l'obscurité nocturne de Bygdøy, en bas sur la route derrière lui. Il paria que c'était Skarre qui les avait allumés, ce con.

« Quand est-il parti ?

— Un petit peu avant cinq heures.

— Mais cela fait plusieurs heures. A-t-il dit où il allait ? »

Elle secoua la tête.

« Il ne me raconte rien. Pensez donc ! Il ne veut même pas tenir sa propre mère au courant. »

Harry remercia et prévint qu'il reviendrait plus tard. Il descendit alors l'allée de graviers et les marches en direction du portail dans la clôture à claire-voie. Ils n'avaient trouvé Idar Vetlesen ni à son bureau ni au Leon, et la salle de curling était close. Harry referma le portail derrière lui et rejoignit la voiture de police. L'officier en uniforme descendit sa vitre.

« Éteignez les gyrophares, ordonna Harry avant de s'adresser à Skarre, sur le siège arrière. Elle dit qu'il n'est pas à la maison, et elle dit sans doute la vérité. Vous allez attendre ici pour voir s'il revient. Appelez Police Secours et dites-leur qu'ils peuvent lancer une recherche. Mais rien par la radio embarquée, OK ? »

Dans la voiture qui le ramenait en ville, Harry appela le centre de gestion Telenor et apprit que Torkildsen avait terminé sa journée, et que d'éventuelles demandes visant à localiser le téléphone mobile d'Idar Vetlesen devraient arriver par les canaux officiels, le lendemain matin. Il raccrocha et monta le son sur *Vermillon*, de Slipknot, mais sentit qu'il ne tiendrait pas le coup. Il appuya sur la touche « Eject » pour remplacer l'album par un CD de Gil Evans retrouvé tout au fond de la boîte à gants. La radio et la chaîne d'information continue de la NRK poursuivirent leur blabla pendant qu'il se débattait avec le boîtier du CD.

« La police recherche un médecin de trente à quarante ans, résidant à Bygdøy. L'homme est relié aux meurtres du Bonhomme de neige. »

« Merde ! » rugit Harry en envoyant Gil Evans dans le pare-brise, ce qui provoqua une pluie de morceaux de plastique. Le disque roula sur le plancher. Harry écrasa l'accélérateur, par pure frustration, et doubla un camion-citerne qui roulait dans la file de gauche. Vingt minutes. Ç'avait pris vingt minutes. Pourquoi ne confiait-on tout simplement pas un micro à l'hôtel de police, avec une émission en direct, sans plus attendre ?

La cantine de l'hôtel de police était fermée et vide pour la soirée, mais ce fut là que Harry la trouva. Elle et un casse-croûte, à une table de deux personnes. Harry s'assit sur l'autre chaise.

« Merci pour ne rien avoir dit sur ma perte de self-control, à Finnøy », commença-t-elle doucement.

Harry hocha la tête.

« Où étais-tu passée ?

— J'ai rendu la clé de ma chambre et j'ai pu attraper l'avion pour Oslo, à trois heures. Je devais me barrer, simplement. » Elle baissa les yeux sur sa tasse de thé. « Je... je suis désolée.

— Pas de problème », répondit Harry en contemplant sa nuque fine, courbée, sous ses cheveux relevés, et sa main fluette posée sur la table. Il la voyait sous un autre jour, à présent.

« Les rares fois où les durs craquent, ils ne le font pas à moitié.

— Pourquoi ?

« — Peut-être parce qu'ils ont trop peu l'habitude de perdre leur self-control. »

Katrine acquiesça, sans avoir levé les yeux de sa tasse de thé frappée du logo PIL[1] de l'association sportive de la police.

« Mais toi, tu es une brute du self-control, Harry. Tu ne le perds jamais ? »

Elle leva la tête, et Harry songea que c'était la lumière intense dans les iris de la jeune femme qui donnait à la sclérotique cette nuance bleutée. Il saisit son paquet de cigarettes.

« Je fais partie de ceux qui ont une très grande habitude de la perte du self-control. Je ne me suis pour ainsi dire pas entraîné à autre chose qu'à péter les boulons. Je suis ceinture noire de perte de self-control. »

Elle répondit par un très léger sourire.

« On a mesuré l'activité cérébrale chez les boxeurs expérimentés, poursuivit-il. Tu savais qu'ils perdent connaissance plusieurs fois au cours d'un combat ? Une petite seconde par-ci, une petite seconde par-là. Mais d'une façon ou d'une autre, ils arrivent quand même à rester sur leurs jambes. Comme si le corps savait que c'est temporaire, il prend la direction des opérations et les tient debout jusqu'à ce que la conscience revienne. » Harry fit sortir une cigarette du paquet. « Moi aussi, j'ai perdu les pédales au chalet. La différence, c'est qu'après toutes ces années, mon corps sait que la maîtrise revient.

— Mais que fais-tu ? demanda Katrine en écartant une mèche de cheveux de son visage. Pour ne pas être mis KO sur-le-champ ?

— Je fais comme les boxeurs, je suis le mouvement. Je ne résiste pas. Si des éléments du boulot te touchent, tu dois laisser faire. De toute façon, tu ne réussiras pas à les occulter sur la distance. Prends les choses petit bout par petit bout, laisse-les filer comme à travers

1. Politi Idretts Lag.

227

un barrage, fais en sorte qu'elles ne s'accumulent pas jusqu'à ce que le mur se fissure. »

Il se ficha la cigarette éteinte entre les lèvres.

« Oui, oui, le psy de la maison t'a raconté tout ça quand tu étais aspirante. Ce que moi, je veux dire, c'est ceci : même quand tu laisses filer, tu dois essayer de sentir ce que ça te fait. Si ça détruit.

— OK. Et que fais-tu quand tu sens que ça détruit ?

— Tu te trouves un autre job. »

Elle le regarda longuement.

« Et qu'as-tu fait, Harry ? Qu'as-tu fait quand tu as senti que ça te détruisait ? »

Harry mordit légèrement dans le filtre, sentit la fibre douce et fine crisser contre ses dents. Et il se dit qu'elle aurait pu être sa sœur ou sa fille, qu'ils étaient faits du même matériau. Un matériau de construction dur, rigide et lourd, bourré de grandes fissures.

« J'ai omis de chercher un autre boulot », répondit-il.

Elle afficha un large sourire. « Tu sais quoi ? demanda-t-elle à voix basse.

— Non ? »

Elle tendit la main, retira prestement la cigarette de la bouche de Harry et se pencha par-dessus la table.

« Je trouve... »

La porte de la cantine s'ouvrit à la volée. C'était Holm.

« TV2, annonça-t-il. Ce sont les infos. Les noms et des photos aussi bien de Rafto que de Vetlesen. »

Et le désordre survint. Même s'il était onze heures du soir, le hall de l'hôtel de police fut plein de journalistes et de photographes en l'espace d'une demi-heure. Tous attendaient que le responsable de l'enquête, Espen Lepsvik, ou le directeur de l'OCRB, le chef de la Crim, le directeur des services de police ou n'importe qui, dans le fond, descende leur dire quelque chose. Les uns murmuraient aux autres que la police se devait de tenir le public au courant dans une affaire aussi sérieuse, choquante et vendeuse.

À la rambarde du patio, Harry les regardait. Ils tournaient en rond comme des requins désemparés, se consultaient, allaient à la pêche. Quelqu'un avait-il entendu quelque chose ? Y aurait-il une conférence de presse ce soir ? Une courte, improvisée, au moins ? Vetlesen était-il déjà en route pour la Thaïlande ? La *deadline* approchait, il fallait que quelque chose arrive.

Harry avait lu que le mot *deadline* venait des champs de bataille de la guerre civile américaine, quand on rassemblait les prisonniers de guerre avant de tracer un cercle autour d'eux, sur le sol, parce qu'on manquait de moyens physiques pour les enfermer. Tous ceux qui dépassaient cette ligne étaient abattus dans la seconde. Et ils n'étaient rien d'autre, ces soldats de l'information qui occupaient le hall : des prisonniers de guerre immobilisés par une *deadline*.

Harry allait rejoindre les autres dans la salle de réunion lorsque son téléphone mobile sonna. C'était Mathias.

« Tu as eu le message que j'ai laissé sur ton répondeur tout à l'heure ?

— Pas eu le temps, c'est l'enfer, ici, répondit Harry. On peut voir ça plus tard ?

— Bien entendu. Mais c'est au sujet d'Idar. J'ai vu aux actualités qu'il était recherché. »

Harry passa le combiné dans l'autre main.

« Vas-y.

— Idar m'a appelé ce matin. Il m'a demandé du carnadrioxyde. Il est arrivé qu'il m'appelle pour me poser des questions sur certains médicaments. La pharmacie n'a jamais été son truc. Alors je n'ai pas trop gambergé là-dessus. J'appelle parce que le carnadrioxyde est un médicament très dangereux. Je me disais simplement que vous aimeriez le savoir. »

Harry nota.

« OK. Qu'a-t-il dit d'autre ?

— Rien. Il avait l'air stressé. Il a juste remercié, et il a raccroché.

— Une idée de l'endroit d'où il pouvait appeler ?

— Non, mais il y avait quelque chose de bizarre du côté de l'acoustique ; en tout cas, il n'appelait pas du bureau. On avait l'impression qu'il appelait de l'intérieur d'une église, ou d'un trou, tu vois ce que je veux dire ?

— Je vois. Merci, Mathias. Nous rappellerons si nous voulons savoir autre chose.

— Je suis ravi de pouvoir... »

Harry ne saisit pas le reste car il appuya sur la touche de déconnexion, et la communication fut interrompue.

Dans K1, le petit groupe d'investigation était réuni au complet autour de tasses de café, une nouvelle verseuse ronronnant dans la cafetière, les vestes suspendues aux dossiers. Skarre venait de rentrer de Bygdøy. Il fit un compte rendu de ses conversations avec Idar Vetlesen : ce dernier avait répété qu'il ne savait rien, et que tout cela devait être une colossale méprise.

Katrine avait appelé l'assistante, Borghild Moen, qui avait déclaré la même chose.

« Nous les auditionnerons demain si ça s'avère nécessaire, décida Harry. Pour le moment, j'ai peur que nous ayons un problème plus urgent. »

Les trois autres le regardèrent tandis que Harry faisait part de sa discussion avec Mathias. Et il lisait au verso de son ticket de tram : carnadrioxyde.

« Tu crois que c'est comme ça qu'il les a bousillés ? s'enquit Holm. Avec un médicament paralysant ?

— Là, on y est, intervint Skarre. Voilà pourquoi il a dû cacher les corps. Pour que le médicament ne soit pas découvert au moment des autopsies, et qu'on ne puisse pas le retrouver par ce biais.

— Tout ce que l'on sait, répondit Harry, c'est qu'Idar Vetlesen est hors de contrôle. Et s'il est le Bonhomme de neige, il sort de sa trame.

— La question, s'immisça Katrine, c'est de savoir qui il cherche maintenant. En tout cas, quelqu'un ne va pas tarder à mourir des effets de cette substance. »

Harry se frotta la nuque.

« Tu as obtenu la transcription des conversations téléphoniques de Vetlesen, Katrine ?

— Oui. J'ai eu les noms correspondant aux numéros, et je les ai passés en revue avec Borghild. La plupart étaient des patients. Et il y avait deux conversations avec l'avocat Krohn, ainsi que celle avec Lund-Helgesen, dont tu viens de nous parler. Mais en plus, il y avait un numéro apparaissant comme celui des éditions Popper.

— Ça ne fait pas grand-chose sur quoi travailler, constata Harry. On peut rester là à boire du café en grattant nos grosses têtes bêtes. Ou rentrer chez nous avant de revenir avec des têtes aussi bêtes, mais pas aussi fatiguées, demain. »

Les autres se contentèrent de le regarder fixement.

« Je ne déconne pas. Barrez-vous ! Allez retrouver vos putains de pénates. »

Harry se proposa pour déposer Katrine dans l'ancien quartier ouvrier de Grünerløkka, où il s'arrêta sur les recommandations de la jeune femme devant un vieil immeuble de quatre étages de Seilduksgata.

« Quel appartement ? demanda-t-il en se penchant en avant.

— Second, à gauche. »

Il leva les yeux. Aucune fenêtre n'était éclairée. Il ne voyait pas de rideaux.

« Ton mari n'est pas à la maison, on dirait. Ou alors il s'est peut-être couché.

— Peut-être, répéta-t-elle sans faire mine de vouloir descendre. Harry ? »

Il la regarda, interrogateur.

231

« Quand j'ai dit que la question, c'était de savoir qui il cherchait maintenant, tu as compris de qui je voulais parler ?

— Peut-être, répondit-il.

— Ce que nous avons découvert à Finnøy, ce n'était pas le meurtre d'un individu lambda qui en savait trop. Ç'avait été préparé longtemps à l'avance.

— Qu'est-ce que tu veux dire ?

— Que si Rafto était sur ses talons, c'était aussi prévu.

— Katrine…

— Attends. Rafto était le meilleur enquêteur criminel de Bergen. Tu es le meilleur à Oslo. Il pouvait penser que ce serait toi qui enquêterais sur ces meurtres, Harry. C'est pour cela que tu as reçu cette lettre. Je dis seulement que tu pourrais être un peu prudent, peut-être.

— Tu essaies de me faire peur ? »

Elle haussa les épaules.

« Si tu as peur, tu sais ce que ça signifie ?

— Non ? »

Katrine ouvrit la portière.

« Que tu devrais te trouver un autre boulot. »

Harry entra chez lui, se débarrassa de ses bottillons et s'arrêta sur le seuil du salon. La pièce paraissait complètement démontée, comme un kit à l'envers. Le clair de lune tombait sur du blanc dans le mur rouge et nu. Il entra. C'était un huit, dessiné à la craie. Il tendit la main pour toucher. Ce devait être le type des moisissures, mais qu'est-ce que cela signifiait ? Peut-être un code indiquant quel produit il utiliserait à cet endroit précis.

Durant le reste de la nuit, Harry passa son temps à se tourner et se retourner, en proie à des cauchemars sauvages. Il rêva qu'on lui enfonçait quelque chose dans la bouche et qu'il devait respirer à travers l'ouverture pour ne pas étouffer. Que cela avait le goût d'huile, de métal et de poudre à canon, et qu'il finissait par ne plus y avoir d'air à l'intérieur, rien que du vide. Il crachait alors l'objet pour découvrir que ce n'était pas le canon d'un pistolet, mais un huit à travers lequel il avait respiré. Un huit avec un grand cercle en bas, un plus petit au-dessus. Petit à petit, le huit s'enrichissait d'un troisième cercle, plus petit, au sommet. Une tête. Celle de Sylvia Ottersen. Elle essayait de crier, de raconter ce qui s'était passé, mais sans pouvoir. Sa bouche était cousue.

Quand il se réveilla, ses paupières étaient collées, son crâne le faisait souffrir et sa langue avait un goût de chaux et de bile.

CHAPITRE 16

Jour 10. Curling

Le matin était glacial sur Bygdøy quand Asta Johannessen arriva au club de curling, à huit heures, comme d'habitude. Cette veuve de près de soixante-dix ans y faisait le ménage deux jours par semaine, ce qui était plus que suffisant puisque le petit hall privé ne servait qu'à une poignée d'hommes et était par ailleurs privé de douches. Elle alluma. Les murs en poutres assemblées par emboîtement étaient ornés de trophées, diplômes, banderoles portant des inscriptions latines et de vieilles photos en noir et blanc d'hommes affublés de moustaches, vêtements en tweed et airs dignes. Asta les trouvait comiques, comme ces chasseurs de renard dans les séries télévisées anglaises. Elle passa la porte du hall et sentit au froid qui régnait à l'intérieur qu'ils avaient oublié de remonter le thermostat pour la glace, comme ils en avaient l'habitude afin de faire des économies d'électricité. Asta Johannessen actionna l'interrupteur, et tandis que les tubes fluorescents clignotaient et se tâtaient pour savoir s'ils devaient daigner s'allumer ou non, elle mit ses lunettes et vit qu'effectivement, le thermostat des câbles réfrigérants était trop bas ; elle le remonta.

La lumière se reflétait sur la surface grise de la glace. À travers ses lunettes, elle distingua quelque chose à l'autre extrémité du hall, et retira ses lunettes. La mise au point se fit lentement. Une personne ? Elle faillit partir sur la glace, mais hésita. Asta Johannessen était tout sauf peureuse, mais elle craignait de se briser le col du fémur, un jour, sur la glace, et de rester étendue là jusqu'à ce que les chasseurs de renard la retrouvent. Elle saisit l'un des balais de curling appuyés contre un mur, et s'en servant comme d'une canne, elle partit en équilibre, à tout petits pas, sur la glace.

L'homme sans vie gisait au bout de la piste, la tête au centre des cercles. La lueur blanc bleuté des néons tombait sur son visage, figé en une grimace. Ce visage lui était légèrement familier. Était-ce une célébrité ? Le regard terni paraissait chercher derrière elle quelque chose qui ne s'y trouvait pas. Sa main droite étreignait nerveusement une seringue vide dans laquelle demeuraient des dépôts rouges de la substance qui s'était trouvée à l'intérieur du plastique.

Asta Johannessen conclut tranquillement qu'elle ne pouvait rien faire pour lui. Elle se concentra sur le trajet retour sur la glace, vers le téléphone le plus proche.

Après son coup de téléphone et l'arrivée de la police, elle rentra chez elle et but son café du matin.

Elle ne comprit qui elle avait découvert qu'en parcourant *Aftenposten*.

Harry s'était accroupi et regardait les bottines d'Idar Vetlesen.

« Que dit notre légiste quant à l'heure du décès ? » demanda-t-il à Bjørn Holm, debout à côté de lui dans un blouson de jean à doublure teddy blanche. Ses santiags en peau de serpent n'avaient presque pas fait de bruit quand il était arrivé à pas pesants sur la glace artificielle. Une heure à peine s'était écoulée depuis qu'Asta Johannessen avait appelé, mais les reporters étaient déjà en place de l'autre côté des tresses rouges de la police, autour de la salle de curling.

« Il dit que c'est difficile, répondit Holm. Il peut juste conjecturer sur la vitesse à laquelle la température baisse dans un corps qui est resté étendu sur la glace dans une pièce où règne une température bien supérieure.

« — Mais qu'a-t-il conjecturé ?

— Quelque part entre cinq et sept heures hier après-midi.

— Mmm. Avant les nouvelles disant qu'il était recherché, donc. Tu as vu la serrure ? »

Holm hocha la tête.

« Serrure automatique ordinaire. Elle était fermée quand la femme de ménage est arrivée. Je vois que tu regardes ses bottines. J'ai contrôlé les empreintes. Je suis presque sûr qu'elles sont identiques à celles que l'on a de Sollihøgda. »

Harry étudia les dessins sur la face inférieure.

« Alors tu veux dire que c'est notre homme, ça ?

— Je dirais, oui. »

Harry hocha pensivement la tête.

« Tu sais si Vetlesen était gaucher ?

— Pense pas. Comme tu vois, il tient la seringue dans la main droite.

— Tu as raison, acquiesça Harry. Vérifie malgré tout. »

Harry n'était jamais parvenu à éprouver de joie véritable quand des affaires sur lesquelles il travaillait étaient soudain élucidées, entières, closes. Tant que l'affaire faisait l'objet d'une enquête, c'était cela, son but, mais en y arrivant, il savait simplement qu'il n'était pas arrivé. Ou que ce n'était pas là qu'il avait compté arriver. Ou que la cible s'était déplacée, modifiée ou allez savoir quoi. Le truc, c'était qu'il se sentait vide, que le succès n'avait pas le goût promis, qu'attraper le coupable irait toujours de pair avec la question : « Et alors ? »

Il était maintenant sept heures du soir, les témoins avaient été entendus, les pistes techniques sécurisées, une conférence de presse organisée et une ambiance de fête couvait dans les couloirs de la Criminelle. Hagen avait commandé des gâteaux et de la bière, en convoquant aussi bien l'équipe de Lepsvik que celle de Harry à une séance d'autocongratulations en K1.

Assis sur une chaise, Harry regardait la part de gâteau beaucoup trop imposante dans l'assiette que l'on avait déposée sur ses genoux. Il entendit Hagen faire son discours, des rires, des applaudissements. Quelqu'un lui donna une bourrade dans le dos, au passage, mais la plupart des gens le laissèrent tranquille. Les discussions bourdonnaient autour de lui :

« Cet enfoiré était un mauvais perdant. Il a flippé quand il a su qu'on le tenait.

— Il nous a roulés dans la farine.

— Nous ? Tu veux dire que vous, dans le groupe Lepsvik, vous avez un peu...

— Si on l'avait chopé vivant, la justice l'aurait déclaré dément et...

— ... pas à s'en plaindre, on n'a pas la moindre putain de pièce à conviction, rien que des indices. »

La voix d'Espen Lepsvik résonna depuis l'autre bout de la pièce.

« Vos gueules, les gars ! La proposition a été soumise, puis adoptée, de se retrouver au Fenris Bar à huit heures pour se bourrer dans les grandes largeurs. Considérez ça comme un ordre. OK ? »

Hourras sans réserve.

Harry posa le plat de gâteau et se leva, quand il sentit une main légère sur son épaule. C'était Holm.

« J'ai vérifié. C'était ce que je pensais, Vetlesen était droitier. »

Le gaz d'une canette de bière que l'on ouvrait crépita, et un Skarre déjà éméché entoura d'un bras les épaules de Holm : « On dit que les droitiers ont une espérance de vie supérieure aux gauchers. Ça n'a pas marché pour Vetlesen. Ha, ha ! »

Skarre disparut pour faire partager sa trouvaille aux autres, et Holm leva un regard interrogateur sur Harry :

« Tu te tailles ?

— Je vais faire un tour. On se verra peut-être au Fenris. »

Harry était presque arrivé à la porte quand Hagen le saisit par le bras.

237

« Ce serait bien que personne n'y aille encore. Le directeur de la police a prévenu qu'il descendrait nous dire quelques mots. »

Harry regarda Hagen, et comprit qu'il avait dû avoir quelque chose dans le regard, car l'autre lui lâcha le bras comme s'il s'était brûlé.

« Juste un tour aux chiottes », répondit Harry.

Hagen fit un sourire rapide et hocha la tête.

Harry alla dans son bureau, récupéra son blouson et descendit lentement l'escalier, sortit de l'hôtel de police et poursuivit vers Grønlandsleiret. Quelques flocons de neige voltigeaient dans l'air, les lumières scintillaient sur Ekebergåsen, une sirène montait puis s'affaiblissait à la manière d'un chant de baleine dans le lointain. Deux Pakistanais étaient engagés dans une querelle aimable devant leurs magasins, pendant que la neige se déposait sur leurs oranges et qu'un ivrogne chancelant poussait un shanty sur Grønlands torg. Harry sentit les créatures de la nuit flairer l'air et se demander s'il était sans danger de sortir. Seigneur, ce qu'il aimait cette ville...

« Tiens, tu es là ? »

Eli Kvale regarda avec surprise son fils Trygve, qui lisait un magazine, assis à côté du plan de travail de la cuisine. La radio ronronnait en bruit de fond.

Elle faillit lui demander pourquoi il n'était pas dans le salon avec son père, mais elle se dit que ce devait être aussi naturel qu'il soit là et veuille lui parler à elle. Sauf que ça ne l'était pas. Elle se versa une tasse de thé, s'assit et le regarda sans rien dire. Il était très beau. Elle avait pensé le trouver hideux, mais elle s'était trompée.

La voix radiodiffusée disait que le problème pour que les femmes puissent accéder aux commandes en Norvège, ce n'était plus les hommes, mais le fait que les entreprises avaient du mal à atteindre les quotas fixés par la loi, la majorité des femmes semblant afficher un refus chronique des positions pouvant les exposer à la critique, mettre leurs compétence à l'épreuve là où il n'y a personne derrière qui se dissimuler.

« C'est comme les enfants qui ont obtenu la pistache verte à force de pleurs, mais qui la recrachent quand ils ont fini par l'avoir, poursuivit la voix. C'est foutrement agaçant. Il est temps que les femmes prennent leurs responsabilités et montrent qu'elles ont un peu de tripes. »

Oui, songea Eli. Il est temps.

« Quelqu'un est venu me voir chez ICA, aujourd'hui, annonça Trygve.

— Ah oui ? s'enquit Eli, qui sentit son cœur bondir jusque dans sa gorge.

— M'a demandé si j'étais votre fils, à toi et à papa.

— Ah oui ? répondit Eli sur un ton léger, trop léger, tandis que le vertige arrivait. Et qu'as-tu répondu ?

— Ce que j'ai répondu ? » Trygve leva les yeux de son magazine. « J'ai répondu oui, évidemment.

— Et qui était le type qui a posé la question ?

— Qu'est-ce que tu as, maman ?

— Qu'est-ce que tu veux dire ?

— Tu es pâle comme un linge.

— Rien, très cher. Qui c'était, ce type ? »

Trygve se concentra de nouveau sur le magazine. « Je n'ai pas dit que c'était un homme, si ? »

Eli se leva, éteignit la radio à travers laquelle une voix de femme remerciait le ministre de l'Économie et Arve Støp pour leur participation au débat. Elle regarda à l'extérieur, où quelques flocons de neige maigrichons voletaient çà et là, sans but et en apparence sujets ni à la pesanteur ni à une volonté propre. Ils voulaient juste atterrir quelque part, au gré du hasard. Et puis ils fondraient et disparaîtraient. C'était réconfortant.

Elle toussota.

« Quoi ? demanda Trygve.

239

— Rien. Je suis sûrement en train de m'enrhumer. »

Harry allait apparemment sans but et sans volonté propre par les rues de la ville. Il ne comprit pas avant de se retrouver devant l'hôtel Leon que c'était là qu'il allait. Les putes et les dealers avaient déjà pris position dans les rues alentour. C'était l'heure de pointe. Les clients préféraient acheter leur dose de sexe et de came avant minuit.

Harry entra et vit au visage terrifié de Børre Hansen que celui-ci le reconnaissait.

« On avait conclu un marché ! » couina le propriétaire de l'hôtel avec un accent suédois, en s'essuyant le front.

Harry se demanda pourquoi les gens qui vivaient de la détresse des autres semblaient toujours parés de ce film luisant de transpiration, comme un vernis de honte factice sur la conscience qu'ils n'avaient pas.

« Donne-moi la clé de la chambre du docteur, demanda Harry. Il ne viendra pas ce soir. »

Trois des murs de la chambre, qui n'avaient pas été retapissés depuis des années, étaient recouverts de papier peint à motifs psychédéliques bruns et orange, tandis que la cloison de la salle de bains était peinte en noir, parcourue de fissures grises et de taches d'enduit. Le lit double avait le dos cambré. Le couvre-lit était dur. À l'épreuve de l'eau et du sperme, supposa Harry. Il ôta une serviette usée jusqu'à la corde de la chaise au pied du lit, et s'assit. Écouta le grondement plein d'espoir de la ville en sentant que les clébards étaient de retour. Ils jappaient et aboyaient, tiraient sur leurs liens de fer, criaient : juste un seul verre, juste un coup et on te fiche la paix, on va se coucher bien sagement. Harry n'avait pas envie de rire, mais il rit malgré tout. Les démons doivent être exorcisés, et la douleur apaisée. Il alluma une cigarette. La fumée s'éleva lentement vers la boule japonaise.

Contre quels démons Idar Vetlesen s'était-il battu ? Les avait-il amenés pour se battre avec eux ici, ou était-ce son refuge, son échappatoire ? Ils avaient peut-être eu quelques réponses, mais pas toutes. Jamais toutes. Comme celle visant à déterminer si la folie et la méchanceté sont deux choses distinctes, ou si c'est seulement nous qui avons décidé qu'à partir du moment où nous ne comprenons plus les motifs de la destruction, nous appelons cela de la folie. Nous sommes capables de comprendre que des gens doivent lâcher une bombe atomique sur une ville peuplée de civils innocents, mais pas que d'autres doivent éventrer des prostituées qui répandent la maladie et la décadence morale dans les bas-quartiers de Londres. En conséquence de quoi nous donnons au premier cas le nom de réalisme, et au second celui de folie.

Bon sang, ce qu'il avait besoin de ce verre. Rien qu'un, qui puisse limer les angles de la douleur, de ce jour et de cette nuit.

On frappa à la porte.

« Oui ! » gueula Harry, en sursautant au son de sa propre voix furibarde.

La porte s'ouvrit, et un visage noir apparut. Harry la regarda. Le beau visage fort surplombait un blouson court, si court que les bourrelets de graisse qui saillaient au-dessus de la ceinture de son pantalon étroit étaient visibles.

« *Doctor ?* » s'enquit-elle. L'accent tonique sur la dernière syllabe donna au mot une consonance française.

Il secoua la tête. Elle le regarda. Puis la porte fut refermée, et elle disparut.

Il s'écoula quelques secondes avant que Harry ne se lève de sa chaise et aille à la porte.

« *Please !* cria Harry. *Please, comme back.* »

Elle s'arrêta et le regarda, hésitante.

« *Deux cents couronnes*[1] », répondit-elle. Accent sur la dernière syllabe.

1. Dans le dialogue qui suit, les répliques en italique sont en anglais dans le texte.

Harry hocha la tête.

Assise sur le lit, elle écoutait avec étonnement ses questions. Sur Doctor, cette personne méchante. Sur les orgies avec plusieurs femmes. Sur les enfants qu'il leur demandait d'amener. Et à chaque nouvelle question, elle secouait la tête sans comprendre. Elle finit par demander s'il était *police*.

Harry hocha la tête.

Les sourcils de la femme se réunirent sur son front. « *Pourquoi tu poses ces questions ? Où est Doctor ?*

— *Doctor tuait des gens* », répondit Harry.

Elle l'observa, sceptique. « *Pas vrai*, déclara-t-elle enfin.

— *Pourquoi ça ?*

— *Parce que Doctor est un homme gentil. Il nous aide.* »

Harry demanda comment Doctor les aidait. Et ce fut à lui d'écouter avec étonnement la Noire lui raconter que tous les mardis et jeudis, Doctor était dans cette chambre avec sa serviette, leur parlait, les envoyait aux toilettes pour avoir des échantillons d'urine, faisait des prises de sang, recherchait chez elles toutes les maladies vénériennes qu'elles étaient susceptibles d'avoir. Leur donnait des médicaments et des remèdes si elles avaient certaines maladies sexuellement transmissibles classiques. Et leur donnait l'adresse de l'hôpital si elles avaient l'autre, la peste. Si le problème était ailleurs, il lui arrivait de leur prescrire des cachets pour cela aussi. Il ne se faisait jamais payer, et tout ce qu'elles devaient faire, c'était promettre de ne rien raconter sur ce qu'il faisait, hormis à leurs collègues dans la rue. Certaines filles avaient amené leurs enfants quand ceux-ci étaient malades, mais le propriétaire de l'hôtel les avait interceptés.

Harry fumait sa cigarette en écoutant. Était-ce l'indulgence de Vetlesen ? La contrepartie de la méchanceté, l'équilibre nécessaire. Ou seulement ce qui accentuait la méchanceté, en la mettant en relief ? On disait que le Dr Mengele adorait les enfants.

Sa langue enflait sans cesse dans sa bouche, elle ne tarderait pas à l'étouffer s'il ne s'en jetait pas un.

La femme avait fini de parler. Elle réclama d'un geste le billet de deux cents couronnes.

« *Est-ce que Doctor va revenir ?* » voulut-elle savoir.

Harry ouvrit la bouche pour lui répondre, mais sa langue s'y opposa. Son téléphone mobile sonna, et il prit l'appel.

« Hole.

— Harry ? Ici Oda Paulsen. Vous vous souvenez de moi ? »

Il ne se souvenait pas d'elle, et de plus, elle avait l'air bien trop jeune.

« De la NRK, expliqua-t-elle. C'est moi qui vous ai invité à *Bosse* dernièrement. »

La fille des recherches. La rusée.

« On se demande si vous voudriez revenir, vendredi prochain. Nous aimerions beaucoup vous entendre sur le succès que vous avait remporté dans l'affaire du Bonhomme de neige. Oui, bon, il est mort, mais *à part ça*, si on veut. Sur ce qui se passe réellement dans la tête d'une personne comme ça. Si on peut en parler comme ça...

— Non, répondit Harry.

— Quoi ?

— Je ne veux pas venir.

— C'est *Bosse*, répéta Oda Paulsen d'une voix empreinte d'un trouble non feint. Sur NRK TV.

— Non.

— Mais écoutez, Harry, ça ne serait pas intéressant de parl... »

Harry lança son mobile sur le mur de brique noir. Un fragment d'enduit se détacha.

Harry posa la tête dans ses mains, essaya de la tenir en un seul morceau afin qu'elle n'explose pas. Il lui fallait quelque chose. N'importe quoi. Lorsqu'il releva la tête, il était seul dans la pièce.

Cela aurait sans doute pu être évité si le Fenris Bar n'avait pas servi d'alcool. Si Jim Beam ne s'était pas trouvé sur l'étagère derrière le barman, criant de sa voix rauque de whisky son message d'anesthésie et d'amnistie : « Harry ! Viens ici, évoquons les vieux jours. Les vilains fantômes que toi et moi avons chassés, durant les nuits pendant lesquelles nous ne pouvions dormir. »

D'un autre côté : peut-être pas.

Harry ignorait presque totalement ses collègues, et ils l'ignoraient presque totalement. Lorsqu'il était entré dans ce bar tapageur à intérieur en peluche rouge de ferry danois, les autres avaient déjà commencé depuis longtemps. Ils étaient pendus aux épaules les uns des autres, criaient et se soufflaient leur haleine chargée d'alcool au visage les uns des autres, et chantaient avec Stevie Wonder qui prétendait appeler simplement pour dire qu'il t'aimait. En bref, à les voir et à les entendre, on aurait pu croire à une équipe de football qui avait gagné la finale de la coupe. Et tandis que Stevie Wonder terminait en assurant que sa déclaration d'amour venait du fond de son cœur, le troisième verre de Harry fut placé devant lui sur le bar.

Le premier verre avait tout paralysé, il n'avait pas pu respirer, et pensé que ce devait être ce que l'on ressentait en s'injectant du carnadrioxyde. Le second avait pratiquement fait se retourner son ventre. Mais son corps s'était déjà remis après le premier choc, et avait compris qu'il avait eu ce après quoi il avait supplié si longtemps. Et il répondait à présent avec un bien-être ronflant. La chaleur faisait des vagues en lui. Ça, c'était de la musique pour l'âme.

« Tu bois ? »

C'était Katrine, qui se trouvait tout à coup à côté de lui.

« C'est le dernier », répondit Harry en sentant que sa langue n'était plus grosse, mais fine et agile. L'alcool ne faisait qu'améliorer son articulation. Et jusqu'à un certain point, les gens qui le voyaient remarquaient à peine qu'il était soûl. C'était pour cette raison qu'il avait toujours du boulot.

« Ce n'est pas le dernier, rétorqua Katrine. C'est le premier.

— Ça, c'est un des dogmes des AA. » Harry leva les yeux sur elle. Les intenses yeux bleus, les fines ailes du nez, les lèvres vermillon. Seigneur, ce qu'elle était exquise. « Es-tu alcoolique, Katrine Bratt ?

— J'avais un père qui l'était.

— Mmm. C'est pour cela que tu ne voulais pas aller les voir à Bergen ?

— On n'irait pas voir les gens parce qu'ils ont une maladie ?

— Je ne sais pas. Il t'a peut-être donné une enfance malheureuse, ou quelque chose comme ça.

— Il est arrivé en retard pour me rendre malheureuse. Je suis née comme ça.

— Malheureuse ?

— Peut-être. Et toi ? »

Harry haussa les épaules. « Bien sûr. »

Katrine but une gorgée de son propre verre, un truc sans couleur. Incolore comme la vodka. Pas gris comme le gin, conclut-il.

« Et ton malheur à toi, Harry, à quoi était-il dû ? »

Les mots arrivèrent avant qu'il ait le temps de réfléchir : « Au fait que j'aime quelqu'un qui m'aime. »

Katrine rit. « Mon pauvre. Es-tu né équilibré avec un esprit léger qui a été détruit ? Ou la voie était-elle déjà toute tracée ? »

Harry regarda fixement le liquide brun doré dans son propre verre. « Il m'arrive de me poser la question. Mais pas souvent. J'essaie de penser à d'autres choses.

— À quoi ?

— À d'autres choses.

— T'arrive-t-il de penser à moi ? »

Quelqu'un lui donna une bourrade, et elle s'approcha de lui. Il sentit le parfum du Jim Beam et celui de la femme se mêler.

« Jamais », répondit-il avant d'attraper son verre et d'en vider le contenu. Il regardait droit devant lui, dans le miroir mural derrière les bouteilles, où il voyait Katrine Bratt et Harry Hole bien trop près l'un de l'autre. Elle se pencha en avant.

« Harry, tu mens. »

Il se tourna vers elle. Son regard paraissait luire d'un éclat jaune flou comme les feux antibrouillards d'une voiture à l'approche. Ses narines étaient dilatées, et elle respirait durement. On aurait dit qu'elle avait mis du citron vert dans sa vodka.

« Raconte-moi précisément, en détail, ce que tu as envie de faire maintenant, Harry. » Sa voix était légèrement rocailleuse. « Tout. Et ne mens pas, cette fois-ci. »

Il se souvint de la rumeur à laquelle Espen Lepsvik avait fait référence, concernant les préférences de Katrine Bratt et de son mari. Connerie, il ne s'en souvint pas, ladite rumeur n'avait jamais quitté une zone bien trop superficielle de son cortex. Il prit une inspiration. « OK, Katrine. Je suis un homme simple, qui a des besoins simples. »

Elle avait renversé la tête en arrière, comme le font certaines espèces animales pour faire montre de soumission. Il leva son verre : « J'ai envie de boire. »

Katrine fut violemment bousculée par un collègue qui ne tenait plus sur ses jambes et vacilla vers Harry. Ce dernier l'empêcha de tomber en l'attrapant par le flanc gauche, de sa main libre. Une expression douloureuse parcourut à toute vitesse le visage de la jeune femme.

« Excuse-moi, murmura-t-il. Une blessure ? »

Elle porta une main à son flanc. « Escrime. Ce n'est rien. Excuse-moi. »

Elle lui tourna le dos et se fraya un chemin parmi ses collègues, à force de jurons. Il vit plusieurs des gars se retourner pour la regarder. Elle disparut aux toilettes. Harry passa le local en revue, vit Lepsvik baisser les yeux au moment où leurs regards se croisèrent. Il ne pouvait pas rester ici. Il y avait d'autres endroits où Jim et lui pourraient parler. Il paya et s'apprêta à partir. Il restait une larme dans le verre devant lui. Mais Lepsvik et deux collègues l'observaient depuis l'autre extrémité du bar. Il n'était question de rien d'autre que d'un soupçon de self-control. Harry voulut lever les pieds, mais ils étaient rivés au sol. Il saisit le verre, le plaqua à ses lèvres et en vida le contenu.

L'air froid du soir à l'extérieur était un délice sur sa peau brûlante. Il pouvait embrasser cette ville.

Quand Harry rentra chez lui, il essaya de se masturber dans l'évier de la cuisine, mais ne réussit qu'à vomir, et il leva les yeux sur le calendrier suspendu au clou sous le placard mural. C'était Rakel qui lui avait offert ce calendrier, deux ans plus tôt, à Noël. Il était illustré de photos d'eux trois. Une photo pour chacun des douze mois qu'ils avaient passés ensemble. Novembre. Rakel et Oleg le regardaient en riant sur fond de feuilles jaunies par l'automne, et d'un ciel bleu pâle. Aussi bleu que la robe que Rakel portait, celle avec les petites fleurs blanches. La robe qu'elle avait la première fois. Et il décida que cette nuit-là, il rêverait jusqu'au ciel. Alors il ouvrit le placard sous le plan de travail, balaya les bouteilles de Coca vide qui basculèrent avec fracas, et là – tout au fond – il la trouva. La bouteille de Jim Beam intacte. Harry n'avait jamais pris le risque de ne jamais conserver d'alcool chez lui, même pendant ses périodes de dépression les plus poussées. Parce qu'il savait ce qu'il était capable d'inventer pour mettre la main sur ce poison à la moindre faille. Comme pour repousser quelque chose d'inévitable, Harry passa la main sur l'étiquette. Puis il ouvrit la bouteille. Assez, cela correspondait à quelle quantité ? La seringue utilisée par Vetlesen avait présenté un dépôt rouge consécutif au poison, qui avait montré qu'elle avait été pleine. Rouge comme la cochenille. Mon amour, Cochenille.

Il prit une inspiration et leva la bouteille. La posa contre ses lèvres, sentit son corps se tendre, se préparer au choc. Puis il but. Gloutonnement, désespérément, comme pour s'en débarrasser. Le son qui monta de sa gorge entre chaque lampée ressembla à un sanglot.

CHAPITRE 17

Jour 14. Bonnes nouvelles

Gunnar Hagen traversa le couloir à pas rapides.

On était lundi, l'affaire du Bonhomme de neige était élucidée depuis quatre jours. Ç'aurait dû être quatre jours agréables. Il y avait bien eu des félicitations, les sourires des chefs, les comptes rendus positifs de la presse ; la presse étrangère avait même insisté pour avoir l'histoire dans son entier, l'enquête du début à la fin. C'était là que le problème avait commencé : celui qui aurait pu donner à Hagen les détails de cette histoire à sensation n'était pas là. Car quatre jours aussi s'étaient écoulés depuis que quelqu'un avait vu Harry Hole ou avait eu de ses nouvelles. La raison en était évidente. Des collègues l'avaient vu boire au Fenris Bar. Hagen l'avait gardé pour lui, mais les rumeurs étaient parvenues jusqu'au chef de la Crim. Et ce matin-là, Hagen avait été convoqué dans son bureau.

« Gunnar, ce n'est plus possible. »

Gunnar Hagen avait dit qu'il pouvait y avoir d'autres explications, que Harry n'avait pas toujours le réflexe de signaler qu'il travaillerait sans passer par le bureau. Même s'ils avaient trouvé le coupable, une bonne partie de l'enquête était loin d'être terminée dans l'affaire du Bonhomme de neige.

Mais le chef de la Crim avait pris sa décision : « Gunnar, nous sommes arrivés au bout en ce qui concerne Hole.

— C'est notre meilleur enquêteur, Torleif.

— Et notre plus mauvais représentant. Faut-il que nos jeunes enquêteurs aient un tel modèle, Gunnar ? Ce type est alcoolique. Tout le monde dans la maison sait qu'il a bu au Fenris, et qu'il ne s'est pas pointé au boulot depuis. Si nous acceptons cela, les dégâts ne pourront certainement pas être réparés.

— Mais une démission ? Ne pouvons-nous pas...

— Il a eu tous les avertissements. Le règlement concernant les officiers de police et l'abus d'alcool est on ne peut plus clair. »

C'était cette conversation qui résonnait toujours dans les oreilles de l'ASP lorsqu'il frappa et obtint la permission d'entrer chez le chef de la Crim.

« On l'a vu, annonça Hagen.

— Qui ?

— Hole. Li m'a appelé pour me dire qu'elle l'avait vu entrer dans son bureau et fermer la porte derrière lui.

— Bien, répondit le chef de la Crim en se levant. Alors allons aborder le sujet tout de suite. »

Ils parcoururent au pas de charge les couloirs de la section rouge de la Brigade criminelle, au cinquième étage de l'hôtel de police. Et comme si les gens flairaient ce qui était sur le point de se jouer, ils se rangeaient en entrant très légèrement dans leurs bureaux, pointaient la tête et regardaient passer les deux hommes qui marchaient côte à côte, le visage dur et fermé.

En arrivant devant la porte 616, ils s'arrêtèrent. Hagen prit sa respiration.

« Torleif... », commença-t-il, mais le chef de la Crim avait déjà posé la main sur la porte et l'avait ouverte à la volée.

Ils s'arrêtèrent sur le seuil, les yeux écarquillés, incrédules.

« Seigneur », murmura le chef de la Crim.

Harry Hole était assis derrière son bureau, en T-shirt, un lien de caoutchouc serré autour de l'avant-bras, la tête penchée en avant sur le bureau. Une seringue était plantée dans la peau juste au-dessus du garrot. Son contenu était transparent, et même depuis la porte, les deux hommes purent voir plusieurs marques rouges consécutives à des piqûres d'aiguille dans l'avant-bras blanc.

« Nom de Dieu, mais que faites-vous ? feula le chef de la Crim avant de pousser Hagen devant lui dans le bureau et de claquer la porte derrière eux.

La tête de Harry remonta d'un coup, et il les toisa d'un œil vide. Hagen s'aperçut que Harry tenait un chronomètre. Soudain, Harry retira la seringue, regarda ce qu'elle contenait encore, la jeta au loin et prit quelques notes sur une feuille.

« Ça... En fait, ça va faciliter les choses, Hole, bégaya le chef de la Crim. Car nous avons de mauvaises nouvelles.

— C'est *moi* qui ai de mauvaises nouvelles, répondit Harry en arrachant un morceau de coton du paquet devant lui pour se le plaquer sur le bras. Idar Vetlesen n'a en aucune façon pu se suicider. Et vous comprenez sans doute ce que cela implique ? »

Gunnar Hagen ressentit un curieux besoin de rire. La situation dans son entier lui apparaissait si absurde que son cerveau ne parvenait tout simplement pas à produire une autre réaction adéquate. Et il vit au visage du chef de la Crim que celui-ci ne savait pas non plus quoi faire.

Harry regarda l'heure et se leva.

« Venez en salle de réunion dans une heure précise, et vous saurez pourquoi. Pour l'instant, j'ai deux ou trois autres trucs en attente. »

L'inspecteur principal passa à toute vitesse devant ses supérieurs médusés, ouvrit la porte et disparut dans le couloir à longs pas lents.

Une heure et quatre minutes plus tard, Gunnar Hagen arriva à une K1 plongée dans un silence absolu, accompagné du chef de la Crim et du directeur de la police. La pièce était pleine à craquer de gens des groupes d'enquête de Lepsvik et de Hole, et tout ce que l'on entendait, c'était la voix de Harry. Ils trouvèrent un petit coin où se caser, debout, tout au fond. Un projecteur affichait sur un écran des photos d'Idar Vetlesen, tel qu'on l'avait retrouvé dans la salle de curling.

« Comme vous le voyez, Vetlesen tient la seringue dans la main droite, expliqua Harry Hole. Pas exceptionnel étant donné qu'il était droitier. Mais ce sont ses bottes qui m'ont fait tiquer. Regardez. »

Une nouvelle photo montra un gros plan des bottes.

« Ces bottes sont la seule véritable preuve technique que nous ayons. Mais c'est suffisant. Parce que les empreintes correspondent à celles que nous avons trouvées dans la neige à Sollihøgda. Mais regardez ces lacets, poursuivit Hole en s'aidant d'une perche. J'ai fait moi-même le test avec mes bottillons, hier. Pour que le nœud ait cette tête-là, il a fallu que je le fasse à l'envers de ce que je fais d'habitude. Comme si j'étais gaucher. L'autre possibilité, c'était de me placer devant le bottillon, comme si je l'attachais à quelqu'un d'autre. »

Un murmure inquiet parcourut la salle.

« Je suis droitier. » C'était la voix de Lepsvik. « Et c'est comme ça que j'attache mes lacets.

— Eh bien, tu n'as pas tort, c'est peut-être seulement une bizarrerie. Mais c'est le genre de choses qui éveille un certain... (Hole parut goûter le mot avant de se décider) malaise. Un malaise qui fait que l'on se pose d'autres questions. S'agit-il réellement des bottines d'Idar Vetlesen ? Celles-là sont d'une marque bon marché. Hier, je suis allé voir sa mère, et elle m'a montré l'assortiment de chaussures de son fils. Elles sont toutes chères, sans exception. Et comme je le pensais, il était comme nous autres, il lui arrivait d'envoyer valdinguer ses godasses sans défaire les lacets. Voilà pourquoi je peux dire... (Hole approcha délicatement la perche de la photo) que je sais qu'Idar Vetlesen n'attachait pas ses chaussures de cette façon. »

Hagen lança un rapide coup d'œil au chef de la Crim, dont le front s'était barré d'une ride profonde.

251

« La question qui vient, poursuivit Hole, c'est : est-ce que quelqu'un a pu mettre ces bottines à Idar Vetlesen ? La même paire que la personne en question portait à Sollihøgda. Le mobile, ç'aurait bien évidemment été de donner l'illusion qu'Idar Vetlesen était le Bonhomme de neige.

— Un lacet de chaussure et des bottines bon marché ? cria un inspecteur principal du groupe de Lepsvik. On a un malade qui voulait se payer du cul avec des gosses, que nous pouvons placer sur le lieu du crime et qui connaissait les deux victimes à Oslo. Tout ce que tu as, ce sont des spéculations. »

Le grand policier avait baissé sa tête aux cheveux courts.

« Ce n'est pas tout à fait faux. Mais c'est maintenant que j'attaque dans le bois dur. Apparemment, Idar Vetlesen s'est suicidé avec du carnadrioxyde, à l'aide d'une seringue munie d'une aiguille très fine qu'il a piquée dans une veine. À en croire le rapport d'autopsie, les valeurs de carnadrioxyde sont telles qu'il a dû s'en injecter vingt millilitres dans le bras. Cela concorde aussi avec les dépôts à l'intérieur de la seringue, qui ont montré qu'elle était pleine. Comme on le sait, le carnadrioxyde est une substance paralysante, et même de petites doses sont mortelles puisque le cœur et les organes respiratoires sont paralysés instantanément. D'après le médecin légiste, cela prendrait trois secondes maximum pour un adulte si celui-ci se faisait l'injection dans une veine, comme ç'a été le cas pour Vetlesen. Et ça, ça ne colle tout simplement pas. »

Hole agita une feuille sur laquelle Hagen put voir de petits chiffres notés au crayon.

« J'ai vérifié sur moi, avec le même genre de seringue et d'aiguille que Vetlesen. Je me suis servi d'une solution de chlorure de sodium identique au carnadrioxyde, puisque l'un comme l'autre contiennent au moins quatre-vingt-quinze pour cent d'eau. Et j'ai noté les chiffres. Quelle que soit la force que j'y ai mise, la finesse de l'aiguille fait qu'on n'arrive pas à s'injecter vingt millilitres en moins de huit secondes. Ergo… »

252

L'inspecteur principal attendit avant de poursuivre, pour que l'inévitable conclusion ait le temps de s'imprimer.

« Vetlesen aurait été paralysé avant de s'être injecté un tiers du contenu. Bref, il ne pouvait absolument pas tout s'injecter. Pas sans aide extérieure. »

Hagen déglutit. Cette journée était en passe de devenir encore pire que ce qu'il avait imaginé.

La réunion terminée, Hagen avait vu le directeur de la police chuchoter quelques mots à l'oreille du chef de la Crim, et ce dernier s'était penché vers Hagen :

« Demandez à Hole et ses hommes de venir à mon bureau, maintenant. Et muselez Lepsvik et ses gars. Pas un seul mot de tout ça ne doit filtrer. Compris ? »

Et Hagen comprit. Cinq minutes plus tard, ils étaient dans le grand et froid bureau du chef de la Crim.

Katrine Bratt entra et ferma la porte, étant arrivée la dernière. Harry Hole s'était effondré sur sa chaise, les jambes étendues, ses pieds arrivaient juste devant la table de travail du chef de la Crim.

« Laissez-moi aller droit au but », commença le chef de la Crim en se passant une main sur le visage, comme pour effacer ce qu'il voyait : un groupe d'enquête revenu à la case départ. « Avez-vous de bonnes nouvelles, Hole ? Qui puissent adoucir le fait amer que pendant votre mystérieuse absence, nous avons dit à la presse que le Bonhomme de neige était mort, en résultat de notre travail sans relâche ?

— Eh bien… On peut supposer qu'Idar Vetlesen savait des choses qu'il ne devait pas savoir, et que le meurtrier a découvert que nous étions sur la piste. En conséquence de quoi il a éliminé cette possibilité avant d'être démasqué. Si c'est exact, il est toujours vrai que Vetlesen est mort à cause de notre travail sans relâche.

— Ce n'est pas ce que j'entendais par bonnes nouvelles, Hole, rétorqua le chef de la Crim, dont les pommettes s'ornaient de jolies taches rouges.

— Non, la bonne nouvelle, c'est que nous brûlons. Sans quoi le

Bonhomme de neige ne se serait pas efforcé de donner l'illusion que Vetlesen était l'homme que nous traquions. Il veut que nous bouclions l'enquête, que nous pensions avoir élucidée. En deux mots : il se sent acculé. Et c'est à ce moment-là que des meurtriers comme le Bonhomme de neige commencent à faire des erreurs. En outre, espérons que cela signifie qu'il n'osera pas poursuivre son bain de sang. »

Le chef de la Crim inspira pensivement entre ses dents serrées.

« Alors, c'est ce que vous pensez, Hole. Ou est-ce seulement quelque chose que vous espérez ?

— Eh bien…, répondit Harry Hole en se grattant le genou à travers un trou dans son jean. C'est vous qui avez demandé des bonnes nouvelles, chef. »

Hagen gémit. Et jeta un coup d'œil vers la fenêtre. Le ciel s'était couvert. On avait annoncé de la neige.

Filip Becker regarda Jonas, assis à même le sol du salon, qui fixait d'un regard vide l'écran de la télé. Depuis que Birte avait été portée disparue, le gamin a des heures comme ça chaque après-midi. Comme une fenêtre sur un monde meilleur. Un monde où il pourrait la trouver, à condition d'ouvrir suffisamment l'œil.

« Jonas. »

Le gosse leva des yeux obéissants mais dépourvus de tout intérêt. Son visage se figea dans une expression de terreur lorsqu'il vit le couteau.

« Tu vas me découper ? » s'enquit le gamin.

L'expression et la voix fluette étaient si comiques que Filip Becker faillit rire. La lumière de la lampe au-dessus de la table scintilla dans l'acier. Il avait acheté ce couteau dans une quincaillerie de Storosenteret. Juste après avoir appelé Idar Vetlesen.

« Juste un peu, Jonas. Juste un peu. »

Alors il découpa.

CHAPITRE 18

Jour 15. Vue

À deux heures, Camilla Lossius rentra en voiture de sa séance de sport. Comme à l'accoutumée, elle avait traversé la ville de part en part, jusqu'au Vestkant et au club de gymnastique de Colosseum Park. Pas parce qu'ils y possédaient d'autres appareils qu'au centre situé juste en dessous de chez eux à Tveita, mais parce que les gens au Colosseum lui ressemblaient davantage. C'étaient des gens du Vestkant. Déménager pour Tveita avait fait partie du mariage avec Erik. Et il avait fallu qu'elle voie les choses dans leur totalité. Elle tourna dans la rue où ils habitaient. Vit les fenêtres allumées chez les voisins, à qui elle disait bonjour, mais avec qui elle n'avait jamais discuté. C'étaient des gens d'Erik. Elle freina. Ils n'étaient pas les seuls à disposer d'un garage double dans cette rue de Tveita, mais aucun autre n'avait de porte électrique. Erik s'attachait à ce genre de chose, elle s'en fichait. Elle pressa la commande d'ouverture, la porte bascula vers le haut et elle débraya pour entrer tout doucement. Comme prévu, la voiture d'Erik n'était pas là, il était au boulot. Elle s'appuya contre le siège passager, saisit son sac de sport et celui contenant les commissions de chez ICA, et se regarda rapidement dans le rétroviseur, par vieille habitude, avant de descendre. C'était une belle femme, disaient ses amies. Pas encore trente ans, une villa, une voiture à elle et une maison de campagne non loin de Nice, disaient-elles encore. En lui demandant comment c'était de vivre dans l'Østkant. Et comment allaient ses parents après la faillite. Curieux, la façon dont leurs cerveaux reliaient automatiquement les deux questions.

Camilla regarda dans le rétroviseur. Elles avaient raison. C'était une belle femme. Il lui sembla voir autre chose, un mouvement en bordure du rétroviseur. Non, c'était seulement la porte du garage qui se refermait. Elle descendit de son véhicule et chercha sur le porte-clés la clé de la porte qui ouvrait directement la maison du garage, mais se souvint que son téléphone mobile était resté dans le vide-poche de la voiture.

Camilla se retourna et poussa un cri bref.

L'homme se tenait juste derrière elle. Elle recula, terrifiée, en levant une main devant sa bouche. Faillit demander en riant qu'on l'excusât, non pas parce que des excuses s'imposaient, mais parce qu'il n'avait pas du tout l'air dangereux. C'est alors qu'elle vit le pistolet. Braqué sur elle. Sa première idée fut que l'objet ressemblait à un jouet.

« Je m'appelle Filip Becker, se présenta-t-il. J'ai sonné. Il n'y avait personne.

— Que voulez-vous ? demanda-t-elle en essayant de maîtriser le tremblement dans sa voix, puisque son instinct lui recommandait de ne pas dévoiler sa peur. C'est à quel sujet ? »

Il sourit brièvement.

« Fornication. »

Sans rien dire, Harry observait Hagen, qui avait interrompu la réunion de groupe dans le bureau de Harry pour répéter la requête du chef de la Crim : la « théorie » sur le meurtre de Vetlesen ne devait filtrer nulle part, pas même auprès des conjoints et assimilés. Hagen découvrit enfin le regard de Harry.

« Bon, c'est tout, conclut-il rapidement avant de les quitter.

« — Continue », demanda Harry à Bjørn Holm, qui était en plein compte rendu sur les traces de pas sur le lieu du crime, au club de curling. Ou plus exactement : le manque de traces.

« Nous avions à peine démarré là-bas quand il a été affirmé qu'il s'agissait d'un suicide. On n'a sécurisé aucun indice technique à ce moment-là, et les lieux sont pollués, maintenant que l'endroit a recommencé à fonctionner. J'ai jeté un coup d'œil ce matin, et il n'y a pas grand-chose à glaner, je le crains.

— Mmm. Katrine ? »

Katrine baissa les yeux sur ses notes.

« Oui, ta théorie, c'est donc que Vetlesen et l'assassin se sont rencontrés au club de curling. Donc, ils devaient s'être donné rendez-vous à l'avance. L'hypothèse qui vient le plus spontanément à l'esprit, c'est qu'ils se soient joints par téléphone. Tu m'as demandé de contrôler la liste des appels.

— Oui », répondit Harry dans un bâillement étouffé.

Elle tourna quelques pages.

« Telenor m'a donné les listes aussi bien pour le téléphone mobile de Vetlesen que pour sa ligne de bureau. Je les ai portées chez Borghild.

— Chez elle ? s'étonna Skarre.

— Bien sûr, elle n'a plus de boulot où se rendre. Elle m'a expliqué qu'Idar Vetlesen n'avait reçu que des patients, ces deux derniers jours. En voici la liste. »

Elle sortit une feuille d'un dossier et la posa sur la table entre eux.

« Comme je le supposais, Borghild a une assez bonne vue d'ensemble des contacts privés et professionnels de Vetlesen. Elle m'a aidée à identifier pour ainsi dire toutes les personnes figurant sur la liste des appels. En voici deux, une des contacts professionnels, une des privés. Y figurent le numéro de téléphone, la date et l'heure de la conversation, si l'appel était entrant ou sortant, et combien de temps a duré la communication. »

Les trois autres joignirent leurs têtes au-dessus des listes pour les examiner. La main de Katrine s'approcha de celle de Harry. Il n'avait vu aucun signe de gêne chez elle. C'était peut-être seulement quelque chose qu'il avait rêvé, la proposition faite au Fenris Bar. À cela près que Harry ne rêvait pas quand il buvait. C'était cela, l'intérêt de boire. Il ne s'en était pas moins réveillé le lendemain matin avec une idée qui devait avoir été enfantée quelque part entre le vidage systématique de la bouteille de whisky et l'impitoyable réveil. L'idée de Cochenille et de la seringue pleine qu'avait tenue Vetlesen. Et c'était cette idée qui lui avait évité de filer au Vinmonopol de Thereses gate, en le précipitant de nouveau tout droit dans le travail. Drogue contre drogue.

« À qui est ce numéro ? voulut savoir Harry.

— Lequel ? » demanda Katrine en se penchant.

Harry désigna un numéro dans la liste des contacts privés.

« Pourquoi te poses-tu la question pour ce numéro en particulier ? s'enquit Katrine avec un regard curieux.

— Parce que c'est le contact privé qui a appelé Vetlesen, et non l'inverse. Il faut croire que c'est l'assassin qui a les commandes, ici ; c'est lui qui a pris contact. »

Katrine contrôla le numéro sur sa liste de noms.

« *Sorry*, mais ce correspondant-là est sur les deux listes, il était aussi patient.

— D'accord, mais on doit bien commencer quelque part. Qui est-ce ? Un homme ou une femme ? »

Katrine fit un sourire en coin.

« Un homme, sans aucun doute.

— Que veux-tu dire ?

— Mâle. Macho de chez macho. Arve Støp.

— Arve Støp ? s'exclama Holm. *Le* Arve Støp ?

— Inscris-le sur la liste des gens à aller voir », décida Harry.

Lorsqu'ils eurent terminé, ils possédaient une liste comptant sept noms. Sept noms correspondant aux sept numéros, excepté un ; une cabine téléphonique du Storosenter, le jour où Idar Vetlesen avait été tué, dans la matinée.

« On a l'heure exacte, reprit Harry. Est-ce qu'il y a une caméra de surveillance qui enregistre à proximité de la cabine ?

— Je ne crois pas, répondit Skarre. Mais je sais qu'il y a une caméra à chaque entrée. Je peux voir avec la société de surveillance s'ils ont les enregistrements.

— Vérifiez tous les visages une demi-heure avant, et une après.

— C'est un boulot colossal, fit observer Skarre.

— Devine à qui tu dois t'adresser.

— Beate Lønn, répondit Holm.

— Gagné. Donne-lui le bonjour. »

Holm hocha la tête, et Harry ressentit un aiguillon de mauvaise conscience.

Le téléphone de Skarre signala un appel entrant aux notes de *There She Goes*, de The Las.

« Groupe des disparitions », annonça Skarre en prenant l'appel. Ils regardèrent tandis que Skarre écoutait. À présent, Harry songea qu'il avait évité d'appeler Beate Lønn pendant un certain temps. Et il n'était pas allé la voir après son unique visite de l'été passé, après l'accouchement. Il savait qu'elle ne l'accablait pas pour la mort de Halvorsen en service. Mais ç'avait quand même été éprouvant : voir l'enfant de Halvorsen, l'enfant que le jeune inspecteur n'avait pas eu le temps de connaître lui-même, et savoir en son for intérieur que Beate se trompait. Il aurait pu – il aurait dû – sauver Halvorsen.

Skarre raccrocha.

« Une femme de Tveita a été signalée comme disparue par son mari. Camilla Lossius, vingt-neuf ans, mariée, sans enfant. Ça ne fait que quelques heures, mais il y a deux ou trois trucs qui les tracassent. Il y a un sac de commissions sur le plan de travail de la cuisine, il n'y avait rien dans le frigo. Le téléphone mobile est resté dans la voiture, et à en croire le mari, elle ne va nulle part sans.

L'une des voisines a raconté au mari qu'elle avait vu un homme rôder autour de la maison et du garage, comme s'il attendait quelqu'un. Le mari n'arrive pas à déterminer si quelque chose a disparu, pas même des affaires de toilette ou une valise. Ce doit être le genre de gens à avoir une baraque près de Nice, des gens qui ont tellement de pognon qu'ils ne remarquent même pas quand quelque chose disparaît, tu vois ?

— Mmm. Qu'en pensent-ils ? voulut savoir Harry.

— Qu'elle va refaire surface. Ils voulaient simplement nous tenir au courant.

— OK, répondit Harry. Alors on continue. »

Jusqu'à la fin de la réunion, personne ne fit de commentaire sur ce signalement de disparition. Mais Harry le sentait planer dans l'air, comme un orage menaçant. Après avoir réparti les personnes de la liste à contacter, le groupe quitta son bureau.

Harry retourna à la fenêtre et jeta un coup d'œil dans le parc. L'obscurité arrivait de plus en plus tôt, on le remarquait presque d'un jour sur l'autre. Il pensa à la mère d'Idar Vetlesen quand il lui avait révélé que son fils avait donné des consultations gratuites à des prostituées africaines, en soirée. Elle avait laissé tomber le masque pour la première fois – pas de chagrin, mais de fureur – et avait hurlé que c'étaient des mensonges, que son fils ne s'occupait pas de putes noires. Il valait sans doute mieux mentir. Harry songea à ce qu'il avait dit la veille au chef de la Crim, que le bain de sang était terminé pour cette fois. Dans les ténèbres en dessous, il ne distinguait que celui qui se trouvait juste sous sa fenêtre. Les enfants des écoles maternelles venaient souvent jouer dans ce parc, surtout s'il avait neigé, comme la nuit précédente. C'est en tout cas ce qu'il avait pensé en le voyant à son arrivée au boulot ce matin-là. C'était un grand bonhomme de neige gris-blanc.

Au-dessus des locaux de la rédaction de *Liberal*, sur Aker Brygge, au dernier étage et donnant sur le fjord d'Oslo, la forteresse d'Akershus et Nesoddtangen, se trouvaient les deux cent trente mètres carrés les plus chers de la capitale. Ils appartenaient au propriétaire et rédacteur en chef de *Liberal*, Arve Støp. Ou simplement Arve, comme inscrit sur la porte à laquelle Harry sonna. Les parties communes présentaient un style fonctionnaliste et minimaliste, mais la porte de chêne était flanquée de deux cruches peintes à la main. Harry se demanda soudain combien il pourrait en tirer s'il filait avec l'une des deux.

Il avait sonné une fois, et il entendait enfin des voix à l'intérieur. Une voix claire, gazouillante, et une autre profonde, calme. La porte s'ouvrit et un rire féminin s'en échappa. La femme portait un béret de fourrure blanche – synthétique, supposa Harry – de sous lequel ondoyaient des cheveux blonds.

« Je me réjouis ! » déclara-t-elle, et ce n'est qu'après s'être retournée qu'elle vit Harry.

« Non », poursuivit-elle d'une voix neutre avant que sa mémoire des visages lui revienne et qu'elle lance un enthousiaste : « Hé, mais salut !

— Salut, répondit Harry.

— Comment allez-vous ? » s'enquit-elle, et Harry vit qu'elle venait de se souvenir de leur dernière conversation. Celle qui s'était terminée au mur du Leon.

« Vous et Oda vous connaissez, alors ? »

Arve Støp se tenait dans l'entrée, les bras croisés. Il était pieds nus, et portait un T-shirt orné d'un logo Louis Vuitton presque invisible et un pantalon de lin vert qui aurait donné un côté féminin à n'importe quel autre homme. Car Arve Støp était presque aussi grand et large que Harry, et il était doté d'un visage pour lequel un candidat à l'élection présidentielle américaine aurait tué père et mère : menton volontaire, regard bleu d'enfant entouré de pattes-d'oie et épais cheveux gris.

« Nous n'avons fait que nous saluer, répondit Harry. J'ai participé à leur talk-show, une fois.

— Dites, il faut que je me sauve », intervint Oda avant d'envoyer un baiser à la ronde et de s'en aller. Ses pas tambourinèrent sur les marches comme si ce vers quoi elle se dirigeait était une question de vie ou de mort.

« Oui, là aussi c'était à propos de leur infect talk-show, expliqua Støp en faisant signe à Harry d'entrer et en lui saisissant la main. Mon exhibitionnisme confine au pathétique, j'en ai bien peur. Cette fois, je n'ai même pas demandé quel était le thème avant d'accepter. Oda était venue pour faire des recherches. Vous y avez participé, alors vous savez comment ils travaillent.

— Avec moi, ils se sont contentés du téléphone, répondit Harry, qui sentait toujours la chaleur de la main d'Arve Støp sur sa peau.

— Vous aviez l'air très sérieux, au téléphone, Hole. En quoi une fripouille de journaliste peut-elle vous aider ?

— Il s'agit de votre médecin et partenaire de curling. Idar Vetlesen.

— Ha, ha ! Vetlesen ! Bien sûr. On entre ? »

Harry se débarrassa à la hâte de ses bottillons et suivit Støp dans le couloir, jusqu'à un salon dont le sol était plus bas de deux marches que le reste de l'appartement. Un regard suffisait pour comprendre où Idar avait puisé l'inspiration pour sa salle d'attente. Le clair de lune scintillait dans le fjord, de l'autre côté des vitres.

« Vous vous livrez à une espèce d'enquête a priori, donc ? demanda Støp en se laissant tomber dans le meuble le plus petit, une chaise moulée toute simple.

— Plaît-il ? répondit Harry en s'asseyant dans le canapé.

— Vous commencez par la conclusion, et vous travaillez à l'envers pour découvrir comment on a pu en arriver là.

— C'est cela qu'a priori veut dire ?

— On s'en tape, j'aime juste la sonorité du latin.

— Mmm. Et que pensez-vous de notre conclusion ? Vous y croyez ?

— Moi ? » Støp rit. « Je ne crois à rien. Mais ça, c'est ma profession. Aussitôt que quelque chose commence à ressembler à des vérités bien établies, mon boulot, c'est de trouver des arguments qui vont contre. C'est ça, le libéralisme.

— Et dans le cas présent ?

— Mouais… Par exemple, je ne vois pas quels mobiles rationnels Vetlesen aurait pu avoir. Je ne crois pas non plus qu'il ait été maboul – du moins pas davantage que la moyenne des gens.

— Vous ne pensez donc pas que Vetlesen était l'assassin ?

— Vouloir prouver que la terre n'est pas ronde, ce n'est pas la même chose que croire qu'elle est plate. Je suppose que vous avez des preuves. Un verre ? Café ?

— Café, volontiers.

— Je bluffais, sourit Støp. Je n'ai que de l'eau et du vin. Non, d'ailleurs, j'ai du cidre qui vient de la ferme d'Abbediengen. Et vous allez le goûter, que vous le vouliez ou non. »

Støp disparut dans une cuisine, et Harry se leva pour regarder autour de lui.

« Sacré appartement que vous avez, Støp.

— En fait, c'étaient trois appartements, lui cria Støp depuis la cuisine. L'un appartenait à un armateur qui avait réussi, et qui s'est pendu d'ennui à peu près à l'endroit où vous êtes. L'autre appartement, dans lequel je suis, était celui d'un courtier en bourse coffré pour délit d'initié. Il a connu la rédemption en prison, m'a vendu l'appartement et a donné tout l'argent à un prédicateur de l'Indremisjon[1]. Mais c'est une espèce de délit d'initié, ça aussi, si vous voyez ce que je veux dire. Et j'ai appris que ce type était beaucoup plus heureux à présent, alors pourquoi pas ? »

Støp revint au salon avec dans les mains deux verres au contenu jaune pâle. Il en tendit un à Harry.

---

1. Puissante organisation piétiste œuvrant pour un renouveau de la foi en Norvège.

« Le troisième appartement appartenait à un plombier d'Østensjø, qui a décidé, quand on a fait Aker Brygge, que c'était là qu'il voulait vivre. Une espèce d'élévation sociale, j'imagine. Après avoir rogné et économisé – ou bossé au noir pour des prix abusifs – pendant dix années, il a acheté. Mais cela coûtait si cher qu'il n'a pas eu les moyens de payer les déménageurs, et il s'est débrouillé tout seul avec quelques potes. Il avait un coffre-fort qui pesait quatre cents kilos. Il en avait sûrement besoin pour tout cet argent gagné au noir. Ils étaient arrivés à la dernière volée de marches, il ne leur en restait plus que dix-huit, quand ce putain de coffre a glissé. Le plombier est passé dessous, s'est brisé les reins et est resté paralysé. Il vit maintenant dans un établissement de soins à l'endroit d'où il venait, avec vue sur l'Østensjøvann. » Støp alla se poster près de la fenêtre et but en laissant courir un regard pensif sur le fjord. « C'est seulement un lac, d'accord, mais avec une jolie vue.

— Mmm. Nous nous posions des questions sur la nature de vos liens avec Idar Vetlesen. »

Støp fit une volte-face théâtrale, avec des gestes aussi doux que ceux d'un jeune homme de vingt ans.

« Liens ? C'est un mot foutrement fort. C'était mon médecin. Et il nous arrivait de jouer au curling ensemble. C'est-à-dire : nous autres jouions au curling. Ce qu'Idar faisait peut tout juste être qualifié de poussage de pierre et de nettoyage de glace. » Il leva une main en geste de défense. « Oui, oui, je sais qu'il est mort, mais c'était comme ça. »

Harry reposa son verre de cidre, intact, sur la table.

« De quoi parliez-vous ?

— Essentiellement de mon corps.

— Oui ?

— C'était mon médecin, bon Dieu !

— Et vous auriez aimé changer des choses concernant votre corps ? »

Arve Støp éclata d'un rire sincère.

« Non, ça, je n'en ai jamais éprouvé le besoin, tiens. Je sais bien qu'Idar s'occupait de ces ridicules opérations de chirurgie esthétique, liposuccions et autres, mais je conseille la prévention plutôt que des réparations par-ci, par-là. Je fais du sport, inspecteur. Vous avez aimé le cidre ?

— Alcoolisé.

— Vraiment ? s'étonna Støp en examinant son propre verre. Je n'aurais jamais cru.

— Alors de quelle partie du corps parliez-vous ?

— Le coude. J'ai un tennis-elbow qui me fait souffrir quand nous jouons au curling. Il m'a prescrit des antalgiques avant les séances, cet imbécile. Parce que ça a aussi l'air d'anesthésier les inflammations. Ce qui fait que j'ai forcé sur mes muscles à chaque fois. Bon, je n'ai pas besoin de mettre en garde les utilisateurs, puisque nous parlons d'un médecin mort, mais on ne doit pas prendre des cachets contre la douleur. La douleur est une bonne chose, on n'aurait pas survécu sans. Nous devrions nous estimer heureux que la douleur existe.

— Oui ? »

Støp donna des petits coups de l'index sur la vitre si épaisse qu'elle ne laissait pas filtrer un seul son du dehors.

« Si vous voulez mon avis, la vue sur de l'eau douce, ce n'est pas la même chose. Pas vrai, Hole ?

— Je n'ai vue sur rien.

— Ah non ? Vous devriez. Une vue, ça donne une vision d'ensemble.

— À propos de vision d'ensemble, Telenor nous a donné un aperçu des communications passées et reçues par Vetlesen les derniers jours avant sa mort. De quoi avez vous discuté, au téléphone, la veille de sa mort ? »

Støp planta un œil interrogateur sur Harry, puis renversa la tête en arrière et vida son verre de cidre. Il inspira alors profondément, avec satisfaction.

« J'avais presque oublié que nous avions discuté, mais je suppose qu'il était question de coudes. »

Un jour, Tresko avait expliqué que le joueur de poker qui se fie à sa seule intuition pour détecter un bluff court au fiasco. Bien sûr, le mensonge se devine pour chacun de nous à un certain nombre de signes, mais pour démasquer un bon bluffeur, il faut savoir se livrer à un recensement froid et méthodique de ces signes, à en croire Tresko. Harry était enclin à penser que Tresko était dans le vrai. Et la raison pour laquelle il était persuadé que Støp mentait, ce n'était ni l'expression du visage, ni la voix, ni les gestes de son interlocuteur.

« Où étiez-vous entre quatre et huit heures le jour où Vetlesen est mort ? voulut savoir Harry.

— Oh, hé ! répondit Støp en haussant un sourcil. Hé là. Y a-t-il quelque chose dans cette affaire que moi ou mes lecteurs devrions savoir ?

— Où étiez-vous ?

— On croirait que vous n'avez pas chopé le Bonhomme de neige ! C'est exact ?

— Ce serait bien si je pouvais poser mes questions, Støp.

— Bon, je me trouvais avec... »

Arve se tut. Et son visage s'éclaira soudain en un sourire enfantin.

« Non, attendez voir. Vous êtes en train d'insinuer que je pourrais être impliqué dans la mort de Vetlesen. Répondre, ce serait admettre les prémisses de la question.

— Je peux parfaitement noter que vous refusez de répondre, Støp. »

Støp leva son verre, comme pour trinquer.

« Tactique bien connue, Hole. Dont nous autres, gens de presse, usons chaque jour que Dieu fait. D'où le nom de la profession. Presse. Sur les gens. Mais n'oubliez pas que je ne refuse pas de répondre, Hole, je diffère juste ma réponse. Ce qui veut dire que je vais y réfléchir d'abord. »

Støp retourna à la fenêtre et s'y arrêta, en continuant à parler pour lui-même :

« Je ne refuse pas, je n'ai tout simplement pas décidé de ce que je vais répondre. Et dans l'intervalle, vous devrez attendre.

— J'ai tout mon temps. »

Støp lui fit face.

« Je ne compte pas abuser de votre temps, Hole, mais j'ai déjà dit que le seul capital et l'unique moyen de production de *Liberal*, c'est mon intégrité personnelle. J'espère que vous comprendrez qu'en tant qu'homme de presse, il est de mon devoir de profiter de cette situation.

— En profiter ?

— Bordel, j'ai bien compris que je détenais une petite bombe atomique en matière de scoop. Je suppose qu'aucun journal ne sait encore rien des incertitudes autour de la mort de Vetlesen. Si je devais vous donner une réponse qui me raye de cette affaire, j'aurais déjà joué ma carte. Et à ce moment-là, il serait trop tard pour que je demande des informations pertinentes avant de répondre. Je me trompe, Hole ? »

Harry voyait où cela menait. Et il se doutait que Støp était un démon plus rusé que prévu.

« Ce n'est pas d'informations que vous avez besoin, répondit Harry. Ce que vous devez savoir, c'est qu'on peut être poursuivi pour entrave à une enquête policière.

— *Touché*[1], répliqua Støp en riant franchement, à présent. Mais en tant qu'homme de presse et libéral, j'ai des principes que je dois prendre en compte. La question, ici, est de savoir si, en tant qu'opposant au système, je vais me mettre sans condition à la disposition des représentants de l'ordre. »

Il cracha ses mots sans chercher à en dissimuler l'ironie.

« Et quelles seraient les conditions pour obtenir une réponse ?

1. En français dans le texte.

267

— L'exclusivité sur des informations dont j'aurais besoin, naturellement.

— Je peux vous donner l'exclusivité, répondit Harry. En même temps que l'ordre de ne pas transmettre ces informations à qui que ce soit.

— Allons, allons, on n'avance pas. Dommage. » Støp plongea les mains dans les poches de son pantalon en lin. « Mais j'ai déjà suffisamment de choses pour ne pas douter que la police ait attrapé le bon gars.

— Je vous préviens.

— Merci, vous l'avez déjà fait, soupira Støp. Mais songez à qui vous avez affaire, Hole. Samedi, nous organisons une réception d'enfer au Plaza. Six cents invités vont célébrer les vingt-cinq ans de *Liberal*. Ce n'est pas mal pour un magazine qui a toujours repoussé les limites de la liberté de parole, qui a navigué chaque jour sans exception dans les eaux polluées de la justice. Vingt-cinq ans, Hole, et nous n'avons pas encore perdu une seule affaire devant les tribunaux. Je vais voir ça avec notre avocat, Johan Krohn. Je suppose que vous le connaissez, Hole ? »

Harry hocha tristement la tête. D'un discret mouvement de main en direction de la porte, Støp indiqua qu'il considérait l'entretien comme clos.

« Je promets de vous aider autant que je le pourrai, déclara Støp lorsqu'ils furent à la porte. Si vous nous aidez.

— Vous savez bien qu'il est impossible pour nous de conclure un accord pareil.

— Vous n'avez pas idée de l'accord que nous avons conclu, Hole, sourit Støp en ouvrant. Vraiment, vous n'en avez pas idée. Je compte vous revoir très prochainement. »

« Je n'espérais pas te revoir aussi rapidement », confessa Harry en tenant la porte ouverte.

Rakel gravit les dernières marches jusqu'à l'appartement.

« Oh, si », répondit-elle en se blottissant dans ses bras. Elle le repoussa alors dans l'entrée, referma la porte d'un coup de talon, saisit à deux mains la tête de Harry et l'embrassa goulûment.

« Je te déteste, souffla-t-elle tout en défaisant la ceinture de Harry. Tu sais que je n'avais pas besoin de ça dans ma vie, aujourd'hui.

— Alors va-t'en », répondit Harry en déboutonnant d'abord le manteau de Rakel, puis son chemisier. Son pantalon s'ouvrait par une fermeture Éclair sur le côté. Il le lui baissa et laissa glisser une main à l'intérieur, sur le tissu soyeux, lisse et frais de la culotte. Le silence s'abattit sur l'entrée, on n'entendait que leurs respirations, et un unique claquement de talon sur le sol lorsqu'elle éloigna un pied pour le laisser venir.

Ensuite, dans le lit, tandis qu'ils partageaient une cigarette, Rakel l'accusa d'être un dealer.

« Ce n'est pas comme cela qu'ils font ? interrogea-t-elle. Les premières doses sont gratuites. Jusqu'à la dépendance.

— Et à ce moment-là, on doit payer, compléta Harry en soufflant un gros cercle et un plus petit, qui s'envolèrent vers le plafond.

— Cher.

— Tu n'es ici que pour le sexe, fit remarquer Harry. Ce n'est pas vrai ? Comme ça, je le saurai. »

Rakel lui passa une main sur la poitrine.

« Tu as tellement maigri, Harry... »

Il ne répondit pas. Attendit.

« Ça ne marche pas si bien, avec Mathias, poursuivit-elle. C'est-à-dire : lui, il marche bien. Il marche remarquablement. C'est moi qui ne marche pas.

— Où est le problème ?

— Si seulement je le savais... Je regarde Mathias et je me dis : là, c'est le mec de tes rêves. Et je me dis que lui, je vais l'allumer, et j'essaie de l'allumer, mais c'est tout juste si je ne l'agresse pas parce que j'ai envie d'avoir envie, tu comprends ? Ça serait si bien… Mais je n'y arrive pas…

— Mmm. J'ai un peu de mal à l'imaginer, mais j'entends ce que tu dis. »

Elle lui tira rudement le lobe de l'oreille.

« Que nous ayons eu constamment envie l'un de l'autre n'était pas fatalement un gage de qualité quant à notre relation, Harry. »

Harry vit le petit rond de fumée rattraper le gros, et former un huit. Oui, voilà, songea-t-il.

« J'ai commencé à chercher des prétextes, continua-t-elle. Prends cette amusante particularité physique dont Mathias a hérité de son père.

— Quoi donc ?

— Ce n'est pas très passionnant, mais ça le gêne un peu.

— Vas-y, raconte.

— Non, non, ça ne regarde personne ; au début, je trouvais touchante la gêne qu'il éprouvait pour ce truc. Maintenant, je commence à trouver ça agaçant. Comme si j'essayais de faire de cette bagatelle un défaut chez Mathias, une excuse pour… pour… » Elle se tut.

« Pour être ici », compléta Harry.

Elle le serra fort. Puis se leva.

« Je ne reviendrai pas », déclara-t-elle dans un bâillement.

Il était près de minuit lorsque Rakel quitta l'appartement de Harry. Une bruine fine et silencieuse faisait briller l'asphalte sous les réverbères. Elle tourna dans Stensberggata, où elle avait laissé la voiture. Elle s'installa au volant et allait démarrer lorsqu'elle remarqua une note manuscrite glissée sous un essuie-glace. Elle entrouvrit sa portière, attrapa le papier et tenta de lire les mots que la pluie avait presque effacés : *Nous allons mourir, catin.*

Rakel s'effondra. Regarda autour d'elle. Mais elle était seule, tout ce qu'elle voyait dans la rue, c'étaient d'autres voitures garées. Est-ce que certaines avaient des papiers ? Elle n'en vit aucun. Ce devait être un hasard, personne ne pouvait savoir que c'était sa voiture à elle qui était garée là. Elle descendit légèrement sa vitre et, tenant la note entre deux doigts, elle la laissa échapper par l'interstice, avant de démarrer et de déboîter.

Juste avant d'arriver au sommet d'Ullevålsveien, elle éprouva la soudaine sensation que quelqu'un l'observait depuis la banquette arrière. Elle jeta un coup d'œil et vit un visage de petit garçon. Pas Oleg, mais un autre visage, inconnu. Elle pila, faisant hurler les pneus sur l'asphalte. Le bruit coléreux d'un avertisseur se fit alors entendre. Trois fois. Elle braqua les yeux sur son rétroviseur, tandis que sa respiration battait en longs halètements. Elle regarda le petit garçon effrayé, dans la voiture juste derrière elle. Elle fit redémarrer le véhicule d'une main tremblante.

Eli Kvale était comme clouée au sol de l'entrée. Sa main tenait toujours le combiné du téléphone. Elle n'avait rien imaginé, absolument rien.

Elle ne revint à elle que quand Andreas eut prononcé son nom par deux fois.

« Qui était-ce ? voulut-il savoir.

— Personne. Faux numéro. »

Au moment de se coucher, elle voulut se blottir contre lui. Mais elle ne put pas. Ne put se résoudre à le faire. Elle était impure.

« Nous allons mourir, avait lâché la voix au téléphone. Nous allons mourir, catin. »

CHAPITRE 19

Jour 16. TV

Quand le groupe d'investigation fut réuni le lendemain matin, ils avaient vérifié six des sept personnes sur la liste de Katrine concernant les gens avec qui Idar Vetlesen avait discuté avant sa mort. Il ne restait qu'un nom.

« Arve Støp ? » s'exclamèrent en chœur Bjørn Holm et Magnus Skarre.

Katrine Bratt resta muette.

« Eh bien, répondit Harry, j'ai eu l'avocat Krohn au téléphone. Il m'a dit clairement que Støp ne répondrait pas à la question concernant son alibi. Ou à d'autres. Nous pouvons arrêter Støp, mais il est pleinement dans son droit de ne donner aucune explication. Tout ce à quoi nous voulons arriver, c'est à faire savoir au monde entier que le Bonhomme de neige court toujours. Reste à déterminer si Støp dit la vérité ou si ce n'est que de la comédie.

— Un meurtrier, une célébrité comme lui ? objecta Skarre avec une grimace. Vous avez déjà entendu ça ?

— O.J. Simpson, répondit Holm. Robert "Baretta" Blake. Phil Spector. Le père de Marvin Gaye.

— Et qui est Phil Spector ?

— Racontez-moi plutôt à quoi vous pensez. Comme ça, sans réfléchir. Est-ce que Støp a quelque chose à cacher ? Holm ? »

Bjørn Holm frotta ses larges favoris.

« Suspect qu'il ne veuille pas répondre à un truc aussi concret que l'endroit où il était quand Vetlesen est mort.

— Bratt ?

— Je crois juste que ça l'amuse d'être suspecté, c'est tout. Et pour son magazine, ça ne lui nuit pas, au contraire, ça renforce cette image d'outsider. Le grand martyr de la nage à contre-courant, si on veut.

— D'accord, acquiesça Holm. Je change mon fusil d'épaule. Il n'aurait pas pris ce risque s'il avait été coupable. Il veut le scoop.

— Skarre ? demanda Harry.

— Il bluffe. Ce ne sont que des conneries. Est-ce que l'un d'entre vous a compris cette histoire de presse et de principes, au moins ? »

Aucun des trois autres ne répondit.

« OK, reprit Harry. Supposons que la majorité ait raison et qu'il soit sincère. Alors autant essayer de le rayer de cette affaire aussi vite que possible, pour pouvoir avancer. Peut-on imaginer que quelqu'un ait pu être avec lui au moment du meurtre ?

— Peu de chances, répondit Katrine. J'ai passé un coup de fil à une fille que je connais à *Liberal*. Elle dit qu'en dehors des horaires de bureau, Støp voit peu de monde, qu'il reste le plus souvent seul dans son appartement d'Aker Brygge. Exception faite des visites féminines. »

Harry regarda Katrine. Elle lui faisait penser à ces étudiants super-zélés qui cavalent toujours un semestre devant le professeur.

« Des nanas, au pluriel, donc ? demanda Skarre.

— Pour reprendre les termes employés par mon amie, Støp est un chasseur de foufounes bien connu. Juste après qu'elle a eu rejeté ses avances, il lui a fait comprendre qu'en fin de compte, elle ne satisfaisait pas ses attentes comme journaliste, et qu'il fallait qu'elle change de crémerie.

— Tu parles d'un faux-cul, observa Skarre avec dégoût.

— Une conclusion qu'elle et toi partagez, répondit Katrine. Il n'empêche que c'est une journaliste lamentable. »

Holm et Harry éclatèrent de rire.

« Demande à ta copine si elle a les noms de quelques maîtresses, pria Harry en se levant. Et ensuite, tu appelles d'autres personnes à la rédaction pour leur poser la même question. Je veux qu'il sente notre souffle dans la nuque. On s'y met.

— Et toi ? voulut savoir Katrine, toujours assise.

— Moi ?

— Tu ne nous as pas dit si tu pensais que Støp bluffe.

— Eh bien…, sourit Harry. En tout cas, il ne dit pas que la vérité. »

Les trois autres le regardèrent.

« Il a dit ne pas se rappeler ce dont lui et Vetlesen avaient parlé au cours de leur dernière communication téléphonique.

— Et alors ?

— Si tu apprenais qu'un type avec qui tu as discuté la veille est un meurtrier en série recherché, qui vient tout juste de se suicider, tu ne te remémorerais pas ladite conversation, en tournant et retournant tout ce qu'il a dit ? »

Katrine hocha lentement la tête.

« Ce que je me demande, poursuivit Harry, c'est pourquoi le Bonhomme de neige me contacte pour que j'essaie de le trouver. Et quand je me rapproche, ainsi qu'il aurait dû le prévoir, pourquoi il cède au désespoir et essaie de donner l'illusion que c'était Vetlesen...

— C'était peut-être le but depuis le début, répondit Katrine. Il avait un mobile pour désigner Vetlesen et personne d'autre, de vieux comptes à régler. Il t'a guidé tout le temps, depuis le début.

— Ou c'est peut-être simplement qu'il devait te battre, proposa Holm. Te pousser à te tromper. Pour ensuite jouir tranquillement de sa victoire.

— Allez, pouffa Skarre avec dédain. À vous entendre, on croirait à une affaire personnelle entre le Bonhomme de neige et Harry Hole. »

Les trois autres regardèrent l'inspecteur, sans rien dire.

« C'est le cas ? » demanda Skarre en fronçant les sourcils.

Harry dépendit son blouson du perroquet.

« Katrine, je veux que tu retournes voir Borghild. Dis que nous avons les pleins pouvoirs pour consulter les dossiers des patients. J'endosse la responsabilité s'il le faut. Et tu vois ce que tu trouves sur Arve Støp. Autre chose avant que je me casse ?

— Cette bonne femme de Tveita, répondit Holm. Camilla Lossius. Elle est toujours portée disparue.

— Jettes-y un coup d'œil, Holm.

— Qu'est-ce que tu vas faire ? » s'enquit Skarre.

Harry fit un petit sourire.

« Apprendre à jouer au poker. »

Devant la porte de l'appartement de Tresko, au sixième étage de l'unique immeuble d'habitation de Frogner plass, Harry avait eu la même impression que quand il était petit, pendant les vacances à Oppsal. Que c'était la dernière possibilité, l'ultime geste désespéré après avoir sonné chez tous les autres. Tresko – ou Asbjørn Treschow de son nom de baptême – ouvrit et posa sur Harry un regard maussade. Car il savait, ce jour-là comme à l'époque. Dernière possibilité.

La porte d'entrée donnait directement sur un logement de trente mètres carrés, comprenant ce que l'on pouvait appeler avec une certaine bonne volonté un salon avec coin-cuisine, et sinon un studio dans lequel on pouvait éventuellement faire du thé. La puanteur était effroyable. C'était l'odeur de bactéries prospérant sur des pieds humides et dans une atmosphère confinée, d'où l'expression populaire, mais bien vue, de « pets de pieds ». Tresko avait hérité cette sudation localisée de son père. Tout comme il avait hérité du surnom dont avait été affublé son père, parce qu'il portait toujours ces chaussures douteuses, en croyant dur comme fer que le bois capturerait l'odeur.

Tout ce que l'on pouvait dire de positif concernant l'odeur des pieds de Tresko junior, c'était qu'elle réussissait à masquer celle provenant de la vaisselle sale empilée dans l'évier, des cendriers pleins à ras bord ou des T-shirts trempés de sueur mis à sécher sur les dossiers de chaise. Harry se demanda si ce n'était pas la transpiration qui avait rendu fous les adversaires de Tresko lorsque celui-ci était parvenu en demi-finale du championnat du monde de poker, à Las Vegas.

« Ça fait longtemps, lâcha Tresko.

— Oui. Super que tu aies eu le temps de me recevoir. »

Tresko émit un petit rire, comme si Harry avait raconté une histoire drôle. Et Harry, qui ne comptait pas passer plus de temps que nécessaire dans l'appartement, en vint immédiatement à l'essentiel :

« Alors pourquoi le poker ne consiste qu'à savoir déceler quand l'adversaire bluffe ? »

Tresko ne parut voir aucune objection à sauter l'étape causette :

« Les gens croient que le poker est une question de statistiques, de hasard et de vraisemblance. Mais lorsque tu joues à un haut niveau, tous les joueurs connaissent les probabilités par cœur, ce n'est plus sur ce terrain que se dispute la bataille. Ce qui distingue les meilleurs, c'est la capacité à percer à jour ses adversaires. Avant de partir pour Vegas, je savais que j'allais jouer contre les meilleurs. Et ceux-là, je pouvais les voir jouer sur Gambler's Channel, que je recevais par le satellite. Je l'enregistrais sur cassette, pour étudier chacun de ces gars-là quand ils bluffaient. En passant l'enregistrement au ralenti, en notant les moindres détails sur les visages, ce qu'ils disaient et faisaient, ce qui se répétait. Et quand j'ai eu bossé assez longtemps, il est apparu qu'ils avaient toujours quelque chose, un truc qui revenait. L'un se grattait l'aile droite du nez, un autre caressait l'envers des cartes. Et là j'ai fait le voyage avec la certitude que j'allais gagner. Malheureusement, il est apparu que davantage de choses encore me trahissaient moi. »

Le rire amer de Tresko sonna comme une espèce de sanglot, secouant ce grand corps informe.

« Dis-moi si je convoque un mec pour une audition, tu pourras voir s'il ment ? »

Tresko secoua la tête.

« Ce n'est pas si simple. Pour commencer, il faut que j'aie ça en vidéo. Ensuite, je dois avoir vu les cartes, pour savoir quand il a bluffé. À ce moment-là, je peux revenir en arrière et analyser ce qu'il fait différemment. C'est comme quand on étalonne un détecteur de mensonges, non ? Avant le test, on fait dire au gazier une vérité évidente, comme son nom, par exemple. Puis un mensonge évident. Ensuite, on lit dans les relevés, pour avoir une carte à suivre.

— Une vérité évidente, murmura Harry. Et un mensonge évident. Sur un bout de vidéo.

— Mais comme je te l'ai dit au téléphone, je ne te promets rien. »

Harry trouva Beate Lønn à la « House of Pain », la pièce où elle avait passé presque tout son temps quand elle travaillait à l'OCRB. La « House of Pain » était un bureau privé de fenêtre, rempli de lecteurs et d'enregistreurs servant à visionner et modifier des vidéos de braquages, agrandir les images, identifier des gens sur des photos à gros grain et des voix sur des répondeurs téléphoniques peu nets. Mais elle dirigeait à présent la Brigade technique, à Bryn, et était de surcroît en congé parental.

Les machines bourdonnaient, et la chaleur sèche avait fait apparaître des taches roses sur ses joues pâles, presque transparentes.

« Salut. » Harry laissa la porte de fer se refermer derrière lui.

La petite femme menue se leva et ils se prirent dans les bras l'un de l'autre, un peu gênés.

« Tu es drôlement maigre », constata-t-elle.

Harry haussa les épaules. « Comment ça va... tout ? »

— Greger dort quand il le doit, mange ce qu'il doit et ne pleure presque pas. » Elle sourit. « Et en ce qui me concerne, c'est tout pour l'instant. »

Il songea qu'il devait dire quelques mots sur Halvorsen. Montrant qu'il n'avait pas oublié. Mais les mots justes ne venaient pas. Et comme si elle comprenait, elle demanda à la place comment il allait.

« Bien, répondit-il en se laissant tomber dans un fauteuil. Pas trop mal. Lamentablement. Ça dépend de quand tu poses la question.

— Et aujourd'hui ? »

Elle se tourna vers un moniteur, pressa un bouton, et les gens sur l'écran se mirent à courir à reculons en direction d'une entrée marquée STOROSENTERET, en majuscules.

« Je suis paranoïaque. J'ai la sensation de pourchasser quelqu'un qui me manipule, que tout est sens dessus dessous, et que c'est lui qui me fait faire exactement ce qu'il veut. Tu connais cette sensation ?

— Oui. Je l'appelle Greger. » Beate arrêta le rembobinage. « Tu veux voir ce que j'ai trouvé ? »

Harry approcha son fauteuil. Les talents tout particuliers de Beate ne tenaient pas du mythe : son gyrus fusiforme, cette partie du cerveau qui enregistre et identifie les visages humains, était si développé et sensible qu'elle était à elle toute seule une véritable cartothèque de criminels.

« J'ai passé en revue les photos que vous possédez des gens impliqués dans cette affaire. Époux, enfants, témoins et j'en passe. Je sais bien à quoi ressemblent nos vieilles connaissances. »

Elle fit avancer le film image par image. « Là », précisa-t-elle en s'arrêtant.

L'image s'immobilisa en tremblant, montrant quelques personnes en noir et blanc, gros grain, avec une mise au point douteuse.

« Où ça ? » voulut savoir Harry, qui se sentait aussi bête que d'habitude quand il regardait des visages avec Beate Lønn.

« Là. C'est la même personne que sur cette photo. » Elle tira l'un des clichés de l'enveloppe. « Est-ce que ce pourrait être cette personne qui te traque, Harry ? »

Harry regarda le tirage avec surprise. Avant de hocher lentement la tête et d'attraper le téléphone. Katrine Bratt répondit en deux secondes.

« Enfile ta veste et retrouve-moi au garage. On va faire un tour en voiture. »

Harry suivit Uranienborgveien et Majorstuveien, pour éviter les feux de Bogstadveien.

« Elle était vraiment certaine que c'était lui ? demanda Katrine. La qualité des images de ces caméras de surveillance…

— Crois-moi. Si Beate Lønn dit que c'est lui, c'est lui. Appelle les renseignements pour obtenir son numéro personnel.

— Je l'ai enregistré dans mon téléphone mobile, répondit Katrine en sortant l'appareil.

— Enregistré ? s'étonna Harry en lui jetant un coup d'œil. Tu fais ça avec toutes les personnes sur qui tu bosses dans cette affaire ?

— Yep. Je les range dans un groupe à part. Que j'efface quand l'affaire est élucidée. Tu devrais essayer, c'est une sensation réellement exquise quand tu appuies sur "Effacer". Très… concrète. »

Harry s'arrêta devant la maison jaune de Hoff.

Aucune fenêtre n'était éclairée.

« Filip Becker, murmura Katrine. Qui l'eût cru.

— N'oublie pas que nous venons juste discuter un peu avec lui. Il a pu avoir des raisons tout à fait naturelles d'appeler Vetlesen.

— Depuis une cabine téléphonique de Storosenteret ? »

Harry regarda Katrine. Le sang battait sous la peau fine de sa gorge. Il détourna les yeux et les braqua sur la fenêtre du salon.

« Viens », murmura-t-il. À l'instant même où il saisissait le levier d'ouverture de la portière, son téléphone mobile sonna. « Oui ? »

La voix à l'autre bout du fil semblait en proie à une certaine excitation, mais fit néanmoins un rapport concis. Harry l'interrompit avec deux « Mmm », un « Quoi ? » surpris et un « Quand ? ».

Le silence se fit enfin du côté de l'interlocuteur.

« Appelle le central d'opérations, ordonna Harry. Demande-leur d'envoyer dans Hoffsveien les deux voitures de patrouille les plus proches. Aucune sirène, et demande-leur de s'arrêter chacune à un bout du pâté de maisons. Quoi ? Parce qu'il y a un gamin, à l'intérieur, et que nous ne voulons pas rendre Becker plus nerveux que nécessaire. D'accord ? »

L'autre était manifestement d'accord.

« C'était Holm. » Harry se pencha vers Katrine, ouvrit la boîte à gants, fouilla et sortit une paire de menottes. « Ses gars ont trouvé pas mal d'empreintes digitales sur la voiture, dans le garage de Lossius. Ils les ont comparées avec les autres empreintes digitales dont nous disposons dans l'affaire. »

Harry retira le porte-clés du démarreur, se pencha et tira un coffret en métal de sous le siège. Il introduisit une clé dans la serrure, ouvrit et souleva un Smith & Wesson noir, à canon court.

« L'une sur l'aile avant concordait. »

Katrine plissa la bouche en un *o* muet, et fit un signe de tête interrogateur vers la maison jaune.

« Yep. Le professeur Filip Becker. »

Il vit les yeux de Katrine Bratt s'agrandir. Mais la voix était toujours aussi calme :

« J'ai le sentiment que je ne vais pas tarder à appuyer sur la touche "Effacer". »

— Peut-être », répondit Harry en faisant basculer le barillet de son revolver pour vérifier s'il y avait des cartouches dans tous les logements.

« Il n'y a pas deux hommes pour enlever une femme de cette façon. » Elle pencha la tête d'un côté, puis de l'autre, comme si elle s'échauffait avant un combat de boxe.

« Une supposition sensée.

— Nous aurions dû le comprendre quand nous sommes venus la première fois. »

Harry la regarda et se demanda pourquoi il ne partageait pas l'excitation de la jeune femme : qu'était devenue la sensation enivrante qu'il connaissait à l'approche de l'arrestation ? Était-ce parce qu'il savait qu'elle serait bientôt remplacée par le sentiment d'être arrivé trop tard malgré tout, d'être un pompier qui nettoie dans des ruines ? Oui, mais ce n'était pas que ça. Il y avait autre chose, il le sentait, à présent. Il doutait. Les empreintes digitales et les photos de Storosenteret suffiraient plus qu'amplement dans une salle d'audience, mais ça avait été trop facile. Ce meurtrier n'était pas ainsi, il ne commettait pas des erreurs aussi banales. Ce n'était pas cette personne qui avait déposé la tête de Sylvia Ottersen au sommet d'un bonhomme de neige, qui avait congelé un policier dans son propre congélateur, qui avait envoyé à Harry une lettre dans laquelle on lisait : *Ce que tu devrais te demander, c'est ceci : « Qui a fait le bonhomme de neige ? »*

« Que faisons-nous ? voulut savoir Katrine. On l'arrête ? »

Au ton, Harry ne put pas déterminer s'il s'agissait ou non d'une question.

« Pour l'instant, on attend. Jusqu'à ce que la couverture soit en place. Et on sonne.

— Et s'il n'est pas à la maison ?

— Il l'est.

— Ah ? Comment...

— Regarde la fenêtre du salon. Pendant un certain temps. »

Elle vit. Et lorsque la lumière blanche se modifia derrière la grande fenêtre panoramique du salon, il vit qu'elle comprenait. Que c'était la lumière d'un téléviseur allumé.

Ils attendirent en silence. Tout était calme. Une corneille cria. Puis le calme revint. Le téléphone de Harry sonna.

Leur couverture était assurée.

Harry leur dressa un rapide aperçu de la situation. Il ne voulait voir aucun uniforme avant qu'ils n'aient été appelés, sauf, éventuellement, s'ils entendaient des coups de feu ou des cris.

« Règle-le sur muet », conseilla Katrine lorsqu'il eut interrompu la communication.

Il fit un rapide sourire, s'exécuta et lança un coup d'œil à la dérobée dans sa direction. Repensa à son visage quand la porte du congélateur s'était ouverte. Mais pour l'heure ce visage ne trahissait pas la moindre peur ou nervosité, seulement de la concentration. Il fourra le téléphone dans sa poche de blouson, et l'entendit tinter contre le revolver.

Ils descendirent de voiture, traversèrent la rue et ouvrirent le portail. Le gravier mouillé de l'allée mâchait avidement leurs chaussures. Harry gardait un œil sur la fenêtre panoramique, à la recherche d'ombres en mouvement contre le papier peint blanc.

Ils se retrouvèrent sur les marches. Katrine regarda rapidement Harry, qui hocha la tête. Elle sonna. Un *pling-plong* profond, hésitant, résonna à l'intérieur.

Ils attendirent. Aucun bruit de pas. Pas d'ombre dans le verre dépoli de la vitre tout en longueur à côté de la porte.

Harry avança et posa une oreille contre le verre, un moyen simple et d'une efficacité surprenante d'écouter ce qui se passe à l'intérieur d'une maison. Mais il n'entendit rien, pas même la télévision. Il recula de trois pas, saisit l'extérieur du toit descendant au-dessus de l'escalier, attrapa la gouttière à deux mains et se hissa jusqu'à voir tout le salon par la fenêtre. Dos à lui, sur le sol devant le téléviseur, une personne en manteau gris était assise en tailleur. Deux énormes écouteurs couronnaient le crâne bosselé à l'instar d'une auréole noire. Un cordon partait des écouteurs et courait jusqu'au poste.

« Il n'entend pas à cause de son casque, expliqua Harry en se laissant retomber juste à temps pour voir Katrine poser la main sur la poignée de porte. Les bandes de caoutchouc tendues autour du chambranle laissèrent échapper le battant avec un léger claquement.

« Nous sommes sûrement les bienvenus », constata Katrine à voix basse avant d'entrer.

Désarçonné, jurant en son for intérieur, Harry lui emboîta le pas. Katrine était déjà arrivée à la porte du salon, qu'elle ouvrit. Elle s'y arrêta et attendit que Harry l'ait rejointe. Elle fit un pas de côté, bouscula un piédestal sur lequel un vase se mit à osciller dangereusement avant de décider de conserver une situation verticale.

Six mètres au moins les séparaient de la personne qui leur tournait toujours le dos, assise par terre.

Sur l'écran du téléviseur, un bébé chancelant essayait de conserver son équilibre en se cramponnant aux index d'une femme qui riait. Un voyant bleu était éclairé sur le lecteur de DVD, sous l'appareil. Harry eut une impression de déjà-vu, la sensation d'une tragédie qui allait se reproduire. Exactement ainsi : le silence, l'enregistrement amateur de photos d'une famille heureuse, le contraste entre jadis et maintenant, la tragédie qui s'est déjà déroulée et qui n'a besoin que d'une fin.

Katrine tendit un doigt, mais il avait déjà vu.

Le pistolet était posé juste derrière la personne, entre un puzzle à moitié fait et une Gameboy, et ressemblait à s'y méprendre à un jouet banal. Un Glock 21, paria Harry en sentant la nausée l'envahir lorsque son corps changea subitement de vitesse et que davantage d'adrénaline fut injectée dans le sang.

Ils avaient deux possibilités. Rester près de la porte, crier le nom de Becker et assumer les conséquences de ce qui arrive quand un homme armé est confronté à son arme. Ou bien le désarmer avant qu'il ne les découvre. Harry posa une main sur l'épaule de Katrine et la fit passer derrière lui tout en calculant le temps nécessaire à Becker pour se retourner, ramasser le pistolet, viser et faire feu. Quatre longues enjambées suffiraient, et il n'y avait pas de source lumineuse derrière Harry pour provoquer une ombre, ni assez de lumière sur l'écran pour que Harry s'y reflète.

Il inspira et se mit en mouvement. Posa le pied aussi délicatement que possible sur le parquet. Le dos ne bougea pas. Il était à la moitié de la seconde longue enjambée lorsqu'il entendit le claquement derrière lui. Et sut instinctivement qu'il s'agissait du vase. Il vit la personne se retourner à toute vitesse, puis l'expression tourmentée de Filip Becker. Harry se figea, et ils se regardèrent tandis que l'écran de télévision derrière Becker s'assombrissait. La bouche de Becker s'ouvrit, comme s'il voulait parler. La sclérotique de ses yeux était sillonnée de rouge et ses joues étaient gonflées comme s'il avait pleuré.

« Le pistolet ! »

C'était Katrine qui criait, et Harry leva automatiquement les yeux pour voir le reflet de la jeune femme dans l'écran noir du téléviseur. Elle était à la porte, jambes écartées, bras tendus en avant et les mains serrées autour d'un revolver.

Le temps parut ralentir, se changer en matière informe et visqueuse dans laquelle seuls les sens continuaient à fonctionner dans la réalité.

Un policier chevronné comme Harry se serait naturellement jeté au sol en tirant son propre revolver. Mais il y avait autre chose, plus lent que les instincts mais plus puissant dans son fonctionnement. Par la suite, Harry changerait d'avis, mais il pensa d'abord qu'il avait agi de la sorte à cause d'un autre déjà-vu, la vision d'un homme mort par terre, transpercé par une balle policière, parce qu'il se savait au bout du chemin, convaincu qu'il n'aurait pas la force de combattre d'autres fantômes.

Harry fit un pas sur la droite, dans la ligne de mire de Katrine.

Derrière lui, il entendit un déclic lisse et bien huilé. Le son du percuteur d'un revolver abaissé, d'un doigt qui relâche sa pression sur la gâchette.

La main de Becker était appuyée sur le sol, juste à côté du revolver. Les doigts étaient blancs au niveau des phalanges et de la jointure avec la paume. Ce qui signifiait que Becker s'appuyait dessus de tout son poids. L'autre main, la droite, enserrait une télécommande. Si Becker essayait de saisir le pistolet avec la main droite sans changer de posture, il perdrait l'équilibre.

« Ne bougez pas », ordonna Harry à voix haute.

Le seul mouvement perceptible chez Becker fut un clignement d'yeux, puis un autre, comme s'il désirait voir disparaître la vision de Harry et Katrine. Harry avança en rendant ses gestes calmes mais efficaces. Il se pencha et ramassa le pistolet, étonnamment léger. Assez léger pour lui faire comprendre qu'il ne pouvait pas y avoir de cartouches dans le chargeur. Il fourra l'arme dans sa poche de blouson, à côté de son propre revolver, et s'accroupit. Dans l'écran du téléviseur, il vit Katrine, qui les visait toujours, changer nerveusement de pied d'appui. Il tendit une main en direction de Becker, qui se replia tel un animal farouche, saisit l'un des écouteurs et lui retira le casque.

« Où est Jonas ? » demanda Harry.

Becker regarda Harry comme s'il ne comprenait ni la situation ni la langue employée.

« Jonas ? » répéta Harry, puis plus fort : « Jonas ! Jonas, tu es là ?

— Chut, répondit Becker. Il dort. » Sa voix était celle d'un somnambule, comme s'il avait pris un tranquillisant.

Becker tendit un doigt vers les écouteurs. « Il ne faut pas qu'il se réveille. »

Harry déglutit. « Où est-il ?

— Où ? » répéta Becker en penchant de côté son crâne bosselé et en regardant Harry comme s'il venait seulement de le reconnaître. « Dans son lit, évidemment. Tous les petits garçons doivent dormir dans leur lit. » Le ton de sa voix montait et descendait, comme s'il citait une chanson.

Harry plongea la main dans son autre poche et en tira ses menottes.

« Tendez les mains en avant », commanda-t-il.

Becker cligna de nouveau des yeux.

« C'est pour votre propre sécurité », précisa Harry.

C'était une réplique maintes fois répétée, qu'ils martelaient dès l'École supérieure de police, destinée à calmer la personne arrêtée. Mais en s'entendant la prononcer, Harry comprit soudain pourquoi il s'était placé dans la ligne de mire. Et ce n'était pas à cause de fantômes.

Becker leva les mains vers Harry, comme en prière, et l'acier claqua autour de ses poignets fins et velus.

« Restez assis. Elle vous surveille. »

Harry se redressa et alla vers la porte et vers Katrine. Elle avait baissé son arme et lui souriait avec un éclat curieux dans le regard. Comme si des braises y couvaient, très loin.

« Tout va bien ? s'enquit Harry à voix basse. Katrine ?

— Bien sûr », répondit-elle en riant.

Harry hésita. Puis gravit l'escalier. Il se rappelait où était la chambre de Jonas, mais ouvrit les autres portes d'abord. Comme pour le repousser. La lumière était éteinte dans la chambre de Becker, mais il vit le lit double. Les draps avaient disparu d'un côté. Comme s'il savait déjà qu'elle ne reviendrait jamais.

Harry se retrouva alors devant la porte de Jonas. Il se vida la tête d'idées et d'images avant d'ouvrir. Une série de notes bancales lancèrent leur écho fêlé à travers la pièce, et bien qu'il ne vît rien, il sut que le courant d'air avait mis en branle la petite construction de fins tubes métalliques. Parce que Oleg avait un carillon identique pendu au plafond de sa chambre. Harry entra et distingua quelqu'un ou quelque chose sous l'édredon. Il tendit l'oreille, à la recherche d'une respiration. Mais il n'entendait que les notes qui continuaient à vibrer, qui refusaient de mourir. Il posa la main sur l'édredon. Et l'espace d'un instant, la terreur le paralysa. Même si

286

rien dans cette pièce ne représentait un danger physique pour lui, il savait de quoi il avait peur. Parce qu'une autre personne, son ancien chef Bjarne Møller, l'avait un jour formulé pour lui. Il avait peur de son humanité.

Il tira doucement l'édredon du corps étendu là. C'était Jonas. Dans le noir, il paraissait réellement dormir. Exception faite des yeux grands ouverts, rivés au plafond. Harry remarqua un pansement sur le bras du petit garçon. Il se baissa vers la bouche entrouverte de Jonas en même temps qu'il posait une main sur son front. Et sursauta en sentant la peau chaude et un souffle contre son oreille. Ainsi qu'une voix ensommeillée qui murmurait : « Maman ? »

Harry n'était absolument pas préparé à sa propre réaction. Ce fut peut-être parce qu'il songea à Oleg. Ou parce qu'il se vit lui-même à une époque où il avait été un petit garçon se réveillant en pensant qu'elle était encore vivante, et déboulant dans la chambre de ses parents, à Oppsal, pour voir le lit double d'où les draps avaient été retirés sur un côté.

En tout cas, Harry ne parvint pas à retenir les larmes qui jaillirent soudain de ses yeux, les emplissant jusqu'à ce que le visage de Jonas flotte devant lui et qu'elles coulent le long de ses joues en longues raies chaudes, avant de trouver des rides pour les conduire aux commissures de ses lèvres et que Harry sente son propre goût salé.

QUATRIÈME PARTIE

CHAPITRE 20

Jour 17. Les lunettes de soleil

Il était sept heures du matin quand Harry entra dans la cellule 23 des arrêts. Becker était assis sur sa paillasse, habillé de pied en cap, et le regardait sans rien exprimer. Harry posa la chaise qu'il avait apportée de la salle de garde au milieu des cinq mètres carrés mis à la disposition des clients d'une nuit des cellules d'isolement et de préventive de l'hôtel de police. Il s'assit à califourchon et proposa à Becker une cigarette de son paquet froissé de Camel.

« Je doute qu'il soit permis de fumer, ici, déclina Becker.

— Si j'étais là avec vue sur perpète, je crois que je prendrais le risque. »

Becker se contenta de le regarder.

« Allez, incita Harry. Vous ne trouverez pas de meilleur endroit pour fumer en loucedé. »

Le professeur eut un sourire en coin et tira la cigarette que Harry avait fait émerger du paquet.

« Jonas va bien, compte tenu des circonstances, déclara Harry en sortant son briquet. J'ai discuté avec les Bendiksen, et ils se sont dits d'accord pour le garder quelques jours chez eux. Il a fallu que je me batte un peu avec la protection de l'enfance, mais ils ont accepté. Et nous n'avons pas encore fait part de l'arrestation à la presse.

291

— Pourquoi ça ? voulut savoir Becker en inhalant prudemment par-dessus la flamme du briquet.

— J'y reviens. Mais vous comprenez sans doute que si vous ne collaborez pas, je ne peux pas continuer à garder cette nouvelle pour moi.

— Ha, ha ! vous êtes le gentil flic. Et celui qui m'a interrogé hier, c'était le méchant, n'est-ce pas ?

— C'est exact, Becker, je suis le gentil flic. Et j'aimerais beaucoup vous poser quelques questions *off the record*. Ce que vous raconterez ne pourra être ni ne sera utilisé contre vous. Vous me suivez ? »

Becker haussa les épaules.

« Espen Lepsvik, qui vous a entendu hier, pense que vous mentez, commença Harry en soufflant de la fumée bleue de cigarette en direction du détecteur au plafond.

— Sur quoi ?

— Quand vous affirmez que vous avez simplement discuté avec Camilla Lossius, dans son garage, avant de vous en aller.

— C'est vrai. Que croit-il ?

— Ce qu'il vous a dit la nuit dernière. Que vous l'avez enlevée, tuée et dissimulée.

— C'est complètement dément ! s'écria Becker. Nous n'avons fait que discuter, c'est vrai !

— Pourquoi refusez-vous de nous préciser de quoi vous avez parlé ?

— C'est une affaire personnelle, j'ai dit.

— Et vous avouez avoir appelé Idar Vetlesen le jour où il a été retrouvé mort, mais ce dont vous avez parlé, vous le considérez aussi comme une affaire personnelle, si j'ai bien compris ? »

Becker regarda autour de lui, comme s'il pensait qu'il devait y avoir un cendrier à proximité.

« Écoutez. Je n'ai rien fait d'illégal, mais je ne souhaite pas répondre à davantage de questions tant que mon avocat ne sera pas présent. Et il ne viendra que plus tard dans la journée.

— Hier au soir, nous vous avons proposé un avocat qui pouvait être là immédiatement.

— Je veux un avocat digne de ce nom, pas l'un de ces… employés de la commune. Ne serait-il pas temps que vous me racontiez pourquoi vous pensez que j'ai fait quelque chose à la femme de Lossius ? »

Harry tiqua sur la formulation. Ou plus exactement : l'intitulé. La femme de Lossius.

« Si elle a disparu, vous devriez plutôt arrêter Erik Lossius, poursuivit Becker. N'est-ce pas l'époux ?

— Si. Mais il a un alibi : il travaillait au moment où elle a disparu. La raison de votre présence ici, c'est que nous pensons que vous êtes le Bonhomme de neige. »

La bouche de Becker s'ouvrit à moitié, et il cilla comme il l'avait fait dans son salon de Hoffsveien deux jours plus tôt dans la soirée. Harry désigna la cigarette fumante entre les doigts de Becker.

« Il faut que vous inhaliez un peu de ce truc pour que nous ne déclenchions pas le détecteur de fumée.

— Le Bonhomme de neige ? s'écria Becker. Mais c'était Vetlesen !

— Non. Nous savons que ce n'était pas lui. »

Becker cligna par deux fois des yeux avant d'éclater d'un rire si sec et amer qu'il résonna comme une quinte de toux.

« Voilà pourquoi vous n'avez rien laissé filtrer pour la presse. Ils ne doivent pas savoir que vous avez fait une méga-boulette. Et en attendant, vous recherchez désespérément le bon. Ou le potentiellement bon.

— Correct, approuva Harry en tirant sur sa propre cigarette. Et pour l'instant, c'est vous.

— Pour l'instant ? Je pensais que vous étiez sûr de votre coup, que je ferais aussi bien d'avouer tout de suite.

— Je ne suis pas sûr.

— C'est une combine ? demanda Becker en fermant un œil.

— C'est seulement une impression, répondit Harry dans un haussement d'épaules. J'ai besoin que vous me convainquiez de votre innocence. Cette courte audition renforce juste l'impression que vous êtes un homme qui a beaucoup à cacher.

— Je n'avais rien à cacher. Je veux dire, je n'*ai* rien à cacher. Je ne vois tout simplement aucune raison de vous parler d'affaires privées dans la mesure où je n'ai rien fait de mal.

— Écoutez-moi bien, à présent, Becker. Je pense que vous n'êtes pas le Bonhomme de neige, et que vous n'avez pas supprimé Camilla Lossius. Et je crois que vous êtes une personne rationnelle. Qui comprend qu'il vous en coûterait moins de me dévoiler ces affaires privées, ici et maintenant, plutôt que de voir les manchettes de journaux, demain, annonçant que le professeur Filip Becker a été arrêté, soupçonné d'être le plus grand tueur en série de Norvège. Parce que même si vous êtes blanchi et relâché après-demain, ces gros titres seront toujours associés à votre nom. Et à celui de votre fils. »

Harry vit la pomme d'Adam de Becker s'élever et redescendre sur sa gorge mal rasée. Vit le cerveau tirer les conclusions logiques. Les conclusions simples. Puis cela vint, d'une voix torturée que Harry mit d'abord sur le compte de la cigarette peu familière :

« Birte, ma femme, était une putain.

— Oui ? » Harry tenta de dissimuler sa surprise.

Becker posa la cigarette sur le sol de ciment, se pencha et tira de sa poche revolver un petit carnet noir.

« J'ai trouvé ça le lendemain de sa disparition. Il était dans le tiroir de son bureau, même pas caché. Au premier coup d'œil, il avait aussi l'air tout à fait innocent. Des pense-bête classiques pour elle-même, et des numéros de téléphone. Seulement, quand j'ai contrôlé les numéros avec les renseignements, ils n'existaient pas. C'étaient des codes. Mais ma femme n'était pas experte en codes, j'en ai peur. Il m'a fallu à peine une journée pour tous les percer à jour. »

Erik Lossius possédait et gérait Rydd & Flytt, une entreprise de déménagement qui s'était taillé une place dans cette branche par ailleurs si peu lucrative grâce à des prix standardisés, une politique commerciale agressive, de la main-d'œuvre étrangère bon marché et des contrats par lesquels il réclamait d'être payé dès lors que les camions étaient chargés. Il n'avait jamais perdu d'argent sur un client, entre autres parce que les petits caractères inscrits sur le contrat stipulaient que les plaintes afférentes à d'éventuels dégâts ou vols devaient être formulées dans les deux jours, si bien que, dans la pratique, quatre-vingt-dix pour cent des nombreux clients s'y prenaient trop tard. En ce qui concernait les dix pour cent restants, Erik Lossius avait mis au point des stratégies visant à se rendre injoignable, ou à faire traîner les procédures en les rendant si compliquées que même les gens dont le piano avait été démoli ou le téléviseur plasma égaré au cours du déménagement finissaient par jeter l'éponge. Erik Lossius avait débuté très jeune dans ce secteur, chez l'ancien propriétaire de Rydd & Flytt. Celui-ci était un ami du père d'Erik, et c'était ce dernier qui l'y avait fait entrer.

« Ce gosse est trop agité pour aller à l'école, et trop intelligent pour devenir escroc, avait expliqué le père au propriétaire. Tu peux le prendre ? »

En tant que vendeur payé à la commission, Erik s'était rapidement distingué grâce à son charme, son efficacité et sa brutalité. Il avait hérité des yeux marron de sa mère et des cheveux épais et bouclés de son père. Il avait une carrure d'athlète, et c'étaient surtout les femmes qui renonçaient à demander des devis chez des concurrents, préférant signer sur-le-champ. Et il était intelligent, doué pour les chiffres et malin. Les prix étaient bas et la responsabilité du client en matière de pertes et dégâts importante. Au bout de cinq ans, la société dégageait un bel excédent, et Erik était devenu le bras droit du propriétaire pour une bonne partie de la gestion. Mais au cours d'une opération de déménagement assez simple, juste avant Noël – monter une table au bureau d'Erik, à côté de celui du chef, au premier –, le propriétaire fut victime d'un infarctus et s'écroula, mort. Les jours qui suivirent, Erik consola l'épouse du propriétaire du mieux qu'il put – et il put assez bien – et une semaine après l'inhumation, ils s'accordaient sur un montant de cession presque symbolique pour ce qu'Erik avait présenté comme étant « un petit magasin dans une branche peu lucrative où les risques sont importants et les marges inexistantes ». Ajoutant que sa priorité était de faire que l'œuvre du mari soit poursuivie par quelqu'un. Ce disant, une larme avait scintillé dans les yeux marron de la veuve, et elle avait posé une main frémissante sur la sienne en disant que dans ce cas, il devait venir en personne la tenir au courant. Erik Lossius devint ainsi propriétaire de Rydd & Flytt, et la première chose qu'il fit fut de bazarder les plaintes pour dégâts et pertes, de réviser les contrats, d'envoyer des courriers à tous les ménages du riche Vestkant d'Oslo où, non contents de déménager plus qu'ailleurs, les gens étaient aussi plus sensibles aux prix.

À trente ans révolus, Erik Lossius avait eu les moyens de s'offrir deux BMW, une résidence d'été juste au nord de Cannes, ainsi qu'une villa de cinq cents mètres carrés quelque part à Tveita, où les immeubles dans lesquels il avait grandi ne faisaient pas d'ombre. En deux mots : il avait eu les moyens de s'offrir Camilla Sandén.

Camilla était issue d'une famille ruinée de commerçants en confection originaire de Blommenholm, Vestkant, un milieu aussi étranger à ce fils d'ouvrier que le vin français dont il avait à présent des piles de bouteilles de plus d'un mètre dans sa cave de Tveita. Mais en entrant dans la grande maison et en voyant tout ce qu'il y aurait à déménager, il découvrit ce qu'il ne possédait pas encore, et devait par conséquent acquérir : la classe, le style, la splendeur d'autrefois et une assurance décontractée que seuls les sourires et la politesse soulignaient. Et tout cela était personnifié par la fille de la maison, Camilla, assise au balcon pour regarder le fjord d'Oslo à travers de grandes lunettes de soleil qui, selon Erik, pouvaient avoir été achetées dans la station-service la plus proche mais devenaient sur elle du Gucci, Dolce & Gabbana et Dieu sait quelle autre marque.

À présent, il connaissait les noms de ces marques.

Il avait déménagé toutes leurs affaires, moins quelques tableaux destinés à être vendus, pour une maison de taille modeste à une adresse moins prestigieuse, et n'avait jamais reçu de déclaration de perte pour la seule chose qu'il avait chipée dans le chargement. Même lorsque Camilla sortit en tenue de mariée sur les marches de l'église de Tveita, avec les immeubles comme témoins muets, ses parents ne trahirent en rien leur désapprobation quant au choix de leur fille. Sans doute parce qu'ils voyaient que, d'une certaine façon, Erik et Camilla se complétaient : il manquait de classe, elle d'argent.

Erik traitait Camilla comme une princesse, et elle le laissait faire. Il lui donnait ce qu'elle voulait, la laissait tranquille dans leur chambre lorsqu'elle le désirait et n'exigeait rien d'autre qu'un effort de sa part pour bien présenter quand ils sortaient ou invitaient de prétendus couples d'amis – en réalité ses amis d'enfance à lui à dîner. Elle se demandait parfois tout bonnement s'il l'aimait, et commença petit à petit à développer une grande affection pour ce jeune de l'Østkant, déterminé et dur à l'ouvrage.

De son côté, Erik était on ne peut plus heureux. Il avait compris dès le début que Camilla n'était pas du genre fougueuse, et c'était entre autres ce qui la plaçait à ses yeux dans une tout autre sphère, bien plus élevée, que les filles auxquelles il était habitué. Il parvenait malgré tout à satisfaire ses besoins physiques à travers des relations clientèle rapprochées. Erik en était venu à la conclusion qu'il devait y avoir quelque chose dans la nature du déménagement et du départ propre à rendre les gens sentimentaux, désespérés et ouverts aux nouvelles expériences. Quoi qu'il en soit, il baisait célibataires, divorcées, concubines et épouses sur des tables de salle à manger, des paliers, des matelas sous plastique et des parquets tout propres, au milieu de cartons scotchés et de murs

297

nus, pendant qu'il réfléchissait à ce qu'il achèterait à Camilla la fois suivante.

Le trait de génie résidait dans le fait que par définition, c'étaient des femmes qu'il ne reverrait jamais. Elles devaient déménager et disparaître. Et c'est ce qu'elles firent. Toutes sauf une.

Birte Olsen était brune, douce et dotée d'un corps digne de *Penthouse*. Elle était plus jeune que lui, sa voix claire et les phrases qui sortaient de sa bouche la faisaient paraître encore plus jeune. Elle en était à son deuxième mois de grossesse, devait emménager en ville, depuis le quartier de Tveita, qu'Erik connaissait bien, pour s'installer dans Hoffsveien en compagnie du père de l'enfant à venir, un mec du Vestkant avec qui elle allait se marier. C'était un déménagement avec lequel Erik Lossius pouvait s'identifier. Et – comprit-il après l'avoir prise sur une chaise en bois rustique au beau milieu d'un salon entièrement vidé – du sexe dont il ne pouvait se passer.

En bref, Erik Lossius avait trouvé son semblable.

Oui, car il la considérait comme un homme, quelqu'un qui ne donnait pas l'impression de vouloir autre chose que ce que lui voulait : baiser l'autre à en perdre la raison. Et d'une certaine façon, ils y arrivèrent. En tout cas, ils commencèrent à se voir dans des appartements désertés dont le contenu devait être déménagé ou emménagé, au moins une fois par mois et toujours avec un risque certain d'être découverts. Ils étaient rapides et efficaces, et leurs rituels étaient immuables. Erik Lossius se réjouissait pourtant à l'idée de ces rencontres à l'instar d'un enfant à l'idée du réveillon de Noël, autrement dit avec des attentes simples, que la certitude que ce devait être ainsi, que ses attentes seraient comblées, ne faisait que renforcer. Ils vivaient des vies parallèles, avaient des réalités parallèles, et cela semblait leur convenir – à elle aussi bien qu'à lui. Ils continuèrent à se voir de la sorte, seulement interrompus par l'accouchement, qui heureusement se fit par césarienne, quelques longues vacances et une maladie vénérienne bénigne dont il ne put ni ne voulut trouver l'origine. Dix ans s'étaient maintenant écoulés, et devant un Erik Lossius assis sur un carton dans un appartement à moitié vide de Torshov, un grand type presque rasé lui demandait d'une voix de tondeuse à gazon s'il avait connu Birte Becker.

Erik Lossius déglutit.

Le mec s'était présenté comme Harry Hole, inspecteur principal à la Brigade criminelle, mais il ressemblait davantage à un déménageur d'Erik qu'à un truc-bidule chef. Les policiers avec qui Erik avait été en contact après avoir déclaré la disparition de Camilla appartenaient au groupe des disparitions. Mais quand le gars avait tendu sa carte de police, Erik avait tout de suite pensé qu'il lui apportait des nouvelles de Camilla. Et – puisque le policier qu'il avait devant lui n'avait pas téléphoné, mais était venu le chercher ici – il craignait d'entendre de mauvaises nouvelles. Voilà pourquoi il avait fait sortir ses ouvriers et demandé à l'inspecteur principal de s'asseoir pendant que lui mettait la main sur une cigarette et tentait de se préparer à ce qui viendrait.

« Alors ? interrogea l'inspecteur principal.

— Birte Becker ? » répéta Erik Lossius en essayant d'allumer sa cigarette et de penser très vite en même temps. Il échoua sur les deux tableaux. Seigneur, il ne parvenait même pas à penser lentement.

« Je comprends que vous ayez besoin d'un peu de temps, répondit l'inspecteur principal en tirant son propre paquet de cigarettes. Je vous en prie. »

Erik regarda l'inspecteur principal allumer une Camel, et fit un bond quand l'autre tendit la main vers lui, le briquet toujours allumé.

« Merci », murmura Erik en inhalant si fort que le tabac crépita. La fumée emplit ses poumons, et la nicotine fut comme injectée dans son système sanguin. Il s'était déjà dit que ça pourrait finir par arriver, tôt ou tard ; que la police trouverait d'une façon ou d'une autre un lien entre Birte et lui, et viendrait poser des questions. Mais il n'avait alors réfléchi qu'à la manière dont il parviendrait à tenir l'événement secret pour Camilla. À présent, la situation était tout autre. À partir de cet instant précis, en fait. Car jusque-là il n'avait pas encore compris que la police pensait qu'il pouvait exister un lien entre les deux disparitions.

« Le mari de Birte, Filip Becker, a trouvé un carnet de notes dans lequel Birte avait utilisé une sorte de langage codé, expliqua le policier. Qui était relativement facile à déchiffrer. C'étaient des numéros de téléphone, des dates et de petits messages. Qui laissaient relativement peu de doute quant au fait que Birte ait eu des contacts réguliers avec d'autres hommes.

— D'autres hommes ? ne put s'empêcher de répéter Erik.

— Si ça peut vous réconforter, Becker pensait que vous étiez celui qu'elle voyait le plus souvent. À des adresses très variées, si j'ai bien compris. »

Erik ne répondit pas, il avait juste l'impression d'être dans un bateau, et de regarder un raz de marée grossir à l'horizon.

« Donc, Becker a trouvé votre adresse, a pris le pistolet-jouet de son fils, une réplique criante de vérité d'un Glock 21, et est monté à Tveita pour attendre votre retour. Il voulait voir la peur dans vos yeux, a-t-il dit. Vous menacer pour que vous racontiez ce que vous saviez, puis venir nous donner votre nom. Il a suivi la voiture qui entrait au garage, mais il s'est avéré que c'était votre femme.

— Et il... il...

— Lui a tout révélé, oui. »

Erik se leva de son carton et alla à la fenêtre. L'appartement avait vue sur le parc de Torshov et sur un Oslo baigné dans le soleil pâle de l'après-midi. Il n'aimait pas les appartements donnant sur d'anciens immeubles, qui étaient synonymes d'escaliers. Plus la vue était dégagée, plus les escaliers étaient nombreux et les appartements chers, et avec eux des choses plus lourdes, plus chères, des indemnités de perte plus élevées et des défections pour maladie plus ncmbreuses de la part de ses ouvriers. Mais on s'exposait à ce risque lorsqu'on choisissait de pratiquer des prix bas qui n'augmentaient jamais : on gagnait toujours dans la course aux déménagements les plus moisis. Sur le long terme, tous les risques cependant ont leur prix. Erik inhalait et entendait le policier parcourir la pièce à pas traînants. Il savait que ce policier ne se laisserait pas épuiser par une stratégie de temporisation, qu'il ne s'agissait pas d'une plainte pour dégâts qu'il pourrait bazarder. Que Birte Olsen, à présent Becker, allait être la première cliente pour laquelle il essuierait une perte.

« En outre il a dit avoir eu une relation avec Birte Becker pendant dix ans, expliqua Harry. Et que lors de leur première rencontre et partie de jambes en l'air, elle était enceinte de son mari.

— On est enceinte d'un petit garçon ou d'une petite fille, rectifia Rakel en tapotant son oreiller afin de mieux voir Harry. Pas de son mari.

— Mmm. » Harry se hissa sur un bras, s'étira par-dessus la femme et attrapa son paquet de cigarettes sur la table de chevet. « Pas plus de huit fois sur dix.

— Quoi ?

— À la radio, ils ont dit qu'entre quinze et vingt pour cent de tous les enfants scandinaves ont un autre père que celui qu'ils croient être le leur. » Il secoua le paquet pour en faire sortir une cigarette, et la brandit vers la lumière du soir qui filtrait entre les stores. « On partage ? »

Rakel hocha silencieusement la tête. Elle ne fumait pas, mais lorsqu'ils sortaient ensemble, c'était quelque chose dont elle avait pris l'habitude après qu'ils avaient fait l'amour : partager cette unique cigarette. La première fois que Rakel avait demandé à goûter sa cigarette, elle avait dit que c'était parce qu'elle voulait ressentir la même chose que lui, être empoisonnée et stimulée comme lui, venir aussi près de lui que possible. Il avait songé à toutes les jeunes junkies qu'il avait rencontrées, qui s'étaient fait leur premier shoot pour cette même raison idiote, et il avait refusé. Mais elle l'avait convaincu, et c'était progressivement devenu un rituel. Quand ils avaient fait l'amour lentement, avec indolence, longtemps, cette cigarette était comme une prolongation de ce moment. D'autres fois, ça revenait à fumer le calumet de la paix après une bataille.

« Mais il avait un alibi pour toute la soirée pendant laquelle Birte a disparu, poursuivit Harry. Beuverie entre hommes à Tveita, qui a démarré à six heures et a duré toute la nuit. Au moins dix témoins, pétés pour la plupart, d'accord, mais personne n'est parti avant six heures le lendemain matin.

— Pourquoi devez-vous tenir secret le fait que le Bonhomme de neige n'a pas été pris ?

— Aussi longtemps qu'il pense qu'on a le coupable, on peut espérer qu'il va faire profil bas et ne pas commettre d'autres assassinats. Et il se montrera moins vigilant s'il pense que la chasse est terminée. Pendant ce temps-là, on peut l'approcher tranquillement…

— C'est de l'ironie que j'entends ?

— Peut-être, répondit Harry en lui tendant la cigarette.

— Tu n'y crois donc pas complètement ?

— Je crois que la direction a d'autres raisons de ne pas révéler que nous n'avons pas le bon type. C'est le chef de la Crim et Hagen qui ont tenu la conférence de presse au cours de laquelle ils se sont félicités d'avoir élucidé cette affaire… »

Rakel soupira.

« Et malgré tout, l'hôtel de police me manque, de temps en temps.

— Mmm. »

Rakel regarda la cigarette. « Est-ce que tu as déjà été infidèle, Harry ?

— Définis infidèle.

— Coucher avec quelqu'un d'autre que la personne avec qui tu sors.

302

— Oui.

— Pendant que tu étais avec moi, je veux dire ?

— Tu sais parfaitement que je ne peux pas le savoir à cent pour cent.

— OK, mais quand tu n'avais pas bu, alors ?

— Non, jamais.

— Alors qu'est-ce que tu penses de moi en voyant que je suis ici ?

— C'est une question piège ?

— Je suis sérieuse, Harry.

— Je sais. Simplement, je ne sais pas si j'ai envie de répondre.

— Alors tu n'auras plus de cette cigarette.

— Ouille ! OK. Je pense que tu crois vouloir m'avoir, mais que tu souhaiterais l'avoir lui. »

Les mots s'immobilisèrent entre eux, comme imprimés dans les ténèbres de la chambre.

« Tu es si affreusement... instrumental ! s'écria Rakel avant de tendre la cigarette à Harry et de croiser les bras.

— On est obligés de parler de ça ?

— Mais il faut que j'en parle ! Tu ne comprends pas ça ? Sinon, je vais devenir folle. Seigneur, je le suis déjà ; être ici, mainte-nant... »

Elle remonta l'édredon jusque sous son menton.

Harry se tourna et se colla tout contre elle. Avant même de l'avoir touchée, elle avait fermé les yeux, appuyé la tête en arrière, et entre ses lèvres entrouvertes, il entendit sa respiration s'accélérer. Comment y arrive-t-elle ? se demanda-t-il. De la honte à l'excita-tion en si peu de temps ? Comment peut-elle être aussi... instru-mentale ?

« Crois-tu... », commença-t-il, et il la vit ouvrir les yeux et bra-quer son regard sur le plafond, surprise et frustrée face à ce contact qui ne venait pas. « Crois-tu que la mauvaise conscience nous excite ?

Que nous sommes infidèles non pas en dépit de la honte, mais à cause d'elle ? »

Elle cilla à plusieurs reprises.

« C'est une chose, répondit-elle enfin. Mais pas tout. Pas cette fois.

— Cette fois ?

— Oui.

— Je t'ai posé la question, une fois, et tu as dit...

— J'ai menti. J'ai déjà été infidèle.

— Mmm. »

Ils se turent pour écouter le bourdonnement lointain du rush de l'après-midi, sur Pilestredet. Elle était venue le voir en sortant du boulot. Il connaissait leurs habitudes, à elle et Oleg, et savait qu'elle ne devrait pas tarder à y aller.

« Tu sais ce que je déteste chez toi ? reprit-elle enfin en lui tirant rudement l'oreille. Que tu es si orgueilleux et têtu que tu ne peux pas te demander si c'était contre toi.

— Bon. » Harry prit la cigarette presque entièrement consumée et regarda le corps nu de Rakel tandis qu'elle quittait prestement le lit. « Pourquoi le saurais-je ?

— Pour la même raison que le mari de Birte. Débusquer le mensonge. Mettre la vérité sur la table.

— Tu crois que la vérité rend Filip Becker moins malheureux ? »

Elle passa son pull par-dessus la tête, un pull moulant en grosse laine noire qui se collait contre sa peau douce. Harry songea que s'il devait être jaloux, c'était du pull-over.

« Vous savez quoi, monsieur Hole ? Pour quelqu'un dont le métier est de découvrir la désagréable vérité, vous appréciez un peu trop les mensonges fondamentaux.

— OK, répondit Harry en écrasant la cigarette dans le cendrier. Dis voir.

— C'était à Moscou, pendant que j'étais avec Fiodor. Un attaché norvégien, avec qui j'avais suivi ma formation d'aspirant, est

304

venu travailler à l'ambassade. Nous sommes tombés très amoureux l'un de l'autre.

— Et ?

— Lui aussi sortait avec quelqu'un. Au moment de mettre un terme à nos relations respectives, elle lui a coupé l'herbe sous le pied et lui a dit qu'elle était enceinte. Et puisque j'ai toujours bon goût en matière d'hommes... (elle tordit la lèvre supérieure au moment de mettre ses bottes)... j'en avais bien évidemment choisi un qui ne fuyait pas ses responsabilités. Il a postulé pour revenir à Oslo, et nous ne nous sommes jamais revus. Et Fiodor et moi nous sommes mariés.

— Et juste après, tu étais enceinte ?

— Oui. » Elle boutonna son manteau et le regarda. « Il m'est arrivé de penser que c'était pour me remettre de lui. Qu'Oleg n'est pas le fruit de l'amour, mais d'un chagrin d'amour. Tu le crois ?

— Je ne sais pas, répondit Harry. Je sais seulement que le résultat a été bon. »

Elle lui fit un sourire reconnaissant, se pencha et déposa un baiser sur son front.

« Nous ne nous reverrons jamais, Hole.

— Bien sûr que non. » Il resta immobile, les yeux rivés sur le mur nu, jusqu'à ce qu'il entende la lourde porte cochère donnant sur la rue se refermer derrière elle avec un grondement sourd. Alors il alla dans la cuisine, ouvrit le robinet et prit un verre propre dans le placard au-dessus de l'évier. En attendant que l'eau soit bien froide, il laissa son regard glisser jusqu'au sol, depuis le calendrier orné de la photo d'Oleg et Rakel dans sa robe bleu ciel. Deux empreintes humides de bottes marquaient le lino. Ce devait être celles de Rakel.

Il enfila son blouson et ses bottillons, et s'apprêtait à sortir quand il fit demi-tour, alla chercher son revolver de service Smith & Wesson dans le haut de l'armoire et le mit dans la poche de son manteau.

L'amour l'habitait toujours comme un bien-être frémissant, une légère ivresse. Il était arrivé à la porte cochère lorsqu'un son, un petit claquement, le fit se retourner et regarder dans la cour, où l'obscurité était plus dense que dans la rue. Et il allait poursuivre, il l'aurait fait, s'il n'y avait pas eu ces empreintes. Les empreintes de bottes sur le lino. Il alla donc vers la cour. La lumière jaune des fenêtres au-dessus de lui se reflétait dans les restes de neige qui demeuraient là où le soleil ne parvenait pas. Il était près de la descente vers les boxes de la cave. Un personnage de guingois avec la tête penchée, aux yeux de pierre et au sourire de gravillons qui se riait de lui, d'un rire muet qui retentissait entre les murs et se transformait en cri hystérique ; Harry comprit que c'était le sien au moment où il saisit la pelle à neige posée à côté de l'escalier et se mit à taper, en proie à une fureur pure. Le bord métallique tranchant de la pelle atterrit sous la tête, la soulevant purement et simplement du corps en envoyant de la neige mouillée contre le mur. Il fendit pratiquement le torse du bon-homme de neige en deux, et le troisième coup envoya les derniers restes sur l'asphalte noir, au milieu de la cour. Harry s'était immobilisé, haletant, lorsqu'il entendit un nouveau claquement derrière lui. Comme le son du percuteur d'une arme à feu que l'on relevait. Il fit vivement volte-face, lâcha la pelle à neige et tira le revolver noir en un seul mouvement fluide.

Près de la palissade, sous le vieux bouleau, Muhammed et Salma regardaient leur voisin, pétrifiés, de leurs grands yeux noirs d'enfant. Chacun tenait une branche sèche. Celles-ci auraient pu devenir de jolis bras si Salma, par un reflexe de peur, ne venait pas de casser la sienne en deux.

« No… notre bo-bonhomme de neige… », bégaya Muhammed.

Harry fourra le revolver dans la poche de son manteau et ferma les yeux. Jura intérieurement et déglutit avant de donner à son cerveau l'ordre de desserrer son étreinte autour de la crosse. Puis il rouvrit les yeux. Les larmes étaient déjà visibles dans les yeux marron de Salma.

« Excusez-moi, murmura-t-il. Je vous aiderai à en faire un autre.

— Je veux rentrer », chuchota Salma d'une voix étranglée par les larmes.

Muhammed prit sa petite sœur par la main et lui fit décrire un arc de cercle autour de Harry.

Harry ne bougeait pas, la crosse de son revolver toujours contre sa main. Le craquement. Il avait cru que c'était le son d'un percuteur de revolver que l'on soulevait. Mais c'était complètement faux, cette partie de la détente ne fait pas de bruit. Ce que l'on entend, c'est le son d'un percuteur lorsqu'il retombe, le son d'un coup qui n'a pas été tiré, le son qui informe que l'on est en vie. Il sortit de nouveau son revolver de service. Le braqua vers le sol et enfonça la gâchette. Le percuteur appuyait contre l'arrière du barillet. Il pressa encore. Le percuteur ne bougeait toujours pas. Il ne s'éleva que lorsque Harry eut pressé la détente sur un tiers de sa course et pensa que le coup pouvait partir à n'importe quel moment. Le percuteur retomba avec un déclic métallique. Et il reconnut le son. Tout en comprenant que celui qui presse la détente suffisamment loin pour que le percuteur décolle a l'intention de tirer.

Harry leva les yeux vers ses fenêtres, au second. Elles étaient obscures, et une idée lui vint : il n'avait pas la moindre idée de ce qui se déroulait derrière quand il n'était pas là.

Erik Lossius, désœuvré, regardait par la fenêtre de son bureau, et s'étonnait. Du peu qu'il avait su de ce qui se passait derrière le regard brun de Birte. Du fait que l'idée qu'elle ait pu coucher avec d'autres hommes était plus pénible que celle de sa disparition, peut-être de sa mort. Et qu'il aurait préféré voir assassiner Camilla plutôt que de la perdre de la sorte. Mais Erik Lossius pensait surtout qu'il avait dû aimer Camilla. Et que c'était toujours le cas. Il avait appelé ses beaux-parents, mais eux non plus n'avaient pas de nouvelles. Elle était peut-être chez l'une de ses amies du Vestkant qu'il ne connaissait que par ouï-dire.

Il regarda les ténèbres de l'après-midi tomber lentement sur le Groruddal, l'emplissant et effaçant les détails. Il n'y avait plus rien à faire ici aujourd'hui, mais il ne voulait pas rentrer dans cette maison beaucoup trop grande, beaucoup trop vide. Pas encore. Une caisse de liqueurs variées était rangée dans le placard derrière lui, des prétendus coulages de diverses caves à liqueurs en transit. Mais pas d'eau. Il versa du gin dans sa tasse à café et eut le temps d'en boire une petite gorgée avant que le téléphone sonne devant lui. Il reconnut l'indicatif national de la France sur l'affichage. Le numéro ne se trouvait pas sur la liste des plaignants, alors il décrocha.

« Où es-tu ? demanda-t-il.

— À ton avis ? » Sa voix était lointaine.

« D'où appelles-tu ?

— Du Casper. »

C'était le café à trois kilomètres de leur maison de campagne.

« Camilla, tu es recherchée.

— Ah oui ? »

Elle donnait l'impression de somnoler, allongée au soleil. De s'ennuyer et de faire semblant de s'intéresser, avec la froideur polie et distanciée dont il était tombé amoureux ce jour-là, sur la terrasse de Blommenholm.

« Je… », commença-t-il, avant de s'arrêter. Qu'allait-il dire, en fin de compte ?

« J'ai pensé qu'il était plus juste de t'appeler avant que notre avocat le fasse, expliqua-t-elle.

— *Notre* avocat ?

— Celui de ma famille. L'un des plus compétents dans ce genre d'affaire, je le crains. Il veut demander un partage des biens. Nous allons exiger la maison et nous allons l'avoir, même si je ne peux pas te cacher que j'ai l'intention de la vendre. »

Bien sûr, songea-t-il.

« Je rentre dans cinq jours. Je considère que tu auras déménagé, à ce moment-là.

— L'échéance est bien courte...

— Tu y arriveras. J'ai entendu dire que personne ne fait le boulot plus vite et pour aussi peu que Rydd & Flytt. »

Elle prononça ces derniers mots avec un mépris qui le fit se ratatiner. Comme il s'était ratatiné depuis l'entrevue avec l'inspecteur principal Hole. Il était comme un vêtement lavé à trop haute température, il était devenu trop petit pour elle, inutilisable. Et avec la même certitude qu'il savait qu'à cet instant précis, il l'aimait plus fort que jamais, il sut qu'il l'avait irrémédiablement perdue, qu'il n'y aurait jamais de réconciliation. Et quand elle eut raccroché, il l'imagina les yeux plissés dans le soleil sur la Côte d'Azur, derrière une paire de lunettes de soleil achetées vingt euros mais qui devenaient sur elle des lunettes à trois mille couronnes, Gucci ou Dolce & Gabbana ou... Il avait oublié le nom des autres.

Harry avait gravi en voiture la colline à l'ouest de la ville. Il s'était garé sur le grand parking désert du complexe sportif avant de monter à Holmenkollbakken. Il s'était arrêté sur la plate-forme à côté de la rampe du tremplin, d'où lui et quelques touristes acharnés regardaient vers des tribunes, exhibant un sourire vide de part et d'autre de l'aire de réception, le petit étang que l'on vidait en hiver et la ville qui s'étendait vers le fjord. La vue donne une vision d'ensemble. Ils n'avaient aucune piste concrète. Le Bonhomme de neige avait été si proche, il avait semblé qu'on n'aurait qu'à tendre la main pour le toucher. Mais il avait alors de nouveau glissé hors de portée, comme un boxeur roublard, bien entraîné. L'inspecteur principal se sentait vieux, lourd et maladroit. Un touriste le regarda furtivement. Le poids du revolver tirait très légèrement le manteau du côté droit. Et les cadavres ? Où étaient ces foutus cadavres ? Même les corps enterrés réapparaissaient. Y allait-il à l'acide ?

Harry sentit venir la résignation. Plutôt crever ! À ce cours du FBI, ils avaient étudié à fond des cas dans lesquels plus de dix ans s'étaient écoulés avant que le coupable ne soit pris. C'était en général un petit détail, en apparence anodin, qui permettait de trouver la solution. Mais ce qui résolvait réellement l'affaire, c'était qu'ils n'avaient jamais renoncé, qu'ils avaient tenu les quinze rounds et, si l'adversaire était toujours debout, réclamé la belle avec force cris.

Les ténèbres de l'après-midi montaient en rampant de la ville en contrebas, et l'éclairage s'alluma autour de lui.

Ils devaient commencer à chercher là où il y avait de la lumière. C'était une règle de base. Commence là où tu as des traces. Dans le cas présent, cela signifiait un début avec la personne la moins vraisemblable que l'on pût imaginer et l'idée la plus mauvaise et dingue qu'il ait jamais eue.

Harry poussa un soupir, sortit son mobile et remonta la liste des derniers appels. Il n'y en avait pas tant, elle n'avait donc pas disparu, la communication la plus courte à l'hôtel Leon. Il pressa la touche OK pour appeler.

La researcheuse de Bosse répondit à la seconde, de la voix heureuse et frénétique d'une personne qui considère tous les appels entrants comme une chose potentiellement nouvelle et passionnante. Et cette fois, elle n'avait pas trop tort.

CHAPITRE 21

Jour 18. La salle d'attente

C'était la pièce pour la tremblote. C'était sans doute pour cela que certains l'appelaient la « salle d'attente », comme si on était chez le dentiste. Ou l'« antichambre », comme si la lourde porte séparant le petit groupe de canapés et le Studio 1 donnait sur quelque chose d'important, voire même de sacré. Mais dans la longue liste des salles que comptaient les bâtiments de la chaîne nationale de Marienlyst, à Oslo, cela portait le nom pour le moins banal de Salle de séjour Studio 1. Pourtant, c'était la pièce la plus passionnante que connaisse Oda Paulsen.

Quatre des six invités appelés à participer à l'édition vespérale de *Bosse* étaient là. Comme d'habitude, les premiers arrivés étaient les invités les moins connus à qui avait été attribué le temps de parole le plus court. Maquillés de frais et les joues rouges de nervosité, ils occupaient pour l'heure deux canapés et bavardaient en sirotant thé ou vin tandis que leurs yeux déviaient fatalement vers le moniteur diffusant une vue d'ensemble du studio, de l'autre côté du mur. On y avait laissé entrer le public, et le responsable de l'enregistrement leur expliquait comment ils devaient applaudir, rire et s'enthousiasmer. L'image montrait aussi le fauteuil de l'animateur et les quatre fauteuils destinés aux invités, sièges encore vides, dans l'attente de gens, de contenu, de divertissement.

Oda adorait ces minutes intenses et nerveuses qui précédaient le direct. Chaque vendredi, pendant quarante minutes, il était impossible d'approcher davantage le centre du monde en Norvège. Entre vingt et vingt-cinq pour cent de la population nationale regardait l'émission, un chiffre follement élevé pour un talk-show. Ceux qui travaillaient là n'étaient pas uniquement *là* où ça se passait, ils étaient *ce* qui se passait. C'était le pôle Nord magnétique de l'attention, qui attirait tout et tous à lui. Et parce que l'attention est une drogue qui crée la dépendance, et qu'il n'existe qu'une direction depuis le pôle Nord – vers le sud, vers le bas –, tout le monde se cramponnait à son boulot. Une indépendante comme Oda devait effectuer la livraison pour pouvoir faire partie de l'équipe à la saison suivante, et c'était pour cette raison qu'elle s'était autant réjouie en recevant ce coup de téléphone, la veille en fin d'après-midi, juste avant la réunion de rédaction. Bosse Eggen en personne lui avait souri, en disant que c'était un scoop. Le scoop d'Oda.

Le thème de ce soir devait être les jeux d'adultes. C'était un sujet typique de *Bosse*, assez sérieux sans être trop grave pour autant. Dont tous les invités pouvaient penser quelque chose. Parmi les invités figurait une psychiatre, auteur d'une thèse sur la question, mais le clou de l'émission était Arve Støp. La raison en était que, le samedi suivant, *Liberal* fêterait ses vingt-cinq ans. Støp n'avait manifestement rien eu contre la présentation en adulte joueur, en play-boy, quand Oda l'avait rencontré chez lui pour la préparation de l'émission. Il avait juste ri quand elle avait fait le parallèle avec un Hugh Hefner vieillissant affublé d'un peignoir et d'une pipe, en pleine soirée entre célibataires dans sa résidence. Elle avait senti son regard, scrutateur et curieux, jusqu'à ce qu'elle lui demande s'il ne regrettait pas de ne pas avoir d'enfant, un héritier à l'empire.

« Et vous, vous avez des enfants ? » avait-il demandé.

Et lorsqu'elle lui avait répondu par la négative, il avait à la grande surprise d'Oda paru perdre tout intérêt pour elle et pour la conversation. En conséquence de quoi elle avait rapidement rebondi en lui donnant les explications habituelles concernant son arrivée, le temps de maquillage, surtout pas de vêtements à rayures, précisant bien que les thèmes et les autres invités pouvaient changer au dernier moment puisque c'était une émission d'actualité et ainsi de suite.

Et maintenant, Arve Støp était dans la Salle de séjour Studio 1, à peine sorti du maquillage. Avec des yeux bleus intenses et des cheveux gris, épais et bien coiffés, mais suffisamment longs pour que les pointes battent avec l'agressivité adéquate. Il portait un simple costume gris, le genre dont personne ne peut dire comment on sait qu'il a coûté la peau des fesses. Sa main bronzée était tendue pour saluer la psychiatre assise dans le canapé, déjà servie en cacahuètes et vin rouge.

« Je ne savais pas que les psychiatres pouvaient être si belles, déclara-t-il à la femme. J'espère qu'ils saisiront aussi ce que vous direz. »

Oda perçut l'hésitation de la psychiatre avant de la voir afficher un large sourire. Et même si la femme comprenait manifestement que le compliment de Støp tenait de la plaisanterie, Oda put voir à ses yeux que ça avait fait mouche.

« Bonsoir, merci à tous d'avoir bien voulu venir ! » C'était Bosse Eggen qui entrait en agitant la main. Il attaqua les invités par la gauche ; poignée de main, les yeux dans les yeux, quelques mots pour dire sa satisfaction de les recevoir, les encourager à interrompre les autres invités par des commentaires ou des questions – la conversation n'en serait que plus vivante.

Gubbe, le producteur, fit savoir que Støp et Bosse devaient s'isoler dans la pièce voisine pour discuter de ce que serait l'interview principale et le début de l'émission. Oda regarda l'heure. Huit minutes et demie avant l'antenne. Elle commençait tout juste à s'inquiéter et à envisager d'appeler l'accueil pour savoir s'il était là : le véritable invité principal. Le scoop. Mais quand elle leva les yeux, il était devant elle en compagnie d'un assistant, et Oda sentit son cœur faire un bond. Il n'était pas franchement beau, on pouvait peut-être même dire laid, mais elle n'eut pas honte d'avouer qu'elle éprouvait une certaine attirance. Et qu'elle était liée au fait qu'il était l'invité que toutes les rédactions de Scandinavie auraient voulu avoir à cet instant précis. Il était l'homme qui avait capturé le Bonhomme de neige, la plus grande affaire criminelle de Norvège depuis plusieurs années.

« J'ai dit que j'allais être en retard », la devança Harry Hole avant qu'elle ait pu parler.

Elle inhala le parfum de son haleine. Lors de sa dernière venue, il était visiblement ivre, et avait scandalisé le pays tout entier. Entre vingt et vingt-cinq pour cent, en tout cas.

« Nous sommes heureux que vous soyez là, gazouilla-t-elle. Vous n'intervenez que comme numéro deux. Vous resterez jusqu'à la fin du show, les autres tournent au fur et à mesure.

— Bon.

— Emmenez-le directement au maquillage, demanda Oda à l'assistant. Adressez-vous à Guri. »

En plus d'être efficace, Guri savait comment rendre présentable au public un visage fatigué, à l'aide de ficelles plus ou moins simples.

Ils disparurent, et Oda respira. Elle adorait ces dernières minutes vibrantes quand tout semblait chaotique, mais se mettait malgré tout parfaitement en place.

Bosse et Støp revinrent de la pièce voisine. Elle mima un « bonne chance » à Bosse. Elle entendit les applaudissements du public tandis que la porte du studio se refermait. Sur le moniteur, elle vit Bosse prendre place dans son fauteuil et sut que le responsable d'enregistrement égrenait le compte à rebours avant le direct. Le générique démarra : ils étaient lancés.

Oda comprit que quelque chose clochait. Ils approchaient de la fin de l'émission, et tout était allé comme sur des roulettes. Arve Støp avait été éblouissant, et Bosse prenait son pied. Arve Støp

314

avait dit être perçu comme élitiste parce qu'il était élitiste. Et qu'il ne voulait pas que l'on se souvienne de lui, à moins qu'il ne commette une ou deux boulettes de taille.

« Les bonnes histoires ne traitent jamais du succès commun, mais des pertes spectaculaires, avait déclaré Støp. Même si Roald Amundsen a gagné la course au pôle Sud, c'est Robert Scott dont se souvient le monde hors de Norvège. On ne se rappelle aucune des batailles remportées par Napoléon, sauf de Waterloo. La fierté nationaliste serbe s'est construite sur la bataille contre les Turcs, à Kosovo Polje, en 1389, une bataille que les Serbes ont perdue dans les grandes largeurs. Et regardez Jésus ! Le symbole de l'homme, dont on prétend qu'il a triomphé de la mort, devrait être un homme hors du tombeau, les bras en l'air. Au lieu de cela, les chrétiens ont toujours préféré la défaite spectaculaire : au moment où il est sur la croix et menace d'abandonner. Ce sont toujours les histoires de défaites qui nous touchent le plus.

— Et vous prévoyez de devenir comme Jésus ?

— Non, avait répondu Arve Støp en baissant les yeux avec un sourire, sous les rires du public. Je suis un poltron. J'aspire au succès oubliable. »

À la place de son arrogance bien connue, Arve Støp avait montré une facette sympathique, oui, presque humble. Bosse avait demandé si, en célibataire endurci, il ne regrettait pas l'absence d'une femme attitrée à ses côtés. Et quand Støp avait répondu que si, mais qu'il ne l'avait simplement pas trouvée, Oda avait compris que Støp allait au-devant d'un déluge de lettres de soupirantes. Le public avait applaudi longtemps, avec chaleur. Bosse avait alors fait une présentation théâtrale du « loup solitaire et sans cesse en chasse de la police d'Oslo, l'enquêteur de police Harry Hole », et Oda avait cru voir de la surprise sur le visage de Støp lorsque la caméra s'était arrêtée un instant dessus.

Bosse avait manifestement apprécié la réaction obtenue à la question d'une femme attitrée, car il avait essayé de maintenir le cap en demandant si Harry, qui était pour ainsi dire célibataire, ne déplorait pas l'absence d'une femme. Harry avait secoué la tête, avec un sourire en coin. Mais Bosse ne voulait pas capituler, et avait demandé si c'était une femme spéciale qu'il attendait ?

« Non », avait répondu laconiquement Harry.

D'habitude, un refus de ce genre aurait poussé Bosse à augmenter la pression, mais il savait qu'il ne devait pas gâter le meilleur, le gros morceau. Le Bonhomme de neige. Il avait donc demandé à Harry s'il pouvait dire quelques mots de l'affaire dont parlait toute la Norvège, le premier tueur en série digne de ce nom du pays. Harry avait fait un petit signe de tête, avant de commencer son récit. En se tortillant dans son fauteuil comme si celui-ci était trop petit pour son grand corps, il avait fait un résumé de ce qui était arrivé, en courtes phrases taillées à la hache. Sur les dernières années, il y avait eu des disparitions présentant de nettes ressemblances. Toutes ces femmes avaient vécu en couple, eu des enfants, et on n'avait aucune trace des cadavres.

Bosse avait arboré le visage grave indiquant qu'on était dans la zone « on ne plaisante pas ».

« Cette année, Birte Becker a disparu de chez elle, à Hoff, ici à Oslo, dans des circonstances similaires. Et juste après, Sylvia Ottersen a été retrouvée morte à Sollihøgda, près d'Oslo. C'était la première fois que nous trouvions un cadavre. Ou des morceaux, en tout état de cause.

— Oui, vous avez retrouvé la tête, n'est-ce pas ? » intervint Bosse, suffisamment informatif pour les profanes et méchamment tabloïd pour les initiés. Il était si pro qu'Oda se rengorgea de bienêtre.

« Et nous avons découvert le corps d'un policier disparu non loin de Bergen, poursuivit Harry, imperturbable. Cela faisait douze ans qu'on était sans nouvelles.

— Jern-Rafto, précisa Bosse.

— Gert Rafto, rectifia Harry. Il y a quelques jours, nous avons retrouvé le cadavre d'Idar Vetlesen, à Bygdøy. Ce sont les seuls cadavres que nous ayons.

— Selon vous, qu'est-ce qui a été le pire dans cette affaire ? » Oda entendit l'impatience dans la voix de Bosse, sans doute parce que Harry n'avait pas mordu au gros appât, pas plus qu'il n'avait dépeint les meurtres de façon aussi vivante que souhaité.

« Que de nombreuses années se soient écoulées avant que nous constations l'existence d'un lien entre les disparitions. »

Encore une réponse ennuyeuse. Le responsable d'enregistrement fit comprendre à Bosse qu'il devait songer à la transition pour le sujet suivant.

Bosse joignit les mains.

« Et à présent, l'affaire est élucidée, et vous êtes tout sauf une star, Harry. Quelle impression cela fait-il ? Vous recevez des lettres de fans ? » Sourire enfantin, désarmant. Ils étaient sortis de la zone « on ne plaisante pas ».

L'inspecteur principal hocha lentement la tête et s'humecta les lèvres avec concentration, comme si la formulation de la réponse était cruciale.

« Eh bien… j'en ai reçu une plus tôt cet automne. Mais là-dessus, Støp peut sans doute vous en dire plus. »

Gros plan de Støp regardant Harry avec une légère surprise. Deux longues secondes suivirent. Oda se mordit la lèvre inférieure. Que voulait dire Harry ? Bosse intervint et donna l'explication :

« Oui, Støp reçoit à l'évidence de nombreuses lettres de fans. Et de groupies. Et vous, Hole, avez-vous des groupies, vous aussi ? Est-ce qu'il existe des groupies de la police, en somme ? »

Rires prudents du public.

Harry Hole secoua la tête.

« Allez, relança Bosse. Il arrive bien qu'une aspirante vienne demander des heures supplémentaires de fouille à corps ? »

La salle riait pour de bon, à présent. Sincèrement. Bosse arbora un sourire satisfait.

Harry Hole ne sourit même pas, il eut juste l'air vaguement découragé et jeta un coup d'œil vers la sortie. L'espace d'un court instant de folie, Oda imagina qu'il allait se lever et s'en aller. Au lieu de cela, il se tourna vers Støp, dans le fauteuil voisin.

« Que faites-vous, Støp, quand une nana vient vous voir après une conférence à Trondheim, et qu'elle n'a qu'un sein, mais qu'elle aimerait coucher avec vous. Vous l'invitez pour une heure supplémentaire dans votre chambre ? »

Le public se tut brutalement, et Bosse prit un air perplexe.

Seul Arve Støp parut trouver la question impayable.

« Non, ce n'est pas ce que je fais. Pas parce que ça ne peut pas marcher avec un seul sein, mais parce que les lits dans les hôtels de Trondheim sont très étroits. »

Le public rit, mais sans forces, comme de soulagement en voyant que ce n'était pas plus pénible. On présenta la psychiatre.

Ils parlèrent des adultes joueurs, et Oda remarqua que Bosse menait la conversation sans plus tenir compte de Harry Hole. Il devait avoir décidé que ce policier imprévisible n'était pas au mieux de sa forme. C'est pourquoi Arve Støp, qui était indéniablement dans un bon jour, eut encore plus de temps de parole.

« Comment jouez-vous, Støp ? » s'enquit Bosse avec une mine innocente qui soulignait le sous-titre loin d'être innocent. Oda était enchantée, c'était elle qui avait formulé cette question.

Mais avant que Støp ait pu répondre, Harry Hole s'était penché vers lui pour demander à haute et intelligible voix :

« Vous faites des bonshommes de neige ? »

C'est à cet instant qu'Oda comprit que quelque chose clochait. Le ton impérieux, coléreux, l'agressivité du langage corporel, Støp qui haussait un sourcil surpris tandis que son visage paraissait se ratatiner, se crisper. Bosse pila. Oda ne savait pas ce qui se produisait, mais elle compta quatre secondes, une éternité dans une émission en direct. Avant d'admettre que Bosse savait ce qu'il faisait. Car même si Bosse considérait qu'il était de son ressort d'instaurer une bonne ambiance parmi les invités, il savait évidemment que le plus important, la tâche suprême, était de divertir. Et il n'existait pas de meilleur divertissement que des gens en colère, perdant le contrôle, en pleurs ou s'effondrant, ou exhibant par un autre moyen leurs sentiments devant le public nombreux d'un direct. Voilà pourquoi il avait tout bêtement lâché les rênes et regardait juste Støp.

« Bien sûr, je fais des bonshommes de neige, répondit Støp lorsque les quatre secondes furent écoulées. Je les fais sur la terrasse, à côté de ma piscine. Je les fais de telle sorte que chacun d'eux ressemble à un membre de la famille royale. De cette façon, je peux – quand le printemps arrive – me réjouir de ce que des choses qui n'ont pas leur place dans la saison fondent et disparaissent. »

Pour la première fois ce soir-là, Støp ne récolta ni rires ni applaudissements. Oda songea que Støp aurait dû savoir que des commentaires fondamentalement antiroyalistes avaient toujours cet effet.

Bosse rompit résolument ce silence en présentant la star de variétés qui devait parler de sa récente crise de nerfs sur scène, avant de conclure l'émission en entonnant la chanson prévue comme single dès le lundi suivant.

« Qu'est-ce que c'était que ce bordel ? » voulut savoir Gubbe, le producteur, qui était venu se placer juste derrière Oda.

« Il n'est peut-être pas complètement à jeun, malgré tout, répondit Oda.

— Bon sang, il est de la police, quand même ! » s'indigna Gubbe.

Au même instant, Oda se souvint qu'il était à elle. Son scoop.

« Mais putain de merde, il livre », lâcha-t-elle.

Le producteur ne répondit pas.

La star parla de ses problèmes psychiatriques, précisant qu'ils étaient héréditaires, et Oda regarda l'heure. Quarante secondes.

Cela devenait trop sérieux pour un vendredi soir. Quarante-trois. Bosse l'interrompit au bout de quarante-six :

« Et vous, Arve ? » Bosse passait souvent au prénom de l'invité principal vers la fin de l'émission. « Des connaissances souffrant de folie ou de maladies congénitales graves ?

— Non, sourit Støp. Sauf si l'on considère la dépendance à la liberté totale comme une maladie. En fait, c'est une faiblesse de famille. »

Bosse en était arrivé au tour final, il devait juste passer rapidement en revue les autres invités avant d'introduire la chanson. Quelques derniers mots avec la psychiatre, sur le jeu. Puis :

« Et maintenant que le Bonhomme de neige n'est plus parmi nous, vous avez bien quelques jours de libres pour jouer, vous aussi, Harry ?

— Non. » Harry avait sombré si loin dans son fauteuil que ses longues jambes arrivaient presque jusqu'à la vedette. « Le Bonhomme de neige n'a pas été pris. »

Bosse haussa les sourcils avec un sourire, dans l'attente de la suite, le summum de la drôlerie. Oda espéra de tout son être qu'elle serait meilleure que l'enregistrement le promettait.

« Je n'ai jamais dit que Vetlesen était le Bonhomme de neige, poursuivit Harry Hole. Au contraire, tout indique que le Bonhomme de neige court toujours. »

Bosse laissa échapper un petit rire. C'était le rire dont il faisait usage pour atténuer la tentative ratée d'un invité qui avait essayé d'être drôle.

« J'espère pour le sommeil de mon épouse que vous plaisantez, répondit Bosse avec espièglerie.

— Non. Je ne plaisante pas. »

Oda regarda l'heure et sut que le responsable d'enregistrement faisait maintenant des bonds derrière la caméra, en se passant une main bien à plat sur la gorge pour montrer à Bosse qu'ils dépassaient l'heure prévue, que la chanson devait démarrer s'ils voulaient que le premier refrain passe avant le générique. Mais Bosse était le meilleur. Il savait que ça, c'était plus important que tous les singles au monde. Il ignora donc le métronome et se pencha complètement dans son fauteuil pour montrer à ceux qui en auraient éventuellement douté ce que c'était. Le scoop. La révélation publique sensationnelle. Ici, dans son, dans leur émission. Le trémolo dans sa voix était presque authentique :

« Vous nous dites, ici et maintenant, que la police a menti, Hole ? Que le Bonhomme de neige est libre et peut tuer de nouveau ?

— Non, répondit Harry. Nous n'avons pas menti. De nouveaux éléments sont juste apparus dans cette affaire. »

Bosse pivota dans son fauteuil, Oda crut entendre le producteur crier « caméra un », et le visage de Bosse fut là, un regard qui les fixait sans détour :

« Et je parie que nous en saurons davantage sur ces éléments dans le journal de la nuit. *Bosse* revient vendredi prochain. Bonne soirée. »

Oda ferma les yeux tandis que le groupe commençait l'interprétation du single.

« Bon Dieu », murmura le producteur dans un souffle. Avant de répéter : « Bon sang de putain de merde. » Oda avait juste besoin de crier. De crier de plaisir. Ici, songea-t-elle. Ici, au pôle Nord. Nous ne sommes pas là où ça se passe. Nous sommes *ce* qui se passe.

CHAPITRE 22

Jour 18. Match

Gunnar Hagen s'était arrêté à la porte du restaurant Schrøder, et regardait autour de lui. Il était parti de chez lui exactement trente-deux minutes et trois conversations téléphoniques après le générique de *Bosse*. Il n'avait trouvé Harry ni à son appartement, ni à la Kunstnernes Hus, ni au bureau. C'était Bjørn Holm qui lui avait conseillé d'essayer à son bar attitré, le restaurant Schrøder. Le contraste entre la clientèle jeune, belle et souvent célèbre de la Kunstnernes Hus et les buveurs de bière légèrement imbibés était frappant. Harry était installé dans le coin, près de la fenêtre, seul à une table. Devant une pinte.

Hagen gagna la table à force de jurons.

« J'ai essayé de t'appeler, Harry. Tu as éteint ton mobile ? »

L'inspecteur principal leva un regard voilé.

« On m'a trop pompé l'air. Il y avait tout un tas de journalistes qui voulaient me mettre la main dessus.

— À la NRK, ils ont dit que la rédaction de *Bosse* et les invités allaient souvent à la Kunstnernes Hus après l'émission.

— Les journalistes m'attendaient dehors. Alors je me suis barré. C'est à quel sujet, chef ? »

Hagen se laissa tomber sur une chaise et vit Harry lever le verre à ses lèvres, et le liquide brun-or couler dans sa bouche.

« J'ai discuté avec le chef de la Crim. C'est grave, Harry. Dire que le Bonhomme de neige court toujours, c'est une violation pure et simple de ton devoir de réserve.

— C'est exact, approuva Harry en buvant une autre gorgée.

— Exact ? C'est tout ce que tu as à dire ? Mais au nom du ciel, Harry, pourquoi ?

— Le public a le droit de savoir. Notre démocratie est basée sur la transparence, chef. »

Hagen abattit violemment les poings sur la table, reçut un coup d'œil encourageant de la table voisine et un avertissement de la part de la serveuse qui passait à leur niveau, les bras chargés de pintes.

« Ne joue pas avec moi, Harry. Nous sommes allés à la rencontre du public pour dire que l'affaire était résolue. Tu présentes la police sous un jour bien mauvais, tu en as conscience ?

— Mon job, c'est de capturer des bandits. Pas de présenter la police sous un bon jour.

— Ce sont deux aspects de la même chose, Harry ! Nos conditions de travail dépendent de la perception qu'a le public de nous. La presse est importante ! »

Harry secoua la tête.

« La presse ne m'a jamais empêché ni aidé à résoudre la moindre affaire. Elle n'a d'importance que pour ceux qui veulent monter, avancer. Ceux à qui tu fais tes rapports ne s'occupent de résultats concrets que dans la mesure où ils suscitent une critique positive dans la presse. Moi, je veux choper le Bonhomme de neige, point.

— Tu es un danger pour ton entourage. Tu le sais ? »

Harry sembla peser ces mots avant de hocher lentement la tête. Il vida le reste de son verre et fit comprendre à la serveuse qu'il en désirait un autre.

« Ce soir, j'ai discuté avec le chef de la Crim et le directeur de la police, commença Hagen en se préparant au choc. J'ai reçu la consigne d'aller te trouver sans délai pour te passer la muselière. À compter de cet instant. Compris ?

— Ainsi soit-il, chef. »

Hagen cligna des yeux, surpris, mais l'expression de Harry ne trahissait rien.

« À partir de maintenant, je dois être *hands on* tout le temps, déclara l'agent supérieur de police. Je veux des rapports en continu. Je sais que tu ne le feras pas, alors j'ai discuté avec Katrine Bratt et je lui ai confié le boulot. Des objections ?

— Certainement pas, chef. »

Hagen songea que Harry devait être plus soûl qu'il ne le paraissait.

« Bratt m'a dit que tu lui avais demandé d'aller voir cette assistante d'Idar Vetlesen pour consulter le dossier d'Arve Støp. Sans passer par le parquet. Qu'est-ce que vous foutez, nom de Dieu ? Tu sais ce qu'on aurait pu risquer si Støp l'avait découvert ? »

La tête de Harry bondit, comme celle d'un animal aux aguets.

« Que voulez-vous dire, s'il l'*avait* découvert ?

— Qu'heureusement, il n'y avait aucun dossier sur Støp. La secrétaire de Vetlesen a dit qu'il n'en avait jamais eu.

— Ah ? Pourquoi donc ?

— Je n'en sais rien, Harry. Je suis juste content, nous n'avons pas besoin d'autres ennuis en ce moment. Arve Støp, bon sang ! Quoi qu'il en soit, à partir de maintenant, Bratt va te suivre comme ton ombre, en permanence, pour pouvoir me tenir au courant.

— Mmm. » Harry fit un signe de tête à la serveuse, qui posa un nouveau verre devant lui. « Elle ne le sait pas encore ?

— Que veux-tu dire ?

— Quand elle a commencé, vous lui avez dit que je devais être son… » Harry se tut subitement.

« Son quoi ? » demanda Hagen avec colère.

Harry secoua la tête.

« Qu'y a-t-il ? Un problème ?

— Rien. »

Harry vida la moitié du verre en une seule grosse gorgée et déposa un billet de cent sur la table.

« Bonsoir, chef. »

Hagen ne bougea pas jusqu'à ce que Harry soit sorti. Il remarqua seulement à cet instant qu'aucune bulle de gaz ne montait vers la surface du verre à moitié vide. Il jeta quelques regards furtifs autour de lui avant de porter prudemment le verre à ses lèvres. C'était acide. Jus de pomme.

Harry parcourut des rues calmes pour rentrer chez lui. Les fenêtres des vieux immeubles bas luisaient comme des yeux jaunes de chat dans la nuit. Il avait envie d'appeler Tresko pour lui demander comment ça allait, mais décida de le laisser en paix cette nuit, comme convenu. Il contourna le coin de Sofies gate. Déserte. Il filait vers son immeuble lorsqu'il détecta un mouvement et un petit éclat. De la lumière qui se reflétait dans des lunettes. Il y avait quelqu'un de l'autre côté de la file de voitures le long du trottoir, qui semblait se bagarrer pour ouvrir une portière. Harry savait quelles voitures étaient souvent garées à cette extrémité de sa rue. Et ce véhicule, une Volvo C70 bleue, n'en faisait pas partie.

Il faisait trop sombre pour que Harry voie distinctement le visage, mais il nota que la personne se tenait de telle sorte qu'elle puisse tenir Harry à l'œil. Un journaliste ? Harry passa au niveau de la voiture. Dans le rétroviseur d'une autre voiture, il vit une ombre se glisser entre les voitures et approcher par-derrière. Sans se hâter, Harry plongea la main à l'intérieur de son manteau. Sentit les pas approcher. Et la fureur. Il compta jusqu'à trois et se retourna. La personne derrière lui pila tout net sur l'asphalte.

« C'est moi que vous cherchez ? » demanda Harry d'une voix rauque en avançant, le revolver levé. Il saisit l'homme par le col, le tira de côté et lui fit perdre l'équilibre avant de se coller contre lui de façon à ce qu'ils basculent tous les deux sur le capot d'une voiture.

Harry appuya un bras contre la gorge de l'homme en posant le canon de son revolver sur l'un des verres des lunettes.

« C'est sur moi, que vous voulez mettre la main ? » siffla Harry.

La réponse de l'homme fut assourdie par l'alarme de la voiture qui se déclencha. Le son emplit la rue entière. L'homme tenta de se libérer, mais Harry tint bon et il abandonna. L'arrière de sa tête atteignit le capot avec un « boum » mou, et la lumière du réverbère tomba sur son visage. Alors Harry lâcha sa prise. L'homme se recroquevilla en toussant.

« Venez », commanda Harry par-dessus cet entêtant ululement, avant d'empoigner l'homme sous le bras pour lui faire traverser la rue. Il ouvrit la porte cochère et poussa l'homme à l'intérieur.

« Qu'est-ce que vous foutez ici ? voulut savoir Harry. Et comment savez-vous où j'habite ?

— J'ai passé la soirée à essayer d'appeler le numéro sur votre carte de visite. J'ai fini par téléphoner aux renseignements, et ils m'ont donné l'adresse. »

Harry regarda l'homme. C'est-à-dire : il regarda le fantôme de l'homme. Même en cellule de détention préventive, il était resté davantage du professeur Filip Becker.

« J'ai dû éteindre mon téléphone », répondit Harry.

Il passa devant Becker pour monter à son appartement. Il ouvrit, envoya promener ses bottillons, alla à la cuisine et alluma la bouilloire.

« Je vous ai vu à *Bosse*, ce soir », l'informa Becker. Il était venu jusqu'à la cuisine, mais avait gardé son manteau et ses chaussures[1]. Son visage était d'une pâleur cadavérique. « C'était courageux. Alors je me suis dit que moi aussi, je devais être courageux. Je vous le dois.

— Vous me le devez ?

— Vous m'avez cru quand personne d'autre ne me croyait. Vous m'avez sauvé de l'humiliation publique.

1. Cette précision peut surprendre, mais bien plus qu'en France, il est de bon ton lorsqu'on entre chez quelqu'un de retirer ses chaussures.

— Mmm. »

Harry tira une chaise à l'intention du professeur, mais celui-ci secoua la tête.

« Je ne vais pas rester. Je voulais seulement vous raconter quelque chose que personne d'autre ne devra savoir, jamais. Je ne sais même pas si ça a un intérêt dans cette affaire, mais il s'agit de Jonas.

— Oui ?

— Je lui ai pris un peu de sang le soir où je suis allé voir Lossius. »

Harry se souvint du pansement sur l'avant-bras de Jonas.

« Plus un prélèvement buccal. J'ai envoyé le tout à la section paternité de l'institut médico-légal, pour un test ADN.

— Ah oui ? Je croyais qu'il fallait passer par un avocat.

— Avant, il le fallait. Aujourd'hui, n'importe qui peut acheter le test. Deux mille huit cents couronnes par personne. Un peu plus si on veut une réponse rapide. J'ai opté pour la dernière solution. Et la réponse est arrivée aujourd'hui. Jonas... » Becker arrêta et inspira. « Jonas n'est pas mon fils. »

Harry hocha lentement la tête.

Becker bascula sur les talons, comme pour prendre son élan.

« Je leur ai demandé de le comparer à toutes les données de leur base. Ils ont trouvé une correspondance exacte.

— Exacte ? Donc Jonas lui-même ?

— Oui. »

Harry réfléchit. Les choses commençaient à apparaître.

« En d'autres termes, quelqu'un d'autre a déjà envoyé un échantillon pour l'analyse ADN de Jonas, poursuivit Becker. On m'a expliqué que l'ancienne analyse était vieille de sept ans.

— Et ils ont confirmé que c'était Jonas ?

— Non, il était anonyme. Mais ils avaient le nom de celui qui avait demandé l'analyse.

— Et c'était ?

327

— Un centre médical qui n'existe plus. » Harry connaissait la réponse avant que Becker la lui donne. « La clinique de Marienlyst.

— Idar Vetlesen, compléta Harry en penchant la tête de côté, comme pour étudier un tableau dont il doutait de l'horizontalité.

— C'est exact, répondit Becker en abattant une main contre l'autre et en faisant un sourire pâle. C'est tout. Tout ce que je voulais dire, c'est que… je n'ai pas de fils.

— Je suis désolé.

— En fait, ça faisait longtemps que j'en avais le pressentiment.

— Mmm. Pourquoi y avait-il une telle urgence à venir me le raconter ?

— Je ne sais pas. »

Harry attendit.

« Je… je devais faire quelque chose ce soir. Comme ça. Sinon, je ne sais pas ce que j'aurais trouvé. Je… » Le professeur s'arrêta un instant avant de poursuivre. « Je suis seul, à présent. Ma vie n'a plus beaucoup de sens. Si ce pistolet avait été un vrai…

— Non, le coupa Harry. Ne pensez pas à ça. L'idée sera de plus en plus séduisante à mesure que vous la caresserez. Et vous oubliez une chose. Même si votre vie n'a plus de sens pour vous, elle en a pour d'autres. Pour Jonas, par exemple.

— Jonas ? pouffa Becker avec mépris, avec un petit rire amer. Ce jeune coucou ? Cette histoire de caresser l'idée, c'est quelque chose que vous apprenez à l'école de police ?

— Non. »

Ils se regardèrent.

« Quoi qu'il en soit, conclut Becker, vous le savez.

— Merci. »

Becker parti, Harry essayait toujours de voir si le tableau était bien droit, et ne remarqua pas que l'eau bouillait, que la bouilloire s'éteignait et que le petit œil rouge sous le bouton « Marche » s'éteignait et mourait lentement.

CHAPITRE 23

Jour 19. Mosaïque

Il était sept heures du matin et les nuages camouflaient une aurore laineuse quand Harry arriva dans le couloir du cinquième étage de cet immeuble de Frogner. Tresko avait laissé la porte de l'appartement entrouverte, et lorsque Harry entra, il avait les pieds sur la table basse verte, le cul dans le canapé et la télécommande dans la main droite. Les images qui tournaient à l'envers sur l'écran de télé se dissolvaient en une mosaïque digitale.

« Pas de bière, alors ? répéta Tresko en levant sa propre canette à moitié vide. C'est samedi. »

Harry crut voir du biogaz dans le verre. Les deux cendriers étaient pleins de mégots.

« Non merci, déclina Harry en s'asseyant. Alors ?

— Alors je n'ai eu que cette nuit, répondit Tresko en arrêtant le lecteur de DVD. D'habitude, j'y passe plusieurs jours.

— Il ne s'agit pas d'un joueur de poker professionnel, objecta Harry.

— Ne dis pas ça, répliqua Tresko en caressant la canette. Il bluffe mieux que bien des joueurs de cartes. Tiens, voilà l'endroit où tu lui poses la question prévue, à laquelle il va répondre par un mensonge, n'est-ce pas ? »

Tresko appuya sur le bouton « Play », et Harry se vit dans le studio télé. Il portait une veste de costume un peu trop étroite à fines rayures, d'une marque suédoise. Un T-shirt noir offert par Rakel. Un jean Diesel et des boots Doc Martens. Il était assis dans une position étrangement inconfortable, comme si le dossier du fauteuil était garni de clous. La question produisit un écho creux dans les enceintes du poste :

« Vous l'invitez pour une heure supplémentaire dans votre chambre ? »

— Non, ce n'est pas ce que je fais, commença Støp, avant de se figer quand Tresko pressa la touche "Pause".

— Et donc, là, tu sais qu'il ment ? demanda Tresko.

— Ouaip. Il a sauté une amie de Rakel. Les nanas n'ont pas l'habitude de se faire mousser. Qu'est-ce que tu vois ?

— Si j'avais eu le temps de le passer sur le PC, j'aurais pu agrandir les yeux, mais je n'en ai pas besoin. Tu peux voir que ses pupilles se sont dilatées, fit observer Tresko en pointant en direction de l'écran un index à l'ongle complètement bouffé. C'est le signe de stress le plus banal. Et regarde ses narines, tu vois qu'elles se dilatent aussi légèrement ? Nous faisons ça quand nous sommes stressés et que le cerveau a besoin de plus d'oxygène. Mais ça ne veut pas dire qu'il ment, il y a plein de gens qui stressent même quand ils disent la vérité. Ou qui restent détendus en racontant des bobards. Par exemple, tu peux voir que ses mains ne s'agitent pas. »

Harry nota un changement dans la voix de Tresko, l'aspect rocailleux en avait disparu et elle était devenue douce, presque agréable. Harry regarda l'écran, les mains de Støp qui reposaient calmement sur ses genoux, la gauche sur la droite.

« Malheureusement, il n'existe aucun signe immuable, poursuivit Tresko. Tous les joueurs de poker sont différents, alors ce dont on doit se servir, c'est des différences. Trouver ce qui change chez quelqu'un quand il ment et quand il répond honnêtement. C'est comme la triangulation, il faut deux repères fixes.

— Un mensonge et une réponse honnête. Ça a l'air simple.

— Ce "a l'air" n'est pas faux. Si nous supposons qu'il dit la vérité quand il parle de la création de son magazine et quand il explique pourquoi il méprise les politiques, on a l'autre point. » Tresko rembobina et fit redémarrer la lecture. « Regarde. »

Harry regarda. Mais manifestement pas ce qu'il devait voir. Il secoua la tête.

« Ses mains, l'aida Tresko. Regarde ses mains. »

Harry observa les mains bronzées de Støp, posées sur les accoudoirs du fauteuil.

« Elles sont toujours calmes, constata Harry.

— Oui, mais il ne les cache pas. C'est classique chez les mauvais joueurs de poker : quand ils ont des cartes faiblardes, ils les cachent encore mieux dans leur main. Et quand ils bluffent, ils se posent volontiers une main prétendument pensive sur la bouche, pour dissimuler l'expression de leur visage. On les appelle des cacheurs. D'autres bluffent en se redressant sur leur siège ou en rejetant les épaules en arrière, pour paraître plus grands qu'ils ne sont. On les appelle des bluffeurs. Støp est un cacheur.

— Est-ce que tu as..., commença Harry en se penchant en avant.

— Oui. Et c'est le cas tout du long. Il descend la main de son accoudoir et il cache la droite – je parie qu'il est droitier – quand il ment.

— Que fait-il quand je lui demande s'il fabrique des bonshommes de neige ? voulut savoir Harry sans tenter de dissimuler son excitation.

— Il ment, répondit Tresko.

— Sur quelle partie ? Les bonshommes de neige, ou le fait de les faire sur sa terrasse ? »

Tresko émit un grognement court, dont Harry comprit que c'était censé être un rire.

« Ce n'est pas une science exacte, ça. Comme je te l'ai dit, ce n'est pas un mauvais joueur de cartes. Pendant les secondes qui

331

suivent ta question, il garde les mains posées sur les accoudoirs, comme s'il prévoyait de dire la vérité. En même temps, ses narines se dilatent légèrement, comme si le stress s'emparait de lui. Mais il change d'avis, cache sa main et sort un bobard.

— Exactement. Et ça veut dire qu'il a quelque chose à cacher, n'est-ce pas ? »

Tresko pinça les lèvres pour montrer que ce n'était pas si simple...

« Ça peut aussi vouloir dire qu'il choisit de raconter un mensonge dont il sait qu'il sera percé à jour. Pour dissimuler qu'il aurait pu dire la vérité.

— C'est-à-dire ?

— Quand des joueurs professionnels reçoivent de bonnes cartes, il arrive qu'au lieu de chercher à faire monter la mise, ils tapent tout de suite assez haut en même temps qu'ils émettent de petits signaux de bluff. Juste assez pour faire croire à des joueurs inexpérimentés qu'ils ont décelé un mensonge, et les contraindre à poursuivre les enchères. Au fond, c'est à cela que ce passage fait penser. Un bluff bluffé. »

Harry hocha lentement la tête.

« Tu veux dire qu'il veut me faire croire qu'il a quelque chose à cacher ? »

Tresko regarda sa canette vide, puis le réfrigérateur, fit un effort peu convaincu pour extraire son énorme corps du canapé et soupira.

« Encore une fois, ce n'est pas une science exacte. Tu voudrais bien... »

Harry se leva et alla au réfrigérateur. Et jura intérieurement. En appelant Oda à la rédaction de *Bosse*, il savait qu'ils accepteraient sa proposition de venir. Et il savait aussi que rien ne l'empêcherait de poser à Støp des questions directes, comme le voulait ce genre d'émission. Et que la caméra ne les lâcherait pas, soit en gros plan, soit en plan américain, c'est-à-dire en ne prenant que le haut du corps. Tout était parfait dans l'analyse de Tresko. Et pourtant, ils avaient échoué. Ç'avait été le dernier espoir, le dernier endroit éclairé où chercher. Le reste n'était que ténèbres.

Harry observa les rangées tirées au cordeau de canettes de Ringnes, dans le réfrigérateur, en contraste comique avec le désordre qui régnait ailleurs dans l'appartement. Il hésita. Avant d'attraper deux canettes. Elles étaient si froides qu'elles brûlaient dans la main. La porte du réfrigérateur se referma.

« Le seul endroit où je peux dire avec cent pour cent de certitude que Støp ment, annonça Tresko depuis le canapé, c'est quand il répond qu'il n'y a ni folie ni maladies congénitales dans la famille. »

Harry eut le temps de poser le pied à l'intérieur du réfrigérateur. La lumière dans l'entrebâillement se refléta dans les fenêtres noires dépourvues de rideaux.

« Répète. »

Tresko répéta.

Vingt-cinq secondes plus tard, Harry avait descendu la moitié de l'escalier et Tresko la moitié de la canette que Harry lui avait lancée.

« Si, il y avait autre chose, Harry, murmura Tresko pour lui-même. Bosse t'a demandé s'il y avait quelqu'un de spécial que tu attendais, et tu as répondu non. » Il rota. « Ne te mets pas au poker, Harry. »

Harry appela de la voiture.

On répondit à l'autre bout du fil avant qu'il ait eu le temps de se présenter : « Salut, Harry. »

L'idée que Mathias Lund-Helgesen puisse reconnaître le numéro ou qu'il l'ait ajouté à sa liste accompagné du nom fit frissonner Harry. Il entendait les voix de Rakel et Oleg en bruit de fond. Week-end. Famille.

« J'ai une question concernant la clinique de Marienlyst. Est-ce que les dossiers des patients existent toujours ?

— J'en doute, répondit Mathias. Je crois que la règle veut que les choses de ce genre soient détruites si personne ne reprend la boutique. Mais si c'est important, je peux vérifier, évidemment.

— Merci. »

Harry passa devant la station de métro de Vinderen. Des images défilèrent rapidement. Une course-poursuite, une collision, un collègue mort, la rumeur disant que c'était Harry qui avait été au volant et qu'il aurait fallu le faire souffler dans le ballon. Ça faisait longtemps. De l'eau sous les ponts. Des cicatrices sous la peau. Des plaies à l'âme.

Mathias rappela au bout d'un quart d'heure.

« J'ai discuté avec Gregersen, qui dirigeait la clinique de Marienlyst. Je crains que tout ait été effacé. Mais je crois que des gens, Idar entre autres, ont emporté les dossiers de leurs patients.

— Et toi ?

— Je savais que j'allais passer dans le privé, alors je n'ai rien pris.

— Tu te rappelles les noms de certains des patients d'Idar, par hasard ?

— Quelques-uns, peut-être. Pas beaucoup. Ça fait longtemps, Harry.

— Je sais. Merci quand même. »

Harry raccrocha et suivit la direction de l'hôpital civil. L'ensemble de bâtiments couvrait la colline basse devant lui.

Gerda Nelvik était une dame enjouée à la belle poitrine, d'environ quarante-cinq ans, et l'unique représentante de la section paternité de l'institut médico-légal de l'hôpital civil ce samedi-là. Elle reçut Harry et le fit entrer. Peu de choses révélaient qu'il s'agissait d'un endroit où l'on traquait les pires criminels de la société. Les locaux, clairs et décorés de telle sorte qu'on s'y sente chez soi, indiquaient que l'équipe était presque exclusivement féminine.

Harry était déjà venu, et il connaissait les procédures en matière de tests ADN. Dans la semaine, derrière les fenêtres des labos, il aurait pu voir des femmes en blouse blanche, calots et gants jetables, penchées sur des solutés et des machines, absorbées dans des activités mystérieuses qu'elles appelaient traitement de cheveux, de sang et amplification, et qui devaient constituer au final un court rapport dont la conclusion serait une suite de valeurs concernant quinze marqueurs distincts.

Ils franchirent une pièce garnie d'étagères chargées de paquets de lettres portant les noms de commissariats de tout le pays. Harry savait qu'elles contenaient vêtements, cheveux, tissu d'ameublement, sang et autres matériaux organiques envoyés pour analyses. Tout cela pour extorquer à ces matériaux le code chiffré représentant différents points de la mystérieuse guirlande qu'était l'ADN, et qui identifiait le propriétaire à quatre-vingt-dix-neuf virgule tout un tas de neuf pour cent de certitude.

Le bureau de Gerda Nelvik était tout juste assez grand pour abriter des étagères de classeurs et une table de travail sur laquelle était posé un PC, plus des piles de papiers et une grande photo de deux garçons tenant chacun son snowboard.

« Vos fils ? s'enquit Harry en s'asseyant.

— Je le crois, sourit elle.

— Quoi ?

— Plaisanterie interne. Vous avez parlé de quelqu'un qui avait demandé des analyses ?

— Oui. Je cherche des renseignements sur toutes les analyses ADN demandées par un centre précis. Il y a douze ans et après. Et sur qui les a demandées.

— Bon. Qui est-ce ?

— La clinique de Marienlyst.

— La clinique de Marienlyst ? Vous êtes sûr ?

— Pourquoi ça ? »

Elle haussa les épaules.

« En général, dans les affaires de paternité, ce sont les tribunaux ou un avocat qui font la demande. Ou des particuliers, directement.

— Il ne s'agit pas d'affaires de paternité, mais de cas dans lesquels on peut vouloir confirmer un lien de parenté à cause du risque de maladies congénitales.

— Ah ! Alors on les aura dans notre base de données.

— Pouvez-vous la consulter maintenant ?

— Ça dépend si vous avez le temps d'attendre… trente secondes », termina-t-elle en regardant l'heure.

Harry hocha la tête.

Gerda tapa sur son clavier en dictant pour elle-même : « C-l-i-n-i-q-u-e d-e M-a-r-i-e-n-l-y-s-t. »

Elle se renversa dans son fauteuil et laissa l'ordinateur travailler.

« C'est triste, ce temps d'automne, non ? fit-elle.

— Oui », répondit Harry sur un ton absent tout en écoutant le grésillement du disque dur, comme si le son pouvait indiquer si la réponse était celle qu'il espérait.

« On finit par déprimer, à cause de cette obscurité, poursuivit-elle. J'espère que la neige ne va pas tarder. Il fera plus clair, si on veut.

— Mmm. »

Le grésillement s'interrompit.

« Voyez-vous ça », lâcha-t-elle en regardant son écran.

Harry prit une profonde inspiration.

« La clinique de Marienlyst a été cliente ici, oui. Mais pas depuis sept ans. »

Harry essaya de réfléchir. Quand Idar Vetlesen avait-il bien pu cesser d'y travailler ?

Gerda fronça les sourcils. « Mais avant ça, ils en ont demandé un paquet. »

Elle hésita. Harry attendit qu'elle le dise. Et elle le dit :

336

« Un nombre anormalement élevé pour un centre médical, je dirais. »

Harry le sentit. C'était dans ce sens qu'ils allaient, ça menait hors du labyrinthe. Ou plus exactement : dans le labyrinthe. Au cœur des ténèbres.

« Vous avez les noms de ceux qui ont été testés, et des informations sur eux ? »

Gerda secoua la tête.

« D'habitude, oui, mais ici, le centre médical a voulu qu'ils soient anonymes, à l'évidence. »

Merde ! Harry ferma les yeux et réfléchit.

« Mais vous avez toujours les réponses à ces tests ? Si la personne en question est le père ou non, je veux dire.

— Bien sûr.

— Et que disent-ils ?

— Je ne peux pas vous répondre comme ça, il faudrait que je les examine un par un, et ça prend plus de temps.

— OK. Mais est-ce vrai que vous avez conservé le profil ADN de ceux que vous avez analysés ?

— Oui.

— Et l'analyse est aussi complète que pour des enquêtes criminelles ?

— Plus complète. Pour définir à coup sûr une paternité, nous avons besoin de plus de marqueurs, puisque la moitié du matériel génétique provient de la mère.

— Alors ce que vous me dites, c'est que je peux recueillir des cellules d'une personne bien précise, les faire parvenir ici et vous demander de vérifier si elles sont identiques à certains des contrôles pour la clinique de Marienlyst ?

— La réponse est oui, l'assura Gerda sur un ton impliquant qu'elle ne cracherait pas sur une explication.

— Bien. Mes collaborateurs vont envoyer du matériel cellulaire provenant de pas mal de gens, des maris et des enfants de femmes qui ont disparu ces dernières années. Contrôlez si ça a déjà été envoyé. Je vais veiller à ce que ça obtienne la priorité absolue. »

Une lumière parut s'allumer dans les yeux de Gerda.

« Ça y est, je sais où je vous ai vu ! À *Bosse*. Est-ce qu'il est question de ce… »

Bien qu'il n'y eût qu'eux deux dans la pièce, elle baissa la voix, comme si le nom qu'ils avaient donné à ce monstre était un juron, une obscénité, un exorcisme qu'il ne fallait pas prononcer à voix haute.

Harry appela Katrine, lui demanda de le rejoindre au bar Java, à St. Hanshaugen. Il se gara devant une vieille porte cochère, près de laquelle un panneau menaçait d'enlèvement tout véhicule stationnant à cet endroit, bien que la porte en question soit juste assez large pour laisser passer une tondeuse à gazon. Ullevålsveien était pleine de gens qui allaient et venaient en hâte pour expédier les courses du samedi. Un noroît glacé descendait du sommet de St. Hanshaugen, vers le cimetière de Vår Frelser, soufflant assez fort pour faire tomber les chapeaux des membres voûtés d'un cortège funéraire.

Harry se paya un double express et un cortado[1], l'un comme l'autre dans des gobelets en carton à emporter, avant d'aller s'asseoir dans l'un des fauteuils sur le trottoir. Dans l'étang du parc de l'autre côté de la rue, un cygne solitaire, blanc neige, nageait calmement, le cou en forme de point d'interrogation. Harry le regarda et songea au nom du piège à renards. Le vent donnait la chair de poule à la surface.

« Le cortado est encore chaud ? »

Katrine se tenait devant lui, la main tendue.

Harry lui tendit le gobelet, et ils partirent en direction de sa voiture.

1. Café au lait.

« Super que tu aies pu bosser un samedi matin, observa-t-il.

— Super que tu aies pu bosser un samedi matin, répliqua-t-elle.

— Je suis célibataire. Le samedi matin n'a aucune valeur pour les gens comme moi. Toi, en revanche, tu devrais avoir une vie. »

Un homme d'un certain âge les fixait d'un regard mauvais quand ils arrivèrent à la voiture.

« J'ai demandé à la fourrière de venir, annonça-t-il.

— Oui, j'ai entendu dire que tout le monde voulait les inviter, répondit Harry en ouvrant sa portière. Le seul problème, ça va sûrement être de leur trouver une place où se garer. »

Ils s'installèrent, et une phalange ridée tapa au carreau. Harry descendit sa vitre.

« Le véhicule est en route, poursuivit le vieux. Il faut que vous attendiez ici.

— C'est vrai ? » s'étonna Harry en brandissant sa carte de police.

Le bonhomme méprisa la carte et jeta un coup d'œil courroucé à sa montre.

« Votre entrée est trop étroite pour que vous puissiez prétendre y faire passer des voitures, expliqua Harry. Je vais envoyer quelqu'un du département de la circulation pour qu'il démonte votre panneau illégal. J'ai peur que ce ne soit accompagné d'une amende salée, par la même occasion.

— Quoi ?

— Nous sommes de la police. »

Le vieil homme attrapa la carte de Harry et leva un regard suspicieux sur son propriétaire, puis de nouveau sur la carte, puis sur Harry.

« C'est bon pour cette fois, vous pouvez partir, grommela le type avec colère en lui rendant sa carte.

— Non, ce n'est pas bon, rétorqua Harry. J'appelle le département de la circulation sans plus tarder. »

Le vieux planta sur lui un regard furieux.

Harry tourna la clé de contact et laissa rugir le moteur avant de se tourner une nouvelle fois vers le vieux :

« Et vous devez attendre ici. »

Dans le rétroviseur, ils virent le type ouvrir toute grande la bouche au moment où ils s'en allèrent.

Katrine éclata de rire.

« Mais tu es *méchant* ! C'était une personne âgée. »

Harry lui jeta un coup d'œil de biais. Son expression était étrange, comme si ça lui faisait mal de rire. Paradoxalement, on aurait dit que l'épisode du Fenris Bar l'avait détendue vis-à-vis de lui. C'était sans doute un truc propre aux belles femmes : un rejet forçait leur respect, leur donnait davantage confiance en vous.

Harry sourit. Comment aurait-elle réagi si elle avait su que ce matin-là, Harry s'était réveillé avec une érection et les restes d'un rêve où il la prenait assise, les jambes écartées dans le lavabo des toilettes du Fenris Bar. La baisait à en faire grincer la tuyauterie et clignoter les néons tandis qu'il sentait la porcelaine glaciale sur ses roupettes à chaque coup qu'il donnait. Le miroir derrière elle avait vibré au point que les traits de Harry s'étaient estompés pendant qu'ils faisaient taper leurs hanches, leurs dos et leurs cuisses contre les robinets, les sèche-mains et les supports à savon. Il ne s'était pas aperçu avant d'arrêter que ce n'était pas son visage, dans le miroir, mais celui d'un autre.

« À quoi penses-tu ? s'enquit-elle.

— À la procréation.

— Ah ? »

Harry lui tendit un paquet, qu'elle ouvrit. La feuille sur le dessus portait le titre *Instructions pour le prélèvement buccal dans le cadre d'un test ADN*.

« D'une façon ou d'une autre, il s'agit de paternité, expliqua Harry. Simplement, je ne sais pas encore trop comment ni pourquoi.

« — Et nous allons… ? » commença Katrine en soulevant un petit paquet de Coton-tige.

« — À Sollihøgda. Pour recueillir des cellules sur les jumelles. »

Sur les champs entourant l'immeuble, la neige battait en retraite. Grise et mouillée, elle gardait jalousement le paysage qu'elle occupait toujours.

Rolf Ottersen les accueillit sur les marches et leur offrit du café. Pendant qu'ils suspendaient leurs manteaux, Harry expliqua ce qu'il désirait. Rolf Ottersen ne demanda pas pourquoi, il hocha simplement la tête.

Les jumelles tricotaient au salon.

« Qu'est-ce que ça va être ? voulut savoir Katrine.

— Une écharpe, répondirent en chœur les jumelles. Tata nous apprend. »

Elles firent un signe de tête en direction d'Ane Pedersen, assise dans le fauteuil à bascule, occupée à tricoter. Elle sourit à Katrine, pour montrer qu'elle la reconnaissait.

« Je veux juste vous prendre un peu de salive, annonça gaiement Katrine en levant un Coton-tige. Ouvrez la bouche. »

Les jumelles gloussèrent et posèrent leur ouvrage.

Harry suivit Rolf Ottersen dans la cuisine, où une grande bouilloire avait été mise à chauffer ; la pièce sentait le café bouilli.

« Vous vous êtes trompé, donc, commença Rolf. Pour ce médecin.

— Peut-être. Ou il a peut-être malgré tout un lien avec cette affaire. Ça pose un problème que je jette un nouveau coup d'œil à la grange ? »

Rolf Ottersen fit un geste exprimant un « Je vous en prie ».

« Mais Ane a rangé. Il n'y a pas grand-chose à voir. »

Effectivement, c'était rangé. Harry se souvint que le sang de poule avait formé une épaisse couche sombre sur le sol quand Holm en avait prélevé des échantillons, mais le sol avait été lessivé. Les lames de plancher étaient roses aux endroits où le sang avait imprégné le bois. Harry vint à côté du billot pour regarder vers la porte. Essaya d'imaginer Sylvia abattant des poules tandis que le Bonhomme de neige passait la porte. Avait-elle été surprise ? Elle avait abattu deux poules. Non, trois. Pourquoi pensait-il qu'il y en avait deux ? Deux plus une. Pourquoi *plus une* ? Il ferma les yeux.

Deux des poules étaient près du billot, leur sang avait coulé là où il y avait de la sciure. C'était comme cela qu'il fallait abattre les poules. Mais la troisième s'était trouvée un peu plus loin sur le sol et avait taché le plancher. Travail d'amateur. Et le sang avait coagulé sur le plan de coupe de la troisième poule. Exactement comme sur le cou de Sylvia. Il n'avait pas oublié comment Bjørn Holm l'avait expliqué. Et savait que l'idée n'était pas nouvelle, elle était là depuis longtemps avec toutes les autres, à moitié pensées, à moitié mâchées, à moitié rêvées. Que la troisième poule avait été tuée de la même façon, avec un fer à filament incandescent.

Il alla à l'endroit où le plancher avait pompé le sang et s'accroupit.

Si le Bonhomme de neige avait tué la dernière poule, pourquoi s'était-il servi du fer à filament et non de la hache ? Simple. Parce que la hache avait disparu quelque part dans l'obscurité de la forêt. Ça s'était donc passé après le meurtre. Il avait parcouru tout le chemin du retour pour abattre une poule. Mais pourquoi ? Une espèce de rituel vaudou ? Une impulsion subite ? Foutaises, cette machine à tuer s'en tenait au plan, suivait la trame.

C'était une raison.

Pourquoi ?

« Pourquoi ? » demanda Katrine.

Harry ne l'avait pas entendue arriver. Elle était à la porte de la grange, la lumière de la lampe seule tombait sur son visage, et elle tenait deux petits sacs en plastique contenant des Coton-tige. Harry frissonna en la voyant ainsi, dans une ouverture de porte, les mains tendues vers lui. Exactement comme chez Becker. Mais il y avait autre chose, qu'il reconnaissait aussi.

« Comme je l'ai dit, murmura Harry en regardant les dépôts roses, je crois qu'il est question de parenté. Et de recouvrir des choses.

— Qui ? » s'enquit-elle en allant vers lui. Les talons hauts de ses bottines cognèrent sur le plancher. « Qui est-ce que tu as dans ton viseur ? »

Elle s'accroupit à côté de lui. Son parfum masculin montait rapidement dans l'air froid, passait devant lui.

« Encore une fois, je n'en ai aucune idée.

— Ce n'est pas une hypothèse de travail, c'est juste une idée qui t'est venue. Tu as une théorie », décréta-t-elle simplement en promenant le bout de son index droit dans la sciure.

Harry hésita. « Ce n'est même pas une théorie.

— Allez, raconte. »

Harry prit une inspiration. « Arve Støp.

— Oui ?

— À l'en croire, Arve Støp se faisait soigner par Idar Vetlesen pour son tennis-elbow. Mais d'après Borghild, Vetlesen ne possédait pas de dossier sur Støp. Je me suis demandé de quoi ça pouvait venir. »

Katrine haussa les épaules. « C'était peut-être davantage que le coude. Støp avait sans doute peur qu'on puisse prouver par des documents qu'il se faisait retoucher sur le plan esthétique.

— Si Idar Vetlesen avait accepté de laisser tomber les dossiers de tous les patients qui craignaient ça, il n'aurait pas eu un seul nom dans ses archives. Alors je me suis dit que ce devait être autre chose, qui ne supportait vraiment pas la lumière du jour.

— Comme quoi ?

— Støp a menti sur le plateau de Bosse. Il a dit qu'il n'y avait pas de maladies congénitales ou de folie dans sa famille.

— Et il y en a ?

— Supposons, pour la théorie.

— Celle qui en est à peine une ? »

Harry hocha la tête. « Idar Vetlesen était le médecin le plus secret en matière de syndrome de Fahr. Pas même Borghild, son assistante, n'était au courant. Alors comment Sylvia Ottersen et Birte Becker se sont-elles débrouillées pour arriver jusqu'à lui ?

— Comment ?

— Supposons que la spécialité de Vetlesen n'ait pas été les maladies congénitales, mais la discrétion. Il a dit lui-même que c'était ce sur quoi reposait toute son activité. Et c'est donc un patient et ami qui vient le voir pour lui annoncer qu'il est atteint du syndrome de Fahr, un diagnostic effectué ailleurs, chez un véritable spécialiste. Mais ce spécialiste n'est pas aussi remarquablement compétent que Vetlesen en matière de discrétion, et il s'agit de quelque chose qui doit véritablement être tenu secret. Le patient insiste, propose peut-être beaucoup d'argent. Car c'est quelqu'un qui a les moyens de payer.

— Arve Støp ?

— Oui.

— Mais il a déjà fait établir le diagnostic à un endroit d'où ça peut filtrer.

— Ce n'est pas cela qu'Arve Støp craint par-dessus tout. Il a peur que l'on sache qu'il y emmène sa progéniture. Une progéniture qu'il veut voir tester pour savoir si elle souffre de la même pathologie. Et ça doit être fait dans le plus grand secret parce que personne ne sait que ce sont ses enfants. Au contraire. Certains pensent que ce sont les leurs. Comme Filip Becker pensait être le père de Jonas. Et... » Harry fit un signe de tête en direction du bâtiment d'habitation.

« Rolf Ottersen ? murmura Katrine dans un souffle. Les jumelles ? Tu veux dire... » Elle leva les sacs plastique. « Que ça, ce sont les empreintes génétiques d'Arve Støp ?

— Possible. »

Katrine le regarda. « Les disparues... les autres enfants...

— Si le test ADN montre que Støp est le père de Jonas et des jumelles, on commence dès lundi à prélever des échantillons sur les enfants des autres disparues.

— Tu veux dire... qu'Arve Støp a baisé aux quatre coins du pays ? Fait des enfants à pas mal de femmes, avant de les liquider une fois qu'elles ont eu accouché ? »

Harry haussa les épaules.

« Pourquoi ? voulut-elle savoir.

— Si j'ai raison, il s'agit évidemment de folie, et ce ne sont alors que des spéculations. Il y a souvent une logique assez claire derrière la folie. Tu as déjà entendu parler du phoque de Berhaus ? »

Katrine secoua la tête.

« On parle ici d'un père devenu un meurtrier froid et rationnel, poursuivit Harry. Après que la femelle a mis le petit phoque au monde et qu'il a traversé la première phase critique, le père va essayer de tuer la mère. Parce qu'il sait qu'elle ne voudra pas s'accoupler de nouveau avec lui. Et il veut l'empêcher d'avoir d'autres petits, qui concurrenceraient sa propre progéniture. »

Katrine semblait avoir des difficultés à encaisser la chose.

« C'est de la folie, oui. Mais je ne sais pas ce qui est le plus dément : penser comme un phoque ou imaginer qu'on puisse penser comme un phoque.

— Encore une fois... », commença Harry en se levant, et ses genoux grincèrent nettement. « C'est à peine une théorie.

— Tu mens, répondit-elle en le regardant. Tu es convaincu qu'Arve Støp est le père. »

Harry fit un sourire en coin.

« Tu es aussi fou que moi », déclara-t-elle.

Harry la regarda longuement.

« Viens. La médecine légale attend tes Coton-tige.

— Un samedi ? » Katrine passa la main sur la sciure, tira un trait sous ce qu'elle avait dessiné et se leva. « Ils n'ont pas de vie ? »

Après avoir remis les sacs plastique à l'institut médico-légal et obtenu la promesse d'une réponse dans la soirée ou le lendemain matin, Harry raccompagna Katrine à Seilduksgata.

« Il n'y a pas de lumière à tes fenêtres, constata Harry. Seule ?

— Une chouette fille comme moi ? sourit-elle en saisissant la poignée de portière. Jamais seule.

— Mmm. Pourquoi ne voulais-tu pas que je dise à tes collègues de Bergen que tu étais là ?

— Quoi ?

— Je me disais qu'ils trouveraient ça cool de savoir que tu bossais sur une grosse affaire de meurtre dans la capitale. »

Elle haussa les épaules et ouvrit la portière.

« Les Berguénois ne considèrent pas Oslo comme la capitale. Bonne nuit.

— Bonne nuit. »

Harry repartit par Sannergata.

Il n'était pas sûr, mais il lui semblait avoir vu Katrine se raidir. À présent, il y avait très peu de choses dont on pût être certain. Pas même un craquement qu'on croit être le son d'un percuteur de revolver, mais qui se révèle être une petite fille qui casse une branche sèche dans un accès de peur. Mais il ne pouvait plus faire semblant, faire comme s'il ne savait pas. Katrine avait braqué son revolver de service sur le dos de Filip Becker, ce soir-là. Et quand Harry s'était placé dans la ligne de mire, il avait entendu ce son, celui entendu quand Salma avait cassé une branche dans la cour. C'était le déclic bien huilé d'un percuteur qu'on relâchait. Signifiant qu'il avait d'abord été relevé, que Katrine avait pressé la détente sur plus de deux tiers de sa course, que le coup aurait pu partir n'importe quand. Qu'elle avait eu l'intention de descendre Filip Becker.

Non, il ne pouvait pas faire semblant. Parce que la lumière tombait sur son visage quand elle était à la porte de la grange. Et il

346

l'avait reconnue. Et comme il avait répondu : il était question de parenté.

L'agent supérieur de police Knut Müller-Nilsen aimait Julie Christie. À tel point qu'il n'avait jamais réussi à raconter à sa femme la pleine et entière vérité. Mais puisqu'il la soupçonnait d'avoir une relation extraconjugale équivalente avec Omar Sharif, il ne ressentait aucune mauvaise conscience en dévorant Julie Christie des yeux, assis à côté de sa femme. La seule ombre à son bonheur était qu'à cet instant, Julie Christie et le susnommé Omar Sharif s'étreignaient ardemment. Et lorsque le téléphone sonna sur la table de la salle à manger et qu'il décrocha, sa femme appuya sur la touche « Pause » : cet instant exquis mais toutefois insupportable de leur DVD favori, *Docteur Jivago*, se figea devant eux.

« Tiens, bonsoir, Hole, répondit Müller-Nilsen quand l'inspecteur de police se fut présenté. Oui, vous avez sûrement de quoi vous occuper, maintenant, j'imagine.

— Vous avez une minute ? » s'enquit la voix rauque, mais douce, à l'autre bout du fil.

Müller-Nilsen regarda les lèvres rouges et tremblantes de Julie Christie, et son regard voilé, tourné vers le haut.

« On prendra le temps qu'il faut, Hole.

— Vous m'avez montré une photo de Gert Rafto quand j'étais dans votre bureau. J'y ai reconnu quelque chose.

— Ah oui ?

— Et puis vous avez parlé de sa fille. Qu'elle s'en était bien sortie, finalement. C'est l'emploi de ce "finalement". Comme si c'était une chose que je savais déjà.

— Oui, mais elle se débrouille bien, non ?

— Ça dépend comment on voit les choses », répondit Harry.

CHAPITRE 24

Jour 19. Toowoomba

Un murmure plein d'espoir courait sous les lustres de la salle Sonja Henie, à l'hôtel Plaza. Arve Støp se tenait à la porte, où il avait accueilli les invités. Ses mâchoires étaient raides d'avoir tant souri, et les poignées de main avaient réveillé son tennis-elbow. Une jeune femme de l'agence responsable de l'aspect technique se glissa à côté de lui et sourit en voyant que les invités avaient tous trouvé leur place aux tables. Sa tenue noire, neutre, et son casque muni d'un micro presque invisible lui firent penser à un agent de *Mission impossible*.

« On entre », décida-t-elle en rectifiant le nœud papillon de Støp en un geste aimable, presque tendre.

Elle portait une alliance. Ses hanches se balancèrent devant lui, vers la salle. Est-ce que ces hanches avaient enfanté ? Le pantalon noir moulait ce derrière musclé, et Arve Støp imagina le même derrière, sans pantalon, devant lui dans le lit de son appartement d'Aker Brygge. Mais elle paraissait trop professionnelle. Ça ferait trop d'histoires. Trop de persuasion. Il croisa son regard dans le grand miroir à côté de la porte, comprit qu'il était repéré et fit un grand sourire d'excuse. Elle rit en même temps qu'un léger voile rouge, peu professionnel, s'étendait sur ses joues. Mission impossible ? Sûrement pas. Mais pas ce soir.

348

Tous les occupants de sa table de huit personnes se levèrent lorsqu'il approcha. Son accompagnatrice était sa propre rédactrice en chef adjointe. Un choix ennuyeux, mais nécessaire. Elle était mariée, avait des enfants et le visage ravagé d'une femme qui passe entre douze et quatorze heures par jour au boulot. Pauvres jeunes. Et pauvre de lui, Arve Støp, le jour où elle découvrirait que la vie était faite d'autre chose que de *Liberal*. La table porta un toast à Støp tandis que son regard balayait la salle. Paillettes, bijoux et yeux rieurs scintillaient sous les lustres. Et les robes. Sans bretelles, dégageant les épaules, dos nus, provocantes.

Le vacarme survint. Les notes puissantes d'*Ainsi parlait Zarathoustra* sonnèrent dans les enceintes. À la réunion avec l'organisateur, Arve Støp avait souligné que c'était pompeux, tout sauf une ouverture originale, et que ça lui faisait penser à la génèse de l'être humain. Ce à quoi on lui avait répondu que justement, c'était le but.

Une star de la télévision, qui avait exigé – et obtenu – une somme à six chiffres pour être orateur, monta sur la grande scène enveloppée de fumée et de lumière.

« Mesdames et messieurs ! » cria-t-il dans un gros micro sans fil dont la forme rappela à Støp un énorme pénis en érection. « Bienvenue ! » Les lèvres bien connues de la célébrité touchaient presque l'extrémité noire de la quéquette. « Bienvenue pour ce qui sera une soirée tout à fait exceptionnelle, je vous le promets ! »

Arve Støp attendait déjà la fin avec impatience.

Harry ne quittait pas des yeux les photos posées sur les étagères de son bureau, Dead Policemen's Society. Il essayait de réfléchir, mais ses idées tournicotaient dans sa tête sans s'y ancrer, sans former une image homogène. Il sentait depuis le début que quelqu'un était entré, et savait ce qu'il allait faire à tout instant. Mais pas que ce serait ainsi. C'était si incroyablement simple. Et en même temps épouvantablement compliqué.

Knut Müller-Nilsen avait raconté que Katrine avait été embauchée en tant qu'un des enquêteurs les plus prometteurs de la Brigade criminelle du commissariat de Bergen, une étoile montante. Jamais aucun problème. D'accord, il y avait bien ce cas particulier, évidemment, qui l'avait poussée à demander un poste aux Mœurs. Un témoin dans une vieille affaire classée avait appelé pour se plaindre que Katrine Bratt venait toujours le voir pour lui poser de nouvelles questions, qu'elle ne voulait pas renoncer bien qu'il eût clairement déclaré qu'il s'était déjà expliqué auprès de la police. Il se trouva un jour que Katrine avait enquêté assez longtemps de sa propre initiative, sans en informer la hiérarchie. Puisqu'elle l'avait fait sur son temps libre, il n'aurait pas dû y avoir de problème, mais sur cette affaire-là, on ne souhaitait naturellement pas que Katrine Bratt vienne remuer la boue. Elle en avait reçu la consigne non équivoque. Elle avait réagi en dénonçant plusieurs erreurs dans l'enquête, mais sans susciter d'intérêt ; frustrée, elle avait demandé une mutation aux Mœurs.

« Cette affaire devait être une obsession pour elle, avait conclu Müller-Nilsen. D'après ce que je me rappelle, c'est à ce moment-là que son mari l'a quittée. »

Harry se leva, sortit dans le couloir et gagna la porte du bureau de Katrine. Elle était verrouillée, conformément aux instructions. Il poursuivit dans le couloir jusqu'à la salle de photocopie. Sur l'étagère inférieure, à côté des ramettes de papier, il attrapa le massicot, une grande plaque de fer munie d'une lame. D'aussi loin qu'il se souvienne, l'énorme instrument n'avait jamais été utilisé, mais Harry le transportait pour l'heure à deux mains en retournant vers la porte de Katrine Bratt.

Il leva le massicot au-dessus de sa tête et visa. Laissa retomber les bras.

La machine atteignit la poignée, qui enfonça le bloc serrure dans le cadre. Il y eut un craquement sec.

Harry eut tout juste le temps de garer ses pieds avant que le massicot atterrisse sur le sol avec un bruit sourd. La porte cracha des copeaux et s'ouvrit lorsqu'il flanqua un coup de pied dedans. Il ramassa l'instrument et entra.

Le bureau de Katrine Bratt était identique à celui qu'il avait naguère partagé avec l'inspecteur Jack Halvorsen. Rangé, nu, sans photos ou autres effets personnels. La table de travail présentait une unique serrure, dans sa partie haute, qui fermait tous les tiroirs. Après deux assauts au coupe-papier, le tiroir du haut et la serrure furent brisés. Harry chercha rapidement, tria des papiers et fouilla au milieu de pochettes en plastique, perforatrices et autres accessoires de bureau, jusqu'à ce qu'il trouve un étui de couteau. Il en tira le contenu. Le dessus était rayé. Certainement pas un couteau de scout. Harry en passa le fil sur la pile de feuilles qui était dessous, et le couteau s'enfonça aussi profondément qu'aisément dans la masse de papier.

Le tiroir inférieur contenait deux boîtes entières de cartouches pour le revolver de service. Tout ce que Harry trouva comme objets personnels, ce furent deux anneaux. L'un était garni de pierres qui scintillaient vivement sous la lampe de bureau. Il l'avait déjà vu. Harry ferma les yeux et essaya de visualiser où. Un gros anneau clinquant. Beaucoup de tout. Las Vegas. Katrine ne se serait jamais promenée avec un anneau comme ça. Et au même instant, il sut où il l'avait vu. Il sentit son cœur battre ; à coups lourds, mais réguliers. Il l'avait vu dans une chambre à coucher. Celle des Becker.

Dans la salle Sonja Henie, le dîner était terminé et les tables débarrassées. Appuyé au mur du fond, Arve Støp regardait vers la scène, où les invités s'étaient regroupés pour admirer avec ravissement le groupe qui se produisait. Le son dégageait une impression puissante, mégalomaniaque. Arve Støp avait douté, mais l'organisateur avait fini par le convaincre qu'investir dans l'événement reviendrait à acheter la loyauté de ses employés, la fierté et l'enthousiasme pour ses bureaux. Et qu'en achetant un morceau d'un succès inter-

351

national, il renforçait le succès du magazine et forgeait la marque *Liberal*, un produit auquel les annonceurs voudraient être associés.

Le vocaliste leva une main à ses écouteurs au moment d'attaquer la note la plus aiguë de leur hit international, datant des années quatre-vingt.

« Personne ne chante faux aussi bien que Morten Harket », déclara une voix à côté de Støp.

Il se retourna. Et sut immédiatement qu'il l'avait déjà vue, car il n'oubliait jamais une jolie femme. Ce qu'il oubliait de plus en plus souvent, c'était qui, où et quand. Elle était mince, portait une robe noire toute simple fendue qui lui fit penser à quelqu'un. À Birte. Birte avait une robe similaire.

« C'est scandaleux, lâcha-t-il.

— C'est une note difficile à atteindre, répondit-elle sans quitter le vocaliste des yeux.

— C'est scandaleux que je ne me rappelle pas votre nom. Tout ce que je sais, c'est que nous nous sommes déjà rencontrés.

— Pas rencontrés. Vous m'avez observée. »

Elle chassa ses cheveux noirs de son visage. Elle était belle d'une façon classique, un peu stricte. Belle à la Kate Moss. Birte était belle à la Pamela Anderson.

« Ça, je crois que c'est excusable », objecta-t-il en sentant qu'il se réveillait, que le sang commençait à affluer dans son corps en amenant le champagne aux parties de son cerveau qui le rendaient léger, et plus seulement somnolent.

« Qui êtes-vous ?

— Je m'appelle Katrine Bratt.

— Bien. Tu fais partie de nos annonceurs, Katrine ? Banque ? Locataire ? Photographe free-lance ? »

À chaque question, Katrine secouait la tête en souriant.

« Je suis une sponsor. L'une de tes journalistes, une femme, est une amie. Elle m'a dit qui allait jouer après le dîner, et que je n'aurais qu'à passer une robe pour me fondre dans la foule. Envie de me mettre dehors ? »

Elle leva la coupe de champagne à ses lèvres. Celles-ci n'étaient pas aussi pleines qu'il les aimait, mais elles étaient rouge profond et humides. Elle regardait toujours la scène, et il put donc examiner librement son profil. Tout son profil. Le dos cambré, la courbe parfaite des seins. Pas nécessairement du silicone, peut-être simplement un bon soutien-gorge. Mais avaient-ils pu allaiter un enfant ?

« Je l'envisage, répondit-il. Des arguments à faire valoir ?

— Une menace suffira ?

— Peut-être.

— J'ai vu les paparazzis, dehors, attendre que tes invités de renom sortent avec la prise de la soirée. Et si je leur parlais de ma copine journaliste ? Qu'elle avait appris que ses perspectives d'avenir à *Liberal* étaient mauvaises après avoir refusé tes avances. »

Arve Støp éclata d'un rire sincère. Il vit qu'ils s'étaient déjà attiré les regards curieux d'autres invités. En se penchant vers elle, il nota que le parfum de la femme n'était pas sans rappeler l'eau de Cologne qu'il utilisait lui-même.

« Pour commencer, je n'ai absolument pas peur des ragots, et encore moins chez mes collègues de la presse à scandale. Deuxièmement, ta copine est inutilisable en tant que journaliste, et troisièmement, elle ment. Je l'ai sautée trois fois. Et *ça*, tu peux le raconter aux paparazzis. Tu es mariée ?

— Oui », répondit l'inconnue en se tournant vers la scène et en changeant de pied d'appui dans la fente de sa robe, de sorte qu'il put voir très rapidement la guipure d'un bas. Arve Støp se sentait la bouche sèche, et il but une gorgée de champagne. Regarda le troupeau de femmes qui piétinaient devant la scène. Respira par le nez. Il sentait l'odeur de chatte jusqu'ici.

« Tu as des enfants, Katrine ?

— Tu veux que j'aie des enfants ?

— Oui.

— Pourquoi ?

— Parce que, en créant la vie, les mères ont appris à dominer la nature, ce qui leur donne une connaissance de la vie plus profonde que les autres femmes. Et que les hommes.

— *Bullshit*[1].

— Oui. Ça vous fait chercher désespérément un père potentiel. Vous voulez juste participer au jeu.

— OK, répondit-elle en riant. Alors j'ai des enfants. À quoi est-ce que tu aimes jouer ?

— Ouille, s'exclama Støp en regardant l'heure. On fait un sacré bond.

— À quoi aimes-tu jouer ?

— À tout.

— Super. »

Le chanteur ferma les yeux, saisit le micro à deux mains et attaqua le crescendo du morceau.

« Cette fête est ennuyeuse, et je ne vais vraiment pas tarder à rentrer. » Støp posa son verre vide sur un plateau qui passait. « J'habite sur Aker Brygge. Même entrée que *Liberal*, dernier étage. Sonnette du haut. »

Elle fit un petit sourire.

« Je sais où c'est. Combien d'avance veux-tu que je te laisse ?

— Donne-moi dix minutes. Et la promesse de ne parler à personne avant de partir. Même pas à ta copine. C'est d'accord, Katrine Bratt ? »

Il la regarda, espérant avoir dit le bon nom.

« Fais-moi confiance », répondit-elle, et il remarqua que le regard de la femme présentait un éclat étrange, comme le reflet d'un feu de forêt sur le ciel. « J'ai au moins autant intérêt que toi à ce que cela reste entre nous deux. » Elle leva son verre. « Et d'ailleurs, tu l'as sautée quatre fois, pas trois. »

1. « Conneries », en anglais dans le texte.

354

Støp lui envoya un dernier coup d'œil avant de se diriger vers la sortie. Derrière, le vocaliste chevrotait de sa voix de fausset.

Une porte cochère claqua, et de grands cris excités résonnèrent dans Seilduksgata. Quatre jeunes en route pour aller faire bamboche dans l'un des bars de Grünerløkka. Ils passèrent devant la voiture garée au bord du trottoir, sans remarquer l'homme assis dedans. Après qu'ils eurent contourné le coin, le calme revint dans la rue. Harry se pencha vers le pare-brise et regarda les fenêtres de chez Katrine.

Il aurait pu appeler Hagen, sonner le tocsin, embarquer Skarre et une voiture de patrouille. Mais il pouvait se planter. Et il devait être sûr, d'abord. Il y avait trop à perdre, tant pour lui que pour elle.

Il descendit de voiture, se rendit à la porte cochère et appuya sur la sonnette sans nom du second étage. Attendit. Sonna encore une fois. Il retourna alors à la voiture, sortit le pied-de-biche du coffre et sonna au rez-de-chaussée. Un bonhomme répondit un « oui » ensommeillé sur fond de ronronnement de télé. Quinze secondes plus tard, le type vint ouvrir. Harry lui montra sa carte de police.

« Je n'ai pas entendu de tapage, déclara l'homme. Qui vous a appelé ?

— Je sortirai par mes propres moyens, répondit Harry. Merci de votre aide. »

La porte au second n'était, elle non plus, marquée d'aucun nom. Harry frappa, colla l'oreille contre le bois froid et écouta. Avant d'introduire l'extrémité de son pied-de-biche entre la porte et le chambranle, juste au-dessus de la serrure. Comme les immeubles de Grünerløkka avaient naguère été construits pour les ouvriers des usines implantées le long de l'Akerselva, et conséquemment à l'aide des matériaux les moins chers, la seconde effraction commise par Harry en moins d'une heure se déroula sans anicroche.

Pendant quelques secondes, il resta immobile dans le couloir obscur pour écouter, avant d'allumer. Baissa les yeux sur le support à chaussures devant lui. Six paires. Aucune d'entre elles suffisamment grande pour appartenir à un homme. Il ramassa une paire, les bottines que Katrine avait portées plus tôt dans la journée. Les semelles étaient encore mouillées.

Il alla au salon. Alluma sa lampe de poche plutôt que le plafonnier, pour qu'elle ne puisse pas voir depuis la rue qu'elle avait des visiteurs.

Le faisceau lumineux balaya un plancher de pin poncé planté de gros clous entre les lattes, un canapé blanc tout simple, des étagères basses et un amplificateur de la marque haut de gamme Linn. Près du mur, il vit une alcôve avec un lit étroit, bien fait, et un coin-cuisine équipé d'une cuisinière et d'un réfrigérateur. Il se dégageait une impression de sévérité spartiate et d'ordre. Comme chez lui. Le faisceau avait capturé un visage qui le regardait sans ciller. Auquel s'ajouta un autre. Et encore un. Des masques noirs en bois, sculptés de motifs et en partie peints.

Il regarda sa montre. Onze heures. Laissa le faisceau poursuivre sa course.

Des pages de journaux étaient punaisées au-dessus de l'unique table de la pièce. Elles couvraient le mur du sol au plafond. Il approcha. Laissa son regard parcourir les coupures, en sentant son pouls se mettre à tictaquer comme un compteur Geiger.

C'étaient des affaires de meurtres.

Beaucoup de meurtres, dix ou douze, certains si anciens que le papier journal avait jauni. Mais Harry avait de tous un souvenir bien net. Il ne les avait pas oubliés parce qu'ils avaient une chose en commun : c'était lui qui avait dirigé l'enquête.

Sur la table, à côté d'un PC et d'une imprimante, il vit une pile de dossiers. Des rapports d'enquête. Il en ouvrit un. Il ne s'agissait pas de l'une de ses affaires, mais du meurtre de Laila Aasen, sur Ulriken. L'autre traitait de la disparition d'Onny Hetland, sur Fjellsiden.

Le troisième dossier concernait l'affaire des violences policières à Bergen, les plaintes contre Gert Rafto. Harry tourna les pages. Découvrit la même photo de Rafto que celle vue dans le bureau de Müller-Nilsen. En le voyant, maintenant, c'était évident.

Une pile de feuilles attendait à côté de l'imprimante. On avait fait un dessin sur celle du dessus. Une esquisse rapide d'amateur, au crayon, mais on en distinguait bien le motif. Un bonhomme de neige. Son visage était allongé, comme s'il coulait, fondait, les yeux de charbon étaient morts et la carotte longue et fine, pointée vers le bas. Harry tourna quelques feuilles. Il y avait d'autres dessins. Uniquement des bonshommes de neige, leur seul visage pour la plupart. Des masques, songea Harry. Des masques mortuaires. L'un présentait un bec d'oiseau, de petits bras humains sur les côtés et des pattes d'oiseau en bas. Un autre était affublé d'un groin de porc et d'un chapeau haut de forme.

Harry commença sa perquisition à cette extrémité de la pièce. En se disant à lui-même ce qu'il avait dit à Katrine, à Finnøy : vide-toi le cerveau de ce que tu t'attends à trouver, et regarde, ne cherche pas. Il examina tous les placards et tiroirs, fouilla dans les instruments de cuisine et détergents, vêtements, shampooings exotiques et crèmes inconnues dans la salle de bains, où l'odeur de son parfum était toujours omniprésente. Le bac à douche était mouillé, et un Coton-tige souillé de mascara avait été abandonné dans le lavabo. Il ressortit. Il ne savait pas ce qu'il cherchait, seulement que ce n'était pas ici. Il se redressa et regarda autour de lui.

Faux.

C'était ici. Simplement, il ne l'avait pas encore trouvé.

Il fit valser les livres de leurs étagères, ouvrit le réservoir de la chasse d'eau, vérifia si le sol ou les murs avaient des panneaux amovibles, retourna le matelas dans l'alcôve. Et il eut terminé. Il avait cherché partout. Sans résultat. S'il n'y avait pas eu la règle numéro un des perquisitions : l'important, c'est autant ce que tu trouves que ce que tu ne trouves pas. Et à présent, il savait ce qu'il n'avait pas trouvé. Harry regarda l'heure. Et commença à ranger derrière lui.

Ce n'est qu'au moment de remettre les dessins à leur place qu'il se rendit compte qu'il n'avait pas vérifié l'imprimante. Il tira le chargeur papier. La feuille du dessus était jaunâtre et plus épaisse que du papier d'impression ordinaire. Il la prit. Elle dégageait une odeur particulière, comme si elle était faiblement épicée ou brûlée. Il leva la feuille vers la lampe de bureau tout en cherchant la marque. Et la trouva. Tout en bas, dans le coin droit, une sorte de filigrane entre les fines fibres de papier qui apparaissaient sous l'ampoule électrique. Ce fut comme si les veines de son cou se dilataient, comme si le sang avait soudain tout un tas de choses à faire, comme si le cerveau hurlait pour avoir plus d'oxygène.

Harry alluma le PC. Regarda de nouveau l'heure, tendit l'oreille, tandis que la machine mettait une éternité pour ouvrir le système d'exploitation et les logiciels. Il alla tout droit à la fonction recherche et tapa un seul mot. Donna un coup sur la souris au-dessus de « Rechercher ». Un joyeux chien animé apparut, sautant et aboyant muettement dans une tentative d'écourter le temps d'attente. Harry écarquilla les yeux sur le texte qui se modifiait fébrilement à mesure que les documents étaient explorés. Déplaça le regard vers la rubrique annonçant provisoirement « Texte recherché trouvé dans 0 document ». Il vérifia que le terme à rechercher était correctement orthographié. Toowoomba. Il ferma les yeux. Entendit la machine ronronner sourdement, comme un chat en mal d'affection. Puis l'ordinateur cessa. Harry ouvrit les yeux. « Texte recherché trouvé dans 1 document. »

Il déplaça le pointeur sur le document Word. Des informations jaillirent dans un cadre jaune. « Date de modification : 09/09. » Il sentit ses doigts trembler légèrement quand il double-cliqua. Le fond blanc derrière le court texte luisait dans la pièce. Il n'y avait aucun doute. Les mots étaient identiques à ceux de la lettre du Bonhomme de neige.

CHAPITRE 25

Jour 19. Deadline

Arve Støp était allongé dans un lit fabriqué sur mesure à l'usine Misuku d'Osaka, et convoyé tout fait jusqu'à une tannerie de Chennai, en Inde, parce que la province du Tamil Nadu n'autorisait pas l'exportation directe de ce genre de peaux. Six mois avaient séparé la date de commande de la date de livraison, mais ça avait valu le coup d'attendre. À l'instar d'une geisha, il s'adaptait parfaitement à son corps, le soutenait là où c'était nécessaire et lui permettait de régler toutes les inclinaisons et directions souhaitables.

Il planta le regard sur la lente rotation des pales en teck du ventilateur suspendu.

Elle était déjà dans l'ascenseur. Il avait expliqué via l'interphone qu'il l'attendait dans la chambre, avant de laisser la porte ouverte. La soie fraîche de son boxer-short collait à sa peau chauffée par l'alcool. La musique d'un CD de Café Del Mar déferlait de la sono Bose dont les enceintes petites, compactes et presque invisibles diffusaient dans toutes les pièces de l'appartement.

Il entendit ses talons claquer sur le parquet du salon. Des pas lents, mais décidés. Rien que ce son le fit bander. Si seulement elle avait su ce qui l'attendait...

Sa main tâtonna sous le lit, ses doigts trouvèrent ce qu'ils cherchaient.

Puis elle fut à la porte, se découpant sur le clair de lune du fjord, le regardant avec ce petit sourire. Elle détacha la ceinture de son long manteau de cuir et le laissa tomber. Il retint son souffle, mais elle portait toujours sa robe en dessous. Elle vint jusqu'au lit et tendit un objet caoutchouteux. C'était un masque. Un masque animal, rose pâle.

« Mets ça, ordonna-t-elle d'une voix neutre, professionnelle.

— Tiens donc… Un masque de porc.

— Fais ce que je te dis. » De nouveau cette curieuse lueur jaune dans le regard.

« *Mais oui, madame*[1]. »

Arve Støp mit le masque. Celui-ci couvrait tout le visage, sentait le gant à vaisselle, et il pouvait tout juste l'apercevoir derrière les trous minuscules des yeux.

« Et moi, je veux que tu… », commença-t-il en entendant sa propre voix enfermée, étrangère. Il n'alla pas plus loin, car une douleur vive lui enflamma l'oreille gauche.

« Ferme-la ! » cria-t-elle.

Il comprit lentement qu'elle l'avait frappé. Il sut qu'il ne devait pas, que cela anéantirait son petit jeu de rôle, mais il ne put s'en empêcher. C'était trop comique. Un masque de porc ! Un truc en caoutchouc rose et moite avec des oreilles de porc, un groin et une mâchoire supérieure proéminente. Il gloussa. Le coup suivant l'atteignit au ventre, avec une force surprenante, et il se plia en deux, gémit et retomba en arrière sur le lit. Il ne se rendit pas compte qu'il ne respirait plus avant de sentir que tout s'assombrissait. Il haleta désespérément dans le masque collant, en même temps qu'il sentait les mains de la femme lui tirer les bras dans le dos. Son cerveau reçut enfin de l'oxygène, et les douleurs survinrent à ce moment-là. Ainsi que la fureur. Foutue rombière, que croyait-elle faire ? Il se libéra d'une secousse et voulut la saisir, mais

1. En français dans le texte.

ne parvint pas à libérer ses mains, elles étaient coincées dans son dos. Il se secoua et sentit un objet dur s'imprimer dans la peau de ses poignets. Des menottes ? La salope perverse !

Elle le redressa sèchement, et l'assit.

« Tu vois ce que c'est, ça ? » demanda la voix de la femme.

Mais le masque avait glissé sur le côté, il ne voyait rien.

« Je n'en ai pas besoin, répondit-il. Je sens que c'est ta chatte. »

Le coup l'atteignit au-dessus de la tempe, et il y eut comme un petit saut sur le CD. Quand le son revint, il était toujours assis dans le lit. Il sentit quelque chose couler entre le masque et sa joue.

« Avec quoi tu tapes, bordel ? cria-t-il. Je saigne, espèce de cinglée !

— Ça. »

Arve Støp sentit qu'on lui appuyait un objet dur contre le nez et la bouche.

« Sens, reprit-elle. Ce n'est pas bon ? C'est de l'acier et de l'huile pour armes. Smith & Wesson. Ça ne ressemble à rien d'autre, n'est-ce pas ? L'odeur de poudre est encore meilleure. Si tu as le temps de la sentir, bien entendu. »

Juste un jeu brutal, se dit Arve Støp. Un jeu de rôle. Mais il y avait autre chose, dans sa voix, dans l'ensemble de la situation. Qui plaçait subitement tout ce qui s'était passé sous une nouvelle lumière. Et pour la première fois depuis longtemps – si longtemps qu'il dut remonter à son enfance, si longtemps qu'il ne reconnut d'abord pas la sensation – Arve Støp le remarqua. Qu'il avait peur.

« On ne devrait pas remonter un peu le poêle ? frissonna Bjørn Holm en serrant un peu plus son blouson de cuir autour de lui. Quand le Volvo Amazon est arrivé, il était réputé pour son super-chauffage. »

Harry secoua la tête et regarda sa montre. Une heure et demie. Cela faisait plus d'une heure qu'ils étaient dans la voiture de Bjørn

Holm, devant l'appartement de Katrine. La nuit était gris-bleu, les rues vides.

« En réalité, il était blanc Californie, expliqua Bjørn Holm. Couleur Volvo numéro 42. L'ancien propriétaire l'avait fait laquer noir. Homologué comme un véhicule ancien et tout le bazar. Seulement 365 couronnes de taxes par an. Une couronne par jour... »

Bjørn Holm se tut en voyant le regard d'avertissement que lui lança Harry, et il remonta le son sur David Rawlings et Gillian Welch, la seule musique récente qu'il daignait écouter. Il l'avait repiquée d'un CD sur une cassette, non seulement pour qu'elle pût être lue sur le lecteur installé après coup dans la voiture, mais aussi parce qu'il faisait partie de ce petit cercle de mélomanes qui trouvaient que le CD n'avait jamais réussi à reproduire la qualité sonore unique et chaude de la bande magnétique.

Bjørn Holm savait qu'il parlait trop parce qu'il était nerveux. Harry lui avait seulement dit que Katrine Bratt devait faire l'objet de vérifications pour être mise hors de cause. Et que l'existence de Bjørn Holm, durant les semaines à venir, serait plus facile s'il ne savait pas de quelle affaire il s'agissait. Et la personne pacifique, indolente et intelligente qu'était Bjørn Holm n'avait pas essayé de la ramener pour se mettre dans la panade. Ce qui ne voulait pas dire qu'il appréciait la situation. Il regarda l'heure.

« Elle a accompagné un autre mec chez lui. »

Harry sursauta.

« Qu'est-ce qui te fait croire ça ?

— Elle n'est pas mariée, en fin de compte, ce n'est pas ce que tu as dit ? Les nanas célibataires sont comme nous autres célibataires, de nos jours.

— Ce qui signifie ?

— Les quatre étapes. Sortir, observer le troupeau, isoler la proie la plus vulnérable, coucher.

— Mmm. Quatre étapes que tu pratiques ?

— Les trois premières, répondit Bjørn Holm en rajustant le rétroviseur et sa coupe rousse. Rien que des saintes-nitouches, dans ce patelin. » Bjørn Holm avait envisagé la brillantine, avant de conclure que c'était trop radical. D'un autre côté, c'était sans doute ce qu'il fallait. Aller jusqu'au bout.

« Merde ! s'exclama Harry. Merde, merde !

— Hein ?

— Douche mouillée. Parfum. Mascara. Tu as raison. »

L'inspecteur principal avait dégainé son mobile et composé fiévreusement un numéro. Il obtint une réponse presque sur-le-champ.

« Gerda Nelvik ? Ici Harry Hole. Vous êtes toujours sur les prélèvements ? OK. Que disent les résultats provisoires ? »

Bjørn Holm regarda Harry pendant que celui-ci grommelait deux « Mmm » et trois « C'est ça ».

« Merci, conclut Harry. Et je me demandais si quelqu'un d'autre chez nous a déjà appelé dans la soirée pour poser les mêmes questions. Quoi ? Je vois. Oui, appelez quand vous aurez complètement terminé. »

Harry raccrocha. « Tu peux démarrer, maintenant. »

Bjørn Holm tourna la clé de contact.

« Qu'est-ce qui se passe ?

— On va au Plaza. Katrine Bratt a appelé l'institut médico-légal, plus tôt dans la soirée, pour avoir les résultats des tests de paternité.

— Ce soir, déjà ? » Bjørn Holm accéléra et tourna sur la droite, vers Schous plass.

« Ils en sont à des tests provisoires qui établissent la paternité avec quatre-vingt-quinze pour cent de certitude. Ils passeront juste ce qui leur reste de temps à faire monter la probabilité à quatre-vingt-dix-neuf virgule neuf.

— Et ?

— Il y a quatre-vingt-quinze pour cent de chances que le père des jumelles Ottersen et de Jonas Becker soit Arve Støp.

— Oh ! putain... »

— Et je crois que Katrine a suivi tes commandements pour un samedi soir. Et que la proie, c'est Arve Støp. »

Harry appela le central d'opérations et leur demanda assistance, sur fond de rugissements du vieux moteur – pas celui d'origine – dans le calme nocturne des rues de Grünerløkka. Et au moment où ils passèrent le poste de garde médicale près de l'Akerselva et glissèrent sur les rails de tramway dans Storgata, le chauffage leur envoyait effectivement un air bouillant.

Odin Nakken, journaliste à *VG*, gelait littéralement sur pied devant le Plaza et maudissait le monde, les gens en général et son boulot en particulier. D'après ses estimations, les derniers invités quittaient la soirée de *Liberal*. Et en règle générale, les derniers étaient les plus intéressants, ceux qui feraient les manchettes du lendemain. Mais la *deadline* approchait, encore cinq minutes et il devrait partir. Se rendre à son bureau d'Akersgata, à quelques centaines de mètres, et écrire. Écrire au rédacteur en chef qu'il était adulte, à présent, qu'il ne supportait plus de rester à faire le pied de grue comme un ado devant une sauterie, le nez collé aux carreaux, en espérant que quelqu'un pourrait sortir lui raconter qui avait dansé avec qui, embrassé qui. Écrire qu'il rendait son tablier.

Quelques rumeurs avaient circulé, trop fantastiques pour être vraies, mais évidemment, ils ne pouvaient pas les imprimer. Il y avait des limites, ainsi que des règles non écrites. Des règles auxquelles se tenaient en tout cas les journalistes de sa génération. Avec tout ce que cela impliquait.

Odin Nakken regarda autour de lui. Seuls quelques journalistes et photographes tenaient encore bon. Ou avaient une *deadline* aussi éloignée que la sienne quand il s'agissait de personnalités. Un Volvo Amazon arriva à toute vitesse vers eux, se rangea contre le trottoir et freina. Un type sauta du siège passager, et Odin Nakken le reconnut instantanément. Il fit signe au photographe, et ils coururent derrière le policier qui filait vers la porte.

« Harry Hole, haleta Nakken lorsqu'il fut arrivé juste derrière lui. Que fait la police ici ? »

Le policier tourna deux yeux injectés de sang dans sa direction.

« Elle va faire la fête, Nakken. Où est-ce que ça a lieu ?

— Salle Sonja Henie, au premier. Mais ça doit être terminé, maintenant.

— Mmm. Vous avez vu Arve Støp ?

— Støp est rentré tôt. Je peux vous demander ce que vous lui voulez ?

— Non. Il est parti seul ?

— Apparemment. »

L'inspecteur principal pila et lui fit face :

« Que voulez-vous dire ? »

Odin Nakken pencha la tête sur le côté. Il n'avait aucune idée de ce qu'il y avait, mais qu'il y ait quelque chose, il n'en doutait pas une seule seconde.

« Une rumeur a couru disant qu'il parlementait avec une nana assez sexy. Du sexe plein les yeux. Rien sur quoi écrire, malheureusement.

— Et ? gronda l'inspecteur principal.

— Une femme répondant à la description a quitté la sauterie vingt minutes après Støp. Elle est montée dans un taxi. »

Hole revint sur ses pas. Odin ne lâcha pas prise.

« Et vous l'avez suivie, Nakken ? »

Odin Nakken ne releva pas le sarcasme : celui-ci ne l'atteignit tout simplement pas. Plus.

« Elle n'était pas connue, Hole. Une célébrité qui saute une non-célébrité, c'est une non-nouvelle, pour le formuler comme ça. À moins que la fille veuille parler, bien sûr. Et celle-là a disparu, point.

— À quoi ressemblait-elle ?

— Mince, brune. Belle.

— Vêtements ?

— Long manteau de cuir noir.

365

« — Merci. » Hole sauta sur le siège passager de l'Amazon.

« Hé ! cria Nakken. Qu'est-ce que j'ai en échange ?

— Une nuit de sommeil. L'assurance que vous avez contribué à rendre notre ville plus sûre. »

Odin Nakken contempla avec un air pincé la vieille épave ornée de bandes rallye, qui disparaissait dans un hurlement de rire rauque. Il était temps de partir. Temps d'écrire cette lettre de démission. Temps de grandir.

« *Deadline*, lâcha le photographe. On va aller écrire notre merde. »

Odin Nakken poussa un soupir résigné.

Arve Støp écarquillait les yeux dans les ténèbres à l'intérieur du masque, en se demandant ce qu'elle faisait. Elle l'avait traîné dans la salle de bains par les menottes, en appuyant ce qu'elle prétendait être un revolver contre ses côtes, avant de lui ordonner de grimper dans la baignoire. Où était-elle ? Il retint son souffle et entendit son propre cœur ainsi qu'un ronronnement électrique, crépitant. Était-ce l'un des néons de la salle de bains qui menaçait de lâcher ? Le sang qui s'écoulait de sa tempe avait fini par atteindre le coin de la bouche, il en sentait le goût métallique et douceâtre sur le bout de sa langue.

« Où étais-tu la nuit où Birte Becker a disparu ? » La voix venait du côté de la douche.

« Ici, dans cet appartement », répondit Arve Støp tout en essayant de réfléchir. Elle avait dit être de la police, et au même instant, il s'était souvenu où il l'avait vue : au club de curling.

« Seul ?

— Oui.

— Et la nuit où Sylvia Ottersen a été tuée ?

— Même chose.

— Seul toute la soirée, sans parler à personne ?

— Oui.

« — Aucun alibi, donc ?

— Je te dis que j'étais ici.

— Bien. »

Bien ? se dit Arve Støp. Pourquoi était-ce bien qu'il n'ait pas d'alibi ? Que voulait-elle ? Lui extorquer des aveux ? Et pourquoi avait-il l'impression que le vrombissement électrique enflait, se rapprochait ?

« Allonge-toi », commanda-t-elle.

Il s'exécuta et sentit l'émail glacial de la baignoire lui brûler la peau du dos et des cuisses. Son souffle avait provoqué de la condensation à l'intérieur du masque, le rendant humide, et rendant sa respiration encore plus difficile. Puis la voix fut de retour, toute proche :

« Comment veux-tu mourir ? »

Mourir ? Elle était folle. Fêlée, siphonnée. Ou bien… ? Il se dit qu'il devait garder la tête froide, qu'elle essayait seulement de l'effrayer. Était-il possible que Harry Hole soit derrière, pouvait-il avoir sous-estimé ce policier imbibé ? Mais tout son corps tremblait, à tel point qu'il entendait sa montre Tag Heuer cliqueter contre l'émail, comme si son corps avait compris quelque chose que le cerveau n'avait pas encore admis. Il frotta la tête contre le fond de la baignoire, essaya de redresser le masque de porc de façon à pouvoir mieux voir par les petits trous. Il allait mourir.

Voilà pourquoi elle l'avait installé dans la baignoire. Pour faire le moins de saletés possible, pour que toutes les traces puissent être effacées rapidement. Conneries ! Tu es Arve Støp, et elle est de la police. Ils ne savent rien.

« Bon. Lève la tête », ordonna-t-elle.

Le masque. Enfin. Il fit ce qu'elle demandait, sentit des mains toucher son front et l'arrière de son crâne, mais sans enlever le masque. Ses mains eurent de nouveau disparu. Un objet fin et dur se resserra autour de son cou. Bordel ! Un nœud coulant.

367

« Ne… », commença-t-il, mais sa voix fut coupée lorsque le nœud coulant se referma sur la trachée. Les menottes s'agitèrent et raclèrent contre le fond de la baignoire.

« Tu les as toutes tuées, affirma-t-elle tandis que le nœud coulant se resserrait encore un peu. Tu es le Bonhomme de neige, Arve Støp. »

Là. Elle l'avait dit tout haut. Le manque de sang dans le cerveau l'étourdissait déjà. Il secoua énergiquement la tête.

« Si », assura-t-elle, et il eut l'impression qu'il allait être décapité par ce sur quoi elle tirait. « Tu viens d'être dénoncé. »

Les ténèbres arrivèrent vite. Il leva un pied et le laissa retomber, donna un coup de talon sans force dans la baignoire. Un grondement sourd se fit entendre.

« Tu perçois cette sensation de crépitement, Støp ? C'est le cerveau qui ne reçoit pas assez d'oxygène. Exquis, n'est-ce pas ? Mon ex-mari se branlait souvent pendant que je serrais. »

Il essaya de crier, de mobiliser le peu d'air qui restait dans son corps pour résister à l'étreinte de fer du nœud coulant, mais c'était impossible. Seigneur, elle ne voulait même pas d'aveux ? Alors il le sentit. Un souffle léger au cerveau, comme le crépitement de bulles de champagne. Était-ce ainsi que ça allait se passer, si facilement ? Il ne voulait pas que ce soit facile.

« Je vais te pendre dans le salon, déclara la voix tout contre son oreille, tandis qu'une main lui caressait tendrement la tête. Face au fjord. T'offrir une vision d'ensemble. »

Il y eut alors un petit bip, comme l'alarme de ces machines cardiaques, songea-t-il. Quand la courbe s'est complètement aplatie et que le cœur ne bat plus.

CHAPITRE 26

Jour 19. Le silence

Harry appuya de nouveau sur la sonnette d'Arve Støp.

Un chasseur nocturne bredouille passa le Kanalbru et jeta un coup d'œil à l'Amazon noir arrêté au beau milieu de la zone piétonne d'Aker Brygge.

« Il n'ouvrira sûrement pas s'il est en galante compagnie », avança Bjørn Holm en regardant la porte cochère haute de trois mètres.

Harry appuya sur les autres boutons de sonnette.

« Ce ne sont que des bureaux, l'informa Bjørn Holm. Støp habite seul au dernier étage, à ce que j'ai lu. »

Harry regarda autour de lui.

« Non, souffla Holm, qui avait compris à quoi l'autre pensait. Ça n'ira pas au pied-de-biche. Et le verre armé est incassable. On va attendre le conc... »

Harry retournait vers la voiture. Et cette fois, Holm ne parvint pas à suivre les idées de l'inspecteur principal. Pas avant que Harry ne se soit installé au volant et que Bjørn ne se rappelle tout à coup que la clé était restée sur le démarreur.

« Non, Harry ! Ne... »

Le reste fut avalé dans le rugissement du moteur. Les roues patinèrent sur les dalles trempées avant de prendre appui. Bjørn Holm se plaça sur la trajectoire en agitant les bras, mais aperçut le regard de l'inspecteur principal derrière le volant et bondit hors de portée. Le pare-chocs de l'Amazon atteignit la porte avec un fracas sourd. Le verre de la porte se changea en cristaux blancs, qui demeurèrent un instant en l'air, puis s'abattirent bruyamment sur le sol. Avant que Bjørn Holm ait pu se faire une idée de l'ampleur des dégâts, Harry était descendu de voiture et avait passé la porte naguère vitrée.

Bjørn lui emboîta le pas en jurant, déboussolé. Harry avait posé la main sur l'un des deux grands pots contenant un palmier haut comme un homme, pour le traîner jusqu'à l'ascenseur qu'il venait d'appeler. Lorsque les portes métalliques s'écartèrent, il plaça le pot entre elles et tendit un doigt vers une porte blanche sous un panneau d'issue de secours vert.

« Si tu prends cet escalier et moi le principal, nous aurons couvert toutes les possibilités de fuite. On se retrouve au sixième, Holm. »

Bjørn Holm était trempé de sueur avant d'être arrivé au second étage de l'étroit escalier de fer. Ni son corps ni sa tête n'étaient disposés à cela. Il était technicien de la police, bon Dieu ! Il aimait *re*construire les événements, pas les construire.

Il s'arrêta un instant. Mais il n'entendait que l'écho mourant de ses propres pas et de son souffle de locomotive. Que ferait-il s'il rencontrait quelqu'un ? Harry lui avait demandé d'emporter son revolver de service à Seilduksgata, mais devait-il s'en servir, dans l'esprit de Harry ? Bjørn saisit la rampe et se remit à courir. Qu'aurait fait Hank Williams ? Plongé la tête dans un verre. Sid Vicious ? Montré le majeur avant de se débiner. Et Elvis ? Elvis. Elvis Presley. Exactement. Bjørn Holm empoigna son revolver.

L'escalier s'arrêta. Il ouvrit la porte, et là, au bout du couloir, Harry était adossé au mur, à côté d'une porte marron. Il avait son revolver dans une main, et leva l'autre. L'index se posa sur ses lèvres tandis qu'il regardait Bjørn, et désignait la porte. Elle était entrebâillée.

« On avance pièce après pièce, chuchota Harry quand Bjørn l'eut rejoint. Toi celles de gauche, moi celles de droite. Au même rythme, dos contre dos. Et n'oublie pas de respirer.

— Attends ! répondit Bjørn sur le même ton. Et si Katrine est là ? »

Harry le regarda, attendit.

« Je veux dire…, poursuivit Bjørn en essayant de trouver ce qu'il voulait dire. Au pire, je descendrais donc… une collègue ?

— Au *pire*…, répéta Harry, c'est *toi* qui sera descendu par une collègue. Pigé ? »

Le jeune technicien de Skreia acquiesça et se promit que si ça allait bien, il essaierait aussi la brillantine, nom de Dieu ! Du bout du pied, Harry poussa silencieusement la porte. Il sentit le souffle instantanément. Courant d'air. La première porte de droite était à l'extrémité du couloir. Harry saisit la poignée de la main gauche, en braquant son revolver. Ouvrit la porte d'un coup et entra. C'était un bureau. Vide. Une grande carte de Norvège était fixée au-dessus du bureau, criblée de punaises.

Harry ressortit dans le couloir, où l'attendait Holm. Harry lui fit comprendre qu'il devait avoir le revolver levé en permanence.

Ils poursuivirent vers l'intérieur de l'appartement.

Cuisine, bibliothèque, salle de sport, salle à manger, jardin d'hiver, chambre d'amis. Tous vides.

Harry sentit la température chuter. Et lorsqu'ils arrivèrent au salon, il vit pourquoi. La baie coulissante ouvrant sur la terrasse et le bassin était grande ouverte, des rideaux blancs battaient nerveusement dans le vent. De part et d'autre du salon, deux petits couloirs menaient chacun à une porte. Il fit signe à Holm de prendre la porte de droite, tandis que lui se plantait devant l'autre.

Harry prit une inspiration, se recroquevilla pour constituer la cible la moins grande possible et ouvrit.

Dans le noir, il distingua un lit, des draps blancs et ce qui pouvait être un corps. Sa main gauche tâtonna à la recherche d'un interrupteur au mur, à l'intérieur.

« Harry ! »

C'était Holm.

« Par ici, Harry ! »

La voix de Holm était excitée, mais Harry s'en moqua. Il se concentra sur les ténèbres devant lui. Sa main trouva l'interrupteur, et l'instant d'après, la chambre était baignée de lumière. Vide. Harry inspecta les placards avant de ressortir. Holm était de l'autre côté de la porte, le revolver pointé vers l'intérieur de la pièce. Harry le rejoignit.

« Il ne bouge pas, chuchota Holm. Il est mort. Il…

— Alors tu n'avais pas besoin de crier », l'interrompit Harry avant d'aller à la baignoire ; il se pencha sur l'homme nu et lui ôta le masque de porc. Une fine raie rouge courait autour de son cou, son visage était pâle et enflé, et il put voir les yeux saillir sous les paupières. Arve Støp était méconnaissable.

« J'appelle les TIC, déclara Holm.

— Attends. » Harry leva une main devant la bouche de Støp. Puis il empoigna l'épaule du rédacteur en chef et le secoua.

« Qu'est-ce que tu fais ? »

Harry secoua plus fort.

Bjørn posa une main sur l'épaule de Harry.

« Mais Harry, tu ne vois pas que… »

Holm fit un bond en arrière. Støp avait ouvert les yeux. Et il inspirait, à la manière d'un apnéiste qui crève la surface, profondément, douloureusement, bruyamment.

« Où est-elle ? » voulut savoir Harry.

Støp secoua énergiquement la tête tout en braquant sur Harry deux pupilles dilatées et noires, choquées.

« Où est-elle ? » répéta Harry.

Støp ne parvenait pas à fixer son regard, et seuls de courts hoquets sortaient de sa bouche ouverte.

« Attends ici, Holm. »

Holm hocha la tête et vit son collègue disparaître de la salle de bains.

Harry s'était arrêté au bord de la terrasse d'Arve Støp. Vingt-cinq mètres sous lui, l'eau noire du canal scintillait. Dans le clair de lune, il vit la sculpture de la nana sur ses échasses dans l'eau, et le pont vide. Et là… un reflet brillant dansant à la surface, comme le ventre d'un poisson mort. Le dos d'un manteau de cuir. Elle avait sauté. Du sixième étage.

Harry monta sur le rebord de la terrasse, entre les jardinières vides. Un souvenir lui traversa la tête. L'Østmarka, et Øystein qui sautait de la montagne dans le Hauktjern. Harry et Tresko qui le tiraient sur la rive. Øystein dans son lit de l'hôpital civil, avec ce qui ressemblait à un échafaudage autour du cou. Ce que Harry en avait conclu, c'était que de très haut, il faut sauter, pas plonger. Et ne pas oublier de serrer les bras le long du corps, pour que les clavicules tiennent le coup. Mais en tout premier lieu, il fallait avoir pris sa décision avant de regarder en bas, et sauter avant que la peur laisse le champ libre au bon sens. C'est pourquoi le blouson de Harry tomba avec un bruit doux sur le sol de la terrasse, tandis que son propriétaire était déjà dans les airs, le rugissement dans les oreilles. La surface noire accéléra vers lui. Noire comme de l'asphalte.

Il joignit les talons, et la seconde suivante, c'était comme si tout l'air avait été chassé de ses poumons, comme si une grande main essayait de lui retirer ses vêtements, et tous les sons disparurent. Alors arriva le froid paralysant. Il donna un coup de pied et atteignit la surface. Se repéra, se tourna vers le dos du manteau et commença à nager. Il perdait déjà la sensibilité dans les pieds, et sut qu'il ne disposait que de quelques petites minutes avant que son corps cesse de fonctionner à cette température. Mais il savait aussi que si le phénomène laryngoréflexe fonctionnait chez Katrine, et que sa gorge se fermerait au contact de l'eau, ce serait justement ce refroidissement subit qui pourrait la sauver, qui arrêterait brutalement le métabolisme, mettrait les cellules et les organes en veille, permettrait aux fonctions vitales de se débrouiller avec le minimum d'oxygène.

Il poussa du pied et glissa à travers l'eau lourde et épaisse, vers le cuir luisant.

Il y fut, et il l'entoura d'un bras.

Sa première idée inconsciente fut qu'elle était déjà partie pour l'au-delà, dévorée par les démons. Car il n'y avait que le manteau.

Harry jura et se retourna dans l'eau. Il ouvrit tout grands les yeux, vers la terrasse. En suivit le bord vers la corniche, les tuyaux métalliques et les toits en pente menant de l'autre côté de l'immeuble, vers d'autres immeubles, d'autres terrasses et une foultitude d'escaliers de secours et de possibilités de fuite dans le labyrinthe des façades d'Aker Brygge. Il battit l'eau avec des jambes qu'il ne sentait plus, en se disant que Katrine ne l'avait même pas sous-estimé : il avait marché à l'une des ruses les plus éculées. Et dans un instant d'égarement, il envisagea la mort par noyade, qui ne devrait pas être désagréable.

À quatre heures du matin, assis sur le lit devant Harry et vêtu d'un peignoir, Arve Støp tremblait. Le brun avait été comme aspiré de son visage, et il s'était ratatiné en vieil homme. Mais ses pupilles avaient retrouvé leur taille normale.

Après avoir pris une douche bouillante, Harry s'était assis sur une chaise, vêtu du pull-over de Holm et d'un pantalon de survêtement emprunté à Støp. Ils entendaient Bjørn Holm, dans le salon, essayer d'organiser la traque de Katrine Bratt via un téléphone mobile. Harry lui avait donné la consigne d'appeler le Central d'opérations pour la recherche générale, la police de l'aéroport de Gardermoen au cas où elle voudrait essayer de partir par l'un des premiers avions du matin, et les forces Delta pour s'occuper de l'assaut de son appartement, bien que Harry fût presque convaincu qu'ils ne l'y trouveraient pas.

« Alors vous voulez dire que ce n'était pas qu'un jeu sexuel, mais que Katrine Bratt a essayé de vous supprimer ? demanda Harry.

— Je veux dire ? répéta Støp entre deux claquements de dents. Elle était sur le point de m'étrangler !

— Mmm. Et elle a demandé si vous aviez un alibi pour les heures des meurtres ?

— Pour la troisième fois : oui ! gémit Støp.

— Alors elle croit que vous êtes le Bonhomme de neige ?

— Je me fous de ce qu'elle croit, il ne fait pas de doute qu'elle est folle à lier.

— Peut-être, reconnut Harry. Mais ça n'empêche pas qu'elle ait pu être dans le vrai.

— Dans le vrai à propos de quoi ? » Støp regarda l'heure.

Harry savait que l'avocat Krohn était en route, et qu'il imposerait le silence dès son arrivée. Harry se décida et se pencha :

« Nous savons que vous êtes le père de Jonas Becker et des jumelles de Sylvia Ottersen. »

La tête de Støp fit un bond. Harry sut qu'il lui fallait prendre un risque :

« Idar Vetlesen était le seul à le savoir. C'est vous qui l'avez envoyé en Suisse, et qui avez payé pour le cours qu'il y a suivi concernant le syndrome de Fahr, n'est-ce pas ? La maladie dont vous avez vous-même hérité. »

Harry comprit qu'il avait réussi un assez joli coup en voyant les pupilles de Støp se dilater de nouveau.

« Je parie que Vetlesen vous a parlé de la pression qu'on lui mettait, poursuivit Harry. Vous avez peut-être eu peur qu'il craque. Ou il a peut-être profité de la situation pour exiger des compensations. De l'argent, par exemple. »

Le rédacteur en chef fixa un regard incrédule sur Harry, et secoua la tête.

« Quoi qu'il en soit, Støp, vous avez manifestement pensé que vous aviez beaucoup à perdre si la vérité sur ces paternités apparaissait au grand jour. Assez pour vous fournir un mobile pour le meurtre des seules personnes qui pouvaient vous trahir : les mères et Idar Vetlesen. Ce n'est pas exact ?

— Je... » Le regard de Støp vacilla.

« Vous ?

— Je... n'ai rien à ajouter. » Støp se pencha en avant, le visage entre ses mains. « Parlez à Krohn.

— Bien », acquiesça Harry. Il n'avait pas beaucoup de temps. Mais une dernière carte. Une bonne : « Je vais leur raconter que vous l'avez dit. »

Harry attendit. Støp était toujours penché, immobile. Il leva enfin la tête.

« À qui ?

— À la presse, évidemment, répondit Harry sur un ton badin. Ils vont sûrement nous poser tout un tas de questions, vous ne croyez pas ? C'est bien ce que vous appelez une nouvelle à sensation, non ? »

Un déclic sembla se produire dans les yeux de Støp.

« Comment ça ? demanda-t-il sur un ton qui indiquait qu'il connaissait déjà la réponse.

— Une personnalité pense séduire une jeune femme afin de l'attirer chez lui, mais en réalité, c'est le contraire », commença Harry en examinant le tableau sur le mur derrière Støp. L'œuvre semblait représenter une femme nue en équilibre sur une corde. « Il se laisse convaincre de porter un masque de porc, s'imaginant que c'est un jeu sexuel, et c'est ainsi que la police le retrouve, nu et en larmes, dans sa propre baignoire.

— Vous ne pouvez pas raconter ça ! laissa échapper Støp. Ça... C'est une atteinte à votre devoir de réserve.

— Eh bien... c'est sans doute une atteinte à l'image que vous vous êtes construite de vous-même, Støp. Mais en aucun cas une atteinte au devoir de réserve. Je dirais même : au contraire.

« — Au contraire ? » cria presque Støp. Les claquements de dents avaient disparu, et la couleur revenait sur ses joues.

Harry toussota :

« Mon seul capital et moyen de production, c'est mon intégrité personnelle. » Harry attendit que Støp ait reconnu ses propres paroles. « Et en tant que policier, cela signifie entre autres tenir le public au courant, dans la mesure où c'est possible sans nuire à l'enquête. Dans le cas présent, c'est possible.

— Vous ne pouvez pas faire ça, maintint Støp.

— Je peux le faire, et je vais le faire.

— Ça... ça va me briser.

— Comme *Liberal* brise quelqu'un, chaque semaine, en première page ? »

Støp ouvrit et ferma la bouche, à la façon d'un poisson d'aquarium.

« Mais évidemment, poursuivit Harry, même pour des hommes forts de leur intégrité personnelle, il y a des compromis. »

Støp regarda longuement Harry.

« J'espère que vous comprenez, commença ce dernier avec un clappement de lèvres, comme pour se rappeler les mots exacts, qu'en tant que policier, j'ai le devoir de profiter de la situation. »

Støp hocha lentement la tête.

« On commence avec Birte Becker, attaqua Harry. Comment l'avez-vous rencontrée ?

— Je crois qu'on va s'arrêter là », répondit une voix.

Ils se tournèrent vers la porte. Johan Krohn semblait avoir eu le temps de se doucher, de se raser et de repasser sa chemise.

« OK, lâcha Harry avec un haussement d'épaules. Holm ! »

Le visage constellé de taches de rousseur de Holm apparut dans l'ouverture, derrière Krohn.

« Appelle Odin Nakken, à *VG*, demanda Harry avant de se tourner vers Støp. C'est bon si je repasse plus tard avec ces vêtements ?

— Attendez », pria Støp.

La pièce resta silencieuse le temps qu'Arve Støp lève les deux mains et se frotte durement le front, comme pour relancer la circulation sanguine.

« Johan, reprit-il enfin, tu peux y aller. Je me débrouillerai tout seul.

— Arve, répondit l'avocat, je ne crois pas que tu doives...

— Rentre dormir, Johan. Je t'appellerai plus tard.

— En tant que ton avocat, je dois...

— En tant que mon avocat, tu vas la boucler et te tailler, Johan. Compris ? »

Johan Krohn se redressa, se drapant dans les restes de sa dignité bafouée d'avocat, mais se ravisa en voyant l'expression de Støp. Il hocha brièvement la tête, fit demi-tour et sortit.

« Où en étions-nous ? voulut savoir Støp.

— Au début », répondit Harry.

CHAPITRE 27

Jour 20. Le début

Arve Støp vit pour la première fois Birte Becker par un jour froid d'hiver, à Oslo, pendant une conférence qu'il donnait au Sentrum Auditorium pour un organisateur de festivités. C'était un séminaire de motivation auquel les entreprises envoyaient leurs salariés fatigués pour ce que l'on appelait « une recharge », c'est-à-dire pour écouter des exposés censés les motiver à travailler encore plus dur. L'expérience d'Arve Støp lui disait que la plupart des intervenants de ces séminaires étaient des hommes d'affaires ayant obtenu un certain succès grâce à une idée pas particulièrement originale, des sportifs ayant décroché l'or dans un très gros championnat d'un tout petit sport ou des alpinistes qui avaient fait un mode de vie d'escalader des montagnes et d'en redescendre pour le raconter. Ils avaient en commun le postulat que leur succès était dû à une volonté et un moral hors du commun. Ils étaient motivés. C'était cela qui devait être motivant.

Arve Støp était le dernier au programme – il posait toujours cette condition. De façon à pouvoir commencer en démolissant les autres intervenants présentés comme des narcissiques cupides, les classer en trois catégories et affirmer qu'il appartenait à la première – succès grâce à une idée commerciale pas très originale. L'argent consacré à cette journée de motivation était gaspillé, la plupart des présents n'iraient jamais très loin parce qu'ils avaient la chance de ne pas souffrir de ce besoin pathologique de reconnaissance dont étaient affligés les occupants du podium. Lui compris. Un état qui était dû selon lui au manque d'attention dont avait toujours fait preuve son père à son égard. Il avait donc dû rechercher l'amour et l'admiration chez d'autres, et aurait pu être comédien ou musicien s'il avait eu un quelconque don en la matière.

À ce stade de la conférence, le public était passé de la bouche grande ouverte aux rires. Et à la sympathie. Støp savait que l'admiration fermerait la marche. Car il resplendissait là-haut. Resplendissait, parce que lui et tous les autres savaient que quoi qu'il dise, il incarnait le succès, et vous ne pouvez pas argumenter contre le succès, pas même le vôtre. Il soulignait que la chance était le plus important facteur de réussite, minimisait son propre talent et insistait sur le fait que l'incompétence et la paresse générales au sein du monde des affaires norvégien rendent possible, même à des médiocrités, de réussir.

Ils se levèrent tous pour l'applaudir.

Et il sourit en posant les yeux sur la beauté brune, au premier rang, dont il allait apparaître qu'elle s'appelait Birte. Il l'avait remarquée aussitôt qu'il était entré. Il était bien conscient de ce que la combinaison de jambes fines et de grosse poitrine était souvent synonyme de silicone, mais Støp n'était pas opposé aux embellissements artificiels des corps féminins. Vernis à ongles, silicone : quelle était la différence fondamentale ? Quand les applaudissements retentirent, il descendit assez simplement de scène, parcourut le premier rang en serrant la main des auditeurs. C'était un geste idiot, qu'un président américain aurait pu se permettre, mais il s'en foutait complètement. Il se réjouissait de pouvoir mépriser. Il s'arrêta devant la brune, qui le regarda à son tour, les joues toutes rouges. Lorsqu'il lui tendit la main, elle fit la révérence, comme devant un membre de la famille royale, et il sentit les coins aigus de sa carte de visite lui piquer la paume tandis qu'il la pressait contre elle. Elle chercha une alliance.

L'anneau était mat. Sur une main droite fine et pâle, mais qui maintenait la sienne avec une force surprenante.

« Sylvia Ottersen, se présenta-t-elle avec un sourire niais. Je suis une grande admiratrice, alors il fallait que je puisse vous serrer la main. »

C'était ainsi qu'il avait rencontré Sylvia Ottersen pour la première fois, dans le magasin Taste of Africa, par une chaude journée d'été à Oslo. Son apparence était ordinaire. Mais elle était mariée, donc.

Arve Støp leva les yeux vers les masques africains et demanda quelque chose, pour ne pas rendre la situation encore plus pénible. Pas pour lui, mais il remarqua que la femme à côté de lui s'était raidie quand Sylvia Ottersen lui avait tendu la main. Elle s'appelait Marita. Non, c'était Marite. C'était elle qui avait insisté pour le faire venir afin de lui montrer des coussins en peau de zèbre dont Marite – ou était-ce Marita ? – estimait qu'il *devait* les avoir dans son lit, dont tous deux venaient de sortir, et dont les draps étaient à présent semés de longs cheveux blonds ; il se fit un devoir de ne pas oublier de les en ôter.

« Nous n'en avons plus en zèbre, déplora Sylvia Ottersen. Mais que pensez-vous de ceux-ci ? »

Elle se rendit jusqu'à une étagère près de la vitrine, la lumière tomba sur un dos et un cul qu'il ne trouva absolument pas repoussants. Mais ses cheveux d'un brun banal étaient en bataille, morts.

« Qu'est-ce que c'est ? demanda la femme en M.

— De la simili-peau de buffle.

— Simili ? pouffa M avec dédain en rejetant ses cheveux blonds luisants derrière son épaule. Alors nous attendrons que vous en receviez d'autres en zèbre.

— La peau de zèbre aussi est de l'imitation », révéla Sylvia avec le sourire que l'on fait à un enfant quand il faut lui expliquer que non, la lune n'est pas un gros morceau de fromage.

« Très bien, répliqua M en formant de sa bouche fardée un sourire aigre, avant de saisir Arve sous le bras. Merci de nous avoir montré. »

Il n'avait pas apprécié l'idée de M qu'ils sortent pour s'afficher ensemble en public, et il appréciait encore moins la façon dont elle venait de l'attraper par le bras. Et peut-être remarqua-t-elle sa réticence, mais quand ils furent sortis, elle le lâcha. Il regarda sa montre.

« Ouille, j'ai un rendez-vous.

— Pas de lunch ? » Elle tourna vers lui un visage légèrement surpris, qui parvenait généralement à dissimuler à quel point elle était blessée.

« Je t'appellerai peut-être », répondit-il.

Elle l'appela. Trente minutes seulement s'étaient écoulées depuis qu'il était descendu de la scène du Sentrum Scene, et il était installé dans un taxi derrière un chasse-neige occupé à rejeter de la neige sale vers le bord de la chaussée.

« J'étais assise juste devant vous, expliqua-t-elle. Je voulais simplement vous remercier pour cette conférence.

— J'espère que ma façon de vous regarder n'était pas trop voyante », cria-t-il triomphalement par-dessus le raclement de fer contre l'asphalte.

Elle partit d'un rire grave.

« Des projets pour la soirée ? s'enquit-il.

— Mouais. Rien qui ne puisse être modifié… » Voix exquise. Mots exquis.

Il passa le reste de l'après-midi à penser à elle, à s'imaginer en train de la sauter sur la commode de l'entrée, en lui faisant taper la tête contre le tableau de Gerhard Richter acheté à Berlin. Et il songea que c'était toujours le meilleur : l'attente.

À huit heures, elle sonna à l'interphone. Il attendait à la porte. Entendit l'écho du cliquetis mécanique de l'ascenseur, comme une arme que l'on charge. Une note frémissante s'éleva. Le sang battait dans sa bite.

382

Et elle fut là. Il eut l'impression qu'on l'avait giflé.

« Qui es-tu ? demanda-t-il.

— Stine, répondit-elle tandis qu'un léger trouble se répandait sur son visage souriant et replet. J'ai sonné... »

Il la toisa de la tête aux pieds, envisageant malgré tout un instant la chose, car de temps en temps, l'ordinaire et peu attirant l'excitait. Mais il sentit retomber son érection et rejeta l'idée.

« Je suis désolé de ne pas avoir eu le temps de prévenir, s'excusa-t-il. On vient de me convoquer à une réunion.

— Une réunion ? répéta-t-elle sans parvenir à dissimuler à quel point elle était blessée.

— Une réunion de crise. Je t'appellerai peut-être. »

Il resta juste derrière la porte pour écouter l'ascenseur s'ouvrir, puis se refermer. Et se mit à rire. Il rit jusqu'à ce qu'il se rende compte qu'il ne reverrait sans doute jamais la beauté du premier rang.

Il la revit une heure plus tard. Il avait alors déjeuné seul au Bar et Restaurant, acheté chez Kamikaze un costume qu'il avait enfilé sur-le-champ, et était passé deux fois devant Taste of Africa, à l'ombre du soleil cuisant. La troisième fois, il entra.

« Déjà de retour ? » sourit Sylvia Ottersen.

Comme une heure plus tôt, elle était seule dans le magasin frais et obscur.

« J'ai bien aimé les coussins.

— Oui, ils sont beaux, répondit-elle en passant la main sur la simili-peau de gnou.

— Vous avez d'autres choses à me montrer ? » demanda-t-il.

Elle posa une main sur la hanche. Pencha un peu la tête sur le côté. Elle sait, songea-t-il. Elle sent.

« Ça dépend de ce que vous voulez voir. »

Il entendit le frémissement de sa voix lorsqu'il répondit : « J'aimerais voir ta chatte. »

Elle le laissa la baiser dans l'arrière-boutique, ne se souciant même pas de verrouiller la porte du magasin.

Arve Støp vint presque immédiatement. De temps en temps, l'ordinaire et peu attirant l'excitait comme pas permis.

« Mon mari est au magasin les mardis et mercredis, expliqua-t-elle au moment où il s'apprêtait à partir. Jeudi ?

— Peut-être », répondit-il en constatant que le costume de chez Kamikaze s'ornait d'une tache.

La neige tournoyait rageusement entre les immeubles de bureaux d'Aker Brygge lorsque Birte appela.

Elle dit supposer qu'il lui avait donné sa carte de visite pour qu'elle prenne contact.

Il arrivait à Arve Støp de se demander pourquoi il lui fallait ces femmes, ces décharges, ces coïts qui n'étaient en vérité rien d'autre que des rituels de reddition. N'avait-il pas assez conquis dans sa vie ? Était-ce la peur de vieillir ? Pensait-il qu'en se plongeant dans ces femmes-filles, il pourrait leur voler une partie de leur jeunesse ? Et pourquoi cette hâte, ce rythme frénétique ? Cela venait peut-être de la conviction liée à la maladie qu'il portait, que dans peu de temps, il ne serait plus l'homme qu'il était encore. Il n'avait pas la réponse, et qu'en aurait-il fait ? Le soir même, il écoutait les gémissements de Birte, profonds comme ceux d'un homme, tandis que sa tête tapait contre le tableau de Gerhard Richter acheté à Berlin.

Arve Støp éjacula sa semence infectée au moment où la cloche au-dessus de la porte prévenait avec acrimonie que quelqu'un entrait chez Taste of Africa. Il essaya de se libérer, mais Sylvia Ottersen sourit de toutes ses dents en raffermissant sa prise autour des jarrets d'Arve Støp. Il s'écarta subitement et remonta son pantalon. Sylvia descendit souplement du comptoir, directement dans sa robe d'été, et passa le coin pour aller servir le client. Arve Støp se dépêcha d'aller jusqu'aux étagères de bibelots, où il se reboutonna, dos au magasin. Derrière lui, il entendit une voix d'homme regretter d'arriver un peu tard, à cause du mal qu'il avait eu à se garer. Et d'une voix aigre, Sylvia avait répondu qu'elle aurait dû s'en douter, car les grandes vacances étaient terminées. Qu'elle était déjà en retard pour son rendez-vous avec sa sœur et qu'il devrait s'occuper du client.

Arve Støp entendit la voix de l'homme derrière lui :

« Puis-je vous aider ? »

Il se retourna et vit un grand sac d'os, aux yeux anormalement grands derrière une paire de lunettes rondes, portant une chemise de flanelle d'où pointait un cou qui fit penser Støp à une cigogne.

Il regarda par-dessus l'épaule de l'homme, eut le temps de voir Sylvia passer la porte, l'ourlet de la jupe qui remontait, la raie mouillée qui coulait sur le jarret nu. Et il comprit qu'elle avait su que son épouvantail de mari – supposa-t-il – devait arriver. Qu'elle avait *voulu* qu'il les découvre.

« Merci, j'ai eu ce que je voulais », répondit-il en mettant le cap sur la porte.

Arve Støp avait parfois tenté de se figurer sa réaction en apprenant qu'il avait fécondé une femme. S'il aurait insisté pour qu'elle avorte ou pour que la grossesse soit menée jusqu'à son terme. La seule chose dont il était sûr, c'est qu'il aurait insisté sur l'une comme sur l'autre possibilité. Il n'était pas dans sa nature d'abandonner la décision à d'autres.

Birte Becker avait expliqué qu'ils n'avaient pas besoin d'utiliser de préservatif puisqu'elle ne pouvait pas avoir d'enfant. Trois mois et six coïts plus tard, quand elle lui annonça, radieuse, que finalement elle le pouvait, il comprit immédiatement qu'elle garderait l'enfant. Il réagit par la panique et insista pour la faire changer d'avis.

« J'ai les meilleures relations, déclara-t-il. En Suisse. Personne ne saura rien.

« — C'est mon unique chance d'être mère, Arve. Le médecin dit que c'est un miracle qui ne se reproduira sans doute jamais.

— Alors je ne veux plus te revoir, ni toi ni ton éventuel enfant. Tu m'entends ?

— Cet enfant a besoin d'un père, Arve. Et d'un foyer sûr.

— Tu ne trouveras ni l'un ni l'autre ici. Je suis porteur d'une affreuse maladie congénitale, tu comprends ? »

Birte Becker comprit. Et puisque c'était une fille simple mais intelligente, qui avait pris très tôt l'habitude de se débrouiller seule, ayant eu un père pochard et une mère nerveusement détruite, elle fit ce qu'elle devait faire. Elle procura à l'enfant un père et un foyer sûr.

Filip Becker ne put croire ses oreilles lorsque cette belle femme qu'il avait si désespérément et si vainement courtisée céda tout à coup et voulut être sienne. Et puisqu'il ne pouvait le croire, la graine du soupçon était déjà semée. Et au moment où elle annonça qu'il lui avait fait un enfant – une semaine seulement après lui avoir cédé – la graine était toujours profondément enterrée.

Quand Birte appela Arve Støp pour lui raconter que Jonas était venu au monde et qu'il lui ressemblait comme deux gouttes d'eau, Arve s'immobilisa, le combiné en main, le regard perdu dans le vague. Il demanda alors une photo. Il la reçut par la poste, et deux semaines plus tard, elle était fidèle à son rendez-vous dans un café, Jonas sur les genoux et une alliance au doigt, tandis qu'Arve faisait semblant de lire le journal à une autre table.

Cette nuit-là, il se tourna et se retourna entre ses draps, sans pouvoir dormir, en pensant à sa maladie.

Cela devait être fait discrètement, avec un médecin sur qui il comptait pour la boucler. En bref, ce devait être ce mollasson abruti de chirurgien du club de curling : Idar Vetlesen.

Il mit la main sur Vetlesen, qui travaillait à la clinique de Marienlyst. Le benêt accepta la mission, l'argent, et partit aux frais de Støp pour Genève, où les meilleurs spécialistes européens du syndrome de Fahr étaient rassemblés, comme chaque année, pour s'informer et exposer les derniers résultats atterrants de la recherche.

La première analyse faite sur Jonas ne révéla rien d'anormal, mais même si Vetlesen répétait que les symptômes n'apparaissent généralement qu'à la maturité – Arve Støp n'avait pas présenté de symptômes jusqu'à ses quarante ans –, Støp insista pour que le gamin soit examiné une fois par an.

Deux années s'étaient écoulées depuis qu'il avait vu son sperme couler sur le jarret de Sylvia Ottersen tandis qu'elle sortait du magasin et de la vie d'Arve Støp. Il ne l'avait tout simplement pas appelée depuis, et réciproquement. Avant ce jour-là. Lorsqu'elle appela, il répondit tout de suite qu'il allait participer à une réunion de crise, mais elle fut concise. En quatre phrases, elle put lui raconter que, manifestement, tout le sperme n'avait pas coulé hors d'elle, que des jumelles étaient nées, que son mari se croyait le père et qu'ils avaient besoin d'un investisseur plein de bonne volonté pour maintenir Taste of Africa à flot.

« Je crois avoir injecté suffisamment dans ce magasin, répliqua Arve Støp, qui réagissait souvent aux mauvaises nouvelles par une boutade.

— L'autre possibilité pour moi, c'est d'aller voir *Se og Hør*[1]. Ils adorent ce genre de choses, *le-père-de-mon-enfant-est-une-célébrité-comme-ci-comme-ça.*

— C'est du bluff, répondit-il. Tu aurais trop à y perdre.

— Les choses ont changé. Je vais quitter Rolf si je parviens à réunir assez d'argent pour racheter ses parts. Le problème du magasin, c'est sa situation, alors je veux poser comme condition que *Se og Hør* fasse des photos de la boutique, pour qu'elle bénéficie d'une publicité en bonne et due forme. Tu sais combien de gens lisent ce magazine, non ? »

1. « Regarde et écoute. »

Arve savait. Un adulte sur six en Norvège. Il n'avait jamais rien eu contre un scandale un tantinet glamour, de loin en loin, mais se retrouver à la une sous les traits d'un finaud ayant profité de son statut de célébrité vis-à-vis d'une femme mariée naïve, avant de se dégonfler ? L'image que le public avait d'Arve Støp, intègre et audacieux, allait être brisée, et les prises de position moralement indignées de *Liberal* apparaîtraient sous un nouveau jour. Elle n'était même pas belle. Ce n'était pas bon. Pas bon du tout.

« De quel genre de somme parlons-nous ? » s'enquit-il.

Quand ils se furent mis d'accord, il appela Idar Vetlesen à la clinique de Marienlyst et lui expliqua qu'il avait deux nouveaux patients. Ils convinrent de procéder comme pour Jonas, de faire d'abord des prélèvements sur les jumelles, de les envoyer à l'institut de médecine légale pour avoir la confirmation de la paternité, puis de chercher les symptômes de la terrible maladie.

Au moment où Arve Støp raccrocha et se renversa dans son fauteuil de cuir, pour voir le soleil luire sur la cime des arbres de Bygdøy et Snarøya, il sut qu'il aurait dû se sentir très déprimé. Mais ce n'était pas le cas. Il se sentait remonté. Oui, presque heureux.

Le lointain souvenir de cette sensation de bonheur fut la première chose à laquelle pensa Arve Støp quand Idar Vetlesen l'appela pour lui raconter que les journaux présentaient la femme décapitée retrouvée à Sollihøgda comme étant Sylvia Ottersen.

« D'abord, la mère de Jonas Becker disparaît, résuma Vetlesen. Ensuite, ils retrouvent la mère des jumelles, assassinée. Je suis tout sauf un as en calcul de probabilités, mais il faut qu'on aille voir la police, Arve. Ils cherchent des liens. »

Ces dernières années, Vetlesen s'était fait un nom parmi la clientèle de personnalités célèbres, mais aux yeux d'Arve Støp, il était malgré tout – ou peut-être justement pour cette raison – toujours un nigaud.

« Non, nous n'allons pas voir la police, répondit Arve.

— Ah ? Alors il va falloir que tu me donnes comme qui dirait une bonne raison.

— Super. De quel genre de somme parlons-nous ?

— Bon sang, je ne t'appelle pas pour te faire chanter, Arve. Simplement, je ne peux pas…

— Combien ?

— Arrête. Tu as un alibi ou tu n'en as pas ?

— Je n'ai pas d'alibi, mais plein de pognon. Il suffit que tu dises un nombre de zéros, et je vais y réfléchir.

— Arve, si tu n'as rien à cacher…

— Évidemment que j'ai quelque chose à cacher, pauvre con ! Tu crois que j'ai intérêt à me faire afficher comme chaud lapin et suspect de meurtres ? Il faut qu'on se voie pour en parler. »

« Et vous vous êtes rencontrés ? » voulut savoir Harry Hole.

Arve Støp secoua la tête. De l'autre côté de la fenêtre de la chambre, il voyait les premières lueurs de l'aube, mais le fjord était toujours noir.

« Nous n'en avons pas eu le temps avant sa mort.

— Pourquoi n'avez-vous rien dit de tout cela la première fois que je suis venu ?

— Ce n'est pas évident ? Je ne sais rien qui puisse avoir de la valeur pour vous, alors pourquoi je me laisserais embarquer là-dedans ? N'oubliez pas que j'ai une image de marque à protéger, et c'est mon nom. En réalité, c'est cette image de marque qui est l'unique capital de *Liberal*.

— Je crois me souvenir que votre unique capital, c'était votre intégrité personnelle ? »

Støp haussa les épaules, mécontent.

« Intégrité. Image de marque. Ça revient au même.

— Alors, il suffit que quelque chose ressemble à de l'intégrité pour en être ? »

Støp posa un regard lointain sur Harry.

« C'est ce que *Liberal* vend. Si les gens sentent qu'ils ont eu la vérité, ils sont contents.

— Mmm. » Harry regarda l'heure. « Et croyez-vous que je sois content, à présent ? »

Arve Støp ne répondit pas.

CHAPITRE 28

Jour 20. Maladie

Bjørn Holm conduisit Harry depuis Aker Brygge jusqu'à l'hôtel de police. L'inspecteur principal avait remis ses propres vêtements mouillés, et le revêtement de skaï gargouillait quand il bougeait sur son siège.

« Delta a ravagé son appartement il y a vingt minutes, narra Bjørn. Il était vide. Ils ont laissé trois gardes.

— Elle ne refera pas surface », affirma Harry.

Dans son bureau du cinquième, Harry se changea pour l'uniforme de police suspendu au perroquet, et qui n'avait pas servi depuis les obsèques de Jack Halvorsen. Il regarda son reflet dans la fenêtre. La veste était devenue ample.

On avait réveillé Gunnar Hagen, et il était venu au bureau sans délai. Assis à sa table de travail, il écoutait le débriefing de Harry. Qui fut assez remarquable pour lui faire oublier de s'irriter de l'uniforme chiffonné du policier.

« Le Bonhomme de neige, c'est Katrine Bratt », répéta lentement Hagen, comme si le fait de le dire à voix haute le rendait plus compréhensible.

Harry hocha la tête.

« Et tu crois Støp ?

— Oui.

— Des gens qui puissent confirmer son histoire ?

— Ils sont tous morts. Birte, Sylvia, Idar Vetlesen. Il aurait donc pu être le Bonhomme de neige. C'est ce que Katrine Bratt voulait découvrir.

— Katrine ? Mais tu viens de dire que c'était elle, le Bonhomme de neige. Pourquoi irait-elle…

— J'ai dit qu'elle voulait découvrir s'il *pouvait* être le Bonhomme de neige. Elle voulait se trouver un bouc émissaire. Støp dit que quand il a prétendu ne pas avoir d'alibis pour les jours et heures de meurtres, elle a dit "Bien", avant d'ajouter qu'il venait de prendre le titre de Bonhomme de neige. Et elle a commencé à l'étrangler. Jusqu'à ce qu'elle entende le barouf de la voiture contre la porte du bas, comprenne que nous arrivions et foute le camp. Le but, c'était que nous trouvions Støp mort chez lui et qu'il ait l'air de s'être pendu. Et que nous nous tranquillisions à l'idée que nous avions trouvé le coupable. Exactement comme lorsqu'elle a supprimé Idar Vetlesen. Et quand elle a essayé de descendre Filip Becker, pendant son arrestation.

— Quoi ? Elle a essayé de…

— Elle tenait son revolver braqué sur lui, le percuteur était déjà relevé. Je l'ai entendue le redescendre quand je me suis interposé dans la ligne de mire. »

Gunnar Hagen ferma les yeux et se massa les tempes avec le bout des doigts.

« Sans doute. Mais pour le moment, Harry, tout cela, ce sont des spéculations.

— Et il y a la lettre.

— La lettre ?

— Du Bonhomme de neige. J'en ai trouvé le texte sur son PC, chez elle, modifié à une date où aucun d'entre nous n'en connaissait encore le contenu. Et le papier spécial, à côté.

— Seigneur ! soupira Hagen en posant lourdement les coudes sur le bureau et en posant la tête dans ses mains. On a embauché cette nana ! Tu sais ce que ça signifie, Harry ?

— Eh bien… le scandale du siècle. Confiance toute relative à l'égard de la police dans son entier. Massacre dans les rangs des gradés. »

Hagen écarta ses doigts et lança un coup d'œil à Harry.

« Merci de ce résumé très précis.

— Je t'en prie.

— Je vais convoquer le chef de la Crim et le directeur de la police. En attendant, je veux que toi et Bjørn Holm restiez muets comme des carpes. Et Arve Støp, il a l'intention de le faire savoir ?

— Peu de chances, chef, répondit Harry avec un sourire en coin. Il est vide.

— Vide de quoi ?

— D'intégrité. »

Il était maintenant dix heures, et de la fenêtre de son bureau, Harry voyait la lumière du jour, pâle et presque hésitante, s'étendre sur les toits et un Grønland plongé dans le calme dominical. Six heures avaient passé depuis que Katrine Bratt avait disparu de l'appartement de Støp, et les recherches n'avaient encore donné aucun résultat. Bien sûr, elle pouvait toujours être à Oslo, mais si elle avait organisé une retraite, elle pouvait être loin. Et Harry ne doutait pas qu'elle ait préparé son plan.

Aussi peu qu'il doutait à présent que Katrine fût le Bonhomme de neige.

Pour commencer, il y avait les preuves, évidemment : la lettre et les tentatives de meurtre. Mais comme avec Katrine Bratt, tout trouvait sa confirmation : l'impression d'être observé de près, que quelqu'un était entré à l'intérieur de sa vie. Les coupures de journaux au mur, les rapports. Elle avait appris à le sentir assez bien pour pouvoir prédire son prochain coup, pour pouvoir le faire intervenir dans son jeu. À présent, elle était un virus dans son sang, un espion à l'intérieur de sa tête.

Il entendit quelqu'un passer la porte, mais ne se retourna pas.

« On a pisté son téléphone mobile, annonça la voix de Skarre. Elle est passée en Suède.

— Tiens donc…

— Le centre d'exploitation de Telenor précise que les signaux se dirigent vers le sud. La situation et la vitesse concordent avec le train pour Copenhague, parti d'Oslo S à sept heures cinq. J'ai eu la police de Helsingborg, ils ont besoin d'une demande formelle d'arrestation. Il reste une demi-heure avant que le train y arrive. Que fait-on ? »

Harry hocha lentement la tête, comme pour lui-même. Une mouette passa sur des ailes raides, avant de changer tout à coup de cap et de piquer vers les arbres du parc. Elle avait sans doute aperçu quelque chose. Ou bien changé d'avis. Comme le font les gens. Oslo S, sept heures du matin.

« Harry ? Elle peut réussir à passer au Danemark si nous ne…

— Demande à Hagen d'appeler Helsingborg », l'interrompit Harry avant de se tourner brusquement et de prendre sa veste au perroquet.

Étonné, Skarre resta planté à regarder l'inspecteur principal filer dans le couloir, à longs pas traînants.

L'officier Orø, du département des armes de l'hôtel de police, regarda avec une surprise non feinte l'inspecteur principal aux cheveux presque rasés, avant de répéter :

« CS ? Gaz, donc ?

— Deux boîtes, confirma Harry. Et une boîte de cartouches pour le revolver. »

L'officier partit en boitant et en jurant vers le stock. Ce Hole était cinglé, c'était de notoriété publique, mais des gaz lacrymogènes ? Si cela avait été quelqu'un d'autre à l'hôtel de police, il aurait parié pour une beuverie entre potes. Mais à ce qu'il en avait entendu, Hole n'avait pas de potes, en tout cas pas parmi ses collègues dans la maison.

L'inspecteur principal toussota quand Orø revint :

« Est-ce que Katrine Bratt, de la Criminelle, a reçu des armes d'ici ?

— La fille du commissariat de Bergen ? Seulement ce qu'elle devait avoir conformément aux instructions.

— Et que disent les instructions ?

— Que vous remettez toutes les armes et munitions non utilisées au commissariat que vous quittez, et qu'on vous donne un autre revolver et deux boîtes de cartouches au commissariat où vous arrivez.

— Donc, elle n'a pas d'arme plus lourde qu'un revolver ? »

Orø secoua la tête, surpris.

« Merci. » Hole rangea les boîtes de cartouches dans le sac noir à côté des boîtes cylindriques vertes contenant le gaz lacrymogène empestant le poivre que Corso et Stoughton avaient cuisiné en 1928.

L'officier ne répondit pas avant d'avoir obtenu la signature de Hole sur le registre des remises ; il grommela un « Bon dimanche ».

Harry avait pris place dans la salle d'attente de l'hôpital d'Ullevål, à côté du sac noir. Une odeur douce d'alcool, de vieillards et de mort lente flottait dans l'air. Une patiente s'était assise dans le fauteuil en face de lui, et le regardait comme pour essayer de trouver quelque chose qui n'y était pas : quelqu'un qu'elle avait connu, un amour qui n'était jamais venu, un fils qu'elle pensait reconnaître.

Harry poussa un soupir, regarda l'heure et imagina l'assaut du train à Helsingborg. Le conducteur recevant de la gare la consigne de s'arrêter un kilomètre avant la gare. Les policiers en armes prêts avec leurs chiens, répartis le long des deux côtés des rails. La fouille efficace des voitures, compartiments, toilettes. Les passagers effrayés se recroquevillant à la vue des policiers armés, spectacle encore si inhabituel dans les pays heureux de la Scandinavie. Les mains tremblantes, tâtonnantes, des femmes priées de présenter une pièce d'identité. Les épaules hautes des policiers, la nervosité, mais aussi l'espoir. Leur impatience, doute, agacement, puis la déception résignée en ne trouvant pas ce qu'ils cherchaient. Et pour finir, s'ils avaient de la chance et du talent, les jurons criés à la découverte de la source des signaux que les stations de base avaient captés : le téléphone mobile de Katrine Bratt, dans une poubelle des toilettes.

Un visage souriant apparut devant lui :

« Vous pouvez le voir, à présent. »

Harry suivit des sabots bruyants et de larges hanches énergiques dans un pantalon blanc. Elle lui ouvrit la porte.

« Mais ne restez pas trop longtemps, il a besoin de repos. »

Ståle Aune occupait une chambre simple. Son visage rond et rougeaud était diminué et si pâle qu'il ne faisait presque plus qu'un avec la taie d'oreiller. Des cheveux fins, comme ceux d'un enfant, étaient collés au front du sexagénaire dodu. S'il n'y avait pas eu ce même regard perçant, dansant, Harry aurait cru voir le cadavre du psychologue attitré de la Brigade criminelle et directeur de conscience personnel de Harry.

« Doux Jésus, Harry, murmura Ståle Aune. Tu ressembles à un squelette. Tu es malade ? »

Harry ne put s'empêcher de sourire. Aune s'assit en faisant la grimace.

« Désolé de ne pas être venu te voir plus tôt, commença Harry en tirant une chaise près du lit. C'est juste que les hôpitaux... ça... je ne sais pas.

— Les hôpitaux te rappellent ta mère quand tu étais petit. Pas de problème. »

Harry acquiesça et baissa les yeux sur ses mains.

« On te traite bien ?

— C'est ce que l'on demande quand on va voir quelqu'un en prison, Harry, pas à l'hôpital. »

Harry hocha de nouveau la tête.

Ståle Aune poussa un soupir. « Je te connais trop bien, Harry, alors je vois que ceci n'est pas une visite de courtoisie. Et je sais que malgré tout, tu te préoccupes. Alors accouche, va.

— Ça peut attendre. On m'a dit que tu n'étais pas en forme.

— La forme, c'est relatif. Et relativement parlant, je tiens une forme olympique. Tu aurais dû me voir hier. C'est-à-dire, il aurait mieux valu *que tu ne me voies pas* hier. »

Harry sourit à ses mains.

« C'est le Bonhomme de neige ? » s'enquit Aune.

Harry acquiesça.

« Enfin, soupira Aune. Je suis en train de mourir d'ennui, ici. Dis voir. »

Harry prit une inspiration. Puis fit un résumé de ce qui était arrivé, sans s'appesantir sur les détails inutiles. Aune ne l'interrompit qu'à deux ou trois reprises par de courtes questions, écoutant en silence, avec une expression de concentration, sinon de ravissement. Quand Harry eut terminé, le malade semblait presque s'être remis. La couleur était revenue sur ses joues, et il s'était redressé encore dans son lit.

« Intéressant, constata-t-il. Mais tu sais déjà qui est le coupable, alors pourquoi viens-tu me trouver ?

— Cette femme est folle, n'est-ce pas ?

— Les gens qui commettent ce genre de crime sont fous, sans exception. Mais pas nécessairement au sens pénal.

— Pourtant, il y a deux ou trois trucs que je ne comprends pas chez elle.

— Fichtre… Pour ma part, il n'y a que deux ou trois trucs que je *comprends* chez les gens, alors tu es meilleur psychologue que moi.

— Elle n'avait que dix-neuf ans quand elle a tué les deux femmes à Bergen, et Gert Rafto. Comment une personne qui est folle peut-elle passer les tests psychologiques de l'École supérieure de police, et s'en sortir dans son boulot pendant toutes ces années sans que personne découvre rien ?

— Bonne question. Elle est peut-être un cas composite.

— Composite ?

— Une personne qui présente un peu de tout. Assez schizophrène pour entendre des voix, mais qui arrive à dissimuler sa maladie à son entourage. Troubles obsessifs conjugués à une solide paranoïa, avec des fantasmes paranoïdes dans toutes les situations auxquelles elle est confrontée, mais que l'entourage interprète comme une tendance au renfermement sur soi. La fureur bestiale qui apparaît dans les meurtres que tu décris correspond aux personnalités borderline, c'est-à-dire à quelqu'un qui sait maîtriser sa fureur.

— Mmm. Aucune idée, donc ? »

Aune rit. Son rire se changea en quinte de toux.

« Je suis désolé, Harry, répliqua-t-il. La plupart des cas sont ainsi. Nous avons créé en psychologie toute une série de box dans lesquels nos vaches ne veulent pas entrer. En réalité, ce sont tout bonnement des ergoteurs ingrats et sans vergogne. Pense à toutes les recherches que nous avons faites sur eux !

— Il y a autre chose. Quand on a trouvé le cadavre de Gert Rafto, elle était sincèrement terrorisée. Je veux dire, elle ne simulait pas. J'ai pu voir le choc : ses pupilles sont restées dilatées et noires même quand je lui ai braqué ma torche dans la figure.

— Hé là ! C'est intéressant. » Aune se redressa derechef dans son lit. « Pourquoi lui as-tu envoyé le faisceau de ta lampe dans la figure ? Tu la soupçonnais déjà, à ce moment-là ? »

Harry ne répondit pas.

« Tu as peut-être raison, concéda Aune. Elle a pu refouler les meurtres, c'est tout sauf inhabituel. Tu racontes aussi qu'en réalité, elle a été d'une aide précieuse dans l'enquête, et ne l'a pas sabotée. Ça peut indiquer qu'elle a des soupçons sur elle-même et le réel désir d'avoir le fin mot. Que sais-tu du noctambulisme ?

— Je sais que les gens peuvent marcher dans leur sommeil. Parler en dormant. Manger, s'habiller et même sortir prendre leur voiture pendant leur sommeil.

— C'est juste. Le chef d'orchestre Harry Rosenthal a dirigé des symphonies entières dans son sommeil. Et il y a eu au moins cinq affaires de meurtre dans lesquelles le coupable a été relaxé parce que la justice estimait qu'il ou elle était *parasomniaque*, c'est-à-dire quelqu'un qui souffre de troubles du sommeil. Au Canada, il y a quelques années, un type s'est levé, a parcouru plus de vingt kilomètres au volant, s'est garé, a tué sa belle-mère avec qui il entretenait par ailleurs des rapports excellents, a manqué d'étrangler son beau-père, a fait le chemin en sens inverse et s'est recouché pour dormir. Il a été relaxé.

— Tu veux dire qu'elle a pu tuer dans son sommeil ? Que ce serait une de ces parasomniaques ?

— Le diagnostic fait l'objet de controverses. Mais imagine une personne qui entre régulièrement dans une espèce d'état de *stand-by*, et qui ne peut ensuite plus se rappeler clairement ce qu'elle a fait. Quelqu'un qui a une image floue, fragmentaire de ce qui s'est passé, comme un rêve.

— Mmm.

— Et suppose qu'au cours de l'enquête, cette femme ait commencé à comprendre ce qu'elle avait fait. »

Harry hocha lentement la tête :

« Et comprenne que pour s'en tirer, elle doit se trouver un bouc émissaire.

— C'est concevable. » Ståle Aune fit la grimace. « Les capacités de l'esprit humain défient l'imagination. Le problème avec ce genre de maladies, c'est que nous ne pouvons pas les voir, il nous faut seulement supposer, au vu des symptômes, qu'elles sont là.

— Comme les moisissures.

— Quoi ?

— Qu'est-ce qui peut rendre une personne aussi mentalement malade que cette femme ? »

Aune gémit.

« Tout et n'importe quoi ! Rien ! Les gènes et le vécu jusqu'à l'âge adulte.

— Un père alcoolique et violent ?

— Oui, oui ! Quatre-vingt-dix points pour cette suggestion. Ajoute une mère avec un passé psychiatrique, une ou deux expériences traumatisantes pendant l'enfance ou l'adolescence, et tu fais carton plein.

— Serait-il vraisemblable que quand elle sera plus forte que son père alcoolique et violent, elle essaiera de lui nuire ? De le tuer ?

— Ce n'est absolument pas impossible. Je me rappelle un cas... » Ståle Aune se tut brutalement. Les yeux braqués sur Harry. Puis il se pencha en avant et chuchota, avec une lueur dansant sauvagement dans le regard :

« Me dis-tu ce que je crois que tu me dis, Harry ? »

Harry Hole examina ses ongles.

« J'ai reçu une photo d'un type du commissariat de Bergen. Je trouvais qu'il y avait quelque chose de familier chez lui, comme si je l'avais déjà rencontré. Je viens tout juste de comprendre pourquoi. C'était une ressemblance de famille. Avant son mariage, Katrine Bratt s'appelait Rafto. Gert Rafto était son père. »

Harry reçut l'appel de Skarre sur le chemin du flytog[1]. Il s'était trompé, ils n'avaient pas trouvé son téléphone dans les toilettes. Il était sur l'étagère à bagages dans l'un des compartiments.

Quatre-vingts minutes plus tard, il était enveloppé de gris. Le capitaine annonça une couche de nuages bas sur Bergen. Visibilité nulle, songea Harry. Ils ne volaient qu'aux instruments.

1. Navette ferroviaire desservant l'aéroport d'Oslo (Gardermoen, à une quarantaine de kilomètres au nord-nord-est de la capitale). Elle met l'aéroport à une vingtaine de minutes de la gare centrale (Oslo S).

La porte de la villa s'ouvrit à la volée quelques secondes seulement après que Thomas Helle, officier au groupe des disparitions, eut appuyé sur le bouton de sonnerie au-dessus du panonceau marqué Andreas, Eli et Trygve Kvale.

« Loué soit le Seigneur pour votre diligence. » L'homme regarda par-dessus l'épaule de Helle. « Où sont les autres ?

— Il n'y a que moi. Vous n'avez toujours pas eu de nouvelles de votre femme ? »

L'homme, dont Helle supposait qu'il devait être Andreas Kvale, qui avait appelé Police Secours, le regarda avec incrédulité.

« Elle a disparu, je vous dis.

— On sait, mais elles reviennent souvent.

— Qui ça, elles ? »

Thomas Helle poussa un soupir. « Je peux entrer, Kvale ? Cette pluie...

— Oh, excusez-moi ! Je vous en prie. »

Le quinquagénaire fit un pas de côté, et dans la pénombre derrière lui, l'inspecteur Helle aperçut un jeune homme brun, dans la vingtaine.

Thomas Helle décida de faire les choses ainsi, debout dans l'entrée. Ils avaient tout juste assez d'hommes pour répondre aux appels, aujourd'hui, c'était dimanche et ceux qui étaient de garde recherchaient Katrine Bratt. Quelqu'un de leurs propres rangs. Tout était secret, mais des rumeurs disaient qu'elle pouvait être impliquée dans l'affaire du Bonhomme de neige.

« Comment avez-vous découvert sa disparition ? demanda Helle en se préparant à noter.

— Trygve et moi sommes rentrés aujourd'hui de camping dans les Nordmarka. Nous avons été absents deux jours. Sans téléphone mobile, rien que des cannes à pêche. Elle n'était pas là, pas de message, et comme je l'ai dit au téléphone, la porte n'était pas verrouillée. Ce n'est jamais le cas, même quand elle est là. Mon épouse est une femme très anxieuse. Et aucun de ses vêtements d'extérieur n'a disparu. Pas de chaussures non plus. Seulement ses pantoufles. Par ce temps...

— Vous avez appelé tous ceux qu'elle connaît ? Y compris les voisins ?

— Évidemment. Personne n'a eu de ses nouvelles. »

Thomas Helle nota. Une sensation s'immisçait déjà sournoisement : une impression de déjà-vu. Une épouse et mère disparue.

« Vous avez dit que votre femme était craintive, reprit-il avec légèreté. Alors à qui aurait-elle éventuellement ouvert ? Ou qui aurait-elle laissé entrer ? »

Il vit le père et le fils échanger un regard.

« Peu de gens, affirma le père. Ce devait être quelqu'un qu'elle connaissait.

— Ou une personne par qui elle ne se sentait pas menacée, peut-être, suggéra Helle. Comme un enfant ou une femme ? »

Andreas Kvale hocha la tête.

« Ou quelqu'un qui avait une excuse plausible pour pouvoir entrer. Un employé de la compagnie d'électricité qui relevait le compteur, par exemple. »

L'époux hésita. « Peut-être.

— Avez-vous vu quelque chose d'inhabituel autour de la maison, ces derniers temps ?

— Inhabituel ? Que voulez-vous dire ? »

Helle se mordit la lèvre inférieure. S'élança. « Qui pouvait ressembler à un... bonhomme de neige ? »

Andreas Kvale regarda son fils, qui secoua énergiquement la tête, presque avec effroi.

« C'est juste pour que nous puissions l'exclure », expliqua Helle sur un ton badin.

Le fils prononça quelques mots. En un grommellement bas.

« Quoi ? demanda Helle.

— Il dit qu'il n'y a plus de neige, répondit le père.

— Non. » Helle fourra son bloc dans la poche de sa veste. « Nous allons envoyer un signalement aux voitures de patrouille. Si elle n'est pas réapparue ce soir, nous intensifierons les recherches. Dans quatre-vingt-dix pour cent des cas, la personne est déjà revenue à ce moment-là. Alors voici ma carte de visite, avec… »

Helle sentit la main d'Andreas Kvale atterrir sur son bras.

« Il faut que je vous montre quelque chose, inspecteur. »

Thomas Helle suivit Kvale par une porte à l'extrémité du couloir, puis descendit un escalier de cave. Il ouvrit une porte sur une pièce qui sentait le savon et les vêtements mis à sécher. Dans le coin, il vit une calandre à côté d'une machine à laver Electrolux d'un modèle assez ancien. Le sol de pierre s'inclinait vers un réservoir, au milieu de la pièce. Le sol était mouillé, et il y avait de l'eau près du mur, comme si le sol avait été récemment rincé grâce au tuyau d'arrosage vert qui était là-bas. Mais ce n'est pas cela qui attira de prime abord l'attention de Thomas Helle. C'était la robe suspendue à la corde à linge, tenue par une pince à linge sur chaque épaule. Ou plus exactement : ce qui restait de la robe. Elle était coupée juste sous la poitrine. La coupure partait de travers et était noire à cause des fils de coton frisés, brûlés.

CHAPITRE 29

Jour 20. Gaz lacrymogène

La pluie fuyait à travers le ciel et sur une Bergen plongée dans un crépuscule bleu d'après-midi. Le bateau que Harry avait réservé attendait à quai au pied du Puddefjordsbro quand le taxi de l'inspecteur principal s'arrêta devant l'agence de location de bateaux.

C'était un *cabincruiser* finlandais de vingt-sept pieds usagé.

« Je pars pêcher, répondit Harry en indiquant la carte nautique. Des récifs ou autre chose que je doive savoir si je vais là ?

— À Finnøy ? demanda le loueur. On va vous donner une canne avec des plombs et des cuillers, mais ça ne mord pas bien, là-bas.

— On verra. Comment on démarre ce machin ? »

En passant devant Nordneset, Harry distingua le totem dans le crépuscule, parmi les arbres nus du parc. La mer s'était aplatie sous la pluie qui en fouettait la surface et la faisait mousser. Harry poussa vers l'avant le levier situé à côté du volant, l'étrave se souleva, l'obligeant à reculer d'un pas pour conserver son équilibre, et le bateau accéléra.

Un quart d'heure plus tard, Harry tira le levier à lui et tourna vers un quai à l'extérieur de Finnøy, où il était hors de vue du chalet de Rafto. Il amarra, sortit la canne à pêche et écouta la pluie. La pêche n'était pas son truc. La cuiller était lourde, l'hameçon se planta dans le fond, et Harry ressortit des algues qui vinrent s'enrouler

404

autour de la canne lorsqu'il la releva. Il détacha l'hameçon et le nettoya. Il essaya ensuite de nouveau de laisser descendre la cuiller dans l'eau, mais quelque chose s'était coincé dans le moulinet et la cuiller resta suspendue vingt centimètres sous la pointe de la canne, ne voulant ni monter ni descendre. Harry jeta un coup d'œil à sa montre. Si le vrombissement du moteur avait effrayé des gens, ils avaient dû se calmer, à présent, et il devait le faire avant qu'il ne fasse trop sombre. Il posa la canne sur le siège, ouvrit le logement dans l'étrave, en sortit son revolver, ouvrit la boîte de cartouches et les glissa dans le barillet. Fourra une boîte de CS, semblables à des thermos, dans chaque poche, avant de débarquer.

Il lui fallut cinq minutes pour monter au sommet de l'île déser-tée et redescendre jusqu'aux chalets fermés pour l'hiver, de l'autre côté. Il avait celui de Rafto, obscur et inaccessible, devant lui. Il trouva un endroit sur un rocher à vingt mètres du chalet, d'où il avait une vision d'ensemble sur toutes les portes et fenêtres. La pluie avait transpercé depuis longtemps les épaules de sa veste mili-taire verte. Il sortit alors l'une des boîtes de CS et en tira la gou-pille. Dans cinq secondes, la poignée à ressort jaillirait, et le gaz se mettrait à sortir en crachant. Il courut vers le chalet en tenant la boîte à bout de bras, et la lança à toute volée contre la fenêtre. Le verre se brisa avec un petit bruit ténu. Harry se réfugia sur le rocher et leva son revolver. Par-dessus le bruit de la pluie, il entendit le sifflement de la boîte de gaz lacrymogène, et il vit l'intérieur des fenêtres se teinter en gris.

Si elle était à l'intérieur, elle ne tiendrait pas plus de quelques secondes.

Il visa. Attendit et visa.

Au bout de deux minutes, il ne s'était toujours rien passé.

Harry attendit deux minutes de plus.

Puis il prépara la seconde boîte, alla vers la porte, le revolver levé, et posa une main sur la porte. Fermée. Mais mince. Il prit quatre pas d'élan.

La porte se décrocha de ses gonds, et il s'affala dans la pièce pleine de fumée, l'épaule droite en avant. Le gaz lui brûla immédiatement les yeux. Harry retint sa respiration tout en cherchant à tâtons la trappe de la cave. Il l'ouvrit avant de dégoupiller la seconde boîte, qu'il laissa tomber. Il ressortit en courant. Trouva une flaque d'eau et s'accroupit, en larmes et coulant du nez, plongea la tête dedans, les yeux ouverts, aussi profond qu'il le put, jusqu'à ce que son nez racle du gravier. Il répéta deux fois cette plongée en eaux peu profondes. Son nez et son palais le brûlaient encore épouvantablement, mais sa vue s'était éclaircie. Il pointa de nouveau son revolver en direction de la maison. Attendit. Et attendit encore.

« Allez, viens ! Viens, foutue pétasse ! »

Mais personne ne vint.

Au bout d'un quart d'heure, il ne sortait plus de fumée par le trou dans la vitre.

Harry alla jusqu'à la maison et ouvrit la porte d'un coup de pied. Jeta en toussant un dernier coup d'œil à l'intérieur. Désert brouillardeux. Navigation aux instruments. Merde, merde !

Lorsqu'il redescendit au bateau, il faisait si sombre qu'il sut qu'il aurait des problèmes avec la vue. Il détacha les amarres, monta à bord et empoigna le starter. Une idée lui traversa le crâne à toute allure : il y avait trente-six heures qu'il n'avait pas dormi, il n'avait pas mangé depuis le matin, était trempé comme une soupe et avait fait chou blanc dans son voyage jusqu'à cette saloperie de Bergen. Si ce moteur ne démarrait pas du premier coup, il canarderait la coque de six balles de 38 mm avant de regagner la côte à la nage. Le moteur démarra dans un rugissement. Harry trouva cela presque dommage. Il allait pousser le levier vers l'avant quand il la vit.

Elle se tenait juste devant lui, sur les marches descendant sous le pont. Nonchalamment appuyée à l'encadrement, vêtue d'un pull gris sur une robe noire.

« Les mains en l'air », commanda-t-elle.

C'était si puéril que ça sonnait presque comme une plaisanterie. Mais pas le revolver noir braqué sur lui. Ni la promesse qui suivit :

« Si tu ne fais pas ce que je dis, je te tire une balle dans le ventre, Harry. Qui te bousillera les nerfs du dos et te paralysera. Puis une dans la tête. Mais commençons par le ventre... »

Le revolver s'abaissa.

Harry lâcha le volant et le levier, et tendit les bras au-dessus de sa tête.

« Recule, s'il te plaît », ordonna-t-elle.

Elle finit de monter, et Harry vit seulement à ce moment-là l'éclat dans les yeux de la jeune femme, le même que lorsqu'ils avaient arrêté Becker, le même qu'il avait vu au bar du Fenris. Mais des étincelles fusaient à travers le cristallin qui sautait et tremblait. Harry recula jusqu'à ce qu'il sente le siège à l'extrémité du bateau contre ses jarrets.

« Assieds-toi », poursuivit Katrine en coupant le moteur.

Harry se laissa tomber, s'assit sur la canne à pêche et sentit l'eau sur le siège en plastique traverser son pantalon.

« Comment m'as-tu trouvée ? » voulut-elle savoir.

Harry haussa les épaules.

« Allez, dis voir, insista-t-elle en levant le revolver. Satisfais ma curiosité, Harry.

— Bon. »

Harry tenta de lire sur son visage pâle et tiré. Mais c'était un terrain inconnu, le visage de cette femme n'était pas celui de la Katrine Bratt qu'il connaissait. Croyait connaître.

« Tout le monde a une trame, s'entendit dire Harry. Une façon de jouer.

— Très bien. Et quelle est la mienne ?

— Indiquer une direction et courir dans l'autre.

— Ah ? »

Harry sentit le poids du revolver dans sa poche droite. Il se leva très légèrement, écarta la canne à pêche et laissa sa main droite reposer sur le siège.

407

« Tu écris une lettre que tu signes comme le Bonhomme de neige, tu me l'envoies, et quelques semaines plus tard, tu entres tout tranquillement au commissariat. La première chose que tu fais, c'est me déclarer que Hagen a dit que je devais m'occuper de toi. Hagen n'a jamais dit ça.

— Correct, jusqu'ici. Autre chose ?

— Tu as lancé ton manteau dans l'eau devant l'appartement de Støp avant de filer dans l'autre sens, sur le toit. La trame, c'est donc : quand tu flanques ton téléphone dans un train qui part vers l'est, tu fuis vers l'ouest.

— Bravo. Et comment ai-je fui ?

— Pas en avion, bien sûr, tu savais que Gardermoen serait sous surveillance. Je parie que tu as laissé le téléphone à Oslo S bien avant le départ du train, que tu es allée à la gare routière prendre un bus qui partait tôt vers l'ouest. Je parie que tu as découpé le trajet en étapes. Changé de car.

— Le Timeekspress pour Notodden, répondit Katrine. Le car à destination de Bergen. Je suis descendue avant, à Voss, et j'ai acheté des vêtements. Le car pour Ytre Arna. Puis le car pour Bergen centre. J'ai payé un pêcheur sur Zachariasbryggen pour qu'il me conduise ici. Pas mal parié, Harry.

— Ce n'était pas si difficile. Nous sommes assez semblables, toi et moi. »

Katrine pencha la tête sur le côté :

« Si tu en étais aussi sûr, pourquoi es-tu venu seul ?

— Je ne suis pas seul. Müller-Nilsen et ses gars arrivent en bateau. »

Katrine rit. Harry rapprocha la main de sa poche de veste.

« Je suis d'accord quand tu dis que nous sommes semblables, Harry. Mais quand il s'agit de mentir, je suis meilleure que toi. »

Harry déglutit. Sa main était froide. Ses doigts devaient obéir.

« Oui, c'est sûrement plus instinctif pour toi, répondit Harry. Comme tuer.

« — Ah ? Tu as l'air de vouloir me tuer, maintenant. Ta main se rapproche dangereusement de ta poche. Lève-toi et retire ta veste. Lentement. Et lance-la jusqu'ici. »

Harry jura intérieurement, mais s'exécuta. La veste atterrit devant Katrine avec un bruit sourd. Sans quitter Harry des yeux, elle la saisit et la jeta par-dessus bord.

« De toute façon, il était temps que tu t'en trouves une autre.

— Mmm. Tu veux dire une assortie à la carotte au milieu de ma tronche ? »

Katrine cligna deux fois des yeux, et Harry y vit quelque chose qui ressemblait à de la confusion.

« Écoute, Katrine. Je suis venu t'aider. Tu as besoin d'aide. Tu es malade, Katrine. C'est la maladie qui t'a fait les tuer. »

Katrine avait commencé à secouer lentement la tête. Elle tendit un doigt vers la côte.

« J'ai passé deux heures dans le hangar à bateaux, à t'attendre, Harry. Car je savais que tu viendrais. Je t'ai étudié, Harry. Tu trouves toujours ce que tu cherches. C'est pour cela que je t'ai choisi.

— Tu m'as choisi ?

— Je t'ai choisi pour retrouver le Bonhomme de neige pour moi. C'est pour ça que tu as reçu la lettre.

— Pourquoi ne pouvais-tu pas le trouver toi-même ? Tu n'aurais pas vraiment eu besoin de chercher si loin que ça. »

Elle secoua la tête.

« J'ai essayé, Harry. Ça fait de nombreuses années que j'essaie. Je savais que je n'y arriverais pas seule. Ça devait être toi, tu es le seul à avoir réussi à prendre un tueur en série. J'avais besoin de Harry Hole. » Elle fit un sourire triste. « Une dernière question, Harry : comment t'es-tu dit que je t'avais roulé ? »

Harry se demanda comment ça allait arriver. Une balle dans le front ? Le fil incandescent ? Un tour en mer, puis la noyade ? Il déglutit. Il aurait dû avoir peur. Trop pour réussir à réfléchir, suffisamment pour s'écrouler en pleurnichant sur le pont et la supplier de le laisser vivre. Pourquoi ne le faisait-il pas ? Ça ne pouvait pas être une question de fierté, il l'avait avalée avec du whisky avant de la vomir à trop de reprises. Cela pouvait évidemment venir de son cerveau rationnel : il savait que ça ne servirait à rien, mais raccourcissait au contraire encore un peu sa vie. Mais il en vint à la conclusion que c'était par lassitude. Une fatigue profonde et généralisée qui le faisait simplement désirer qu'on expédie les choses.

« Depuis le début, je sais pertinemment que tout ça a commencé il y a longtemps, répondit Harry en prenant conscience qu'il ne sentait plus le froid. Que tout était prévu, et que celui qui était derrière était parvenu à se glisser à l'intérieur de ma vie. Il n'y avait pas tant de choix que ça, Katrine. Et quand j'ai vu les coupures de journaux dans ton appartement, j'ai su que c'était toi. »

Harry la vit cligner des yeux, désorientée. Et il sentit un soupçon de doute s'immiscer dans ses idées, dans la logique qu'il avait vue si clairement. Était-ce bien le cas ? Le doute n'avait-il pas toujours été là ? Une averse prit le relais de la petite pluie continue, l'eau martela le pont. Il vit la bouche de la jeune femme s'ouvrir, et le doigt se replier sur la détente. Il saisit la canne à pêche, à côté de lui, et planta les yeux dans le canon du revolver. C'était ainsi que ça allait se terminer, sur un bateau dans le Vestland, sans témoin, sans traces. Une image apparut. D'Oleg. Seul.

Il rabattit la canne à pêche devant lui, vers Katrine. C'était un dernier geste désespéré, une tentative pathétique pour retourner les cartes, pour conjurer le sort. La pointe douce atteignit mollement Katrine à la joue, elle n'avait rien dû sentir – le coup ne la blessa pas ni ne lui fit perdre l'équilibre. Après, Harry ne put se rappeler si ce qui s'était passé avait été prémédité de sa part ou si ç'avait été du bol pur : la vitesse de la cuiller fit que les vingt centimètres de mou sur le fil s'enroulèrent autour de la tête de la jeune femme, si bien que la cuiller atteignit les incisives, dans sa bouche ouverte. Et quand Harry tira durement la canne vers lui, la pointe de l'hameçon fit le travail pour lequel il avait été conçu : elle trouva la chair. Elle se planta dans le coin droit de la bouche de Katrine Bratt. Le coup que donna Harry sur la canne fut si violent que la tête de Katrine Bratt fut basculée en arrière et tournée vers la droite avec une telle force que, l'espace d'un instant, il eut l'impression de lui avoir dévissé la tête. Avec un certain retard, son corps suivit la rotation de la tête, d'abord vers la droite puis en plein sur Harry. Son corps tournait toujours au moment où elle s'affala sur le plancher devant lui.

Harry se leva et se laissa retomber sur elle, les genoux en avant. Ils l'atteignirent de part et d'autre de la gorge, à la hauteur de la clavicule, et il savait que cela lui paralyserait les bras.

Il lui arracha le revolver d'une de ses mains sans force, et colla le canon contre un de ses yeux grands ouverts. L'arme était légère, et il put voir le métal appuyer sur le globe oculaire tendre, mais elle ne cillait pas. Au contraire. Elle affichait un large sourire. Très large. Avec une commissure déchirée et des dents dont la pluie essayait de laver le sang.

CHAPITRE 30

Jour 20. Bouc émissaire

Knut Müller-Nilsen était venu en personne sur le quai sous le Puddefjordsbro quand Harry accosta avec le *cabincruiser*. Lui, deux officiers de police et le psychiatre convoqué descendirent sous le pont, où Katrine Bratt était menottée au lit. Elle reçut une injection de sédatif psychotrope et fut transférée dans la voiture à l'attente.

Müller-Nilsen remercia Harry pour avoir accepté de faire les choses aussi discrètement.

« Essayons de continuer à garder ça pour nous, répondit Harry en levant les yeux vers le ciel poreux. Oslo voudra passer aux commandes quand tout le monde le saura.

— Sans nul doute, acquiesça Müller-Nilsen.

— Kjersti Rødsmoen, annonça une voix qui les fit se retourner. La psychiatre. »

La femme qui regarda Harry était quadragénaire, avait des cheveux blonds en bataille et une grosse doudoune rouge. Elle tenait une cigarette à la main, et ne semblait pas se soucier que la pluie les mouille, elle et sa cigarette.

« C'était dramatique ? voulut-elle savoir.

— Non, répondit Harry en sentant le revolver de Katrine appuyer sur sa peau, sous la ceinture de son pantalon. Elle s'est rendue sans résistance.

— Qu'a-t-elle dit ?

— Rien.

— Rien ?

— Pas un seul mot. Quel est votre diagnostic ?

— À l'évidence une psychose, affirma Rødsmoen sans hésiter. Ce qui ne veut absolument pas dire qu'elle est folle. C'est seulement la façon dont l'esprit gère une situation ingérable. À peu près comme quand le cerveau opte pour l'évanouissement quand les douleurs se font trop intenses. Je parie qu'elle était dans une situation extrême depuis longtemps ; c'est exact ? »

Harry hocha la tête.

« Elle reparlera ?

— Oui, répondit Kjersti Rødsmoen avec un regard sceptique sur sa cigarette mouillée et éteinte. Mais je ne sais pas quand. Pour le moment, elle a besoin de repos.

— De repos ? répéta Müller-Nilsen avec mépris. C'est une tueuse en série.

— Et je suis psychiatre », répliqua Rødsmoen en laissant tomber sa cigarette. Elle les abandonna pour se diriger vers une petite Honda rouge qui, même sous la pluie battante, avait l'air poussiéreuse.

« Qu'allez-vous faire ? s'enquit Müller-Nilsen.

— Je rentre par le dernier avion, répondit Harry.

— Arrêtez de déconner, vous avez une tête de cadavre. Le commissariat a des accords avec Rica Travel. On vous y emmène et on vous envoie quelques vêtements secs. Ils ont aussi un restaurant. »

Une fois dans ses quartiers, devant le miroir de la salle de bains attenante à la chambre exiguë, Harry repensa à ce que Müller-Nilsen avait dit. Qu'il avait une tête de cadavre. Et du peu qu'il s'en était fallu pour qu'il en devienne un. Était-ce réellement le cas ? Après une douche et un dîner dans le restaurant désert, il remonta à sa chambre et tenta de dormir. Il n'y parvint pas et alluma la télévision. De la merde sur toutes les chaînes excepté NRK2, qui passait *Memento*. Il avait déjà vu ce film. L'histoire était racontée du point de vue d'un homme souffrant d'un traumatisme crânien et disposant d'une mémoire à court terme digne d'un poisson rouge. Une femme était assassinée. Le personnage principal avait écrit sur une photo le nom du coupable, puisqu'il savait qu'il l'oublierait. La question, c'était de savoir s'il pouvait compter sur ce qu'il avait lui-même écrit. D'un coup de pied, Harry envoya balader la couette. Le minibar sous le poste avait une porte marron, sans serrure.

Il aurait dû prendre cet avion pour Oslo.

Il sortait du lit quand son téléphone mobile sonna quelque part dans la pièce. Il plongea la main dans la poche de son pantalon mouillé, pendu sur une chaise près du radiateur. C'était Rakel. Elle demanda où il était. Et expliqua qu'ils devaient parler. Pas chez lui, dans un lieu public.

Harry se laissa retomber de côté sur le lit, les yeux fermés.

« Pour m'informer que nous ne pourrons plus nous voir ?

— Pour t'informer que nous ne pourrons plus nous voir. Je n'y arrive pas.

— Il suffit que tu me le dises au téléphone, Rakel.

— Non, ça ne suffit pas. Ça ne ferait pas assez mal. »

Harry gémit. Elle avait raison.

Ils convinrent de onze heures le lendemain au musée du Fram, à Bygdøy, une attraction touristique où on pouvait disparaître parmi les Allemands et les Japonais. Elle voulut savoir ce qu'il faisait à Bergen. Il lui raconta, et la pria de ne rien en dire jusqu'à ce que la presse en parle, dans quelques jours.

Ils raccrochèrent, et Harry passa un moment allongé à contempler le minibar, tandis que *Memento* poursuivait sa course à reculons. Il venait d'échapper à un meurtre, l'amour de sa vie ne voulait plus le voir, et il avait mis un terme à la pire affaire de sa vie. Encore que ? Il n'avait pas répondu à Müller-Nilsen quand celui-ci lui avait demandé pourquoi il avait choisi de rechercher Katrine Bratt seul, mais à présent, il le savait. C'était le doute. Ou l'espoir.

Cet espoir désespéré voulant que les choses se tiennent ainsi malgré tout. Et qui était toujours présent. Mais il fallait maintenant que cet espoir soit avalé, noyé. Allez, il avait trois bonnes raisons et une meute de chiens, dans son ventre, qui aboyaient à l'unisson comme des possédés. Alors pourquoi ne pas s'occuper de ce bar dans les meilleurs délais ?

Harry se leva, alla dans la salle de bains, ouvrit le robinet et but tandis que le jet éclaboussait son visage. Il se redressa et regarda dans le miroir. De cadavre. Pourquoi le cadavre ne voulait-il pas boire ? Il cracha la réponse à voix haute, vers son propre visage : « Ça ne ferait pas assez mal. »

Gunnar Hagen était fatigué. Jusqu'au plus profond de lui-même. Il regarda autour de lui. À près de minuit, il se trouvait dans un appartement au sommet de l'un des immeubles du centre d'Oslo. Tout dans cette pièce était brun brillant : le parquet contrecollé, le plafond avec ses projecteurs, les murs ornés de portraits des anciens directeurs du club qui avaient possédé les lieux, la table d'acajou de quatre mètres carrés et les sous-main en cuir posés devant chacun des douze hommes présents. Une heure plus tôt, Hagen avait reçu un coup de téléphone du chef de la Crim, qui l'avait convoqué à cette adresse. Il connaissait certains occupants de la pièce – comme le chef de la Crim, il avait vu des photos de quelques autres dans le journal, mais il n'avait pas la moindre idée de l'identité de la plupart des présents. Ce fut le chef de la Crim qui les mit au parfum. Le Bonhomme de neige était une femme policier originaire de Bergen, qui avait en partie opéré tout en étant en poste à la Brigade criminelle, à Grønland. La police d'Oslo avait été roulée dans la farine, et maintenant qu'elle avait été arrêtée, ils n'allaient pas tarder à devoir annoncer ce scandale.

Quand il eut terminé, le silence planait aussi lourdement que la fumée de cigare.

Celle-ci montait du bout de la table, où un type chenu était renversé dans son fauteuil à haut dossier, le visage dans l'ombre. Pour la première fois, il émit un son. Rien qu'un léger soupir. Et Gunnar Hagen se rendit compte que tous ceux qui avaient parlé jusqu'alors l'avaient fait en s'adressant à cet homme.

« C'est bigrement ennuyeux, Torleif, déclara le chenu d'une voix étonnamment claire, presque une voix de femme. Extrêmement néfaste. La confiance dans le système. On est à ce niveau. Et cela signifie... (la pièce entière sembla retenir son souffle tandis que le chenu caressait son cigare)... que des têtes doivent tomber. Il faut juste savoir lesquelles. »

Le directeur de la police se racla la gorge.

« Vous avez des propositions ?

— Pas encore. Mais je crois que Torleif et toi en avez. Je vous écoute. »

Le directeur de la police regarda le chef de la Crim. Celui-ci prit la parole.

« Telles que nous voyons les choses, une faute concrète a été commise lors du recrutement et du suivi. Des erreurs humaines, et non une faille du système. Ce n'est donc pas directement un problème de direction. Nous proposons par conséquent de distinguer responsabilité et culpabilité. La direction assume, reste humble et...

— Passe sur l'élémentaire, pria le chenu. Qui est ton bouc émissaire ? »

Le chef de la Crim rectifia son col. Gunnar Hagen vit qu'il était très mal à l'aise.

« L'inspecteur principal Harry Hole », lâcha le chef de la Crim.

Le silence retomba tandis que le chenu rallumait son cigare. Son briquet cliquetait sans cesse. Puis de petits claquements de langue sortirent de l'ombre, et la fumée recommença à s'élever.

« Pas mal pensé, constata la voix claire. S'il s'était agi de quelqu'un d'autre que Hole, je t'aurais dit de chercher ton bouc émissaire plus haut dans la hiérarchie, qu'un inspecteur principal n'est pas assez gras pour faire un bon agneau sacrificiel. Oui, je t'aurais peut-être demandé de t'envisager toi-même, Torleif. Mais Hole est un policier caractéristique, il a participé à ce talk-show télévisé. Un personnage populaire jouissant d'une certaine renommée en tant qu'enquêteur. Oui, ç'aurait pu être perçu comme assez bon. Mais sera-t-il coopératif ?

— Laissez-nous faire, répondit le chef de la Crim. N'est-ce pas, Gunnar ? »

Gunnar Hagen déglutit. Il songeait à sa femme – et à rien d'autre. À tout ce qu'elle avait sacrifié pour qu'il fasse carrière. Au moment de leur mariage, elle avait achevé ses propres études et l'avait accompagné aux endroits du pays où le service dans la Défense, plus tard dans la police, l'avait conduit. C'était une femme intelligente et avisée, son égale, oui, supérieure dans bien des domaines. C'était à elle qu'il soumettait des questions aussi bien professionnelles que morales. Et elle était toujours de bon conseil. Malgré tout, il n'avait peut-être pas réussi à faire la brillante carrière qu'ils avaient tous deux espérée. Mais à présent, les choses avaient enfin meilleure mine. C'était une condition implicite au poste que le directeur de la Brigade criminelle puisse et doive diriger plus avant. Il s'agissait juste de ne pas faire de faux pas. Ce n'était pas nécessairement si difficile.

« N'est-ce pas, Gunnar ? » répéta le chef de la Crim.

Si seulement il n'avait pas été aussi fatigué. Si intérieurement fatigué. C'est pour toi, chérie. C'est ce que tu aurais fait, chérie.

CHAPITRE 31

Jour 21. Pôle Sud

À la proue du bateau de bois *Fram*, à l'intérieur du musée, Harry et Rakel regardaient un groupe de Japonais prendre des photos du gréement et des mâts tout en méprisant avec force sourires et hochements de tête le guide qui leur expliquait que ce vaisseau tout simple avait mené Fridtjof Nansen lors de sa tentative ratée pour être le premier homme au pôle Nord, en 1893, et Roald Amundsen lorsque celui-ci avait battu Scott à la course pour être le premier homme au pôle Sud, en 1911.

« J'ai oublié ma montre sur ta table de nuit, murmura Rakel.

— C'est une ruse éculée, répondit Harry. Ça veut dire que tu dois revenir. »

Elle posa une main sur la sienne, sur la rambarde, et secoua la tête.

« C'est Mathias qui me l'a offerte pour mon anniversaire. »

Comme si je l'avais oublié, songea Harry.

« On doit sortir, demain, et il va me poser la question si je ne la porte pas. Et tu sais comment je suis quand il s'agit de mentir. Pourrais-tu...

— Je passerai avec avant quatre heures.

— Merci. Je serai au boulot, mais dépose-la dans le nichoir du mur à côté de la porte. Là où... »

Elle n'eut pas besoin d'en dire davantage. C'était là qu'elle laissait la clé de la maison quand il venait la voir après qu'elle s'était couchée. Harry donna un coup sur la rambarde :

« À en croire Arve Støp, le problème avec Roald Amundsen, c'est qu'il a gagné. Il pense que toutes les meilleures histoires traitent de gens qui perdent. »

Rakel ne répondit pas.

« C'est une forme de réconfort, conclut Harry. On y va ? »

Au-dehors, la neige tombait abondamment.

« Alors c'est terminé ? demanda-t-elle. Jusqu'à la prochaine fois ? »

Il lui lança un rapide coup d'œil pour s'assurer que c'était du Bonhomme de neige et pas d'eux qu'elle parlait.

« Nous ne savons pas où sont les cadavres, répondit-il. Ce matin, je suis allé la voir dans sa cellule, avant de partir pour l'aéroport, mais elle ne dit rien. Elle regarde juste droit devant elle, comme s'il n'y avait personne.

— Tu avais prévenu quelqu'un que tu allais à Bergen seul ? » demanda-t-elle tout à trac.

Harry secoua la tête.

« Pourquoi ?

— Eh bien... je pouvais me tromper. Le cas échéant, je pouvais rentrer sans faire de bruit, sans perdre la face.

— Ce n'est pas pour ça. »

Harry la regarda. Elle avait plus l'air triste que lui.

« Honnêtement, je ne sais pas. D'une certaine façon, j'espérais quand même malgré tout que ce ne serait pas elle.

— Parce qu'elle est comme toi ? Parce que tu aurais pu être elle ? »

Harry ne parvint même pas à se rappeler lui avoir dit qu'ils étaient semblables.

« Elle avait l'air tellement seule, effrayée, répondit Harry en sentant les flocons de neige lui brûler les yeux. Comme si elle s'était perdue dans le crépuscule. »

419

Merde, merde ! Il cligna des yeux, et sentit les larmes à la façon d'un poing qui essayait de passer en force dans sa trachée. Était-il au bord de la dépression, lui aussi ? Il frissonna en sentant la main chaude de Rakel dans sa nuque.

« Tu n'es pas elle, Harry. Tu es différent.

— C'est vrai ? répondit-il avec un petit sourire, en écartant sa main.

— Tu ne tues pas des innocents, Harry. »

Harry déclina l'offre de Rakel de le raccompagner, et prit le bus. Sans quitter les flocons de neige et le fjord de l'autre côté de la vitre, il se demanda comment Rakel avait réussi à lancer le mot « innocent », au tout dernier moment. Il allait ouvrir la porte donnant sur Sofies gate lorsqu'il se rappela qu'il n'avait plus de café, et repartit sur les cinquante mètres le séparant de chez Niazi.

« Pas courant de te voir à cette heure, déclara Ali au moment d'encaisser.

— Congé compensateur, répondit Harry.

— Sacré temps, hein ? Ils disent qu'il va tomber cinquante centimètres de neige dans les vingt-quatre prochaines heures. »

Harry jouait avec son verre de café.

« J'ai terrorisé Salma et Muhammed, dans la cour, l'autre jour.

— Je suis au courant.

— J'en suis désolé. J'étais un peu à cran, c'est tout.

— Pas de problème. J'avais juste peur que tu te sois remis à boire. »

Harry secoua la tête et sourit légèrement. Il appréciait la façon d'être directe du Pakistanais.

« Bien, acquiesça Ali en comptant la monnaie. Comment se passe la remise à neuf ?

— La remise à neuf ? répéta Harry en prenant la monnaie. Tu veux parler de l'homme aux champignons ?

— L'homme aux champignons ?

— Oui, le mec qui a cherché des moisissures dans la cave. Stormann ou un truc du genre.

420

« — Des moisissures dans la *cave*? » Ali leva un regard plein d'effroi sur Harry.

« Tu ne savais pas, toi ? Tu es président du syndic, je partais du principe qu'il t'avait parlé. »

Ali secoua lentement la tête. « Il a peut-être vu Bjørn.

— Qui est Bjørn ?

— Bjørn Asbjørnsen, qui habite au rez-de-chaussée depuis treize ans, expliqua Ali en jetant un coup d'œil de réprimande à Harry. Et ça fait aussi longtemps qu'il est vice-président.

— Bjørn, donc, répéta Harry avec la même expression que s'il avait mémorisé le nom.

— Je vais vérifier », assena Ali.

Arrivé dans son appartement, Harry se défit de ses bottillons, alla tout droit dans la chambre et se coucha. Il n'avait pour ainsi dire pas dormi dans sa chambre d'hôtel de Bergen. À son réveil, il avait la bouche sèche et des maux de ventre. Il se leva pour aller boire de l'eau, et se figea en arrivant dans le couloir.

Il ne l'avait pas remarqué en arrivant, mais les murs étaient de nouveau à leur place.

Il passa de pièce en pièce. Magie. Le travail était si parfait qu'il aurait pu jurer qu'on n'avait pas touché aux murs. On ne voyait pas le moindre tour de clou, aucune baguette n'était de travers. Il posa la main sur le mur du salon, comme pour s'assurer qu'il n'était pas le jouet d'une hallucination.

Une feuille jaune était posée devant le fauteuil à oreilles du salon. C'était un message manuscrit. Les lettres soignées étaient étrangement belles.

Elles sont éradiquées. Vous ne me verrez plus. Stormann.

P-S : J'ai dû retourner un des panneaux au mur parce que je m'étais coupé et que j'avais saigné dessus. Le sang qui imprègne le bois

non traité est impossible à nettoyer. L'autre possibilité, c'était de pein-
dre le mur en rouge.

Harry se laissa tomber dans son fauteuil à oreilles et examina les murs bien lisses.

Il ne comprit pas avant de se rendre à la cuisine que le miracle n'était pas absolu. Le calendrier orné de la photo de Rakel et Oleg avait disparu. La robe bleu ciel. Il jura tout haut et chercha fébrilement parmi les poubelles, même dans le conteneur en plastique en bas dans la cour, pour se résigner à ce que ses douze mois les plus heureux aient été éradiqués en même temps que les moisissures.

C'était sans plus de doute possible une journée de travail tout autre pour la psychiatre Kjersti Rødsmoen. Et pas seulement parce que le soleil avait fait une rare apparition dans le ciel berguénois et brillait pour l'heure à travers les fenêtres derrière lesquelles Kjersti Rødsmoen parcourait en hâte un couloir du service de psychiatrie de l'hôpital de Haukeland, à Sandviken. Le service avait changé de nom à tant de reprises qu'un nombre très réduit de Berguénois savaient que le nom officiel actuel était « Hôpital de Sandviken ». Mais le secteur fermé s'appelait ainsi jusqu'à nouvel ordre, en attendant que quelqu'un prétende que c'était trompeur ou stigmatisant.

Elle se réjouissait tout autant qu'elle redoutait la rencontre avec cette patiente enfermée et faisant l'objet des mesures de sécurité les plus draconiennes qu'ils aient eues dans le service, d'aussi loin que remontaient ses souvenirs. Avec Espen Lepsvik, du KRIPOS, et Knut Müller-Nilsen, du commissariat de Bergen, ils s'étaient accordés sur les limites éthiques et la façon de procéder. La patiente était psychotique, et ne pouvait donc pas être soumise à un interrogatoire de police. Elle-même était psychiatre et pouvait discuter avec la patiente, mais pour le bien de cette dernière et pas d'une manière visant aux mêmes résultats qu'un interrogatoire de police. Et, pour finir, il y avait le secret médical. Kjersti Rødsmoen devrait évaluer si les informations apparaissant au cours de la discussion pourraient être assez importantes dans l'enquête de la police pour qu'elle doive continuer dans cette voie. Et, de toute façon, ces informations ne pourraient pas être utilisées dans un procès car il s'agissait d'une personne psychotique. En deux mots, ils se mouvaient sur un champ de mines juridique et éthique, où le plus infime faux pas pourrait avoir des conséquences catastrophiques, puisque tout ce qu'elle faisait allait être contrôlé par l'appareil judiciaire et les médias.

Un infirmier et un policier en uniforme montaient la garde devant la porte blanche du parloir. Kjersti montra du doigt la carte nominative agrafée sur sa blouse blanche de médecin, et le policier déverrouilla la porte.

L'accord stipulait que l'infirmier surveillerait l'entretien dans la pièce, et sonnerait le tocsin en cas d'incident.

Kjersti Rødsmoen s'assit dans le fauteuil et regarda la patiente. Il lui était difficile de penser que cette femme frêle dont les cheveux lui pendaient devant le visage, qui avait des points de suture noirs à l'endroit où la commissure déchirée avait été recousue et dont les yeux grands ouverts semblaient braqués, avec un effroi sans bornes, sur quelque chose, pût représenter un quelconque danger. Au contraire, elle paraissait si incapable d'agir qu'on avait l'impression de pouvoir lui faire faire un saut périlleux arrière rien qu'en lui soufflant dessus. Qu'elle ait tué des gens de sang-froid, c'était tout bonnement inconcevable. Mais ça l'était toujours.

« Bonjour, salua la psychiatre. Je m'appelle Kjersti. »

Pas de réponse.

« Quel est votre problème, d'après vous ? » demanda-t-elle.

La question semblait sortir tout droit du manuel de conversation avec des personnes psychotiques. L'autre variante était : *Comment pensez-vous que je peux vous aider ?*

Toujours pas de réponse.

« Dans cette pièce, vous êtes parfaitement en sécurité. Personne

423

ne vous veut de mal, ici. Je ne veux pas vous en faire. Vous êtes tout à fait en sécurité. »

D'après le manuel, l'immuable message était censé calmer la personne psychotique. Car une psychose est avant tout une peur sans fond. Kjersti Rødsmoen se sentait comme une hôtesse de l'air qui détaille les procédures de sécurité avant le décollage. Mécaniquement, par routine. Même sur les trajets survolant les déserts les plus secs, on fait la démonstration du fonctionnement des gilets de sauvetage. Parce que le message dit ce que l'on veut entendre : vous pouvez volontiers avoir peur, mais nous veillons sur vous.

Il était temps de contrôler la perception de la réalité.

« Vous savez quel jour nous sommes, aujourd'hui ? »

Silence.

« Regardez l'horloge murale. Vous pouvez me dire l'heure qu'il est ? »

Elle n'obtint qu'un regard fixe et traqué en réponse.

Kjersti Rødsmoen attendit. Et attendit. La trotteuse avançait de son pas de l'oie tremblant.

C'était sans espoir.

« Je m'en vais, déclara Kjersti en se levant. Quelqu'un va venir vous chercher. Vous ne craignez rien. »

Elle se dirigea vers la porte.

« Il faut que je parle à Harry. » La voix était profonde, presque masculine.

Kjersti s'arrêta et se retourna. « Qui est Harry ?

— Harry Hole. C'est urgent. »

Kjersti essaya d'établir un contact visuel, mais la femme avait toujours le regard braqué sur ses ténèbres intérieures.

« Il va plus ou moins falloir que vous m'expliquiez Harry Hole, Katrine.

— Inspecteur principal à la Brigade criminelle d'Oslo. Et appelez-moi par mon nom de famille si vous devez répéter mon nom, Kjersti.

— Bratt ?

— Rafto.

— Bien. Mais ne voulez-vous pas me mettre au courant de quoi vous voulez parler avec Harry Hole, pour que je puisse transmettre ce que vous…

— Vous ne comprenez pas. Ils vont tous mourir. »

Kjersti s'affala de nouveau lentement dans son fauteuil.

« Je comprends. Et pourquoi pensez-vous qu'ils vont mourir, Katrine ? »

Et enfin elle obtint le contact visuel. Ce que Kjersti Rødsmoen vit lui fit penser à l'une des cartes rouges du jeu de Monopoly qu'ils avaient au chalet : *Vos maisons et hôtels brûlent.*

« Vous ne comprenez rien, répondit la voix grave, presque masculine. Ce n'est pas moi. »

À deux heures, Harry s'arrêta sur la route devant la villa en rondins de Rakel, dans Holmenkollveien. La neige avait cessé de tomber, et il songea qu'il n'était pas besoin de faire des traces de pneu révélatrices jusqu'à la cour. La neige poussait de longs cris bas sous ses bottillons, et la lumière vive scintillait dans les fenêtres noires comme des verres de lunettes de soleil tandis qu'il approchait.

Il monta les marches devant la porte d'entrée, ouvrit la façade du nichoir, déposa la montre de Rakel à l'intérieur et referma. Il avait fait demi-tour pour s'en aller lorsqu'on ouvrit la porte à la volée derrière lui.

« Harry ! »

Harry se retourna, déglutit et essaya de sourire. Il avait devant lui un homme nu, ayant juste une serviette autour de la taille.

« Mathias, répondit-il sur un ton penaud sans quitter des yeux le torse de son interlocuteur. Tu as failli me faire peur. Je pensais que tu bossais, à cette heure ?

— Désolé, rit Mathias en croisant rapidement les bras. J'ai travaillé tard cette nuit. Congés compensateurs. J'allais me doucher et j'ai entendu quelqu'un trifouiller du côté de la porte. Je pensais que c'était Oleg, sa clé est un peu fainéante, tu comprends. »

Fainéante, pensa Harry. Ça doit vouloir dire qu'Oleg a récupéré la clé qu'il avait naguère possédée. Et que Mathias avait reçu celle d'Oleg. La sollicitude féminine.

« Je peux t'aider, Harry ? »

Harry remarqua que l'autre avait croisé les bras anormalement haut sur la poitrine, comme pour essayer de dissimuler quelque chose.

« *Niks*, répondit Harry sur un ton badin. Je passais en voiture, et j'avais quelque chose pour Oleg.

— Pourquoi n'as-tu pas sonné ? »

Harry déglutit.

« J'ai brusquement compris qu'il n'était pas encore rentré de l'école.

— Ah ? Comment ça ? »

Harry adressa un signe de tête à Mathias, comme pour confirmer que c'était une question pertinente. Le visage ouvert et aimable de Mathias ne révélait pas la moindre trace de suspicion, seulement le souhait sincère d'avoir une explication à ce qu'il ne comprenait pas très bien.

« La neige, répondit Harry.

— La neige ?

— Oui. Il y a deux heures qu'il ne neige plus, et il n'y a pas de traces sur les marches.

— Bon sang de bonsoir, Harry ! s'exclama Mathias avec enthousiasme. Voilà ce que j'appelle de la déduction dans la vie quotidienne. Pas de doute, tu es enquêteur. »

Harry accompagna l'autre d'un petit rire crispé. Les bras croisés de Mathias étaient un peu tombés, et Harry vit ce que Rakel avait mentionné comme la particularité corporelle de Mathias. Là où on s'attendait à voir deux mamelons, la peau continuait simplement, blanche et sans perturbation.

« C'est congénital, expliqua Mathias, qui avait manifestement suivi le regard de Harry. Mon père n'en avait pas non plus. Rare,

426

mais tout à fait anodin. Et nous, les hommes, qu'en ferions-nous, de toute façon ?

— Nous, qu'en ferions-nous ? répéta Harry en sentant que les lobes de ses oreilles chauffaient.

— Tu veux que je transmette ce que tu voulais donner à Oleg ? »

Harry détourna le regard. Qui atterrit automatiquement sur la cabane à oiseaux, avant de poursuivre sa course.

« Je l'apporterai une autre fois, répondit Harry avec une grimace qu'il espéra digne de confiance. Va te doucher, va.

— OK.

— Salut. »

La première chose que fit Harry en se rasseyant au volant, ce fut d'abattre ses deux mains sur le volant en jurant tout fort. Il s'était conduit comme un jeune chapardeur pris en flagrant délit. Il avait raconté des crasses à Mathias, bien en face. Menti, rampé et avait été un vilain garçon.

Il fit rugir le moteur et lâcha brutalement la pédale d'embrayage, pour punir la voiture. Il n'avait pas le courage d'y penser maintenant. Devait penser à autre chose. Mais il n'y arriva pas, et les idées défilèrent dans sa tête en une suite incohérente tandis qu'il fonçait vers la ville. Il pensa à une imperfection, des mamelons plats et rouges semblables à des taches de sang sur une peau nue. Aux taches de sang sur le bois brut. Et pour une raison obscure, les mots de l'homme aux champignons refirent surface : « L'autre possibilité, c'était de peindre le mur en rouge. »

Le type aux champignons avait saigné. Harry ferma à demi les yeux et imagina la blessure. Elle avait dû être assez profonde pour qu'il perde tant de sang que... l'autre possibilité, c'était de peindre le mur en rouge.

Harry pila. Il entendit un klaxon, jeta un coup d'œil dans le rétroviseur et vit une Hiace arriver en glissant sur la nouvelle neige, avant que les pneus trouvent leurs appuis et qu'elle le rattrape, puis le dépasse.

Harry ouvrit la portière d'un coup de pied, sauta du véhicule et constata qu'il se trouvait à côté du terrain de sport. Il inspira et pulvérisa l'échafaudage d'idées, le démonta pour voir s'il était possible de le remonter. Le reconstruisit, rapidement et sans contraindre les pièces à s'imbriquer. Car elles se joignaient d'elles-mêmes. Son pouls accéléra. Si ça tenait la route, ça retournait tout. Et ça collait, avec la façon dont le Bonhomme de neige avait prévu comment on devait s'introduire, avant d'entrer depuis la rue et de s'installer. Et les cadavres... ça expliquerait aussi ce que les cadavres étaient devenus. D'une main tremblante, Harry alluma une cigarette et commença à essayer de reconstruire ce qu'il avait aperçu un très court instant. Des plumes de poules aux bords calcinés.

Harry ne croyait pas à l'inspiration, la clairvoyance divine ou la télépathie. Mais il croyait à la chance. Pas celle avec laquelle on naissait, mais la chance systématique que l'on acquérait à force de travail acharné et en tissant un filet si fin que les hasards allaient tôt ou tard dans votre sens. Mais ce n'était pas ce genre de chance. C'était seulement de la chance. Atypique. Pour qu'il ait raison. Harry baissa les yeux et s'aperçut qu'il barbotait dans la neige. Qu'il était – au sens propre comme au figuré – complètement à côté.

Il retourna à la voiture, sortit son téléphone mobile et composa le numéro de Bjørn Holm.

« Oui, Harry ? répondit une voix ensommeillée, nasale et presque méconnaissable.

— Tu as l'air d'en tenir une sévère, constata Harry, suspicieux.

— J'aurais bien aimé, renifla Holm. Une crève d'enfer. Je me les pèle sous deux couettes. J'ai mal partout...

— Écoute, l'interrompit Harry. Tu te rappelles que je t'ai demandé de prendre la température des poules pour savoir combien de temps auparavant Sylvia les avait abattues dans la grange ?

— Oui ?

— Et tu m'as dit ensuite que l'une était plus chaude que les deux autres.

« — Oui, renifla Bjørn Holm. Skarre a suggéré qu'elle ait pu avoir de la fièvre. Et théoriquement, c'est tout à fait possible.

— Je crois qu'elle était plus chaude parce qu'elle a été abattue après le meurtre de Sylvia, donc au moins une heure plus tard.

— Ah ? Et par qui, alors ?

— Par le Bonhomme de neige. »

Harry entendit Holm renifler sa morve longuement, profondément, avant de répondre.

« Tu veux dire qu'elle a pris la hache de Sylvia, est revenue et...

— Non, l'outil était dans les bois. J'aurais dû réagir quand je m'en suis aperçu, mais je n'avais pas encore entendu parler du brûleur à nœud coulant au moment où nous étudiions les corps de poule dans la grange.

— Qu'est-ce que tu as vu ?

— Une plume de poule coupée, dont les bords étaient noirs. Je crois que le Bonhomme de neige s'est servi du brûleur à nœud coulant.

— Bien, acquiesça Holm. Mais pourquoi diable a-t-il fallu qu'elle bousille une poule ?

— Pour peindre tout le mur en rouge.

— Hein ?

— J'ai une idée, déclara Harry.

— Merde..., murmura Bjørn Holm. J'imagine que cette idée veut dire qu'il faut que je me lève.

— Eh bien... », commença Harry.

C'était comme si le temps neigeux avait pris une inspiration, car à trois heures, il recommença à souffler de gros flocons grassouillets sur l'Østland. Un glaçage de gadoue grise recouvrait l'E6, qui montait en lacets depuis Bærum.

Au plus haut point de la route, Sollihøgda, Harry et Holm bifurquèrent pour s'enfoncer en dérapant sur la route forestière.

Cinq minutes plus tard, Rolf Ottersen se tenait à la porte devant eux. Derrière lui, dans le salon, Harry vit Ane Pedersen assise dans le canapé.

« Nous voulions juste jeter un œil au sol de la grange », expliqua Harry.

Rolf Ottersen repoussa ses lunettes sur son nez. Bjørn Holm fut victime d'une quinte de toux profonde et grasseyante.

« Je vous en prie », invita Ottersen.

En allant vers la grange avec Holm, Harry sentit que le type maigre les observait depuis la porte.

Le billot n'avait pas bougé, mais il n'y avait aucune trace de poules, ni vivantes ni mortes. Une pelle pointue était appuyée au mur. Pour creuser dans la terre, pas pour déblayer de la neige. Harry se rendit au panneau à outils. Le contour de la hache qui aurait dû être suspendue là créa chez Harry une association avec les dessins à la craie de cadavres qui ne se trouvaient plus sur le lieu du crime.

« Je crois donc que le Bonhomme de neige est venu et a zigouillé la troisième poule pour vaporiser du sang de poule sur le plancher. Le Bonhomme de neige ne pouvait pas les retourner, et l'autre possibilité, c'était de les peindre en rouge.

— Tu l'as déjà dit dans la voiture, mais je ne pige toujours absolument rien.

— Si l'on doit dissimuler des taches rouges, on peut ou bien les effacer, ou bien tout peindre en rouge. Je crois que le Bonhomme de neige a essayé de cacher quelque chose. Une piste.

— Quel genre de piste ?

— Quelque chose de rouge, impossible à effacer parce que ça s'imprègne dans le bois brut.

— Du sang ? Elle a essayé de dissimuler du sang avec encore du sang ? C'est ça, ton idée ? »

Harry attrapa un balai et chassa la sciure autour du billot. S'accroupit et sentit la pression du revolver de Katrine, qu'il portait sous sa ceinture. Il parcourut le sol des yeux. Il avait gardé une nuance rose.

« Est-ce que tu as les photos que nous avons prises ici ? voulut savoir Harry. Commence par vérifier à l'endroit où il y avait le plus de sang. C'était à quelque distance du billot, ici, à peu près. »

Holm tira les photos de sa besace.

« Nous savons que ce qu'il y avait dessus, c'était du sang de poule, reprit Harry. Mais imagine que le premier sang qui a atterri ici a eu le temps d'imprégner le bois et de le nourrir de telle sorte qu'il ne s'est pas mélangé au nouveau sang, répandu dessus un bon moment après. Ce que je me demande, c'est si tu peux toujours faire des prélèvements du premier sang, donc celui qui s'est imprégné dans le bois ? »

Bjørn Holm cligna des yeux, incrédule.

« Qu'est-ce que tu veux que je réponde à ça, nom de Dieu ?

— Eh bien... la seule réponse que j'accepterai, c'est oui. »

Holm répondit par une longue quinte de toux.

Harry retourna tranquillement au bâtiment d'habitation. Il frappa, et Rolf Ottersen sortit.

« Mon collègue va rester ici un moment, annonça Harry. Il peut peut-être entrer pour se réchauffer, dans l'intervalle ?

— Bien sûr, répondit Ottersen de mauvaise grâce. Qu'est-ce que vous essayez de déterrer, à présent ?

— J'allais vous demander la même chose, rétorqua Harry. J'ai vu de la terre sur votre pelle, là-bas.

— Ah, celle-là. Des piquets de clôture. »

Harry regarda le champ couvert de neige qui s'étendait vers l'épais bois noir. Se demanda ce qu'Ottersen pouvait bien vouloir ceindre. Ou tenir à distance. Car il l'avait vu : il y avait de la peur dans les yeux de Rolf Ottersen.

Harry fit un signe de tête en direction du salon. « Visite de... » Il fut interrompu par la sonnerie de son téléphone mobile.

C'était Skarre.

« On en a trouvé un nouveau », déclara-t-il.

Harry planta son regard sur la forêt, et sentit les gros flocons de neige fondre sur ses joues et son front.

« Un nouveau quoi ? demanda-t-il tout bas bien qu'il l'ait déjà entendu à la voix de Skarre.

— Un nouveau bonhomme de neige. »

La psychiatre Kjersti Rødsmoen attrapa le capitaine de police Knut Müller-Nilsen au moment où lui et Espen Lepsvik, du KRIPOS, s'apprêtaient à quitter le bureau.

« Katrine Bratt a parlé, annonça-t-elle. Et je crois que vous devriez aller à l'hôpital écouter ce qu'elle a à dire. »

CHAPITRE 32

Jour 21. Les cuves

Skarre piétinait devant Harry en suivant les traces de pas dans la neige qui traçaient le chemin entre les arbres. Une obscurité arrivée tôt dans l'après-midi prévenait d'un hiver au coin de la rue. La tour de Tryvann clignotait au-dessus d'eux, Oslo en dessous. Harry était venu tout droit de Sollihøgda et s'était garé sur le grand parking vide, où les bacheliers à venir s'amassaient chaque printemps comme un troupeau de lemmings pour l'accomplissement obligatoire du rituel de passage à l'âge adulte propre à l'espèce : danse autour du feu, anesthésie à l'alcool, circoncision et baise. À cette époque, Harry n'avait pas de voiture. Seulement deux copains braillards, Bruce Springsteen et *Independence Day* sur la radiocassette au sommet du bunker allemand de Nordstrand.

« C'est un marcheur qui l'a découvert, expliqua Skarre.

— Et qui a trouvé incontournable de faire savoir à la police qu'il y avait un Bonhomme de neige dans les bois ?

— Il avait son clebs avec lui. C'est la bestiole qui… oui… tu vas voir. »

Ils sortirent à terrain découvert. Un jeune homme se redressa en voyant Skarre et Harry, et vint vers eux.

« Thomas Helle, groupe des disparitions, se présenta-t-il. Nous sommes heureux que vous soyez là, Hole. »

Harry posa un œil surpris sur le jeune policier, mais vit que l'autre le pensait réellement.

Harry vit les TIC au sommet de la colline devant lui. Skarre se plia pour passer sous la tresse orange, Harry passa par-dessus. Un sentier indiquait où ils devaient passer pour ne pas détruire des indices techniques qui avaient résisté. Les TIC s'aperçurent de la présence de Harry et Skarre, et s'écartèrent en silence tout en observant attentivement les nouveaux arrivants. Comme s'ils s'y étaient attendus : dévoiler. Obtenir des réactions.

« Bordel de merde ! » grogna Skarre en faisant un pas en arrière.

Harry sentit le froid envahir sa tête, comme si tout le sang abandonnait le cerveau en laissant une sensation engourdie et morte de néant.

Ce n'étaient pas les détails, car au premier coup d'œil, la femme nue ne paraissait pas avoir été trop endommagée. Pas comme Sylvia Ottersen ou Gert Rafto. Ce qui le terrifia, ce fut ce qu'il y avait de construit, disposé, prémédité, froid dans la mise en scène elle-même. Le cadavre était posé sur deux grosses boules de neige roulées tout contre un arbre et empilées, comme un début de bonhomme de neige. Le cadavre basculait vers le tronc, mais s'il tombait en crabe, il serait rattrapé par un fil d'acier attaché à la grosse branche juste au-dessus. Le câble d'acier se terminait par un nœud coulant rigide autour du cou du macchabée, comme un lasso figé par le froid au moment de s'abattre avec précision sur la proie. Les bras étaient ligotés dans le dos. Les yeux et la bouche de la femme étaient clos, donnant au visage une expression paisible, comme si elle dormait.

On pouvait presque penser que le cadavre avait été bien arrangé. Jusqu'à ce que l'on découvre les points de suture sur la peau pâle et nue. Les bords de la peau sous le fil de couture presque invisible n'étaient séparés que par un fin et régulier joint de sang noir. Une série de points barraient le ventre, juste sous la poitrine. L'autre entourait le cou. Travail parfait, songea Harry. Pas un seul trou de clou vide, pas une baguette de travers.

« Ça ressemble à ces trucs d'art abstrait, apprécia Skarre. Comment ils appellent ça ?

— Installations », répondit une voix derrière eux.

Harry pencha la tête de côté. Ils avaient raison. Mais un élément rompait l'impression de chirurgie parfaite.

« Il l'a découpée en morceaux, énonça-t-il de la même voix que si on l'avait tenu en étranglement. Avant de la reconstituer.

— Il ? s'étonna Skarre.

— Sans doute pour faciliter le transport, suggéra Helle. Je crois savoir qui elle est. Son mari a déclaré sa disparition hier. Il arrive.

— Pourquoi penses-tu que c'est elle ?

— Son mari a retrouvé une robe portant des traces de brûlure. » Helle tendit un doigt vers le cadavre. « À peu près là où sont les points. »

Harry se concentra sur sa respiration. Il voyait ce qui jurait, à présent. C'était le bonhomme de neige inachevé. Ainsi que les nœuds irréguliers et angles imprécis sur le câble d'acier tordu. Ils avaient l'air bruts, hasardeux, tâtonnants. Comme si c'était une esquisse, un exercice. Le premier jet d'une œuvre encore inachevée. Et pourquoi lui avait-il ligoté les bras dans le dos, elle avait dû mourir bien avant d'arriver ici ? Était-ce un élément de l'esquisse ? Il se racla la gorge.

« Pourquoi ne me l'a-t-on pas dit plus tôt ?

— J'ai transmis à mon supérieur, qui a transmis au chef de la Crim, répondit Helle. La seule consigne que nous avons reçue, c'était de la boucler là-dessus jusqu'à nouvel ordre. Je suppose que ça a un rapport avec... (il jeta un rapide coup d'œil aux TIC)... cette personne recherchée, anonyme.

— Katrine Bratt ? demanda Skarre.

— Je n'ai pas entendu ce nom », fit observer une voix.

Ils se retournèrent. Le chef de la Crim se tenait derrière eux, dans la neige, les jambes assez écartées et les mains dans les poches d'un trench-coat. Ses yeux bleus et froids observaient le cadavre.

« Ç'aurait dû figurer au Salon d'automne. »

Les jeunes inspecteurs ouvrirent de grands yeux, tandis que le chef de la Crim se tournait vers Harry, imperturbable.

« Quelques mots, inspecteur principal ? »

Ils se dirigèrent vers les tresses.

« Une chienlit de première bourre », estima le chef de la Crim. Il était tourné vers Harry, mais son regard errait vers le tapis lumineux en contrebas. « Nous nous sommes réunis. C'est pour cela que je devais vous voir en tête à tête.

— Qui s'est réuni ?

— Ce n'est pas très important, Harry. Plus important est que nous ayons pris une décision.

— Ah oui ? »

Le chef de la Crim piétina dans la neige, et Harry se demanda un instant s'il allait lui faire remarquer qu'il polluait un lieu de crime.

« J'avais pensé voir ça avec toi ce soir, Harry. Dans le calme. Mais avec cette nouvelle découverte de cadavre, les choses s'emballent. La presse sera sur l'affaire dans quelques heures. Et à ce moment-là, nous n'aurons pas le temps que nous espérions, il faudra dire qui est le Bonhomme de neige. Comment Katrine Bratt a réussi à venir occuper un poste chez nous, et à opérer de là sans que nous le remarquions. La direction doit assumer, évidemment. C'est cela, diriger, ça va de soi.

— De quoi s'agit-il exactement, chef ?

— La crédibilité de la police d'Oslo. La merde dégouline, Harry. Plus elle part de haut, plus elle salit toute la maison. Que des individus à un niveau assez bas fassent des boulettes, c'est pardonnable. Mais si nous perdons la confiance des gens sur l'idée que la boutique est dirigée avec un soupçon de compétence, qu'il y a un cer-

436

tain contrôle, nous avons perdu. Je suppose que tu comprends ce qui est en jeu, Harry.

— Je n'ai pas beaucoup de temps, chef. »

Le regard du chef revint de ses errances citadines et se planta sur l'inspecteur principal.

« Tu sais ce que "kamikaze" veut dire ? »

Harry changea de pied d'appui.

« Être japonais, avoir subi un lavage de cerveau et précipiter son avion sur un porte-avions ?

— C'est aussi ce que je croyais. Mais Gunnar Hagen m'a raconté que les Japonais n'utilisaient jamais ce mot, eux, que c'était une chose que les craqueurs de codes américains avaient mal interprétée. Kamikaze, c'est le nom d'un typhon qui a sauvé les Japonais lors d'une bataille contre les Mongols au cours du XIIIᵉ siècle. En traduction littérale, ça donne "vent divin". C'est assez pittoresque, non ? »

Harry ne répondit pas.

« Nous avons besoin d'un vent de ce genre, aujourd'hui. »

Harry hocha lentement la tête. Il comprenait.

« Vous voulez que quelqu'un endosse la faute qu'a représentée l'embauche de Katrine Bratt ? Et qu'elle n'ait pas été découverte ? Toute la merde, en somme ?

— Ce n'est pas agréable de demander à quelqu'un de se sacrifier de cette façon. En particulier quand le sacrifice en question signifie qu'on sauve sa peau. Il faut alors se rappeler qu'il est question de quelque chose de plus grand que l'individu. » Le regard du chef de la Crim balaya de nouveau la ville. « La fourmilière, Harry. Il s'agit toujours de la fourmilière. Le labeur, la loyauté, le renoncement insensé, de temps à autre, c'est la fourmilière qui leur donne leur valeur. »

Harry se passa une main sur le visage. Trahison. Coups de poignard. Lâcheté. Il essaya de ravaler sa fureur. Se dire que le chef de la Crim avait raison. Il fallait sacrifier quelqu'un, et placer la faute aussi bas que possible dans la hiérarchie. Passe encore. Il aurait dû démasquer Katrine Bratt plus tôt.

Harry se redressa. Bizarrement, c'était un soulagement. Depuis longtemps, il avait la sensation que les choses se termineraient ainsi pour lui, si longtemps que, dans le fond, il avait fini par l'accepter. Tel que les collègues de la Dead Policemen's Society avaient fait leur sortie : sans fanfare ni honneurs, sans rien d'autre que le respect d'eux-mêmes et des initiés, le peu de gens qui savaient de quoi il était question. La fourmilière.

« Je comprends, répondit Harry. Et je l'accepte. Vous allez m'expliquer la façon dont vous voulez l'avoir. Mais je pense que nous devrions malgré tout remettre la conférence de presse de quelques heures, le temps que nous en sachions un peu plus. »

Le chef de la Crim secoua la tête. « Tu ne comprends pas, Harry.

— Il y a peut-être des rebondissements dans l'affaire.

— Ce n'est pas toi qui va encaisser.

— Nous vérifions si... » Harry se tut. « Qu'avez-vous dit, chef ?

— Ç'a été la première proposition, mais Gunnar Hagen n'a pas voulu l'accepter. Alors c'est lui qui endosse la faute. Il rédige sa lettre de démission en ce moment même. Je voulais simplement t'en informer, pour que tu saches quand commencera la conférence de presse.

— Hagen ? répéta Harry.

— Un bon soldat, répondit le chef de la Crim en donnant une tape sur l'épaule de Harry. Je me sauve. La conférence de presse aura lieu à huit heures dans la grande salle, OK ? »

Harry vit le dos du chef de la Crim s'éloigner, et sentit vibrer son mobile dans sa poche de blouson. Il regarda l'écran avant de décider de répondre.

« *Love me tender*, déclama Bjørn Holm. Je suis à l'institut médico-légal.

— Qu'est-ce que tu as ?

— Il y avait du sang humain dans le bois. La nana du labo dit que malheureusement, le sang est foutrement surestimé comme source d'ADN, et elle doute que nous trouvions assez de cellules pour un profil ADN. Mais elle a vérifié le groupe sanguin, et devine ce que nous avons trouvé. »

Bjørn Holm marqua un temps d'arrêt, avant de sembler comprendre que Harry n'avait pas prévu de jouer à *Qui veut gagner des millions ?* et de poursuivre.

« C'est un type sanguin qui exclut la plupart des gens, si on peut dire. Deux pour cent de la population, et aux archives criminelles, on n'a que cent vingt-trois personnes. Si Katrine Bratt correspond à ce groupe sanguin, c'est un putain de bon indice indiquant qu'elle a saigné dans la grange des Ottersen.

— Vérifie avec le Central d'opérations, ils ont la liste des groupes sanguins de tous les policiers de Grønland.

— Ah oui ? Merde, alors je vais vérifier tout de suite.

— Mais ne sois pas trop déçu en découvrant qu'elle n'est pas B moins. »

Harry attendit pendant qu'il écoutait la muette surprise de son collègue. Puis vint la question :

« Comment t'es-tu démerdé pour savoir que c'était du B moins ?

— Combien de temps te faudra-t-il pour me rejoindre à l'Institut d'anatomie ? »

Il était six heures, et les employés qui avaient des horaires fixes à l'hôpital de Sandviken étaient partis depuis longtemps. Mais dans le bureau de Kjersti Rødsmoen, la lumière était allumée. La psychiatre vit que Knut Müller-Nilsen et Espen Lepsvik étaient prêts à noter. Elle jeta un coup d'œil à son propre bloc-notes et commença.

« Katrine Rafto raconte qu'elle aimait très fort son père. » Elle leva les yeux sur les deux autres. « Elle était encore gamine quand les journaux en ont fait un agresseur. Katrine a été blessée, effrayée et très troublée. À l'école, on se moquait d'elle à cause de ce que les journaux écrivaient. Peu de temps après, les parents ont divorcé. Quand Katrine avait dix-neuf ans, son père a disparu en même temps que deux femmes étaient tuées à Bergen. L'enquête a été suspendue, mais au sein de la police comme en dehors, on disait que son père avait assassiné les deux femmes avant de se suicider en comprenant qu'il ne s'en tirerait pas. À ce moment-là, Katrine a décidé d'entrer dans la police, élucider ces meurtres et disculper son père. »

Kjersti Rødsmoen leva les yeux. Aucun des deux hommes ne notait, ils ne faisaient que la regarder.

« Alors elle a tenté l'École supérieure de police, poursuivit Rødsmoen. Et après ses études, elle a été engagée à la Brigade criminelle de Bergen. Où elle a très vite commencé à explorer l'affaire de son père, sur son temps libre. Jusqu'à ce que ce soit révélé et interrompu, et Katrine a demandé un transfert aux Mœurs. C'est exact ?

— Confirmé, répondit Müller-Nilsen.

— On a veillé à ce qu'elle ne s'approche plus de l'affaire de son père, alors au lieu de ça, elle s'est mise à potasser des affaires connexes. Elle a fait une découverte intéressante en passant en revue les rapports de disparition pour tout le pays. Justement qu'au cours des années suivant la disparition de son père, des femmes avaient été portées disparues dans des circonstances présentant des similitudes avec les disparitions d'Onny Hetland et de son père. » Kjersti Rødsmoen tourna quelques pages. « Mais pour pouvoir continuer, Katrine avait besoin d'aide, et elle savait qu'elle n'obtiendrait pas cette aide à Bergen. C'est pourquoi elle a décidé de mettre sur l'affaire quelqu'un ayant une expérience des tueurs en série. Mais évidemment, ça devait se passer sans que personne ne sache que c'était elle, la propre fille de Rafto, qui était derrière. »

L'homme du KRIPOS, Espen Lepsvik, secoua lentement la tête tandis que Kjersti poursuivait :

« Après un travail préliminaire approfondi, le choix s'est porté sur l'inspecteur principal Harry Hole, de la Brigade criminelle d'Oslo. Elle lui a écrit une lettre en la signant du titre mystérieux de Bonhomme de neige. Pour éveiller sa curiosité et parce que des bonshommes de neige avaient été mentionnés dans plusieurs auditions de témoins en lien avec les disparitions. Il en était aussi question dans les notes de son père concernant le meurtre au sommet d'Ulriken. Quand la Brigade criminelle d'Oslo a fait paraître une offre d'emploi en demandant tout particulièrement une femme, elle a postulé et a été convoquée pour un entretien. Elle raconte qu'ils lui ont offert le poste avant qu'elle ait eu le temps de s'asseoir. »

Rødsmoen leva les yeux, mais voyant qu'aucun des deux autres ne parlait, elle continua :

« Dès le premier jour, Katrine a veillé à entrer en contact avec Harry Hole, et à pouvoir l'assister sur l'enquête. Avec tout ce qu'elle savait déjà aussi bien sur Harry Hole que sur l'affaire, ça n'a pas été très compliqué pour elle de le manipuler et de le guider vers Bergen et la disparition de Gert Rafto. Et avec l'aide de Hole, elle a donc enfin retrouvé son père. Dans un congélateur sur Finnøy. »

Kjersti ôta ses lunettes.

« Pas besoin d'être exceptionnellement imaginatif pour comprendre qu'une expérience comme celle-là pose les bases d'une réaction mentale. Le stress n'a bien sûr pu que s'aggraver par le fait qu'elle ait cru trois fois que le meurtrier avait été découvert. D'abord Idar Vetlesen, puis un... (elle plissa des yeux myopes vers ses notes) Filip Becker. Et Arve Støp, pour finir. Seulement, pour comprendre que chaque fois c'était la mauvaise personne. Elle a même essayé d'extorquer des aveux à Støp, mais a renoncé en comprenant que lui non plus n'était pas l'homme qu'elle cherchait. Elle a fui en entendant la police arriver. Elle dit qu'elle ne pouvait pas être arrêtée avant que son travail soit terminé. Qui consiste donc à trouver le coupable. Au stade où en sont les choses, je crois que nous pouvons affirmer de façon sûre qu'elle était déjà dans un état avancé de psychose. Elle est retournée à Finnøy, où, dit-elle, elle pensait bien que Hole la rechercherait. Et il allait donc apparaître qu'elle avait raison. Quand il est arrivé, elle l'a désarmé pour l'obliger à écouter pendant qu'elle lui donnait les instructions relatives à la suite de son enquête.

— Désarmé ? répéta Müller-Nilsen. Nous savons bien qu'elle s'est rendue sans drame.

— Elle dit que sa blessure à la bouche a été causée par Harry Hole quand il l'a surprise, répliqua Kjersti Rødsmoen.

— Doit-on croire une personne psychotique ? demanda Lepsvik.

— Elle n'est plus psychotique, assena Rødsmoen. Nous devrions la garder en observation encore quelques jours, mais après cela, vous devrez être préparés à la prendre en charge. Si vous la considérez toujours comme une suspecte, bien sûr. »

Ces derniers mots planèrent un instant dans la pièce avant qu'Espen Lepsvik se penche par-dessus la table.

« Ça veut dire que vous pensez que Katrine Bratt ne ment pas ?

— Il n'est pas dans mon domaine de compétence d'avoir un quelconque avis là-dessus, répondit Rødsmoen en refermant ses notes.

— Et si je vous pose la question hors du contexte professionnel ? »

Rødsmoen fit un petit sourire : « Alors je crois que vous devez continuer à croire ce que vous croyez déjà, inspecteur principal. »

Bjørn Holm avait parcouru à pied la courte distance entre l'institut médico-légal et l'Institut d'anatomie voisin, et attendait au garage lorsque Harry arriva en voiture de Tryvann. Holm était en compagnie du taxidermiste en vert aux oreilles chargées d'anneaux, celui qui poussait un cadavre lors de la dernière visite de Harry.

« Lund-Helgesen n'est pas là aujourd'hui, l'informa Holm.

— Mais vous pouvez sans doute nous faire un peu visiter les lieux, demanda Harry au taricheute.

« — Nous n'avons pas le droit de…, commença le type en vert, mais il fut interrompu par Harry.

— Comment vous appelez-vous ?

— Kai Robøle.

— OK, Robøle, répondit Harry en sortant sa carte de police. Je vous donne le droit. »

Robøle haussa les épaules et les fit entrer.

« Vous avez de la chance de trouver quelqu'un. C'est toujours vide après cinq heures.

— J'avais plutôt l'impression que vous faisiez pas mal d'heures supplémentaires », répliqua Harry.

Robøle secoua la tête.

« Pas au sous-sol, avec les macchabées, tiens. Ici, on se sent mieux à la lumière du jour. » Il sourit sans que ça paraisse l'amuser. « Que voulez-vous voir ?

— Les cadavres récents. »

Le taricheute ouvrit et leur fit passer deux portes pour accéder à une pièce carrelée meublée de huit bassins surbaissés, quatre de chaque côté d'un couloir étroit. Le fond des bassins était équipé d'un couvercle métallique.

« Ils sont là-dessous, expliqua Robøle. Quatre dans chaque bassin. Ceux-ci sont remplis d'alcool.

— Très fort », murmura Bjørn Holm.

Il fut impossible de dire si le taricheute avait volontairement compris de travers, mais il répondit :

« Quarante pour cent.

— Trente-deux cadavres, donc, résuma Harry. C'est tout ?

— Nous avons environ quarante cadavres, mais ceux-là sont les plus récents. Ils les gardent souvent un an ici avant que nous commencions à les utiliser.

— Comment entrent-ils ?

— En corbillard. On va en chercher certains nous-mêmes.

— Et vous les faites entrer par le garage ?

— Oui.

— Qu'est-ce qui se passe à ce moment-là ?

— Ce qui se passe ? On les fixe, on fait un trou en haut de la cuisse et on injecte le mélange de fixation. Qui les fait se conserver comme il faut. Et on fait des petits lingots métalliques marqués du numéro inscrit sur les papiers.

— Quels papiers ?

— Ceux qui vont avec le cadavre. Ils sont archivés au bureau. On fixe un lingot à l'orteil, un au doigt et un à l'oreille. Nous essayons de garder aussi un aperçu des morceaux de cadavres au fur et à mesure qu'ils sont débités, de sorte que le corps puisse être incinéré le plus complet possible, le moment venu.

— Vous contrôlez régulièrement les cadavres avec les papiers ?

— Contrôler ? répéta-t-il en se grattant le crâne. Seulement quand nous devons expédier le cadavre. C'est ici, à Oslo, que la plupart des corps arrivent quand c'était la volonté du défunt, alors nous approvisionnons les universités de Tromsø, Trondheim et Bergen quand ils n'en ont pas assez de leur côté.

— Alors il est concevable de trouver ici quelqu'un qui ne devrait pas y être ?

— Oh non. Tous ceux qui sont ici ont légué leur corps à l'institut, par testament.

— C'est ce que je me demande, répondit Harry en s'accroupissant près d'un des bassins.

— Quoi ?

— Écoutez bien, Robøle. Je vais vous poser une question hypothétique. Et je veux que vous réfléchissiez bien avant de répondre. D'accord ? »

Le taricheute acquiesça rapidement.

Harry se releva.

« Est-il pensable que quelqu'un qui a accès à ces locaux puisse introduire ici un cadavre, le soir, par le garage, le munir de lingots

444

avec des numéros fictifs, déposer le corps dans un de ces bassins et considère comme assez plausible que ce ne soit jamais découvert ? »

Kai Robøle hésita. Se gratta encore le crâne. Passa un doigt le long de sa rangée d'anneaux.

Harry changea de pied d'appui. La bouche de Holm était à moitié ouverte.

« Si on veut, répondit Robøle. S'il n'y a rien pour l'empêcher.

— Rien pour l'empêcher ? »

Robøle secoua la tête et émit un petit rire.

« Non, bon Dieu. C'est parfaitement possible.

— Dans ce cas, je veux voir ces cadavres, maintenant. »

Robøle regarda le grand policier.

« Ici ? Maintenant ?

— Vous pouvez commencer dans le coin, à gauche.

— Alors il va falloir que j'appelle quelqu'un qui a l'autorisation.

— Si vous voulez retarder notre enquête sur meurtre, allez-y.

— Meurtre ? demanda Robøle en fermant un œil.

— Entendu parler du Bonhomme de neige ? »

Robøle cligna deux fois des yeux. Puis il se retourna, alla aux chaînes qui pendaient d'un palan motorisé au plafond, les plongea dans le bassin et fixa les deux crochets à la plaque métallique dans le bac. Saisit la commande et appuya. Le palan se mit à ronronner en enroulant les chaînes. Le couvercle se souleva lentement du bassin, sous les regards fixes de Harry et Holm. Le dessous du couvercle portait deux plaques horizontales l'une au-dessus de l'autre, partagées par une plaque verticale. Un cadavre nu et blanc reposait sur les plaques, de chaque côté du séparateur central. Ils faisaient penser à des poupées pâles, impression renforcée par les trous rectangulaires noirs qu'ils avaient sur les cuisses. Quand les cadavres furent arrivés à hauteur de hanche, le taricheute pressa le bouton d'arrêt. Dans le silence qui suivit, ils entendirent les soupirs profonds de l'alcool qui gouttait, renvoyant un écho entre les parois carrelées de blanc de la pièce.

445

« Alors ? s'enquit Robøle.

— Non, répondit Harry. Suivant. »

Le taxidermiste répéta la manœuvre. Quatre nouveaux cadavres montèrent du bassin suivant.

Harry secoua la tête.

Quand le troisième quartette de cadavres apparut, Harry sursauta. Kai Robøle, qui confondit la réaction du policier avec de l'horreur, exhiba un sourire satisfait.

« Qu'est-ce que c'est ? » demanda Harry en tendant un doigt vers la femme décapitée.

« Vraisemblablement un retour de l'une des autres universités. Les nôtres sont entiers, en général. »

Harry se pencha et posa une main sur le cadavre. Il était froid, et sa consistance anormalement ferme à cause de la fixation. Il passa un doigt le long de la surface de coupe, au cou. Il était lisse, la chair pâle.

« On utilise un scalpel à l'extérieur, puis une scie fine, expliqua le taricheute.

— Mmm. »

Harry se pencha sur le cadavre, saisit le bras opposé de la femme et tira violemment vers lui, de sorte que le tronc soit tourné vers le côté.

« Qu'est-ce que vous faites ? s'écria Robøle.

— Tu vois quelque chose dans son dos ? demanda Harry à Holm, de l'autre côté du cadavre.

— Un tatouage, répondit Holm avec un hochement de tête. Qui ressemble à un drapeau.

— Lequel ?

— Aucune idée. Vert, jaune et rouge. Avec un pentagramme au milieu.

— Éthiopie, déclara Harry en lâchant la femme, qui retomba à sa place. Cette fille n'a pas donné son corps. Il a été donné, pour ainsi dire. C'est Sylvia Ottersen. »

Kai Robøle clignait des yeux, encore et encore, comme dans l'espoir que quelque chose disparaîtrait si seulement il clignait suffisamment des yeux. Harry posa une main sur son épaule.

« Trouvez une personne qui a accès aux papiers des cadavres et passez en revue tous ceux que vous avez. Maintenant. Il faut que je me sauve.

— Qu'est-ce qui se passe ? voulut savoir Holm. Sincèrement, là, je ne suis plus.

— Essaie, répondit Harry. Oublie tout ce que tu croyais savoir et essaie.

— D'accord, mais qu'est-ce qui se passe ?

— Il y a deux réponses à ça. La première, c'est que nous allons choper le Bonhomme de neige.

— Et la seconde ?

— Que je n'en ai pas la moindre idée. »

CINQUIÈME PARTIE

CHAPITRE 33

Mercredi 5 novembre 1980.
Le bonhomme de neige

C'était le jour où la neige arriva. Il était onze heures du matin lorsque d'énormes flocons sortirent sans prévenir d'un ciel incolore pour soumettre les champs, les jardins et les pelouses du Romerike.

Mathias était seul dans la Toyota Corolla de sa mère, devant une villa de Kolloveien. Il n'avait aucune idée de ce que sa mère faisait dans cette maison. Elle avait dit que ce ne serait pas long. Mais ça l'était déjà. Elle avait laissé la clé de contact, et l'autoradio diffusait *Under Snø*, du nouveau groupe de filles Dollie. Il ouvrit la portière d'un coup de pied et sortit. À cause de la neige, un silence compact, presque surnaturel, flottait entre les villas. Il se baissa, ramassa une poignée de la substance blanche et mouillée, qu'il façonna en boule de neige.

Aujourd'hui, ils lui avaient lancé des boules de neige, dans la cour de l'école, en l'appelant « Mathias Tétasses », ces soi-disant camarades de la classe 7A. Il avait en horreur ce début de collège, d'avoir treize ans. Ça avait commencé dès la fin du premier cours de gym, quand ils avaient découvert qu'il n'avait pas de mamelons. D'après le médecin, ce pouvait être génétique, et il avait subi des tests de dépistage pour plusieurs autres maladies. Sa mère lui avait raconté, ainsi qu'à papa, que le grand-père maternel, mort quand maman était petite, n'avait pas eu de mamelons lui non plus. Mais

451

dans un des albums photos de sa grand-mère, Mathias avait trouvé une photo de son grand-père travaillant à la fenaison, en pantalon tenu par des bretelles, mais torse nu. Et là, en tout cas, il avait des mamelons.

Mathias compacta encore la boule de neige en la tapant dans ses mains. Il voulait la lancer sur quelqu'un. Fort. Si fort que ça ferait mal. Mais il n'y avait personne sur qui la jeter. Il pouvait fabriquer quelqu'un sur qui tirer. Il posa la dure boule de neige sur le sol, à côté du garage. Commença à la rouler. Les cristaux de neige s'accrochaient les uns aux autres. Quand il eut fait le tour de la pelouse en poussant la balle, celle-ci lui arrivait déjà à la hauteur du ventre, et avait laissé une trace qui laissait voir l'herbe brune sous la neige. Il continua à pousser. Quand il n'arriva plus à la pousser, il en fit une autre. Qui grossit bien, elle aussi. Il arriva tout juste à la monter sur la première. Puis il fit une tête, grimpa sur le bonhomme de neige et la déposa au sommet. Le bonhomme de neige était tout près d'une des fenêtres de la maison. Des sons parvenaient de l'intérieur. Il cassa deux branches dans un pommier et les planta sur les côtés du bonhomme de neige. Déterra des graviers devant les marches, grimpa de nouveau sur le bonhomme de neige et planta des yeux et un sourire dans la tête. Il referma les cuisses autour de la tête du bonhomme de neige, en s'asseyant sur ses épaules, et regarda à travers la fenêtre.

Dans cette pièce où la lumière était allumée, il vit un homme torse nu faisant avancer et reculer ses hanches, les yeux fermés, comme s'il dansait. Une paire de jambes écartées montaient du lit devant lui. Mathias ne le voyait pas, mais il savait que c'était Sara. Que c'était maman. Qu'ils baisaient.

Mathias resserra durement les cuisses autour de la tête en neige, sentant le froid sur son entrejambe. Il n'arrivait pas à respirer, c'était comme si un câble d'acier s'était refermé autour de sa gorge.

Les hanches du type battaient, encore et encore, contre sa mère. Les yeux écarquillés, Mathias regardait la poitrine de l'homme, tandis que le froid engourdissement se propageait de son entrecuisses au ventre, puis continuait jusqu'à atteindre la tête. L'homme glissa sa quéquette en elle. Comme ils faisaient dans les magazines. Le type allait bientôt éjaculer son sperme dans la mère de Mathias. Et n'avait pas de mamelons.

L'homme cessa subitement. Ses yeux étaient ouverts, à présent. Et ils regardaient Mathias bien en face.

Mathias desserra les cuisses, se laissa glisser à l'arrière du bonhomme de neige et se recroquevilla, silencieux, pour attendre. Les idées se bousculaient dans sa tête. C'était un garçon futé, intelligent, il l'avait toujours entendu dire. Particulier, mais doté de bonnes capacités intellectuelles, avaient dit les enseignants. C'est pourquoi toutes les idées trouvaient leur place, à présent, comme les morceaux d'un puzzle sur lequel il aurait longtemps gambergé. Mais l'image qui apparaissait était malgré tout incompréhensible, insupportable. Il ne pouvait pas en être ainsi. Il devait en être ainsi.

Mathias entendait sa propre respiration staccato.

C'était ainsi. Il le savait, point. Tout concordait. La froideur de sa mère vis-à-vis de papa. Les conversations dont ils pensaient qu'il ne les entendait pas, faites des prières et menaces troublées de papa disant qu'elle devait rester, pas seulement pour lui, mais aussi pour Mathias, seigneur, ils avaient quand même eu un enfant ensemble ! Et le rire amer de maman. Son grand-père dans l'album photos et les mensonges de sa mère. Bien sûr, Mathias n'avait pas cru Stian, dans la même classe, quand celui-ci avait dit que la mère de Mathias Tétasses avait un copain qui habitait sur le plateau, que sa tante l'avait dit. Car Stian était aussi idiot que les autres enquiquineurs, et il ne comprenait rien. Comme deux jours plus tard, quand il découvrit son chat pendu au sommet du mât à drapeau dans la cour de l'école.

Papa ne le savait pas. Mathias sentait de tout son corps que papa pensait que Mathias était... était à lui. Et il ne devait pas apprendre que ce n'était pas vrai. Jamais. Il en mourrait. Mathias préférait mourir. Oui, c'était exactement ce qu'il voulait. Il voulait mourir, partir, loin de sa mère, de l'école, de Stian et... de tout. Il se leva, envoya un coup de pied au bonhomme de neige et courut vers la voiture.

Il allait l'emporter avec lui. Elle aussi allait mourir.

Quand sa mère revint et qu'il lui ferma la portière, il s'était écoulé presque quarante minutes depuis son entrée dans la maison.

« Quelque chose ne va pas ? voulut-elle savoir.

— Oui, répondit Mathias en se déplaçant sur le siège arrière, de sorte qu'elle ne puisse pas le voir dans son rétroviseur. Je l'ai vu.

— Qu'est-ce que tu veux dire ? demanda-t-elle en introduisant la clé de contact dans le démarreur, avant de donner un tour.

— Le bonhomme de neige...

— Et à quoi ressemblait le bonhomme de neige ? »

La voiture démarra dans un rugissement, et elle lâcha la pédale d'embrayage si brusquement qu'il faillit presque perdre le cric qu'il étreignait.

« Papa nous attend, expliqua-t-elle. Il va falloir nous dépêcher. »

Elle alluma la radio. Seulement un présentateur qui psalmodiait sans relâche des détails concernant l'élection de Ronald Reagan. Malgré tout, elle monta le son. Ils passèrent le sommet de la butte, redescendirent vers la nationale et la rivière. Devant eux, dans le champ, des brins de paille jeunes et raides pointaient à travers la neige.

« Nous allons mourir, annonça Mathias.

— Qu'as-tu dit ? »

Elle baissa le son de la voix radiodiffusée. Il se prépara. Se pencha entre les sièges, leva le bras.

« Nous allons mourir », murmura-t-il.

Puis il frappa.

Le coup atteignit la conductrice à l'arrière du crâne avec un craquement. Elle ne réagit pas beaucoup, elle se raidit juste sur son siège. Il frappa alors une seconde fois. La voiture sauta légèrement quand le pied glissa de l'embrayage, mais il ne venait toujours aucun son de la femme. Le truc à parler dans le cerveau était peut-être détruit, songea Mathias. Au quatrième coup, il sentit que ça cédait, que la tête était devenue comme molle. La voiture ne déviait pas de sa course et la vitesse était constante, mais il comprit que sa mère avait perdu connaissance. La Toyota Corolla traversa bien gentiment la nationale et poursuivit sa course en descendant un champ, de l'autre côté. La neige fit diminuer la vitesse, mais pas assez pour arrêter la voiture. Qui atteignit l'eau et partit à la dérive dans la large rivière noire. Resta un instant en travers avant que le courant la saisisse et la retourne. L'eau jaillit par les portières et la carrosserie, à travers les poignées et le long des vitres pendant qu'ils avançaient lentement sur l'eau. Mathias regarda par la fenêtre, fit signe à une voiture sur la nationale, mais ils semblèrent ne pas le voir. L'eau montait dans la voiture. Et soudain, il entendit sa mère murmurer. Il la regarda, l'arrière du crâne qui présentait des creux profonds sous les cheveux ensanglantés. Elle bougea sous sa ceinture de sécurité. L'eau montait vite, à présent, et atteignait déjà les genoux de Mathias. Il sentit la panique arriver. Il ne voulait pas mourir. Pas maintenant, pas comme cela. Il donna un coup de cric sur la vitre latérale. Le verre se brisa et l'eau déferla. Il sauta sur le siège et se glissa entre la partie supérieure de la fenêtre et les masses d'eau qui entraient. Une de ses bottes se coinça dans le cadre de la vitre, il tendit le cou-de-pied et sentit la botte glisser. Puis il fut libre et commença à nager vers la rive. Il vit qu'une voiture s'était arrêtée sur la nationale, que deux personnes en étaient sorties et descendaient vers la rivière, dans la neige.

Mathias savait bien nager. Il faisait bien plein de choses. Alors pourquoi ne pouvaient-ils pas l'aimer ? Un homme entra dans l'eau et le tira à terre quand il fut près de la rive. Mathias s'écroula dans la neige. Pas parce qu'il n'arrivait pas à rester debout, mais parce qu'il sut instinctivement que c'était la chose la plus intelligente à faire. Il ferma les yeux et entendit une voix excitée demander tout près de son oreille s'il y avait quelqu'un d'autre dans la voiture, dire qu'ils pouvaient peut-être toujours secourir les éventuels autres passagers. Mathias secoua lentement la tête. La voix demanda s'il était certain.

Par la suite, la police expliquerait l'accident par la chaussée glissante, et les blessures que la femme avait à la tête par la sortie de route et le choc avec l'eau. Certes, la voiture n'avait pas subi de dégâts importants, mais en fin de compte, c'était la seule explication plausible. Tout comme le choc constituait la seule explication aux réponses du gamin quand les premiers arrivés sur les lieux avaient demandé à plusieurs reprises s'il y avait quelqu'un d'autre dans la voiture, et qu'il avait fini par répondre : « Il n'y a que moi. Je suis seul. »

« Il n'y a que moi, répéta Mathias six ans plus tard. Je suis seul.

— Merci », répondit le garçon devant lui en déposant son pla-teau-repas sur la table de cantine que Mathias avait jusqu'alors occu-pée seul. De l'autre côté de la fenêtre, la pluie tambourinait son immuable marche de bienvenue aux étudiants de médecine à Ber-gen, une marche rythmée censée se poursuivre jusqu'au printemps.

« Nouveau en médecine, toi aussi ? » s'enquit le garçon, et Mathias vit le couteau de l'autre entailler la *Wiener Schnitzel* grasse.

Il hocha la tête.

« Tu parles le dialecte de l'Østland, observa le garçon. Ils ne t'ont pas pris, à Oslo ?

— Je ne voulais pas entrer à Oslo, répondit Mathias.

— Pourquoi ?

— Je n'y connais personne.

— Et qui connais-tu ici, alors ?

— Personne.

— Moi non plus, je ne connais personne ici. Comment t'appel-les-tu ?

— Mathias. Lund-Helgesen. Et toi ?

— Idar Vetlesen. Tu es monté sur Ulriken ?

— Non. »

Mais Mathias était monté sur Ulriken. Et sur Fløyen ainsi que sur Sandviksfjellet. Il avait parcouru les ruelles, était allé sur le marché aux poissons et Torvalmenningen, avait vu les pingouins et les lions de mer de l'Aquarium, bu de la bière à Wesselstuen, entendu un nouveau groupe surfait au Garage et vu Brann perdre au Brann Stadion. Tout ce que l'on doit faire avec ses condisciples, Mathias avait eu le temps de le faire. Seul.

En compagnie d'Idar, il refit la tournée, en faisant comme si c'était la première fois.

Mathias découvrit rapidement qu'Idar était un poisson-pilote social, et en se laissant guider par lui, il arrivait où ça se passait.

« Pourquoi étudies-tu la médecine ? » s'enquit Idar lors d'un *after* chez un condisciple dont le nom était typiquement berguénois. C'était après le bal annuel d'automne des étudiants de médecine, et Idar avait invité deux gentilles Berguénoises, pour l'heure vêtues de robes noires, permanentées, et penchées en avant pour écouter de quoi ils parlaient.

« Faire du monde un endroit un peu meilleur, répondit Mathias en vidant le reste de sa bière Hansa tiède. Et toi ?

— Gagner de l'argent, évidemment », déclara Idar avec un clin d'œil à l'attention des deux filles.

L'une d'elles vint s'asseoir à côté de Mathias.

« Tu portes l'insigne des donneurs de sang, observa-t-elle. Quel groupe es-tu ?

— B moins. Qu'est-ce que tu fais dans la vie ?

— On n'a pas besoin d'en parler. B moins, ce n'est pas super-rare ?

— Si. Comment le sais-tu ?

— Je fais l'école d'infirmières.

— D'accord, acquiesça Mathias. Quelle année ?

— Troisième.

— Tu penses te spéciali…

— On n'a pas besoin d'en parler », l'interrompit-elle en posant une petite main chaude sur sa cuisse.

Cinq heures plus tard, nue sous lui dans le lit, elle répéta la même phrase.

« C'est la première fois que ça m'arrive », avoua-t-il.

Elle lui sourit et lui passa une main sur la joue.

« Ce n'est pas avec moi qu'il y a un problème, alors ?

— Quoi ? bégaya-t-il. Non.

— Je te trouve mignon, rit-elle. Tu es gentil et attentionné. Qu'est-ce qui s'est passé pour eux, d'ailleurs ? » demanda-t-elle en le pinçant légèrement sur la poitrine.

Mathias sentit quelque chose de noir. De laid, noir et exquis.

« Je suis né comme ça, répondit-il.

— C'est une maladie ?

— Ça apparaît avec les phénomènes de Raynaud et la sclérodermie.

— Qu'est-ce que c'est ?

— Un syndrome congénital qui transforme les tissus du corps en tissus conjonctifs.

— C'est grave ? »

Elle passa doucement les doigts sur la poitrine de Mathias.

Il sourit et sentit une érection naissante.

« Les phénomènes de Raynaud sont juste synonymes d'orteils et de doigts qui blanchissent et refroidissent. La sclérodermie, c'est pire.

— Ah ?

— Tous les tissus conjonctifs font que la peau se tend. Tout s'aplanit, les rides disparaissent.

— Ce n'est pas bien, ça ? »

Il sentit la main de la fille chercher plus bas.

« La peau tendue commence à empêcher les expressions faciales, qui sont de moins en moins nombreuses, c'est comme si le visage se figeait en masque. »

La petite main fine se referma autour de sa bite.

« Les mains, puis les bras, se replient, et on n'arrive plus à les redresser. Pour finir, on est littéralement étranglé par sa propre peau, sans plus pouvoir bouger. »

Elle respirait lourdement.

« Ça a vraiment l'air d'être une mort atroce.

— Le meilleur conseil, c'est de se suicider avant que les douleurs t'aient rendu dingue. Tu vois un inconvénient à t'allonger au pied du lit ? J'aimerais bien le faire debout.

— C'est pour ça que tu étudies la médecine, n'est-ce pas ? Pour le comprendre. Trouver un moyen de vivre avec.

— La seule chose que je souhaite, répondit-il en se levant et en allant se placer au pied du lit, son sexe dressé battant dans le vide, c'est découvrir quand il sera temps de mourir. »

Le médecin fraîchement diplômé Mathias Lund-Helgesen était populaire au service de neurologie de l'hôpital de Haukeland, à Bergen. Les collègues comme les patients le présentaient comme une personne compétente, attentionnée, et surtout à l'écoute des autres. Ce dernier point tombait bien puisqu'il recevait souvent des patients souffrant de maladies diverses, généralement congénitales et souvent sans espoir de guérison, seulement de soulagement. Et quand, à de rares occasions, le service recevait des patients souffrant de cette affreuse maladie qu'était la sclérodermie, on les dirigeait toujours vers ce jeune et aimable docteur qui avait petit à petit commencé à envisager un doctorat dans le domaine de l'immuno-biologie. C'est au début de l'automne que Laila Aasen et son mari étaient venus le voir avec leur fille. Cette dernière avait les membres très raides et souffrait, et Mathias avait tout d'abord pensé que ce pouvait être le syndrome de Bekhterev. Laila Aasen comme son mari confirmèrent la présence de maladies rhumatoïdes dans leurs familles respectives, en conséquence de quoi Mathias leur fit une prise de sang à chacun en plus de leur fille.

À l'arrivée du résultat des examens, Mathias dut les lire trois fois, installé à son bureau. Et sentit cette chose laide, noire et exquise monter de nouveau en lui. Les réponses étaient négatives. Aussi bien au sens médical selon lequel on pouvait exclure que le syndrome de Bekhterev fût à la source des souffrances, qu'au sens familial selon lequel on pouvait exclure que M. Aasen fût le père biologique de la petite fille. Et Mathias savait qu'il ne savait pas. Mais qu'*elle* savait, que Laila Aasen savait. Une petite crispation avait parcouru son visage lorsqu'il avait demandé des analyses de sang sur tous les trois. Baisait-elle toujours avec l'autre ? À quoi ressemblait-il ? Habitait-il dans une villa avec une pelouse devant ? De quelles infirmités secrètes souffrait-il ? Et comment – et quand – leur fille découvrirait-elle qu'elle avait été trompée toute sa vie par cette putain menteuse ?

Mathias baissa les yeux et s'aperçut qu'il avait renversé son verre d'eau. Une grande tache mouillée se répandait sur le fond de son pantalon, et il sentit le froid se propager à son ventre, puis continuer vers la tête.

Il appela Laila Aasen et l'informa du résultat. Médical. Elle le remercia, manifestement soulagée, et ils raccrochèrent. Mathias contempla longtemps le téléphone. Seigneur, ce qu'il la détestait. Cette nuit-là, il ne parvint pas à dormir dans le lit étroit de son appartement, qu'il avait conservé après la fin de ses études. Il essaya de lire, mais les lettres dansaient devant lui. Il essaya de se masturber, ce qui l'épuisait en tout cas physiquement assez pour qu'il puisse dormir ensuite, mais il ne parvint pas à se concentrer. Il planta une aiguille dans son gros orteil, redevenu tout blanc, rien que pour savoir s'il ressentait quelque chose. Il finit par se recroqueviller sous l'édredon, où il pleura jusqu'à ce que l'aurore colore la nuit en gris.

Mathias s'occupait aussi de cas neurologiques plus généraux, et l'un d'entre eux était un policier du commissariat de Bergen. À l'issue de la consultation, le policier entre deux âges se rhabilla. La combinaison d'odeurs corporelles et d'haleine chargée d'alcool était presque étourdissante.

« Alors ? gronda le policier comme si Mathias était l'un de ses subordonnés.

— Neuropathie à un stade initial, répondit Mathias. Les nerfs sous vos pieds ne sont pas en très bon état. Ils ont une sensibilité réduite.

— Vous voulez dire que c'est pour ça que j'ai commencé à marcher comme un putain de pochetron ?

— Vous êtes un pochetron, Rafto ? »

Le policier cessa de boutonner sa chemise, et le rouge monta au-dessus de sa gorge comme dans un thermomètre.

« Qu'est-ce que vous racontez, espèce de môme ?

— En général, c'est l'abus d'alcool qui provoque une polyneuropathie. Si ça continue, vous risquez des accidents cérébraux. Vous avez déjà entendu parler de Korsakoff, Rafto ? Non ? Espérons que ça continuera comme ça, car quand vous entendez son nom, c'est habituellement en lien avec le terrible syndrome auquel il a donné son nom. Je ne sais pas ce que vous répondrez en vous regardant dans un miroir et en vous demandant si vous êtes un ivrogne, mais je suggère que, la prochaine fois, vous vous posiez cette question subsidiaire : est-ce que je veux mourir maintenant, ou un peu plus tard ? »

Gert Rafto regarda longuement ce mioche en blouse de médecin. Avant de jurer tout bas, de sortir au pas de charge en claquant la porte derrière lui.

Quatre semaines plus tard, Rafto rappela. Il demanda à Mathias si celui-ci pouvait venir l'examiner.

« Venez demain, répondit Mathias.

— Je ne peux pas. C'est urgent.

— Alors allez voir le médecin de garde.

— Écoutez-moi, Lund-Helgesen. Ça fait trois jours que je suis au lit, sans réussir à bouger. Vous êtes le seul à m'avoir demandé carrément si j'étais une arsouille. Oui, j'en suis une. Et non, je ne veux pas mourir. Pas maintenant. »

L'appartement de Gert Rafto empestait les ordures, les canettes de bière vides et son propriétaire. Mais pas les restes alimentaires, car il n'y avait pas de nourriture dans la maison.

« C'est un apport en vitamine B1, déclara Mathias en levant la seringue vers la lumière. Ça va vous remettre sur pied.

— Merci. »

Cinq minutes plus tard, Gert Rafto dormait.

Mathias fit le tour de l'appartement. Sur le bureau, il vit une photo de Rafto en compagnie d'une gamine brune, qu'il portait sur les épaules. Au mur au-dessus, on avait placardé des photos de ce qui devait être des lieux de meurtres. Beaucoup de photos. Mathias les observa. En décrocha quelques-unes et étudia les détails. Bon sang, ce qu'ils avaient été brouillons, les assassins. L'inefficacité se voyait surtout aux cadavres marqués de coupures et de blessures consécutives à une bataille. Il ouvrit les tiroirs, à la recherche d'autres photos. Il trouva des rapports, des notes, quelques objets de valeur : bagues, montres de femme, tours de cou. Et des coupures de journaux. Il les lut. Le nom de Gert Rafto revenait, souvent accompagné de citations de conférences de presse au cours desquelles il parlait de la stupidité des meurtriers, et de la façon dont il les avait démasqués. Car il les avait manifestement démasqués, tous autant qu'ils étaient.

Six heures plus tard, quand Rafto se réveilla, Mathias était toujours là. Il était assis à côté du lit, avec deux rapports de meurtre sur les genoux.

« Racontez-moi, pria Mathias. Comment auriez-vous commis un meurtre si vous ne vouliez pas être pris ?

« — J'aurais évité mon district de police, répondit Rafto en cherchant autour de lui quelque chose à boire. Si l'enquêteur est doué, malgré tout, vous n'avez aucune chance.

— Et si je l'avais fait dans le district d'un bon enquêteur, quand même ?

— Alors je me serais fait l'ami de l'enquêteur avant de commettre le meurtre. Et puis, après le meurtre, je l'aurais tué lui aussi.

— Curieux, répondit Mathias. Je pensais exactement la même chose. »

Les semaines qui suivirent, Mathias vint voir plusieurs fois Gert Rafto chez lui. Il arrivait rapidement et ils parlaient beaucoup, longtemps, de maladie, d'hygiène de vie et de mort, et des deux seules choses que Rafto aimait dans ce bas monde : sa fille Katrine, qui pour des raisons incompréhensibles l'aimait en retour. Et le petit chalet, sur Finnøy, le seul endroit où il pouvait être sûr qu'on le laisserait tranquille. Mais ils parlaient surtout d'affaires criminelles que Gert Rafto avait résolues. Des triomphes. Et Mathias l'encourageait, voyait que le combat contre l'alcoolisme aussi pouvait être gagné, qu'il pourrait célébrer de nouveaux triomphes avec la police si seulement il parvenait à se tenir à distance de la bouteille.

Et quand la fin de l'automne arriva à Bergen, avec des journées encore plus courtes et des averses encore plus longues, le plan de Mathias était prêt.

Il appela Laila Aasen chez elle, au milieu de la matinée.

Il se présenta, et elle l'écouta sans l'interrompre exposer son message. Que d'autres découvertes avaient été faites sur les prélèvements sanguins de sa fille, et qu'il n'ignorait pas que Bastian Aasen n'était pas le père biologique de l'enfant. Il était important qu'il puisse obtenir un échantillon de sang du véritable père aussi. Ce qui impliquerait que sa fille et son mari soient avisés du lien. Était-elle d'accord ?

Mathias attendit, laissa les informations s'imprimer en elle.

Puis il précisa que si elle jugeait important que cela soit tenu secret, il voulait bien aider, malgré tout, mais qu'ils devraient faire ça *off record*.

« *Off record* ? répéta-t-elle avec l'apathie d'un traumatisé.

— En tant que médecin, je suis lié par des règles éthiques et la transparence vis-à-vis du patient, c'est-à-dire votre fille. Mais je fais des recherches sur des syndromes, et je suis par conséquent très intéressé pour suivre son évolution. Si vous pouvez me rencontrer cet après-midi, en toute discrétion…

— Oui, murmura-t-elle d'une voix tremblante. Oui, s'il vous plaît.

— Bien. Prenez le dernier départ de télécabines pour le sommet d'Ulriken. On y sera tranquilles, et on redescendra à pied ensuite. J'espère que vous comprenez ce que je risque, et que vous ne parlerez de ce rendez-vous à absolument personne.

— Bien sûr que non ! Comptez sur moi. »

Il ne lâcha pas le combiné après qu'elle eut raccroché. Il approcha les lèvres tout contre le plastique gris :

« Et pourquoi quelqu'un compterait-il sur toi, petite pute ? » chuchota-t-il.

Ce n'est qu'allongée dans la neige, le scalpel sur la gorge, que Laila Aasen avoua avoir parlé à une amie de son rendez-vous avec lui. Car il était prévu qu'elles dînent ensemble. Mais elle n'avait dit que son prénom, et pas où ils devaient se rencontrer.

« Pourquoi avez-vous dit quelque chose, alors ?

— Pour la taquiner, hurla Laila. Elle est très curieuse. »

Il appuya encore un peu l'acier fin sur la peau de Laila, qui hoqueta les nom et adresse de son amie. Après quoi elle se tut.

Deux jours plus tard, en lisant dans le journal un article sur le meurtre de Laila Aasen et la disparition d'Onny Hetland, Mathias était sujet à des sentiments contraires. Pour commencer, il n'était pas satisfait du meurtre de Laila Aasen. Ça ne s'était pas passé tel qu'il l'avait imaginé, il avait perdu le contrôle dans un mélange de fureur et de panique. Il y avait donc eu trop de saletés, trop de ménage à faire, trop d'éléments rappelant les photos vues chez Rafto. Et trop peu de temps pour jouir de la vengeance, de la justice.

Le meurtre d'Onny Hetland avait été encore pire, une quasi-catastrophe. Il avait perdu deux fois courage au moment de sonner à sa porte, et était reparti. La troisième fois, il avait découvert qu'il était en retard. Quelqu'un sonnait déjà. Gert Rafto. Après le départ de Rafto, il avait sonné et s'était présenté comme l'assistant du policier, et avait pu entrer. Mais Onny avait dit ne pas vouloir répéter ce qu'elle avait dit à Rafto, qu'elle lui avait promis que ça resterait entre eux deux. Elle ne parla pas avant qu'il lui entaille la paume de la main avec son scalpel.

À ce qu'elle révéla, Mathias comprit que Gert Rafto avait décidé de résoudre cette affaire seul. Il voulait rétablir sa renommée, ce con !

Sur l'expédition ad patres d'Onny Hetland, il n'y avait pourtant rien eu à dire. Peu de tapage, peu de sang. Et le débitage dans la douche avait été aussi rapide qu'efficace. Il avait emballé tous les morceaux de corps dans du plastique et avait pu tout ranger dans le grand sac de randonnée et le sac apportés en prévision. Pendant ses visites chez Rafto, Mathias avait appris qu'une des premières choses que contrôle la police dans les affaires de meurtre, c'est si des voitures ont été observées dans le voisinage, et les taxis inscrits. Il rentra donc à pied jusqu'à son appartement.

Il restait la dernière partie des instructions de Rafto en vue du meurtre parfait : liquider l'enquêteur.

Étrangement, ce fut le meilleur des trois meurtres. Étrangement parce que Mathias n'éprouvait rien à l'encontre de Rafto, aucune haine comme il en avait éprouvé pour Laila Aasen. Il était plus question de sa nouvelle proximité avec l'esthétique imaginée, l'idée même de la réalisation du meurtre. En premier lieu, l'expérience de

465

l'acte en lui-même fut exactement aussi horrible et crève-cœur qu'il l'avait espéré. Il entendait encore le cri de Rafto retentir sur l'île déserte. Et le plus étrange : en rentrant, il s'était aperçu que ses orteils n'étaient plus blancs et insensibles, c'était comme si le refroidissement graduel s'était interrompu un instant, comme s'il s'était réchauffé.

Quatre ans plus tard, quand Mathias eut assassiné quatre autres femmes et vit que tous les meurtres étaient des tentatives pour reconstruire le meurtre de sa mère, il conclut qu'il était fou.

Ou plus précisément : qu'il souffrait de troubles sévères de la personnalité. Toute la littérature qu'il avait lue sur le sujet l'indiquait, en tout état de cause. Le rituel voulant que cela doive se passer le jour où tombait la première neige de l'année. Qu'il fallait construire un bonhomme de neige. Et en particulier le sadisme d'intensité croissante dont il faisait preuve.

Mais cette connaissance ne l'empêchait en rien de poursuivre. Car le temps était compté, les phénomènes de Raynaud se succédaient déjà plus fréquemment, et il lui semblait pouvoir ressentir les premiers symptômes de la sclérodermie : une raideur dans le visage qui lui conférerait à la longue ce nez pointu et repoussant, et la bouche pincée de carpe avec lesquels les plus sévèrement touchés finissaient.

Il avait déménagé pour Oslo afin de rédiger sa thèse de doctorat en immunobiologie et canaux hydriques, étant donné que le centre de cette recherche était l'Institut d'anatomie de Gaustad. En parallèle avec la recherche, il travaillait à la clinique de Marienlyst, où il avait été recommandé par Idar, qui y était déjà employé. Mathias faisait aussi des gardes au centre médical, puisque de toute façon, il n'arrivait pas à dormir.

Les victimes n'étaient pas difficiles à trouver. En premier lieu, il y avait les analyses de sang des patients qui pouvaient dans un certain nombre de cas exclure la paternité, et venaient en plus les tests

466

ADN que le service de paternité utilisait. Idar, qui avait une compétence assez limitée même pour un généraliste, employait en douce Mathias comme conseiller dans toutes les affaires concernant des maladies et syndromes héréditaires. Et s'il s'agissait de jeunes gens, le conseil de Mathias était presque toujours le même :

« Demande aux deux parents de venir à la première consultation, fais des prélèvements buccaux chez tout le monde, dis que c'est juste pour contrôler la flore bactérienne et envoie les prélèvements au service de paternité pour que nous sachions au moins si nous avons le bon point de départ. »

Et Idar, cet abruti, faisait ce qu'on lui demandait. En vertu de quoi Mathias eut bientôt une petite cartothèque de femmes ayant des enfants qui naviguaient d'une certaine façon sous pavillon de complaisance. Et le meilleur : il n'y avait aucun lien entre son nom et ces femmes, puisque tous les prélèvements sans exception étaient envoyés au nom d'Idar.

Sa façon de les attirer dans le piège était la même que celle employée avec succès pour Laila Aasen. Un coup de fil et un rendez-vous dans un lieu secret, sans que personne n'en sache rien. À une seule reprise la victime désignée avait craqué au téléphone avant d'aller voir son mari et de tout lui raconter. Ça s'était terminé avec la dissolution de la famille, un châtiment comme un autre.

Longtemps, Mathias avait ruminé sur la façon la plus efficace de se débarrasser des cadavres. Il était de toute manière flagrant que la méthode employée pour Onny Hetland n'était pas tenable. Il avait procédé morceau par morceau, dans une solution d'acide chlorhydrique, dans la baignoire de son appartement. C'était une méthode minutieuse, nocive et risquée qui avait pris près de trois semaines. Sa joie fut donc grande lorsqu'il trouva la solution. Les bassins à cadavres de l'Institut d'anatomie. C'était aussi simple que génial. Exactement comme le fil incandescent à boucle.

Il en avait eu connaissance par un magazine spécialisé d'anatomie, dans lequel un anatomiste français conseillait cet appareil vétérinaire pour un usage sur les cadavres pour lesquels le processus de putréfaction avait commencé. Parce que l'instrument coupait aussi efficacement et doucement les tendres tissus pourris que l'os, et parce qu'il pouvait servir sur plusieurs cadavres en même temps sans risque de transmission de bactéries. Il avait immédiatement compris qu'avec un fil incandescent à boucle pour découper les victimes de ses meurtres, le transport pouvait être simplifié de façon radicale. Il prit donc contact avec le bureau du fabricant, prit l'avion pour Rouen et se fit faire une démonstration en anglais bredouillant de l'engin dans une étable chaulée, par un matin brouillardeux du nord de la France. Le fer à fil incandescent était une simple poignée en forme de – et de la taille d'une – banane, équipé d'un capuchon métallique destiné à éviter les brûlures à la main. Le fil incandescent lui-même était fin comme un fil de pêche et pénétrait à chaque extrémité de la banane, où il se resserrait et se relâchait à l'aide d'un interrupteur pivotant sur la poignée. Il y avait également un interrupteur marche/arrêt qui activait les éléments thermiques à piles pour chauffer à blanc, en quelques secondes, le fil métallique aux allures de garrot. Mathias fut rempli d'allégresse, cet instrument pouvait servir à davantage de choses que le découpage de corps. En entendant le prix, il s'était presque mis à rire. Le fil incandescent à boucle coûta à Mathias moins cher que son billet d'avion. Piles incluses.

Une enquête suédoise ayant conclu qu'entre quinze et vingt pour cent des enfants ont un autre père biologique que celui qu'ils croient être le leur, Mathias constata que ses statistiques sur la proportion concordaient. Il n'était pas seul. Et pas le seul non plus à devoir mourir tôt et de manière horrible à cause de la fornication de sa mère avec des gènes gâtés. Mais il devait être seul sur ceci : purification, combat contre la maladie, croisade. Il doutait que quelqu'un le remercie un jour, lui rende hommage. Mais il savait une chose : ils ne l'oublieraient jamais, longtemps après sa mort.

Car il avait enfin trouvé ce qui serait son renom posthume, son chef-d'œuvre, sa dernière bataille.

Cela commença comme une coïncidence.

Il le vit à la télévision. Le policier. Harry Hole. Celui-ci était interviewé parce qu'il avait pris un tueur en série, en Australie. Et Mathias se rappela instantanément le conseil de Gert Rafto. « Pas dans mon district policier. » Mais il se rappela aussi à quel point ç'avait été satisfaisant de supprimer le chasseur. La sensation de maîtrise. De pouvoir. Par la suite, rien n'avait complètement égalé le meurtre du policier. Et ce Hole tristement célèbre semblait avoir du Rafto en lui, un rien de même négligence et de même colère.

Il aurait pourtant entièrement oublié Harry Hole si, le lendemain à la cantine, l'un des gynécologues de la clinique de Marien-lyst n'avait pas mentionné qu'il avait entendu dire que le policier en apparence solide vu la veille à la télévision était alcoolique et parfaitement timbré. Gabriella, une femme médecin, avait ajouté qu'elle avait eu le fils de la copine de Hole comme patient. Oleg, un garçon sympathique.

« Il deviendra certainement alcoolo lui aussi, alors, affirma le gynécologue. Salement atavique, tu sais.

— Ce n'est pas Hole le père, répondit Gabriella. Mais ce qui est intéressant, c'est que le type enregistré comme étant le père, un professeur russe ou un truc du genre à Moscou, est alcoolique lui aussi.

— Hé ! Là, je n'ai rien entendu ! cria Idar Vetlesen par-dessus les rires. N'oubliez pas le secret professionnel, les gars. »

Le repas se poursuivit, mais Mathias ne parvint pas à oublier ce que Gabriella avait dit. Ou plus exactement, la façon dont elle l'avait exprimé : « Le type est enregistré comme étant le père. »

Le repas terminé, Mathias suivit donc la pédiatre jusqu'à son bureau, entra derrière elle avant de fermer la porte.

« Je peux te demander une chose, Gabriella ?

— Oh, salut », répondit-elle tandis qu'une rougeur pleine d'espoir lui montait aux joues. Mathias savait qu'elle l'aimait bien, qu'elle trouvait probablement qu'il était chic, aimable, attentif et drôle. À deux ou trois occasions, elle l'avait même invité indirectement à l'accompagner, mais il avait décliné.

« Comme tu le sais peut-être, j'utilise certains des échantillons de sang de la clinique pour ma thèse. Et il se trouve que j'ai découvert des indications dans les échantillons sanguins du gamin dont tu parlais. Le môme de la copine de Hole.

— J'ai cru comprendre que c'était son ex, aujourd'hui.

— Ah oui ? Ce sont des choses héréditaires, je me posais juste quelques questions sur ce qui entoure les relations familiales... »

Mathias pensa avoir lu une certaine déception sur le visage de la pédiatre.

Pour sa part, il fut loin d'être déçu par ce qu'elle eut à raconter.

« Merci », conclut-il en se levant pour partir. Il sentait son cœur battre volontairement, plein de vie, ses pieds le pousser en avant sans qu'il ait à mobiliser ses muscles, la joie le faire luire tout entier comme un fil incandescent à boucle. Car il savait que c'était le début. Le début de la fin.

Le groupement d'intérêts locaux de Holmenkollen tint sa réception estivale par une journée torride d'août. Sur la pelouse devant le bâtiment du groupement, les adultes buvaient du vin blanc assis sur des sièges de camping, pendant que les enfants couraient entre les tables ou jouaient au football un peu plus bas sur la piste cendrée. Malgré les énormes lunettes de soleil qui dissimulaient presque son visage, Mathias la reconnut pour l'avoir vue sur la photo téléchargée sur le site de son employeur, qui fournissait la liste de ses salariés. Elle était seule, et il alla la voir pour lui demander avec un sourire en coin s'il pouvait s'asseoir à côté d'elle et faire semblant de la connaître. Il savait comment on faisait ce genre de choses, à présent. Il avait énormément appris. Il ne voulait plus jouer les Mathias Tétasses.

Elle ôta ses lunettes, lui lança un regard interrogateur, et il décréta que la photo avait menti. Elle était beaucoup plus belle. Si belle que l'espace d'un instant, il songea que le plan A avait une faiblesse : ce n'était pas acquis qu'elle veuille de lui, qu'une femme comme Rakel – mère célibataire ou non – avait d'autres possibilités. Le plan B avait beau conduire au même résultat que le plan A, il ne serait pas aussi satisfaisant, et de très loin.

« Angoissé social, avait-il avoué en levant son gobelet en plastique pour un salut torturé. J'ai été invité ici par un copain qui habite non loin, et il n'est pas venu. Et tous les autres semblent se connaître, ici. Je promets de m'éloigner s'il se pointe. »

Elle rit. Il aima bien son rire. Et sut que les trois premières secondes critiques avaient joué en sa faveur.

« J'ai vu un gamin qui vient de mettre un super but, en bas, déclara Mathias. Je parie que vous devez être une parente assez proche.

— Ah ? C'était peut-être Oleg, mon fils. »

Elle parvint à le cacher, mais l'expérience d'innombrables consultations avait appris à Mathias qu'aucune mère ne peut résister à l'éloge de son fils.

« Chouette réception, apprécia-t-il. Chouettes voisins.

— Vous aimez faire la fête avec les voisins des autres ?

— Je crois que mes amis craignent que je sois un peu seul, en ce moment. Alors ils essaient de m'égayer. Avec leurs voisins qui ont réussi, par exemple. » Il but une gorgée de vin et fit la grimace.

« Et le vin blanc très doux de la maison. Comment vous appelez-vous ?

— Rakel. Fauke.

— Salut, Rakel. Mathias. »

Il prit sa main. Fine, chaude.

« Tu n'as rien à boire, constata-t-il. Laisse-moi… la douceur de la maison ? »

Quand il revint et lui tendit le verre, il sortit son bip et le regarda avec une mine inquiète.

« Tu sais quoi, Rakel ? Je serais bien resté ici à faire plus ample connaissance, mais les gardes médicales ont eu une défection et ont besoin de quelqu'un assez rapidement. Alors je vais passer mon costume de Superman et descendre en ville.

— Dommage.

— Tu trouves ? Ce n'est sans doute que pour quelques heures. Tu prévois de rester longtemps ici ?

— Je ne sais pas. Ça dépend d'Oleg.

— Pigé. On va voir. Quoi qu'il en soit, ç'a été agréable de faire ta connaissance. »

Il prit de nouveau sa main. S'en alla avec la certitude que le premier round était gagné.

Il redescendit à son appartement de Torshov et lut un article intéressant sur les canaux hydriques du cerveau. Quand il revint à huit heures, elle était installée sous l'un des parasols, affublée d'un grand chapeau blanc, et lui sourit quand il s'assit à côté d'elle.

« Sauvé des vies ? s'enquit-elle.

— Surtout des éraflures. Un appendice. Le sommet, ç'a été un gosse qui s'était coincé une bouteille de soda dans une narine. J'ai expliqué à sa mère qu'il était sûrement un peu jeune pour sniffer du Coca. Malheureusement, les gens n'ont pas le sens de l'humour dans ce genre de situation… »

Elle rit. De ce joli rire tout en trilles qui lui fit presque souhaiter que ce fût pour de vrai.

Depuis longtemps déjà, Mathias assistait à un épaississement de certaines zones de sa peau, mais à l'automne 2004, il remarqua les premiers signes indiquant que la maladie entrait dans sa seconde phase. Celle à laquelle il ne voulait pas participer. La rigidité du

472

visage. Il était prévu qu'Eli Kvale soit la victime de l'année, à la suite de ces putes de Birte Becker et Sylvia Ottersen. Il serait intéressant de voir si la police découvrirait le lien entre les deux dernières victimes : ce chaud lapin d'Arve Støp. Mais en l'état actuel des choses, les plans devaient être activés. Il s'était toujours promis de mettre un point final dès que les douleurs apparaîtraient, sans attendre. Et elles étaient là. Il choisit de les choper tous les trois. En plus du grand final : Rakel et le policier.

Jusque-là, il avait travaillé en secret, et il était temps de mettre en scène l'œuvre de toute une vie. Pour ce faire, il devait laisser des pistes évidentes, leur montrer les liens, leur donner la vue d'ensemble.

Il commença avec Birte. Ils convinrent de discuter de la maladie de Jonas après le départ de son mari pour Bergen, le soir. Mathias arriva à l'heure prévue, et elle lui prit son manteau dans le tambour avant de se retourner pour le ranger dans la penderie. Il improvisait rarement, mais une écharpe rose était suspendue à une patère, et il l'attrapa presque instinctivement. L'enroula deux fois avant de s'avancer derrière elle et de lui en entourer le cou. Il souleva la petite femme et la déposa devant le miroir, de façon à pouvoir voir ses yeux. Ils saillaient comme ceux d'un poisson des abysses remonté trop vite.

Après l'avoir laissée dans la voiture, il alla dans le jardin, au bonhomme de neige construit la nuit précédente. Il enfonça le téléphone mobile dans la poitrine du bonhomme, referma le trou et noua l'écharpe sous la tête. Il était plus de minuit quand il arriva dans le garage de l'Institut d'anatomie, traita le cadavre de Birte Becker, imprima et attacha les numéros d'immatriculation avant de la placer dans un casier libre de l'un des bacs.

Puis ce fut le tour de Sylvia. Il l'appela, lui servit le couplet fallacieux, et ils convinrent de se rencontrer dans les bois derrière le tremplin de Holmenkollen, un endroit dont il s'était déjà servi. Mais cette fois, il y avait du monde à proximité et il ne prit aucun risque. Il lui expliqua qu'Idar Vetlesen, contrairement à lui-même, n'était pas exactement un spécialiste du syndrome de Fahr, et qu'ils devaient se revoir. Elle lui proposa de l'appeler le lendemain soir, pendant qu'elle serait seule à la maison.

Le lendemain soir, il prit la voiture pour se rendre sur place, la trouva dans l'étable et régla ses comptes sur place.

Mais ç'avait failli mal tourner.

Cette dingue avait donné un coup de hache, l'atteignant au flanc, ouvrant la veste, la chemise, et touchant une artère, avec pour résultat que le sang avait giclé sur le sol de la grange. Du sang B–. Le sang d'une personne sur cent. Alors après l'avoir tuée dans la forêt et laissé la tête au sommet du bonhomme de neige, il était revenu pour camoufler son propre sang en abattant une poule dont il avait répandu tout le sang par terre.

C'était une journée stressante, mais étrangement, cette nuit-là, il ne remarqua rien de ses douleurs. Et les jours suivants, il suivit l'affaire dans les journaux en éprouvant une joie intérieure tranquille. Le Bonhomme de neige. C'était le nom qu'ils lui avaient donné. Un nom dont on se souviendrait. Il ne s'était pas douté que quelques lettres imprimées sur du papier produit industriellement pouvaient procurer une telle sensation de pouvoir, d'existence. Il s'en fallut de peu qu'il ne regrette d'avoir opéré pendant de si nombreuses années dans l'ombre. Et c'était si facile ! À ce moment-là, il avait cru ce que lui avait dit Rafto, qu'un bon enquêteur trouve toujours le meurtrier. Mais il avait rencontré Harry Hole et lu de la frustration sur le visage las du policier. C'était le visage de quelqu'un qui ne comprenait rien.

Mais alors – pendant que Mathias allait préparer son dernier coup – ça arriva, comme un éclair dans le ciel dégagé. Idar Vetlesen. Il l'appela et l'informa que Hole était venu le voir pour poser des questions sur Arve Støp, avait fait pression sur lui pour établir une relation. Et Idar se demandait ce qui se passait, c'était quand même peu probable que le choix des victimes fût fortuit. Hormis lui-même et Støp, Mathias était le seul à avoir connaissance de ces deux paternités, puisque comme d'habitude, Mathias l'avait aidé pour le diagnostic.

Naturellement, Idar était dans tous ses états, mais Mathias réussit pourtant à garder la tête froide. Il pria Idar de n'en dire mot à quiconque, et de le rencontrer à un endroit où ils étaient sûrs que personne ne les verrait.

Mathias avait failli se mettre à rire en le disant, c'étaient les mots qu'il employait avec ses victimes féminines. Ça devait venir de la tension.

Idar suggéra le club de curling. Mathias raccrocha et se mit à réfléchir.

L'idée lui vint qu'il pouvait donner l'illusion qu'Idar était le Bonhomme de neige et se ménager en même temps une petite pause dans son travail.

Il passa l'heure suivante à penser aux détails de ce à quoi devrait ressembler le suicide d'Idar. Et bien qu'il appréciât par beaucoup d'aspects son ami, le travail d'élaboration fut bizarrement excitant, oui, inspirant. Comme l'avait été la planification du grand travail. Le dernier bonhomme de neige. Comme lui-même l'avait fait le premier jour de neige bien des années auparavant, elle allait pouvoir s'asseoir sur les épaules du bonhomme de neige, sentir le froid entre ses cuisses et regarder par la fenêtre, regarder la trahison, l'homme qui allait être à l'origine de sa mort : Harry Hole. Il ferma les yeux et imagina la boucle au-dessus de la tête de sa victime. Elle rougeoyait et étincelait. Comme une auréole factice.

CHAPITRE 34

Jour 21. Sirènes

Harry s'installa au volant, dans le garage de l'Institut d'anatomie. Ferma la portière et les yeux, et essaya de penser de façon claire. La première chose qu'il devait faire, c'était découvrir où était Mathias.

Il avait effacé Mathias de son téléphone mobile et il appela donc le 1881, où on lui donna aussi bien son numéro que son adresse. Il tapa les chiffres, remarqua en attendant la réponse que sa respiration était rapide et excitée, et essaya de la calmer.

« Salut, Harry ! » La voix de Mathias était basse, mais trahissait l'habituelle surprise joyeuse.

« Désolé de te bassiner comme ça, s'excusa Harry.

— Pas du tout, Harry.

— Bien. Où es-tu en ce moment ?

— À la maison. J'allais descendre voir Rakel et Oleg.

— Super. Parce que je me demandais si tu pouvais transmettre ce truc à Oleg pour moi. »

Il y eut un instant de silence. Harry serra si fort les mâchoires que ses dents grincèrent.

« Bien sûr, répondit Mathias. Mais Oleg est à la maison, à l'heure qu'il est, alors tu peux aussi bien…

— Rakel, l'interrompit très vite Harry. Nous… Je n'ai pas tellement envie de la voir aujourd'hui. Je peux passer dès que possible ? »

Nouvelle pause. Harry appuya le combiné contre son oreille et écouta intensément, comme pour pouvoir entendre les pensées de l'autre. Mais il n'entendit qu'une respiration et une musique discrète en fond sonore, des carillons minimalistes japonais ou un truc du genre. Il imagina Mathias dans un appartement sévère, aussi minimaliste dans son aménagement. Peut-être pas très grand, mais évidemment bien rangé, rien n'étant laissé au hasard. Et il venait de passer une chemise neutre bleu clair, et de poser un nouveau bandage à sa blessure au flanc. Car ce n'était pas pour dissimuler l'absence de mamelons que Mathias avait tenu les bras croisés si haut quand il s'était retrouvé devant Harry, sur les marches. C'était pour cacher le coup de hache.

« Bien sûr », répondit Mathias.

Harry ne parvint pas à déterminer si sa voix avait l'air naturelle. La musique de fond avait cessé.

« Merci. Je vais faire vite, mais il faut me promettre d'attendre.

— Promis. Mais Harry ?

— Oui ? » Harry prit une profonde inspiration.

« Tu connais mon adresse, alors ?

— Rakel me l'a donnée. »

Harry jura intérieurement. Pourquoi n'avait-il tout simplement pas dit qu'il l'avait obtenue auprès des renseignements, ça n'avait rien de suspect.

« Ah oui ? s'étonna Mathias.

— Oui.

— OK. Tu n'auras qu'à entrer, c'est ouvert. »

Harry raccrocha et regarda fixement le téléphone. Il ne trouvait aucune raison rationnelle à cette impression que le temps était compté, qu'il devait courir pour sauver sa peau avant qu'il fasse noir. Alors il décida que c'était une illusion. Que c'était le genre de

477

peur qui n'aide pas, la peur quand la nuit arrive et qu'on ne voit pas la ferme de la grand-mère.

Il composa un autre numéro.

« Oui », répondit Hagen. Sa voix était sans timbre, sans vie. Voix de lettre de démission, supposa Harry.

« Laissez tomber la paperasserie, commença Harry. Il faut appeler le chef de garde, j'ai besoin d'un ordre d'armement. Arrestation d'un meurtrier présumé à Åsengata 12, à Torshov.

— Harry...

— Écoutez. Les restes de Sylvia Ottersen sont dans un bassin à cadavres de l'Institut d'anatomie. Ce n'est pas Katrine, le Bonhomme de neige. Vous comprenez ? »

Pause.

« Non, répondit honnêtement Hagen.

— Le Bonhomme de neige est un professeur à l'Institut d'anatomie. Mathias Lund-Helgesen.

— Lund-Helgesen ? Bon sang de bonsoir. Tu veux parler de celui...

— Oui, le médecin qui a été si obligeant pour aider à faire la mise au point sur Idar Vetlesen. »

De la vie était revenue dans la voix de Hagen.

« Le chef de garde va te demander s'il est vraisemblable que cet homme soit armé.

— Eh bien... dans la mesure où nous savons qu'il n'a fait usage d'arme à feu sur aucune des dix ou douze personnes qu'il a assassinées... »

Quelques secondes s'écoulèrent avant que Hagen saisisse le sarcasme.

« J'appelle immédiatement », déclara-t-il.

Harry raccrocha et donna un tour de clé de contact tout en appelant Magnus Skarre de l'autre main. Skarre et le moteur répondirent presque simultanément.

« Toujours à Tryvann ? cria Harry par-dessus le rugissement.

— Oui.

— Laisse tomber tout ce que tu as dans les mains et saute dans une bagnole. Arrête-toi au carrefour Åsengata-Vogts gate. Arrestation.

— Bordel généralisé, ou bien ?

— Oui. » La gomme hurla sur le béton au moment où il lâcha la pédale d'embrayage.

Il pensa à Jonas. Pour une raison inconnue, c'était à Jonas qu'il pensait.

L'une des six voitures de patrouille que Harry avait demandées au central d'opérations était déjà à l'angle d'Åsengata quand Harry descendit Vogts gate, depuis Storosiden. Il fit grimper la voiture sur le trottoir, sortit d'un bond et les rejoignit. La vitre descendit, et on tendit à Harry le talkie-walkie demandé.

« Arrête la sorbetière », pria Harry en levant un doigt vers le gyrophare bleu allumé. Il pressa le bouton « Talk » et donna aux voitures de patrouille la consigne de faire taire les sirènes bien avant d'arriver.

Quatre minutes plus tard, six voitures de patrouille étaient rassemblées au carrefour. Les policiers, dont Skarre et Ola Li, de la Brigade criminelle, se pressaient autour de la voiture de Harry, qui était assis dans l'ouverture de la portière avec un plan de la ville sur les genoux et donnait ses instructions.

« Li, tu mets trois voitures pour barrer les trajets de fuite possibles. Ici, ici et ici. »

Li se pencha sur le plan et acquiesça.

Harry se tourna vers Skarre. « Le concierge ? »

Skarre leva son téléphone. « Je suis avec lui. Il vient vers la porte principale, avec les clés.

— OK. Tu mets six hommes en place sous les porches, dans les escaliers de service et si possible sur le toit. En plus de constituer mon arrière-garde. Est-ce que la voiture de Delta est arrivée ?

— Ici. » Deux policiers, ressemblant à s'y méprendre aux autres, indiquèrent qu'ils conduisaient la voiture de patrouille habituelle de Delta, l'unité d'élite spécialement entraînée pour ce genre de mission.

« OK. Je veux que vous vous postiez tout de suite devant l'entrée principale. Vous êtes tous armés ? »

Les policiers hochèrent la tête ; certains portaient un pistolet automatique MP-5 qu'ils avaient sorti des coffres des voitures. Les autres avaient seulement un revolver de service. C'était une question de budget, comme l'avait un jour expliqué le directeur de la police.

« Le concierge dit que Lund-Helgesen habite au second, expliqua Skarre en laissant tomber son téléphone dans sa poche de blouson. Il n'y a qu'un appartement par étage. Pas d'accès au toit. Pour emprunter l'escalier de service, il doit monter au troisième et traverser des combles fermés.

— Bien, répondit Harry. Envoie deux hommes en haut de l'escalier de service, et demande-leur d'attendre dans les combles.

— OK. »

Harry emmena les deux officiers en uniforme de la première voiture arrivée sur place. Un d'un certain âge, et un jeune ahuri boutonneux, qui avaient l'un comme l'autre déjà travaillé une fois avec Skarre. Plutôt que d'entrer au 12 d'Åsengata, ils traversèrent la rue pour entrer dans l'immeuble en face.

Les deux gamins de la famille Stigson, résidant au deuxième étage, suivaient les yeux grands ouverts les hommes en uniforme, tandis que leur père écoutait les explications de Harry justifiant son occupation de l'appartement pour un court moment. Harry entra au salon, écarta le canapé de la fenêtre et examina un peu plus attentivement l'appartement de l'autre côté de la rue.

« La lumière est allumée dans le salon, cria-t-il.

— Il y a quelqu'un dedans. » C'était l'un des officiers d'un certain âge, qui s'était posté derrière lui.

« J'ai entendu dire que l'acuité visuelle baisse de trente pour cent après cinquante ans révolus, répliqua Harry.

— Je ne suis pas aveugle. Dans le grand fauteuil, là, qui nous tourne le dos. On voit le sommet de la tête et une main sur l'accoudoir. »

Harry plissa les yeux. Merde, avait-il besoin de lunettes ? Bon, si le vioque pense l'avoir vu, c'est sûrement le cas.

« Alors vous restez ici et faites savoir par radio s'il bouge, d'accord ?

— D'accord », sourit le vieux.

Harry emmena le galopin.

« Qui est-ce qui est là-dedans ? cria le jeune tout fort, pour couvrir le barouf qu'ils faisaient en dévalant l'escalier.

« Déjà entendu parler du Bonhomme de neige ?

— Et merde.

— Gagné. »

Ils traversèrent la rue à toute vitesse, vers l'autre immeuble. Le concierge, Skarre et cinq policiers en uniforme se tenaient prêts de la porte.

« Je n'ai pas les clés des appartements, s'excusa le gardien. Seulement de cette porte.

— Pas de problème, le rassura Harry. On sonnera d'abord. Et s'il n'ouvre pas, on entre à coups de latte. Tout le monde a son arme prête, et on fera le moins de bruit possible, OK ? Delta, vous venez avec moi... »

Harry dégaina le Smith & Wesson de Katrine et fit un signe au gardien, qui donna un tour de clé dans la serrure.

Harry et les deux membres de Delta, tous deux armés de MP-5, montèrent sans bruit l'escalier, trois marches à la fois.

Ils s'arrêtèrent au second, devant une porte sans panonceau nominatif. L'un des officiers colla son oreille à la porte, se tourna vers Harry et secoua la tête. Harry avait complètement baissé le volume de son talkie-walkie, et il le leva à sa bouche.

« Alpha à… » Harry n'avait pas distribué les noms de code et ne se souvenait pas du prénom. « … au poste de surveillance derrière le canapé. Est-ce que l'objet a bougé ? *Over.* »

Il lâcha le bouton, et l'appareil grésilla faiblement. Puis la voix se fit entendre :

« Il est toujours dans le fauteuil.

— Reçu. Nous entrons. *Over and out.* »

L'un des officiers hocha la tête et sortit une pince-monseigneur, tandis que les autres reculaient et se préparaient.

Harry connaissait la technique pour l'avoir déjà vue : un qui tord la porte pour que l'autre puisse l'enfoncer facilement. Pas parce qu'ils ne pourraient pas la forcer à la pince-monseigneur, mais parce que c'est l'effet du bruit, de la force et de la rapidité qui paralyse l'objet, et le visse à son fauteuil, son canapé ou son lit.

Mais Harry leva une main en signe de défense. Appuya sur la poignée et poussa.

Mathias n'avait pas menti : ouvert.

La porte s'ouvrit sans bruit. Harry fit comprendre en se montrant du doigt qu'il souhaitait entrer le premier.

Contrairement à ce qu'il avait cru, l'appartement n'était pas meublé de façon minimaliste.

C'est-à-dire : c'était minimaliste dans le sens où il n'y avait rien. Pas de vêtements dans l'entrée, pas de meubles, pas de cadres. Rien que des murs nus qui demandaient un nouveau papier peint ou un coup de peinture. Il était vacant, et depuis longtemps.

La porte du salon était entrebâillée, et dans l'ouverture, Harry vit le bras du fauteuil, la main posée dessus. Une main fine et une montre. Il retint son souffle, fit deux longs pas, tint son revolver à deux mains devant lui et poussa la porte du pied.

Il remarqua que les deux autres, qui s'étaient mus à l'extrême limite de son champ de vision, se figeaient.

Et un murmure à peine perceptible : « Doux Jésus… »

Un grand lustre allumé au-dessus du fauteuil éclairait la personne assise là, et qui les regardait. Sa gorge portait des bleus consécutifs à une strangulation, le beau visage était pâle, les cheveux noirs et la robe bleu ciel ornée de petites fleurs blanches. La même robe que sur la photo du calendrier qu'il avait dans sa cuisine. Harry sentit son cœur se désintégrer dans sa poitrine, alors que son corps était comme pétrifié. Il essaya de bouger, mais ne parvenait pas à s'arracher à son regard brisé. Ce regard brisé et accusateur. Qui l'accusait de n'avoir pas fait quelque chose dont il ignorait tout, seulement qu'il aurait dû réfléchir, réussir à l'arrêter, la sauver.

Elle était aussi blanche que l'avait été la mère de Harry, morte dans son lit d'hôpital.

« Vérifiez le reste de l'appartement », commanda-t-il d'une voix rauque en abaissant son arme.

Il fit un pas mal assuré vers le cadavre et posa la main autour de son poignet. Celui-ci était glacial et sans vie, comme du marbre. Il sentit néanmoins un tic-tac, un faible pouls, et l'espace d'un instant absurde, il pensa qu'elle avait simplement été maquillée pour avoir l'air morte. Il baissa alors les yeux et s'aperçut que c'était la montre qui tictaquait.

« Il n'y a personne d'autre ici », fit l'un des officiers derrière lui. Puis un toussotement. « Vous savez qui c'est ?

— Oui », répondit Harry en passant un doigt sur le verre de la montre. La montre qu'il avait eue entre les mains quelques heures seulement auparavant. La montre qui s'était trouvée dans sa chambre. Qu'il avait déposée dans la cabane à oiseaux parce que le copain de Rakel devait l'emmener ce soir. En soirée. Pour marquer le coup et montrer que, dorénavant, ils ne faisaient qu'un.

Harry regarda de nouveau les yeux, ces yeux accusateurs.

Oui, songea-t-il. Coupable sur tous les points.

Skarre était arrivé dans l'appartement et regardait par-dessus l'épaule de Harry la morte dans le fauteuil du salon. Il avait à côté de lui deux officiers de Delta.

483

« Étranglée ? » demanda-t-il.

Harry ne répondit pas, ne bougea pas. Une bretelle de la robe bleu ciel avait glissé.

« Pas banal de porter une robe d'été au mois de décembre, constata Skarre, essentiellement pour parler.

— Elle l'a souvent, répondit Harry d'une voix qui semblait venir de très loin.

— Qui ? voulut savoir Skarre.

— Rakel. »

L'inspecteur se ramassa sur lui-même. Il avait vu l'ex de Harry quand elle travaillait dans la police.

« C'est... c'est... c'est Rakel ? Mais...

— C'est sa robe. Et sa montre. Il l'a habillée comme Rakel. Mais la femme assise ici, c'est Birte Becker. »

Skarre regarda le corps sans rien dire. Ce cadavre ne ressemblait à aucun autre qu'il ait vu, il était blanc craie et comme enflé.

« Venez avec moi », ordonna Harry aux deux membres de Delta, avant de se tourner de nouveau vers Skarre : « Tu restes là pour boucler l'appartement. Appelle les TIC de Tryvann et explique-leur qu'un nouveau job les attend.

— Qu'est-ce que tu vas faire ?

— Danser. »

Un silence complet s'abattit sur le salon quand les trois autres eurent dévalé l'escalier. Mais quelques secondes plus tard, Skarre entendit une voiture qui démarrait et des pneus couiner sur l'asphalte de Vogts gate.

Le gyrophare balayait la rue. Assis sur le siège passager, Harry entendit sonner le téléphone à l'autre bout du fil. Deux petites bonnes femmes en bikini dansaient sous le rétroviseur intérieur, au son geignard et troublé de la sirène tandis que la voiture slalomait entre les autres véhicules sur Ring 3.

S'il te plaît, pria-t-il intérieurement. S'il te plaît, décroche, Rakel.

Il jeta un coup d'œil aux danseuses métalliques sous le rétroviseur, songea qu'il était comme elles : quelqu'un qui dansait sans volonté propre au son du flûtiau d'une autre personne, un personnage comique d'une farce dans laquelle il avait toujours deux pas de retard sur les événements, passait toujours un peu trop tard les portes en écumant, accueilli par les rires du public.

Harry craqua. « Merde, merde ! » gueula-t-il en lançant son mobile contre le pare-brise. Il glissa du tableau de bord, puis sur le sol. Le policier qui conduisait échangea un regard avec son collègue, dans son rétroviseur.

« Coupe la sirène », demanda Harry.

Le silence retomba.

Et Harry prit conscience d'un son s'élevant du sol.

Il saisit son téléphone.

« Allô ! cria-t-il. Allô ! Tu es à la maison, Rakel ?

— Bien sûr, tu appelles sur le fixe. » C'était sa voix. Douce, calme et enjouée. « Il y a un problème ?

— Est-ce qu'Oleg aussi est à la maison ?

— Oui. Il est avec moi dans la cuisine, et il dîne. Nous attendons Mathias. Qu'est-ce qui se passe, Harry ?

— Écoute-moi attentivement, Rakel. Tu m'entends ?

— Tu me fais peur, Harry. Qu'est-ce qu'il y a ?

— Ferme l'entrebâilleur sur la porte.

— Pourquoi ça ? Elle est fermée et...

— Ferme l'entrebâilleur, Rakel ! brailla Harry.

— OK, OK ! »

Il l'entendit dire quelques mots à Oleg, puis une chaise qui raclait le sol et un bruit de course. Quand la voix de Rakel revint, elle tremblait légèrement.

« Maintenant, tu m'expliques ce qui se passe, Harry.

« — Je vais le faire. D'abord, tu dois me promettre que tu ne laisseras entrer Mathias dans la maison sous aucun prétexte.

— Mathias ? Tu es beurré, Harry ? Tu n'as pas le droit de...

— Mathias est dangereux, Rakel. Je suis dans une voiture de police en compagnie de deux autres policiers, et nous arrivons. Je te raconterai le reste plus tard, mais pour l'instant, je veux que tu regardes par la fenêtre. Tu vois quelque chose ? »

Il l'entendit hésiter. Mais il n'ajouta rien, attendit. Car il savait avec une certitude soudaine qu'elle lui faisait confiance, qu'elle le croyait, qu'elle l'avait toujours fait. Ils se dirigeaient vers le tunnel de Nydalen. Sur le bord de la route, la neige s'était déposée comme un ourlet de laine blanc. La voix revint.

« Je ne vois rien. Mais c'est vrai que je ne sais pas ce que je dois chercher.

— Alors tu ne vois aucun bonhomme de neige ? » demanda Harry à voix basse.

Au silence qui suivit, il comprit qu'elle comprenait lentement.

« Dis-moi que ça n'arrive pas, Harry, murmura-t-elle. Dis-moi que c'est juste un rêve. »

Harry ferma les yeux et envisagea qu'elle puisse avoir raison. Revit Birte Becker dans le fauteuil. Sut que c'était un rêve.

« J'ai déposé ta montre dans le nichoir, expliqua-t-il.

— Mais elle n'y était pas, elle... », commença-t-elle, puis elle s'arrêta. « Oh Seigneur ! » gémit-elle.

CHAPITRE 35

Jour 21. Monstre

Depuis la cuisine, Rakel avait vue sur les trois directions par où on pouvait approcher de la maison. À l'arrière, il y avait un éboulis court mais très raide et impossible à descendre, surtout maintenant que la neige était tombée. Elle alla de fenêtre en fenêtre. Jetant un œil dehors et vérifiant qu'elles étaient correctement fermées. Quand son père avait construit la maison, après la guerre, il avait fait poser les fenêtres haut dans les murs, en y adjoignant une grille métallique. Elle savait que ça avait un lien avec la guerre et les Russes qui s'étaient glissés dans son bunker près de Leningrad, une nuit, et avaient descendu tous ses camarades. Sauf lui, qui dormait le plus près de la porte, si épuisé qu'il ne s'était réveillé qu'au moment où l'alarme avait retenti et découvert que sa paillasse était jonchée de cartouches vides. C'était la dernière nuit de sa vie où il avait dormi pour de bon, avait-il toujours dit. Mais elle avait toujours détesté ces croisillons métalliques. Jusqu'à maintenant.

« Je ne peux pas monter dans ma chambre ? demanda Oleg en donnant un coup de pied dans la grosse table de cuisine.

— Non. Tu dois rester ici.

— Qu'a fait Mathias ?

— Harry expliquera tout quand il arrivera. Tu es sûr d'avoir correctement fermé l'entrebâilleur ?

— Mais oui, maman. J'aimerais bien que papa soit là.

— Papa ? » Elle ne l'avait jamais entendu employer ce mot. Hormis pour Harry, mais cela faisait plusieurs années. « Ton père en Russie, tu veux dire ?

— Ce n'est pas papa. »

Il asséna la phrase avec une conviction qui la fit frissonner.

« La porte du sous-sol ! s'écria-t-elle.

— Quoi ?

— Mathias a aussi la clé de la porte du sous-sol. Qu'est-ce qu'on fait ?

— Tout simple, répondit Oleg en terminant son verre d'eau. Tu poses un fauteuil de jardin sous la poignée, à l'intérieur. Ils ont pile la bonne taille, aucune chance d'entrer.

— Tu as essayé ? s'étonna-t-elle.

— Harry l'a fait un jour où on jouait aux cow-boys.

— Reste ici, répondit-elle en allant vers l'entrée et la porte ouvrant sur l'escalier du sous-sol.

— Attends. »

Elle s'arrêta.

« Je l'ai vu faire, expliqua Oleg, qui s'était levé. Reste ici, maman. »

Elle le regarda. Seigneur, ce qu'il avait grandi cette dernière année, il ne tarderait pas à être plus grand qu'elle. Et ce que son regard sombre avait d'enfantin cédait la place à ce qui était peut-être plus pour l'instant de la défiance d'adolescent, mais qu'elle imaginait déjà devenir avec le temps une détermination tout adulte.

Elle hésita.

« Laisse-moi faire », renchérit-il.

Il avait une prière dans la voix. Et elle comprit que c'était important pour lui, qu'il y avait beaucoup de choses en jeu. Une révolte contre sa peur d'enfant. Un rituel de passage. Être comme son père. Quel que soit l'homme dont il parlait.

« Dépêche-toi », murmura-t-elle.

Oleg courut.

Elle se posta à la fenêtre et observa l'extérieur. Écouta si elle n'entendait pas une voiture dans l'allée. Elle pria pour que Harry arrive le premier. Pensa à l'intensité du silence. Et sans avoir la moindre idée d'où cette dernière idée venait : à quel point il fallait que ça reste silencieux.

Mais elle entendit pourtant un bruit. Un petit bruit. Elle songea d'abord que cela venait de l'extérieur. Avant de comprendre qu'il venait de derrière elle. Elle se retourna. Ne vit rien, seulement la cuisine vide. Mais le bruit revint. Comme le tic-tac lourd d'une horloge. Ou un doigt tapant sur une table. La table. Elle écarquilla les yeux. C'était là, le bruit. Elle le vit. Une goutte avait atteint la table. Elle leva lentement les yeux au plafond. Au centre de la surface peinte en blanc, un disque sombre était apparu. Et au beau milieu, une goutte brillante. Qui tomba et atteignit la table. Rakel vit la chose se faire, mais le son la fit pourtant sursauter comme une gifle inattendue.

Seigneur, ça devait venir de la salle de bains ! Avait-elle réellement oublié de refermer le robinet de la douche ? Elle n'était pas montée au premier depuis son retour à la maison, s'était immédiatement attelée au dîner, ç'avait dû arriver dans la matinée. Et évidemment, il fallait que ça arrive maintenant, en plus de tout le reste.

Elle gagna l'entrée, grimpa en hâte l'escalier et alla vers la salle de bains. Elle n'entendait pas la douche. Elle ouvrit. Sol sec. Pas d'eau qui coulait. Elle referma et s'immobilisa quelques secondes devant la salle de bains. Vit la porte de la chambre juste à côté. Y alla lentement. Posa la main sur la poignée. Hésita. Écouta une fois encore si elle n'entendait pas de voiture. Alors elle ouvrit. Et se figea, les yeux grands ouverts. Elle eut envie de crier. Mais instinctivement, elle sut qu'elle ne devait pas crier, elle devait rester calme. Très calme.

« Merde, Merde !! hurla Harry en abattant un poing qui secoua le tableau de bord. Qu'est-ce qui se passe ? »

La circulation était bloquée devant eux dans le tunnel. Depuis deux longues minutes.

La réponse parvint au même moment par la radio de la police : « Il y a eu un accident sur Ring 3 à la sortie du tronçon ouest du tunnel de Tåsen. Pas de victimes. La dépanneuse est en route. »

Sur un coup de tête, Harry s'empara du micro.

« Vous savez qui c'est ?

— Seulement qu'il y a deux véhicules légers, tous deux équipés de pneus d'été, répondit laconiquement la voix nasale.

— C'est toujours le bordel, la neige en novembre », constata l'officier sur le siège arrière.

Harry ne répondit pas, se contenta de laisser ses doigts tambouriner sur le tableau de bord. Il pesa le pour et le contre des possibilités. Ils avaient un mur de voitures devant, un derrière, tous les gyrophares et toutes les sirènes du monde ne parviendraient pas à les tirer de là.

Il pouvait sortir et courir jusqu'au bout du tunnel, y faire venir une voiture de police, qui le ramasserait, mais il y avait presque deux kilomètres.

Le silence était total dans la voiture, on n'entendait que le ronronnement bas des voitures au point mort. Le camion devant eux avança d'un mètre, et l'officier combla l'espace. Ne freina pas avant d'effleurer presque le pare-chocs de l'autre véhicule, comme dans la crainte que n'importe quoi d'autre qu'une conduite agressive fasse exploser de nouveau l'inspecteur principal. Le brusque coup de frein fit gaiement tinter les deux petites femmes en bikini dans le silence qui suivit.

Harry pensa de nouveau à Jonas. Pourquoi ? Pourquoi avait-il pensé à Jonas lors de sa conversation téléphonique avec Mathias ? Il était question de sons. Dans le fond.

Harry regarda fixement les deux danseuses sous le rétroviseur. Et comprit.

Il sut pourquoi il avait pensé à Jonas. Il sut ce que ces sons avaient été. Et il sut qu'il n'y avait pas une seule seconde à perdre. Ou – il tenta de rejeter cette idée – qu'au contraire, il n'y avait plus aucune urgence. Qu'il était déjà trop tard.

Oleg traversa rapidement le couloir obscur de la cave, sans regarder ni à gauche ni à droite, où il savait que les dépôts de salpêtre dessinaient des fantômes blancs sur les murs de pierre. Il essaya de se concentrer sur ce qu'il devait faire et de ne penser à rien d'autre. Ne pas laisser approcher les mauvaises pensées. C'était ce qu'avait dit Harry. Qu'il était possible de vaincre les seuls monstres qui soient, ceux que vous aviez dans votre tête. Mais il fallait s'y entraîner. Il fallait aller les combattre aussi souvent que possible. De petits assauts que vous pouviez remporter, rentrer à la maison panser vos plaies et y retourner. Il l'avait fait, il était descendu plusieurs fois seul à la cave. Il avait bien fallu, pour que ses patins restent froids.

Il saisit le fauteuil de jardin, le traîna derrière lui pour que le bruit couvre le silence. Il vérifia que la porte du sous-sol était fermée pour de bon. Il poussa alors le fauteuil en dessous et vérifia que la poignée de la porte ne bougeait pas. Là. Il se raidit. Y avait-il eu un bruit ? Il leva les yeux sur la petite lucarne dans la porte. Il ne parvint plus à refouler ses pensées, elles arrivaient. Il y avait quelqu'un juste de l'autre côté de la porte. Il voulut partir en courant, mais s'obligea à rester. Combats les idées avec d'autres idées. Je suis à l'intérieur, pensa-t-il. Je suis aussi en sécurité ici qu'en haut. Il prit une inspiration, sentit son cœur battre comme une grosse caisse démente dans sa poitrine. Il se pencha alors en avant et regarda par la lucarne. Il vit le reflet de son propre visage. Mais au-dessus, il vit un autre visage, torturé, qui n'était pas le sien. Et il vit des mains, des mains de monstre qui s'élevaient. Terrifié, Oleg recula, heurta quelque chose et sentit des mains se refermer sur sa bouche et son visage. Il ne parvint pas à crier. Car il voulait crier. Il voulait crier que ce n'était pas dans sa tête, c'était le monstre, le monstre était ici, le monstre était à l'intérieur. Et ils allaient tous mourir.

« Il est dans la maison », déclara Harry.

Les autres policiers le regardèrent sans comprendre, mais Harry pressa le bouton R de son téléphone.

« Je croyais que c'était de la musique japonaise, mais c'était un mobile en métal. Comme celui que Jonas a dans sa chambre. Et comme celui d'Oleg. Mathias y est depuis le début. Et il l'a dit sans détour…

— Qu'est-ce que tu veux dire ? osa demander l'officier assis derrière.

— Il a dit qu'il était à la maison. Et c'est à Holmenkollen, aujourd'hui. Il a même dit qu'il *descendait* voir Oleg et Rakel. J'aurais dû comprendre, Holmenkollen est *en haut* par rapport à Torshov. Il était au premier, dans la villa de Holmenkollveien. Et il descendait. Il faut les faire sortir de la maison. Réponds, bordel !

— Elle n'est peut-être pas à proximité de…

— Il y a quatre téléphones dans la maison. Il a coupé la ligne. Il faut que j'y aille.

— On envoie une autre voiture de patrouille, répondit le conducteur.

— Non ! Il est trop tard. De toute façon, il les tient. Et la seule chance que nous ayons, c'est la dernière brique. Moi.

— Toi ?

— Oui. Que j'entre dans son plan.

— Que tu n'entres *pas*, tu veux dire ?

— Non. Que j'entre. Il m'attend. »

Les deux autres policiers échangèrent un regard, et entendirent le vacarme d'une moto qui se traînait entre les voitures derrière eux.

« Et tu crois que c'est le cas ?

492

— Oui. »

Harry jeta un coup d'œil dans le rétroviseur et aperçut la moto. Et songea que c'était l'unique réponse qu'il pouvait donner. Car c'était la seule réponse qui donnait de l'espoir.

Oleg résista tout ce qu'il put, mais se figea dans l'étreinte de fer du monstre en sentant l'acier froid sur sa gorge.

« C'est un scalpel, Oleg. » Le monstre avait la voix de Mathias. « On s'en sert pour découper les gens. Et tu ne croirais pas à quel point c'est facile. »

Le monstre lui demanda alors d'ouvrir la bouche, lui poussa un chiffon sale dans la gueule et lui ordonna de s'allonger sur le ventre, les mains dans le dos. Oleg n'obéit pas instantanément, et l'acier fut poussé sous son oreille ; il sentit le sang chaud courir comme une décharge électrique sur son épaule et à l'intérieur de son T-shirt. Il s'allongea à plat ventre sur le sol froid en ciment, et le monstre s'assit sur lui. Une boîte rouge tomba à côté de son visage. Il lut ce qui était écrit dessus. C'étaient des rubans de plastique, comme on en trouvait sur les fils électriques et les emballages de jouets, tellement énervants parce qu'on ne pouvait que les resserrer, pas les détendre, et qu'ils sont inusables malgré leur finesse. Il sentit le plastique acéré entamer la peau autour de ses poignets et de ses chevilles.

Il fut soulevé et relâché, tomba et n'eut pas le temps de penser aux douleurs avant d'atterrir en douceur, dans un craquement. Il leva les yeux. Il était étendu sur le dos dans le congélateur, et sentit les cristaux de glace qui s'étaient détachés des parois lui brûler la peau des avant-bras et du visage. Le monstre était au-dessus de lui, la tête légèrement penchée sur le côté.

« Au revoir, salua-t-il. On se verra de l'autre côté dans pas long-temps. »

Le couvercle claqua, et une obscurité totale s'abattit. Oleg entendit la clé tourner dans la serrure, puis des pas rapides qui s'éloignaient. Il essaya de soulever la langue, de la placer derrière le chiffon, devait le faire sortir. Devait respirer. Devait avoir de l'air.

Rakel ne respirait plus. À la porte de la chambre, elle savait que ce qu'elle voyait était de la folie. Une folie qui faisait se rétracter sa peau, s'ouvrir sa bouche et saillir ses yeux.

On avait repoussé le lit et les autres meubles le long des murs, et le parquet était recouvert d'une couche presque invisible d'eau troublée seulement chaque fois qu'une goutte y tombait. Mais Rakel n'en eut pas conscience ; la seule chose qu'elle voyait, c'était l'énorme bonhomme de neige trônant au milieu de la pièce.

Le haut-de-forme sur sa tête fendue d'un large sourire atteignait presque le plafond.

Quand elle se remit enfin à respirer et que l'oxygène se précipita à son cerveau, elle sentit une odeur de laine mouillée, de bois humide, et entendit le bruit de l'eau de fonte qui gouttait. Une vague de froid lui parvenait depuis la neige, mais ce ne fut pas cela qui lui donna la chair de poule. C'était la chaleur du corps de celui qui se tenait juste derrière elle.

« Il n'est pas beau ? s'enquit Mathias. Je l'ai fait rien que pour toi.

— Mathias...

— Chut. » Il posa un bras presque protecteur sous sa gorge. Elle baissa les yeux. La main tenait un scalpel.

« Ne parlons pas, chérie. Il y a tant de choses à faire, et si peu de temps.

— Pourquoi ? Pourquoi ?

— C'est notre jour, Rakel. Ce qui reste de vie est si incroyablement court, faisons la fête, pas une analyse. Aie l'amabilité de mettre les bras dans le dos. »

Rakel s'exécuta. Elle n'avait pas entendu Oleg remonter du sous-sol. Il y était sans doute toujours, il pourrait peut-être sortir, si seulement elle retenait Mathias.

« Je veux savoir, déclara-t-elle en sentant les larmes lui attraper les cordes vocales.

— Parce que tu es une catin. »

Elle sentit quelque chose de fin et dur se resserrer autour de ses poignets. Sentit son souffle chaud dans la nuque. Ses lèvres. Puis sa langue. Elle serra les dents, sut que si elle criait, il pouvait s'arrêter, et elle voulait qu'il continue, jouer la montre. La langue fit quelques tours avant de monter vers son oreille. Puis une morsure légère.

« Et ton gosse de pute est dans le congélateur, chuchota-t-il.

— Oleg ? s'écria-t-elle en sentant qu'elle perdait le contrôle.

— Relax, chérie, il ne mourra pas de froid.

— Il… non ?

— Longtemps avant que son corps soit suffisamment refroidi, ton bâtard sera mort par asphyxie. Mathématique.

— Mathéma…

— Je l'ai calculé il y a longtemps. J'ai tout calculé. »

Une moto montait à plein régime les pentes sinueuses de Holmenkollen, dans l'obscurité. Le son se répercutait entre les maisons, et ceux qui observèrent la moto pensèrent qu'il était insensé de conduire sur la neige, qu'il fallait retirer son permis à ce conducteur. Mais celui-ci n'avait pas un tel permis.

Harry accéléra dans l'allée vers la maison de rondins noirs, mais dérapa dans la nouvelle neige du virage en épingle à cheveux et sentit la moto perdre de la vitesse. Il ne tenta pas de redresser l'engin, il poussa des deux pieds et sauta de la moto qui dégringola le long du talus, creva un écran de branches basses de sapin avant de s'arrêter contre un tronc, de se renverser et de projeter un peu de neige avec la roue arrière, puis d'expirer.

À ce moment-là, Harry était déjà à la moitié de sa course vers l'escalier.

Il n'y avait aucune trace dans la neige, qu'elles arrivent à la maison ou qu'elles en repartent. Il tira son revolver tout en franchissant d'un bond l'escalier devant la porte.

Elle était ouverte. Comme promis.

Il se coula à l'intérieur, et la première chose qu'il vit fut la porte grande ouverte du sous-sol.

Harry s'arrêta et écouta. Il y avait un son, une espèce de tambourinement. Qui semblait provenir de la cuisine. Harry hésita. Puis opta pour le sous-sol.

De profil, le revolver devant lui, il descendit l'escalier. Au pied des marches, il s'arrêta pour donner à ses yeux le temps de s'habituer à la pénombre, et écouta. Il avait le sentiment que la pièce entière retenait son souffle. Il aperçut le fauteuil de jardin sous la poignée de la porte. Oleg. Son regard continua sa route. Il avait décidé de remonter quand il vit la tache sombre sur le sol de pierre devant le congélateur. De l'eau ? Il approcha d'un pas. Ça devait venir de sous le congélateur. Il chassa les pensées de l'endroit où elles voulaient aller et tira sur le couvercle. Verrouillé. La clé était sur la serrure, mais Rakel n'avait pas l'habitude de verrouiller. Les images de Finnøy jaillissaient, mais il se dépêcha, tourna la clé et souleva le couvercle. Il réussit à entrevoir un éclat de métal avant qu'une vive brûlure le fasse se jeter en arrière. Un couteau ? Il était tombé sur le dos entre deux paniers à linge sale, et une silhouette rapide et leste était déjà sortie du congélateur pour se pencher sur lui.

« Police ! cria Harry en levant son arme. Ne bougez plus ! »

La silhouette s'arrêta, la main brandie au-dessus de la tête.

« H... Harry ?

— Oleg ? »

Il baissa son revolver et vit ce que le gamin tenait dans la main. Un patin de vitesse.

« J-j'ai cru que c'était Mathias qui revenait », murmura-t-il.

Harry se releva. « Est-ce que Mathias est ici, maintenant ?

— Je ne sais pas. Il a dit qu'on se reverrait bientôt, alors j'ai cru...

— D'où vient ce patin ? » Harry sentit le goût métallique du sang dans sa bouche et ses doigts trouvèrent la coupure à la joue d'où le sang coulait librement.

« Il était dans le congélateur. » Il fit un sourire en coin. « Ça a fini par faire tant d'histoires de les avoir sur les marches que je les ai mis sous les petits pois, pour que maman ne les voie pas. On ne mange jamais de petits pois. »

Il suivit Harry, qui montait déjà l'escalier.

« Heureusement, ils ont été affûtés récemment, alors j'ai pu couper les bandes de plastique. Il n'y avait rien à faire avec la serrure, mais j'ai pu faire quelques trous dans le panneau du fond, pour avoir de l'air. Et puis j'ai cassé l'ampoule pour que la lumière ne s'allume pas s'il ouvrait.

— Et la chaleur de ton corps a fait fondre de la glace, qui coulait par les trous », compléta Harry.

Ils arrivèrent dans l'entrée, et Harry attira Oleg vers la porte, l'ouvrit et tendit un doigt.

« Tu vois la lumière chez les voisins ? Cours-y et reste chez eux jusqu'à ce que je vienne te chercher. OK ?

— Non ! répliqua énergiquement Oleg. Maman...

— Écoute ! Ce que tu peux faire de mieux pour maman, à cet instant précis, c'est te barrer d'ici.

— Je veux la trouver ! »

Harry attrapa Oleg par les épaules et serra jusqu'à ce que des larmes de douleur montent aux yeux du gamin.

« Quand je te dis de courir, tu cours, espèce de con. »

Il prononça la phrase à voix basse, mais avec une telle fureur contenue qu'Oleg cligna des yeux, troublé, et une larme passa les cils avant de tomber sur la joue. Le gamin tourna alors les talons et passa la porte à toute vitesse, avant d'être avalé par les ténèbres et la neige qui tombait.

Harry saisit son talkie-walkie et pressa le bouton « Talk ».

« Ici Harry, vous êtes encore loin ?

— On est au terrain de sport, *over*. » Harry reconnut la voix de Gunnar Hagen.

« Je suis à l'intérieur. Venez devant la maison, mais n'entrez pas avant que j'en donne la consigne, *over*.

— Bien reçu.

— *Over and out.* »

Harry alla vers le bruit qu'il entendait toujours dans la cuisine. Il s'arrêta sur le seuil et regarda le mince filet d'eau qui tombait du plafond. Le plâtre en dissolution le colorait en gris, et les gouttes tambourinaient fébrilement sur la table de la cuisine.

Harry monta quatre à quatre jusqu'au premier. Se glissa jusqu'à la chambre. Déglutit. Regarda la poignée. À l'extérieur, il entendit les sirènes approcher. Une goutte de sang de la coupure atteignit le parquet avec un très léger claquement.

À présent, il sentait, comme une pression sur la tempe, que c'était ici que ça se terminait. Et qu'il y avait une espèce de logique à ça. Combien de fois s'était-il tenu ainsi devant cette porte, à l'aube suivant une nuit qu'il avait promis de passer avec elle, tourmenté par sa mauvaise conscience car il savait qu'elle dormait à l'intérieur ? Appuyé doucement sur cette poignée qui, savait-il, avait un petit grincement pile au milieu de sa course. Et elle se réveillerait, lèverait vers lui un regard embrumé de sommeil, essaierait de le punir avec, jusqu'à ce qu'il se coule sous l'édredon et contre son corps, et sente la résistance raide l'abandonner. Et elle pousserait un grognement de satisfaction, mais pas de trop grande satisfaction. Alors il la caresserait un peu plus, l'embrasserait et la mordrait, serait son serviteur jusqu'à ce qu'elle le chevauche et ne soit plus une reine ensommeillée, mais qu'elle ronronne et gémisse, excitée et frustrée en même temps.

Il saisit la poignée, remarqua la façon dont sa main reconnaissait la forme plate, anguleuse. Il appuya, avec une infinie douceur. Attendit le grincement familier. Qui ne vint pas. Il y avait du changement. Une résistance dans la poignée. Avait-on retendu les ressorts ? Il lâcha précautionneusement la poignée. Se pencha vers le trou de la serrure et essaya de regarder à l'intérieur. Noir. On avait fourré quelque chose dans la petite ouverture.

« Rakel ! cria-t-il. Tu es là ? »

Pas de réponse. Il colla son oreille contre la porte. Il lui sembla pouvoir entendre un raclement, mais sans être sûr. Il saisit de nouveau la poignée de porte. Hésita. Changea d'avis, lâcha et fila à la salle de bains à côté de la chambre. Ouvrit d'une bourrade la petite fenêtre, se glissa par l'ouverture et sortit. De la lumière déferlait entre les barreaux noirs de la fenêtre de chambre. Il contracta les talons à l'intérieur, tendit les muscles des jambes et s'étira le long du mur extérieur, depuis la lucarne de la salle de bains. Ses doigts essayèrent en vain de trouver une prise entre les rondins bruts, tandis que la neige se collait à son visage et se fondait au sang coulant de sa joue. La force crût, l'encadrement appuya si fort sur le péroné que celui-ci sembla devoir casser net. Ses mains rampaient le long du mur, à l'instar de fébriles araignées à cinq pattes. Ses abdominaux le faisaient souffrir. Mais c'était trop loin, ça n'irait pas. Il écarquilla les yeux vers le sol en dessous, sachant que sous la fine couche de neige, il y avait l'asphalte.

Il sentit quelque chose de froid contre le bout de ses doigts.

Le barreau extérieur.

Passa deux doigts autour du métal. Trois. Puis l'autre main. Laissa ses jambes endolories lâcher l'encadrement, fit le pendule et se hâta de poser les semelles de ses bottillons contre le mur pour soulager les bras. Il put enfin voir dans la chambre. Et il vit. Son cerveau lutta pour l'enregistrer tout en sachant immédiatement ce qu'il voyait : l'œuvre d'art achevée dont il avait déjà vu l'esquisse.

Les yeux de Rakel étaient grands ouverts, noirs. Elle portait une robe. Rouge profond. Comme le Campari. Elle était Cochenille. Sa tête était tendue vers le plafond, comme si elle essayait de voir par-dessus une clôture, et c'est dans cette position qu'elle le regardait, plus bas, dehors. Ses épaules étaient tirées en arrière et ses bras dissimulés.

Harry supposa que ses avant-bras étaient ligotés dans le dos. Ses joues étaient gonflées comme si elle avait une chaussette ou un chiffon dans la bouche. Elle était assise à califourchon sur les épaules d'un énorme bonhomme de neige. Ses jambes nues en entouraient la poitrine et ses pieds étaient crochetés l'un à l'autre, et il voyait les muscles vibrer de tension. Elle ne devait pas tomber. Ne pouvait pas. Car autour de son cou, il y avait non pas un câble d'acier gris et mort, comme pour Eli Kvale, mais un cercle blanc étincelant, comme une imitation absurde d'une vieille réclame pour du dentifrice promettant un cercle de confiance en soi, la réussite en amour ainsi qu'une longue et heureuse vie. Un cordon partait de la poignée de plastique noir du fil incandescent à boucle pour rejoindre un crochet au plafond, juste au-dessus de la tête de Rakel. Le cordon continuait ensuite à travers la pièce, jusqu'à la porte. À la poignée de la porte. Il n'était pas épais, mais suffisamment long pour avoir malgré tout offert plus de résistance quand Harry avait commencé à appuyer sur la poignée. S'il avait ouvert la porte, oui, s'il avait, ne serait-ce qu'appuyé complètement sur la poignée, le métal chauffé à blanc se serait enfoncé juste sous son menton.

Rakel ne quittait pas Harry des yeux, sans ciller. Les muscles jouaient sur son visage, alternant entre la fureur et la peur nue. La boucle était trop petite pour qu'elle puisse en sortir la tête sans dommage, et elle tenait donc la tête penchée pour qu'elle n'entre pas en contact avec le cercle mortifère qui tombait presque verticalement autour de son cou.

Elle regarda Harry, puis le sol, et Harry de nouveau. Et Harry comprit.

Des mottes de neige grise parsemaient déjà l'eau qui couvrait le sol. Le bonhomme de neige fondait. Rapidement.

Harry s'arc-bouta et tira de toutes ses forces sur les barreaux. Ils ne bougèrent pas, ne laissèrent même pas échapper un grincement encourageant. Le fer était fin, mais fixé à l'intérieur du rondin.

La silhouette vacilla à l'intérieur.

« Tiens bon ! cria Harry. J'arrive tout de suite ! »

Mensonge. Il ne réussirait pas à tordre les barreaux même avec un pied-de-biche. Et il n'avait pas le temps de se mettre à les scier. La peste soit du père de Rakel, ce malade absolu ! Ses bras lui faisaient déjà mal. Il entendit la sirène déchirante de la première voiture de police qui arrivait dans la cour. Il se retourna. C'était l'un des véhicules spéciaux de Delta, un énorme monstre blindé évoquant une Land Rover améliorée. Un homme portant une veste de camouflage verte sauta du siège conducteur, alla s'abriter derrière la voiture et leva un talkie-walkie. Celui de Harry crépita.

« Hé ! » cria Harry.

Le type regarda autour de lui, désorienté.

« Ici, chef ! »

Gunnar Hagen se redressa derrière le véhicule tandis qu'une voiture de patrouille tournait devant la maison, gyrophare allumé.

« On investit la maison ? cria Hagen.

— Non ! hurla Harry. Il l'a attachée là-dedans. Vous devez…

— Oui ? »

Harry leva les yeux, regarda fixement. Pas vers la ville, mais en haut du tremplin illuminé de Holmenkollen, sur la colline.

« On doit quoi, Harry ?

— Attendre.

— Attendre ?

— Il faut que je réfléchisse. »

Harry posa le front sur les froids barreaux, ses bras étaient douloureux et il plia les genoux pour transférer le maximum de poids sur les jambes. Le fil incandescent à boucle devait avoir un interrupteur. Sur la poignée, vraisemblablement. Ils pouvaient casser la fenêtre et faire passer une longue tige équipée d'un miroir, pour pouvoir peut-être… Mais comment se démerderaient-ils pour appuyer sur un interrupteur sans que tout le bazar se mette en mouvement et… et… ? Harry chassa l'idée ridicule de la fine couche de peau et de tendres tissus qui protègent la carotide. Essaya de réfléchir de manière constructive et de mépriser la panique qui lui braillait dans l'oreille pour pouvoir entrer et prendre les commandes.

Ils pouvaient entrer par la porte. Sans l'ouvrir. Découper le panneau à l'intérieur de la poignée. Ils avaient besoin d'une tronçonneuse. Mais qui en a une ? Toute cette saloperie de Holmenkollen, ils ont tous des sapins dans leur jardin !

« Allez chercher une tronçonneuse chez le voisin », gueula Harry.

Il entendit des pas rapides sous lui. Et un claquement mouillé dans la chambre. Le cœur de Harry s'arrêta, et il regarda à l'intérieur. Tout le côté gauche du bonhomme de neige avait disparu. Il avait tout simplement glissé et était tombé dans l'eau, et était en train de s'effondrer. Il vit le corps entier de Rakel tressauter tandis qu'elle luttait pour garder l'équilibre, éviter le nœud coulant blanc en forme de larme. Ils n'auraient jamais le temps de revenir avec une tronçonneuse, encore moins de découper la porte pour entrer.

« Hagen ! » Harry entendit l'hystérie déchirante dans sa voix. « Les voitures de patrouille ont une corde de remorquage. Envoyez-la ici et faites reculer la Land Rover tout contre le mur. »

Harry entendit des voix excitées, le moteur de la Land Rover qui grondait en marche arrière et un hayon qu'on ouvrait.

« Attrape ! »

Harry lâcha le barreau d'une main et se tourna juste à temps pour voir le rouleau de corde arriver vers lui. Il le saisit à l'aveugle et le maintint tandis que le reste de corde se déroulait et tombait lourdement sur le sol.

« Attachez l'autre bout à la boule de remorquage ! »

Il fit défiler la corde à toute allure entre ses mains jusqu'à ce qu'il arrive au bout. Un gros mousqueton y était attaché. Il l'abattit sur le croisillon de barreaux au milieu de la fenêtre et l'entendit se refermer. Menotté.

Un nouveau claquement dans la chambre. Harry ne chercha pas à voir. Ça ne servait à rien.

« Roule ! » hurla-t-il.

Il saisit alors le bord de la gouttière à deux mains, se servit des barreaux comme d'une échelle et entendit le grondement de la Land Rover enfler tandis qu'il grimpait sur le toit. La poitrine collée aux tuiles et les yeux fermés, il entendit le moteur embrayer, le régime baisser et les barreaux grincer. Encore des grincements. Et encore. Allez ! Harry savait que le temps passait plus lentement que ce qu'il croyait. Et malgré tout, ce n'était pas assez lent. Puis – tandis qu'il attendait le fracas libérateur, le régime grimpa soudain en un cri strident. Merde ! Harry comprit que les pneus de la Land Rover tournaient désespérément dans la neige.

Une idée lui traversa le crâne : il pouvait dire une prière. Mais il savait que Dieu avait pris sa décision, que le destin était scellé, qu'il faudrait acheter ce billet au marché noir. De toute façon, son âme ne vaudrait pas lourd sans elle. L'idée disparut à la seconde même, interrompue par le son de la gomme sur l'asphalte, le régime qui chutait et les grincements qui regagnaient en intensité.

Les gros pneus lourds avaient creusé jusqu'à l'asphalte.

Alors il y eut le fracas. Le régime hurla dans les aigus avant de disparaître tout à fait. Une seconde de silence absolu suivit. Puis un choc sourd informant que les barreaux avaient atterri sur le toit de la voiture en dessous.

Harry se redressa sur le toit. Debout à l'extrémité de la gouttière, dos à la cour, il la sentit céder lentement. Il se pencha alors rapidement, saisit la gouttière à deux mains et poussa sur ses jambes. S'étira et battit comme un pendule autour de la gouttière, vers la fenêtre. Arrondit le dos et fit passer ses pieds devant. Au moment où la vieille vitre fine cédait avec un bruit fragile sous les semelles de ses bottillons, Harry lâcha prise. Et l'espace de quelques dixièmes de seconde, il n'eut pas la moindre idée de l'endroit où il allait atterrir : en bas dans la cour, sur la rangée de dents en verre de la fenêtre ou dans la chambre.

Il y eut un claquement, un plomb sauta et tout s'obscurcit.

Harry flotta dans un espace de néant, ne sentit rien, ne se souvint de rien, ne fut plus personne.

Et quand la lumière revint, il songea simplement qu'il voulait y retourner. Les douleurs éclataient dans tout son corps. Il était étendu sur le dos dans de l'eau glacée. Mais il devait être mort. Il leva les yeux sur un ange vêtu en rouge sang, et vit son auréole étincelante briller dans le noir. Les sons firent lentement leur réapparition. Le raclement. Le souffle. Il vit alors le visage tourmenté, la panique, la bouche grande ouverte sur une balle jaune, les pieds qui rampaient sur la neige. Il voulait seulement fermer les yeux. Un son, comme un gémissement sourd. De la neige mouillée qui s'affaissait.

Après coup, Harry ne put faire un compte rendu précis de ce qui s'était passé ; il se souvenait uniquement de l'odeur écœurante quand le fil incandescent à boucle entama le corps.

À l'instant précis où le bonhomme de neige s'effondrait, il se leva. Rakel tomba en avant. Harry leva la main droite tout en jetant le bras gauche autour des cuisses de la femme, pour la tenir en l'air. Il sut qu'il était trop tard. De la chair grésilla, ses narines s'emplirent d'une odeur douce et grasse et du sang atteignit son visage. Il leva les yeux. Sa main droite se trouvait entre le fil chauffé à blanc et la gorge de Rakel. Le poids de la gorge poussait sa main vers le fil incandescent, qui grignotait la chair des doigts à la façon d'un coupe-œuf à travers un œuf mollet. Et quand il aurait terminé, il ouvrirait la gorge de Rakel. La douleur vint, sourde et en retard, comme un marteau, d'abord réticent et ensuite insistant, sur un réveille-matin. Il lutta pour rester debout. Devait libérer sa main gauche. Aveuglé par le sang, il réussit à jeter Rakel sur son épaule et tendit le bras libre au-dessus de sa tête. Sentit sa peau contre le bout de ses doigts, les épais cheveux, le fil incandescent qui mordait dans sa peau avant que sa main trouve le plastique dur, la poignée. Ses doigts trouvèrent un interrupteur. Le poussèrent vers la droite. Mais le lâchèrent aussi rapidement quand le nœud coulant commença à se resserrer. Ses doigts trouvèrent un autre bouton et appuyèrent. Les sons disparurent, la lumière vacilla et il comprit que la conscience était sur le point de l'abandonner de nouveau. Respire, songea-t-il, ce n'est qu'une question d'oxygénation du cerveau. Mais ses genoux commençaient malgré tout à céder. Au-dessus de lui, le cercle blanc étincelant vira au rouge. Puis progressivement au noir.

Derrière lui, il entendit des éclats de verre se briser sous plusieurs paires de talons de botte.

« Nous l'avons », déclara une voix derrière lui.

Harry tomba à genoux dans l'eau teintée de sang sur laquelle flottaient des mottes de neige et des bandelettes de plastique usagées. Son cerveau connecta et déconnecta, comme si l'alimentation électrique de cette région laissait à désirer.

On prononça quelques mots derrière lui. Il en saisit des bribes, aspira de l'air et gémit un « Quoi ? »

« Elle est vivante », répéta la voix.

Les sons se stabilisèrent. Et la vue. Il se retourna. Les deux hommes en noir avaient assis Rakel sur le lit et découpaient les liens de plastique. Le contenu du ventre de Harry remonta sans crier gare. Deux secousses, et il fut vide. Il baissa les yeux sur le vomi à la surface de l'eau et ressentit un besoin hystérique d'éclater de rire. Car ça ressemblait à quelque chose qu'il aurait vomi avec tout le reste. Il leva la main droite et regarda le moignon sanglant de son majeur, qui le confirmait. Que c'était son majeur à lui qui flottait dans l'eau.

« Oleg… » C'était la voix de Rakel.

Harry ramassa une bandelette de plastique, l'enroula autour du moignon de son majeur et serra aussi fort qu'il put. Fit la même chose avec l'index droit, entaillé jusqu'à l'os, mais toujours à sa place.

Il alla ensuite jusqu'au lit, poussa les policiers, étendit l'édredon sur Rakel et s'assit à côté d'elle. Les yeux braqués sur lui étaient grands ouverts et noirs du choc, et du sang coulait de blessures aux endroits où le fil incandescent était entré en contact avec la peau, de part et d'autre de la gorge. De sa main intacte, il attrapa celle de Rakel.

« Oleg, répéta-t-elle.

— Il est OK, répondit Harry en répondant à l'étreinte autour de sa main. Il est chez le voisin. C'est fini, maintenant. »

Il vit que Rakel essayait de faire la mise au point.

« Tu me le promets ? murmura-t-elle d'une voix à peine audible.

— Je te le promets.

— Dieu merci. »

Elle émit un unique sanglot, se cacha le visage dans les mains et se mit à pleurer.

Harry baissa les yeux sur sa main endommagée. Ou bien les bandes de plastique avaient arrêté les hémorragies, ou bien il était vide.

« Où est Mathias ? » demanda-t-il à voix basse.

Sa tête fit un bond, et elle planta son regard dans celui de Harry.

« Tu viens de promettre que…

— Où est-il allé, Rakel ?

— Je ne sais pas.

— Il n'a rien dit ? »

Elle serra sa main.

« Ne t'en va pas, Harry. D'autres peuvent bien…

— Qu'a-t-il dit ? »

Au sursaut qu'elle fit, il comprit qu'il avait élevé la voix.

« Il a dit que c'était complet, qu'il allait y mettre un terme, répondit-elle tandis que les larmes remontaient dans ses yeux sombres. Et que la fin devait être un hommage à la vie.

— Un hommage à la vie ? Ce sont les mots exacts qu'il a employés ? »

Elle hocha la tête. Harry lui libéra la main, se leva et se rendit à la fenêtre. Regarda dans le soir. Il ne neigeait plus. Il leva les yeux vers le monument éclairé, visible depuis presque partout à Oslo. Le

506

tremplin de saut. Comme une virgule blanche sur la colline noire. Ou un point.

Harry retourna vers le lit, se pencha et embrassa Rakel sur le front.

« Où vas-tu ? » murmura-t-elle.

Harry leva sa main ensanglantée et sourit. « Voir un médecin. »

Il sortit de la pièce. Manqua de tomber dans l'escalier. Sortit dans l'obscurité froide et blanche de la cour, mais la nausée et le vertige ne voulaient pas lâcher prise.

Debout à côté de la Land Rover, Hagen était en pleine conversation téléphonique.

Il interrompit son coup de téléphone et hocha la tête quand Harry lui demanda si on pouvait le conduire quelque part.

Harry s'installa sur le siège arrière. Il songea que Rakel avait remercié Dieu. Elle ne pouvait pas savoir que ce n'était pas Dieu qu'il fallait remercier. Que l'acheteur avait sauté sur l'offre. Et que le remboursement avait commencé.

« On descend vers la ville ? » s'enquit le conducteur.

Harry secoua la tête et leva un doigt vers le haut de la colline. Son index semblait étrangement seul entre le pouce et l'annulaire.

CHAPITRE 36

Jour 21. La tour

Il fallut trois minutes de voiture pour aller de la maison de Rakel au tremplin de Holmenkollen. Ils traversèrent le tunnel sous le tremplin et se garèrent sur le parking du point de vue, entre les magasins de souvenirs. La piste de saut ressemblait à une cascade de glace blanche coulant entre les tribunes et s'élargissant en prairie cent mètres sous eux.

« Comment sais-tu qu'il est ici ? voulut savoir Hagen.

— Parce qu'il me l'a dit sans détour, répondit Harry. Nous étions à la patinoire, et il a dit que le jour où son chef-d'œuvre serait achevé et où il serait si malade qu'il attendrait la mort, il plongerait de la tour de saut, là-haut. En hommage à la vie. » Harry tendit un doigt vers la tour illuminée et la piste d'élan qui s'élevaient vers le ciel noir au-dessus d'eux. « Et il savait que je ne l'oublierais pas.

— Dément », murmura Hagen en plissant les yeux vers la cabine de verre fumé qui surplombait le sommet de la tour.

« Je peux t'emprunter tes menottes ? demanda Harry au chauffeur.

— Mais tu en as déjà, répondit Hagen avec un signe de tête vers le poignet droit de Harry, qu'entourait l'une des menottes. L'autre était à demi ouverte.

— J'aimerais en avoir deux, insista Harry en recevant l'étui de cuir que lui tendait le conducteur. Vous pouvez m'aider ? Il me manque quelques doigts ici... »

Hagen secoua la tête au moment de refermer un côté des menottes du chauffeur autour de l'autre poignet de Harry.

« Je n'aime pas l'idée que tu y ailles tout seul. Ça me fait peur.

— On est un peu à l'étroit, là-haut, et je pourrai lui parler. Et j'ai ceci, ajouta Harry en sortant le revolver de Katrine.

— C'est ça qui me fait peur, Harry. »

L'inspecteur principal Hole lança un rapide coup d'œil à son supérieur, avant de se tortiller pour ouvrir la portière avec sa main gauche, intacte.

L'agent accompagna Harry jusqu'à l'entrée du musée du Ski, qu'il devait traverser pour accéder à l'ascenseur de la tour. Ils avaient emporté un pied-de-biche pour briser la vitre de la porte. Mais alors qu'ils approchaient, le faisceau de leur lampe de poche captura des tessons de verre qui brillaient sur le sol vers le guichet. Une alarme lointaine ululait ses inspirations et expirations à un endroit reculé du musée.

« OK, nous savons donc que notre homme est arrivé, conclut Harry en tâtant la ceinture de son pantalon à l'arrière pour vérifier que le revolver était bien à sa place. Postez deux hommes à l'entrée derrière le bâtiment dès qu'une autre voiture arrivera. »

Harry prit la lampe de poche, entra dans les locaux obscurs et passa rapidement devant les photos et affiches des héros du ski norvégien, des drapeaux, du fart norvégien, des rois de Norvège et des princesse héritières norvégiennes, et des textes proclamant succinctement que la Norvège était une sacrée nation ; Harry se souvint pourquoi il n'avait jamais supporté ce musée.

L'ascenseur était tout au fond. Une cabine étroite, totalement fermée. Harry regarda la porte de l'ascenseur. Sentit monter la sueur froide. Un escalier d'acier partait à côté de l'appareil.

Huit volées de marches plus haut, il eut des regrets. Le vertige et la nausée étaient revenus, et provoquèrent un haut-le-cœur. Le bruit de ses pas sur le métal se répercutait vers le haut et le bas des escaliers, et les menottes qui pendaient de ses poignets jouaient du xylophone sur la rampe. Le cœur aurait dû injecter de l'adrénaline et mettre le corps en état d'alerte. Sans doute était-il trop fatigué, trop épuisé. Ou peut-être savait-il seulement que tout était terminé. La transaction terminée, l'issue certaine.

Harry poursuivit. Posait les pieds sur les marches, n'essayait même pas de ne pas faire de bruit, savait que l'autre l'entendait depuis longtemps.

L'escalier débouchait en plein sur la cabine de verre fumé. Harry éteignit sa lampe et sentit un souffle froid dès que sa tête passa le bord. Il ne neigeait plus, et un pâle clair de lune tombait dans la pièce. Celle-ci mesurait à peu près quatre mètres sur quatre, était complètement entourée de verre et d'une rambarde en acier à laquelle les touristes se cramponnaient probablement à deux mains en jouissant avec un bonheur mêlé de peur de la vue sur Oslo et ses environs, ou imaginaient ce que ça devait faire d'être assis en haut de la piste d'élan, des skis aux pieds. Ou de tomber de la tour, osciller verticalement vers les maisons en contrebas et s'écraser entre les arbres loin sous eux.

Harry termina son ascension, tourné vers la silhouette qui se découpait sur le tapis de lumière de la ville, en bas. La personne était assise à l'extérieur de la rambarde, dans l'encadrement de la grande fenêtre ouverte d'où venait le courant d'air.

« C'est beau, n'est-ce pas ? » La voix de Mathias était légère, presque gaie.

« Si c'est de la vue que tu parles, je suis d'accord.

— Ce n'était pas de la vue, Harry. »

Un pied de Mathias se balançait dans le vide, et Harry resta près de l'escalier.

« C'est toi ou le Bonhomme de neige qui l'a tuée, Harry ?

— À ton avis ?

— Je crois que c'est toi. Tu es un mec intelligent. Je pensais que ce serait toi. C'est vraiment dégueulasse, hein ? Évidemment, ce n'est pas facile de voir le beau, à présent. Quand on vient de tuer la personne qu'on aimait par-dessus tout.

— Eh bien, commença Harry en avançant d'un pas, tu n'en sais finalement pas grand-chose ?

— Non ? » Mathias renversa la tête en arrière ver le bord de l'encadrement et rit. « J'aimais plus que tout au monde la première femme que j'ai tuée.

— Alors pourquoi l'as-tu fait ? » Harry sentit les douleurs attaquer quand il posa la main droite derrière son dos, puis sur le revolver.

« Parce que ma mère était une menteuse et une pute. »

Harry ramena sa main en avant et leva le revolver.

« Descends de là, Mathias. Les mains en l'air. »

Mathias posa sur Harry un regard intrigué.

« Tu sais qu'il y a presque vingt pour cent de chances que ta mère aussi l'ait été, Harry. Vingt pour cent de chances que tu sois le môme d'une traînée. Qu'en dis-tu ?

— Tu m'as entendu, Mathias.

— Laisse-moi te faciliter les choses, Harry. Pour commencer, je refuse d'obéir. En second lieu, tu peux dire que tu n'as pas vu mes mains, alors je pourrais être armé. Là. Tire, Harry.

— Descends.

— Oleg est un fils de pute, Harry. Et Rakel était une catin. Tu devrais me remercier pour t'avoir laissé la tuer. »

Harry prit son pistolet dans la main gauche. Les extrémités libres des menottes s'entrechoquèrent.

« Réfléchis, Harry. Si tu m'arrêtes, je serai déclaré dément, dorloté pendant quelques années dans un service de psychiatrie avant d'être déclaré rétabli. Descends-moi maintenant.

— Tu veux mourir, répondit Harry. Parce que, de toute façon, tu es en train de mourir de la sclérodermie. »

Mathias rit et fit un large geste de la main vers la fenêtre.

« Bien joué, Harry. Tu as vérifié ce que je t'ai dit sur les anticorps dans mon sang.

— J'ai demandé à Idar. Et ensuite, j'ai été voir ce qu'est la sclérodermie. Quand on a cette maladie, il est aisé de choisir une autre mort. Une mort spectaculaire qui couronnera ton prétendu chef-d'œuvre, par exemple.

— J'entends ton mépris, Harry. Mais un jour, tu comprendras toi aussi.

— Comprendre quoi ?

— Que nous étions dans la même branche, Harry. Qu'il s'agit de combattre la maladie. Et que celles que toi et moi combattons ne se laissent pas éradiquer, que toute victoire est temporaire. Alors c'est seulement le combat, notre mission dans la vie. Et le mien s'arrête ici. Tu ne veux pas m'abattre, Harry ? »

Harry croisa le regard de Mathias. Il retourna alors le revolver dans sa main. Le tendit vers Mathias, crosse en avant.

« Fais-le toi-même, enfoiré. »

Mathias haussa un sourcil. Harry vit l'hésitation, la suspicion. Qui céda petit à petit la place à un sourire.

« Comme tu veux. » Mathias tendit la main par-dessus la rambarde et prit l'arme. Caressa l'acier laqué noir. « Grave erreur de ta part, cher ami, déclara-t-il en braquant le revolver sur Harry. Tu es un chouette sommet, Harry. La garantie que l'on n'oubliera pas mon œuvre. »

Le regard planté dans le canon, Harry vit le percuteur lever sa vilaine petite tête. Ce fut comme si tout ralentissait et que la pièce s'était mise à tourner. Mathias visa. Harry visa. Et lança le bras droit. La menotte produisit un sifflement bas dans l'air tandis que Mathias faisait feu. Le déclic sec fut suivi d'un claquement doux quand le bracelet métallique s'abattit sur son poignet.

« Rakel a survécu, annonça Harry. Tu as échoué, salaud.

— Tu... tu as retiré les cartouches, bégaya Mathias.

« — Katrine Bratt n'a jamais eu de cartouches dans son revolver », répondit Harry en secouant la tête.

Mathias leva les yeux sur Harry, et se pencha en arrière : « Viens. »

Puis il sauta.

Harry fut brusquement tiré vers l'avant et perdit l'équilibre. Il tenta de rester debout, mais Mathias était trop lourd et Harry un géant rabougri, vidé de chair et de sang. Le policier poussa un rugissement au moment où il passait la balustrade, aspiré vers la fenêtre et le précipice. Et ce qu'il imagina en faisant un moulinet avec son bras gauche, ce fut un pied de chaise à un instant où il était tout seul dans un meublé miteux sans fenêtre, à Cabrini Green, Chicago. Harry entendit le son du métal contre le métal, puis tomba en chute libre dans la nuit. La transaction était achevée.

Gunnar Hagen ne quittait pas la tour des yeux, mais les flocons qui avaient recommencé à tomber gênaient la vue.

« Harry ! répéta-t-il dans son talkie-walkie. Tu es là ? »

Il lâcha le bouton « Talk », mais la réponse fut une fois encore un souffle intense de néant.

Quatre voitures de patrouille étaient arrivées sur l'espace ouvert près du tremplin, et un trouble complet était survenu quelques secondes plus tôt, quand ils avaient entendu le cri depuis la tour.

« Ils sont tombés, déclara le policier à côté de lui. Je suis certain d'avoir vu deux silhouettes sortir de la cabine en verre. »

Gunnar Hagen baissa la tête, résigné. Il ne sut pas comment ni pourquoi, mais il avait pensé un instant qu'une logique absurde voulait que les choses se terminent ainsi, que ça établissait une sorte d'équilibre comique.

Conneries, conneries sans nom.

Hagen ne voyait pas les voitures de police dans les chutes de neige, mais il entendait les sirènes plaintives, comme des pleureuses déjà en chemin. Et il sut que le son allait attirer les charognards, les vautours de la presse, les voisins curieux, les supérieurs assoiffés de sang. Ils viendraient chercher leur morceau préféré du cadavre, leur douceur. Et les deux plats du repas du jour – l'immonde Bonhomme de neige et l'immonde policier – seraient à leur goût. Il n'y avait aucune logique, aucun équilibre, rien que de la faim et à manger. Le talkie-walkie de Hagen crépita.

« Nous ne les trouvons pas ! *Over*.

— Il faut qu'ils soient là, cria Hagen. Vous avez regardé sur les toits des bâtiments ? *Over*. »

Hagen attendit en se demandant comment il allait raconter à ses supérieurs qu'il avait laissé Harry y aller seul. Comment il allait leur expliquer qu'il était seulement le supérieur de Harry, pas son chef, et qu'il ne l'avait jamais été. Et qu'il y avait une logique là-dedans aussi, et qu'en réalité, il se foutait qu'ils comprennent ou non.

« Qu'est-ce qui se passe ? »

Il se retourna. C'était Magnus Skarre.

« Harry est tombé, répondit Hagen en faisant un signe de tête vers la tour. On cherche les cadavres.

— Cadavres ? De Harry ? *Niks*.

— *Niks* ? »

Hagen se tourna vers Skarre, qui avait les yeux rivés sur la tour. « Je croyais que vous connaissiez le zigue, maintenant, Hagen. »

Hagen sentit qu'il enviait malgré tout la conviction du jeune inspecteur.

Le talkie-walkie crachota de nouveau. « Ils ne sont pas ici ! »

Skarre se tourna vers lui, leurs regards se croisèrent et il haussa les épaules en un *qu'est-ce-j'avais-dit ?*

« Hé, toi ! cria Hagen au conducteur de la Land Rover en tendant un doigt vers le projecteur sur le toit. Éclaire la cage de verre. Et trouve-moi des jumelles. »

Quelques secondes plus tard, un rayon lumineux déchira la nuit.

« Vous voyez quelque chose ? s'enquit Skarre.

— De la neige, répondit Hagen en appuyant les jumelles sur ses yeux. Plus haut, la lumière. Stop ! Attendez... Bon sang de bonsoir ! »

— Quoi ?

— Ce n'est pas vrai, nom de Dieu ! »

Au même instant, la neige fut balayée à la manière d'un rideau de théâtre qui s'ouvre. Hagen entendit les exclamations de plusieurs policiers. On aurait dit deux personnages enchaînés se balançant sous un rétroviseur, celui du bas tenant un bras levé comme en geste de triomphe au-dessus de la tête, l'autre les deux bras étendus sur le côté, comme crucifié de travers. Tous les deux sans vie tandis qu'ils tournaient lentement en l'air.

À travers ses jumelles, Hagen vit la paire de menottes qui ancrait la main gauche de Harry à la rambarde, à l'intérieur de la cabine.

« Ce n'est pas vrai, nom de Dieu », répéta Hagen.

Il se trouva par hasard que ce fut le jeune officier du groupe des disparitions, Thomas Helle, qui était accroupi à côté de Harry Hole lorsque celui-ci reprit connaissance. Quatre policiers l'avaient remonté dans la cage vitrée ainsi que Mathias Lund-Helgesen. Et durant les années suivantes, Helle relaterait sans relâche l'étrange première réaction du célèbre inspecteur principal :

« Il avait les yeux fous, il a demandé si Lund-Helgesen était vivant ! Exactement comme s'il était terrorisé à l'idée que le mec ait pu passer l'arme à gauche, comme si c'était le pire qui puisse arriver. Et quand je lui ai dit oui et qu'il était dans l'ambulance qui descendait, il a gueulé que nous devions enlever ses lacets et sa ceinture à Mathias Lund-Helgesen pour qu'il ne puisse pas se suicider. Tu as déjà entendu parler d'une sollicitude pareille pour un gars qui vient d'essayer de buter ton ex ? »

CHAPITRE 37

Jour 22. Papa

Jonas pensait avoir entendu tinter les tubes de métal, mais s'était rendormi. Il n'ouvrit les yeux qu'en entendant des sons à demi étouffés. Il y avait quelqu'un dans la pièce. C'était son père, assis sur le bord du lit.

Et les sons à demi étouffés, c'étaient des pleurs.

Jonas s'assit dans le lit. Il posa une main sur l'épaule de son père. La sentit trembler. C'était curieux, il n'avait jamais pensé que son père pût avoir des épaules aussi étroites.

« Ils… ils l'ont trouvée, sanglota-t-il. Maman est…

— Je sais, répondit Jonas. Je l'ai rêvé. »

Le père se tourna vers lui, abasourdi. Dans la clarté lunaire qui tombait entre les rideaux, Jonas vit les larmes couler sur les joues de son père.

« Il n'y a plus que nous deux, maintenant, papa. »

Son père ouvrit la bouche. Une fois. Deux fois. Mais rien n'en sortit. Il tendit alors les bras, les referma autour de Jonas et l'attira vers lui. Le serra fort. Jonas posa la tête entre les clavicules de son père, sentit les larmes chaudes lui mouiller le sommet du crâne.

« Tu sais quoi, Jonas ? murmura-t-il d'une voix étranglée par les larmes. Je t'aime beaucoup. Tu es ce qu'il y a de plus précieux pour moi. Tu es mon petit garçon. Et tu le seras toujours. On va s'en sortir, tous les deux, à ton avis ?

— Oui, papa, répondit Jonas sur le même ton. On va s'en sortir. Toi et moi. »

pêre moi. Tu es mon petit garçon et tu le seras toujours. On va s'en sortir, tous les deux, à nous deux ?

— Tout, papa, répondit Jonas en le serrant très fort. On va s'en sortir, à nous deux. »

CHAPITRE 38

Décembre 2004. Les cygnes

Décembre arriva, et de l'autre côté des fenêtres de l'hôpital, les champs étaient nus et bruns sous un ciel gris acier. Les pneus cloutés craquaient sur l'asphalte de l'autoroute, et les piétons traversaient sans s'attarder la passerelle piétonne, le col du manteau relevé et le visage fermé. Mais à l'intérieur des maisons, les gens se rapprochaient les uns des autres. Et sur la table de cette chambre d'hôpital, une bougie esseulée marquait le premier dimanche de l'avent.

Harry s'arrêta à la porte. Ståle Aune était assis dans son lit et venait manifestement de raconter quelque chose de drôle, car la directrice de la Brigade technique, Beate Lønn, riait encore. Assis sur ses genoux, un bébé aux joues bien rouges regardait Harry, les yeux ronds et la bouche ouverte.

« Mon ami ! » gronda Ståle en voyant le policier.

Harry entra, se pencha, embrassa Beate et tendit la main à Ståle Aune.

« Tu as meilleure mine que la dernière fois, constata Harry.

— Ils disent qu'ils vont me mettre dehors avant Noël, répondit Aune en retournant la main de Harry dans la sienne. Tu parles d'une serre ! Que s'est-il passé ? »

Harry laissa son interlocuteur examiner sa main droite.

« Le majeur a été coupé et n'a pas pu être sauvé. Ils ont cousu les tendons sur l'annulaire, et les terminaisons nerveuses poussent d'un millimètre par mois en essayant de se trouver mutuellement. Mais les médecins disent que je dois tabler sur une paralysie permanente sur la face interne.

— Un prix élevé.

— Non. La monnaie. »

Aune hocha la tête.

« Du neuf quant à la date du procès ? demanda Beate qui s'était levée pour déposer le petit dans son porte-bébé.

— Non, répondit Harry en observant les gestes efficaces de la technicienne.

— La défense va essayer de faire déclarer Lund-Helgesen dément », prédit Aune, qui préférait toujours l'expression populaire « dément », qui était selon lui non seulement appropriée, mais aussi presque poétique. « Et il faudrait être encore plus mauvais psychiatre que moi pour ne pas y arriver.

— Oui, oui, en tout cas, il va prendre perpète, acquiesça Beate en penchant la tête sur le côté et en lissant la couverture du bébé.

— C'est juste dommage que la non-perpétuité soit perpétuelle, gronda Aune en tendant la main vers son verre sur la table de nuit. Plus je vieillis, plus je suis d'avis que le mal est le mal, avec ou sans maladie mentale. Nous sommes tous plus ou moins disposés à accomplir de mauvaises actions, mais elles ne peuvent pas nous enlever la culpabilité. Au nom du ciel, nous sommes tous atteints de troubles de la personnalité. Et c'est justement nos actes qui définissent notre degré de maladie. Égalité devant la justice, qu'ils appellent ça, mais c'est insensé tant que les gens ne sont pas semblables. Pendant l'épidémie de peste noire, les marins qui toussaient étaient aussitôt passés par-dessus bord. Naturellement. Car la justice est un couteau émoussé, aussi bien comme philosophie que comme juge. Tout ce que nous avons, ce sont des images plus ou moins heureuses des maladies, mes amis.

— Quoi qu'il en soit, répondit Harry en baissant les yeux sur le moignon toujours bandé de son majeur, dans le cas présent, c'est perpète.

— Ah ?

— Image malheureuse de la maladie. »

Le silence couva dans la pièce.

« Je t'ai dit qu'on m'avait proposé une prothèse ? demanda Harry en agitant sa main droite. Mais dans le fond, j'aime bien, comme ça. Quatre doigts. Une main de personnage de bande dessinée.

— Qu'as-tu fait avec celui qui était là ?

— J'ai essayé d'en faire don à l'Institut d'anatomie, mais ils ont décliné. Alors je vais le faire empailler et le poser sur mon bureau, comme Hagen et le petit doigt japonais. Je me disais qu'un majeur raide pouvait constituer un accueil approprié chez Hole. »

Les deux autres rirent.

« Comment ça va, Oleg et Rakel ? voulut savoir Beate.

— Étonnamment bien. Des durs.

— Et Katrine Bratt ?

— Mieux. Je suis allé la voir la semaine dernière. Elle reprend le boulot en février. Elle retourne aux Mœurs, à Bergen.

— Vraiment ? Il ne s'en fallait pas de peu qu'elle flingue les gens, dans son enthousiasme ?

— Faux. Il apparaît qu'elle se promenait avec un revolver vide. C'est pour ça qu'elle a osé presser la gâchette suffisamment loin pour que le percuteur se soulève. Et j'aurais dû le comprendre plus tôt.

— Ah ?

— Quand tu passes d'un commissariat à un autre, tu rends ton revolver de service et tu en reçois un autre accompagné de deux boîtes de cartouches. Il y avait deux boîtes intactes dans le tiroir de son bureau. »

Un instant de silence suivit.

« C'est bien qu'elle soit rétablie, commenta Beate en passant une main sur la tête du bébé.

— Oui », répondit Harry sur un ton absent en pensant que

c'était vrai, il avait semblé que ça allait mieux. Quand il était allé voir Katrine dans l'appartement de sa mère à Bergen, elle sortait de la douche après une longue séance de course à pied sur Sandviks-fjellet. Ses cheveux étaient encore mouillés et ses joues rouges au moment où sa mère servit le thé, et Katrine raconta comment l'histoire de son père était devenue une obsession. Elle lui demanda de l'excuser pour l'avoir entraîné dans cette affaire. Mais il n'avait lu aucun regret dans son regard.

« Mon psy dit que je suis seulement un rien plus extrême que la plupart des gens, avait-elle ri en haussant les épaules. Mais maintenant, j'en suis sortie. Ça me suit depuis l'enfance, mais il a fini par être réhabilité, et je peux avancer dans ma vie.

— En triant des papiers aux Mœurs ?

— On va commencer par là, et puis on verra. Même des Premiers ministres font leur come-back. »

Son regard avait alors passé la fenêtre, par-dessus le fjord. Vers Finnøy, peut-être. Et en s'en allant, Harry savait que la blessure était toujours présente, et qu'elle le serait toujours.

Il baissa les yeux sur sa main. Aune avait raison : si chaque bébé était un miracle parfait, la vie n'était qu'un processus de destruction, dans le fond.

Une infirmière toussota à la porte.

« L'heure de quelques piqûres, Aune.

— Ah, laissez-moi y échapper, ma sœur.

— Personne n'y échappe, ici. »

Ståle Aune poussa un soupir.

« Ma sœur, où est le plus grand mal ? Prendre la vie de quelqu'un qui veut vivre, ou la mort de quelqu'un qui veut mourir ? »

Beate, la sœur et Ståle rirent, et personne ne remarqua que Harry sursautait sur sa chaise.

Harry gravit les pentes abruptes entre l'hôpital et Sognsvann. Il n'y avait pas beaucoup de monde, seulement le troupeau fidèle de promeneurs du dimanche qui effectuaient leur trajet habituel autour du lac. Rakel l'attendait à la barrière du péage.

Ils s'embrassèrent et commencèrent leur tour en silence. L'air était vif et le soleil brillait d'un éclat mat dans un ciel bleu pâle. Des feuilles sèches craquaient et se disloquaient sous leurs talons.

« J'ai marché pendant mon sommeil, déclara Harry.

— Ah ?

— Oui. Et ça fait vraisemblablement un moment que je le fais.

— Ce n'est pas si facile d'être là tout le temps.

— Non, non, répondit-il en secouant la tête. Au sens propre. Je crois que je me suis levé et que je suis allé et venu dans l'appartement, la nuit. Dieu seul sait ce que j'ai brocanté pendant ce temps-là.

— Comment l'as-tu découvert ?

— La nuit qui a suivi mon retour de l'hôpital. J'étais dans la cuisine, je regardais par terre, quelques traces de pas mouillées. Et j'ai découvert que j'étais nu comme un ver, je portais seulement mes bottes en caoutchouc, qu'on était au milieu de la nuit et que j'avais un marteau à la main. »

Rakel sourit et baissa les yeux. Modifia la longueur de ses pas pour qu'ils se synchronisent.

« Moi aussi, j'ai marché pendant mon sommeil, pendant un temps. Juste après être tombée enceinte.

— Aune m'a raconté que les adultes font du somnambulisme pendant leurs périodes de stress. »

Ils s'arrêtèrent au bord de l'eau. Regardèrent un couple de cygnes glissant à la surface grise, tranquilles et silencieux.

« Dès le tout début, j'ai su qui était le père d'Oleg, expliqua-t-elle. Mais je ne savais pas encore que lui et moi avions un enfant quand il a reçu la nouvelle que sa copine d'Oslo était enceinte. »

Harry emplit ses poumons d'air vif. Sentit que ça piquait. Que ça avait le goût de l'hiver. Il ferma les yeux face au soleil et écouta.

« Quand je l'ai découvert, il avait déjà fait son choix et avait quitté Moscou pour Oslo. J'avais deux possibilités. Donner à cet enfant un père moscovite qui l'aimerait et s'en occuperait comme du sien. Aussi longtemps qu'il penserait que *c'était* le sien. Ou pas de père du tout. C'était absurde. Tu connais mon point de vue sur le mensonge. Si on m'avait dit que je choisirais un jour de vivre jusqu'à la fin de mes jours sur un mensonge – moi, imagine – j'aurais évidemment nié en bloc. On croit que tout est simple quand on est jeune, on sait peu de chose sur les choix impossibles. Et si je n'avais eu que moi à prendre en compte, ç'aurait aussi été un choix simple. Mais il y avait une foule de choses à prendre en compte. Pas seulement si j'allais détruire Fiodor et outrager sa famille, mais aussi si j'allais saccager sa vie alors qu'il était parti pour rejoindre sa famille à Oslo. Et puis il y avait Oleg. En tout premier lieu, il s'agissait d'Oleg.

— Je comprends. Je comprends tout.

— Non. Tu ne comprends pas pourquoi je n'ai jamais raconté cela. Vis-à-vis de toi, je n'avais pas à me préoccuper. Tu dois penser que j'ai essayé de me faire passer pour meilleure que je ne suis.

— Je ne crois pas ça. Je ne crois pas que tu sois meilleure que tu n'es. »

Elle pencha la tête jusqu'à toucher l'épaule de Harry.

« Tu crois que ce que l'on dit des cygnes est vrai ? demanda-t-elle. Qu'ils sont fidèles jusqu'à ce que la mort les sépare ?

— Je crois qu'ils sont fidèles aux promesses qu'ils ont faites.

— Et quelles promesses font les cygnes ?

— Aucune, je suppose.

— Alors tu parles de toi ? En fait, je te préférais quand tu faisais des promesses que tu ne tenais pas.

— Tu veux d'autres promesses ? »

Elle secoua la tête.

Quand ils se remirent à marcher, elle fourra son bras sous celui de Harry.

« Je voudrais que nous puissions recommencer dès le début, soupira-t-elle. Faire comme si rien ne s'était passé.

— Je sais.

— Mais tu sais aussi que ce n'est pas possible. »

Harry l'entendit réussir à prendre un ton qui donnait à cette phrase le son d'un constat, mais avec malgré tout un minuscule point d'interrogation caché à l'intérieur.

« J'envisage de partir, annonça-t-il.

— Ah oui ? Où ça ?

— Je ne sais pas. Ne me cherche pas. Surtout pas en Afrique du Nord.

— En Afrique du Nord ?

— C'est une réplique de Marty Feldman dans un film. Il veut fuir, mais aussi qu'on le retrouve.

— Je comprends. »

Une ombre passa au-dessus d'eux et poursuivit au-dessus du sol gris-jaune délavé. Ils levèrent les yeux. C'était l'un des cygnes.

« Comment ça se passait, dans le film ? voulut savoir Rakel. Ils se retrouvaient ?

— Bien sûr.

— Quand reviens-tu ?

— Jamais, répondit Harry. Je ne reviendrai jamais. »

Dans la cave froide d'un immeuble de Tøyen, deux représentants inquiets du syndic regardaient avec inquiétude un homme en bleu de travail, affublé de lunettes exceptionnellement épaisses. Sa respiration faisait comme de la poussière de craie devant sa bouche quand il parlait.

« C'est ça, le problème avec les moisissures. On ne peut pas voir qu'elles sont là. »

Il marqua une pause. Appuya un majeur sur la mèche qui lui barrait le front.

« Mais elles sont là. »

DU MÊME AUTEUR

Aux Éditions Gaïa

RUE SANS SOUCI, 2005 (Folio Policier n° 480)
ROUGE-GORGE, 2004 (Folio Policier n° 450)
LES CAFARDS, 2003 (Folio Policier n° 418)
L'HOMME CHAUVE-SOURIS, 2003 (Folio Policier n° 366)

Aux Éditions Gallimard

L'ÉTOILE DU DIABLE, Série Noire, 2006 (Folio Policier n° 527)
LE SAUVEUR, Série Noire, 2007

Thomas Sanchez, *King Bongo*
Norman Green, *Dr Jack*
Patrick Pécherot, *Boulevard des Branques*
Ken Bruen, *Toxic Blues*
Larry Beinhart, *Le bibliothécaire*
Batya Gour, *Meurtre en direct*
Arkadi et Gueorgui Vaïner, *La corde et la pierre*
Jan Costin Wagner, *Lune de glace*
Thomas H. Cook, *La preuve de sang*
Jo Nesbø, *L'étoile du diable*
Newton Thornburg, *Mourir en Californie*
Victor Gischler, *Poésie à bout portant*
Matti Yrjänä Joensuu, *Harjunpää et le prêtre du mal*
Äsa Larsson, *Horreur boréale*
Ken Bruen, *R&B — Les Mac Cabées*
Christopher Moore, *Le secret du chant des baleines*
Jamie Harrison, *Sous la neige*
Rob Roberge, *Panne sèche*
James Sallis, *Bois mort*
Franz Bartelt, *Chaos de famille*
Ken Bruen, *Le martyre des Magdalènes*
Jonathan Trigell, *Jeux d'enfants*
George Harrar, *L'homme-toupie*
Domenic Stansberry, *Les vestiges de North Beach*
Kjell Ola Dahl, *L'homme dans la vitrine*
Shannon Burke, *Manhattan Grand-Angle*
Thomas H. Cook, *Les ombres du passé*
DOA, *Citoyens clandestins*
Adrian McKinty, *Le Fleuve Caché*
Charlie Williams, *Les allongés*
David Ellis, *La comédie des menteurs*
Antoine Chainas, *Aime-moi, Casanova*

Composition Nord Compo.
Achevé d'imprimer
sur Roto-Page
par l'Imprimerie Floch
à Mayenne, le 19 septembre 2008.
Dépôt légal : septembre 2008.
1ᵉʳ dépôt légal dans la collection : avril 2008.
Numéro d'imprimeur : 72032.

ISBN 978-2-07-078641-1 / Imprimé en France.

163893